Historia del Rey Transparente

Rosa Montero

Historia del Rey Transparente

ALFAGUARA

Papel certificado por el Forest Stewardship Council®

MIXTO
Papel | Apoyando la
silvicultura responsable
FSC® C117695

Penguin
Random House
Grupo Editorial

Quinta edición, ampliada: abril de 2025

© 2005, 2025, Rosa Montero
© 2005, 2017, 2025, Penguin Random House Grupo Editorial, S. A. U.
Travessera de Gràcia, 47-49. 08021 Barcelona

© Diseño: Penguin Random House Grupo Editorial, inspirado en un diseño original de Enric Satué

Penguin Random House Grupo Editorial apoya la protección de la propiedad intelectual. La propiedad intelectual estimula la creatividad, defiende la diversidad en el ámbito de las ideas y el conocimiento, promueve la libre expresión y favorece una cultura viva. Gracias por comprar una edición autorizada de este libro y por respetar las leyes de propiedad intelectual al no reproducir ni distribuir ninguna parte de esta obra por ningún medio sin permiso. Al hacerlo está respaldando a los autores y permitiendo que PRHGE continúe publicando libros para todos los lectores. De conformidad con lo dispuesto en el artículo 67.3 del Real Decreto Ley 24/2021, de 2 de noviembre, PRHGE se reserva expresamente los derechos de reproducción y de uso de esta obra y de todos sus elementos mediante medios de lectura mecánica y otros medios adecuados a tal fin. Diríjase a CEDRO (Centro Español de Derechos Reprográficos, http://www.cedro.org) si necesita reproducir algún fragmento de esta obra.
En caso de necesidad, contacte con: seguridadproductos@penguinrandomhouse.com

Printed in Spain – Impreso en España

ISBN: 978-84-10496-34-7
Depósito legal: B-2672-2025

Impreso en Unigraf, Móstoles (Madrid)

AL96347

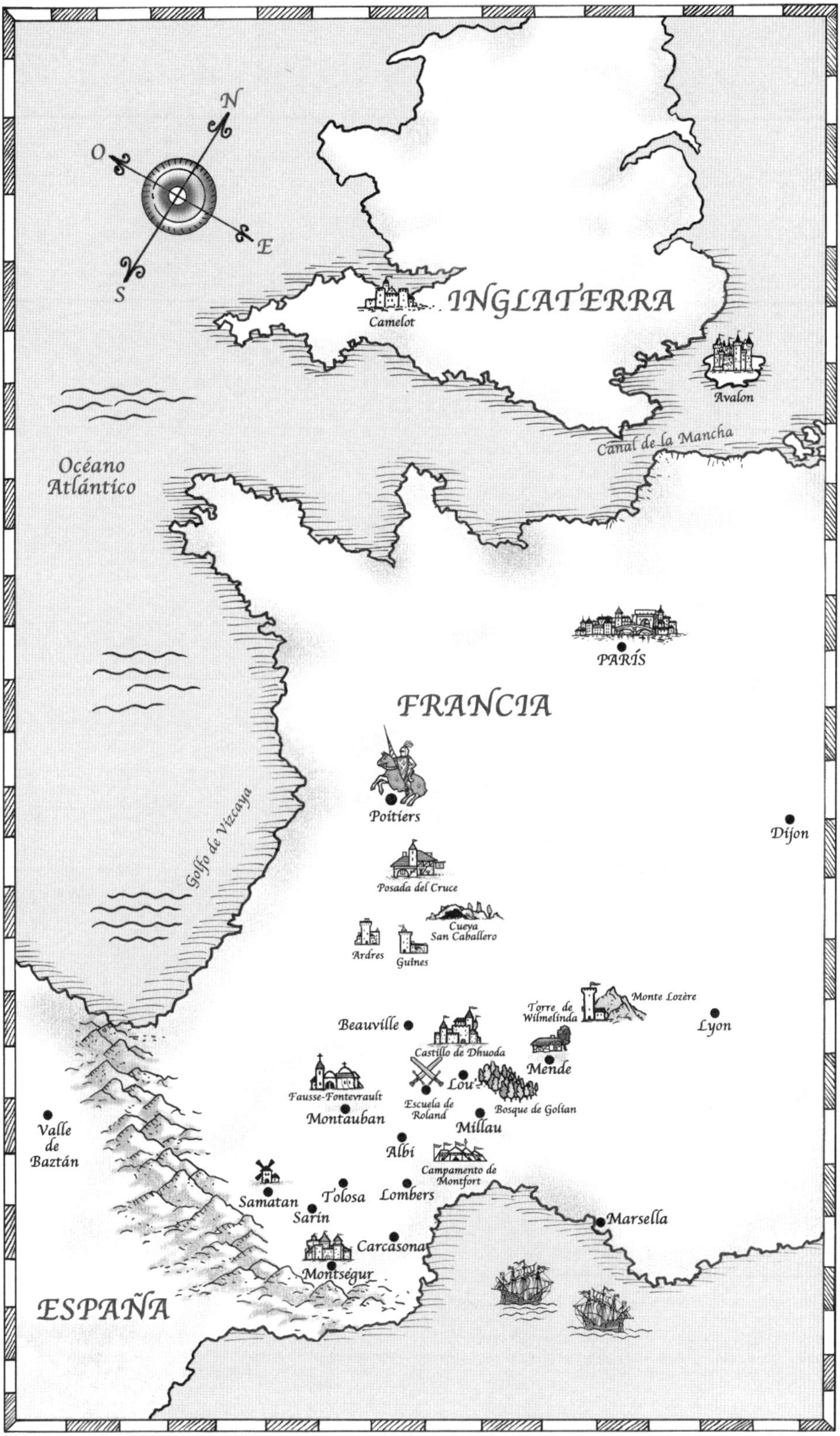
N
O
E
S
INGLATERRA
Camelot
Avalon
Canal de la Mancha
Océano
Atlántico
PARÍS
FRANCIA
Poitiers
Dijon
Golfo de Vizcaya
Posada del Cruce
Cueva
San Caballero
Ardres
Guînes
Torre de
Wilmelinda
Monte Lozère
Lyon
Beauville
Castillo de Dhuoda
Mende
Fausse-Fontevrault
Lou
Escuela de
Roland
Bosque de Golian
Montauban
Millau
Valle
de
Baztán
Albi
Campamento de
Montfort
Samatan
Tolosa
Lombers
Sarin
Marsella
Carcasona
Montségur
ESPAÑA

La luz nacerá de las tinieblas.

Isaías, 58,10

Soy mujer y escribo. Soy plebeya y sé leer. Nací sierva y soy libre. He visto en mi vida cosas maravillosas. He hecho en mi vida cosas maravillosas. Durante algún tiempo, el mundo fue un milagro. Luego regresó la oscuridad. La pluma tiembla entre mis dedos cada vez que el ariete embiste contra la puerta. Un sólido portón de metal y madera que no tardará en hacerse trizas. Pesados y sudados hombres de hierro se amontonan en la entrada. Vienen a por nosotras. Las Buenas Mujeres rezan. Yo escribo. Es mi mayor victoria, mi conquista, el don del que me siento más orgullosa; y aunque las palabras están siendo devoradas por el gran silencio, hoy constituyen mi única arma. La tinta retiembla en el tintero con los golpes, también ella asustada. Su superficie se riza como la de un pequeño lago tenebroso. Pero luego se aquieta extrañamente. Levanto la cabeza esperando un envite que no llega. El ariete ha parado. Las Perfectas también han detenido el zumbido de sus oraciones. ¿Acaso han logrado acceder al castillo los cruzados? Me creía preparada para este momento pero no lo estoy: la sangre se me esconde en las venas más hondas. Palidezco, toda yo entumecida por los fríos del miedo. Pero no, no han entrado: hubiéramos oído el estruendo de la puerta al desgajarse, el derrumbe de los sacos de arena con que la reforzamos, los pasos presurosos de los depredadores al subir la escalera. Las Buenas Mujeres escuchan. Yo también. Tintinean los hombres de hierro bajo las troneras de nuestra fortaleza. Se retiran. Sí, se están retirando. Al sol le falta muy poco para ocultarse y deben de preferir celebrar su victoria a la luz del día. No necesitan apresurarse: nosotras no podemos escapar y no existe nadie que pueda ayudarnos. Dios nos ha concedido una noche más. Una larga noche. Tengo todas las velas de la despensa a mi disposición, puesto que ya no las vamos a necesitar. Enciendo una, enciendo tres, enciendo cinco. El cuarto se ilumina con hermosos resplandores de palacio. ¡Y pensar que nos hemos pasado todo el invierno a oscuras para no gastarlas! Las Buenas Mujeres vuelven a bisbisear sus Padrenuestros. Yo mojo la pluma en la tinta quieta. Me tiembla tanto la mano que desencadeno una marejada.

Me recuerdo arando el campo con mi padre y mi hermano, hace tanto tiempo que parece otra vida. La primavera aprieta, el verano se precipita sobre nosotros y estamos muy retrasados con la siembra; este año no sólo hemos tenido que labrar primero los campos del Señor, como es habitual, sino también reparar los fosos de su castillo, hacer acopio de víveres y agua en los torreones, cepillar los poderosos bridones de combate y limpiar de maleza las explanadas frente a la fortaleza, para evitar que puedan emboscarse los arqueros enemigos. Estamos nuevamente en guerra, y el señor de Abuny, nuestro amo, vasallo del conde de Gevaudan, que a su vez es vasallo del Rey de Aragón, combate contra las tropas del Rey de Francia. Mi hermano y yo nos apretamos contra el arnés y tiramos con todas nuestras fuerzas del arado, mientras padre hunde en el suelo pedregoso nuestra preciada reja, esa cuchilla de metal que nos costó once libras, más de lo que ganamos en cinco años, y que constituye nuestro mayor tesoro. Las traíllas de esparto trenzado se hunden en la carne, aunque nos hemos puesto un peto de fieltro para protegernos. El sol está muy alto sobre nuestras cabezas, próximo ya al cenit de la hora sexta. Al tirar del arado tengo que hundir la cabeza entre los hombros y miro al suelo: resecos terrones amarillos y un calor de cazuela. La sangre se me agolpa en las sienes y me mareo. Empujo y empujo, pero no avanzamos. Nuestros jadeos quedan silenciados por los alaridos y los gritos agónicos de los combatientes: en el campo de al lado, muy cerca de nosotros, está la guerra. Desde hace tres días, cuatrocientos caballeros combaten entre sí en una pelea desesperada. Llegan todas las mañanas, al amanecer, ansiosos de matarse, y durante todo el día se hieren y se tajan con sus espadas terribles mientras el sol camina por el arco del cielo. Luego, al atardecer, se marchan tambaleantes a comer y a dormir, dispuestos a regresar a la jornada siguiente.

Día tras día, mientras nosotros arañamos la piel ingrata de la tierra, ellos riegan el campo vecino con su sangre. Caen los bridones destripados, relinchando con una angustia semejante a la de los cerdos en la matanza, y los caballeros de la misma bandera se apresuran a socorrer al guerrero abatido, tan inerme en el suelo, mientras los ayudantes le traen otro caballo o consiguen desmontar a un enemigo. La guerra es un fragor, un estruendo imposible; braman los hombres de hierro al descargar un golpe, tal vez para animarse; gimen los heridos pisoteados en tierra; aúllan los caballeros de rabia y de dolor cuando el ardiente acero les amputa una mano; colisionan los escudos con retumbar metálico; piafan los caballos; rechinan y entrechocan las armaduras.

Antoine y yo tiramos del arado, padre arranca una piedra del suelo con un juramento y ellos, aquí al lado, se matan y mutilan. El aire huele a sangre y agonía, a vísceras expuestas, a excrementos. Al atardecer los movimientos de los guerreros son mucho más lentos, sus gritos más ahogados, y por encima de la masa abigarrada de sus cuerpos se levanta una bruma de sudor. Veo ondear la bandera azul del señor de Abuny y la oriflama escarlata de cuatro puntas de los reyes de Francia: están sucias y rotas. Veo las heridas monstruosas y puedo distinguir sus rostros desencajados, pero no siento por ellos la menor compasión. Los hombres de hierro son todos iguales: voraces, brutales. En el sufrimiento que flota en el aire hay mucho dolor nuestro.

—Así se maten todos —resopla mi hermano.

Me da lo mismo quién gane este combate. Bajo el Rey de Aragón o el Rey de Francia nuestra vida seguirá siendo una mísera jaula. Para el Señor sólo somos animales domésticos, y no los más preciados: sus alanos, sus bridones, incluso sus palafrenes son mucho más queridos. Tenemos que trabajar las tierras del amo, reparar sus caminos y sus puentes, limpiar las perreras, lavar sus ropas, cortar y acarrear la leña para sus chimeneas, pastorear su ganado y hacerlo pasear por los campos del señorío para fertilizarlos con sus excrementos. Tenemos que pagar el diezmo eclesiástico, y los rescates de Abuny y sus hombres cuando resultan vencidos en sus estúpidos torneos; tenemos que costear el nombramiento de caballero de sus hijos y las bodas de sus hijas, y contribuir con una tasa especial para las guerras. El molino, el horno y el lagar son del amo, y nos pone un buen precio cada vez que vamos a moler nuestro grano, a cocer nuestro pan o prensar nuestras manzanas para hacer sidra. Ni siquiera podemos casarnos o morirnos tranquilos: tenemos que pagarle al amo por todo ello. No conozco a un solo villano que no odie a su Señor, pero somos animales temerosos.

—No es miedo, es sensatez —dice padre cuando Antoine o yo nos desesperamos—. Ellos son mucho más fuertes. Ya habéis visto lo que pasa si te rebelas.

Sí, lo hemos visto. Todos los años hay alguna revuelta campesina en la comarca. Todos los años un puñado de hombres creen que se merecen una vida mejor y que van a ser capaces de conseguirla. Todos los años unas cuantas cabezas acaban hincadas en lo alto de las picas. Todavía se recuerda el caso de Jean el Leñador, siervo del señor de Tressard, en las tierras al otro lado del río. Jean era joven y cuentan que era guapo: mi amiga Melina lo vio pasar un día y dice que tenía los ojos azules, el cuello como un tronco y los labios jugosos. Jean hablaba bien y se llevó detrás a muchos hombres. Se refugiaron en los bosques y duraron bastante: varias semanas. Vencieron en algunas escaramuzas y mataron a un par de caballeros, y mi padre ataba a mi hermano por las noches para que no se escapara y se les uniera. Por un momento pareció que todo era posible, pero los campesinos no somos enemigos para los hombres de metal. Llegaron los guerreros y los destrozaron. A Jean le apresaron y, para burlarse, le ciñeron una corona de hierro al rojo vivo, proclamándole el rey de los villanos. Quizá alguno de los caballeros que ahora se destripan aquí al lado estuvo presente en el suplicio; quizá se rió del dolor del plebeyo. Así se maten todos en sus batallas absurdas.

—Mejor lo dejamos —dice padre, apoyado sin resuello en el arado—. Vámonos a casa.

Sé por qué lo dice y lo que está pensando. En el campo vecino, el combate languidece. Los hombres de hierro levantan sus espadas con exhausta lentitud y descargan desatinados golpes. No quedan demasiados caballeros y están todos heridos: festones de sangre se coagulan sobre sus yelmos abollados. La guerra está a punto de acabar, esta pequeña guerra entre otras muchas, y no hay nada más peligroso que la soberbia de un caballero vencedor o el miedo de un caballero vencido. Mejor desaparecer de su vista, retirarnos por el momento de esta tierra de muerte, como animales domésticos pero prudentes.

Recogemos con sumo cuidado la reja del arado y la envolvemos con nuestros petos de fieltro, rígidos y empapados de sudor. La brisa me refresca el pecho a través de la camisa húmeda y me estremezco. Aunque caminamos despacio, entorpecidos por el arado, pronto nos encontramos bastante lejos. Todavía se escuchan los tañidos de lata de los combatientes, pero el aire ha dejado de oler a putrefacción. Al llegar al camino de Mende nos topamos con Jacques.

—¿Sigue la batalla? —pregunta.

—Terminará pronto.

Jacques tiene quince años, como yo, y nos casaremos este verano, en cuanto terminemos de reunir los diez sueldos que tenemos que pagarle al amo por la boda. Jacques pertenece también al señor de Abuny, como es preceptivo, y nos conocemos desde que somos niños. Hasta que nos hagamos nuestra casa, iremos a vivir con padre y con Antoine. Madre murió hace tiempo, de parto, junto con la niña que la mató. También murieron otros cuatro hermanos. Ninguno vivió lo suficiente como para tener nombre, salvo una, Estrella, que era tan hermosa que alguien nos la aojó, a pesar de que madre le manchaba la cara con cenizas para protegerla de la envidia.

—¿Te vienes al río? —me pregunta Jacques.

Miro a padre pidiéndole permiso. Veo que arruga el ceño, no le gusta, tengo que ir a casa y preparar la cena, y, además, teme que ande expuesta y sola por los caminos precisamente ahora, con la guerra tan cerca. Pero también sabe que es primavera, que tengo quince años, que Jacques me ama, que la tarde huele a hierba nueva y que hay pocos momentos dulces en la vida.

—Está bien. Pero no tardes.

Les veo seguir camino de casa, cargados con el arado como dos escarabajos, y siento los pies y la cabeza ligeros. Doy unos pasos de baile sobre el camino y Jacques me abraza y me levanta en vilo.

—Déjame, déjame, bruto... —me quejo con el fingido enfado de la coquetería.

Pero Jacques me estruja, me besa y me muerde el cuello.

—Sabes muy salada...

—He sudado muchísimo. Vamos a bañarnos.

Corremos campo a través hasta nuestra poza en el Lot y nos metemos en el río vestidos. El sol poniente cabrillea sobre la superficie y pone destellos de oro en las salpicaduras. Chapoteo en la poza y dejo en el agua el polvo y el sudor y el pegajoso recuerdo de la sangre de los guerreros, toda esa ferocidad y ese dolor, esos cuerpos lacerados y maltrechos. Pero mi cuerpo es sano y joven, y está intacto. Al salir trepamos por el talud y nos sentamos arriba, sobre la hierba tierna. La camisa mojada refresca las rozaduras que el esparto ha dejado sobre mis hombros. Los campos se extienden ante nuestros ojos, mansos y serenos, dorados y verdes, coronados por una cinta de color violeta que el atardecer ha pintado junto al horizonte. Arranco un puñado de hierbas y su jugo aromático se me pega a los dedos. A mi lado, muy cerca, mi Jacques también huele a pelo mojado y a ese olor acre y caliente que tan bien conozco. No es guapo, pero es fuerte y es listo y es bueno. Y tiene unos dientes limpios y preciosos, y ese olor tan rico de su cuerpo. En una rama cercana, una urraca de gordo pecho blanco me mira y me guiña un ojo. Sé que me está diciendo que la vida es hermosa. Tal vez tenga razón, tal vez la vida pudiera ser siempre así de hermosa. Los frailes dicen que este mundo es un valle de lágrimas y que hemos nacido para sufrir. Pero no quiero creerles.

—Deberíamos aprender a guerrear.

—¿Qué?

—Digo que deberíamos aprender a combatir y a manejar la espada y todo eso.

—¿Quiénes? —dice Jacques, levantándose sobre un codo y mirándome con estupor.

—Nosotros. Los campesinos. Y el arco, el arco es muy importante. Dicen que los bretones insulares tienen un arco nuevo que es terrible.

—¿Y tú qué sabes de todo eso?

—Lo oí contar en el molino.

—Tú estás loca, Leola. ¿De dónde íbamos a sacar las armas, si no tenemos dinero ni para el arado?

Contemplo el horizonte. La cinta violeta está siendo borrada por una bruma espesa. Es la niebla del atardecer, el mojado aliento de la tierra antes de dormirse. Detrás de esa niebla se extiende el mundo. Campos y más campos que nunca pisaré.

—¿Qué hay más allá?

—¿Qué va a haber? Los dominios del señor de Tressard.

—¿Y más allá?

—Más tierras y más señores.

—¿Y más allá?

—Más allá, muy lejos, está Millau.

—¿No te gustaría verlo?

—¿Millau? No sé, bueno, sí. Mi padre estuvo una vez. Dice que no es gran cosa, que nuestro Mende es más grande y mejor. Si quieres, cuando nos casemos podemos ir... Padre tardó tres días en llegar.

—No estoy hablando de Millau. Hablo de todo. ¿No te gustaría verlo todo? Tolosa, y París, y... todo.

Mi Jacques se ríe.

—Qué cosas dices, Leola... ¿Es que quieres ser un clérigo vagabundo? ¿O un guerrero? ¿No prefieres ser mi ternerita?

Rueda hacia mí, frío y mojado, y me acaricia el vientre con sus manos callosas. Y a mí me gusta. Sí, quiero ser su ternerita. Quiero quedarme aquí con él, y abrirme a él, y enroscar mis piernas alrededor de sus caderas. Quiero tener hijos con él y vivir la bella vida que anunciaba la urraca. Pero siento en el pecho el peso de una pequeña pena, una pena extraña, como si echara de menos campos que nunca he visto y cosas que nunca he hecho, cielos que no conozco, ríos en los que no me he bañado. Incluso me parece echar de menos a un Jacques que no es Jacques. Le aparto de un empujón.

—Quita. Ahora no. No tenemos tiempo. Además, mira qué niebla se está formando.

El horizonte está envuelto en una densa neblina y el sol baja rápidamente hacia la franja velada. Nunca lo hemos hecho, Jacques y yo. Nos hemos tocado, nos hemos besado y conocemos nuestros cuerpos, pero nunca hemos llegado hasta el final porque es pecado. Claro que, como nos vamos a casar este verano, creo que pronto acabaré abriendo mis muslos para él: será pecar, pero muy poco. Sin embargo, no lo haremos hoy, no ahora. Padre y Antoine me esperan y la noche se acerca. La noche tenebrosa y peligrosa, las horas oscuras de las ánimas. Por la noche el mundo es de los muertos, que salen del infierno para atormentarnos. Nadie en sus cabales quiere estar a la intemperie por las noches.

Jacques me abraza de nuevo y aprieta fuerte, como quien sujeta a una cabritilla que se debate.

—¡Déjame, te digo!

—Espera un poco, Leola, ya nos vamos... Escucha, hay un sitio que sí me gustaría conocer... Se llama Avalon y es una isla en la que sólo viven mujeres.

—Qué tontería. Lo dices para que me quede un rato más.

—No, es de verdad. Se lo escuché a un juglar en la feria de Mende. También la llaman la Isla de las Manzanas y la Isla Afortunada... porque es un lugar maravilloso. Está gobernado por una reina llena de sabiduría y de belleza, la mejor reina que ha existido hasta ahora. Hay diez mil mujeres que viven con ella, y no conocen al hombre ni las leyes del hombre...

—Ah, pícaro, por eso quieres ir...

A mi pesar, estoy interesada. Esto es lo que más me gusta de él: sabe contar cosas y sabe interesarme. Reconozco en sus palabras las palabras del juglar, porque Jacques posee buena memoria.

—Las mujeres visten ropas majestuosas y mantos de seda bordados en oro, y la tierra florece todo el año como si fuera mayo. En la isla de Avalon no hay muerte, enfermedad ni vejez; los frutos siempre están maduros, los osos son dulces como palomas y no es necesario matar a los animales para comer.

Mi urraca sería muy feliz en semejante reino.

—¿Y dónde está esa isla?

—Muy lejos, donde los bretones, en el mar frío del Norte. Pero ya te digo que en Avalon siempre es primavera.

Sus manos están sobre mis pechos, sus dedos ásperos me raspan los pezones. Y a mí me gusta. Hago un esfuerzo y vuelvo a rechazarle.

—Déjalo, Jacques. De verdad que es muy tarde.

Me levanto, pero él sigue sentado en el talud. Contempla algo a lo lejos y está frunciendo el ceño.

—No es sólo niebla, Leola. Es humo. Mira.

Tiene razón: el horizonte está tiznado por doquier con negros penachos de humo. El mundo se quema. Inmediatamente pienso en los guerreros y en su implacable furia.

—¡Dios misericordioso! ¿Qué está pasando?

Jacques me agarra de la mano y echamos a correr hacia mi casa. Primero empezamos a oler a quemado, luego el viento nos trae jirones de humo, después vemos los primeros campos incendiados, los árboles frutales ardiendo como pavesas. Un redoble de cascos nos alerta y saltamos del camino justo a tiempo para evitar ser arrollados: dos hombres de hierro pasan al galope a nuestro lado con teas encendidas en las manos.

—Son de los nuestros. Llevan los colores de Abuny.

Seguimos adelante con los ojos escocidos por el humo. Jacques va tirando de mí: las piernas me pesan como si fueran de piedra y el costado me duele al respirar. Nunca he corrido tanto en toda mi vida, y aun así llego tarde. Ya estoy viendo mi casa: el corral está en llamas. Pienso en mi gorrino, en mi pequeña cabra. Delante de la puerta, un grupo de soldados y un caballero. Los soldados están forcejeando con Antoine, que intenta liberarse. Junto a él, padre, sujeto por dos hombres.

—¡El amo no puede hacernos esto! —gime padre.

—Es la guerra —contesta el caballero—. Se prepara una gran batalla, nos replegamos hacia el castillo del conde de Gevaudan y necesitamos a todos los hombres. Sabes que te debes a tu Señor.

—¿Y los campos, las vides, nuestros animales? ¡Nos moriremos de hambre!

—No podemos dejarle nada al enemigo.

En este preciso momento, los soldados nos descubren. Uno señala a Jacques:

—¡Hay otro ahí!

Jacques me suelta y echa a correr. Pero está cansado, y ni siquiera los pies más fuertes y ligeros pueden nada contra los cascos de un caballo. El guerrero galopa detrás de él y le golpea en la cabeza con el pomo de la espada.

Jacques se derrumba. Corro hacia él y llego un instante antes que los soldados.

—¡Vete, Leola, vete! No puedes hacer nada, ¡escóndete! —murmura, medio atontado, mientras intenta incorporarse.

Le cojo la cabeza, le beso las mejillas, le aprieto contra mi pecho como si fuera un niño. Estoy llorando. A mi lado, el hombre de hierro parece muy alto y muy oscuro encima de su enorme caballo de combate. Le miro desde abajo: tiene un rostro fino y los ojos del color de las uvas. Tiene un rostro pétreo y sin emociones. Clava en los míos sus hermosos ojos sin corazón y dice con voz quieta:

—Es la guerra.

Los soldados arrancan a Jacques de entre mis brazos y lo levantan. Entonces vuelvo en mí: pego un tirón, me suelto de la mano del hombre que me sujeta y echo a correr. Sé que no vienen buscándome a mí, pero las mujeres siempre estamos en peligro en los tiempos difíciles, y aún mucho más las mujeres solas. Así es que corro y corro sin mirar hacia atrás, a mi casa, cuyo techo ya ha empezado a prenderse, a mi padre, a mi hermano. Corro y corro entre las briznas encendidas que se mecen en el aire, entre las hilachas de humo y el restallar de los árboles que arden, mientras los soldados del señor de Abuny se llevan a mi Jacques.

Llevo mucho tiempo escondida tras unos matorrales, manchada con el pringoso azúcar de las jaras, mientras el mundo ruge y arde a mi alrededor. A lo lejos, el aliento de las llamas pinta en la noche un resplandor de infierno. Estoy en una zona agreste de monte bajo. El bosque me hubiera proporcionado un refugio mejor, pero no me he atrevido a entrar en su oscuridad aborrecible, en la amenaza de sus viejos misterios: los bosques antiguos son la morada de los antiguos dioses, de seres demoníacos y genios malignos, de las bestias incomprensibles que habitaron la Tierra antes que nosotros. Ha salido la luna, redonda y casi llena, tan fría contra el calor del fuego. Bajo su luz helada he visto pasar soldados y caballeros que parecían fantasmas, con las armas brillando con un fulgor de plata. Pero ahora ya hace rato que todo está callado y que sólo escucho mi corazón. No sé qué temo más, si la presencia de los hombres de hierro o esta ausencia de ahora, esta soledad mía tan completa y desnuda en mitad de la noche. La luna pone un halo lívido a las cosas y los espíritus de los muertos danzan en las sombras con bárbara alegría.

El silencio está poblado de rumores, de chasquidos de ramas, del siseo escurridizo de pequeños bichos que se arrastran. Súbitamente, los matorrales se agitan a mi izquierda. Es un ruido violento, un fragor de chubasco, la intuición de algo grande que se acerca. Me quedo sin respiración, segura de no poder soportar lo que imagino: que las ramas se abren y aparece la calavera luminosa y horrenda de un espectro. Y, en efecto, Dios mío, la hojarasca se vence y asoma junto a mí una cabeza demoníaca, negra como la pez, con los ojos amarillos del Maligno. El aire se me escapa de los pulmones con un grito. Creo morir, o quizá quiero morir, con tal de no ver. Pero el tiempo transcurre sin que suceda nada y al fin veo. La luz iridiscente de la luna me permite reconocer los contornos hirsutos, los lustrosos colmillos, el hocico prominente e inquisidor. Es un jabalí. ¿O quizá es Satán disfrazado de puerco? No, es un verdadero jabalí. Huelo el tufo de su aliento y percibo su miedo. La bestia me teme, igual que yo a ella. Durante unos instantes permanecemos quietos, contemplándonos. Sus ojillos brillantes me atraviesan con una mirada feroz pero más compasiva que la mirada verde del caballero. Podría desgarrarte con mis colmillos, pero no quiero, me parece entenderle; los dos estamos solos, pequeño escuerzo humano, los dos somos criaturas perseguidas en la noche. De pronto, ya no está. Su cabezota ha desaparecido y sólo queda el rumor de las ramas al enderezarse. Me llevo la mano al pecho, intentando calmar mi corazón. Mi cuerpo está agitado, pero mi mente, cosa extraña, está más serena de lo que estaba antes de la aparición del animal. Ahora creo saber lo que voy a hacer. He tomado una decisión. El miedo puede ser un antídoto del miedo.

Entonces me levanto. Camino ligera y sigilosa por los montes plateados. Atravieso las eras roturadas del amo y llego a nuestra pequeña tierra. Y entro en el vecino y abandonado campo de batalla. El olor estancado de la carnicería me inunda las narices y la garganta, y espesa mi saliva con un sabor a náusea. A la luz de la luna, los cuerpos rígidos de hombres y jumentos parecen rocas retorcidas de un paisaje fantástico. Camino entre los cadáveres intentando no pisar con mis pies desnudos las piltrafas de carne, los cuajos de sangre. Intentando no pensar en lo que estoy haciendo. El caos y la urgencia del final del combate han impedido que los vencedores recojan el botín; sin duda regresarán mañana a la luz del día para desnudar a los vencidos, pero por ahora los muertos siguen conservando todas sus armaduras y sus armas. Procuro no mirarles a la cara, pero a veces les veo y parecen gritarme. De sus bocas abiertas y crispadas pueden salir en cualquier momento sus ánimas malditas, dispuestas a perseguirme y atormentarme. Me detengo y vomito. El aire también parece coagulado, este aire apestoso y mortífero que envenena mis pulmones. Rebusco durante un rato intentando respirar lo menos posible, y al cabo encuentro un cuerpo que parece ser de mi tamaño y cuya armadura se halla en buen estado. Tiene el yelmo hendido por un tajo que le parte la cara hasta la mejilla; el corte es de una negrura tenebrosa bajo la luz lunar, un fulgor de seca oscuridad que ocupa todo el lado izquierdo de su rostro, el lugar donde antaño existió un ojo. El otro lado es suave y delicado bajo los tiznones de la sangre: es un guerrero muy joven. Con pulso tembloroso le desato el cinturón de caballero, del que todavía penden la daga y el hacha de guerra, e intento abrirle los dedos engarfiados para liberar la espada de su mano. Tardo muchísimo. Aún me demoro más para sacarle la desgarrada sobreveste, bordada con pequeños tréboles azules sobre un fondo amarillo. No sabía que me iba a costar tanto trabajo desnudarle: el cuerpo está rígido, encogido sobre sí mismo, petrificado en la postura de un niño que duerme. Le arranco las manoplas, las espuelas, las botas de cuero y las brafoneras que cubren sus piernas. Tengo que estirar sus brazos con un sordo chasquido para poder extraer la larga cota de malla. Desato las lazadas de su almilla acolchada y se la quito. Por la camisa abierta se entrevé su pecho blanco y suave, carente de vello, cruzado por los oscuros verdugones de los golpes. No puedo aprovechar el casco ni el almófar de malla que protegen su cuello y su cabeza porque están partidos por el tajo y sus rebordes se han hundido en el cráneo. Busco a mi alrededor y encuentro otro cadáver al que le falta un brazo, pero que conserva el yelmo intacto: es un hombre barbudo de ojos desorbitados. Le pelo la cabeza como quien pela una naranja, mientras intento mirar para otro lado. Recojo mi botín venciendo las arcadas y salgo del campo de batalla a trompicones, corriendo y tropezando, tambaleándome bajo el peso de mi carga.

Me detengo en el pequeño pedazo de tierra pedregosa que hace unas horas araba con mi hermano y comienzo a vestirme. Las medias de malla, las botas, que me vienen un poco grandes y que aun así son un tormento para mis pies desacostumbrados al encierro; el gambax acolchado, que coloco encima de mi camisa; la pesada loriga metálica, larga hasta las rodillas; la sucia cota de armas con sus bordados heráldicos de tréboles. Me ciño el cinturón y encajo la espada en su vaina labrada. Lo cual es muy difícil, porque la espada es grande y la vaina es estrecha. Saco la daga del cinto y me corto los cabellos a la altura de la nuca: mi hermosa y larga melena se enrosca en el suelo como un animalejo malherido. Con cierta repugnancia, me ajusto la cofia de tela que le he quitado al barbudo, y luego introduzco mi cabeza por el largo y frío tubo del almófar. Después me calo el yelmo, que me queda holgado, y meto las manos en los guanteletes. Ya está. Ahora soy en todo semejante a un caballero. Avanzo unos pasos, la espada se me enreda entre las piernas y casi doy de bruces. Recoloco el cinturón intentando dejar la zancada libre y suspiro para disolver la opresión de mi pecho: cuesta respirar con tanto metal encima. La cota de malla tira de mi cuerpo hacia la tierra, como si llevara sobre mis hombros todo el peso del cielo. Por fortuna soy fuerte, por fortuna soy alta: será más fácil que mi impostura triunfe. Escondida dentro de mis nuevos ropajes, me siento más segura, protegida, porque es una desgracia ser mujer y estar sola en tiempos de violencia. Pero ahora ya no soy una mujer. Ahora soy un guerrero. Un terrible gusano en capullo de hierro, como le oí cantar un día a un trovador.

Voy por los caminos buscando a mi Jacques. He bebido en una fuente recubierta de musgo. He comido un poco de pan y de cebolla que han compartido conmigo unas campesinas, asustadas al verme aparecer toda cubierta de hierro. Me he sentido agradecida por su ofrenda, pero, sobre todo, me he sentido poderosa. Un sentimiento confortable y un poco sucio. Pobres mujeres: me senté junto a ellas en la fuente y se apresuraron a ofrecerme su magra comida. Ahora llueve y llueve. Se diría que lleva diluviando toda la vida. Los caminos están atestados. Campesinos que huyen, soldados en desbandada, caballeros sin caballo, como yo. El castillo del señor de Abuny está en llamas. Dicen que el amo ha muerto y que su hijo se ha lanzado a un combate suicida para vengarle. Los hombres de hierro caminan arrastrando los pies, heridos, sucios, abollados, sin cascos, sin manoplas, con las mallas enmohecidas por la lluvia. También mi armadura se está herrumbrando. Rechino al caminar y todo me pesa. El agua se cuela entre los anillos metálicos de la loriga y empapa el acolchado de mi almilla. Tengo hambre y tengo frío. Me dirijo a la fortaleza del conde de Gevaudan, donde se está preparando una gran batalla. Espero encontrar allí a mi padre y a mi hermano. Espero, sobre todo, recuperar a Jacques.

En medio del tumulto y del aguacero casi nadie me mira, pero un clérigo barrigón montado en una mula lleva demasiado tiempo cerca de mí. Aunque me adelantó por primera vez hace ya un buen rato, luego me lo volví a encontrar. Estaba detenido a un lado del camino, una pausa aparentemente sin sentido bajo la lluvia; y, cuando le sobrepasé, se puso nuevamente en marcha detrás de mí. Tengo la sensación de que me está siguiendo y no me gusta. Es un tipo redondo y malencarado; una cicatriz le parte la ceja y lleva un gran cuchillo atado a la cintura. Me detengo de repente, para ver qué hace y porque no quiero llevarle a mis espaldas. El clérigo pasa a mi lado sin pararse pero me lanza una mirada oblicua y penetrante. Le observo desaparecer camino adelante, mecido por el cansado paso de su mula. Estoy viendo visiones, me digo; me estoy asustando sin razón. Pero el miedo aprieta mi estómago vacío. La negra y peligrosa noche se aproxima, la noche de mi primer día como caballero. Tengo que buscar donde dormir.

—¡Raymond!

Un grito desgarrado me sobresalta. Un grito desesperado de mujer. Miro alrededor y la descubro: es una dama mayor de pelo gris que viene en dirección contraria en un carro entoldado.

—¡Raymond! —vuelve a llamar, mientras intenta descender de la galera antes incluso de que el cochero pare.

La robusta sirvienta que la acompaña salta con premura de su mulo y la ayuda a bajar. La dama se desembaraza de su apoyo solícito y echa a correr pisando los charcos embarrados. Echa a correr, ahora me doy cuenta, en dirección a mí. La sorpresa me paraliza. Ella se acerca con los brazos extendidos, la expresión anhelante. Llega frente a mí y se detiene en seco, como si hubieran golpeado su frente con un mazo. Sus brazos descienden lentamente en el aire. Su barbilla tiembla.

—Tú no eres... —la boca se le frunce, ahogando sus palabras.

Sus ojos son dos agujeros negros en los que puedo caerme. Guardo silencio.

—Entonces..., entonces mi hijo ha muerto.

La sirvienta nos ha dado alcance; junta sus anchas y estropeadas manos y empieza a lamentarse sonoramente.

—Ay, Señora, ay, Señora...

—¡Calla! —ruge la dama con voz perentoria, una voz plena y segura, aunque en sus mejillas las lágrimas se confunden con las gotas de lluvia.

La sirvienta encoge la cabeza entre los hombros y continúa gimiendo quedamente, como un perro apaleado por su amo.

—Llevas sus armas, llevas nuestros colores.

Sin poder evitarlo, me miro la ropa: la sobreveste amarilla bordada de tréboles.

—Sabía que había muerto. He sentido el frío en el corazón. Porque ha muerto, ¿verdad? —insiste con una pequeña chispa de esperanza en los ojos, apenas una brizna de luz, un destello loco.

Recuerdo la cabeza partida del muchacho y asiento sin despegar los labios.

La dama aprieta los párpados y se tambalea. La sirvienta alarga su manaza para sostenerla, pero la Señora vuelve a rechazarla y se endereza. Escruta mi rostro con ojos suspicaces y duros. Mi rostro manchado de hollín y de barro.

—Has robado a mi hijo..., has saqueado su pobre cuerpo... Dime, ¿lo has hecho?

Sigo muda, aterrada. De pronto, la dama se relaja. Sus hombros se hunden. Su espalda se encorva. Ahora parece una anciana.

—No... Veo por tu aspecto que eres noble. Entonces eres tú quien lo ha matado.

La mujer confunde mis rasgos femeninos con la finura de la buena cuna. Si le hubiera matado en combate, tendría derecho a quedarme con su armadura. Muevo la cabeza afirmativamente con un sabor a sangre entre los labios.

La dama ahoga un sollozo.

—Dime..., ¿murió bien? ¿Fue valiente? ¿Luchó hasta el final? ¿Hizo honor a su nombre?

Hago un esfuerzo por recuperar mi voz, escondida en lo más profundo de mis entrañas. No necesito fingir un tono grave: las palabras me salen rasposas, estranguladas.

—Fue un gran guerrero. Rápido y templado. Causó gran mortandad. Peleó en el lugar más peligroso. Nunca retrocedió. Murió de un tajo en la cabeza, fue instantáneo. Y no tenía otras heridas, porque sabía combatir.

Me asombro de lo que digo. Mis palabras salen ligeras y atinadas de mis labios, palabras que nunca he pronunciado, palabras de un mundo que no es el mío, como si me las dictara esta cota de malla que me envuelve.

—Entonces todo está bien —dice la dama; pero llora y llora como si todo estuviera mal—. Hemos salido a buscarle. ¿Dónde está?

—En el campo de batalla de Abuny.

—Era su primera guerra tras haber sido nombrado caballero... Con esa misma espada, nuestra espada, que ahora llevas al cinto.

Me la saco con singular torpeza de la vaina y se la ofrezco. La dama la rechaza con gesto desvaído.

—No... Ya no queda nadie que pueda llevarla. Raymond era el último de nuestra estirpe.

Vuelve a contemplarme fijamente, ahora, cosa extraña, con una mirada casi afectuosa. Me estremezco.

—Era parecido a ti..., debéis de tener la misma edad... Por lo menos tu madre no tendrá que llorarte.

—Mi madre murió —contesto con voz ronca.

—A mí me queda el honor... pero eso es bien poco para pagar a un hijo.

Da media vuelta brusca y se aleja hacia el carro, seguida por su lacrimosa criada. Las veo partir en dirección a Abuny, con las ruedas chirriantes dando tumbos por los hoyos lodosos. Sigo mirándolas hasta que desaparecen a lo lejos, y luego retomo mi camino con el ánimo aterido. Me quito el guantelete y acaricio con los dedos mojados mi pecho de hierro. Raymond, te llamabas Raymond. Siento que la cota de malla es una piel.

Las espesas nubes han adelantado el crepúsculo. Hay muy poca luz. Doy paso tras paso con esfuerzo inaudito, porque las piernas apenas me responden. Un rayo parte el cielo y el mundo se ilumina con resplandores lívidos. A cierta distancia me parece ver un grupo de árboles. El trueno retumba en mis oídos y acalla por unos instantes el tintineo metálico de mis movimientos. Un viejo soldado con peto de cuero que camina junto a mí me guiña un ojo:

—Noche de ánimas, mi Señor. Vayamos a los árboles a buscar cobijo. Podemos pernoctar allí. Llevo galletas y algo de tocino.

Me siento tan cansada y tan agradecida por su amabilidad, tan deseosa de compañía ante la noche negra, que no me detengo a pensar y le sigo. Salimos del camino y subimos por la suave cuesta de un campo enfangado. Otro soldado se nos ha unido. Joven y algo cojo, con la frente estrecha y las cejas unidas en un solo trazo de pelambre. Me sonríe, obsequioso. No me gusta que venga, pero no sé qué hacer. Ni qué decir. Callo y continúo avanzando por la ladera. Un poco más adelante veo la silueta oscura de otro hombre parado. Se diría que nos está esperando. Me pongo nerviosa: olfateo el peligro. Intento retrasar mis pasos y distanciarme, pero el soldado joven está justamente detrás de mí. Un nuevo relámpago enciende la penumbra y a su luz reconozco al tercer tipo: es el clérigo de la cicatriz y lleva en la mano su cuchillo.

—Vaya, vaya, nuestro caballerito... Tan joven y ya ha ganado sus espuelas. ¿O se las has robado a alguien?

El clérigo sonríe mientras habla. Los soldados se han desplegado en torno a mí. Soy el centro de un triángulo compuesto por los tres hombres y todos ellos han sacado sus armas. Yo extraigo mi espada de la vaina, aunque pesa tanto que ni siquiera soy capaz de mantenerla erguida. La punta de la espada se inclina hacia el suelo y tiembla en el aire. Agarro la empuñadura con las dos manos: como no sé manejarla, por lo menos la utilizaré como una pica.

—Ya lo creo que las has robado... ¡Pero mirad cómo coge la espada! No es más que un gañán, un maldito plebeyo...

Un nuevo rayo, un trueno. Doy vueltas sobre mí misma con la espada entre las manos, para no perder detalle de los hombres que me rodean. Pero sé que estoy muerta. La certidumbre del fin chupa mis energías y me llena de un miedo frío que agarrota mi cuerpo. Desfallezco y siento la tentación de abandonarme, de ofrecer el cuello a los asesinos y que todo acabe cuanto antes. Sin embargo, algo me hace apretar de nuevo la empuñadura y seguir vigilante. Me espolea el loco sueño de poder volver a ver el sol de mañana.

—Venga, hermanitos... Mirad qué hermoso mandoble, qué buena loriga. Y el hacha de guerra. Es un buen botín...

Diciendo esto, el clérigo hace ademán de adelantarse. Yo amago con la espada. El tipo ríe:

—Tú no eres enemigo para nosotros...

—Él puede que no, pero yo sí.

La voz ha resonado baja y grave, extrañamente calma y peligrosa. Un guerrero enteramente armado y subido a un bridón está junto a nosotros. La luz fantasmagórica de los relámpagos agranda su figura y hace fulgurar su espada desnuda.

—¿Quién eres? ¿Qué quieres? —balbucea el clérigo, asustado.

—Quiero que os vayáis —responde el caballero.

Y espolea su caballo y se lanza sobre ellos. Pega al viejo soldado un espadazo plano en lo alto de la cabeza y el hombre se derrumba, echando sangre por la nariz. El joven cejijunto intenta atacar al caballero por detrás, pero éste se revuelve y le da un mandoble de revés que le taja profundamente el antebrazo. El clérigo ha echado a correr; su figura rechoncha se pierde en la distancia. El soldado joven también huye, sujetándose el brazo hendido hasta el hueso. El otro sigue sobre el suelo, quieto y desvanecido o tal vez muerto. El hombre de hierro permanece impávido vigilando la retirada de los ladrones. Luego se vuelve hacia mí y me dice:

—Sube.

Envaino mi bella e inútil espada, me agarro de su mano y, embarazada por la pesada armadura, monto con gran dificultad a la grupa de su caballo. Echamos a caminar sin decir palabra y subimos hasta casi lo alto de la loma, a una zona de berrocales que queda muy próxima al grupo de árboles, apenas a medio tiro de arco. Allí el caballero tiene dispuesto un tenderete al abrigo de una peña, con unos cuantos palos y una lona encerada. Un modesto fuego humea a punto de apagarse.

—Maldita sea..., con lo que me ha costado prenderlo. Cuida tú de Sombra.

Desmontamos y el tipo corre hacia la hoguera. Yo descincho al destrier, le quito la pesada silla con sus largos estribos triangulares, las riendas, el bocado. Miro interrogante al caballero.

—Ahí está el cabezal.

Sujeto al bridón con los correajes, me lo llevo a una cercana zona de hierba y lo dejo atado a una piedra con cuerda suficiente para que pueda moverse y alcanzar una pequeña poza que el agua de la lluvia ha formado en las rocas. En su día debió de ser un buen animal, pero ahora veo que es muy viejo. Tiene las barbas canosas y punzantes, los ojos fatigados.

Regreso al tenderete. El fuego ha renacido y el caballero está sacando víveres de una alforja. Se ha quitado el cinto con las armas, el yelmo y las manoplas. Me detengo en el borde de la lona.

—Pasa, pasa. Por lo menos aquí se está seco.

El suelo es de roca y la pendiente hace que el agua se escurra. Es un buen refugio. Paso dentro y me siento, porque no hay altura para estar de pie. En el bosquecillo cercano se ve un par de hogueras. Unas cuantas personas han acampado allí, protegidas por burdas techumbres de ramas mal cortadas. Les miro con aprensión.

—No te preocupes —dice el hombre—. No son peligrosos. Sólo son comerciantes de Mende. Y es bueno y más seguro dormir en compañía. Aunque son unos estúpidos, porque todo el mundo sabe que los rayos se sienten atraídos por los árboles. Han elegido un mal cobijo.

El espacio cubierto por la tela encerada es angosto y estamos muy cerca el uno del otro. El guerrero se arranca la malla que le recubre la cabeza. Por debajo de la cofia salen disparados unos cuantos pelos blancos. Él también es muy viejo. La nariz aguileña, el rostro delgado y surcado por profundas arrugas que parecen tajos. En la frente, una cicatriz y el hueso hundido, huellas de un antiguo golpe tan formidable que hubiera podido acabar con cualquier hombre.

—Gracias, mi Señor. Me ha salvado la vida —le digo, intentando poner la voz grave y que no se noten mi miedo y mi desamparo de doncella.

—¿Por qué no te quitas el yelmo?

—Estoy bien así.

El guerrero me observa atentamente con sus ojos acuosos.

—¿Cómo te llamas?

—Raymond.

—No es cierto. ¿Cómo te llamas?

—Leo... lo. Leolo.

—¿Por qué robaste la armadura, Leolo?

Decido confesar la verdad. O casi.

—Para protegerme.

—¿Mataste a alguien para conseguirla?

—No.

—¿Y por qué querías protegerte?

Me callo. Siento unos terribles deseos de llorar.

—Quítate el casco.

Me lo quito. El viejo caballero se inclina hacia mí y me arranca el almófar. Luego coge un pico de mi empapada sobreveste y me limpia la cara. Me contempla con gesto de duda. Alarga su mano manchada por la edad, la mete por debajo de la tela heráldica y me palpa los pechos a través de la malla de hierro.

—Eres una mujer. Una chiquilla.

—El señor de Abuny se ha llevado a mi padre y a mi hermano. Se ha llevado a mi Jacques. Estoy sola en el mundo. Le quité la armadura a un caballero muerto.

El guerrero suspira y remueve el fuego con una ramita.

—Corren tiempos malos. Pero créeme si te digo que siempre ha sido así. La vida es un tiempo malo que no termina. ¿Sabes que si te encuentran vestida de hombre podrías acabar en la hoguera?

Digo que sí con la cabeza, aunque no lo sabía.

—Bueno. Tampoco importa tanto. No eres la primera mujer que se disfraza de varón. ¿Y qué piensas hacer?

—Quiero ir en busca de mi Jacques.

—Supongo que Jacques es tu amado... Está bien, muy bien. Todos los caballeros deben tener una empresa gloriosa a la que dedicar sus vidas..., con eso ya empiezas a parecer un buen guerrero. Pero mírate, estás hecha una pena. Esa buena armadura tan descuidada... Desnudémonos. Hay que untar bien de grasa la cota de malla, para que no se llene de orín.

Nos despojamos de nuestra envoltura metálica y nos quedamos en camisa. Ponemos a secar las gruesas almillas y frotamos cuidadosamente nuestras ropas de hierro con un bloque de grasa de oveja que el caballero ha sacado de una bolsa. El humeante fuego me irrita los ojos, pero va calentando mi cuerpo entumecido. El aguacero amaina y las gotas dejan de redoblar sobre la cubierta de nuestro refugio. En el renacido silencio de la noche se escuchan las voces de nuestros vecinos del bosquecillo. Están contando historias.

—Y entonces Merlín se enamoró de Viviana, que era joven y bella. Y como Merlín, además de ser mago, era a la sazón un viejo tonto, enseñó a la muchacha todas las brujerías que sabía, incluso los conjuros perdurables, que son los que no se pueden deshacer. Y un día Viviana, que fingía amarle, pidió a Merlín que construyera una cueva maravillosa, y que la llenara con todos los lujos de la Tierra. Y eso hizo el viejo tonto en su tontuna: creó la...

Un nuevo trueno ahoga las palabras del narrador.

—Un rayo seco, sin lluvia —comenta el caballero, mientras engrasa su yelmo—. Son los peores.

—... y cuando Merlín entró en la cueva, Viviana hizo su conjuro y le dejó ahí encerrado, dentro de la montaña, para siempre jamás.

Ya hemos terminado de adecentar las armaduras. El anciano recoge la grasa sobrante, la envuelve con pulcritud entre hojas verdes y la guarda en la bolsa. Se limpia las manos en la pechera de su camisa y reparte la comida: carne seca, queso, un puñado de pasas y un mendrugo de pan duro como las piedras.

—Cómete tú todo el pan. Yo ya no tengo dientes.

Devoro con hambre de lobato, como si no hubiera comido en toda mi vida.

—Es mi turno —dice una voz de hombre en el vecino bosquecillo—. Os voy a contar la historia del Rey Transparente.

El viejo guerrero se atraganta, tose, se demuda, pierde su tranquila gravedad.

—¡No! ¡Detente, desgraciado, esa historia no! —ruge, medio ahogado.

Intenta ponerse en pie, pero tiene las articulaciones agarrotadas y no lo consigue. Parece fuera de sí y su miedo me asusta. No entiendo lo que pasa.

—Había una vez un reino pacífico y feliz que tenía un rey ni muy bueno ni muy malo... —está diciendo el vecino.

Un estallido blanco dentro de los ojos. Me he quedado ciega. Alguien me tira del cabello, de todos los vellos de mi cuerpo, mi piel parece quemar. Un estruendo espantoso. Aturdimiento. Llamas crepitantes. Algo está ardiendo: mis ojos empiezan a distinguir las cosas. Es uno de los árboles del bosquecillo. Un rayo. Ha caído un rayo sobre el árbol. Los comerciantes gritan aterrados. A la luz de las grandes lenguas de fuego les veo correr de acá para allá. Parece que todos están bien, incluso el hombrecillo que contaba la historia, que era quien se encontraba más cerca del árbol abatido.

—¡Dios misericordioso! Hemos tenido suerte. Hubiera podido ser mucho peor —musita el guerrero.

—¿Qué ha pasado?

—Ya lo has visto. Ha caído un rayo.
—Pero ¿por qué no debía contar la historia del Rey Tra...?
El caballero agita las manos frenéticamente:
—¡Ssshhh, cállate, ni lo nombres! Hay cosas que es mejor no mencionar.
—Pero ¿por qué?
—Hay palabras malas que desbaratan el mundo.
Quisiera saber más, pero me contengo. La lluvia vuelve a redoblar sobre nuestras cabezas. Mejor: tal vez así se evite que las llamas se propaguen a los otros árboles. Los vecinos están recogiendo sus cosas apresuradamente. Les vemos partir ladera abajo en mitad de la noche, apiñados como ovejas. Nos hemos quedado solos. Lo lamento. Me siento un poco más indefensa. El mundo oscuro se aprieta alrededor, cargado de embrujos y misterios. Si por lo menos estuviera aquí mi Jacques. Él me abrazaría, me protegería, me contaría sus bonitas historias para tranquilizarme. Siempre ha estado en mi vida. No sé vivir sin él.
—Sigue comiendo, Leolo. ¿O debo decir Leola? El fuego va menguando. No creo que se extienda. Además, aquí no corremos ningún peligro.
Mastico lentamente las hilachas de carne.
—Mi Señor...
—¿Sí?
—¿Podéis decirme vuestro nombre?
El guerrero suspira.
—Soy el señor de Ballaine. O más bien lo era. Hasta que mis hijos decidieron que era un viejo acabado y mi primogénito me arrebató el señorío. Yo preferí marcharme y no enfrentarme a ellos. No quise obligarles a que me mataran. Y si hubiéramos combatido, sin duda lo habrían hecho. Me habrían vencido. Los dos son buenos guerreros. Les he enseñado yo —dice con orgullo.

Luego se encoge de hombros y escarba con un dedo entre los pocos dientes de su boca, buscando una brizna de comida mal encajada. Al fin la atrapa, la saca, la mira de cerca y se la vuelve a comer.

—Además, es cierto que soy viejo.

—Pero sois muy fuerte y combatís muy bien. Acabasteis enseguida con los tres asaltantes.

—Ah, esos bribones... Eso apenas cuenta, eso fue muy fácil. Pero cada día estoy peor. Llegará un momento en que ni siquiera podré subirme al caballo. Si es que mi pobre y viejo Sombra no se muere antes.

Seguimos masticando en silencio otro rato, contemplando las llamas menguantes del árbol herido.

—No sobrevivirás mucho tiempo así vestida, Leola, si no sabes utilizar las armas que llevas. Tienes que aprender a combatir. Sé que las mujeres pueden hacerlo. Mi hermana lo hizo. Era bastante buena. Luego se casó con un bastardo y se murió de parto al cuarto hijo.

Una pequeña esperanza me sube a los labios:

—Mi Señor..., ¿no podríais enseñarme vos?

El hombre agita su cabeza despeluchada.

—No, no. Imposible. Te repito que estoy muy viejo. Y, además, eso iría en contra del propósito al que he consagrado mi vida. Ya te he dicho que todo caballero debe tener una empresa gloriosa que ordene sus actos.

—¿Y puedo preguntaros cuál es vuestra empresa?

—Morir bien, hijita. Morir bien.

Despierto con el sol en los ojos. Debe de ser tarde: sé que he dormido un sueño profundo, placenteramente negro, inacabable. Las nubes han desaparecido y el cielo muestra ese tono blanquecino de los días de calor. Miro a mi alrededor: estoy en el refugio del anciano caballero. Sus cosas siguen aquí, sus alforjas, sus bolsas, pero él no está. Me levanto en camisa y salgo. Piso la hierba fresca con los pies desnudos: qué delicia. Me alivio detrás de unas rocas y luego me aseo con el agua de lluvia que ha quedado retenida entre las piedras. Al regresar al entoldado veo al señor de Ballaine: lleva puesta toda la armadura, menos en las manos y la cabeza. Está cepillando a Sombra. Me lo quedo mirando, con su calva afilada y las ralas greñas blancas todas alborotadas, y me asombra sentir tanta confianza, e incluso algo de afecto, por un hombre de hierro. Hasta ayer mismo, los guerreros siempre fueron mis enemigos. Gente peligrosa e incomprensible.

—Ah, ya estás de pie, Leola...

—He dormido muchísimo.

—Lo necesitabas. El sueño es la mejor cura para las heridas. Para todas las heridas. Para las producidas por el filo que corta, por la punta que clava o por la palabra que envenena. Recuérdalo.

No me quiero ir de aquí. Me da miedo marcharme por los largos caminos, nuevamente sola y tan inútil. Preferiría quedarme algunos días con el señor de Ballaine y aprender un poco de lo mucho que sabe. Pero él no desea que me quede.

De modo que regreso al entoldado y me visto. El gambax se ha secado, al igual que las botas y la sobreveste. Me ciño el cinturón con las armas y ajusto el almófar. Lo hago todo despacio, muy despacio, porque no quiero irme. Pero al final vuelvo a estar cubierta de hierro de pies a cabeza. Salgo del refugio. El caballero me está esperando. Me mira de arriba abajo con ojo crítico.

—Ensúciate la cara con un poco de ceniza y tizne de la hoguera... Pasará más desapercibida tu inocencia.

Lo hago.

—Hasta que no sepas manejarte mejor, procura evitar los sitios muy poblados... Llevas armas muy buenas y eres un botín ambulante. Una riqueza fácil de robar.

Sus palabras me desesperan: ¿dónde, cómo voy a aprender a manejarme? ¿Por qué no quiere enseñarme a combatir? Siento que la ira se acumula en mi pecho. ¿Por qué este viejo loco desea que me vaya?

—¿Por qué es tan importante la empresa que dijisteis?

—¿Cómo?

—Morir bien, dijisteis. Ése es vuestro proyecto.

El caballero se pasa la mano por la cara, se frota los ojos con gesto cansado.

—Corren tiempos malos, Leola. Yo no he conocido otros, pero dicen que antes, hace mucho, existió un mundo diferente, un mundo de honor y de palabra, en el que los caballeros se sentaban juntos a la misma mesa y honraban a su Rey, el gran Arturo. Hoy los reyes son unos cobardes y los caballeros unos miserables. Hoy impera la codicia y las palabras valen tan poco como guisantes podridos. Hoy los lobeznos muerden a los lobos viejos, como han hecho mis hijos, y los ancianos son considerados animales inútiles y enfermos de los que uno debe desembarazarse. Pero yo sé que eso no es así. Yo sé que la vejez es la verdadera etapa épica del hombre, es la edad en la que los guerreros debemos librar nuestra batalla más gloriosa. No hay gesta mayor, no hay mejor proeza que saber envejecer y morir bien. Por eso he vestido mis armas, he cogido mi caballo y me he echado a los caminos. Vivo aquí y allá, retando a otros guerreros y socorriendo a necesitados, como hice ayer contigo, siguiendo las normas puras de la caballería. Vivo siendo yo mismo y dando lo mejor de mí aunque las fuerzas me vayan menguando cada día. Y seguiré así hasta que llegue mi último combate y muera vestido de hierro y con la espada en la mano, sabiendo que pese a tenerlo todo en contra no flaqueé. Porque es mucho más valiente el caballero que lucha sabiendo que va a ser vencido que quien cree que su vigor puede con todo. La vejez es la edad de la heroicidad, y yo he escogido ser un héroe. No te puedes quedar conmigo, Leola. No estoy dispuesto a ocuparme de ti y a cargar contigo. ¿Por qué debo hacerlo? No nos une nada y nada te debo. Búscate tu camino. Deseo de todo corazón que consigas llegar a esta vieja edad mía. A la edad de la gloria. Y que te la ganes. Mucha suerte, hijita. Que el Señor te acompañe.

Baja la cabeza el caballero después de su larga perorata y, sin mirarme, me entrega con rudeza una pequeña bolsa de tela. La cojo entre mis manos, pero antes de que pueda reaccionar, el señor de Ballaine da media vuelta, se mete en el refugio y se sienta de espaldas a mí. No hay nada que decir. No hay nada que hacer, salvo marcharse.

Y me marcho. Desciendo paso a paso la suave ladera, acompañada por el alegre tintineo de mi armadura bien engrasada. Al llegar al camino abro la bolsa: contiene un pedazo de manteca de oveja envuelto en hojas, un generoso puñado de pasas y tres sueldos. Ato la bolsa al cinto: ahora tengo dinero. Pero también tengo miedo. Mucho miedo.

A menudo la vida consiste precisamente en elegir entre dos temores. Alertada por las palabras del viejo caballero, abandono los transitados caminos y me meto en el cerrado bosque de Golian. Si no me pierdo en su espesura, y si no me sucede nada malo, acortaré el trayecto hacia el castillo de Gevaudan, donde espero encontrar a mi Jacques. Pero nadie se interna en los bosques salvo los malhechores o los temibles *faydits*. Todo el mundo sabe que es aquí donde residen los espíritus malignos, los dioses antiguos que se resisten a la palabra del Señor.

Pese a ello, yo escojo este miedo y penetro en el verdor salvaje de la floresta. Fuera hace un hermoso día de sol, pero aquí dentro reina una penumbra fría y húmeda. Los árboles se cierran sobre mí como una trampa y el techo de enredados ramajes apenas me permite ver el cielo. Me asfixio. Soy campesina y echo de menos mis campos abiertos, el horizonte ancho, los bellos labrantíos de cereal que el viento ondula. Pero agacho la cabeza y sigo andando. Es difícil orientarse en este apretado mundo vegetal. Persigo el sol, de claro en claro, para mantener la dirección correcta. Por fortuna no hay nubes.

El bosque susurra, el bosque habla. Crujen las ramas y me asustan hasta que descubro que el ruido ha sido causado por un pájaro, una ardilla. Camino y camino, tropezando de vez en cuando con las raíces serpenteantes y produciendo un estrépito de chatarra. Camino y camino, pero no tengo la sensación de estar avanzando. Quiera

Dios que el bosque se acabe antes de que llegue el atardecer: si tengo que pasar la noche aquí, sin duda moriré. Mi corazón se congelaría de puro miedo.

Llego a un claro un poco mayor que los anteriores. Un círculo de sol cae sobre unas piedras de las que nace una fuente. Debajo, una poza tranquila de aguas claras que desemboca en un manso regato. Respiro aliviada: es un paisaje amable. Tengo sed y bebo: el agua es pura y fresca. Entorpecida por las botas, voy dando traspiés sobre las rocas y me siento junto a la poza. Creo que descansaré un poco y comeré la mitad de mis pasas.

—Joven caballero, ¿serías tan amable de ayudarme?

La voz ha sonado cerca, terriblemente cerca. Doy un brinco, resbalo, rechino. Miro hacia todas las direcciones, sin aliento.

—Aquí, mi Señor. Encima de tu cabeza.

En un castaño próximo hay una mujer. Está a media altura de la copa, colgando de una rama. Tiene las ropas enredadas en el follaje y pende boca abajo, sostenida por un burruño de su saya que ha quedado enganchado en la hojarasca. Sin embargo, se la ve sonriente y plácida, como un grueso abejorro volando junto a un árbol. Su estampa es tan grotesca y tan inofensiva que, después del sobresalto, casi me hace reír.

—¿Quién eres? ¿Qué haces ahí?

—Soy Nyneve y por qué me encuentro en esta situación es algo demasiado largo de contar, mi Señor. Si me ayudas a bajar te lo explico todo.

Me despojo del yelmo, de las manoplas, del cinto y de las armas, porque la embarazosa espada estorba cualquier movimiento, pero conservo el cuchillo. Desde pequeña he sido una gran trepadora de árboles, pero la loriga no facilita mi labor. Tras un par de torpes intentos y un resbalón, decido quitarme las botas y las brafoneras. Ahora sí consigo subir tronco arriba. Tumbada boca abajo en la rama de la que pende la mujer, tiendo el brazo, tiro de ella con ímprobo esfuerzo y logro que se sujete al árbol. Luego, con el cuchillo, corto la hojarasca y desgarro un poco la saya hasta soltarla. Una vez libre, el abejorro se convierte en ardilla y baja del castaño con pasmosa agilidad. Yo desciendo detrás y, ya en el suelo, nos quedamos mirando la una a la otra.

—Muchas gracias, mi Señor. Has sido verdaderamente providencial.

Es una mujer todavía joven, aunque debe de tener diez o quince años más que yo. Conserva todos sus dientes, blancos y perfectos como los de los niños. Tiene el pelo rizado y rojizo, una mata de fuego bajo la luz del sol, y sus ojos brillan como piedras de río. Sin embargo, no es exactamente hermosa: posee una cara grande y fuerte, de huesos muy marcados, de nariz ancha y frente poderosa. Una cara simpática y un poco masculina en la que los ojos parecen muy pequeños. Toda ella es robusta: aunque es más baja que yo, abulta el doble. Y sus manos son tan amplias y cuadradas que en cada una de sus palmas podría cobijarse un pequeño lechón. Pese a su solidez, su cuerpo produce una sensación de agilidad y vigor. Me recuerda a Colmillos, uno de los perros preferidos del amo, con su mirada expresiva y leal, su gran cabezota y su pelaje rojo.

—Ahora estoy en deuda contigo, mi... Señor.

Salgo de mis lucubraciones y la miro, y descubro que la mujer está contemplando mis piernas desnudas. Mis piernas blancas y sin vello. Nyneve se sonríe.

—O quizá debería decir mi Señora...

Doy un paso hacia atrás.

—No te asustes. No tienes nada que temer de mí, antes al contrario. Ya te he dicho que estoy en deuda contigo. Además, entiendo bien que una muchacha sola se proteja vistiéndose de hierro. Yo también lo he hecho alguna vez, debo confesar.

Sigo callada e intento pensar deprisa y descubrir si en todo esto se esconde algún peligro. Pero lo cierto es que la mujer produce en mí una extraña sensación de confianza. Casi un bienestar.

—Sentémonos. Tengo queso. Lo compartiremos.

De un bolsillo de su saya extrae un pedazo de queso tan grande que no sé cómo no he advertido su bulto ni cómo no se le ha caído al suelo mientras estaba colgando del árbol. También saca un pequeño cuchillo y me corta una abundante porción. Masticamos en silencio. Sigo intentando no perder de vista los posibles riesgos. Pero tengo mucha hambre y el queso está rico.

—Te debo una explicación... ¿Qué prefieres, la verdad o algo más fácil?

La miro con extrañeza. Nyneve se ríe.

—La verdad siempre es lo más arduo de soportar. Lo mejor es ser simple, pero para ser simple hace falta pensar mucho. Está bien, te lo diré todo. Soy una bruja, o un hada, o una hechicera, como prefieras llamarme.

Si es cierto, debería echarme a temblar. Si es mentira, esta mujer es una loca o una embaucadora. Ninguna posibilidad es buena, pero por alguna razón no siento miedo. Sólo curiosidad.

—Si de verdad eres bruja, ¿cómo es que no has podido bajarte del árbol tú sola?

—Ni siquiera las brujas somos omnipotentes, querida, no hagas caso de las cosas que escuchas por ahí... Y, además, he sido víctima de un encantamiento. Una antigua conocida, la Vieja de la Fuente, me tendió una trampa. Me dejó prendida en la rama con sus artes, que tampoco son nada del otro mundo, pero que me pillaron descuidada. Yo sola no podía liberarme: era un sortilegio sellado, y la llave para abrirlo era un acto de generosidad. Por fortuna llegaste y me ayudaste.

—Yo no noté ningún sortilegio. Sólo vi unas cuantas ramas enganchadas en tu ropa.

—Ya te dije que la verdad siempre es lo más difícil de creer.

—Además, las brujas y las hadas son cosas distintas. Nyneve suspira.

—Hablas de lo que no sabes. Pero naturalmente eso es lo habitual en los humanos.

—Las brujas son malas y las hadas son buenas.

—Ni una cosa ni la otra. Somos buenas y malas, como todo el mundo. Pero, para que te quedes tranquila, te diré que yo sólo quiero ser tu amiga.

—No quiero amigos.

—Sí quieres. Y, por añadidura, me necesitas.

—¿Por qué piensas eso?

—Porque se te ve muy sola y tienes miedo.

La garganta se me cierra con un nudo de repentina pena. Lucho contra la emoción, irritada por mi propia debilidad.

—¿Cómo te llamas? —pregunta Nyneve suavemente.

—Leola —contesto con voz ronca.

Y después, para no derrumbarme, le cuento todo. Le hablo de la batalla de Abuny, y de cómo los hombres de hierro se llevaron a mi familia. Le hablo de mi madre muerta, y de aquella vez que me caí al pozo y mi Jacques descendió atado con una cuerda para rescatarme. Le explico cómo robé la armadura, y el asalto del clérigo, y la intervención providencial del caballero.

—¿Y cómo dices que se llama ese anciano guerrero?

—Era el señor de Ballaine.

—¡Pierre! ¡El viejo muchacho! No me digas que todavía sigue vivo...

—¿Le conoces?

—Sí, me parece que sí. Supongo que es el mismo. Alto, guapo, de nariz aguileña y ojos claros.

Su descripción me resulta chistosa.

—Tiene la nariz aguileña y los ojos como desteñidos..., pero yo no lo encontré tan alto y desde luego no es guapo. Es muy, muy viejo. Además, tiene una gran cicatriz en la frente y el hueso hundido.

—¡Es él, no cabe duda! Mi querido Pierre... No sabes lo hermoso que fue, cuando era joven... A mí me enternecía el corazón.

La miro con incredulidad: Nyneve no pudo conocer la juventud del señor de Ballaine.

—No tienes edad para haberlo visto hace tanto tiempo.

—Ya lo creo que sí. ¿Quién crees que le curó del terrible hachazo en la cabeza? No hubiera sobrevivido sin mi ayuda... Todavía no sabes nada, Leola. Pero yo te enseñaré, poquito a poco.

Me está mintiendo. Dice cosas sin sentido, para impresionarme. Será mejor que siga mi camino. Tengo que salir del bosque antes de que anochezca.

—Me voy. El sol se mueve rápido y no quiero estar aquí cuando caiga la tarde.

—Espera, espera, no tan deprisa. ¿Adónde vas a ir? ¿Qué vas a hacer?

—Voy hacia el castillo de Gevaudan, en busca de Jacques.

—Tonterías. No durarías sola ni un instante. No siempre encontrarás a un Pierre que te salve... Primero tienes que aprender a manejar las armas.

—¿Podrías tú enseñarme?

—No, yo no. Pero sé quién lo hará. Iremos juntas... Conozco bien el bosque y la linde está próxima. Te guiaré.

—¿Por qué haces esto?

—No tengo nada mejor que hacer... Y estoy en deuda contigo.

Es un plan un poco absurdo, pero me tienta. Puedo tardar un tiempo infinito en aprender a combatir, e incluso es posible que no lo logre nunca. O que todo sea una mentira de Nyneve. Debería dirigirme sin perder más tiempo en busca de mi Jacques. Pero temo no poder llegar a Gevaudan, temo que vuelvan a asaltarme, que me roben y me maten. Temo, sobre todo, estar tan sola. Además, el falso poder que mi armadura me otorga me resulta embriagante. Necesito darle veracidad a mi disfraz. Necesito sentir que me basto a mí misma. Así es que vuelvo a ponerme las medias metálicas y las botas y a ceñirme el cinto. Cuando estoy colocando mi espada, oigo que alguien aplaude. Encima de la fuente, sentada en las rocas, hay una mujer mayor con el cabello canoso recogido en un rodete. Es gruesa y nariguda, y viste ásperas ropas campesinas.

—Veo que has conseguido regresar a tierra, Nyneve —dice la mujer con tono burlón.

—No gracias a tu ayuda, desde luego —contesta mi amiga—. Leo, esa mujer tan fea es la Vieja de la Fuente. Ella es quien me encantó y me colgó del árbol.

—¿Que soy qué, que soy quién, que he hecho qué? —se mofa la campesina—. Ya estás otra vez con tus fantasías... No la creas, joven caballero. Nyneve es mi vecina..., una chiflada. Se subió a coger castañas y se quedó enganchada.

La mujer tiene un ojo azul y otro marrón. Eso es lo que hace su mirada tan desagradable. Me estremezco.

—No le hagas caso, Leo. Somos viejas amigas... o enemigas. De cuando en cuando jugamos a estos juegos un poco rudos. Pero a ti no va a hacerte ningún daño.

—Qué bien hablas, Nyneve. Ahora bien, ¿no es un poco joven este caballero para ti?

La campesina ríe y se palmea su redondo vientre. Mi amiga me empuja hacia el bosque, dando por acabada la conversación:

—Nos volveremos a ver, Vieja..., y ajustaremos cuentas.

—Aquí te espero, como siempre... Y tú no le creas nada, mi Señor... Se subió a coger castañas y se enganchó.

No me gusta esta mujer, pero la creo. No creo a Nyneve, pero me gusta. Y ésta es una razón suficiente para seguir con ella.

Millau es más grande que Mende. Pienso en Jacques y en nuestro último día. Pienso en los planes que hicimos de venir aquí y en todo lo que he perdido en tan poco tiempo. La nostalgia se me agarra a la garganta y me la aprieta. Trago saliva: la pena sabe salada.

Jacques se hubiera maravillado de ver estas casas tan altas como torres, estas construcciones de cuatro o cinco pisos. Pero a mí me desagrada la ciudad por su bullicio mareante y la dificultad para orientarse, por los olores pestilentes y, sobre todo, por ese aire de superioridad que todos tienen. Se creen mejores que los demás porque son libres. A los campesinos nos desprecian por nuestra servidumbre y nos consideran poco más que animales y, sin embargo, ellos viven como puercos en un estercolero. Las calles están llenas de inmundicias y en cualquier momento alguien puede arrojarte un balde de desechos desde alguna ventana; sucias alimañas escarban en la mugre, y un buen montón de casas se hunden lentamente, tapiadas y abandonadas desde hace años porque en ellas alguien murió de peste. Ahora bien, en mitad de tanta porquería, cómo alardean ellos. Los ciudadanos. Llevan las vestimentas más increíbles, con jubones bordados, mangas festoneadas, zapatos de largas puntas, boinas y birretes. Pero sobre todo el ojo queda deslumbrado por los muchos y extraordinarios colores de sus ropas. Incluso veo paños carmesíes y azules celeste, que son los tintes más lujosos y caros. Brillan los ciudadanos entre la basura como insectos tornasolados sobre la boñiga de una vaca. Me resulta irritante tanta ostentación: yo sólo poseo una blusa fina y una saya blanca con su jaqueta. Mejor dicho, poseía, porque debió de quemarse con la casa.

Sin embargo, ahora tengo mi bella espada labrada, mi sobreveste desgarrada y sucia pero adornada con hermosos bordados, mi buena loriga de malla pequeña y apretada. Ahora ya no soy una campesina y nadie me contempla con altivez. Ahora soy un caballero sin caballo, una rareza. Pero aquí, en la ciudad, paso inadvertida entre el gentío. Entre los insectos tornasolados, entre los saltimbanquis de rostros pintados y los mendigos harapientos.

—Aquí estamos más o menos a salvo —dice Nyneve—. Por lo menos durante el día.

Hemos entrado en Millau porque Nyneve dice que necesitamos dinero para pagar mi instrucción. Y el dinero, ya se sabe, está en la ciudad. Nos encontramos en la taberna, sentadas en las bancas corridas que hay ante la puerta. Hemos pedido guisado de buey y dos jarras de cerveza. Es la primera vez que la pruebo: sabe amarga y fuerte y aún no he decidido si me gusta.

—Tabernero, escucha —le dice Nyneve al hombre, que se ha acercado a preguntarnos si queremos más guiso—. Soy adivina. La mejor adivina que has conocido jamás. Te propongo un trato: te leo la suerte con mis cartas mágicas a cambio del almuerzo.

—De eso nada.

—Escucha mi oferta: si te gusta cómo lo hago, das la deuda por satisfecha. Pero si no te gusta, te pagamos. Tenemos dinero. Enséñaselo, Leo.

Obedientemente, con una docilidad impropia de un caballero, incluso de un caballero sin caballo, saco la bolsa y enseño las monedas. El tabernero recapacita un instante y luego se sienta a nuestro lado.

—Está bien. A ver esas famosas cartas mágicas.

Es un hombre grandote y un poco barrigón que se sostiene sobre unas piernas increíblemente delgadas. Se rasca la barbilla mal rasurada con gesto burlón y escupe en el suelo entre sus afiladas rodillas.

—Son famosas de verdad —dice mi amiga—. ¿No has oído hablar de las poderosas cartas italianas, del Tarot secreto?

Nyneve ha extraído un mazo de cartones coloreados de su bolsillo insondable. Los extiende sobre la mesa; están pulidos y encerados y muestran las figuras más singulares: reyes de ropajes majestuosos, soles y lunas, ahorcados y esqueletos de aspecto amedrentante. El tabernero se inclina sobre el tablero con interés.

—Ah, ¿así que éstas son esas cartas nuevas tan extrañas? Ya tenía oído de su existencia.

—Son nuevas entre nosotros. Pero su saber es tan antiguo como la tierra que mancha tus zapatos. Baraja y corta.

El tabernero se seca los dedos en su pechera y mezcla los cartones entre sus gruesas manos. Nyneve los recoge y coloca unos cuantos boca abajo en forma de cruz. Empieza a descubrirlos de uno en uno.

—Mmmmm... Veo un gran dolor. Veo tu cara hinchada y lágrimas en tus ojos. Ya has pasado por lo mismo, hace muy poco, y el barbero te sacó dos muelas. Pero te volverá a ocurrir. Esta vez, tómate un cocimiento de amapolas. Sufrirás menos.

—Es verdad. Es verdad lo de las dos muelas, quiero decir.

El tabernero parece impresionado. Con gesto distraído, se acaricia la mejilla con la mano, como si le doliera.

—Tu esposa ha muerto, y ahora tienes dudas entre dos mujeres. La morena te gusta más, pero no es buena para ti. Debes quedarte con la mayor, cuidará de ti y del negocio y será una buena esposa. Y tendrás con ella ese hijo varón que tanto deseas.

—¡Por los clavos de Cristo! ¿Todo eso viene ahí? Aciertas por completo.

Yo misma estoy asombrada. Miro a Nyneve y me parece ver a una persona distinta. Después de todo, a lo mejor es bruja de verdad.

—Tienes un enemigo, y tú sabes bien de quién estoy hablando. Pero no te preocupes, porque morirá de enfermedad dentro de tres meses, de manera que no tendrás que devolverle su dinero. Gozarás de una vida larga, aunque te debes cuidar de los caballos y sus coces. Tus hijas se casarán y tu futuro hijo te honrará. Este hijo será llevado a la guerra, pero volverá sano y salvo cuando tú ya le estés llorando como muerto. No faltará nunca pan en tu mesa ni fuego en tu hogar. Y una cosa más: quémate esa pequeña herida que tienes en el costado, o acabará produciéndote malas calenturas. Esto es todo cuanto veo.

—Muchas gracias, Señora.

El hombre está tan admirado que ha subido a Nyneve de tratamiento. Y el tabernero no es el único que ha quedado convencido: los otros comensales de la larga mesa nos han ido rodeando y han asistido a la lectura de cartas con interés y pasmo. Ahora se acercan en tumulto pidiendo a Nyneve que también les atienda.

—Muy bien, os echaré el Tarot a todos. Pero cuesta medio sueldo por adelantado.

Henos aquí leyendo el porvenir de medio Millau. La noticia corre por la plaza y por las callejuelas adyacentes y cada vez se agolpan más personas. Nyneve extiende una y otra vez sus cruces de naipes sobre el tablero y descubre adulterios, alerta de enfermedades, adivina el sexo de los niños por nacer, aconseja en los negocios a los comerciantes, avisa de traiciones, desvela secretos, augura herencias y peleas, predice matrimonios, prohíbe viajes, recomienda ventas de ganado, desaconseja litigios. Las vidas de los ciudadanos se hacen y deshacen en el aire delante de nuestros ojos a velocidad de vértigo y yo voy metiendo monedas en mi saco mientras el sol desciende por el cielo. Al cabo, cerca ya de vísperas, Nyneve atiende al último solicitante. Las cartas están pringosas y yo estoy mareada, pero Nyneve parece tan fresca y descansada como si acabara de despertarse.

—Entonces es cierto que eres bruja...

—Eso parece. Aunque piensa un poco: también es posible que conozca bien Millau y que me haya enterado con antelación de la vida del tabernero. En la ciudad, los rumores y los piojos corren como el fuego entre las eras.

Ahora caigo en la cuenta de que, salvo en el caso del tabernero, las demás predicciones han sido todas ellas más o menos amplias e imprecisas.

—Pero ¿eres bruja o no?

—Ah, la verdad... ¿Quién sabe la verdad? Tal vez haya más de una verdad, tal vez no haya ninguna. Ya te he dicho que la verdad siempre es lo más difícil.

Su manera de jugar conmigo me saca de quicio. Intento pensar en algo desdeñoso que decirle, pero Nyneve ya no me hace caso. Ha abierto la bolsa y está contando nuestras ganancias. Hemos logrado reunir veinticuatro sueldos, algo más de una libra.

—No está mal. Con esto tenemos para comenzar.

A mí me parece una cantidad exorbitante.

—Hermanos, vengo a traeros la salvación eterna... —dice una voz meliflua a nuestro lado.

Es un vendedor de bulas. Lleva un sayal pardo y una gran cruz de madera sobre el pecho. Sin duda le ha llamado la atención nuestro pequeño tesoro.

—Dispongo de bulas parciales y bulas plenarias selladas por el Santo Padre... Podéis serviros de ellas para comer carne en Cuaresma, para libraros del ayuno sin pecar, para evitar la penitencia impuesta en confesión, para...

—No queremos nada —contesta Nyneve.

—Alabado sea el Señor, ¿cómo es posible? —se escandaliza el bulero—. ¿Vais a poner vuestras almas inmortales en peligro sólo por ahorrar unas cuantas monedas miserables?

—Te he dicho que no. Además, mi joven amigo va a irse a combatir a Tierra Santa y con eso ganará suficiente gracia divina para los dos.

—Ya que habláis de Tierra Santa, también recojo óbolos para costear la cruzada. Debo deciros que con las donaciones se obtienen indulgencias muy abundantes.

—No insistas. No queremos.

—¿Y tampoco unas reliquias? —se obstina el hombre, metiendo la mano en su gran alforja de lana gruesa—. Llevo conmigo las reliquias más milagrosas: una pluma del arcángel San Gabriel, un trocito de la zarza de Moisés, un nudo de cabellos de San Judas Tadeo... Si incrustáis la zarza sagrada en la empuñadura de vuestra espada, joven caballero, seréis invencible...

—¡Lárgate!

Descorazonado, el bulero se va con su comercio ambulante a buscar pecadores en otra parte.

—Pues a mí me hubiera gustado ver la pluma del ángel —digo tímidamente.

Nyneve me mira con ojos chispeantes y una sonrisa bailándole en la boca.

—Leo, si esa pluma es de ángel yo soy el rey Arturo. ¿Cómo puedes creer a ese embustero?

—No sé. También estaba empezando a creer que eras bruja —respondo, irritada.

—Y lo soy, pequeña ignorante. Lo soy. Lo que ocurre es que tú confundes a los charlatanes y los farsantes, que son legión, con los verdaderos hechiceros. Yo soy una bruja de conocimiento. Entre los diversos poderes, escogí el saber. Ése es mi don, y ya tendrás la ocasión de apreciarlo.

Pero ahora Nyneve se pone repentinamente seria y ensombrece el gesto:

—Harías bien en guardarte de gentes como ese bulero, mi Leo, porque en realidad son el enemigo. Tú lo ignoras porque eres joven e inexperta, pero estamos en medio de una guerra. Y no hablo de los pequeños y estúpidos combates de los hombres de hierro, sino de algo mucho más grande y crucial. De una batalla general que se libra con las armas, pero también con las palabras y con nuestras propias vidas.

—¿Una batalla? ¿La del conde de Gevaudan contra el Rey de Francia?

—¿No me estás escuchando? Eso son nimiedades —responde Nyneve con impaciencia.

—Pero, entonces, ¿quiénes son los combatientes?

Mi amiga calla, mientras baraja distraídamente el mazo de cartas. Calla durante tanto tiempo, de hecho, que empiezo a creer que se ha olvidado del tema.

—¿Tú sabes lo que es la Tregua de Dios? —pregunta de repente.

—Bueno, sí..., claro... Es lo de no guerrear los domingos y... lo de acogerse a sagrado en las iglesias, ¿no?

—Hace un par de siglos, el mundo era todavía más violento que ahora. Y reinaba el desorden. Los monjes vivían encerrados en los monasterios copiando manuscritos y la Iglesia era pobre y se mantenía cerca de su rebaño, viviendo la vida de los necesitados. Por eso, porque conocía bien el dolor de los mansos, la Iglesia encabezó un movimiento que pronto se hizo general entre las personas de buena voluntad, el movimiento de la Tregua de Dios, con el que se intentó dar un orden al mundo. Y así, se estipuló que los guerreros no podían matarse en domingo ni en fiestas de guardar; que las iglesias, los hospicios, los caminos y los mercados eran intocables; que los hombres de hierro no podían dañar a los campesinos, a las mujeres, a los animales domésticos...

—¡Pero todas esas reglas se incumplen constantemente!

—Claro que se incumplen. Los humanos somos unos bárbaros. Pero lo importante es que las reglas existen. Esas reglas, que son acuerdos comunes libremente asumidos, son el comienzo del entendimiento. Un paso en el camino hacia un futuro mejor. No, el problema no es que se incumplan los acuerdos. El verdadero problema es que el mundo ha cambiado. Y unos cambios son buenos y otros son terribles. Mira a la Iglesia hoy: esos prelados arrogantes revestidos de seda, esos enormes monasterios, más ricos y poderosos que las fortalezas de los duques. A la Iglesia ya no le basta con tener un reino en el otro mundo, lo que quiere es reinar aquí y ahora. ¿Has visto al bulero? Ahora, por unas pocas monedas, puedes comprar el perdón de los pecados y la salvación de tu alma... Yo creía que era más difícil que un rico entrara en el Cielo que hacer pasar un camello por el ojo de una aguja, pero ahora si eres rico puedes pecar y adquirir una bula para librarte de las consecuencias, y ni siquiera necesitas hacer penitencia. Que hayamos degenerado desde la Tregua de Dios a esta miseria es cosa bien triste.

—Sí, sí...

Asiento con entusiasmo porque apenas he entendido lo que ha dicho. Cuanto más entusiasmo, me digo, menos advertirá Nyneve mi estupidez. Pero mi amiga me observa con rostro pensativo. Mezcla las cartas del Tarot y las extiende del revés sobre la mesa.

—Escoge una.

Me da un poco de miedo, pero obedezco. Toco un naipe y Nyneve le da la vuelta. Es una mujer vestida con extraños y suntuosos ropajes, con un bastón en la mano y un gorro en la cabeza.

—La Papisa... Cómo no —dice Nyneve.

—¿La Papisa?

—Este naipe es en honor de la Papisa Juana. Hace mucho tiempo, antes incluso de la Tregua de Dios, la Papisa reinó en el trono de San Pedro durante dos años, cinco meses y cuatro días, con el nombre de Papa Juan VIII. Juana nació en Maguncia; amaba el saber, pero, como no podía estudiar siendo mujer, se disfrazó de monje. Ya ves que este truco tuyo es una artimaña bien antigua. Viajó a Atenas en compañía de otro monje varón, y allí se educó con tanto provecho que acabó siendo célebre por sus conocimientos. Ya famosa y sabia, y siempre vestida de hombre, Juana se fue a Roma, y fue elegida Papa por unanimidad. Dicen que lo hizo bien y con prudencia. Pero se quedó embarazada de su amigo monje, y un día, en el transcurso de una solemne procesión por las calles de Roma, la Papisa se puso de parto y dio a luz delante del gentío. Imagina la escena: el trono dorado, las vestiduras de seda, toda la magnificencia del Gran Padre manchada y traicionada por la sangre humilde y la viscosa placenta de una madre. Enfurecidos por el espectáculo, los buenos cristianos de Roma arrancaron a la Papisa de su sitial, la ataron por los pies a la cola de un caballo y la lapidaron. Dicen que como recordatorio de la infamia de Juana han erigido una estatua en el lugar de los hechos. También dicen que, desde entonces, se ha instituido un curioso ritual en el nombramiento de los Papas. Antes de la coronación, el Sumo

Sacerdote se sienta en una silla de mármol rojo con el asiento agujereado y el cardenal más joven le palpa los genitales por debajo de la silla y a continuación grita: *«Habet!»*. Que quiere decir «tiene», por si no lo sabes. Y los demás prelados contestan *«Deo Gratias!»*, supongo que sintiéndose grandemente aliviados con la noticia.

—Es una historia terrible...

—Sí, lo es. Pero también es una historia de esperanza..., ya ves que las mujeres pueden ser tan sabias o más que los hombres, y gobernar el mundo de manera juiciosa... Además, también es posible que Juana no existiera... Es posible que toda la historia sea un invento de la Iglesia para que las mujeres no nos atrevamos a intentarlo...

—¿A intentar qué?

—Ser Papas, o ser sabias, o ser poderosas... Las cosas están cambiando mucho, Leo. Hoy hay eruditas como Hildegarde de Bingen, o reinas como Leonor... ¿Has oído hablar de ellas?

—No...

Nyneve resopla.

—Está bien. Mientras dure tu instrucción como guerrero, yo te voy a enseñar a leer y escribir... Además, no te vendrá mal para tu disfraz, porque ahora está de moda. Antes los hombres de hierro eran todos unos ignorantes, pero ahora se está extendiendo entre los caballeros la buena costumbre de aprender a leer.

Pero yo no me puedo quitar de la cabeza la historia de la Papisa.

—Nyneve..., ¿vamos a decirle al Maestro de armas que soy una mujer?

—Desde luego que sí. Estarás mucho tiempo muy cerca de él, y sin duda se daría cuenta.

—Pero entonces es posible que no quiera enseñarme a combatir...

—Lo dudo. Roland me debe favores, y, además, no está en condiciones de ponerse exigente ni de rechazar a ningún pupilo. No te preocupes de eso. Pero ahora vámonos: debe de faltar poco para que llegue la hora de completas y cerrarán las puertas de la ciudad con el toque de queda. Conozco una cueva cercana donde podemos guarecernos. No quiero pasar la noche aquí: ya nos hemos hecho demasiado célebres y me parece mejor no tentar la suerte.

—Espera, sólo una cosa más, Nyneve... Dime, he sacado la carta de la Papisa... ¿Eso qué significa?

—Es la carta de la ocultación, y también de la duplicidad. Eres tú, fingiendo ser quien no eres. Pero también es el poder y la caída, la fortuna y la desgracia. Veremos cosas maravillosas, mi Leola; pero aún no sé si acabaremos llorando.

El Maestro me desprecia porque soy mujer.

Aunque procede de buena cuna, el maestro Roland es un hombre tosco y áspero. En su juventud fue el escudero de un conde que, tras caer en desgracia con el Rey de Francia, fue despojado de sus propiedades y se echó al monte, convirtiéndose en uno más de los muchos nobles renegados, los temibles *faydits,* que asolan el mundo como bandoleros. El escudero se unió al destino de su Señor y durante muchos años fueron el terror de la comarca, hasta que un día Roland decidió abandonar la vida feroz y regresar calladamente a la normalidad. Nunca llegó a ceñirse las espuelas de caballero, pero sabe más de combatir que muchos guerreros afamados. Se gana la vida enseñando a pelear, pero su escuela es prácticamente clandestina porque él es un proscrito y su cabeza tiene un precio. Ahora mismo soy su único aprendiz.

—¡Así no! ¡Levanta ese maldito escudo!... Por los clavos de Cristo, qué desastre...

El Maestro ruge y yo mastico tierra. Me he distraído, no me he cubierto a tiempo con el pesado escudo y el Maestro ha descargado un espadazo en mi hombro que me ha tirado al suelo. Usamos armas negras, sin filo y sin punta, pero aun así los golpes son terribles. Estoy llena de verdugones que Nyneve frota con aceite de árnica por las noches.

—Me maltrata a propósito. Quiere que abandone. No deberíamos haberle dicho que soy una mujer —le lloro a veces a Nyneve mientras me cura.

—¿Y crees que no se hubiera dado cuenta? Tranquilízate y aguanta. Lo conseguirás. Lo importante es que tú confíes en ti misma. Te asombraría saber cuántas mujeres se han ataviado de varón e incluso han ganado guerras... Hace algunos años, una dama del Reino de Castilla, María Pérez, combatió en duelo singular contra Alfonso I el Batallador, Rey de Aragón, y le venció. De resultas de esa gesta se ganó el sobrenombre de La Varona. Y si otras lo han hecho, ¿por qué no vas a poder lograrlo tú?

La escuela consiste en dos pobres cabañas y en un campo de entrenamiento y otro de justas. Nyneve y yo ocupamos la choza más pequeña; el Caballero Oscuro y el Maestro habitan en la grande. El Caballero Oscuro es un hombre aterrador y enorme a quien jamás he visto sin la armadura completa. Nunca dice nada: hasta ahora no le he oído pronunciar una sola palabra. Se limita a observarnos desde cierta distancia todo el día, sentado o de pie, quieto como una roca. No sólo posee unas dimensiones monstruosas: hay algo en él, en su falta de expresión, en la rígida manera en que se mueve, que resulta aberrante. Su yelmo lleva carrilleras y una larga placa sobre la nariz, de manera que el rostro queda oculto casi por completo. No le he visto los ojos: nunca se ha acercado lo suficiente, y yo no tengo la menor intención de aproximarme a él. Con sólo contemplarle de lejos ya me espanta.

—¡Pero mueve los pies, condenada! ¡No te quedes quieta!

Llevamos semanas con el Maestro. Las semanas más duras de mi vida. Durante muchos días no hice otra cosa que intentar pegarle sablazos a un estafermo con una espada y un escudo cargados con plomo. Al principio apenas podía levantarlos, de lo pesados que eran. Cuando por fin conseguí manejarlos y los brazos se me pusieron duros como bolas de cuero, el Maestro empezó a combatir conmigo. Es decir, empezó a aporrearme de manera inclemente. Nunca me dice nada o casi nada, nunca me explica cómo debo hacerlo, sólo me grita, me insulta y me golpea. Como ahora.

—¡Levántate!

Estoy en el suelo nuevamente. Quiero seguir aquí. Quiero rebozarme en el polvo, fundirme con la tierra, mi árida tierra campesina que nunca debí abandonar. Esto es una locura. No lo conseguiré.

—¡Levántate, te digo!

Le obedezco, aunque no quiero hacerlo. Lo único que deseo es salir corriendo. Sé que levantarse es volver a sufrir, y no sé si puedo seguir soportándolo. Me falta la respiración: tengo los pechos vendados, para disimularlos y protegerlos, con apretadas tiras de cuero, y la opresión me impide tragar aire. Aunque quizá sólo sea la asfixia del miedo. El Maestro, sin escudo, sin yelmo, sin loriga, sin armadura de ninguna clase, me espera espada en mano con gesto despectivo. Lanza un mandoble y consigo pararlo con la adarga; después, sin pensar, no sé con qué rara intuición, no sé ni cómo, me agacho y alargo el brazo. La punta roma de mi espada golpea con fuerza el vientre del Maestro. El hombre contesta de inmediato con respuesta refleja y sacude mi mandíbula desprotegida con el puño de su arma. Algo cruje y duele. Caigo de rodillas y veo negro.

Estoy de nuevo tumbada en el suelo, con la boca llena de un sabor repugnante, dulce y espeso. Intento incorporarme, porque me ahogo; apoyada en un codo, escupo una muela y un buche de sangre. Me duele la mandíbula de una manera horrible, pero también me abrasa la desesperación. ¿Será siempre igual, seré siempre una víctima? ¿Estaré atrapada toda mi vida en esta asquerosa indefensión? Por las tardes, después de la paliza y del ritual sanador del aceite, Nyneve me enseña a leer y escribir aprovechando la última claridad de estos soles tan largos del verano. Leemos un libro que Nyneve ha sacado de su bolsillo inacabable: el *Relato de Brut.* Lo ha escrito un tal Robert Wace, canónigo de Bayeux, a petición de la reina Leonor, o eso me ha explicado mi amiga. Yo no sabía que los libros podían ser algo tan maravilloso. De repente, esas páginas manchadas con signos incomprensibles empiezan a tener un sentido para mí, empiezan a contar historias fascinantes de guerreros gloriosos. Del rey Arturo y de Merlín el Mago. Pienso ahora en esos caballeros, en ese mundo de honor y de prodigios. Y pienso en mi casa quemada, en mi cabrita y mi gorrino muertos, en mi padre, en mi hermano y mi Jacques. Pienso en la triste vida de los campesinos, a merced de hombres de hierro que carecen de la grandeza del rey Arturo. Resoplo y me pongo en pie dificultosamente. Recojo mi espada y mi escudo y vuelvo a colocarme frente al Maestro.

—Qué bruto eres, Roland. La vas a matar. Se ha acabado por hoy —dice Nyneve.

Pero el Maestro no le hace caso. Se está sobando la barriga, allí donde le he golpeado, y me mira con el ceño fruncido y una expresión extraña. Pienso: está furioso, está harto de mí y me va a echar. Pienso: ahora sí que va a acabar conmigo. Pero el Maestro arruga aún más la frente, sus cejas son una sola línea que encapota sus ojos indescifrables. Y luego asiente brevemente, una sola vez, con la cabeza.

—Está bien. Vete a descansar. Te lo has ganado.

A lo lejos, junto a la cabaña, el Caballero Oscuro nos contempla, todo hierro y quietud amenazante.

Tengo la cara hinchada y el ojo casi cerrado. No puedo ponerme el almófar porque me hace daño en la quijada, allí donde el Maestro me golpeó. Voy al campo de entrenamiento con la cabeza descubierta.

—No importa —dice él—. Hoy no vas a necesitar la protección.

Y es verdad. Para mi alivio y mi asombro, no la necesito. El Maestro ha cambiado tanto que parece otro hombre. Sigue siendo igual de seco, igual de adusto, pero no quedan rastros de esa furia amarga que antes le quemaba. Se apoya con ambas manos en la cruz de su espada y me habla. Me habla.

—Eres alta, Leola. Más alta incluso que algunos caballeros. Pero eres mucho más ligera que el más pequeño de los hombres. Los mejores guerreros no son necesariamente los más fuertes, los más grandes, los más pesados. Los buenos guerreros son aquellos que poseen cabeza y corazón. Una cabeza clara y rápida, capaz de elegir, casi sin pensar, la estrategia de lucha en cada ocasión. Y un corazón de león que no conozca el miedo, porque los combates sólo se ganan si se sale a ganar. ¿Me entiendes, Leola?

Muevo la cabeza afirmativamente, porque no me atrevo a romper con el sonido de mi voz sus palabras preciosas.

—Quiero decir que nadie ha ganado jamás ninguna lucha defendiéndose. Para vencer, hay que atacar. Y para atacar hay que olvidar que eres mortal, que las espadas cortan, que la carne duele. Un corazón de león: ésa es la mejor arma de un caballero...

El Maestro calla y yo también. Transcurren los instantes. Muevo el peso de mi cuerpo de una pierna a la otra. El sol calienta mi cota de malla.

—Yo pensaba que las mujeres carecían de un corazón así. Pero quizá me haya equivocado..., al menos contigo. En cuanto a la cabeza, lo primero es conocer bien los propios recursos. Eres flexible y rápida: no debes parar los golpes, sino esquivarlos. Y luego hay algo más, que es el instinto cazador, la intuición guerrera, esa extraña y ciega sabiduría que te hace lanzar un mandoble aun antes de haber tenido tiempo de pensar en mover tu brazo... Y también es posible que tengas ese don, Leola... Tu estocada de ayer no estuvo mal. Aunque tal vez sólo haya sido cuestión de suerte. ¿Sabes bailar?

—Sí...

—La lucha es una danza, sobre todo para los guerreros como tú, o para el guerrero en el que quizá podrías convertirte. Tienes que aprender a bailar con tu enemigo y olvidarte de todo, de la misma manera que te olvidas de contar tus pasos cuando la música te arrastra. Tienes que olvidar tus temores y tu cuerpo, tienes que olvidar incluso quién eres y dejarte llevar por el ritmo interno de la danza de la muerte. No pienses, actúa. Y recuerda: la mejor defensa siempre es el ataque. Ponte en guardia.

Saco la espada de su vaina, me aferro al escudo y me pongo a temblar. No temo los golpes, sino defraudarle.

—Venga. ¿A qué esperas? Ataca.

¿De qué modo, por dónde? Las palabras del Maestro retumban dentro de mi cabeza y me marean. Tengo que bailar. Tengo que parar de pensar. Tengo que dejar de tener miedo, porque el cuerpo no duele. Estoy agarrotada, petrificada. Me lanzo hacia delante con el mismo ímpetu ciego con que me lanzaba a la poza del río Lot y amago un mandoble desesperado. El Maestro me esquiva limpiamente y golpea mi adarga. Caigo al suelo sentada.

—Bien, has hecho justamente todo lo que no debes hacer. Has cargado contra mí de manera frontal y directa, con tanta lentitud, además, que me has avisado con mucha antelación de por dónde iba a venir tu golpe. Recuerda: no eres fuerte, eres rápida y tienes que ser lista. Debes marearme y engañarme. Y luego, cuando yo he contestado, has pretendido parar mi espada, en vez de recogerla con el escudo y desviarla, dejándola resbalar hacia un lado..., de ese modo, mi propio impulso me habría hecho perder el equilibrio. Por cierto, esto me hace pensar en tu armadura. No tienes escudo propio y necesitas uno; búscate una adarga pequeña y ligera. Lo importante es que esté bien hecha; que no sea plana, sino que tenga una superficie abombada y resbaladiza, para que los golpes se desvíen. Y lo mismo digo del yelmo: el que usas es demasiado pesado y, además, te viene grande, lo mismo que ese ridículo almófar de gruesos eslabones... Ninguna armadura, ningún casco y ningún escudo, por sólidos que sean, impiden el tajo de una espada bien manejada. Un guerrero medianamente vigoroso y medianamente hábil puede partirte en dos aunque estés recubierta del hierro más espeso. Y si eso puede hacerlo cualquier hombre, piensa en lo que te podría suceder si te enfrentaras a un contrincante como el Caballero Oscuro.

Mis ojos se van, sin poderlo evitar, a la lejana silueta del gigante. Brilla todo él con la luz del sol, una mole de metal negra y mortífera. Un escalofrío desciende por mi espalda bajo la loriga recalentada.

—De manera que usar revestimientos muy gruesos es en general bastante inútil, pero en tu caso sería, además, un error fatídico, puesto que tu arma ha de ser la rapidez. Por fortuna, tu loriga es muy buena, ligera y apretada como una piel. También es buena la espada, así como el hacha y el cuchillo. Cambia de yelmo y de almófar y búscate un escudo en condiciones. La armadura es la herramienta del guerrero. Es muy importante usar la adecuada. Y levántate de una vez. ¿Piensas pasarte todo el día ahí sentada?

Embebida en sus palabras, no me he dado cuenta de que sigo en el suelo. Me pongo en pie y vuelvo a colocarme.

—Ataca.

El baile, el pensamiento, el miedo, la rapidez, el pensamiento, el baile. Me he movido, pero no sé qué he hecho. De pronto, el Maestro ya no está frente a mí. ¡Está detrás! Intento volverme, pero una bota empuja mi trasero. Caigo de bruces y otra vez trago tierra. Pero ya no es mi tierra campesina.

Me despierto en mitad de la noche y estoy sola. La luz de la luna entra por el ventanuco y pinta con un resplandor de plata la cabaña, haciéndola parecer más limpia, más hermosa. Toco el lado del jergón donde duerme Nyneve y está frío: hace tiempo que se ha ido. Me levanto. La sucia paja que cubre el suelo de tierra me hace cosquillas entre los dedos desnudos. El silencio es tan completo que el chirrido de la puerta, cuando la abro, resulta atronador. Voy al campo de entrenamientos y me siento en el tocón del árbol quemado. El mundo es una burbuja de luz lívida. Uno de los dos toscos bridones del Maestro relincha en la cuadra: tal vez me haya oído. Siento un escalofrío: el verano se encamina a su fin y la tierra respira una humedad otoñal.

Hace varias lunas llenas, en una noche como la de hoy, despojé el cadáver de mi caballero. Recuerdo el espectral paisaje de la batalla y creo volver a percibir el tufo dulzón de la podredumbre. Mi entrenamiento prosigue y parece que no lo hago del todo mal: el Maestro, lo noto, está contento. Pero yo me siento una impostora porque sé que nunca seré como esos hombres de hierro que se descuartizaban en el campo vecino. No quiero tajar piernas, amputar brazos, reventar cabezas como sandías maduras. No creo que tenga la fuerza ni el corazón para poder hacerlo. Lo lamento, Maestro, pero no poseo el corazón del león. Como mucho soy una raposa, un zorrito pequeño que solamente ansía sobrevivir. Y el entrenamiento es bueno para eso. Creo que hoy no hubiera necesitado al señor de Ballaine para defenderme de los asaltantes. Me siento fuerte, me siento astuta y me siento orgullosa de saber lo que ahora sé. También las raposas tienen su dignidad, aunque los leones las desprecien.

Me extraña la ausencia de Nyneve. Es cierto que de cuando en cuando se va a Millau, pero nunca en mitad de la noche y sin avisar. Desaparece unos cuantos días y regresa con dinero y con algunas compras. Nunca le pregunto cómo lo ha conseguido: tal vez con el Tarot, tal vez haciendo magia. El último día trajo ropa de hombre para mí y para ella: dice que quiere hacerse pasar por mi escudero. También adquirió una tela azul oscura ribeteada de gris, con la que pretende hacerme una sobreveste.

—No puedes seguir usando la del muerto: son los colores de su blasón y cualquiera puede reconocerlos. De ahora en adelante serás el Caballero Azul.

No tendré bordados heráldicos ni bandera; seré uno más de esos guerreros sin rango que recorren los caminos, un caballero bajo, un *bas chevalier* o bachiller. Un personaje dudoso del que nadie se fía. Mejor: prefiero ser temida en la distancia a verme obligada a demostrar que el temor tenía fundamento.

Fue asimismo en Millau donde Nyneve consiguió un arco corto. Cuando regresó con él, el Maestro montó en cólera:

—En mi escuela no aprenderá ningún guerrero a utilizar un arma tan rastrera y cobarde.

Los caballeros, lo sé, odian el arco. Y aún más los terribles arcos largos de los bretones y la mortífera ballesta, que son armas prohibidas por la Iglesia. Lo cual no impide que se sigan utilizando. Las flechas matan de lejos, perforan yelmos y atraviesan armaduras, destrozan gargantas y revientan ojos. El mejor de los hombres de hierro, con toda su sabiduría bélica y su valor, está tan indefenso como un corzo ante la certera flecha de un plebeyo.

—No seas ridículo, Roland —contestó Nyneve—. ¿A qué vienen estas ansias de pureza caballeresca? Te olvidas de que Leola es una mujer: nunca podrá ser un verdadero guerrero. ¿Qué más da si aprende a tirar con arco?

Es cierto: tengo la sensación de que el Maestro a veces se olvida de quién soy. Últimamente siempre me llama Leo y me trata como trataría a un hijo adolescente.

—¡Me da igual lo que digas! ¡Aquí no quiero ver ese artilugio inmundo!

Pero Nyneve no le ha hecho ningún caso. Ha empezado a entrenarme ella misma por las tardes: para mi sorpresa, es una arquera formidable. Cuando salimos a la explanada a hacer puntería con el estafermo, el Maestro y el Caballero Oscuro se encierran con iracunda dignidad en su cabaña. Es un arte difícil y las flechas muestran una extraña tendencia a irse a cualquier parte, a pesar de que el arco, me ha explicado Nyneve, es de buena calidad y está bien hecho.

—Es de madera de tejo, la mejor para estas cosas... El tejo es el árbol del infierno de los griegos... Y los griegos eran el pueblo de Aristóteles, ese sabio antiguo del que te he hablado. El tejo es un árbol maravilloso. De sus frutos se extrae un veneno con el que puedes impregnar la punta de las flechas para convertir cualquier pequeña herida en algo fatal. Ya te enseñaré a hacerlo. Pero no se lo digas a Roland, o se volverá loco de furia...

No se lo diré. Y creo que tampoco lo utilizaré, porque lo del veneno me repugna. Aquí, en la quietud, bajo la limpia luna, el mundo parece un lugar ordenado y hermoso en el que no caben esas malas artes ponzoñosas. Me asombra poder estar sin temor en mitad de la noche: tal vez sea una consecuencia de mis nuevos saberes de raposa. Estas pobres cabañas y este campo son como mi hogar. Tengo la sensación de haber nacido aquí y quizá sea cierto. Soy el Caballero Azul, un zorro sin pasado, y ésta es mi madriguera. La escuela está en una colina: allá abajo veo brillar el pequeño camino, que serpentea y se pierde bajo la sombra de los árboles. Algún día tendré que tomar ese sendero para marcharme, pero la idea me acongoja. No sé qué va a ser de mi vida. La batalla de Gevaudan ha terminado; el conde ha sido vencido y la comarca vuelve a pertenecer al Rey de Francia. Mi padre y mi hermano están vivos y han regresado a casa: se lo contó un viejo soldado a Nyneve, en uno de sus viajes a la ciudad. Pero de Jacques nadie sabe nada. Tal vez haya muerto; aunque no lo creo, no lo siento. Tal vez se haya convertido en una raposa errante, como yo. Me siento un poco turbada, me siento algo sucia por no haber buscado a mi Jacques con más premura, por haberme entretenido aprendiendo a pelear y no haber corrido a Gevaudan. Ansío recuperar a Jacques, pero no quiero regresar a casa, al territorio quemado, al duro invierno sin grano y sin cobijo. No quiero volver a tirar del arado como un buey. Quiero caminar todos los caminos y leer todos los libros que hay en el mundo. Y encontrar a mi Jacques, que me estará buscando.

Un quejido de madera desgarra el silencio de la noche. Sobresaltada, me dejo caer al suelo y me acurruco detrás del tocón. Quedos susurros indescifrables llegan a mis oídos a través del aire ligero y transparente. En el quicio de la cabaña grande acaba de aparecer una sombra confusa. Hay un rumor de ropas y de roces y ahora la sombra se divide en dos: son Nyneve y el Maestro. Nyneve lleva puesta su camisa, blanca como un sudario a la luz de la luna, pero el Maestro está desnudo. Su piel brilla oscuramente sobre su cuerpo fibroso. Siento un golpe de calor en el estómago, un ardor que me sube a las mejillas. Nunca pensé en el Maestro como hombre, de la misma manera que él no piensa en mí como mujer. Desnudo, no parece tan mayor: y quizá no lo sea. Veo los apretados nudos de sus músculos y mi pobre cuerpo se estremece. Las figuras vuelven a unirse en un estrecho abrazo; se escucha un sonido semejante al zureo de las palomas. Luego, Nyneve se desprende del Maestro y cruza la explanada con los pies descalzos en dirección a nuestra choza. Aguardo un tiempo prudencial y cuando todo vuelve a la quietud regreso yo también a la cabaña. Dentro, el aire está caliente y algo viciado. Nyneve se encuentra tumbada en el jergón, de cara a la pared. Sospecho que está despierta, pero me acuesto procurando no hacer ruido. Meto la mano por debajo de mi camisa y me toco el vientre, helado por el relente de la noche. Mi cuerpo gime de hambre y soledad. Mi cuerpo virginal, atrapado dentro de los ropajes de caballero. Nyneve empieza a resoplar suavemente junto a mí, sumergiéndose en el sueño. La envidio. La detesto.

El Maestro quiere enseñarme a justar.

—Es muy útil, además de honroso. Puedes ganar armas, caballos, incluso rescates de dinero. A veces, hasta tierras.

Ayudé a cuidar de la cuadra de mi amo y por fortuna sé montar, aunque nunca lo había hecho con silla y con los largos estribos de los guerreros. Adaptarse a ello, sin embargo, es muy fácil. Lo difícil es aprender a manejar la enorme lanza, más larga que dos bridones juntos, colocados uno tras otro. Cargada de plomo como está, al principio fui incapaz de despegar la punta del suelo y mantenerla en vilo. Ahora ya consigo llevarla más o menos recta mientras monto a caballo, y el Maestro me ha puesto a enfilar anillas que cuelgan de una cuerda. Hay que intentar atinar a galope tendido, pero todavía no he conseguido ensartar ni una sola con la espantosa lanza.

—Me parece que vas a ser mejor combatiendo a pie que en el torneo... —gruñe el Maestro.

—Lo siento, pero se necesita mucha fuerza —me disculpo.

—Es cierto, se necesita fuerza, pero de nuevo es más importante la pericia. Un instante antes de que la lanza de tu rival choque contigo, debes avanzar el escudo para recoger el impacto y desviarlo. No te aferres al caballo: eso es lo que te hará caer. Al contrario, es mejor que te pongas brevemente de pie en los estribos para tener más capacidad de movimiento y más recorrido y acompañar mejor el resbalar de la lanza... La maestría de un buen justador consiste en manejar bien el escudo con un brazo, mientras que con el otro, al mismo tiempo, colocas la lanza en el punto adecuado de tu adversario, en ese lugar que tú habrás calculado que va a hacerle perder el equilibrio.

—¿Y cómo se calcula eso?

—Cayendo muchas veces al suelo hasta aprenderlo.

Está de buen humor el Maestro últimamente. A veces hasta sonríe, enseñando el agujero de los dos dientes que le faltan. Nyneve se marcha todas las noches a la cabaña grande y ya ni siquiera se preocupa de ocultarme su partida. Sin embargo, siempre va muy tarde y regresa antes del alba, lo que me hace pensar que tal vez el Caballero Oscuro ignore la situación. Cosa que resulta difícil de entender. Pero lo cierto es que no entiendo nada del Caballero Oscuro.

—Está bien, Leo, deja esas pobres anillas y haz algo que me levante el ánimo... Haz algo que me haga sentir orgulloso de ti como maestro. Desmonta, desensilla el caballo y métetelo en la cuadra. Luego recoge tu espada de entrenamiento y vuelve acá.

Hago cuanto me dice con un vago remusguillo de inquietud. Las manos me sudan: tengo la sensación de que voy a ser sometida a un examen. Regreso al campo de entrenamiento y ya desde lejos se me desploma el ánimo. No puede ser: junto a mi Maestro, colosal y ominoso, se encuentra parado el Caballero Oscuro. Me acerco renuente, caminando cada vez más despacio, y al fin me detengo a un par de metros del gigante. Nunca había estado tan cerca. Sus ojos son dos chispas pequeñas y azules brillando turbiamente allá al fondo, en la penumbra de su pesado casco con nariguera. Es como la mirada de una alimaña desde la oscuridad de su cubil. El Maestro sonríe. Al parecer mi temor le divierte.

—Creo que ya estás preparada para enfrentar la prueba que todos los aprendices tienen que pasar en esta escuela: combatir contra el Caballero Oscuro. Como ves, el Caballero lleva una espada embotada, como la tuya. Pero es tan fuerte que un solo golpe suyo puede partirte el espinazo, de manera que procura no dejarte atrapar.

Ahogo a duras penas un gemido. Un calor de orines se extiende por mi entrepierna.

—¿Tienes miedo? Recuerda que tu miedo es peor enemigo que el Caballero Oscuro. Y piensa que si te asusta este guerrero, que a fin de cuentas utiliza armas negras y no pretende matarte, no serás capaz de enfrentarte jamás a un verdadero adversario.

Intento vaciar mi cabeza y no pensar. No es cierto: intento pensar en todas las veces que, durante los entrenamientos, he conseguido tocar el cuerpo del Maestro con mi espada sin filo. Intento recuperar ese sentimiento de triunfo y ligereza. Esa sensación de inmortalidad.

—Muy bien. Adelante —dice el Maestro.

El Caballero Oscuro es tan enorme que tengo la impresión de que me tapa el sol. Sólo le veo a él, el mundo es sólo él, una impenetrable pared de metal negro. El Caballero se mueve despaciosamente hacia su derecha y yo acompaño su desplazamiento, manteniendo las distancias y dibujando un círculo pausado. De pronto, el guerrero levanta su espadón y carga contra mí. Doy un aterrorizado brinco lateral, tan desatinada y falta de concentración que casi tropiezo con mi propio escudo; y veo pasar a mi lado al Caballero Oscuro, arrastrado por su inercia, pesado y resoplante como un buey. Es lento. ¡Es lentísimo! Yo ya estoy colocada y él aún está girando su corpachón. Algo parecido a la alegría se me enciende en el pecho, una embriaguez de juego y de peligro. Ahora soy yo quien empieza a moverse. Danzo en torno al Caballero, que gruñe y da mandobles, pero no me alcanza. Al cabo me detengo y bajo mi adarga, dejando mi cuerpo al descubierto. El gigante se arroja sobre mí. Me agacho para esquivarle y, mientras él taja el aire con su arma, meto mi espada entre sus piernas. El guerrero se desploma de bruces con estruendo de lata.

Vuelvo a ponerme en posición, a la espera de que se levante. Pero el guerrero continúa tumbado sobre el suelo, con los brazos y las piernas abiertas en aspa, boca abajo. Sus hombros descomunales empiezan a moverse de una manera extraña; su espalda se sacude y escucho un sonido incomprensible, una especie de gañido, cada vez más alto y más agudo. El Maestro se arrodilla junto al hombretón.

—Guy, Guy, tranquilo, Guy, no pasa nada...

El asombro me paraliza. Roland vuelve dificultosamente boca arriba al guerrero y le quita el yelmo y el almófar. Está llorando. El Caballero Oscuro solloza como un niño.

—Me ha hecho daño... —balbucea entre lágrimas.

—No, no ha podido hacerte mucho daño... Sólo estás asustado por haberte caído. Pero esto no es nada...

Su cabezota cuadrada posee una piel blanca y delicada, totalmente lampiña. Sus ojos están demasiado juntos sobre la nariz; su boca retorcida por los pucheros es demasiado pequeña y de labios rosados. Es el rostro de un niño, de un niño avejentado y monstruoso.

—A ver, incorpórate... ¿Ves como no te duele nada?

El Maestro le alisa desmañadamente el escaso y mal cortado pelo pajizo, le quita las manoplas, le limpia las mejillas del barrillo que el polvo ha formado con las lágrimas. El gigantón se restriega los ojos con unos puños tan grandes como roscas de pan. Su poderoso pecho todavía se agita de cuando en cuando, pero ya se le ve más sosegado.

—Lo he hecho mal, lo siento... —murmura.

—No pasa nada. Sólo has tropezado. Y no te preocupes por haber hablado o porque te hayan visto... Son personas amigas. Ven a sentarte en el árbol quemado.

El Maestro coge de la mano al gigante y lo lleva al tocón. Luego se vuelve hacia nosotras, con el rostro tan lleno de emociones que parece más desnudo que cuando le vi sin ropas bajo la luna llena.

—Es mi hijo. Por eso dejé de ser un *faydit*. Porque me necesitaba. Es un inocente. No quiero que se sepa: podrían hacerle daño. Ésa es la razón de su disfraz de caballero. Le enseñé a pelear, aunque el pobre no es demasiado bueno. Sin embargo, le gusta, y su presencia aterroriza tanto que siempre es una prueba de fuego para los aprendices. Nunca pensé que lo podrías derribar. Nadie lo ha hecho. Como mucho, han conseguido esquivar sus golpes. Y alguno incluso ha salido malparado, porque Guy no controla sus fuerzas y, cuando pega, lo hace muy duro.

—Lo lamento... —digo con torpeza.

—¿Qué es lo que lamentas? ¿Haber combatido bien? No te preocupes. Sólo se ha asustado... y creo que también le ha dolido perder. Es muy grande por fuera, pero su alma es tan pequeña como la de una criatura.

No sé qué decir. Me siento aliviada, pero también defraudada. ¡Yo que estaba tan orgullosa de haber derribado al Caballero Oscuro y resulta que no es más que un pobre imbécil! Resoplo, algo irritada. Nyneve se acerca y mete su mano dentro de la mano del Maestro. El hombre se estremece y la aprieta con fuerza. Está atardeciendo y, por encima de nuestras cabezas, docenas de pájaros pían y alborotan mientras se preparan para dormir. Otro día hermoso que se acaba, deben de estar diciéndose los unos a los otros; otro día que hemos sobrevivido en este mundo tan repleto de cosas extraordinarias.

—Entonces, ¿puedo hablar? —pregunta Guy desde el tocón, donde sigue sentado modosamente.
—Sí, claro que sí —responde el Maestro.
—Tengo hambre.
El Maestro ríe, enseñando la ausencia de sus dientes.
—Por supuesto. Es hora de comer. Venid a nuestra cabaña. Esta noche compartiremos el guiso.

Nyneve regresó ayer de Millau con una nueva inquietante:

—Las murallas de la ciudad van a ser clausuradas durante varios días. Los campesinos están claveteando las puertas y las ventanas de las casas extramuros, y han metido sus cerdos, sus vacas y sus gallinas dentro de la iglesia para protegerlos... Se espera la llegada de la Cruzada de los Niños. Son muchísimos y van arrasando todo en su camino. Se dirigen al Sureste, camino de Marsella, donde piensan embarcar hacia Tierra Santa, y me temo que pasarán cerca de nosotros.

Un pastorcillo de Vendôme de verbo iluminado empezó a predicar la Santa Cruzada hace algunos meses. Su elocuencia es grande, y su fe en la reconquista de Jerusalén es sólo comparable a su odio a los infieles. Está seguro de contar con el apoyo divino y ha conseguido arrastrar detrás de él a millares de cristianos inocentes y generosos. Algunos son adultos, hombres y mujeres, pero sobre todo van con él muchísimos niños, emocionados adolescentes que lo han dejado todo para ir en pos de la salvación eterna a los Santos Lugares. A medida que avanzan va aumentando la tropa, como arenilla que el agua va arrastrando: dicen que ya son cerca de treinta mil. Salieron de sus casas con lo puesto, abandonando el arado, la soga con la que sacaban agua del pozo, el pan quemándose en el horno; y a su paso van depredando el mundo, porque necesitan comer y beber y se creen autorizados por Dios para coger todo aquello que encuentran. Son tan devastadores como un ejército invasor y, como éste, van amparados por estandartes de cruces.

El Maestro frunció el ceño al oír la noticia:

—Está bien..., ya hemos soportado el paso de otras hordas y otras cruzadas...

—Pero esta vez son más, Roland. Muchísimos más.

—¿A cuánto están de aquí?

—A lo sumo, a un par de días.

En el entretanto, nosotros hemos seguido con nuestra vida normal. Por la mañana, a primera hora, entrenamiento con el estafermo, al que el Maestro ha colgado dos cadenas con sendas bolas de hierro en cada uno de los brazos, bolas que debo evitar, cosa que no siempre logro, cuando le embisto con mi lanza a caballo. Luego, un rato de justas con el Maestro, él montado en el bridón castaño, yo en el animal más viejo, el tordo de canosas barbas, un caballo prudente y filosófico que me mira con resignación cada vez que lo ensillo: tal vez eche de menos su juventud guerrera, la furia y el frenesí de la batalla, el olor de la sangre. Por las tardes juego a combatir a pie con Guy el Gigantón, y nos divertimos. Luego un poco de arco y, cerca ya de vísperas, las clases de lectura y escritura.

Hoy estamos leyendo la batalla final de Arturo contra su hijo Mordred. Un hijo incestuoso habido con su hermana, con quien yació ignorante del vínculo que les unía.

—Éste es el gran terror de todos los nobles... Nuestros caballeros tienen la bragueta tan fácil que llenan la tierra de bastardos, y luego siempre temen caer en el incesto... —dice Nyneve.

Me pregunto cómo se las arreglará Nyneve para recibir todas las noches los jugos de Roland sin que se le abulte la cintura... Estuve sin madre desde muy pequeña y desconozco los saberes de las mujeres. Claro que Nyneve es maga, o eso dice.

—¡Venga, sigue leyendo! ¿En qué bobería estás pensando? —gruñe mi amiga.

El gran Arturo ha recibido una herida fatal y los Caballeros de la Mesa Redonda han sucumbido en una horrible carnicería: «Allí murió la hermosa juventud», dice Wace. Y a través de sus palabras yo ahora veo en verdad hermosos a esos hombres de hierro que antes tanto temía y tanto odiaba, a esos caballeros capaces de dejarse desmembrar por amor a su Rey.

—No quiero que muera Arturo —digo, acongojada.

—Pero si no muere...

—Sí, míralo, ahí lo pone. Está agonizando. Su herida es mortal.

—No, tonta. Eso es lo que parece. Ya te he dicho que la verdad tiene muchas caras. Mira lo que dice aquí: «Maese Wace, que hizo este libro, no quiere decir nada más sobre su final de lo que dicen las profecías de Merlín. Merlín dijo de Arturo, y tuvo razón, que su muerte sería dudosa. Dijo verdad el profeta; desde entonces siempre se dudó, y siempre, creo yo, se dudará, si está muerto o vivo». Yo sé bien lo que sucedió con el Rey, Leola. Arturo, herido, fue llevado a la isla de Avalon. Y allí sigue todavía, porque Avalon es un lugar feliz donde la muerte no penetra.

¡Avalon! En nuestro último encuentro, Jacques me habló de la existencia de esa bienaventurada isla de mujeres. Yo creía que era un cuento de juglar.

—Pero, entonces, ¿Avalon es real?

—Claro que sí. Yo he estado allí, y algún día volveré. Quizá muy pronto.

El tema me fascina, pero antes de poder preguntar nada más veo con sorpresa que el Maestro está cruzando la explanada en dirección a nosotras. Lleva puesta la armadura entera, lo cual no es habitual en él salvo cuando vamos a justar. Antes de que llegue he adivinado lo que nos va a decir.

—Ya vienen. Ármate, Leo. Y coge la espada verdadera.

Corremos a prepararnos. Me pongo los guanteletes, la cofia, el almófar, el yelmo. Al empuñar mi espada, me asombra su increíble ligereza: llevaba meses sin sacarla de la vaina y estoy acostumbrada a las armas con plomo. Nyneve se ajusta el coselete de cuero endurecido que ha adquirido para su disfraz de escudero y agarra el arco y las flechas. Regresamos junto al Maestro y el Caballero Oscuro, que se encuentran en el borde de la explanada, a la vera del tocón, contemplando la vaguada que hay a sus pies. Allí, a un par de tiros de arco de distancia, vienen los cruzados, engullendo el sendero con su desparramado avance, cubriendo el estrecho valle de una ladera a la otra, envueltos en una neblina polvorienta, como un animal de treinta mil cabezas, un río de carne. Se escucha el golpeteo sordo de sus pasos, el chasquido de los matorrales que van desgajando. Su masa amedrenta y maravilla: nunca había visto antes tantas personas juntas.

Súbitamente, comienzan a cantar. Canta la muchedumbre con una sola voz, una especie de lamento ensordecedor e incomprensible.

—Son salmos en latín —dice Nyneve.

Es una música muy hermosa y muy triste, maravillosas palabras que les unen. Ya están llegando a nuestra altura; intento descubrir al pastorcillo de Vendôme, pero no consigo identificarlo entre los que marchan en cabeza. Vienen todos muy pegados unos a otros, enarbolando sucios y desgarrados estandartes con la cruz, aunque algunos tan sólo llevan simples palos con un trapo blanco atado en la punta. Ahora que me fijo, veo entre ellos unos cuantos soldados y un puñado de individuos con una traza inquietante e incluso ruin, tipos extraños de apariencia malencarada y peligrosa: tal vez sean antiguos criminales redimidos por la luz de la fe. Pero la inmensa mayoría son campesinos, lo sé, les reconozco, una muchedumbre de gentes paupérrimas, descalzas, desarrapadas, agotadas. Muchachas adolescentes que cargan niños pequeños en sus brazos, chiquillos de diez años arrastrando los pies. Casi todos los cruzados, es cierto, son muy jóvenes: apenas han rebasado la pubertad. Están cubiertos de polvo y extenuados, pero todos cantan, todos sonríen, todos parecen arder de una emoción divina. Mientras pasan por debajo, algunos nos miran y nos llaman:

—¡Venid! ¡Uníos a nosotros! ¡Por la gloria de Cristo! ¡Por la salvación de nuestras almas! ¡Por la liberación de Jerusalén!

Permanecemos impasibles mientras el río de la fe nos sobrepasa, pero mi corazón late con ellos: con su música celestial, con su unanimidad y su alegría, con su radiante y hermosa niñez. Así debe de ser Avalon, esta unión de los cuerpos y las almas, esta clara idea de lo que haces y de por qué lo haces. Y mientras tanto, ¿qué estoy haciendo yo con mi vida? ¿No debería consagrarla a Dios, al igual que ellos? La Cruzada de los Niños desaparece ya en la revuelta del camino; los últimos peregrinos se pierden bajo los árboles. La tierra ha quedado pisoteada, las matas tronchadas, el sendero borrado. Los cánticos se alejan. El mundo es un lugar vacío y sin sentido.

—Bien. Por fortuna han pasado de largo —dice el Maestro.

—Pobres desgraciados —dice Nyneve.

Sus palabras me encrespan:

—¿Por qué pobres desgraciados? ¡Son mejores, más generosos, más puros que nosotros! Lo han dejado todo por seguir a Dios.

—No, Leola, no te equivoques. Lo han dejado todo por seguir a un loco. Han abandonado todo lo que tenían, que debía de ser bien poco, por una palabra mentirosa, por una promesa de salvación y de gloria divina, como si por el mero hecho de seguir al pastorcillo tuvieran resuelta la existencia y pudieran tocar el Cielo en la Tierra. Pero nadie puede resolver tu vida por ti, y para poder tocar el Cielo antes hay que morirse. Desconfía de aquellos que poseen más respuestas que preguntas. De los que te ofrecen la salvación como quien ofrece una manzana. Nuestro destino es un misterio y quizá el sentido de la vida no sea más que la búsqueda de ese sentido.

Me ha dejado sin palabras porque no la entiendo. No sé qué contestarle y mi mudez me irrita.

—¿Tú qué crees que va a suceder con ellos, Leo? —dice el Maestro suavemente—. Jerusalén está muy lejos y no creo que lleguen. En el camino morirán muchos y pasarán grandes penalidades. Y si por desgracia llegan, ya has visto cómo son: en su mayoría, niños sin armar. ¿Qué crees que harán los sarracenos con ellos? ¿Piensas que se dejarán convencer por sus salmos latinos? Hace años ya se organizó otra gran cruzada semejante. Yo les vi pasar, como ahora vemos a éstos. Igual de emocionados y de emocionantes. En aquella ocasión la predicó un monje llamado Pedro el Ermitaño y consiguió reunir a unas diez mil personas. Pues bien, después de sufrir muchas calamidades llegaron a Asia y allí los otomanos los degollaron y descuartizaron en una sola jornada. A todos. Dicen que la sangre corría como un río.

Esto sí lo comprendo. Me embarga la tristeza, porque quiero creer a los peregrinos. Pero no me atrevo a contradecir a Nyneve y al Maestro. Lamento ser joven e ignorante y no poseer palabras suficientes; pero sobre todo lamento no saber qué pensar. Mi cabeza bulle como un caldero al fuego.

Es una noche triste. Comemos sin hablar y luego me acuesto sola en el jergón mientras Nyneve se va a la cabaña grande. Intento dormir, pero el desasosiego me aprieta las entrañas. El rey Arturo, los Caballeros de la Mesa Redonda, los peregrinos de la Cruzada de los Niños, todos ellos han entregado su vida a una causa. Incluso el Maestro vive para su hijo. Era lo que decía el señor de Ballaine: es necesario comprometerse con un fin honroso. Con algo que engrandezca nuestras pequeñas vidas. Pero yo ni siquiera soy capaz de buscar a mi Jacques. Y ni siquiera sé dónde buscarle.

He debido de dormirme, porque Nyneve ronca junto a mí y por el ventanuco ya se cuela la claridad del día. Estoy sobresaltada. Algo me ha despertado, pero no sé qué es.

—¡Abrid!

Es el Maestro: está golpeando la puerta. Me levanto atontada mientras Nyneve se despereza. Para mi sorpresa, la tranca está echada: nunca la ponemos. Tal vez Nyneve la colocó por miedo a que regresaran los peregrinos.

El gesto descompuesto del Maestro me asusta. Sus ojos color miel parecen negros y los surcos de su rostro enjuto son más hondos que nunca. Sólo viste la camisa y unos calzones.

—Guy se ha marchado. Se ha llevado mi caballo. Estoy seguro de que se ha ido detrás de los cruzados. Tengo que ir a buscarlo. Voy a prepararme.

Mientras se viste, Nyneve le llena una alforja con comida y yo le ensillo el viejo tordo. Regresa recubierto de hierro y con la espada al cinto. Su loriga es buena pero está muy gastada; algunos eslabones muestran melladuras y remiendos, las huellas de las antiguas heridas. Embutido en su armadura, con su cuerpo delgado y musculoso, el Maestro resulta un hombre imponente.

—Te esperaremos —dice Nyneve.

—Haced lo que queráis... En realidad tu instrucción ya ha terminado, Leo. Tal vez sea el momento de marcharos.

—Te esperaremos —repite Nyneve.

El Maestro cierra un momento sus ojos con pesadumbre:

—Tengo el presentimiento de que no vamos a volver a vernos... Pero quién sabe...

Se inclina un instante sobre el cuello de su caballo y roza con su dedo de hierro la mejilla de Nyneve. Y luego mete espuelas y se aleja colina abajo sin mirar atrás.

Le hemos estado esperando durante siete días. Pero esta mañana Nyneve se ha levantado con el rostro ensombrecido:

—Lo sé, no va a regresar. Es hora de que nosotras nos marchemos.

Hemos preparado unas alforjas con algunas provisiones, grasa de oveja, una lona encerada, una olla y las hierbas mágicas y curativas que Nyneve utiliza. Yo he guardado en el saco mi ropa de varón, camisa, jubón y calzas finas, y he vestido mi armadura. Nyneve se ha puesto su disfraz de escudero y ha cortado su abundante cabellera. Mientras lo hacía, descubrí con cierta inquietud que una de sus orejas está mutilada. Se las había arreglado para disimular la marca hasta ese momento.

—Tienes la oreja cortada...

—Es cierto. ¿Y qué?

—Es el castigo reservado a los ladrones.

—Te asombraría saber de cuántas maneras se puede perder una oreja, así como de cuántas maneras se puede acusar injustamente a alguien. Incluso también podría argumentarse que hay muchas maneras de robar, y que algunas están justificadas.

Una vez dicho esto, que, como suele suceder con Nyneve, es tan impreciso como si no hubiera dicho nada, mi amiga ha vuelto a cubrirse la cicatriz con sus rizos espesos. Hemos cerrado las cabañas lo mejor que hemos podido y nos hemos ido. Estamos yendo por el sendero polvoriento, por esa larga ruta que hasta hace muy poco me asustaba. Miro alrededor y respiro hondo: yo era otra, soy otra, alguien muy distinto a la indefensa Leola que llegó meses atrás a la escuela del Maestro. Ahora ni siquiera me tizno la cara para pasar más desapercibida. Ahora camino retadora, o más bien retador, dentro de mi nueva sobreveste azul, y los viandantes parecen reconocer esa diferencia que hay en mí. Me creen porque yo me creo. A mi lado, Nyneve acarrea todas las alforjas:

—Un caballero no debe llevar impedimenta.

Carga el peso con tanta facilidad que casi parecería cosa de magia, si no fuera porque su fortaleza es evidente. Con su cara ancha y sus manos cuadradas, resulta más convincente que yo como varón.

Hemos cubierto largas jornadas de camino, tranquilas y anodinas. A decir verdad, no sé hacia dónde vamos. Nyneve me dirige y yo no me atrevo a preguntar. Temo que su respuesta confirme lo que creo: que no vamos en realidad a ningún lado, que somos caballeros errantes, que hemos engrosado la variopinta marea de vagabundos que yo veía pasar, amedrentada, por delante de mi casa campesina. Atada a la tierra como estaba, siempre desconfié de esos inciertos personajes errabundos, saltimbanquis, turbulentos caballeros jóvenes, prostitutas, buleros, comerciantes, cómicos, clérigos oscuros, soldados de fortuna, frailes mendicantes, troveros, truhanes. Y ahora yo formo parte de ese río humano. Me inquieta, pero también me hace sentir una extraña ligereza que sube desde los pies al corazón. Sé que debería estar buscando a Jacques, pero esta ligereza me emborracha, igual que la áspera cerveza a la que me estoy aficionando. Pierdo la cabeza y el pasado se borra en la excitación de mi presente andarín.

Estamos entrando en Lou, un pueblo no muy grande en el que, sin embargo, reina una actividad inusitada.

Es día de feria y la plaza está repleta de vendedores. Muchos de ellos son comerciantes de armaduras, cosa sorprendente y poco usual en un villorrio de estas dimensiones.

—Estupendo. Vamos a ver si te encontramos el yelmo y el escudo —dice Nyneve.

Deambulamos entre los puestos, calibrando las piezas y preguntando precios. Todo el material que se ofrece es usado y de no excesiva calidad. Al cabo elijo un almófar y un casco que no son gran cosa, pero que resultan más ligeros y de tamaño más adecuado que los que llevo; además, el yelmo posee nariguera, lo cual contribuye a ocultar mi rostro. También he conseguido una adarga bastante buena, con la superficie abombada, como el Maestro decía. Entregamos mis piezas antiguas como parte del pago, pero aún tenemos que añadir siete sueldos.

—¿Venís al torneo? —pregunta el comerciante.

—¿Qué torneo?

—El del señor de Lou... Es la primera vez que se celebra.

Veo brillar el interés en los ojos de Nyneve y me echo a temblar: no puede ser que esté pensando en lo que creo... Pero mi amiga ya se ha lanzado a sonsacar todo tipo de información al vendedor. No, no es necesario presentar papeles heráldicos, es un torneo abierto. No, no es un combate *à outrance,* es decir, a sangre y con armas de verdad, sino *à plaisance,* con armas negras. Sí, aún estamos a tiempo de inscribirnos. Sí, podemos alquilar caballos y lanzas para la justa al fondo de la plaza, junto a la casa roja.

—Estás loca —le gruño a Nyneve mientras nos encaminamos hacia allá—. No pienso participar. Haré el ridículo.

—Te equivocas, mi Leo..., hemos tenido mucha suerte. ¡Es un torneo sin blasones! Todo torneo que se precie exige presentar documentos de nobleza, de modo que esto no es más que una pobre justa pueblerina. He estado en algunas y son lastimosas. Aunque debo reconocer que en ocasiones terminan siendo una verdadera carnicería, porque a veces se presentan los mayores bribones de la comarca y cometen todo tipo de tropelías.

Me detengo en seco. La nuca se me empapa de un sudor helado.

—Pero no te preocupes, porque por lo general son torneos de principiantes..., de burgueses tripudos que quieren jugar a caballeros y de jovenzuelos imberbes que apenas levantan la lanza del suelo. Vamos a inscribirnos: y, si veo que hay peligro para ti, nos retiramos. Puede ser un buen negocio para nosotras... Ya sabes que, además del trofeo, el vencedor se queda con las armas del vencido y, lo que aún es mejor, con su caballo.

—¿Y si pierdo? Ni siquiera tenemos bridón propio..., puede ser un desastre.

—Ya te dijo Roland que nunca hay que pensar en que se puede perder. Ganarás, estoy segura. Esto es como jugar a los dados, Leo. Siempre hay que asumir cierto riesgo en la vida. Es más divertido.

Hemos llegado al corral de las caballerías. Apenas hay media docena de animales, todos ellos añosos y cansinos. Nyneve empieza a parlamentar con el tratante. Al fondo, atada a la empalizada, hay una yegua joven y robusta.

—¿Y esa yegua? —pregunto, interrumpiendo la negociación.

El hombre arquea las cejas, sorprendido. Nyneve me fulmina con la mirada.

—Sí, en efecto, mi Señor, ese animal se parece a la yegua de vuestra señora madre... —dice mi amiga.

He hecho algo mal, pero ignoro qué. No me atrevo a volver a abrir la boca y Nyneve acuerda alquilar un rucio de huesos prominentes, una silla completa con sus estribos y dos lanzas que escoge con meticuloso cuidado. Cinchamos y ensillamos al animal y monto en él, llevando una de las lanzas. Nyneve camina junto a mí cargando con la otra. En cuanto nos alejamos unos pasos se vuelve hacia mí con gesto enfadado:

—¡Qué ignorante eres, Leola! ¿No sabes que un caballero jamás montaría en una yegua? Antes se dejaría cortar las piernas con un hacha. Es el mayor baldón que puede imaginarse para un guerrero... Eso, y subirse a un carro. Casi nos has puesto en evidencia.

—Lo siento... —balbuceo.

Qué extraordinarias e incomprensibles costumbres las de los caballeros. ¿Por qué cabalgar en un mal penco fatigado, pudiendo hacerlo en una yegua bonita y briosa? ¿Es sólo a causa de su sexo? ¿Tanto nos desprecian, tanto nos aborrecen a las hembras? Miro hacia abajo, hacia mis breves senos fajados y cubiertos por el gambax y por el hierro. Miro hacia mi pecho, liso y bien erguido, como el de un varón. Si ellos supieran.

Nunca he visto un torneo y debo admitir que, a mi pesar, estoy interesada e incluso un poco emocionada. A mi lado, Nyneve arruga el ceño con gesto despectivo.

—¡Qué cantidad de polvo! ¡Qué campo de justas tan inmundo! ¡Y qué personajes tan lastimosos!

El encuentro se celebra en una explanada de tierra a las afueras del pueblo, cerca de la torre del señor de Lou, que en realidad no es una torre, sino una morada rudimentaria y pobre, más parecida a una casa grande de labor que a un castillo.

—Ya me he enterado de todo: el señor de Lou era un pequeño vasallo de un noble, y acaba de conseguir su señorío casándose con una sobrina segunda de su antiguo patrono... —explica Nyneve.

Unos maderos sin cepillar clavados unos encima de otros hacen las veces de asiento para la muchedumbre. En las esquinas, unas cuantas banderolas blancas y verdes. El señor de Lou está subido a una tarima y encogido en un sillón, más que sentado. Es un hombre un poco jorobado y de rostro carnoso y aturdido. A su lado se encuentra la que debe de ser su esposa, una mujer flaca con expresión de remilgado disgusto.

—Y esa pareja de mediana edad que está detrás, con los rostros tan redondos como cebollas, son el cura de Lou y su mujer —dice Nyneve.

—¿Su mujer? En Mende el cura no puede tener esposa...

—Oh, claro que no, mi Leo. Hace ya por lo menos un centenar de años que la Iglesia decretó el celibato, pero, ya ves, la mayoría de los curas de los villorrios siguen casados: el poder papal tarda en llegar a estos rincones... De hecho, ese clérigo ni siquiera debería estar aquí, porque el Santo Padre ha condenado y prohibido los torneos. Dice que son unas ferias detestables y ha dispuesto que los caballeros que mueran en una justa no puedan ser enterrados en sagrado. Pero no te preocupes, porque las órdenes militares han decidido desobedecer al Pontífice en este punto y siguen admitiendo en sus cementerios a los guerreros caídos en los torneos. No te quedarás sin enterrar.

Debe de ser una broma, pero yo no tengo ganas de reír. Está locuaz Nyneve: supongo que habla y habla para entretener la larga espera, para intentar disolver con sus palabras el peso de mi angustia. Para que me olvide de que mi rucio apenas trota y de que no creo ser capaz de ponerlo al galope.

—Tranquila. Recuerda que soy maga. Le haré un conjuro a tu caballo y volará como una golondrina sobre el campo.

Sus palabras no me serenan demasiado. Los contendientes estamos agrupados en un extremo de la explanada, junto a nuestros escuderos y criados. Llevamos mucho tiempo preparados, pero la justa no empieza: no sé a qué estamos esperando. Sólo somos diez y, quitando un par de ellos, ninguno tiene aspecto de auténtico guerrero. Las armaduras son malas o ridículas, demasiado ornamentadas, de paseo, inútiles para la verdadera acción. Los caballeros caminan de acá para allá con grandes pavoneos por delante de los bancos de las damas, intentando atraer su atención. Pero ellas parecen estar más interesadas en los vendedores ambulantes de manzanas y de cerveza.

—Bueno, llamarles damas es mucho decir —continúa refunfuñando Nyneve—. Es el torneo más mísero y deplorable que he visto en mi vida. ¡Pero si sólo dura un día! Tenías que haber estado en Camelot, en las justas de la corte del rey Arturo. Eso sí que era un espectáculo grandioso. Los torneos se prolongaban durante dos semanas y asistían los guerreros más afamados.

Estoy empezando a acostumbrarme a las rarezas de Nyneve, pero esto es demasiado:

—No pretenderás decirme que tú sí has visto esos torneos...

—Más de una vez, en efecto.

—Todo eso sucedió hace cientos de años.

Nyneve ríe:

—Me conservo muy bien, eso es verdad... Pero sí, los he visto. Y los he conocido a todos ellos, a Arturo, a Ginebra, a Lanzarote, a Gawain... Los he tratado mucho más de lo que tú puedas imaginar.

Su boca sonríe, pero sus pequeños ojos negros están muy serios. Siento una punzada de emoción: ¿y por qué no? Todo el mundo sabe que las brujas existen, que los hechiceros no mueren, que hay personajes mágicos más allá de las leyes de la carne. ¿Por qué no va a ser Nyneve uno de ellos?

—¿Y también conociste a Merlín?

Nyneve arruga la boca:

—Oh, sí, Myrddin..., por supuesto que he tratado a ese farsante.

—¿Farsante? ¿Y por qué le llamas Myrddin?

—Ése era su verdadero nombre. Y no era mago. Era un bardo con una bella voz y con una notable habilidad para usar las palabras... Su gran acierto fue el de narrar por vez primera la historia de Arturo... Y la contó a su placer y su manera, tal y como él quiso. Se inventó la mitad.

Se puso a sí mismo como personaje y se reservó la parte más brillante. Sí, nos conocimos bien. Demasiado bien. Y como al final las cosas entre nosotros se torcieron, Myrddin se vengó inventando para mí un papel infamante.

—¿Para ti? ¿Dónde?

—Dijo que yo había engañado al gran Merlín; que había fingido enamorarme de él, para aprovecharme de su gran sabiduría. Que le había sonsacado con malas artes de mujer todos sus secretos de nigromante, y que al final le había encerrado para siempre jamás en el interior de una montaña por medio de un conjuro.

—¡Pero eso lo hizo Viviana!

—Nyneve, Viviana, Niviana, qué importa... Tengo muchos nombres. Los nombres, como las verdades, dependen de quien los utiliza. De hecho, el éxito de su mentira me ha obligado a denominarme de otro modo. Pero mira, acaba de llegar una auténtica gran Dama...

En efecto, está haciendo su entrada en el campo una joven de alcurnia, acompañada con gran pompa por varios sirvientes y por un caballero armado de aspecto formidable. Me acongojo, pensando que el guerrero puede ser un nuevo contrincante. Pero no, custodia a la Dama hasta el estrado de honor y se queda a su lado, de pie, a modo de escolta. El señor de Lou y su esposa se han apresurado a levantarse, doblando la cerviz con obsequiosa pleitesía. El jorobado cede su sillón a la Dama y ordena traer otro asiento para él. La joven se acomoda con gesto displicente, sin hacer el menor caso a sus serviles anfitriones. Desde donde estoy, que es un poco lejos, parece una mujer hermosísima. Tiene el pelo negro como la tinta, ondulado sobre la amplia frente y recogido en un rodete en la coronilla. Lleva un espléndido traje de brocado de color marfil que pone un resplandor de perlas sobre su cara, y su estrecha cintura está ceñida por un cinto de oro. El señor de Lou se ha puesto de pie y ha levantado el brazo. Un golpe de sudor frío me sube a las sienes: sí, las justas van a comenzar. Sin duda estábamos esperando la llegada de la Dama. Suena una corneta. Dos de mis compañeros se encaminan al terreno de lucha.

—Ha llegado el momento del conjuro —dice Nyneve.

Acaricia la cabeza de mi rucio y le susurra inaudibles palabras en la peluda oreja. Luego saca un puñado de pajitas secas de la alforja y se las da a comer. El animal las engulle mansamente.

—¿Para qué le das eso?

—Es un ofrecimiento propiciatorio, para captar la buena voluntad del caballo. Ya está. Correrá, te lo aseguro.

Un bramido de la muchedumbre me hace mirar al campo: uno de los contendientes ha caído y el otro levanta triunfalmente la lanza. Estoy tan nerviosa que me he perdido el primer encuentro: ni siquiera lo he visto. En el sorteo me ha tocado salir en la segunda de las cinco parejas, de modo que es mi turno. Aprieto los talones contra los flancos del caballo y el animal da un nervioso respingo.

—Espera, todavía no —me detiene Nyneve—. Aguarda a que toque la corneta.

Por fin suena la señal y mi contrincante y yo salimos lentamente al campo, conducidos por nuestros escuderos, que llevan los caballos de las bridas. Nos colocan a cada uno en nuestra marca.

—Quédate tranquila, tu enemigo es menos peligroso que un estafermo... —me susurra Nyneve antes de marcharse.

Al otro lado de la explanada, a una distancia que me parece enorme, está el caballero. Es uno de los más gruesos y de los más adornados; su armadura brilla demasiado y su yelmo tiene unas absurdas alas. Unas alas que ahora mismo parecen agitarse, dispuestas a volar. El toque que debe indicar nuestra acometida está tardando en sonar un tiempo infinito. Ahora que me fijo, verdaderamente las alas del casco se mueven demasiado. Y también la lanza se cimbrea de una manera extraña. En el silencio me parece escuchar un tintineo de lata. Un rumor comienza a extenderse por el público. Un rumor crecedero. Risas, algún grito. El caballero trepida sobre su caballo. Salen al campo sus criados y corren hacia él. Estalla un alboroto entre el gentío. Mi rival está temblando. Tiembla tanto que no puede sujetar la lanza erguida y el escudo repiquetea contra su pierna. Los criados le sacan del campo y le ayudan a descender de su bridón: el pobre hombre cae al suelo como un saco de nabos. Nyneve se acerca y toma la brida de mi rucio para conducirme fuera de la explanada.

—Ya está. Has ganado. Es la justa más absurda que jamás he visto. Ya tenemos un caballo. Y una armadura. Se la cambiaremos por dinero, es espantosa.

Estoy empapada en sudor, como si de verdad hubiera combatido. Intento relajarme en nuestra esquina del campo mientras el torneo prosigue. Los cascos de los caballos levantan un polvo insoportable que irrita los ojos y se agarra a la garganta. Miro a la joven Dama: sostiene un pañuelo sobre su boca con gesto de infinito aburrimiento. Las lides se están solventando con bastante rapidez. Un caballero ha caído al primer encontronazo, otro ha sido derribado en el segundo intento y ahora la tercera pareja está combatiendo a pie, porque ambos han perdido su montura. Ninguno parece ser un rival preocupante, salvo el vencedor de la tercera justa, que desmontó limpiamente a su oponente en la primera pasada. En la explanada, el guerrero más joven se rinde. Sólo quedamos cinco.

Hay que sortear de nuevo. El criado se acerca con la bolsa donde ha colocado pequeños fragmentos de tela con nuestros colores. Dado que somos impares, uno de nosotros tendrá que combatir contra dos. Para facilitar el sorteo se han introducido en la bolsa retales de color blanco, que son nulos. A mi lado, el caballero que me parece más peligroso saca el color verde y luego una de las piezas blancas. Respiro aliviada. Introduzco la mano en la bolsa: amarillo y azul. Como el azul es el mío, lo descarto y cojo otro: gris. De manera que soy yo quien tendrá que luchar dos veces... si es que consigo ganar a mi primer rival.

—No te preocupes, has sido muy afortunada... Los dos guerreros mejores son el caballero negro y el caballero verde, y les ha tocado justar entre ellos... —dice Nyneve.

Tengo que salir en primer lugar, porque así el vencedor de la lid puede disponer de algún tiempo de descanso antes de volver a combatir. Mi rival, el guerrero a quien le corresponde el amarillo, aparenta ser muy joven. Es un poco más alto que yo y casi igual de delgado. Su mediocre armadura es prestada o heredada, porque le viene enorme. Casi me avergüenzo de la calidad de mi loriga y de lo bien que se adapta a mi cuerpo: tuve mucho tino al elegir el muerto, o mucha suerte. Nuestros escuderos nos colocan de nuevo en las marcas y se retiran. Enristro la larga lanza, que tiene la punta recubierta por un tope cuadrado de metal para evitar heridas. Observo a mi rival con inquietud: él ya ha ganado un combate, mientras que yo aún no he hecho nada. Suena la corneta. Allá voy.

¡Por todos los santos! Nyneve es bruja y mi caballo vuela. Con sólo soltar las riendas, el rucio ha salido disparado como un virote de ballesta. Intento recolocarme por el camino, porque no me esperaba tanta velocidad. Tampoco he justado nunca con mi nueva adarga: procuro calcular el volumen de su superficie abombada para adivinar el momento del contacto con la lanza enemiga. Los cascos de nuestros caballos resuenan ensordecedoramente en mis oídos, al compás de los latidos de mi corazón. Ya está aquí mi enemigo, se me viene encima, está tan cerca que le veo los ojos. Me pongo en pie sobre los estribos como el Maestro me enseñó, alargo el escudo... Siento en todo el cuerpo algo parecido a la coz de un mulo. Salgo por los aires y aterrizo de espaldas sobre la tierra. Doy un rugido de rabia y frustración. Me revuelvo en el suelo y miro hacia atrás: ¡el caballo de mi rival galopa solo! Luego yo también le he desmontado. Ni me he dado cuenta, ni sé cómo lo he hecho. Me pongo en pie de un salto, sacando mi espada embotada y buscándole con la mirada por el campo. Sí, allí se está levantando, entre los restos de una lanza astillada. A pie, su armadura demasiado grande resulta todavía más engorrosa. Con sólo verle extraer la espada de la vaina ya sé que no es rival para mí. Me acerco en dos zancadas y, mientras él intenta cubrirse con el escudo, yo le golpeo en lo alto del casco con el filo romo. El enorme yelmo se le cala hasta media nariz, tapándole los ojos. El chico suelta la espada y el escudo y levanta las manos en señal de rendición. Resulta que he ganado, después de todo.

—¡Y van dos! —se regocija Nyneve—. Y eso que no querías participar. Ya te lo dije.

Intento relajarme mientras combate la segunda pareja. Nyneve tenía razón; hasta ahora son los mejores con diferencia. Son dos hombres de mediana edad y aspecto sólido, con armaduras baqueteadas y sin duda propias. Hacen dos pasadas con sus bridones sin derribarse, y a la tercera carrera caen ambos a tierra. Prosiguen su duelo a pie, y verdaderamente saben pelear. Al final el guerrero verde pierde el equilibrio y cae de espaldas. El negro ha ganado. El público le vitorea. Busco con la vista a la Dama y, cuando al fin la encuentro, siento algo parecido a un sobresalto: en vez de estar admirando y aplaudiendo al campeón, como todo el mundo, me parece que la Dama me está mirando a mí. ¿A mí? Pero no puede ser, me estoy confundiendo. Ahora se sonríe... ¿O me sonríe?

Suena la señal. Debo volver al campo. Nyneve me conduce a mi lugar.

—En la justa anterior estabas demasiado tensa. Recuerda a Roland: no pienses tanto, siente.

Lo malo es que esa intuición relampagueante y certera del buen guerrero, ese mero sentir sin pensamiento, sólo se conquista tras haber pensado mucho durante mucho tiempo. Pero Nyneve tiene razón: luego hay que olvidarlo. No debo obsesionarme por mi nuevo escudo. Y mucho menos debo llegar a ver los ojos de mi rival. Suena la corneta, me pongo en movimiento. Mi contrincante no es más que un volumen que viene deprisa, un estorbo del que debo desembarazarme. Galopo fácilmente, me inclino hacia delante, amortiguo el golpe con mi brazo izquierdo. Mi rival sale disparado de la silla y cae al suelo. Todo ha sido tan sencillo que apenas lo entiendo. He ganado otra vez y no sé cómo. Troto con mi rucio hasta el final del campo y regreso a la mitad de la explanada con la lanza en ristre, para saludar. Ahora estoy cerca, muy cerca de la Dama del vestido blanco, y efectivamente es la más hermosa que jamás he visto. Pero su sonrisa posee algo oscuro, inquietante. Nyneve se aproxima.

—No me gusta el caballero negro..., es un brabanzón, un belga, un soldado profesional... Yo creo que por hoy ya hemos hecho bastante. Déjame hacer a mí.

El ambiente está caldeado, la gente chilla y canta. El caballero negro y yo salimos a la explanada arropados por la excitación de la multitud. Pero Nyneve cruza con decisión el campo en dirección a mi rival. El rumor del público va amainando a medida que ella avanza, hasta alcanzar un silencio absoluto. Carraspeo con la garganta atenazada por el polvo y mi tos resuena como un trueno.

Nyneve ha llegado junto al brabanzón. Le hace una reverencia:

—Mi Señor me envía a deciros que se encuentra fatigado y que considera que sois un rival muy bueno. Mi Señor está dispuesto a retirarse sin combatir y a reconocer que sois, con toda justeza, el triunfador absoluto de este torneo. Os ruego que aceptéis su rendición.

—¿Y qué pasará con el botín? —pregunta el caballero negro con una voz extrañamente chillona.

—Se respetarán los derechos habituales del vencedor sobre el vencido.

—Está bien —grazna el hombre—. Acepto.

Suspiro aliviada. El público no parece demasiado contento; algunos me gritan y hacen gestos obscenos. Miro a la Dama: está conversando con el guerrero que la escolta y se ha olvidado por completo de mí. Qué extraño: antes me inquietaba que me mirara y ahora lo que me incomoda es que me ignore.

Nos hemos pasado dos jornadas enteras en Lou negociando el botín del torneo. Por un día de justas, dos días de controversias monetarias. Menos mal que Nyneve está acostumbrada a este comercio:

—Ah, sí, esto es lo más pesado de las justas..., todos los acuerdos económicos que hay que discutir y afinar después... Sobre todo en torneos como éste, en los que predominan los bachilleres que ignoran las verdaderas normas de la caballería... Aunque debo decirte que también me he topado alguna vez con duques avaros y reyes miserables y tramposos.

Al final me he quedado con el caballo del hombre tembloroso, un percherón robusto de largos y amarillentos pelos en las patas, y hemos aceptado una libra en lugar de su ornamentada ropa de hierro. Todo cuanto llevaba mi segundo vencido, el muchacho de la armadura grande, era alquilado, incluyendo el jumento. No nos quedó más remedio que tomar en prenda al propio caballero y pedir rescate por él a su Señor, que por fortuna era el de Lou, porque si se hubiera tratado de un Señor más lejano habríamos tenido que esperar muchos días y, para peor, alimentarlo en el entretanto. Le hemos perdonado al joven el coste de las armas y de la armadura y nos hemos contentado con recibir otro caballo, un castaño un poco entrado en edad, pero bastante bueno. En cuanto al botín de mi tercer vencido, se lo entregué íntegramente al brabanzón ante quien me rendí. Henos aquí, pues, con nuestras cuentas hechas, libres y ricas, cada una montada en un bridón. Contemplo el mundo desde arriba y ahora sí que me siento un caballero.

Poco después de salir de Lou hemos encontrado un pequeño río que al parecer es afluente del Tarn. Estamos siguiendo el sinuoso sendero que se ciñe a su curso y que conduce hasta un estrecho puente de piedra que nos cruzará a la otra orilla. Pero sobre el puente hay alguien.

—Vaya... No sé si esto me gusta —dice Nyneve.

Ese alguien, ahora lo veo, es un hombre de hierro... Peor: es el caballero que acompañaba a la noble Dama del torneo. Que también está aquí, sentada sobre unos cojines de seda, almorzando a un lado del camino. Sus criados le sirven algo de beber en un diminuto vaso de oro. Me detengo al llegar a su altura y la saludo con una inclinación de cabeza. Quiero continuar mi viaje, pero el hombre de hierro, montado a caballo y con su lanza, está plantado en mitad del puente y me impide el avance.

—Señor, no nos dejáis pasar.

—Señor, si queréis cruzar este puente, tendréis que combatir antes conmigo.

Nyneve resopla a mi lado, exasperada:

—Ya empezamos con estas tonterías caballerescas... —mascula.

Yo miro alrededor, por ver si hay otra manera de seguir el sendero. Pero por aquí las laderas del río son abruptas y están llenas de zarzas, y la corriente parece encajonada y bastante fuerte. Además, dudo que el caballero me hubiera permitido vadear el afluente sin lanzarse contra mí. No lo entiendo. ¿Por qué?

—¿Por qué queréis que combatamos? No os deseo ningún mal y no os he hecho nada.

El hombre se ríe, despectivo.

—Qué extraña pregunta... ¿Por qué quiere el pájaro volar y el corzo correr? Está en mi sangre de caballero... Es el orgullo de la espada. Soy sir Wolf de Cumbria, y provengo de once generaciones de grandes guerreros. Ni mi padre, ni el padre de mi padre, ni el padre del padre de mi padre murieron en casa. Todos mis antepasados perecieron por el frío acero en la batalla.

Lo dice con orgullo, escupiendo las palabras. Pero yo no entiendo por qué se enorgullece de matar y ser muerto sin sentido, por una mera baladronada sobre el cruce de un puente.

Miro a la Dama, esperando encontrar en ella alguna sensatez. Pero la joven mordisquea un pastelillo de carne y me sonríe, maliciosa y aparentemente divertida con la situación.

—Pues yo no quiero pelear con vos. Además, ni siquiera dispongo de lanza.

—Da lo mismo. Lucharemos a pie y con la espada. Esa cobardía que estáis demostrando, además de vuestra falta de blasones, me hace sospechar que no sois un caballero, sino un impostor. De manera que, o bien lucháis conmigo como un hombre, o bien acabo con vos como quien acaba con una rata, en castigo a vuestro atrevimiento de farsante. Escoged lo que prefiráis.

Lo dice en serio, lo sé. Los hombres de hierro pueden ser así de arbitrarios y de violentos. Llevamos armas verdaderas y el combate está planteado a sangre, quizá a muerte. Es la lucha más peligrosa a la que me he tenido que enfrentar hasta ahora, pero por alguna razón no siento miedo... Siento una aturdida y hueca extrañeza, como si me hubiera salido de mi cuerpo, como si estuviera contemplando la escena desde fuera. Suspiro y me bajo del percherón. Le entrego las riendas a Nyneve:

—No sé para qué sirve que seas bruja, si no puedes hacer algo en estos casos... —le susurro.

—Siempre hago algo, aunque tú no lo adviertas.

Descuelgo mi escudo de la silla y lo embrazo; luego desenvaino la espada y me vuelvo hacia el puente. Sir Wolf ya ha desmontado y me está esperando. Hace un hermoso día de otoño y los árboles estiran sus ramas desnudas para gozar de los últimos soles. Es curioso: tengo la sensación de que el mundo se ha detenido y de que puedo apreciarlo todo al mismo tiempo con una minuciosidad extraordinaria. Las peladas copas de los árboles, las sombras alargadas de la tarde, el mirlo de pico rojo que curiosea la escena posado en el pretil, las frías y revueltas aguas del río, los peces que centellean entre la espuma, la Dama que arruga la boquita para escupir un hueso de su comida, el inquieto piafar de mi caballo, el siseo lento y cauteloso de la armadura bien engrasada de mi rival.

Súbitamente, la vorágine. Relámpagos de velocidad y de acción pura. Entrechocar de hierros, repique de espadas. Jadeos que no sé si salen de mi garganta o de la de mi oponente. Giro y golpeo y me agacho y me inclino, bailo sin pensar la danza del acero. Hasta que, de pronto, el ritmo se interrumpe. Algo ha sucedido. Mi espada gotea sangre. He herido a mi enemigo en un costado, un tajo profundo que ha cortado los eslabones de su loriga: nunca me hubiera creído capaz de hacer algo así. Entonces todo se viene abajo. No sé qué me sucede. Dejo de contemplar la escena desde fuera y ahora sólo soy consciente de mi hoja ensangrentada, de la tremenda herida. Pierdo mi concentración, descuido mi postura. Sir Wolf se arroja hacia delante con un grito de rabia y me clava su espada en el pecho. La noto penetrar, fría y abrasadora al mismo tiempo, un hielo que quema. El cielo todavía está azul y en el aire limpio y quieto ya se huele el invierno.

Adiós, Leola, adiós, despídete para siempre de esta tarde tan bella, me dicen afectuosamente las truchas desde el brillante río. Las rodillas se me doblan, la vista se nubla. Caigo dentro de la oscuridad con un gemido. El cuerpo duele, Maestro.

Llevo largas semanas tumbada boca arriba, contemplando el techo de madera labrada del castillo de Dhuoda. Me he aprendido hasta la última muesca, hasta el más pequeño detalle que la gubia del maestro ebanista ha extraído del leño, esa lengua retorcida del dragón que remata la viga, esos ojos expresivos y asimétricos del rostro sonriente en el rosetón central. Al caer la tarde, la oscuridad va trepando por la madera y borrando los contornos de las figuras talladas. Duermen también ellas, encima de mí, durante las noches; a veces incluso me parece escuchar sus ronquidos. Durante los largos días de fiebre y de delirio, se me antojaban monstruos furiosos. Ahora son amigos, cómplices prudentes de mi secreto.

—Nyneve, ¿cómo es posible que no hayan advertido que soy una mujer?

—Sólo te he cuidado yo. Y prohibí que te viera ningún médico. Lo cual, por cierto, te ha salvado la vida, porque son unos médicos malísimos.

Aun así, no lo entiendo. Llevo mucho tiempo aquí y las criadas me han visto febril y quizá delirando con mi voz de mujer. Mientras estuve aprendiendo a combatir con el Maestro, intenté adquirir gestos y maneras de varón: para sentarme, para caminar, para mover las manos. Además, hablo siempre en voz baja y susurrante, en el registro más grave que puedo extraer de mi garganta. Y nunca río en público. La risa, lo he descubierto, es femenina. Sin embargo, me sigue asombrando que los demás admitan mi añagaza sin plantearse dudas ni preguntas. Tal vez sea simplemente una cuestión de costumbre. Tal vez las rutinas nos cieguen y sólo veamos lo que creemos que debemos ver. Recuerdo ahora a ese primo del señor de Abuny... Era tan bello y delicado que le llamaban La Pucelle, La Doncella. Era un gran guerrero y murió combatiendo en tierra de infieles. Ahora que lo pienso, quizá La Pucelle fuera una mujer... y quizá los demás no nos diéramos cuenta porque ni siquiera nos detuvimos a planteárnoslo.

La espada de sir Wolf se clavó por debajo de mi clavícula y por encima de mi corazón. Me lo ha explicado Nyneve, que tiene un extraordinario conocimiento del cuerpo humano y que desde luego posee la mágica sabiduría de curar. También ha salvado a sir Wolf, que al parecer ha estado más grave que yo, porque mi tajo le cortó las entrañas y esas heridas enseguida se pudren y te envenenan con sus humores mortales. Yo perdí mucha sangre y tuve calentura. Recuerdo vagamente a Nyneve sentada a horcajadas sobre mí, cosiéndome la herida y aplicando emplastos de esas raras hierbas que ella siempre guarda en sus alforjas. Ahora llevo semanas de convalecencia, y disimulo el retorno de mis fuerzas por el placer de gozar de esta vida suntuosa que jamás pensé que conocería. Mi lecho es amplio, cálido y suave como plumón de pato. Solícitas sirvientas me traen tres veces al día los bocados de comida más exquisitos. He gustado un pan tan blanco y fino como nunca pensé que existiera, acostumbrada como estaba al pan negro de sorgo. He probado el hipocrás, ese delicioso vino caliente y especiado de los ricos, y ahora es mi bebida favorita. Veo nevar a través de los vidrios emplomados de la ventana, pero en la chimenea de mi cuarto siempre crepita el fuego. Y de cuando en cuando viene a visitarme Dhuoda, la misteriosa y bella mujer del torneo de Lou, también llamada la Dama Blanca porque solamente viste ese color. Ahora, por el frío, viene envuelta en hermosas capas de seda forradas con armiño. Dhuoda me está enseñando a jugar al ajedrez, un extraordinario pasatiempo procedente del reino árabe de Valencia.

—Bueno, el ajedrez viene de más antiguo... Hace ya más de un siglo, mi pariente el rey Alfonso VI de Castilla levantó el sitio a la ciudad mora de Sevilla porque perdió una partida contra el rey al-Mutamid... Eso sí, Alfonso se llevó el ajedrez, que era de sándalo, oro y ébano, y duplicó el tributo que le tenían que pagar los sevillanos... —me explicó Dhuoda con un gracioso mohín de suficiencia—. Pero hace poco, en el Reino de Valencia, añadieron al juego la figura de la reina. Y eso es esencial. Ahora que ya sabes jugar, Leo, ¿tú te imaginas el ajedrez sin reinas? Sería como el hipocrás sin especias... Algo muy aburrido e insustancial. El mundo necesita reinas y los hombres nos necesitáis a las mujeres.

Nyneve desconfía de Dhuoda. Dice que le ve el aura, que es como el halo de luz que llevan los santos en torno a la cabeza, y que la tiene negra. Dice que es una mala bruja, aunque todavía no lo sepa. Dice que la Dama pertenece a un tipo de personas que ella, Nyneve, conoce muy bien y que aborrece: aquellas que han sufrido un dolor y que por eso se creen justificadas para cometer cualquier tropelía, como si los demás individuos les debieran algo para siempre.

—Pero ¿qué dolor ha sufrido Dhuoda?

—No seré yo quien hable. Que te lo cuente ella.

A mí la Duquesa me parece una joven mimada y malcriada, caprichosa y arbitraria, pero fascinante. Es culta e inteligente; posee, según me dicen, una biblioteca de casi trescientos volúmenes. A veces es despótica y otras veces muy dulce y seductora. Jugó con nosotros, con sir Wolf y conmigo, haciéndonos combatir sin que le inquietara lo que pudiera sucedernos. Pero luego nos ha recogido en su castillo y nos cuida y atiende magnánimamente. La Duquesa está viuda; su marido, el duque Roger de Beauville, ha muerto en las cruzadas. El Duque era un hombre bárbaro y cruel a quien todos llamaban Puño de Hierro desde que, una noche, un joven paje tropezó y vertió el plato de comida que le estaba sirviendo. Al parecer el paje no se disculpó con la vehemencia y la humildad que Beauville reclamaba, y entonces el Duque le agarró por el cuello, le arrastró hasta la enorme chimenea y le mantuvo allí dentro, entre las llamas, hasta que el joven se achicharró y su propio brazo quedó convertido en un carbón. Tuvo que usar a partir de entonces un guantelete de hierro del que se sentía tan orgulloso que incluso lo adoptó como apodo y enseña.

Hoy la Dama Blanca nos ha enviado dos juegos de ropas finas para Nyneve y para mí. Sabe que estoy bastante recuperado y quiere que baje a cenar con ella a la gran sala del castillo. Son unas vestiduras magníficas, sobre todo las mías: zapatos de cordobán colorado, calzas de seda, una casaca larga de piel de marta y, por encima, una sobreveste de tela carmesí con cinto de plata. Nos aseamos con el agua caliente que han traído los sirvientes, nos recortamos el pelo y nos ataviamos con nuestras ricas ropas. Me miro en el espejo: pálida y delgada como estoy, parezco más que nunca una mujer disfrazada de hombre. Hundo el dedo en las cenizas del hogar y ensombrezco un poco mi labio superior, mi entrecejo y mi quijada, para fingir un bozo que no tengo. Menos mal que es de noche y la luz temblorosa de las antorchas empaña la visión con un baile de sombras.

Cuando un paje nos conduce por el laberíntico interior del castillo hasta la sala principal, los demás comensales ya están sentados alrededor de la mesa de roble.

La estancia es enorme y, aunque dispone de dos grandiosas chimeneas, una a cada lado de la habitación (sin duda Puño de Hierro abrasó al muchacho en una de ellas), y aunque ambas están encendidas con voraces fuegos que crepitan tanto como el incendio de un bosque, el aposento resulta helador: por eso Dhuoda nos ha proporcionado ropas tan abrigadas. Todos vestimos pieles por debajo de nuestros finos trajes cortesanos, menos la Duquesa, que lleva la piel por fuera y se envuelve en su manto de armiño como el apretado capullo de una rosa blanca.

A la mesa está sir Wolf, a quien no había vuelto a ver desde la contienda. Le encuentro muy desmejorado e incluso un poco encorvado sobre el costado que le tajé, como si le doliera enderezarse. Le he reconocido por su nariz un poco ganchuda, sus ojos amarillentos, su rostro cuadrado y obstinado, como de ave rapaz. Me saluda con una especie de gruñido, pero tengo la sensación de que, tras casi haberlo matado, me tiene cierto aprecio. A su lado hay un hombre de unos treinta años. Un religioso. Es alto y musculoso, con los hombros anchos y la reciedumbre de un guerrero; pero posee una delicada cabeza almendrada, más pequeña que lo que su cuerpo parecería exigir. Su cráneo está cubierto de una fina capa de rizos apretados, menudos y muy negros; su barba, igualmente rizosa, está muy recortada y bien cuidada. Tiene los labios gruesos, la nariz recta, unos grandes ojos soñadores y oscuros, sombreados por larguísimas pestañas. Lleva un forro de piel de zorro que asoma por el cuello y por las mangas, y encima un hábito frailuno de hechura perfecta y rico paño de lana. Es un varón muy hermoso.

—Bien, me alegra comprobar que todos los heridos ya están lo suficientemente recuperados como para sentarse a mi mesa —dice Dhuoda alegremente—. A sir Wolf ya lo conocéis. En cuanto a fray Angélico, es mi primo, además de una de las águilas de la Iglesia. Cuidaros de la dulzura de su rostro, porque es inteligente, inflexible e influyente. Ellos son Leo y Nyne.

—A fe mía que son nombres breves... y no se puede decir que ofrezcan mucha información sobre vuestra procedencia... —contesta el fraile con suave y socarrona voz.

—Son invitados míos y con eso te basta, primo.

—Y, además, yo atestiguo que el caballero Leo sabe combatir con honor y fiereza —interviene sir Wolf con gallardía.

—Por supuesto, por supuesto... Nunca lo he dudado. Además, me gustan los misterios.

El fraile me mira y un chispazo de sonrisa le enciende la barba. Parece encantador. Yo también le sonrío. Luego recuerdo que soy un caballero y recompongo el gesto. Leola, ten cuidado; los varones atractivos son un peligro. Por fortuna, es un fraile.

Los criados van trayendo platos y más platos deliciosos: puerros tiernos con avefrías, pasteles de alondra, cerdo relleno. Crecí sin saber que se podían degustar cosas tan exquisitas como todas las que estoy probando en este castillo. Comemos con avidez y gula, mientras el hipocrás nos endulza la garganta y el corazón.

—Mi primo llegará a Papa, os lo aseguro...

—Dhuoda, por favor... —le reconviene graciosamente fray Angélico.

—Por lo pronto, es el asistente y consejero más preciado de Bernardo de Claraval, ya sabéis, el gran Bernardo.

—Le llaman el Doctor Melifluo, por su verbo dulce y maravilloso. Dicen que es un santo —interviene sir Wolf con la barbilla brillante de grasa.

—Un santo que predica la muerte, curiosamente. Ha sido el gran impulsor de las órdenes militares y sus encendidos y elocuentes sermones han originado las grandes matanzas de las cruzadas. Más que de miel, sus palabras parecen ser de afilado acero —dice Nyneve.

Todo el mundo la contempla con extrañeza. Incluso yo misma. ¿Acaso las órdenes militares no son unas instituciones nobilísimas, el mejor ejemplo del honor y el servicio caballeresco? Y en cuanto a los muertos, ¿no es justa la guerra cuando es contra el infiel?

—Son los enemigos de Cristo, los enemigos de nuestro mundo. Es la guerra, una guerra santa —dice precisamente sir Wolf.

—Bueno, la verdad es que cuando Godofredo de Bouillon entró en Jerusalén, no se detuvo a preguntar cuáles eran las creencias de sus habitantes. En la carnicería que organizó murieron musulmanes, judíos y cristianos orientales. Sí, también cristianos. Y niños, y mujeres. Murieron todos —insiste mi amiga.

—Cuando Godofredo de Bouillon entró en Jerusalén, el gran Bernardo de Claraval apenas sería un niño de diez años. Poco pudo predicar esa gesta que vos llamáis carnicería —dice fray Angélico con rápida dureza. Y luego prosigue endulzando el tono—: Mi buen amigo Nyne, es cierto que el dolor humano repugna al alma cristiana... El monje es precisamente *is qui luget,* el que llora por los pecados de los hombres. Y estoy dispuesto a concederos que tal vez en el fragor de la contienda se cometieran excesos. Pero no es menos cierto que nos encontramos inmersos en una gran batalla del Bien contra el Mal, de la Cristiandad contra el infiel. Estamos ante un enemigo poderoso y terrible que ansía exterminarnos. Un enemigo que carece de compasión, os lo aseguro. ¿Recordáis a aquellos pobres desgraciados que se dejaron entusiasmar por la prédica del pastorcillo de Vendôme? ¿Aquella cruzada llamada de los Niños? Acabo de enterarme de que, tras sufrir grandes calamidades, los peregrinos llegaron a Marsella, como tenían previsto; pero allí los truhanes con los que viajaban, en connivencia con los infieles, les subieron, engañados, en los barcos de los traficantes de esclavos, a quienes los habían vendido. Las pobres criaturas creían que se dirigían hacia Tierra Santa, pero en realidad las llevaron a los harenes y burdeles de Egipto.

Una opresión en el pecho que me impide respirar. Guy, el pobre Guy. Y el Maestro. ¿Qué habrá sido de ellos? Y todos aquellos muchachitos y muchachitas, toda esa juventud entusiasmada... Ahora recuerdo con vividez a aquellos personajes de extraña catadura que les acompañaban. Lobos que pastoreaban a los corderos. Imagino a los niños en sus manos y siento náuseas.

—Y luego están, como seguramente sabéis, los terribles monjes militares del Islam... Los *ashashin*. Son tan peligrosos y crueles que la palabra asesino, que ahora ya empleamos de modo habitual en la lengua popular, la hemos aprendido de su nombre... Sólo deben obediencia a su Gran Maestre, el Viejo de la Montaña, y viven en inaccesibles fortalezas que ellos llaman *ribbats* y que, en alguna heroica ocasión, han sido tomadas y ocupadas por caballeros templarios... Su ferocidad es tal que están obligados por juramento a no abandonar ningún combate mientras el número de sus enemigos no les supere por más de siete a uno... Nuestros templarios, que son los más aguerridos de entre todos los caballeros cristianos, sólo están juramentados para resistir hasta cuatro contrincantes. Claro que los *ashashin* se ayudan del hashis, una sustancia intoxicante que ingieren momentos antes de la batalla... Como veréis, mi apreciado Nyne, necesitamos órdenes militares para luchar contra estos demonios. Además, ¿no creéis que la cruzada posee el beneficio añadido de ofrecer un objetivo de gloria a los jóvenes caballeros? Sin eso, nuestros caminos estarían llenos de guerreros segundones y turbulentos, de *iuvenes* airados buscándose la vida y organizando contiendas contra sus propios hermanos. Y os ruego que me perdonéis, si por ventura ése es vuestro caso.

—No hay ofensa, mi querido fray Angélico. Tenéis mucha razón en lo que decís, y yo no dudo de la brutalidad y la miseria de los hombres. Pero a veces pienso que tal vez podríamos relacionarnos de otra manera con los infieles, quienes, por cierto, consideran que los infieles somos nosotros. Sabed que no todo el mundo está a favor del enfrentamiento y de la muerte. Escuchad estos versos:

> *Mi corazón lo contiene todo.*
> *Una pradera donde pastan las gacelas,*
> *un convento de monjes cristianos,*
> *un templo para ídolos,*
> *la Kaaba del peregrino,*
> *los rollos de la Torah*
> *y el libro del Corán.*

»Decidme, fray Angélico, ¿qué os parecen?
—Interesantes y heréticos. ¿De quién son?
—Del poeta sufí Ibn Arabi.
—De un infiel, desde luego.
—De alguien con el alma lo suficientemente grande como para querer que quepamos todos dentro de ella.
—Sois un extraño escudero, mi querido Nyne..., más me parecéis un estudioso, un polemista... Y tenéis unas ideas peligrosas. Hemos quemado a más de un hereje por causas menores...
—¿Hemos, fray Angélico? —intervengo yo, apenada e inquieta—. ¿Queréis decir que vos mismo habéis participado en alguno de esos procesos?

Cierro la boca, asustada de mi propio atrevimiento. Estaba dispuesta a no decir nada en toda la noche, porque no me siento segura de mí misma en este ambiente. Pero me incomoda imaginar a este hombre tan hermoso encendiendo una pira. El fraile me mira con sus penetrantes ojos y vuelve a sonreír con suavidad.

—Ya he dicho que el dolor humano repugna al alma cristiana. Hablo de la doctrina de la Iglesia...

—Os estáis poniendo muy aburridos con esta discusión, primo —dice Dhuoda con gracejo liviano—. Y, además, es verdad que la Iglesia está quedándose anticuada.

—Mi Señora... —se escandaliza el pobre sir Wolf, que empieza a parecerme un alma simple.

—Sí, sí, muy anticuada. Pero ¿acaso no os dais cuenta de lo mucho que están cambiando las cosas, sir Wolf? Sin embargo, la Iglesia sigue igual, empeñada en repetir que hemos venido a este mundo a sufrir y poniendo al santo Job como ejemplo perfecto de la vida cristiana..., ese santo Job lleno de llagas y de calamidades que se revuelca en el estiércol... Pero ¿quién quiere sufrir? Yo desde luego no. ¿Y por qué va a ser pecado la felicidad? ¿Por qué no va a poder entrar en el Cielo alguien que ha sido feliz?

—Claro que puede, Dhuoda. Los santos son felices en su renuncia y en su...

—¡No hablo de eso, primo! Hablo de los placeres de la vida. Hablo de los bellos ideales de las damas y del amor cortés... Las mujeres estamos haciendo del mundo un lugar más hermoso... Gracias al empuje de las damas existen los torneos... ¿Y no son mejores y más caballerescos los torneos que las guerras? Pues a pesar de ello, la Iglesia los prohíbe. Gracias a las damas hay poesía y los libros han salido de los monasterios. Hoy los guerreros nos aman y nos reverencian, y para hacerse dignos de nosotras han abandonado sus costumbres bárbaras. Hoy un buen caballero no sólo tiene que ser un buen combatiente en el campo de justas, sino que, además, debe saber leer, y cantar versos, y lavarse y cortarse el pelo, y llevar las uñas limpias, y no enjugarse la grasa de los dedos en la camisa...

Sir Wolf se ruboriza y esconde sus manazas bajo la mesa.

—Hoy el mundo es un lugar más bello y más amable gracias a nosotras, pero ¿acaso la Iglesia nos lo reconoce?

—Mi querida prima, justamente la Iglesia venera a la Primera Dama, a la Madre Amantísima, a Nuestra Dama la Virgen María...

—Ah, sí..., menos mal que la Virgen María nos ampara —interviene Nyneve—. Decidme, fray Angélico, vos sin duda sois Doctor en Teología y sabéis mucho... ¿Desde cuándo se venera a Nuestra Santa Madre?

—¿Cómo que desde cuándo? Desde siempre, desde que trajo al mundo a Nuestro Señor.

—Naturalmente, sí, naturalmente... Pero ¿no es verdad que la Santísima Virgen apenas ocupaba antes lugar en los cultos? ¿No es cierto que ha sido justamente en los últimos tiempos cuando se ha reconocido oficialmente su preeminencia, y cuando han empezado a construirse las nuevas y hermosas catedrales consagradas a Nuestra Dama?

Los hermosos ojos del fraile relampaguean.

—Es verdad que los últimos concilios han tratado de manera especial la figura de la Virgen María... Pero ¿qué queréis indicar con esto, mi obcecado Nyne? ¿Acaso sugerís que la Santa Iglesia está promoviendo el culto de la Madre del Señor como respuesta a esa insensata y minúscula moda de los juegos cortesanos de las damas?

—No sugiero nada, fray Angélico. Sólo pienso que, como dice mi señora Dhuoda, los tiempos están cambiando, y los seres humanos empiezan a tener cierta valía por sí mismos, independientemente de su sexo y de su condición en el mundo: mirad a los hombres libres, a los burgueses...

—¡Ah! Eso sí que no es un avance. Esos plebeyos que se creen con derechos... No son más que campesinos encerrados entre murallas —interviene apasionadamente la Duquesa.

Nyneve hace una cortés inclinación de cabeza hacia Dhuoda:

—No es mi deseo llevar la contraria a una anfitriona tan encantadora y tan magnánima... Pero, en fin, en cualquier caso coincidiréis conmigo, Duquesa, en que hoy las mujeres parecen ocupar posiciones de mayor rango.

—Y aunque fuera así, que por cierto no lo es —interviene fray Angélico—. Pero, aunque fuera tal como decís, y Nuestra Madre Iglesia estuviera intentando dar cabida en su amplio seno a esos nuevos sentimientos que aseguráis que tienen sus feligreses, ¿no sería esto algo bueno? ¿No sería la prueba de que la Iglesia está viva y se mueve con las necesidades de su rebaño? ¿Cómo podéis censurar a la Iglesia al mismo tiempo por estar anticuada y por cambiar demasiado?

—Es verdad eso que contáis de las mujeres, querido Nyne —tercia la Dama Blanca—. He oído hablar de esa nueva secta llamada de los tejedores..., dicen que los condes de Tolosa se han convertido a ella... Al parecer, aseguran que el infierno no existe y que tenemos derecho a ser felices. Y entre ellos, las mujeres tienen tanta preeminencia como los hombres. A lo mejor yo también me convierto.

El rostro de fray Angélico se crispa.

—Dhuoda, no sabes de lo que estás hablando... Esos tejedores o cátaros son unos seres endemoniados y muy peligrosos. Están organizando una verdadera Iglesia paralela, la Iglesia del Diablo, porque sostienen que Dios y el

Diablo poseen el mismo poder. Tienen el alma tan sombría como sus ropas, pues siempre visten de negro. No juegues con las ideas heréticas, prima mía, pecas de ligereza. Porque sé bien que sólo es un juego para ti. Tú nunca te aliarías con los cátaros.

—¿Ah, no? ¿Y por qué no? —dice Dhuoda, retadora.

—Porque tú siempre estás con el poder. Tú eres el poder. Y ellos van a perder.

La Dama Blanca se echa a reír.

—Ahí te doy la razón, primo. Sin duda nos conocemos bien. Pero basta ya de temas tristes y serios. Que pasen los acróbatas. Y que sirvan los postres.

Los criados aparecen con nuevas fuentes: barquillos de moras, frutos secos del Garona, confituras dulcísimas. Con ellos ha entrado un pequeño grupo de malabaristas y saltimbanquis. Arrojan al aire bolas pintadas con purpurina de oro y hacen maravillosas contorsiones sin que las esferas se les caigan al suelo. A la luz de las antorchas, el efecto es fantástico: las bolas echan chispas en la penumbra y parecen flotar o volar por sí solas. Cuando acaba el número, uno de los acróbatas, el de mayor edad, coge una vihuela y se acerca a la mesa.

—Mi hermosa Señora, mis Señores, ruego vuestro permiso para contaros la historia más extraordinaria que jamás he escuchado. Se trata de la historia del Rey Transparente.

Nyneve, a mi lado, da un respingo.

—Sucedió hace muchos años en un reino lejano. Era un reino más o menos feliz, tan dichoso como pueda serlo el incierto destino de los humanos. Cuando menos, llevaban tantos años de paz que no recordaban ninguna guerra, y eran gobernados por un rey tranquilo, hijo, nieto y bisnieto de otros reyes tranquilos que lograron morir de viejos y en el lecho. Pero nuestro monarca tenía un problema, y era que...

Nyneve está de pie: la miro extrañada, porque no sé si quiere decir algo, o interrumpir el relato, o arrojarse sobre el hombre. Súbitamente, un estruendo infernal explota en mis oídos. Me vuelvo hacia el acróbata, pero ya no está. Es decir, no está en pie, sino sepultado bajo la gran lámpara central de la sala, una corona de hierro donde se sujetan cuatro hachones. Todo el artefacto, más la pesada cadena que lo sustenta, se ha desplomado sobre el trovero. Sus compañeros gritan, lloran y se afanan, junto con los criados, en sacar el cuerpo destrozado de debajo de la trampa metálica. Dhuoda está indignada.

—¿Quién prendió esos hachones, quién ajustó la lámpara? ¡Qué servidumbre tan inútil!

Y, contemplando la carne rota y ensangrentada del acróbata, la Duquesa arruga con desagrado su blanca naricilla y remata:

—Bendito sea Dios, se nos podría haber caído encima a cualquiera. En fin, menos mal que no ha ocurrido nada.

El castillo de la Dama Blanca es un laberinto. Llevo meses aquí y aún no he conseguido llegar a la puerta de entrada. Ayer me di cuenta de que no sé cómo se sale. Se lo dije a Dhuoda mientras jugábamos al ajedrez.

—Me siento prisionero.

—¿De veras? Creí que eras mi huésped bien amado y que estabas disfrutando de mi hospitalidad...

Es verdad. Los días se deslizan unos detrás de otros fácil y felizmente, espléndidos días sin hambre, sin frío, sin trabajos, días carentes de pasado, como si todo formara parte de un hermoso sueño. Éste es un lugar mágico que te hace olvidar que antes has sido otra: cuán rápido se acostumbra una a la abundancia. Deambulo a mi aire por las salas, por los salones y los pasadizos de la ciudadela, y a veces me acompaña alguno de los perros de la Duquesa. Tiene muchos, tal vez media docena, todos de pelaje blanco como la nieve. Son perros refinados y de gustos nobles, y viven una vida mucho más opulenta de la que jamás viví yo, cuando era Leola la campesina; o de la que vivieron mis padres, o los padres de los padres de mis padres.

—Tenéis razón, mi Dama, y no quisiera parecer desagradecido... Estoy disfrutando mucho de mi estancia aquí. Lo que sucede es que me he dado cuenta de que no sé salir.

—No te preocupes, Leo... Si desearas marcharte de verdad, encontrarías la puerta...

Debe de ser cierto: no quiero marcharme. El castillo es un mundo en sí mismo, el mejor mundo que jamás he conocido. Posee patio de armas, explanadas de entrenamiento y juegos, jardines interiores. Cada zona del castillo muestra un color determinado en las enseñas y las tapicerías. Los pajes adscritos a cada sector llevan un jubón de la misma tonalidad, y sólo conocen bien el fragmento de la fortaleza que les corresponde. Para ir desde el aposento donde dormimos Nyneve y yo, en lo alto de una estrecha torre redonda, a la biblioteca, hay que pasar tres demarcaciones, y los pajes que te guían te van entregando en la frontera de cada zona al paje siguiente. He intentado recorrer el castillo por mí misma, pero siempre me pierdo. Cuando creo que voy a llegar al gran patio de armas, doy con un pequeño y recoleto jardincillo en el que nunca había estado; y cuando pienso que estoy subiendo las escaleras que llevan a mi cuarto, termino en una almena sin salida. Los sirvientes me han contado que esta fantasía, esta extravagancia pétrea, es obra del abuelo de Puño de Hierro, un hombre viejo y poderoso que se enamoró de una chiquilla de doce años y construyó este castillo para que la niña no supiera cómo escaparse. Una vez terminada la edificación, el maestro constructor que la había diseñado fue decapitado: de ese modo silenciaba el secreto de sus planos para siempre.

Todas las mañanas me entreno y recupero forma en el patio de armas. A veces combato contra sir Wolf, a veces contra el capitán de la guardia de la Duquesa Blanca. Luego me escondo en algún rincón de los jardines y disfruto de los libros de Dhuoda. Con Nyneve he leído *El Libro de los Monstruos,* un compendio de la obra latina de un tal Plinio, que es un sabio del tiempo antiguo, traducido a nuestra lengua. Es un libro increíble en el que cabe el mundo. Por él me he enterado de que hay confines remotos en los que existen hombres con una sola pierna, y con el pie tan grande que lo usan para taparse el sol. Y también hay seres que carecen de boca, y que se alimentan oliendo la comida. Nunca pensé que la Tierra fuera un lugar con tantas maravillas.

—No deberías creerte todo lo que lees —me aconseja Nyneve.

—¡Pero si tú me has dicho que el saber está en los libros!

—Sí, pero ni siquiera el saber es del todo fiable... Hay que aprender a distinguir.

Pero a Plinio le creo. Cuenta que al Norte de todo está un lugar muy parecido al Paraíso. Me he aprendido sus palabras de memoria: «Se cree que allá se encuentran los goznes del mundo. Es una zona templada de agradable temperatura, exenta de todo tipo de viento nocivo. Toda discordia y sufrimiento son desconocidos para sus pobladores. La muerte no les sobreviene sino por estar hartos de vivir». Él dice que ésa es la tierra de los hiperbóreos, pero un lugar cálido y eterno en el Norte frío, ¿qué otra cosa puede ser, sino Avalon? La isla de la que hablaba mi Jacques, el lugar de la dulzura y la belleza, existe en algún lugar y nos espera. Y también dice Plinio: «Dios significa para un mortal ayudar a otro mortal, y ése es el camino para la gloria eterna». Y este Dios me gusta, le comprendo. Es mejor que el Dios del santo Job, como decía la Duquesa el otro día. Todos estos libros, lo noto, me están cambiando por dentro. Yo no podía imaginarme que esto de leer era como vivir.

También he leído, por mí sola, *El Caballero de la Carreta*, de Chrétien de Troyes, una obra maravillosa que cuenta las aventuras de la hermosa reina Ginebra y del gentil Lanzarote. Y lo que más me emociona es que Dhuoda asegura conocer personalmente al gran Chrétien:

—Vive en la corte de la reina Leonor. Iremos a Poitiers para el Gran Torneo y te lo presentaré.

A veces pienso que la Dama Blanca me promete estos viajes para aliviar mi encierro. Porque soy feliz, pero siento crecer en mi interior una extraña inquietud, como un huevecillo que va gestando su pollo. La primavera explota en los jardines del castillo y me hace hervir la sangre. No quiero irme y al mismo tiempo tampoco quiero quedarme.

—Es la incapacidad de los humanos para ser dichosos —suspira Nyneve cuando se lo explico—. No te preocupes, Leo, pronto partiremos. Y luego pasarás toda tu vida añorando estos días.

En mis primeras semanas de vagabundeo por el castillo, a veces me cruzaba con sir Wolf. Que siempre estaba triste, inmensamente triste. Alicaído como un viejo bridón olvidado en la cuadra. Sir Wolf ama a la Duquesa, que es su Dama, con un amor desesperado e imposible. Dhuoda es virgen y ha jurado no conocer jamás varón. Cómo se puede ser al mismo tiempo viuda y virgen es algo que no termino de entender, pero la doncellez de la Duquesa es al parecer un hecho famoso en toda la comarca. Por eso viste siempre de blanco, para proclamar su estricta pureza. Y por eso sir Wolf penaba tanto. Pero ahora, con la llegada de la primavera, el caballero parece haberse recuperado. Ahora estira los hombros, como liberado de un yugo de castigo, y sus acuchillados ojos de gavilán centellean de viveza. Sé lo que le sucede: Nyneve ha vuelto a dejarme sola por las noches.

—Pero, Nyneve, ahora sir Wolf sabe que tú eres mujer, y probablemente imaginará que yo también lo soy. Con tu aventura nos estás poniendo a las dos en peligro.

—No te apures, es un verdadero caballero y no dirá nada... Y, además, por si acaso, le he cubierto con un conjuro de silencio, para estar seguras.

Ahora sir Wolf sigue amando a su blanca Dama con ese amor divino que Lanzarote mostraba por Ginebra en *El Caballero de la Carreta;* pero el amor terrenal lo vive con Nyneve la pelirroja, cuyo cuerpo está cubierto de colores desde la cabeza hasta los pies. Y yo, para mi desgracia tan virgen como Dhuoda, envidio y ansío el sudoroso enrojecimiento de la carne.

Enderezo el cuello y todos mis sentidos entran en alerta: aún no sé cuál ha sido la causa de la alarma, pero mi cuerpo bien entrenado ya se ha puesto en tensión. Aguzo las orejas y ahora percibo algo: roces apagados a mi espalda, como de alguien que intentara acercarse sin ser advertido. Miro hacia atrás, pero no noto nada extraño. Estoy en un banco de piedra, en el corredor abierto que da al pequeño jardín del pozo y los naranjos. Atardece rápidamente y la galería es un remanso de sombras. Cierro el libro que estaba terminando de leer con las últimas briznas de la luz menguante y me pongo de pie. Una risa sofocada se escucha muy cerca. Vuelvo a escudriñar alrededor: no se ve a nadie.

—¿Quién anda ahí?

Silencio. Pero ahora se oye una vez más, justo a mi lado, el siseo de las ropas y los pasos. Parece cosa de magia y, si lo es, desde luego no se trata de magia blanca. La risita cascada rebota sobre las piedras grises del corredor. Es una risa burlona, un ruido maligno. En la esquina opuesta del jardín todavía queda una porción de sol, un pedacito de mundo muy verde y muy brillante. El rumor de la presencia cercana e invisible es como el sonido sinuoso que debía de producir la serpiente en el Paraíso. Un miedo irracional empieza a pesarme en los brazos, en las piernas, en mis músculos endurecidos por la inquietud. No estoy armada y lo lamento. Echo de menos mi espada, o siquiera el cuchillo. Aunque los hierros nada pueden contra los espíritus.

—¡Por Cristo, Nuestro Salvador! ¿Quién anda ahí?

De nuevo un silencio de tumba. Ni siquiera los pájaros cantan, y eso es un mal presagio. Giro sobre mí misma contemplando la vacía galería. De pronto, el horror me petrifica: una hoja cortante araña mi cuello con su frío filo. No puede ser, no entiendo. Hace un instante no había nadie a mis espaldas y ahora tengo un puñal pegado a mi garganta. Me quedo muy quieta. Detrás de mí, el asaltante tampoco se mueve, tampoco dice nada. El hierro se aprieta un poco más contra mi carne; siento que el filo rasguña la piel. Entonces me decido; echo repentinamente el cuerpo hacia atrás e intento golpear el rostro de mi agresor con mi cabeza. Apenas le rozo porque es más bajo que yo, pero mi movimiento le desconcierta y afloja la presión del arma. Sujeto su muñeca con mi mano; él suelta el cuchillo, que cae al suelo con tintineo metálico, se zafa de un tirón y se escabulle. Me giro a tiempo de verle desaparecer por una puerta secreta que hay abierta en el muro, junto al banco de piedra: una figura imprecisa envuelta en una larga capa negra con capucha. Salgo detrás de él, pero el agresor es muy rápido: se pierde por los vericuetos del corredor secreto, que es estrecho y oscuro. Yo también me introduzco sin pensar en el lóbrego túnel; al principio parece tan tenebroso como un pozo, pero enseguida empiezo a encontrar, de tanto en tanto, débiles lámparas de aceite que iluminan el lugar con un resplandor mortecino. Las mohosas paredes rezuman humedad y en el suelo hay tramos de escalones con los que tropiezo, pues resultan casi invisibles en la penumbra. Corro y corro durante no sé cuánto tiempo, entre la espesa piedra de los muros, respirando el aire rancio y estancado. De pronto se me ocurre que mi atacante puede estar esperándome en alguna de las revueltas del pasadizo, dispuesto a saltar sobre mí y degollarme. El vello se me encrespa sobre la nuca y pienso en el cuchillo que cayó al suelo: salí en persecución del asesino con tanta premura que no atiné a recogerlo. El miedo empieza a subir por mi interior como una marea fría; las piernas se me debilitan, corro menos. Pero al doblar una esquina atisbo a lo lejos al hombre embozado: empuja la pared y abre otra puerta. Además, también él ha perdido su puñal. Salgo detrás con renovadas fuerzas y me encuentro en una de las salas del castillo. Una sala que no reconozco, pero esto no es raro. La persecución prosigue: a veces sólo me guía el repiqueteo de los pasos de mi enemigo. Atravesamos salones, antesalas, patios, subimos por amplias escalinatas y bajamos por intrincadas escaleras de caracol. Todas estas dependencias de la fortaleza me parecen desconocidas y, lo que es más inquietante, en toda nuestra carrera no nos hemos encontrado a nadie: ni un paje, ni un soldado, ni un criado, ni un perro. El castillo, enorme y laberíntico, es igual que el de Dhuoda, pero podría ser otro, tan distinto y siniestro me parece en la creciente penumbra, rota de cuando en cuando por un hachón humeante.

A lo lejos, mi asaltante abre de un empellón una gran puerta labrada, y sus hojas retumban en el silencio cuando se cierran. Llego sin aliento hasta el dintel y me detengo con la mano apoyada en la falleba. No sé si abrir. No sé si seguir. Intuyo que si cruzo el umbral puedo descubrir cosas que tal vez hubiera preferido no saber. Miro a mi alrededor: la galería oscura y desierta, los ventanales empotrados en el ancho muro, la noche temprana apretándose contra los vidrios como una gasa fúnebre. Ignoro dónde estoy. Ignoro por qué y por quién he sido atacada. Hay ignorancias que matan. Si no llego hasta el final, quedaré atrapada en el peligro, a merced de nuevas agresiones.

Giro la falleba con cuidado y empujo la puerta lentamente. Una antesala vacía y, luego, un gran cuarto. Una cama enorme y abultada como un carro de heno ocupa el centro de la estancia. Colgaduras de seda caen desde lo alto del dosel cubriendo parte del lecho. Parpadeo, encandilada por la luz. Docenas de finas velas blancas, ricas velas de cera, iluminan la estancia con su aliento dorado. Arcones, abigarrados tapices, una mesa. Es una alcoba digna de un rey. Aunque yo nunca he conocido a ningún rey e ignoro cómo son sus aposentos privados. El vivo resplandor de las candelas me permite observar que no hay otra salida, aunque mi agresor puede haber utilizado nuevamente una puerta secreta. Pero algo me dice que no me encuentro sola, que aunque no lo vea él aún está aquí. El aire me pesa sobre los hombros, me cuesta respirar, estoy mareada. Sólo puede haberse escondido detrás de las colgaduras del dosel. Busco desesperadamente a mi alrededor y cojo un renegrido hierro de atizar el fuego que descansa junto a la chimenea apagada. Con él en el puño, me aproximo muy despacio a la cama. Ya estoy cerca. Muy cerca. Me parece distinguir el bulto oscuro al otro lado de las sedas vaporosas. Me parece escuchar su respiración. Levanto el atizador y, con la otra mano, corro los cortinajes de un tirón. Aquí está. Sentado sobre el lecho, envuelto en sus ropajes negros, con la encapuchada cabeza inclinada sobre el pecho. Perfectamente quieto. Un espasmo de vértigo pasa por mi cabeza como las ondas pasan sobre las aguas lisas tras haber arrojado un guijarro a un estanque. Durante un instante de estupor me parece encontrarme en la mitad de un sueño. Pero aprieto el hierro en mi mano y es duro y es real.

—¿Quién sois? ¿Por qué me habéis atacado?

El hombre no contesta, pero su cabeza empieza a levantarse lentamente. Aguanto el aliento. La capucha cae. Un rostro blanco y arrebolado, una boca sonriente, unos ojos de fuego.

—¡Dhuoda!

Las llamas de las velas aletean en sus pabilos, como agitadas por una rara brisa. Siento la presencia del Maligno. Me persigno torpemente con la mano izquierda, porque con la derecha aún aferro el atizador. Dhuoda ve mi gesto y suelta una carcajada burlona y salvaje.

—¿Crees que soy un demonio, mi buen Leo? Está bien... No eres el primero que lo piensa.

Su voz parece romper el maleficio. Es su voz de siempre, la voz de la Duquesa. Las cosas vuelven a adquirir consistencia real y el miedo empieza a abandonarme poco a poco.

—¿Por qué me has atacado?

La he tuteado. Me he dirigido a ella sin el tratamiento habitual de cortesía. Pero su puñal parece haber borrado las diferencias. La Dama Blanca vuelve a reír.

—Ha sido un juego. Una broma. Un divertimento. Me aburría. Y no te he atacado. Si lo hubiera deseado, podría haberte rebanado el cuello.

Toco mi garganta con la mano: unas cuantas gotas de sangre me manchan los dedos.

—Me has cortado.

—Oh, sí, qué herida tan enorme, y cómo se duele de ella el gran caballero —se mofa Dhuoda. Pero inmediatamente se pone muy seria—. Sin embargo, haces bien en advertir tu diminuto rasguño... y en preocuparte por él. ¿Sabes lo que es la cantárida? Es un pequeño insecto que vive en el fresno..., una especie de mosca. Si arrancas las alas de unas cuantas cantáridas y las pones a cocer con un poco de agua hasta que el líquido se seque, te quedará una pasta pegajosa... Una pasta mortal. El veneno más letal que se conoce. ¿Y quién te dice a ti que yo no he embadurnado el filo de mi cuchillo con cantárida? ¿Y que por eso te he hecho luego correr, para que la ponzoña se extendiera rápidamente por tu cuerpo? ¿No te sientes raro, mi querido Leo? ¿Te duele el corazón, te pesa el pecho, te cuesta respirar, se te nubla la vista?

Por todos los santos, creo que me duele el corazón, que me pesa el pecho. Creo que me cuesta respirar y que el contorno de las cosas se difumina. Me tambaleo. Pero no, no es posible. Está bromeando. Resoplo con decisión y sacudo la cabeza.

—No es verdad. Estoy perfectamente. No te creo.

La Duquesa vuelve a reír.

—Y haces bien en no creerme, porque es mentira. Además, si hubiera envenenado mi puñal con cantárida ya te habrías desplomado hace tiempo.

—Pero ¿por qué haces todo esto?

—Ya te he dicho, me aburro. ¿Por qué participan en torneos los caballeros? ¿Por qué se divierten matando y dejándose matar?

Dhuoda hace un mohín de disgusto y se quita la tosca capa negra. Debajo lleva uno de sus deslumbrantes trajes albos, con el escote recamado de perlas. Sobre el pecho, prendida con un alfiler de oro, lleva una rosa también blanca, semejante a las que cultiva en su jardín.

—Hay días, hay momentos en los que la vida se te queda pequeña. ¿Nunca te ha pasado, mi querido Leo? El tiempo se detiene y el aire que te rodea se convierte en una jaula estrecha y asfixiante. Eres prisionera de tu cuerpo, pero dentro de ti hay algo grande y libre, algo casi feroz que quiere salir. En esos momentos me arrojaría desde la almena más alta de mi castillo, y es muy posible que pudiera volar. Algún día tengo que probarlo.

—No hablas en serio, Dhuoda...

—Nunca he bromeado más en serio.

Nos quedamos en silencio. La conversación me inquieta y me incomoda. Miro alrededor.

—¿Dónde nos encontramos?

—En mi ala privada del castillo y en mi habitación, naturalmente. Disfruta de este privilegio, Leo, porque aquí no entra nadie. Ni siquiera ha entrado sir Wolf, y eso que los caballeros suelen tener acceso a las alcobas de sus damas... Pero yo soy la Duquesa Blanca.

Su piel es tan clara que parece de leche, aunque sus mejillas hoy están sonrosadas, tal vez por la carrera. Tiene el rostro carnoso, los labios abultados, una nariz menuda y unos ojos oscuros e inquietantes que ahora me miran fijamente con mirada de loca. Dhuoda suspira, desabrocha su alfiler de oro, coge la rosa blanca de su pecho y hunde su nariz entre los pétalos con deleite.

—Mmmmm..., qué hermosas son las rosas. Mira ésta: la belleza de su forma, el aroma exquisito... y sus espinas duras y crueles.

Es verdad: en el breve tallo de la flor cortada hay tres o cuatro espolones de temible aspecto.

—Por eso amo las rosas, porque no son inocentes, aunque lo parecen... Escucha, mi Leo: además de matar, la cantárida posee otras propiedades. Si mezclas el cocimiento ponzoñoso con miel en las proporciones adecuadas y luego te lo comes, el cuerpo se te enciende como un fuego y eres una pura llama de gozo carnal, hasta un punto que no podrías ni imaginar. Pero para alcanzar ese paraíso de los sentidos tienes que ser sabio, para controlar la exactitud de la mezcla, y valiente, para que no te importen las consecuencias...

Tengo la boca seca.

—Pero vos sois la Dama Blanca...

No sé por qué, he vuelto a utilizar la voz de cortesía.

—Es cierto, lo soy.

—Quiero decir que... Perdonadme, pero... Yo había oído que os llamaban así porque sois doncella.

—En efecto, así es.
—Pero entonces...

Dhuoda alarga la mano y roza mi boca con los pétalos de la rosa, para hacerme callar. Luego me agarra por la cintura con el otro brazo y tira de mí hacia ella. Continúa sentada sobre la alta cama y su rostro está a la altura de mi pecho.

—Duquesa...
—¿Quieres volar conmigo, Leo? No hace falta subirse a las almenas... Podría untar miel de cantárida en mis labios... y podrías comerla de mi boca.

Doy un tirón y un paso hacia atrás y me desprendo con rudeza de su abrazo:

—No sabéis de lo que habláis, mi Señora... Es decir, me siento muy honrado pero... No puedo hacerlo, Dhuoda. Y, además, ¡vos sois la Dama Blanca!

La Duquesa ríe.

—Claro que lo soy. ¿Y eso qué importa? Dime, mi buen Leo..., ¿por qué no puedes hacerlo? ¿Porque no te gusto? ¿O acaso tienes miedo de que descubra tu verdadero cuerpo?

Callo, consternada.

—Mi querida Leo, mi linda guerrera..., ¿acaso creías que me tenías engañada? Hace tiempo que sueño con tus ojos azules... y con las suaves y redondas formas que se ocultan bajo tu cota de malla. Y ahora que ya ha quedado todo claro, ¿de verdad no te atreves a jugar conmigo?

La cabeza me da vueltas. Me da miedo desdeñarla, pero nunca he deseado a una mujer. ¡Pero si ni siquiera he gozado de varón! La sola idea de tocarla me parece imposible.

—Dhuoda, Dhuoda... Perdonadme, Dhuoda. Perdonadme por engañaros sobre mi condición, y por ser tan torpe y tan estúpida. Sois maravillosa. Sois bellísima, elegante, refinada. La mejor anfitriona, la más generosa. Pero yo sólo soy una pobre campesina, joven e ignorante. Haría todo lo que me pidierais, pero no esto. No me siento capaz de hacer lo que queréis. Por favor, mi Dama, por favor...

Estoy aterrorizada y ella lo advierte. Hace un mohín amargo, o quizá triste, y se recuesta en el lecho.

—Está bien. Por desgracia, éste es un juego que se juega a dos. Yo podría amenazarte... Podría revelar tu verdadera naturaleza y castigarte por fingirte varón. Pero tranquilízate, no voy a hacerlo.

—Gracias por vuestra magnanimidad, mi Señora.

—No es magnanimidad, pequeña Leo, sino amor. Un sentimiento que no sé si me gusta. El amor te ablanda por dentro y quiebra las piernas de tu orgullo. Disfruta de este privilegio, Leo: entran aún menos personas en mi amor que en mi alcoba. Sin embargo, es una pena. Y lo que más lamento es que ni siquiera seas capaz de imaginar lo que te estás perdiendo.

Estira el brazo y vuelve a pasar la rosa por mi cara con un roce levísimo. Permanezco petrificada mientras la flor me acaricia las mejillas, la nariz, mientras el terciopelo de los pétalos explora mis labios. Dhuoda me contempla con una mirada fija y quieta, sus ojos en mis ojos, dos simas de negrura. Ahora, sin dejar de mirarme, se lleva la rosa a la boca. Sus pequeños dientes, blancos y afilados como los de un animal, muerden las suaves hojas con fiereza. Corta y mastica y traga. Se está comiendo la flor. La devora lentamente, con impavidez y obstinación. Primero desaparecen los pétalos, después la rizada base verde, luego el corto tallo erizado de espinas. Aterra ver entrar los formidables pinchos en su boca, pero ella sigue masticando sin hacer ni un gesto. Transcurre un tiempo interminable; Dhuoda ha dejado de rumiar y ya no queda nada de la rosa. La Duquesa sonríe:

—Tienes razón, Leo. No eres más que una campesina ignorante. Pero es posible que algún día llegues a aprender lo cerca que está el placer del sufrimiento.

Y una gota de sangre resbala por sus labios y cae sobre la inmaculada seda blanca del vestido.

Ya conozco la historia de Dhuoda. Su nuez de dolor, como diría Nyneve. Me la contó la propia Duquesa, con quien he acabado entablando una relación que se parece a la amistad, aunque sé muy bien que ella es mi Dama y yo su servidora. Pasamos mucho tiempo en compañía; me siento a su lado mientras ella toca el laúd o la fídula, paseamos por los jardines, jugamos al ajedrez o a los bolos, leemos en la biblioteca, subimos a las almenas en las noches quietas del cálido verano a comer uvas y beber hipocrás mientras contemplamos las divinas estrellas, amaestramos juntas a sus gavilanes de esponjoso pecho. Hemos acordado una enseñanza mutua: ella quiere aprender a combatir, de modo que yo la entreno todas las mañanas en el patio de armas, intentando recordar las sabias lecciones del Maestro. Es una alumna aventajada y será mejor guerrero que yo, porque es feroz y despiadada: ni su cabeza ni su mano se arredran ante el golpe. Por su parte, Dhuoda está empeñada en enseñarme a mí los modos refinados de las damas. Como mi condición sigue siendo un secreto, las clases se celebran en la intimidad inexpugnable de su alcoba. Me pruebo sus trajes fabulosos, que me quedan cortos, y Dhuoda me explica cómo tengo que sentarme y agacharme, cómo he de mantener el cuello al mismo tiempo erguido y un poco arqueado, cómo debo mover la falda y alzar graciosamente el ruedo para dejar asomar el pequeño pie. Sólo que las faldas de la Dama Blanca me llegan más arriba de las espinillas, y mis pies, que no son ni pequeños ni graciosos, se ven de manera permanente junto a un palmo de pierna. También he aprendido a comer con delicados mordiscos y con la boca cerrada, a recogerme las amplias mangas para no meterlas en los platos, a lavarme con elegancia los dedos en el aguamanil, a masticar menta e hinojo para perfumar el aliento, a no limpiarme jamás la grasa de las manos con el mantel o el traje.

Hay cosas mucho peores. He pasado largas tardes apresada dentro de unas espalderas de cuero provistas de clavos, para aprender a mantenerme bien derecha. Ahora uso collarines de mimbre que corrigen la posición de la cabeza, y Dhuoda acostumbra a hacerme caminar descalza delante de ella y me azota los tobillos desnudos con un junco si no me muevo bien.

—No te quejes. Así he aprendido yo. Así hemos aprendido todas las damas.

Y luego está el tema de los afeites. Ella no los necesita y no los usa, pero para aclarar mi oscuro rostro me hace maquillarme, a modo de prueba, con polvos de yeso y plomo. Parezco un espíritu. También me ha enseñado a usar carmín para dar rubor a las mejillas, y el negro kohol de los sarracenos para resaltar la mirada. Los dientes se blanquean con piedra pómez y orina, y para mantener una complexión de cutis fina y limpia, sin granos ni impurezas, es necesario frotarse solimán.

—¡No se te ocurra untarte esas porquerías! —bramó Nyneve cuando se enteró—. El plomo blanco es ponzoñoso y podría incluso matarte; y el solimán es sublimado de mercurio, otro veneno... Acabará contigo y antes te pondrá los dientes negros.

Mi condición aparente de varón me ha salvado de las torturas de la depilación, porque las damas, Dhuoda incluida, se depilan las cejas y el nacimiento del cabello, para alardear de una frente amplia. Pero yo, claro está, me debo a mi disfraz de guerrero. Ciertamente empiezo a creer que es más duro el aprendizaje para ser una dama que el entrenamiento de los caballeros. Por no hablar de los instrumentos musicales: la Duquesa está obcecada con que aprenda a tocar algo, pero el laúd, la fídula o la mandora chirrían penosamente entre mis dedos torpes y callosos.

Uno de esos días en su alcoba, entre clases y risas y azotes en las piernas con el junquillo, Dhuoda me contó su historia. La Dama Blanca es hermanastra del poderoso conde de Brisseur. Es hija póstuma: su padre murió un par de meses antes de que ella naciera. Su hermanastro, Pierre, quince años mayor, decidió arrebatar la parte de la herencia de Dhuoda y quedarse con todo.

—Contravino así la ley y el derecho provenzal, porque entre nosotros no existe la primogenitura, sino que la herencia se reparte de manera igual entre todos los hijos y las hijas.

Pierre negoció la boda de la recién nacida con Puño de Hierro, un belicoso vecino con quien quería hacer las paces. No dotó a la niña: tan sólo prometió no volver a hostigar al Duque. Dhuoda tenía un año cuando fue casada con Beauville; tras los esponsales, la enviaron al castillo de su marido más en calidad de rehén que de esposa.

—Y a mi madre, que se negaba a separarse de mí, mi hermanastro la encerró en una torre hasta su muerte.

Puño de Hierro también instaló en una torre a la niña junto con su aya y sus criadas, y allí la olvidó. Dhuoda creció feliz explorando el laberíntico castillo y jugando en los jardines interiores, tras haber aprendido muy tempranamente que su supervivencia dependía de no dejarse ver por su marido y no recordarle su existencia. Pero un día el Duque recordó por sí solo.

—Una mañana estábamos en nuestros aposentos y yo jugaba a las adivinanzas con Mambrina, mi aya bien amada. Entonces empecé a escuchar un estruendo, un rumor confuso, unos estallidos semejantes a truenos que se nos acercaban. Era, luego lo entendí, el batir de las puertas que el Duque iba abriendo a empellones. Irrumpió en nuestra estancia como un viento de muerte, como un vendaval devastador, enorme y oscuro, rechinando a metal, erizado de hierros, seguido por sus pavorosos caballeros. Yo nunca lo había visto de cerca y me pareció grande como una montaña y malo como un diablo. Mi aya y las sirvientas cayeron de rodillas. Yo me quedé paralizada. Puño de Hierro no dijo palabra y ni siquiera me miró. Sacó su espadón de la vaina con un frío siseo de acero sobre acero que aún hoy me produce escalofríos y partió la cabeza de Mambrina en dos, como quien revienta una granada: el tajo le llegó hasta la garganta. Luego hizo un volatín en el aire con la ensangrentada espada, salpicándolo todo, y decapitó limpiamente a las dos criadas. Hecho lo cual, dio media vuelta y se marchó seguido de sus hombres, tintineantes y fieros. Allí quedé yo, en mitad de un cálido lago de sangre que mi falda empezó a empapar rápidamente. Me dejaron encerrada en esa habitación, junto con los despojos de las mujeres, durante el resto de ese día y toda la noche. Yo tenía cinco años.

Dhuoda se enteró, mucho después, de que su hermano Pierre había roto la tregua, de ahí la furia vengativa de Puño de Hierro. La Duquesa ignora por qué Puño de Hierro no acabó también con ella: tal vez quería seguir manteniéndola como un bien con el que poder negociar en algún momento. A la mañana siguiente los sirvientes se llevaron los cadáveres, pero no asearon el cuarto. A partir de entonces Dhuoda vivió encerrada en esa torre, completamente sola. Dos veces al día, la puerta se abría unos instantes y le dejaban agua y comida, pero los sirvientes, bien aleccionados y aterrorizados por la crueldad del amo, jamás le dijeron una sola palabra. Transcurrieron así los años, muchos años, infinitos años para una niña. En los heladores y oscuros inviernos, sin fuego en el hogar, Dhuoda se recubría con un espeso capullo de mantas y de ropas. A medida que su cuerpo crecía, la niña fue utilizando los trajes de su aya. Ingenió infinitas distracciones; tenía amigas fantasmales con las que jugaba al escondite y a las cuatro esquinas. Cuando hacía buen tiempo, sacaba los bracitos por la ventana para tomar el sol. Inventó una lengua propia y la usaba para hablar con Mambrina. Su aya imaginaria le contaba cuentos y la reprendía si no se portaba bien; a veces Dhuoda se castigaba a sí misma y se ponía de rodillas en un rincón, en el convencimiento de que Mambrina estaba enfadada. Desde el principio de su encierro, la Dama Blanca intentó seguir las rutinas que su aya le había inculcado: todos los días se peinaba cuidadosamente su larguísimo pelo, y usaba parte del agua para lavarse. Así fueron pasando los días y las noches.

—Una tarde volví a escuchar un tumulto raro, voces, pasos. La puerta se abrió de par en par y yo corrí a esconderme detrás de la cama, porque creí que era el Duque y que venía a matarme. Y, aunque ahora no consigo entender por qué, yo no quería morir, a pesar de todo. Pero no era el Duque. Era un hombre mayor de pelo blanco, bien vestido, educado. Era un representante del Rey. Puño de Hierro había muerto y la reina Leonor, que tenía noticia de mi situación y que por entonces aún estaba casada con el Rey de Francia, del cual el Duque era vasallo, mandó un emisario para que se reconocieran mis derechos. Porque, como viuda de mi marido, que ni me había repudiado ni había vuelto a casarse, yo disponía de la *tertia,* es decir, era dueña y señora de la tercera parte de los bienes de Puño de Hierro. Yo tenía once años y era rica.

El representante real la sacó de la torre, la entregó al cuidado de unas damas de la corte, que se encargaron de su educación, y permaneció en el castillo el tiempo suficiente como para dirimir los asuntos de la herencia. Al final, Dhuoda se quedó con esta fortaleza y con algunas más, con el vasallaje de un puñado de caballeros y con unos cuantos pueblos con sus correspondientes siervos.

—Pero sobre todo, mi Leo, me quedó un corazón endurecido por el odio, un corazón feroz del que me enorgullezco. Hace ya mucho tiempo de todo esto, pero yo sigo sintiendo la viscosa y cálida humedad de la sangre de Mambrina sobre mis ropas: también es por eso por lo que visto de blanco. No he vuelto a cruzarme con mi hermanastro, pero algún día lo haré. Y le mataré. Por eso quiero aprender a combatir. Rezo todos los días a Dios para que Pierre no muera antes, para que pueda acabar con él con mis propias manos. Puede que este tipo de plegaria no le guste al buen Dios, puede que sea sacrílega, pero no me importa, porque he pagado con creces por mis pecados. Esto es lo mejor de la venganza: que cuando llega, tú ya has atravesado todo tu infierno.

Vamos de camino a Beauville, la ciudad más cercana al castillo de Dhuoda. Antaño pertenecía al ducado, pero Puño de Hierro, siempre necesitado de dinero para costear sus guerras, otorgó la carta de libertad a los burgueses a cambio de una buena suma de oro.

—Y así se va malvendiendo y destruyendo el orden en el mundo —dice la Dama Blanca con un mohín de asco.

La ciudad celebra el trigésimo aniversario de su emancipación con una gran fiesta a la que han invitado a la Duquesa. Después de muchas dudas ha decidido asistir, y secretamente me enorgullezco pensando que ha sido mi deseo de conocer Beauville lo que más la ha empujado. Formamos una comitiva impresionante: además de la veintena de sirvientas y criados, vamos ocho soldados, el capitán de la guardia, sir Wolf, Nyneve y yo, todos bien armados. Dhuoda monta a caballo y va a mi lado. Tengo la sensación de que, cuando sale del castillo, la Duquesa pierde su férreo aplomo y está asustada de algo. Nos ha ordenado avanzar en un grupo compacto, y la veo ojear con inquietud la sombra amparadora de los bosquecillos, como si recelara de una emboscada. El número de hombres armados que llevamos es una prueba más de ese temor: debe de ser por eso por lo que casi nunca abandonamos el castillo.

—Ahí tienes tu ciudad, Leo.

Es grande, más grande que Millau y que Mende. Ocupa toda una colina y sus murallas son macizas. Extramuros, el campo hierve con un hormigueo de personas. Hay tenderetes de comida, ventas de reliquias, sanadores, saltimbanquis, herreros, magos, cómicos, bailarinas de la danza del vientre cuyos amos aseguran que acaban de traerlas de Bagdad. Nos internamos en el río de gente que se dirige lentamente a Beauville y la muchedumbre nos abre paso, no sé si respetuosa o temerosa. Huele a carne asada, a estiércol, a perfumes pegajosos y orientales, a polvo y agua podrida. El ruido es formidable: músicas, cantos, gritos de vendedores anunciando sus mercancías, mugidos de bueyes, risas y trifulcas. Estoy sudando bajo mi cota de malla y la sangre corre deprisa por mis venas; me siento embriagada por la excitación que impregna el aire y mis piernas ansían ponerse a bailar. Pero los caballeros no danzan. Es una pena.

Estamos cruzando ya la puerta del Sur, y los gastados maderos del puente levadizo retumban bajo nuestros cascos. Dos altas torres adornadas con brillantes estandartes enmarcan la entrada. A punto de franquear el umbral, algo cae desde lo alto sobre la Duquesa. Golpea el cuello de su palafrén de paseo, que relincha y se alza de manos. Dhuoda exhala un corto grito, pero consigue controlar al animal. Rápida como un ratón, Nyneve ha bajado de su caballo y ha recogido el objeto del suelo. Viene hacia nosotras y nos lo muestra: es un hueso pelado con unos cuantos dientes. Una quijada humana.

—Es de los pobres desgraciados de ahí arriba.

Miramos hacia lo alto y vemos las picas que coronan la puerta, cada una con su correspondiente cabeza ensartada. Me estremezco:

—Me parece que no me va a gustar esta ciudad...

—No te inquietes, Leo... No son recientes. Deben de ser de la época de Puño de Hierro. Aunque los burgueses tienen sus propios tribunales, gracias a Dios sólo pueden impartir justicia llana. La justicia de sangre sigue estando en nuestras manos, es decir, en manos del Rey y de los nobles —explica Dhuoda con un deje de orgullo—. Fíjate bien. Son muy viejas. Por eso se están cayendo a pedazos.

Es verdad. Son calaveras mondas, picoteadas por los pájaros, roídas por el sol y por la lluvia. Pero antaño estuvieron recubiertas de piel y animadas de vida. Fueron cabezas que soñaron, que rieron, que lloraron. Que gritaron de dolor y de espanto.

—¡Mi muy noble Señora! ¡Nos sentimos tan honrados por vuestra presencia! ¡Estamos tan felices de que os hayáis dignado a venir a esta humilde ciudad!

Un pequeño tropel de notables ha acudido corriendo a nuestro encuentro para darnos la bienvenida a Beauville. Sin duda traen puestas sus mejores ropas y son un verdadero impacto para la vista, tan chillones, abigarrados y brillantes son sus colores, tan intensos y apretados los bordados, tan dorados los broches y los cintos. El hombre que nos ha hablado primero es un tipo enorme en todas sus partes, redondo y barrigudo como una bola de trapos a la que le hubieran hincado cabeza, manos y pies, como los exóticos clavos de olor que hinca Dhuoda en las naranjas para espantar las moscas. Va embutido en un increíble traje a listas de color verde y carmesí, y las puntiagudas punteras de sus zapatos son tan largas que las lleva recogidas y atadas a las pantorrillas, para poder moverse. Es Morand, el alcalde de Beauville, como enseguida nos explica él mismo. A su lado está Brodel, el regidor primero, que tal vez haya sido elegido por compensación, porque es tan diminuto y enteco como exuberante y desparramado es el otro. El regidor viste ropas oscuras y tristes, descoloridas o tal vez sucias, y tiene una carita pálida y arrugada, como de vieja, en la que brillan dos ojillos malhumorados. Juntos, Brodel y Morand semejan un escarabajo pelotero amasando su bola.

—¡Mi ilustrísima Dama! ¡Estamos tan contentos! ¡Tan entusiasmados! ¡Nos sentimos tan agradecidos por vuestra presencia! ¡Las festividades de la humilde pero noble ciudad de Beauville serán mucho más luminosas gracias a vos! ¡Tenemos todo preparado para recibiros! ¡La ciudad os aguarda! ¡El pueblo os admira!

El alcalde sigue baboseando sus halagos, con la nerviosa aquiescencia del vistoso y engalanado coro de comerciantes ilustres que le rodea. Morand parece tener la fastidiosa costumbre de convertir todas sus frases en exclamaciones; y con cada uno de sus altisonantes trompeteos, noto aumentar peligrosamente junto a mí la furia de Dhuoda. Tampoco Brodel parece muy feliz: frunce el ceño y da pequeños pasitos encogido sobre sí mismo, como si pisara carbones al rojo.

—Está bien, maese Morand. Creo que la Duquesa ya se ha enterado de que la amamos —gruñe al fin el regidor con voz rasposa—. Probablemente prefiera desmontar, descansar y refrescarse después del largo viaje.

—¡Por supuesto! ¡Imprudente de mí! ¡Corro raudo a conduciros a vuestros aposentos! ¡Os he alojado en mi propia casa! ¡Humilde pero confortable! ¡Todo está dispuesto, mi Señora!

Aguanto las ganas de reír: la servil estupidez de Morand me parece chistosa. Si Dhuoda no estalla, creo que los tres días que vamos a pasar en Beauville pueden terminar siendo divertidos. Brodel da la mano a la Duquesa para ayudarla a bajar del palafrén y ella desciende blanca y alada, como una reina. Todos la observan embobados. Todos menos el pequeño Brodel, que parece ser el más inteligente, el más austero. Y que sonríe educadamente a la Dama Blanca, mientras en sus ojillos relampaguea, y creo que no me equivoco al percibirlo, un profundo desprecio y un odio intenso.

Han adornado las calles de Beauville para las fiestas cubriéndolas de pétalos de flores.

—¡Nosotros también tenemos ricas alfombras, mi Señora! ¡Maravillosas alfombras florales! —alardea untuosamente el gordo Morand—. ¡Y nuestras casas son tan altas como vuestros castillos!

—Pero vivís apiñados como puercos dentro de ellas —contesta Dhuoda con desdén.

Tiene razón el alcalde: es como si las ciudades compitieran absurdamente con el modo de vida de los nobles. Y también tiene razón la Dama Blanca: nunca alcanzarán la exquisitez que ella posee. Los burgueses han puesto baldaquinos, han levantado estrados para los espectáculos, han organizado banquetes formidables. Pero cualquier refrigerio de diario de la Duquesa es más refinado que todas sus comilonas. Hemos visto bailes, autos sacramentales, juegos de cucaña, competencias de arco, concursos de versos entre juglares, peleas de animales, exhibiciones musicales, saltimbanquis, cómicos y malabaristas. Es como si, presos de un orgullo loco y pueril, los burgueses se hubieran propuesto deslumbrar a la Duquesa. Pero la Dama Blanca les desprecia y no se molesta en ocultarlo. De hecho, el resquemor ha ido creciendo día tras día, y las fiestas están terminando de un modo lastimoso.

El banquete de ayer fue especialmente catastrófico. Los ágapes oficiales se celebran al aire libre, en unas grandes mesas entoldadas que han dispuesto en la Plaza

Nueva. Beauville es un municipio inquieto y joven y ha cambiado la fisonomía de sus calles. Ahora el centro de la ciudad ya no es la plaza de la iglesia, como ocurría antes y como siempre ha sucedido en todos los pueblos, sino una zona cuadrangular donde antaño se celebraba el mercado y que ahora ha sido adecentada y rodeada de construcciones nuevas con soportales llenos de tiendas. Por ahí empezó la trifulca, precisamente. Y el culpable fue el coadjutor de la parroquia, el clérigo Ferrán, un hombre petulante y lleno de agravios, que sacó ácidamente el tema a colación:

—Ya veis, mi Señora, adónde nos llevan estas modernidades... Mis convecinos parecen preferir esta Plaza Nueva a la espiritualidad y el amparo de nuestra hermosa iglesia... Han sustituido a Dios por el comercio.

—No exageréis, mi querido coadjutor... La iglesia sigue siendo el edificio principal de Beauville, y Dios sigue siendo nuestro único guía. Pero podemos honrar a Dios también en esta plaza, porque siempre le llevamos en nuestros corazones —contestó el pequeño Brodel.

—Permitidme que dude de vuestro sentido religioso, porque no se puede servir al mismo tiempo a Dios y al Diablo. De todos es sabido que la Iglesia ha prohibido la usura a los cristianos y que el comercio es una actividad pecaminosa e indecente —se picó el clérigo—. Recordad que Jesús sacó a los mercaderes del templo a latigazos... Y tanto las Sagradas Escrituras como los Doctores de la Iglesia condenan de manera inequívoca el sucio trato mercantil. «Negociar es un mal en sí», decía San Agustín. Y San Jerónimo dijo: «El comerciante pocas veces o jamás puede complacer a Dios».

—No tanto, Padre, con vuestro permiso —terció Nyneve—. Precisamente acaba de llegar a los altares San Omobono, que era un mercader de Cremona. Ya veis, siendo comerciante también se puede alcanzar la santidad.

—Y sobre todo se pueden alcanzar las benditas arcas de la Iglesia... —dijo Brodel—. Como bien sabéis, padre Ferrán, los comerciantes de Beauville damos mucho dinero para la Santa Madre Iglesia.

—Pero ¿qué me decís, maese Brodel? —volvió a intervenir Nyneve con un aire de inocencia que me hizo temer lo peor—. ¿Entonces los mercaderes compran con su dinero el perdón de sus pecados? Dicho de otro modo, ¿entonces la Iglesia también comercia, puesto que vende sus indulgencias?

El coadjutor enrojeció y apretó las mandíbulas con gesto iracundo. Brodel se apresuró a proseguir antes de que el cura hablase:

—Habréis de reconocer que el comercio ha traído cosas buenas. Los mercaderes leemos y escribimos, hablamos lenguas... Por nuestra influencia, en los tratos comunes se ha cambiado de la numeración romana a la arábiga, que es mucho más sencilla y práctica. Y hemos abierto numerosas escuelas laicas, donde se enseñan saberes tan necesarios para la vida cotidiana como son las cuentas, o escribir de manera legible y sencilla...

—¡Sí, esa abominación de la escritura mercantesca! —bramó el clérigo—. No sólo es una zafia y empobrecedora manera de escribir que no resiste comparación alguna con la belleza de la caligrafía carolingia, sino que, además, la popularización de esa mala escritura entre gente plebeya y sin fundamento no hace sino pavimentar el camino para el Maligno. ¿No os dais cuenta, maese Brodel, de que todos estos cambios que vos consideráis avances no son más que perversiones demoníacas, las pústulas visibles de una honda enfermedad espiritual? ¿No advertís cuán grave y peligroso puede ser poner ciertos conocimientos, aunque sean espurios y mediocres, al alcance de la plebe sin formar?

—¿Y cómo se va a formar la plebe si jamás se le permite el acceso a ningún conocimiento? —contestó Brodel con una voz contenida en la que vibraba un filo de ira.

—¡Mi querido coadjutor! ¡No es cuestión de discutir! ¡Las cosas tampoco están tan mal como decís! —dijo, o más bien trompeteó, el redondo Morand—. ¡Vos tenéis vuestro hermoso latín para hablar con Dios y para tratar de los asuntos elevados! ¡Asuntos que nosotros, humildes comerciantes, no entendemos ni osamos entender! ¡Pero qué mal puede haber en apuntar la compra de una partida de paños con la escritura mercantesca! ¡Es sólo una herramienta! ¡Para simplificar la vida de las gentes comunes! ¡Es como lo de empezar el año en Pascua! ¡Es muy complicado, mi querido coadjutor! ¡Un verdadero lío! ¡Que si comienza a finales de marzo, que si comienza en abril, dependiendo de cuando caiga Pascua! ¡Así no hay manera ordenada de llevar los negocios! ¡Qué daño haría empezar siempre el año en el mismo día! ¡Hay quienes dicen que sería mucho mejor comenzarlo el uno de enero! ¡En la fecha gloriosa de la Circuncisión del Salvador!

—No decís más que barbaridades y blasfemias —barbotó Ferrán.

—Serenaos, por favor —intervino el regidor—. En cualquier caso, el problema no es el comercio, sino los excesos. Y para evitar los excesos existen las leyes comerciales. Sabéis bien que está prohibida la innovación de instrumentos y técnicas, para que nadie tenga ventaja sobre su oponente; la venta de artículos por debajo del precio fijado; el trabajo nocturno con luz artificial; el empleo de aprendices innecesarios; el elogio de las propias mercancías en detrimento de las de los demás, así como anunciar los artículos que uno vende mientras el comprador se encuentre en otra tienda...

—Por eso tenéis esas enseñas tan ridículamente grandes en todos los comercios —dijo Dhuoda—. Contemplad esta plaza: encima de las puertas de las tiendas cuelgan zapatos de latón del tamaño de un hombre, panes en madera pintada tan desmesurados como ruedas de molino, martillos de hojalata hechos a la medida de un gigante. Apenas se puede caminar por vuestras estrechas y sucias calles con el abarrote de todas esas figuras recortadas... Sería mejor que permitierais que los vendedores vocearan sus mercancías. Por otra parte, eso es lo que hacen de todas formas: además de colgar sus distintivos, vocean. Vuestras famosas leyes son transgredidas a todas horas. Pero, naturalmente, qué se puede esperar de la ley de un plebeyo.

Brodel palideció:

—Sí, es verdad. Hacemos leyes que luego algunos incumplen. Pero gracias a esas leyes podemos aspirar a ser mejores. Los plebeyos sabemos que los hombres pueden ser buenos y malos. Todos los hombres. Y acordamos libremente normas de funcionamiento, e intentamos respetarlas, para potenciar nuestras virtudes y vigilar nuestras debilidades. Somos como el agua: necesitamos canalizarnos, para poder regar fructíferamente los campos y no derramarnos inútilmente. Los nobles, en cambio, se consideran por encima de toda norma. Creen encontrarse fuera del Bien y del Mal. Nadie puede juzgarles, y ellos a sí mismos no se juzgan. Habláis de las leyes de los plebeyos..., pero las leyes que los nobles dictan despóticamente sólo son un resultado de sus caprichos. Y sus veredictos son intocables e inapelables.

—Es natural que lo sean, porque nuestra autoridad emana de Dios. Si Dios hubiera querido que los plebeyos mandaran, no os habría creado plebeyos, sino nobles. Esto es algo tan evidente que no sé cómo os atrevéis siquiera a discutirlo —dijo Dhuoda mordiendo las palabras.

—Dios creó al hombre a su imagen y semejanza. Al hombre en singular, que es como decir a todos los hombres. Que yo sepa, no creó a un duque y luego a un siervo. Todos somos iguales a los ojos del Señor, ése es el mensaje de Jesucristo.

—¡Mi Señora! ¡Brodel! ¡Por favor! ¡Mi Graciosa y Magnánima Dama! ¡Por favor! ¡No prestéis atención a los excesos de nuestro regidor! ¡Él no sabe lo que está diciendo! ¡Es un polemista! ¡Siempre se lo digo! ¡Pero Beauville está a vuestros pies como siempre, mi Señora! ¡Y Brodel también, en cuanto cierre la boca! —farfulló el alcalde, nerviosísimo, frotándose con desesperación sus regordetas manos.

—Contemplad esta ciudad, mi Señora. Somos libres —siguió diciendo Brodel—. Todos los ciudadanos eligen cada año a cien pares. Y estos cien pares eligen a veinticuatro jurados, doce regidores y doce consejeros, y a tres candidatos, entre los que el Rey designa al alcalde. Los regidores administramos la ciudad y somos el tribunal de primera justicia. Nos comprometemos a no aceptar dinero ni regalos de los litigantes, pero, como somos hombres y, por consiguiente, también tenemos nuestra cuota de maldad, eso a veces sucede. Ahora bien, al regidor que ha aceptado soborno se le arrasa su casa y se le excluye para siempre de los cargos públicos; y al reo que ha sobornado, se le dobla la pena. Con esto quiero deciros que nos esforzamos por hacerlo bien. Que intentamos legislar incluso contra nosotros mismos, es decir, contra aquello de malo que pueda haber en nosotros. Es otra forma de poder, mi Señora. El poder del acuerdo y de las multitudes. Es como lo que sucede en las cofradías. Los nobles poseen sus órdenes de caballería, pero nosotros tenemos nuestras cofradías. En cada ciudad existen decenas, y los hombres se adhieren a ellas por su propia decisión, sin coacciones de ningún tipo. Las cofradías cuidan de los miembros enfermos, sostienen económicamente a las viudas, educan a los huérfanos, defienden a los asociados ante la arbitrariedad del noble. No disponemos de espadas, como los guerreros, pero somos muchos, nos cuidamos los unos a los otros y estamos juntos por nuestra propia voluntad. Y eso nos hace fuertes. Esto que estáis viendo es el verdadero mundo, Duquesa. Dentro de poco, los nobles languidecerán encerrados en sus castillos, como caracoles resecos olvidados en su caparazón.

Hubo un instante de silencio, tenso y ominoso.

—Puedo hacer que te descuarticen mañana —siseó Dhuoda.

—No, no podéis. Y vos lo sabéis. Tendríais que presentar un cargo contra mí lo suficientemente grave, y recurriríamos a la justicia real. Ya no podéis hacer esas cosas..., mi Señora.

—¡Válganos Dios! ¡Tomemos una limonada! ¡Un poco de sidra! ¡Qué disgusto! —graznó Morand.

Dhuoda cerró los ojos. No quiere estar aquí, pensé; no quiere reconocer que todo esto sucede. Cierra los ojos para borrar el mundo, porque está acostumbrada a que su voluntad dé forma a las cosas. Un instante después, cuando la Dama Blanca alzó de nuevo sus espesas pestañas, su mirada ardía de malicia.

—Hablando de la justicia real, mi querido regidor... —dijo sonriente—. Sin duda conocéis perfectamente las leyes suntuarias del Reino, ¿no es así? Pues bien, yo diría que en esta ciudad no las cumplís...

—¡Pe... pero! ¡Mi Señora! —se inquietó Morand.

—Vamos a ver, vamos a ver... No las recuerdo muy bien, pero, si no me equivoco, las mujeres de los comerciantes no pueden llevar vestidos multicolores ni listados. Ni pueden usar brocados, terciopelos floreados o tejidos con plata y con oro... Y mirad esta mesa, mi querido regidor, mi querido alcalde... ¿No veo allí un justillo carmesí listado de plata? Digno de una dama, desde luego... Pero ¿no es ésa vuestra esposa, mi querido Morand? Vaya por Dios, qué casualidad. Y qué confusión: mirad aquella otra mujer, con la falda de brocado... Y la de más allá. Cuánto atrevimiento indumentario hay en Beauville... Así no hay manera de distinguir al rico del pobre, al criado del amo... Me temo que me veo obligada a exigiros que toméis medidas y que hagáis cumplir las leyes como es debido. Llamad a los alguaciles, alcalde.

Las palabras de la Dama Blanca cayeron sobre Morand como latigazos. Pálido y sudoroso, con la boca abierta y los mofletes temblando, parecía un reo condenado al suplicio. Fue Brodel quien mandó avisar a los alguaciles, puesto que el alcalde no reaccionaba. El regidor se encargó de todo con una sonrisa desafiante y amarga: luego me enteré de que estaba viudo y que, por lo tanto, no tenía esposa a la que desairar. Las demás mujeres de la mesa tuvieron que abandonar el banquete y dirigirse a sus hogares a cambiarse de vestimenta; y los alguaciles recorrieron casa por casa la ciudad requisando todas aquellas prendas que incumplían las leyes suntuarias. Emplearon en semejante menester toda la tarde, y los demás aguardamos sentados a la mesa en un silencio atroz e insoportable del que, sin embargo, Dhuoda parecía disfrutar. Al cabo de un tiempo amargo, cuando el sol ya caía, regresaron los alguaciles con el botín de su triste cosecha: brazadas de vestidos multicolores, sombreros picudos ornados de armiño, capas de terciopelo. Hicieron una pira en mitad de la plaza, untaron el hato con brea y resina y le prendieron fuego. Mientras el humo apestoso se elevaba al cielo, pude escuchar lamentos y exclamaciones airadas. La Duquesa esperó hasta que todo el montón fue una bola de llamas, y luego sonrió graciosa y livianamente:

—Gracias por el almuerzo. Y por la conversación. Ha sido un día precioso.

Dicho lo cual se levantó, ligera y danzarina, y se marchó de la plaza con tanta premura que los demás tuvimos que correr para ir tras ella. Así terminó esa jornada nefasta.

Esta mañana, Dhuoda todavía seguía de buen humor. Puertas y ventanas se iban cerrando con violencia a nuestro paso, las gentes con las que nos cruzábamos se volvían ostentosamente y nos daban la espalda, la ciudad entera palpitaba de odio contra nosotros, pero todas estas señales de furor no lograron borrarle la sonrisa. Cuando llegamos al entarimado donde se celebran los espectáculos, nos encontramos a Morand ataviado con un sayo informe, triste y áspero, de color marrón oscuro. Recordando su refulgente indumentaria de los pasados días, se me escapó la risa.

—Por todos los Santos, se ha vestido de pobre... Verdaderamente es un gran necio. Con todas sus ideas raras, Brodel es mucho más inteligente y más sensato —le dije a Dhuoda, confiando en su alegre talante.

Pero la Duquesa me lanzó una mirada tan severa que la percibí como una bofetada y el rubor se me subió de golpe a las mejillas:

—Qué estupidez, Leo. Brodel es nuestro enemigo. Un individuo infame y peligroso. Y sin duda Morand es más inteligente, puesto que conoce mejor cuál es su lugar y cuáles son las reglas del mundo.

Entonces Dhuoda comenzó a comportarse con el amedrentado alcalde con todo el encanto que ella es capaz de desplegar. Que sin duda es enorme. Le cogió del brazo, le susurró secretos al oído, escuchó sus tartamudeantes palabras como si de verdad le interesaran. El gordinflón Morand se mostró primero asombrado, luego receloso, más tarde confiado y después encantado. Tan encantado, de hecho, que empezó a pavonearse y a charlar por los codos largas parrafadas exclamativas. Hasta que la Duquesa se cansó del juego y súbitamente decidió volver a ignorarle por completo. Así estamos ahora, terminando el banquete de despedida, con un alcalde más desconcertado y nervioso que nunca, con un Brodel pálido y tenso, con un puñado de taciturnos y silenciosos regidores. La gran mesa está casi vacía: hoy no se han presentado ni los comerciantes principales ni ninguna de las mujeres. Estoy harta de Beauville y de las malditas fiestas de Beauville. Por fortuna, esta tortura acabará en breve: hoy es la última jornada y mañana nos vamos.

Acaba de aparecer un joven criado en busca de Morand. El alcalde se levanta pesadamente de su asiento y se aleja unos pasos. Escucha el mensaje con interés y luego regresa a un trote retemblón, con el rostro iluminado de alegría:

—¡Mi Señora! ¡Acaba de llegar a Beauville una emisaria de la reina Leonor! ¡Su Majestad se ha enterado de que vos estabais en la ciudad y os envía sus saludos y un hermoso presente!

Ahora entiendo su júbilo: el pobre necio todavía espera poder enderezar nuestra calamitosa estancia.

—¿Y cómo sabéis que es hermoso, si ni siquiera lo habéis visto? —contesta Dhuoda con altivez.

—¡Mi Dama...! ¡No sé...! ¡Yo espero...! ¡Yo supongo...! ¡Es un regalo de la Reina!

—Es hermoso, mi Señora, os lo aseguro —dice una voz de mujer.

La enviada real es una dama de edad, alta y delgada. Le acompañan dos criados ricamente vestidos. Entre ambos traen, sujeto con dos varas, un pequeño arcón de madera estofada en oro que parece muy pesado. Lo depositan cuidadosamente en el suelo ante Dhuoda.

—Duquesa, soy Clara de Herring, dama de la Reina. Su Majestad os manda saludos y este pequeño obsequio en muestra de su afecto —dice la mujer, haciendo una reverencia cortés.

Después se inclina hacia delante y levanta la tapa del cofre. Dentro hay lo que parece ser una prenda de vestir pulcramente doblada. Es un tejido maravilloso, un terciopelo tan jugoso y verde como el liquen de un río, todo bordado en plata con pequeños pájaros de abultado pecho que parecen a punto de volar.

—¡Qué bello! —exclama Dhuoda, generalmente tan parca en los elogios.

—Treinta bordadoras, las mejores de la comarca, han tardado más de un mes en terminarla. Es una capa, mi Señora...

La Duquesa se inclina hacia delante y alarga la mano.

—¡Esperad! ¡No la toquéis! —grita Nyneve.

La Dama Blanca se detiene y mira a mi amiga enarcando las cejas, a medio camino entre la sorpresa y la irritación.

—Fijaos en el interior del arcón... Está revestido de plomo. ¿No os resulta extraño?... Pedidle a la enviada que se pruebe la capa —dice Nyneve.

—¡Duquesa! Yo... Yo no osaría jamás hacer tal cosa... Es vuestro presente... Yo no soy digna de una prenda así... —dice la dama con evidente nerviosismo.

Pero el rostro de Dhuoda se ha petrificado en un gesto sombrío. La conozco cuando se pone así. Y me da miedo.

—Poneos la capa.

—Mi Señora, no debo... Y si os la mancho, y si... La Reina me mataría, lo sé.

—Poneos la capa o seré yo misma quien os mate. Y os aseguro que hablo en serio.

El silencio es tan absoluto que se escucha el silbido del viento y el tremolar de los estandartes de la lejana muralla. La dama está pálida como la cera y suda copiosamente, aunque el tiempo ha mudado y la tarde se ha puesto desagradable y fresca.

—Pero...

—¡Hacedlo!

La mujer traga saliva, se inclina sobre el cofre y saca la capa con cuidado, sosteniéndola entre dos dedos. Extendida es aún más hermosa, una espléndida prenda de amplios vuelos. La dama se la echa sobre los hombros.

—¿Veis, Señora? Sin duda os quedará mucho mejor a vos... —dice con sonrisa trémula, haciendo ademán de quitársela.

—¡Espera! No tan deprisa. Sigue con ella puesta un poco más... —dice Nyneve.

La mujer arruga la cara: casi parece que se va a echar a llorar. Respira agitadamente; sin duda está muy nerviosa. O asustada. Su pecho sube y baja como un fuelle; su jadeo se hace penosamente audible. ¿Qué le sucede? Se lleva una mano a la garganta. Sus ojos se abren con una desencajada expresión de terror.

—Yo...

No puede decir más. Cae de rodillas y un rugido agónico y animal sale de su boca. Súbitas y feroces convulsiones la tumban sobre el suelo. Sus ojos están en blanco y en sus labios burbujea una densa espuma rosada. Berrea como un cochino en el matadero, unos chillidos de dolor que nos hielan el ánimo. Respira penosamente y su pecho se hunde y se levanta de modo tan violento que parece que la carne se va a abrir en canal. De pronto, de sus ojos, de su boca, de sus narices, de sus oídos, de debajo de sus uñas empieza a manar sangre. La mujer se tensa como un arco y exhala un alarido desaforado y último. Luego, el cuerpo se relaja totalmente y queda amontonado sobre el polvo con fofa blandura, como un rimero de trapos. Está muerta. Huele a podredumbre y excrementos.

—¡Quieto ahí, rufián!

Sir Wolf se ha abalanzado sobre uno de los criados, que ha intentado aprovechar la confusión para escapar. Pero los criados no deben de ser tales, puesto que han sacado unas espadas que llevaban escondidas e intentan abrirse camino por la fuerza. El capitán de la guardia y yo nos arrojamos sobre el otro hombre. Sir Wolf ha ensartado al suyo, que se desploma fatalmente herido. Nosotros hemos arrinconado al cómplice.

—¡Esperad! ¡No le toquéis!

Pálida como un espíritu, la Duquesa viene hacia nosotros. Me arranca la espada de las manos y pone su punta en el gañote del falso sirviente.

—Confiesa y seré generosa contigo. ¿Quién os ha enviado?

El hombre está temblando, pero alza la barbilla e intenta mantener una postura airosa.

—Ha sido vuestro hermanastro, Duquesa. Ahora ya no importa que se sepa...

—¡Mientes!

—¿Por qué habría de hacerlo? Mirad, éste es el sello que el Conde nos ha dado... Lo reconoceréis, puesto que ha sido el vuestro...

Las piernas le fallan, su precaria valentía le abandona y el hombre cae de rodillas.

—Sed clemente, Señora... —dice con voz rota.

Rápida como un mal pensamiento, Dhuoda agarra la empuñadura con ambas manos, hace un amplio revoleo con la espada y corta la cabeza del hombre limpiamente. Alguien grita. Yo pienso con horrorizado y admirado asombro en la fuerza y la pericia de la Duquesa: un cuello es muy difícil de tajar, e incluso los verdugos necesitan en ocasiones más de un golpe. La cabeza ha rodado sobre la tierra, pero sus ojos aún parpadean varias veces, como pasmados de su propia muerte. El cuerpo se ha derrumbado y un vigoroso chorro de sangre empapa la blanquísima falda de Dhuoda. La Duquesa ha dejado caer la espada; está como ida, desencajada, al borde de las lágrimas. Frenética y torpemente, intenta limpiarse la falda con unas manos temblorosas que enseguida se le tiñen de sangre. Saca una pequeña daga de su escarcela y empieza a cortarse el vestido allí donde está manchado. Apuñala el tejido con gesto desquiciado y balbucea palabras incomprensibles que deben de pertenecer a un lenguaje que ignoro. Temo que, en su locura, se haga daño a sí misma.

—Mi Señora... —le digo dulcemente.

También Nyneve ha acudido a socorrerla. Le sujeta la mano con suavidad, le abre los engarfiados dedos, le arrebata la daga.

—Tranquila, mi Duquesa. Todo está bien. Tranquila, Dhuoda. Yo voy a cuidar de ti —le susurro, cogiéndola por los hombros.

La Dama Blanca me mira con los ojos muy abiertos, pero no sé si me ve. O si me reconoce.

—Manebón... Sasegual... Ben mede cada mí... —farfulla quedamente en su lengua extranjera, con gesto desamparado y voz de niña.

Y luego se desmaya entre mis brazos.

Pese a su estado, la Duquesa no ha querido quedarse ni un día más en Beauville y regresamos a casa en la jornada prevista. Ha recobrado el juicio, pero es evidente que se encuentra mal. Tiene fiebre y aferra las riendas de su palafrén con manos convulsas.

—¡Mi admirada Señora! ¡Estoy tan consternado! ¡No sé cómo disculparme! ¡No sé qué deciros! ¡Pero la humilde ciudad de Beauville siempre os esperará con amor y alegría!

El alcalde y los regidores han venido a la puerta principal de la muralla a despedirnos. Dhuoda ni se molesta en contestarles. Oscuras ojeras enturbian su mirada y resaltan como la huella de un golpe en su rostro lívido.

El tiempo ha cambiado definitivamente y el invierno ha llegado. El gélido día está tan encapotado como nuestros ánimos y caen pequeñas y punzantes gotas de lluvia. Arrebujada en su capa de armiño, tiritando, Dhuoda da la orden de partir.

—¡Adiós, mi Señora, adiós! ¡O mejor hasta pronto!

Formamos una triste compañía, todos cabizbajos y en tensión. Nyneve cabalga a mi lado. Incluso ella parece taciturna.

—Menos mal que te diste cuenta del peligro —le comento—. Fue casi milagroso que la Dama Blanca se salvara.

—El forro de plomo del arcón me resultó chocante... Pero, además, debo decirte que el hermanastro de

Dhuoda debe de ser un hombre leído... O al menos debe de conocer los hechos de la corte de Camelot, tal y como los deformó o los inventó el bribón de Myrddin... Porque Myrddin dice que Morgan Le Fay, la gran bruja Morgana, la hermanastra de Arturo, intentó asesinar al Rey con una capa emponzoñada... Todo esto es mentira, desde luego; a Arturo le quisieron envenenar los reyes sajones, y no con una capa, sino con un faisán contaminado. Pero la verdad, claro, no resultaba tan embelesadora y literaria. En cualquier caso, cuando apareció la capa recordé el cuento de Myrddin, y eso me hizo sospechar más fácilmente del supuesto regalo de Leonor.

—Lo que no acabo de entender es cómo pensaron los tres asesinos que podrían salir con bien de su crimen... El veneno era tan potente y tan veloz...

—Pero Dhuoda nunca se hubiera probado la prenda allí mismo... Eso no lo hacen las altas damas, es un gesto demasiado vulgar. Como mucho la hubiera tocado un momento, y con esa pequeña inoculación la ponzoña habría empezado a corroerla por dentro, sí, pero lentamente... Hubiera tardado horas en morir. Tiempo suficiente para escabullirse.

Los cascos de nuestros caballos vuelven a retumbar sobre los maderos del puente levadizo. Es un sonido triste y solemne, un redoble de duelo. El aguanieve pincha mis mejillas y mi nariz moquea. En los alrededores de la ciudad no queda nadie: ni un tenderete, ni un músico, ni siquiera un mendigo. Cuando cruzamos el foso y los animales empiezan a pisar la dura y baldía tierra, me vuelvo hacia atrás sobre mi silla para ver la ciudad. Encima de la puerta, tres de las picas muestran cabezas nuevas. Morand, asustado con lo sucedido, ha mandado hincar los despojos de los asesinos para intentar congraciarse con la Duquesa. El viento agita los largos cabellos pegoteados de sangre de las cabezas, y un cónclave de cuervos aletea ruidosamente alrededor, todo entusiasmo y gula. Los cuervos parlotean excitados; sus graznidos agujerean el aire. «Nos gusta la Duquesa», sé que están diciendo; «amamos a la Duquesa decapitadora». Uno de los pájaros baja en veloz vuelo, da una vuelta en torno a Dhuoda y vuelve a subir con poderosa remontada hacia el banquete. Ha venido a dar las gracias.

—Tenemos que marcharnos, Leo. Tenemos que dejar a la Dama Blanca. Es peligrosa —susurra Nyneve a mi lado.

Sus palabras me inquietan, pero no sé qué hacer con ellas. Las cosas son confusas en el ancho mundo. Antes la vida era tan dura, tan pobre y tan simple como el pequeño pedazo de árida tierra en el que mi familia y yo nos rompíamos las uñas escarbando. Todo estaba claro: la indiferencia de los poderosos, la crueldad del amo, nuestra indefensión pero también la unión que sentíamos entre nosotros, el trabajo embrutecedor, el esfuerzo y las penalidades, el alivio de haber vivido con bien un día más, la felicidad de poder comer y descansar. Pero ahora ya no sé quiénes son mis amigos, quiénes mis enemigos. No sé bien por qué Nyneve dice que Dhuoda es peligrosa, ni me acabo de creer todo eso que cuenta sobre Myrddin. De los belfos de mi caballo salen densas nubes de vapor. La vida es una niebla.

Dice fray Angélico, que ha venido al castillo a cuidar de su prima, que la Duquesa se está dejando arrastrar por el pecado de acidia, que es el vicio de la desesperación y de la abulia por falta de fe en la magnanimidad divina.

—¡Qué acidia ni qué pecado! Dhuoda está enferma, enferma de tristeza. Tiene un pozo negro dentro del corazón y a veces se le desborda —dice Nyneve.

Sé que Nyneve se compadece de la Dama Blanca, pero al mismo tiempo recela de ella e insiste todos los días en que nos marchemos. Está tan obcecada con la idea, y es tan excesiva en sus reproches, que esta mañana hemos mantenido una agria discusión. La primera desde que nos conocemos.

—Ya no tenemos nada que hacer aquí, Leo. Has leído todos los libros de Dhuoda, has refinado tus modales, has mejorado tu instrucción guerrera, has aprendido a comportarte como una dama...

—No me puedo ir ahora y abandonar a Dhuoda tal como está.

—Este castillo está encantado y la Duquesa es un veneno. No sólo ya no estás aprendiendo nada nuevo, sino que nuestra estancia aquí te está cambiando, te está hiriendo por dentro de una manera que no eres capaz de percibir.

—Eso no es cierto.

—Ya te digo que tú no lo percibes.

—¡Qué argumento tan simple y tan tramposo! Si no me muestro de acuerdo contigo, entonces es que estoy equivocada y ni siquiera soy capaz de darme cuenta de ello... Qué fácil resulta discutir así: no precisas demostrar tu razón. Pero tendrás que esforzarte más, Nyneve... Ya no soy la pequeña campesina ignorante que conociste.

—Es verdad, ya no lo eres. Entre otras muchas cosas, veo que has aprendido a debatir, y eso me alegra. Pero estás embelesada por Dhuoda y por el mundo de Dhuoda, y en la Duquesa hay mucha oscuridad. Recuerda cómo decapitó a aquel hombre.

—Había intentado asesinarla. Y, además, luego se puso enferma. Está apenada y angustiada por lo que hizo.

—La angustia de la Dama Blanca viene de mucho antes... Viene de sus demonios interiores. Te aseguro que no es la degollina lo que la ha enfermado. ¿O acaso crees que ésa es la única muerte que lleva la Duquesa en su conciencia?

—Mientes.

—Pregunta a los criados.

—Lo que sucede es que estás celosa.

—¿Celosa? ¿Por qué?

—Porque Dhuoda me prefiere a mí. Porque fray Angélico me prefiere a mí. Porque yo también empiezo a preferirlos a ellos.

—Exacto, ése es el problema. Te gustan demasiado. Careces de criterio frente a ellos. No ves la maldad que anida en sus capullos de seda.

—¿Y a ti qué te importa lo que yo pueda ver? ¿Por qué *tenemos* que irnos? ¿Por qué siempre las dos? ¿Por qué estás conmigo? ¿Por qué no te marchas tú sola, si tanto te incomoda este lugar?

Los oscuros ojos de Nyneve relumbraron como brasas avivadas por un fuelle. Frunció el ceño y me miró con dureza. Sentí que me desnudaba, que me medía.

—Está bien —dijo al fin—. Si eso es lo que deseas, así se hará. Piénsatelo bien: si me vuelves a pedir que me marche, lo haré.

Me encontraba tan irritada con ella que estuve a punto de volver a decirle que se fuera, pero conseguí morderme los labios a tiempo. Nos contemplamos en silencio unos instantes y luego Nyneve salió del cuarto y me dejó sola y atormentada por mi carga de rabia.

Desde entonces ha transcurrido la mañana entera. He leído un rato, he jugado con los perros de Dhuoda, he almorzado sola, en las cocinas, un poco de conejo estofado. Pero estoy malhumorada e inquieta, pensando en que debería hacer las paces. Al fin he decidido salir en su busca y llevo un buen rato recorriendo el castillo con errar intranquilo. Al cabo, la encuentro. Aquí está, frente a mí, partiendo leña al otro lado del patio de armas. Quisiera pedirle perdón, aunque las palabras raspan en mi boca: sigo llevando en el coleto una almendra amarga de rencor. Pero hago un esfuerzo y me acerco a ella.

—Lo lamento —mascullo oscuramente, incomodada por mi propio orgullo.

—¿Qué lamentas?

Hago un vago gesto con la mano.

—La discusión... Todo.

Nyneve deja el hacha y se seca el sudor con la manga. Se sienta sobre un tronco y yo la imito.

—Soy muy mayor, mi Leo. Aunque no lo parezca. He vivido tantas vidas humanas como cabellos tengo en la cabeza. Antes, hace mucho tiempo, cuando era todavía joven y fogosa, compartí un sueño con otras personas. El viejo Myrddin era un mentiroso y un truhán, pero también era un bardo extraordinario, un narrador magnífico. Aunque sus historias sobre el rey Arturo no son verdaderas, la música de sus relatos sí lo es: la épica, la gloria, el esfuerzo de superación, el afán de justicia y de equidad, la fuerza de las mujeres, la búsqueda del caballero impecable, el sueño de construir en este pobre mundo un reino perfecto. Recuerda que la Mesa Redonda era redonda para que ningún guerrero tuviera preeminencia sobre otro, y que todos ellos estaban sentados al mismo nivel que el Rey, porque ni siquiera Arturo poseía un poder absoluto: dependía del respeto y de la aceptación de sus caballeros. Así es el derecho normando, el derecho celta, en contraposición al derecho carolingio de nuestro despótico Rey de Francia. La Gran Carta normanda lo dice bien claro: «Existen las leyes del Estado, los derechos que pertenecen a la comunidad. El Rey debe respetarlas. Si las viola, la lealtad deja de ser un deber y los súbditos tienen el derecho a rebelarse». Cómo le gustaría este texto a nuestro amigo Brodel, el regidor de Beauville... ¿Cómo lo llamaba él? El poder del acuerdo y de las multitudes... Yo viví en mi juventud ese mismo sueño que ahora sueña Brodel. Y luego todo se deshizo, como un castillo de barro hecho por un niño bajo un aguacero. Todo se perdió y se borró, hasta el punto de que hoy algunos piensan que sólo son leyendas.

Nyneve calla durante unos momentos. Hace mucho frío en el patio de armas, pero su relato me interesa y no me atrevo a interrumpir.

—Ahora el mundo vuelve a vivir un momento de ilusión, un momento de renovación y de esperanza. Pero yo ya estoy muy vieja, Leo. Demasiado vieja para un tiempo tan joven. Hace mucho, cuando estaba en mis años y en mi fuerza, yo también deseé cambiar el mundo. Pero ahora me conformo con cambiar a una persona, a una sola persona. Es decir, con ayudarla a madurar y a ser mejor... Y tú, Leo, eres para mí esa persona. Pero tienes razón: puede que mi ayuda no te interese, e incluso puede que verdaderamente no te sirva para nada. Peor para mí, porque además te has convertido en mi única familia. En una vida de mudanzas, tú permaneces. De alguna manera, debo confesar que te necesito.

Sus explicaciones me conmueven. Siento que se me ablanda el corazón, que mi malestar y mi rabia se deshacen.

—Oh, Nyneve, yo también...

—Sssshhh, no digas nada. Las palabras emocionadas salen de la boca demasiado deprisa y suelen terminar diciendo cosas que no son del todo verdaderas. Y debemos ser respetuosos con las palabras, porque son la vasija que nos da la forma. Los tiempos crueles son siempre mentirosos y vienen preñados de palabras malas. El hacha del verdugo no cortaría y la hoguera de la intolerancia no quemaría si no estuvieran sustentadas por palabras falsas. Ya lo dice la Biblia: al principio fue el Verbo. Es la palabra lo que nos hace humanos, lo que nos diferencia de los otros animales. El alma está en la boca. Pero, para nuestra desgracia, los humanos ya no respetan lo que dicen. Escucha con atención a fray Angélico y descubre la ponzoña escondida en su verbo sedoso. Es como su maestro: a Bernardo de Claraval le llaman el Doctor Melifluo porque sus palabras son como miel. Pero las palabras no deben ser como la miel, pegajosas y espesas, dulces trampas para moscas incautas, sino como cristales transparentes y puros que permitan contemplar el mundo a través de ellas.

Volvemos a quedarnos en silencio. Está empezando a nevar. Copos muy blancos contra un cielo muy negro.

—En cuanto a la Duquesa... Ya conoces el viejo cuento de la rana y el alacrán...

—El alacrán que le pide a la rana que le deje montar sobre sus hombros para pasar el río, y que, cuando están en la mitad de la corriente, le clava el aguijón...

—Eso es... Y la rana, agonizante, le dice: «¿Por qué lo hiciste, loco? ¡Ahora tú también te ahogarás!». Y el alacrán, hundiéndose ya en las aguas, contesta: «No lo pude evitar. Es mi naturaleza». Sólo te digo esto, Leo: ten cuidado con la naturaleza de Dhuoda.

A veces las discusiones son tan profundas que dejan por detrás un rastro indeleble. Son como esas tablillas de cera negra en las que Nyneve me ha enseñado a escribir: en ocasiones, sobre todo al principio, mi torpeza en el manejo del punzón hizo que arañara la madera. Y eso no tiene remedio: puedo volver a extender cera virgen sobre la superficie, pero la tablilla está astillada. Siento algo parecido en mi trato con Nyneve. Me alegro de haber hablado con ella el otro día en el patio de armas; me conmovieron sus palabras y se deshizo el resquemor que me asfixiaba. Pero por debajo de la cera nueva, perduran aún las punzantes astillas.

Sé que le debo mucho. Aun así, exagera. Sabe infinidad de cosas, desde luego, pero, en ocasiones, sus pretensiones de gran bruja me sacan de quicio. En el año largo que llevamos aquí he aprendido mucho: ya no me quedo boquiabierta ante todo lo que cuenta. No voy a decir que sea una chiflada, como aseguraba aquella Vieja de la Fuente, pero tampoco tiene siempre la razón. Sigo pensando que está un poco celosa. Que se aburre aquí, porque se ve poco apreciada y sin lugar. Comprendo que ella quiera irse, pero yo no quiero. Me gusta este castillo, disfruto de esta vida deliciosa. Fuera ruge el invierno y los hielos muerden con dientes que matan. Pero el castillo de Dhuoda es un refugio, un pequeño paraíso, como Avalon. Acudo todos los días a la alcoba de la Duquesa. Que está pálida y lánguida, postrada en el lecho. No quiere ver a nadie, pero a mí sí. A veces, cuando se siente mejor, jugamos un poco al ajedrez. A veces le cuento historias bellas que he aprendido en sus libros. Y a veces está tan triste que no desea hablar ni que le hablen, y me quedo junto a ella, acompañándola en silencio durante largo rato. Le gusta mi presencia. Nyneve no conoce bien a la Duquesa; no entiende su refinamiento, su delicadeza. No es un alacrán, sino una paloma que a veces se disfraza de gavilán.

—Ah, mi joven Leo, estáis aquí...

Fray Angélico ha entrado en la biblioteca y su sonrisa ilumina la penumbra. El corazón me da un salto en el pecho: es tan buen mozo. Siento que mis mejillas se encienden y finjo ajustarme las botas para ocultar el rubor. Algún día acabaré por delatarme. El fraile se aproxima a mí. Huele a hierbas, a romero, a áspera carne de varón. Un olor poderoso y embriagante.

—Decidme, amigo mío, ¿os habéis ejercitado con las armas también esta mañana, a pesar de la nieve?

—No, esta mañana no —balbuceo.

Fray Angélico me mira desde su altura. Ojos negros que abrasan. Y los sonrientes labios tan carnosos, un nido de delicias entre la barba. Me observa de tal modo que temo que me haya descubierto. Está cerca, muy cerca. Extiende la mano y me palpa el antebrazo.

—Sois delgado, pero fuerte.

Siento el calor de sus dedos a través de mis ropas. Qué deleitoso brinco de los sentidos. Una parte de mí ansía que me siga agarrando. Sí, quiero que me agarre más. Quiero que me apriete entre sus brazos hasta dejarme sin aliento. Lo peor es que esa parte ardiente de mí misma desea delatarse. Me susurra al oído: ríndete, entrégale la piel y después todo el cuerpo. ¿Qué podría suceder? Él es fraile y ha hecho votos de castidad. Pero también los ha hecho de pobreza, y viste como un duque y vive como un rey. Suspiro, hago acopio de toda mi voluntad, me suelto de su mano con un pequeño tirón y doy un paso atrás. Es un esfuerzo que duele, como si me escociera la carne.

—Venía a buscaros porque la Duquesa quiere veros. Creo que se encuentra mucho mejor —dice el religioso.

Corro por el castillo, o más bien huyo, hacia las habitaciones de Dhuoda. Mis botas de gamuza apenas hacen ruido y mi cuerpo necesita esta carrera violenta. Llego a la alcoba toda arrebolada y sin aliento. Llamo a la puerta y entro sin esperar respuesta.

—Ah, Leo, pasa, pasa. Siéntate a mi lado.

La Dama Blanca está distinta. Es decir, vuelve a parecerse a la de siempre. Todavía se la ve más pálida de lo habitual, y demasiado delgada. Pero se encuentra sentada en la cama, con un espejo en la mano y un plato de almendras y orejones junto a ella.

—Esta mañana me he despertado y, para mi sorpresa, no he deseado estar muerta. Me parece que lo peor ha pasado, mi Leo.

—Es una gran noticia, Duquesa —digo entre jadeos.

—¿Has venido corriendo? Qué encantadora...

Dhuoda alarga la mano y me acaricia la cara suavemente con la yema de su delicado dedo índice, empezando por la sien y descendiendo hacia la barbilla. Cuando alcanza mi quijada, gira un poco el dedo y continúa su camino apretando contra la piel su afilada uña. Su aguijón de alacrán. Pero no, es un mínimo escozor, apenas una ligera molestia. No me muevo mientras me marca con el leve arañazo. Es su sello ducal de posesión. Sin duda está curada.

Dhuoda se recoloca en las almohadas, satisfecha. Sonríe, y yo también.

—Muy bien, mi hermosa guerrera... Nieva, pero también ha pasado ya lo peor del invierno... Cuando llegue la primavera iremos a Poitiers, a la corte de la Reina, a ver el Gran Torneo. Te lo prometí y te lo has ganado. Ya verás, mi Leo: será muy divertido.

Conoceré a la gran Leonor, conoceré al maravilloso Chrétien, entraré en la corte más importante y exquisita de la Cristiandad. La alegría aletea en mi pecho como un pájaro libre. Nyneve no sabe lo que dice. No me quiero marchar. Y no nos iremos.

Debió de ser bellísima. Aún lo es, aunque ha tenido diez hijos y es asombrosamente mayor. Unos cincuenta años, dice Nyneve. No lo parece. No usa afeites, o si los utiliza no se le notan.

—Lleva teñidas de negro cejas y pestañas y se ciñe un justillo muy prieto para marcar el talle —puntualiza Dhuoda, tal vez con cierta envidia.

Más que delgada, la reina Leonor es flexible y ondulante, como un junco mecido por el agua. Tiene el pelo trigueño, entreverado de canas que apenas se perciben en el espesor de su cabellera. La piel de color dorado claro, sin manchas ni emplastos. Las manos largas y afiladas, de dedos aleteantes. Le falta un diente de la parte de arriba, pero los demás son regulares y blancos. Finas arrugas enmarcan su delicada boca y, cuando ríe, las mejillas se le pliegan en lo que antaño debieron de ser hoyuelos. Pero su expresión sigue siendo joven y vivaz. Cuando está distraída y ausente, con la mirada baja, la ruina de los años parece alcanzarla y casi representa su verdadera edad. Pero en movimiento, hablando, sonriendo y sobre todo mostrando el esplendor de sus ojos color miel, intensos y curiosos, inolvidables, toda ella se transforma en un ser luminoso del que resulta imposible apartar la mirada. Es tan hermosa como el fuego, y tan cambiante.

—Nunca olvidaré lo que hizo por mí cuando murió Puño de Hierro. Aunque no me conocía, ella me liberó de mi encierro y me protegió —dice la Duquesa—.

Claro que actuar de esa forma le convenía, porque dividía la herencia de mi esposo y rebajaba así la fuerza del ducado, además de conquistar conmigo una vasalla leal. Pero se lo agradezco de igual modo, porque no todo el mundo es capaz de aunar lo bueno y lo útil.

—En efecto, mi Señora —interviene Nyneve—. Esa habilidad de la Reina me parece todavía más admirable. Leonor es una soberana poco común que intenta unir sus intereses a sus convicciones. Prefiere la finura política y sin duda sabe manipular a las personas y conspirar en la sombra como nadie; pero, pese a su azarosa e intensa vida y a haber sido antes la Reina de Francia y ser ahora la Reina de Inglaterra, dicen que no tiene ningún crimen de sangre en la conciencia... y eso, como vos sin duda sabéis, es extraordinariamente raro en nuestro mundo...

Dhuoda calla, pero la conozco bien y puedo advertir que se ensombrece y encrespa. A veces Nyneve se arriesga demasiado. Dice cosas que no se le admitirían ni a un bufón.

Poitiers es un burgo casi tan bello como la propia Reina. No entiendo por qué antaño me desagradaban las ciudades. Hoy me fascina el ruido, la confusión, las orgullosas casas tan altas como torres, las tiendas, el comercio, el colorido, la riqueza de los trajes, la variedad de gentes, la mundanería, el refinamiento, todas las sorpresas que te esperan al doblar una esquina. La vida estalla aquí, la verdadera vida, y el campo es un lugar tan yerto como un cementerio. El palacio de Leonor, donde residimos, es un recinto fabuloso; en comparación, el castillo de Dhuoda me parece rústico y vacío. Los techos de madera están labrados y policromados, las paredes decoradas con pinturas, los suelos cubiertos de alfombras y pieles. Hay tapices de apretado nudo y minucioso dibujo, brillantes estandartes, telas vaporosas, sedas y cojines y, por las noches, son tantas las antorchas, las candelas, los velones y las lámparas que en cada habitación refulge el sol. Este lugar increíble es un hormiguero; Nyneve me ha explicado que, además del condestable o encargado general, un hombre pomposo y envarado que da miedo, hay un gran despensero, un jefe de halcones y cazadores, un jefe de establos, un jefe de aguas y jardines, así como intendentes de cocina, de panadería, de frutas y bujías, de bodega y de ajuar, todos ellos con sus ayudantes. Luego están los médicos, los barberos, los sacerdotes que atienden la iglesia del palacio, trovadores, pintores, músicos, secretarios, amanuenses, costureras y sastres, un bufón, un astrólogo, pajes y escuderos. Por no hablar de los infinitos sirvientes de ambos sexos y del cuerpo de defensa, con sus capitanes militares, sus soldados y arqueros, su maestro de armas, su jefe de armería. A esto hay que añadir las damas y caballeros al servicio de Leonor de Aquitania, cada uno con su correspondiente servidumbre. El palacio de la Reina es una ciudad dentro de la ciudad.

Y la vida aquí es tan fácil, tan deliciosa y animada. Llevamos en el palacio quince días y dentro de una semana empezará el Gran Torneo, evento que está atrayendo a Poitiers a multitud de nobles, caballeros y damas. Ahora mismo está en la corte María de Champaña, hija de Leonor y del Rey de Francia, una joven hermosa y juiciosa pero carente del magnetismo de su madre. Aun así, Chrétien de Troyes escribió *El Caballero de la Carreta* inspirado por ella. Para mi desencanto, Chrétien no está en la ciudad. Pero he conocido a alguien aún mejor: a María de Francia, una dama de agudísima mente de quien se dice que es hermanastra del rey inglés Enrique II, el marido de la Reina. Esta María es la autora de unos relatos muy bellos, los *Lais,* que he empezado a leer al llegar aquí. Apenas puedo creer que, siendo mujer, se atreva a escribir, y que lo haga tan hermosamente. Su ejemplo me deslumbra y me envenena: siento el picor de las palabras que se agolpan en la punta de mis dedos. Tal vez algún día yo también ose escribir. Tal vez algún día sepa hacerlo.

Aquí están asimismo varios de los hijos de Leonor y del rey Enrique. Los dos con quienes tenemos más trato, porque participan en las reuniones y los juegos, son Godofredo, un brioso muchacho de catorce años, y Ricardo, que es el favorito de la Reina, hasta el punto de que a los doce años le nombró duque de Aquitania. Ahora Ricardo tiene quince y es el que más semejanzas guarda con Leonor, tanto en su físico trigueño y espigado de deslumbrantes ojos como en su talante y su inteligencia. Como guerrero es formidable: le he visto ejercitarse y desconoce el miedo. Es un joven tan templado y prudente, tan valeroso y magnánimo, que se ha ganado el sobrenombre de Corazón de León. Lamento que mi Maestro no pueda conocerle: sé que es el modelo de caballero que quiso inculcarme.

Nos encontramos en la sala octogonal de los faisanes, llamada así por sus pinturas de aves. Es una de las estancias preferidas de Leonor y suele escogerla para sus reuniones, sus animadas discusiones y sus juegos. Bebemos limonada e hipocrás en altas copas talladas, y hay fuentes de plata a nuestro alcance con dulces venecianos de jengibre, galletas de frutas, grosellas hervidas en miel y servidas encima de barquillos. Como hoy es miércoles, toca Corte de Amor. Las Cortes de Amor son una invención de la Reina; una vez a la semana, alguien presenta un caso amoroso especialmente complicado y peliagudo. Se debaten abiertamente los aspectos positivos y negativos de la historia, y al cabo Leonor falla a favor o en contra. Hoy ha presentado el caso André le Chapelain, que es uno de los sacerdotes de la corte, un varón menudo y atildado que recuerda más a un trovador que a un clérigo. André está escribiendo un libro a instancias de María de Champaña. Se titula *El Arte de Amar* y algunas tardes nos ha leído unos cuantos fragmentos, que han sido acogidos por las damas con caluroso deleite. Dicen que está inspirado en un tal Ovidio, un autor del mundo antiguo al que no he leído y, si no he entendido mal, habla de la mezquindad del matrimonio, que no es sino un comercio de riquezas y títulos, frente a la pureza del amor verdadero, que es aquel que brota libremente entre una dama y un caballero, sin mediar intereses ni linajes, como una llamarada de espiritualidad. Al principio me resultó chocante que un religioso sostuviera semejantes ideas, pero ahora he entendido que ese pensamiento es el eje en torno al que gira la corte de Leonor y quizá muchas otras cortes regidas por las damas. Me lo explicó Nyneve:

—Lo que aquí se enaltece es el Fino Amor, la pasión sublime, un movimiento del alma.

—Pero la pasión está en el cuerpo, ¿no es así? Bueno, yo de esto no sé mucho, pero he visto a mis padres, a mis vecinos... Y aunque soy aún doncella, alguna vez he amado. Y lo he sentido en la piel y en las tripas —contesté.

—Estás en lo cierto, porque el cuerpo es lo real. Pero el Fino Amor es el ideal. Y es un ideal poderoso, a fe mía. ¿Sabes ese temblor de corazón que alguna vez se experimenta en los atardeceres especialmente hermosos, cuando el mundo está en calma y tu estómago lleno, pero notas como un hambre insaciable dentro de ti? ¿Una necesidad de algo más grande y más hermoso? ¿Cuando el alma se te sale por la boca y ansía buscar la perfección?

—Ansía buscar a Dios.

—Exactamente. El Fino Amor consiste en cambiar ese anhelo de Dios por la emoción espiritual de la pasión entre una mujer y un hombre.

—Pero eso es una blasfemia. Una herejía.

—No tanto, no tanto. Lo único que hace el Fino Amor es ensanchar un poco el espacio reservado para la pequeña vida humana... Porque no estamos hablando sólo de amor. Es una idea que lo penetra todo. En realidad, la pasión amorosa les embarga el alma con el impulso o el afán de ser mejores. ¿No te has dado cuenta de lo diferente que es la corte de Leonor? Los partidarios del Fino Amor son también partidarios de la música, de las artes, de la literatura, de la escritura. Del refinamiento social y la preponderancia de las damas. Prefieren la negociación a la espada, los hombres libres a los siervos, la tolerancia a la hoguera. Pese a sus excesos cortesanos y a su frivolidad, el Fino Amor no es más que un estandarte, mi Leo. Es una de las banderas de los nuevos tiempos.

Nyneve debe de tener razón. En la corte de Leonor, tan alegre y superficial, se valora sin embargo la brillantez, la inteligencia, la originalidad. Es un entorno que te obliga a pensar. Y hoy, en la Corte de Amor, tenemos que pensar en la historia de Jaufré Rudel, príncipe de Baya. Los casos de las Cortes, según me dicen, suelen ser abstractos e inventados. Pero en esta ocasión André le Chapelain ha propuesto una peripecia real. Jaufré contempló un medallón de la condesa de Trípoli y se enamoró de ella, aunque jamás la había visto en persona. Para poder conocerla, se hizo cruzado y embarcó hacia Tierra Santa. Pero enfermó en el viaje poco antes de llegar al puerto de Trípoli. Los hombres de Jaufré le dejaron agonizante en la orilla y fueron en busca de la Condesa, que era mujer casada y no tenía la menor idea de la pasión que había despertado en el caballero. Informada del asunto, la dama corrió al lecho del enfermo y llegó justo a tiempo, pues el Príncipe pudo expirar en sus brazos. Entonces la Condesa enterró a su amado en la Orden del Temple, y después abandonó su hogar y se encerró para siempre jamás en un convento.

—Es una historia muy bella, Chapelain. Poco habremos de debatir en esta ocasión —dice Isabelle de Vermandois, sobrina de Leonor.

—Aun así, habrá que presentar todos los aspectos del caso. Y su dificultad aumenta el reto —responde la Reina.

—Yo diría que Jaufré fue, como poco, hombre de escaso juicio y menor prudencia —argumenta Ermengarda, vizcondesa de Narbona y una de las damas más queridas de Leonor—. Se enamoró de la Condesa con la sola visión de una miniatura, esto es, se prendó de su físico, sin saber de los dones de la dama, de sus virtudes, su talento o su inteligencia. No veo en ello amor espiritual, sino todo lo contrario: un empecinamiento en lo carnal bastante estúpido, puesto que ni siquiera conocía al modelo.

—Pero no, mi querida Vizcondesa... Sin duda no fue la carnalidad lo que le atrajo, sino ese algo único, excelente y etéreo que debió de atrapar en su retrato el artista. Uno no cruza el mundo y se pone en peligro de muerte sólo por un cuerpo que ni siquiera conoce. Sin duda hubo un deslumbramiento de amor verdadero, un reconocimiento de las virtudes de la dama, bien reflejadas por el maestro pintor —dice acaloradamente la joven Isabelle.

—Entonces, ¿por qué no se enamoró del pintor, puesto que la belleza que lo cautivó procedía indudablemente de su pincel? —dice María de Champaña—. Yo me siento más próxima a lo que ha dicho Ermengarda. Jaufré fue un imprudente y un inocente, porque todos sabemos lo mucho que suelen engañar los medallones. Y fiado tan sólo de eso, de un poco de pigmento sobre marfil, emprendió un viaje alocado en busca de una mujer de la que lo ignoraba todo. Bien pudo haberse enamorado igualmente de uno de los frescos de su palacio.

—No sé si hemos enfocado el caso de manera atinada. A mi modo de ver, la fidelidad o no del maestro pintor importa poco —interviene Leonor: y todo el mundo calla, atento y expectante—. Creo que es evidente que Jaufré era capaz de amar de manera espléndida. Tal vez llevó ese tesoro de amor en su corazón durante toda su vida, a la búsqueda de la dama adecuada que lo mereciera. La visión del medallón desencadenó el milagro, e importa poco que el retrato fuera fiel o no lo fuera, porque en cualquier caso el sentimiento de Jaufré era real. Pues ¿qué es el amor, sino la idea misma del amor? Y tanto más puro cuanto más despojado de las mezquindades terrenales. El puro amor del Príncipe le hizo cambiar de vida, abandonarlo todo y lanzarse a un viaje incierto a tierra de infieles. Ni siquiera podía estar seguro de si la Condesa respondería a su presentimiento, y esto, desde mi punto de vista, agranda más su gesto, que es la entrega absoluta al ideal amoroso, contra toda razón, toda comodidad, toda seguridad y conveniencia. Podría haberle salido mal; la Condesa podría haber sido una dama insustancial e incapaz de sentimientos profundos, pero, aun así, eso no habría rebajado la nobleza del comportamiento de Jaufré.

Calla la Reina y mira alrededor, esperando sin duda que alguien la contradiga. Pero todo el mundo guarda silencio.

—Deduzco que estáis de acuerdo... Esto en lo que se refiere a Jaufré. ¿Y qué hay de la Condesa?

—Bueno, destruyó su hogar al meterse al convento, abandonó a su marido y a sus hijos por un hombre al que apenas había visto. Aunque debo confesaros, mi Reina, que esto lo digo sólo por el afán de debatir, porque ella me gusta —vuelve a decir Ermengarda con un mohín gracioso.

—Ciertamente era una mujer templada y capaz de los sentimientos más profundos... Se enamoró de la idea del amor que Jaufré depositó en sus brazos mientras moría. Después de un regalo de tal magnitud, después de una experiencia tan intensa y tan pura, la Condesa no pudo regresar al empobrecimiento y la rutina de su pequeña vida cotidiana. Eso da una idea de su fortaleza espiritual. En verdad es un relato muy bello, Chapelain. Una historia equilibrada. Él ama en la distancia y la ausencia hasta matarse, y después de su muerte ella recoge ese amor y renuncia a su vida para conservarlo. Podríais escribir un hermoso *lai* sobre el tema, María —dice la hija de Leonor con un guiño a la otra María, la de Francia.

—Está bien. Entonces todos opinamos lo mismo —resume la Reina—. Fallo, por consiguiente, que la conmovedora historia del príncipe Jaufré y la condesa de Trípoli es un elevado ejemplo del Fino Amor.

Las Cortes de Amor no son el único juego que se juega en Poitiers, ni tampoco el único que han inventado. Por ejemplo, hay otro que consiste en componer versos más bien atrevidos y dirigidos a una persona determinada, escribirlos en rollitos de pergamino y luego leerlos en voz alta, mientras los presentes intentan adivinar de quién se está hablando. Yo odio este entretenimiento porque me veo obligada a participar, y temo mi incultura y mi fea letra. Prefiero el juego de la verdad, donde uno de los presentes plantea a los demás preguntas inconvenientes, en cuyas respuestas no se puede mentir. Claro que yo siempre miento, puesto que me hago pasar por varón. En fin, me han dicho que antes había un pasatiempo muy divertido, llamado El Peregrino, en el que alguien encarnaba a San Cosme y los demás le presentaban ofrendas cómicas e intentaban hacerle reír, para que perdiera; pero la Iglesia lo prohibió, porque algunos, para hacer reír al santo o a la santa, le cosquilleaban y manoseaban demasiado.

Además de estos juegos, en Poitiers siempre resuenan la música y los cantos, siempre repiquetean bien calzados pies en deliciosas danzas. La corte de Leonor no para nunca y todos parecen disfrutar. Todos, menos fray Angélico, que suele removerse incómodamente sobre su asiento y torcer el gesto. Ahora mismo se ha comportado así, durante la Corte de Amor del príncipe Jaufré. Su actitud displicente es tan obvia que la misma Reina parece haberse dado cuenta.

—Me parece que no os gustan mucho nuestros inocentes pasatiempos, fray Angélico —dice Leonor.

—Disculpad, mi Reina. Lo cierto es que me siento enormemente honrado con el solo hecho de gozar de vuestra presencia —responde el religioso con una pequeña reverencia.

—Dejaos de pamemas cortesanas, mi querido fraile. Sabéis bien que aquí nos complacen la sinceridad y el debate. Decidme, ¿qué os ha parecido nuestra Corte de Amor?

—Majestad...

—Hablad claro y sin miedo, os lo ruego.

Fray Angélico levanta la cabeza y pasea por la concurrencia una mirada orgullosa que traiciona su supuesta sumisión.

—Pues bien, mi Reina, pienso que es un tiempo, una inteligencia y un esfuerzo totalmente desperdiciados en un debate absurdo e insignificante. *Judicium rationis per nimium amorem.*

Leonor sonríe dulcemente.

—Que quiere decir «perder el juicio por amores nimios». Ya veo. Consideráis que es mejor emplear toda esa energía en debates más sustanciales, como, por ejemplo, los asuntos religiosos.

—Evidentemente sí, Majestad.

—La semana pasada asistí a un interesante debate entre mis clérigos de Poitiers donde se discutía sobre el pecado de la carne y sus grados. Puesto que la única justificación moral de la coyunda es la procreación, mis hombres de la Iglesia se preguntaban: ¿qué es mayor pecado, procrear fuera del matrimonio, o yacer con tu esposa pero sólo por deseo carnal, evitando los hijos? ¿O es peor aún ayuntarse con la esposa cuando se encuentra embarazada, o cuando a ella, por la edad, se le ha retirado ya la sangre? ¿El matrimonio casto es mejor que el matrimonio con hijos? Por otra parte, si el matrimonio es un sacramento, ¿por qué el gozo es pecado? ¿Y cuánto hay de pecaminoso en el hombre que yace con su esposa, pero encendido y tentado mentalmente por otra mujer? Se pasaron con estas y otras cuestiones toda la tarde. ¿Os parecen lo suficientemente profundas? ¿Es para vos un debate menos absurdo que los nuestros?

—Mi Reina, sois una dama de elevada cultura e inteligencia y sin duda sabéis que no todos los religiosos poseen una formación adecuada... Por otra parte, esta discusión que me habéis relatado quizá no os parezca demasiado fina ni sustancial, teológicamente hablando, pero aun así sin duda posee mucho más sentido que vuestro juego, porque intenta delimitar el campo moral de nuestras vidas y responder a las dudas inocentes del vulgo.

—Mi apreciado fraile, yo también he escuchado problemas teológicos muy curiosos que en verdad no acabo de entender —interviene Ricardo Corazón de León, que es joven pero audaz—. Como, por ejemplo, la cuestión de la Visión Beatífica... Al parecer, la Iglesia no tiene claro si las almas de los bienaventurados contemplan la faz de Dios nada más morir y llegar al Cielo, o si tienen que esperar hasta el Juicio Final... Y en este debate tan ajeno a la vida de los hombres se empeñan agriamente muchas mentes instruidas...

—Lo cual es natural, Duque —interviene Nyneve—. Si lo pensáis un momento, es lógico que el tema les preocupe, porque del resultado de la discusión depende un gran negocio, que es el de la venta de reliquias. Las reliquias de los santos sólo tienen valor si el bienaventurado en cuestión puede interceder por ti ante Dios cara a cara en este mismo momento. Si no, ¿para qué adquirirlas?

Fray Angélico ha enrojecido violentamente y yo vuelvo a sentir miedo por Nyneve. Y un poco de vergüenza, por su empeño en decir siempre cosas inconvenientes.

—Ah, sí, las famosas reliquias... —interviene Leonor con risa cantarina—. Habréis de reconocer que algunas son francamente curiosas... Una botellita de leche de la Virgen, un fragmento del pañal de Jesús... Casi me siento tentada a darles la razón a los cátaros, cuando dicen que todo eso es superchería pagana...

—Majestad, no digáis esas cosas ni como una chanza, os lo ruego. La secta de los cátaros o albigenses es uno de los mayores peligros que tiene en estos momentos la Cristiandad —contesta fray Angélico con voz ronca.

—Lo sé, lo sé, no os preocupéis por eso, no voy a hacerme cátara como mi vecino, el conde Raimundo de Tolosa... Nunca nos hemos llevado bien el Conde y yo, vos lo sabéis. Que ese pensamiento no os inquiete, porque me siento muy contraria a cualquier secta. Sin embargo, justo es reconocer que el mundo está cambiando, y que los cátaros ganan tantos adeptos porque sostienen ideas que mucha gente piensa, aunque luego ellos las desvirtúen de manera perversa hasta la herejía. Si queréis combatir de verdad a los albigenses, es menester responder a las aspiraciones del pueblo, para dejarles así sin argumentos. Como el tema de la pobreza evangélica... La gente se escandaliza ante el lujo ostentoso de la Iglesia. Hay una necesidad de volver a la pobreza, a la simplicidad y la pureza de Jesucristo y de los primeros cristianos. Que es lo que aseguran hacer los albigenses.

—Mi Reina, la Santa Madre Iglesia nunca ha abandonado esa pureza. Ahí tenéis a Francisco de Asís y a Domingo de Guzmán, que acaban de formar las órdenes mendicantes con el beneplácito y la bendición amorosa del Santo Padre. Y ellos también practican la pobreza, pero de verdad y dentro de la auténtica fe, y no insidiosamente y amparados por el Maligno.

—Sí, en efecto, los franciscanos y los dominicos..., unos religiosos conmovedores. Pero lo que no acabo de entender, fray Angélico, es que el Santo Padre haya autorizado ahora las órdenes mendicantes, y que en cambio persiguiera y quemara hace treinta años a Pedro de Valdo y a los valdenses, que proponían lo mismo, si no me equivoco... Se diría que Francisco y Domingo han sido autorizados sólo porque existen los cátaros y como una contestación o una maniobra de la Iglesia ante las críticas de la secta albigense...

La ira tensa el musculoso cuerpo de fray Angélico. Veo sus puños apretados, sus pálidos nudillos.

—La Iglesia no necesita que ninguna secta demoníaca le señale el camino de la fe. Os recuerdo, Majestad, que el Sumo Pontífice es el representante de Cristo en la Tierra. Y su palabra es infalible en lo tocante al dogma. Y perdonadme, pero sí, os equivocáis. Con todos los respetos, debo deciros que opináis sin conocimientos suficientes. Los valdenses eran unos herejes. Ni siquiera una soberana de vuestra sabiduría y magnitud debería hablar con tanta ligereza sobre temas tan graves. Y si vos os equivocáis, mi Señora, siendo como sois la primera entre todas las damas, ¿cómo no va a equivocarse el pueblo? Esas exigencias que vos decís que el vulgo plantea no son sino desviaciones de la fe, desfallecimientos espirituales, tentaciones demoníacas.

Un rumor de desagrado ha empezado a extenderse por la sala ante la acritud de las palabras del fraile. Pero Leonor sigue sonriendo cálidamente.

—Muy bien, fray Angélico. Me complacen vuestra sinceridad y vuestro arrojo. Seguramente estáis en lo cierto y yerro al hablar de asuntos religiosos: no puedo competir con vos en sabiduría teológica. Pero permitidme que os diga que vos también os equivocáis al juzgar las cuestiones del mundo; porque de los asuntos sociales, mi querido fraile, una reina sabe mucho más. No despreciéis tan a la ligera el empuje y las opiniones del pueblo: ése es un error que muchos soberanos han pagado con su cabeza. Y más ahora, en estos tiempos en los que se diría que el vulgo está adquiriendo una preponderancia que jamás ha tenido. ¿Habéis visto las nuevas iglesias? Los maestros pintores, los maestros escultores están empezando a firmar sus obras, cuando nunca jamás antes conocimos sus nombres... Los plebeyos comienzan a estar orgullosos de ser quienes son. Hay un afán inusitado de controlar la propia vida y de disfrutarla, en oposición al perpetuo mensaje de resignación y mortificación que difunde la Iglesia. No sé si os habéis fijado en la nueva moda en la pintura..., ahora los artistas pintan escenas en las que puedes ver el aire detrás de las figuras. Perspectiva, me dicen que se llama. Perspectiva... ¿sabéis qué significa? Que las escenas se representan como observadas desde el punto de vista de un solo individuo. Eso es lo que ansían hoy los hombres: contemplar el mundo entero, e incluso dirigirlo, desde sus propias vidas... El vulgo no es dócil. Nunca lo fue, pero ahora mucho menos. Y, para sobrevivir, hay que saber adaptarse a los nuevos tiempos. Otorgando cartas de libertad a los burgos, por ejemplo.

—Majestad, yo... —interrumpe la Dama Blanca con nerviosismo—. Os ruego que me disculpéis, pero yo pienso que manumitir los burgos es un error... Ceder poder a los plebeyos sólo nos debilita y pervierte gravemente la estabilidad y el orden de las cosas.

—Mi pequeña Dhuoda, hace veinte años yo hubiera dicho exactamente lo mismo que vos ahora decís... —contesta Leonor—. A vuestra edad yo tampoco era partidaria de estas medidas. Pero soy vieja, y la edad enseña, si no mata. El tiempo es un río, y las mudanzas que las épocas traen son como las crecidas ocasionales de la corriente. Es imposible parar el curso del agua: si intentas detenerla, te arrastrará. Pero sí podemos encauzar el caudal para que no nos inunde, e incluso para utilizar su empuje en nuestro provecho. Prefiero ser molinero que ahogado, ¿comprendéis, Duquesa? Los burgos liberados trabajan mejor, pagan beneficios, crean menos problemas, participan con hombres y dinero en los conflictos armados... y son mucho más leales a sus antiguos señores. Pero hoy la tarde se ha puesto horriblemente seria. ¡Estoy agotada de tanta profundidad y tanto debate! Creo que voy a descansar un poco. Podéis retiraros.

Leonor se pone en pie y abandona velozmente la sala sin despedirse de nadie, seguida por sus hijos y sus damas y envuelta en un agitado susurro de telas que se rozan. Ricardo Corazón de León se detiene un momento ante fray Angélico con una sonrisa encantadora en su terso rostro adolescente:

—Mi querido fraile, no os enfadéis tanto con nosotros... O al menos no os enfadéis conmigo, porque deseo ser vuestro amigo. Ese arranque colérico quizá os venga de la acumulación de humores a causa de vuestra vida sedentaria. Un hombre como vos no debería encerrarse dentro de un hábito...

Ricardo extiende la mano y palpa el antebrazo del religioso. Recuerdo la presión de los dedos de fray Angélico sobre mi propio brazo. Una semejanza harto inquietante.

—Sois muy fuerte... Me gustaría luchar amistosamente contra vos... Quizá podamos hacerlo uno de estos días...

El religioso no contesta nada. Tiene el rostro demudado, tal vez por el esfuerzo de contener su ira. Ricardo le mira en silencio unos instantes; luego su gesto se ensombrece y, sin añadir palabra, sale de la estancia en pos de su madre. Fray Angélico se acerca a nosotras.

—El gran Bernardo de Claraval tiene razón —susurra con una voz apretada por la cólera—. Bernardo dice que el duque Ricardo vino del Diablo y volverá a él. La reina Leonor tuvo tratos carnales con un íncubo y engendró este hijo del Maligno. Y, además, todo este estúpido y peligroso asunto del Amor Cortés, y ese coqueteo mendaz con los albigenses... Sabemos que muchos trovadores se están refiriendo al catarismo, cuando fingen ensalzar en sus poemas a las damas...

Sé que el fraile está furioso, pero aun así me sorprenden su violencia y lo grave y extremado de sus acusaciones, porque considero que es un hombre inteligente.

—Tienes razón, primo. Le debo mucho a la Reina, ya lo sabes, pero cada vez me reconozco menos en lo que dice. Sólo puede ser que esté endemoniada —comenta Dhuoda con malevolencia.

Miro a Nyneve, que bascula el peso de su cuerpo de un pie a otro, y le ruego con los ojos que permanezca callada. Para mi alivio, mi amiga suspira y se va de la estancia.

—Es cosa de la sangre —sigue diciendo el religioso—. Leonor ha heredado el veneno de sus ancestros, porque el ducado de Aquitania siempre ha sido una guarida de pecadores. El abuelo de la Reina, Guillermo IX, que ostenta el infame mérito de haber sido el primer trovador, era un libertino y un blasfemo que ordenó construir en Niort un burdel suntuoso en el que las rameras, Dios nos asista y le perdone, iban vestidas de monjas. En cuanto al padre de Leonor, Guillermo X, cometió el pecado de reconocer al antipapa Anacleto, en lugar de al verdadero Pontífice. Esto lo sé bien porque me lo ha contado mi Maestro. El gran Bernardo, en su generosidad apostólica, vino a Poitiers para intentar convencerle de que regresara al redil de la Iglesia. Y el Duque, preso de cólera sacrílega, derribó el altar donde Bernardo daba misa e intentó matarle. ¡El Doctor Melifluo tuvo que huir para salvar la vida! De esa estirpe endemoniada viene esta malhadada y peligrosa Reina.

Las palabras de fray Angélico me confunden. Pido excusas y me retiro: necesito pensar. Salgo de la sala de los faisanes con un torbellino en la cabeza. Desde luego, intentar matar a Bernardo de Claraval me parece terrible. Y la historia de las rameras vestidas de monjas me escandaliza. ¿Será verdad que Leonor ha tenido tratos con el Demonio? Esas cosas suceden. Y, sin embargo, no consigo creerlo. Admiro a la Reina. Me gusta Ricardo. Y todo lo que ellos dicen y hacen me parece más real, más alegre, más humano. Pequeñas sombras empañan mi cariño por Dhuoda, mi afecto por fray Angélico, como mínimos gusanos en el corazón de una hermosa manzana. No deseo sentirme así. No quiero tener dudas sobre ellos. Pero no puedo evitarlo. ¿Cómo decía Dhuoda? No me reconozco en lo que dicen, hay algo que me desagrada y que me inquieta.

Doblo la esquina de un solitario corredor del palacio y escucho una voz gritando algo. Palabras que no llego a descifrar. Miro a mi alrededor y compruebo que, sumida en mis cavilaciones, he venido a parar cerca de la iglesia. Y precisamente de allí parece venir el rumor de las voces. Me encuentro en el piso superior del edificio, a la altura del balconcillo desde donde la Reina sigue la misa. Arrimo la oreja a la puerta y, en efecto, el sonido es más claro. Pruebo la falleba y la hoja se abre. Entro sigilosa: huele penetrantemente a incienso y el balcón está vacío y oscuro. Paso a paso, intentando no chocar con los reclinatorios, me acerco a la baranda. Abajo, en la iglesia desierta y tenebrosa, tan sólo iluminada por dos grandes velones en el altar, hay un joven. Es Ricardo. Está tumbado cuan largo es sobre el suelo, delante del sagrario. Pero ahora se incorpora; echa el cuerpo hacia atrás y se pone de rodillas, para volverse a prosternar inmediatamente.

—Señor, me acuso de tener deseos contra natura. Perdonadme, Mi Señor. Sé que soy tentado por el Maligno y sé que soy débil. Mi carne es pecadora; mi voluntad, miserable y perezosa. Oh, Dios Mío, ayudadme a no caer en la tentación. Prometo enmendarme y alejar de mí los pensamientos impuros, mi aberrante lujuria, mi viciosa debilidad por las criaturas de mi propio sexo... Dios Mío, ayudadme a salir de este infierno... Señor, me acuso de tener deseos contra natura...

Sus palabras resuenan en el aire quieto, cargadas de desesperación y de tristeza. La voz de Ricardo Corazón de León, aniñada y casi rota por las lágrimas, me hace sentir escalofríos. Qué solo está, me digo; qué solo y qué angustiado. Y también pienso: esto no se lo voy a contar ni a fray Angélico ni a Dhuoda.

Hoy es el último día del Gran Torneo, que ha durado toda una semana. Ha amanecido lluvioso, pero las nubes se han ido apaciguando y ahora el sol asoma por un rincón del cielo, como si tampoco él quisiera perderse el espectáculo. Desde muy temprano, los siervos de Leonor han estado limpiando, alisando y reemplazando la espesa y corta hierba del campo de batalla, para recomponer los destrozos causados por los cascos de las cabalgaduras en los combates de la víspera. Un poco más tarde han aparecido los escuderos de los contendientes e incluso algunos guerreros, para verificar el estado del suelo y memorizar las pequeñas irregularidades del terreno. Los herreros han remendado las argollas rotas de las armaduras y han enderezado los abollados escudos durante toda la noche; los artesanos han repintado de vivos colores las adargas, y las costureras han cosido con puntadas primorosas los desgarrones de las sobrevestes. Todo está dispuesto para la acción.

El Gran Torneo de Poitiers se parece tanto a las pobres justas en las que participé como un buey a un escarabajo cornudo. El campo en sí es soberbio, almohadillado de hierba y bien nivelado, con dos enormes graderíos de cuatro alturas construidos en maderas finas uno enfrente de otro, en los dos lados más largos del espacio de justas. Centenares de enseñas y estandartes de coloridos brillantes adornan el lugar y flamean en la brisa, animando el ambiente con su alegre ruido. Hay dos docenas de heraldos lujosamente vestidos con sobrevestes idénticas, capaces de arrancar a sus doradas trompetas un sonido estremecedor que reverbera en el estómago. Y el árbitro de justas es un hombre de aspecto tan majestuoso e imponente que parece un duque.

Pero lo más formidable son los participantes del torneo. El público reúne a lo más granado de la nobleza de Francia y de Bretaña, y los combatientes son la flor de la caballería de la Europa toda. Como es natural, yo no he podido participar: para inscribirse en Poitiers hay que demostrar que se poseen un mínimo de tres títulos de sangre. La mayoría de los guerreros tienen más. El conde de Vermingarde entró en el campo precedido por treinta y dos siervos con librea, y cada uno de ellos portaba uno de los blasones de su Señor. Pese a esta exhibición, el Conde fue vencido en su primera liza.

Aunque se combate con armas negras, con las puntas y los filos embotados, en los seis días que llevamos de justas ha habido muchos heridos y un caballero muerto: la lanza de su oponente se rompió en el choque y el extremo astillado le penetró por el ojo tan profundamente, que el desdichado falleció a las pocas horas. Dada la calidad de los contendientes, el torneo está siendo espectacular, al mismo tiempo violento y elegante, pues son grandes guerreros. Aquí están los caballeros más famosos, que partían como favoritos en las apuestas y que, en efecto, han ido ganando sus encuentros: Tribaldo de Champaña, Conon de Béthune, Friedrich von Hausen. Pero todos, incluso los más jóvenes y nuevos, han mostrado una excelente preparación. No creo que yo hubiera podido vencer a ninguno de ellos.

Todo el ardor del campo, la sangre y el sudor, la furia y el coraje parecen haberse transmitido a la audiencia, embriagando el aire como un vino fuerte. Los villanos se quedan toda la noche de guardia en el campo para conseguir sitio: sólo pueden estar de pie, debajo de los graderíos y en los laterales. Los burgueses importantes tienen reservadas las dos bancas más altas, y las dos filas más bajas son para los nobles. En los alrededores se extiende la feria habitual, músicos ambulantes, juglares, astrólogos, tenderetes de bebidas y viandas. Los hombres de hierro pasean por el lugar sus aguerridas estampas y tintinean coqueteando con las bellas mujeres. Cada caballero tiene su dama, a la que dedica el combate, y ésta le otorga alguna prenda como prueba de afecto, la manga de un vestido, la muselina de un sombrero, un jirón del velo, trozos de ricos paños que los guerreros atan a la cimera del casco, para salir a justar con los colores de la amada. Por las noches, castillos y palacios permanecen encendidos hasta el amanecer, con celebraciones tan tumultuosas que sería imposible que se oyera tronar. En los banquetes sirven cisnes y faisanes con las patas y los picos pintados de oro, y anteayer sacaron un ternero asado de cuyo cosido vientre, al ser trinchado, escaparon varios pichones volando que inmediatamente fueron cazados por los halcones amaestrados, porque muchos invitados acuden a las cenas con sus aves de presa. Luego, en la madrugada, es costumbre que las damas reciban en la alcoba a sus caballeros, para recompensarles el valor y las heridas con íntimas caricias. En el torneo todo está permitido entre una dama y su guerrero menos el verdadero acto de la carne, que estropearía la pureza del linaje. Con tanto trasnochar, es natural que los combates comiencen después del mediodía.

Fray Angélico, como siempre en Poitiers, está malhumorado. Dice detestar el Gran Torneo y repite cien veces que está prohibido por la Iglesia, pero ha acudido a presenciar todas las justas.

—Conviene estar enterado de los pecados del mundo.

Nos encontramos ya instalados en nuestros asientos, en el lateral más extremo de la segunda fila. Dhuoda, como corresponde a su elevada alcurnia, tiene un sitio en el centro del graderío, en el entarimado especial donde está la Reina. El primer día de las justas, la Dama Blanca apareció vestida a lo varón, con capa corta y daga en la escarcela. Su atavío fue una de las atracciones de la jornada, porque el Gran Torneo también es una suerte de competición de extravagancias, tanto en los ropajes como en los caprichos de las damas. Y así, alrededor de nosotros, en las bancas nobiliarias, hay algunos caballeros extrañamente ataviados con armaduras de oro incrustadas de piedras semipreciosas. No son verdaderos guerreros, sino los integrantes de las órdenes cortesanas, del Creciente de Lorena, de la Nave de Nápoles, de San Jorge en la Bretaña insular. En cuanto a las damas, los sombreros de algunas son tan descomunales que los desdichados que han de sentarse detrás de ellas son incapaces de ver nada.

También hay algún contendiente estrafalario: aquí está el famoso Ulrico von Lichtenstein, que está recorriendo por segunda vez la Cristiandad para justar con todos los caballeros con los que se encuentra. Llamó a su primer periplo «El viaje de Arturo», y cuentan que iba disfrazado con una capa escarlata, a la manera del Rey de la Mesa Redonda. Esta gira de ahora se llama «El viaje de Venus», y Ulrico lleva dos trenzas postizas, rubias y enredadas de perlas, colgando por debajo del yelmo junto a las orejas, así como una vaporosa túnica de gasa, bordada con flores, sobre la cota de malla, porque dice encarnar a Venus. Pese a estas rarezas, es un gran guerrero: en Poitiers ha ganado sus tres combates. Dicen que da un anillo de oro a cada caballero contra el que pelea, y que ya ha entregado más de doscientos. Este Ulrico se cortó no hace mucho el labio superior porque su dama lo consideraba feo. También se rebanó el dedo meñique, lo hizo recubrir de oro por un orfebre y se lo envió de regalo a su dama, junto con un poema, para que lo usara de puntero. Y es que las damas rivalizan entre sí en demandas estrambóticas y crueles a sus caballeros, para demostrar su absoluto dominio sobre ellos, del mismo modo que la reina Ginebra pidió a Lanzarote que se comportara como un cobarde, según cuenta Chrétien en sus escritos. En este torneo se ha comentado mucho el capricho de la señora de Javiac, que ha exigido a su caballero, Guillem de Balaun, que se arrancara la uña del dedo meñique y se la enviara, acompañada de un poema en el que se condenara a sí mismo por cometer tamaña necedad. Y el guerrero, naturalmente, la ha complacido.

—Cuánta frivolidad, cuánta mentecatez y qué desperdicio de bravura. He aquí a los mejores caballeros de la Cristiandad dispuestos a poner sus vidas en peligro sin ningún motivo, en vez de irse a combatir contra los infieles. Bien dijo Bernardo que todo aquel que muriera en torneo condenaría su alma —gruñe fray Angélico.

Y he de reconocer que no le falta un poco de razón. Pero al mismo tiempo ¡es tan hermoso y elevado el ideal caballeresco! Como dice Nyneve, la fuerza está en la idea.

—Y observad lo lastimoso de su aspecto —sigue refunfuñando el fraile—. ¡Todos ellos rasurados como damiselas! ¡Y con esas cabelleras largas y ridículamente bien cuidadas! Los verdaderos guerreros de Cristo, los caballeros del Temple, cuya orden ayudó a fundar nuestro gran Bernardo, no pierden el tiempo ni debilitan sus almas con esos primores. Todos los templarios se cortan el pelo, como penitencia y para que encaje bien el casco, y llevan luengas y floridas barbas, a lo salvaje, pues su gran modestia les impide cuidarlas. Contemplad en cambio a estos petimetres... Con los escudos repintados, las sobrevestes bordadas... Manos blandas en guante de hierro, como dice Bernardo.

Nyneve me ha explicado que fue Leonor quien impuso hace años, en la corte de París, cuando era Reina de Francia, la moda de las barbas rasuradas y las melenas largas para los caballeros. Y en esto no puedo estar de acuerdo con fray Angélico: se ven tan bellos los guerreros de esta guisa, pulcros y afeitados, con sus brillantes cabelleras, sus uñas recortadas, sus ropajes limpios.

La Reina debe de estar a punto de llegar: en cuanto aparezca empezará el torneo. Como nos encontramos en un extremo de las gradas, a nuestro lado se agolpa la plebe. Hay un grupo de jóvenes amigos comiendo pipas de melón y contando chascarrillos para entretenerse. Llevan así desde que hemos llegado y no les he prestado mayor atención, pero ahora, de repente, algo me ha puesto en guardia. Aguzo la oreja e intento entender lo que está diciendo un robusto mozo de mirada bizca:

—Y llevaban muchos años de prosperidad y de paz, y todo les iba bien, menos el hecho de que el Rey, ya os digo, no conseguía tener descendencia. Y repudió a su primera esposa y se casó con otra; y también tuvo que repudiar a ésta, y se unió a una tercera. Pero la tercera tampoco parió y el monarca la repudió y casó nuevamente; y la cuarta esposa tampoco tuvo hijos, y el Rey la repudió y volvió a celebrar esponsales con otra princesa, la cual tampoco se preñó y...

—Bueno, aligera un poco, pasa de una vez por todas las repudiadas, seguro que así no lo contó el juglar —protesta otro muchacho.

—Tú cállate y déjame hablar a mí, que soy el que se sabe la historia del Rey Transparente...

Una punzada de miedo me atraviesa el pecho. Tengo que detenerle, me digo. Pero creo que ya es tarde: el bizco ha dejado de hablar y desorbita los ojos mientras se lleva las manos al cuello.

—¿Qué te pasa? ¡Marcel! ¡No puede respirar! —se asustan sus amigos.

Se ha debido de atragantar con una pipa. Los otros muchachos le golpean la espalda e intentan abrirle la boca, pero el rostro del bizco ya está amoratado. Cae de rodillas, haciendo un ruido horrible en sus infructuosos intentos por tragar aire. Alrededor se ha organizado un pequeño tumulto; veo que le cogen en volandas y se lo llevan.

—Al fin llegó la Reina —dice el fraile.

Un estridente toque de trompetas ahoga las palabras del religioso. El tumulto está ahora en el centro del graderío: los nobles se levantan, saludan a Leonor, hacen reverencias. Los heraldos vuelven a soplar sus instrumentos y todo el campo calla. La Reina avanza hasta apoyarse en la baranda de su palco. Va a decir algo. El silencio es tan absoluto que se escucha, a lo lejos, el nervioso piafar de los bridones.

—Apreciados y nobles amigos, estimados burgueses, mi querido pueblo, hemos llegado a la última jornada de este Gran Torneo. En estos días hemos visto realizar grandes proezas de armas, bellas gestas guerreras que han llenado de honra a las nobles damas a quienes estos valientes sirven con tanto arrojo. Como sabéis, yo, la Reina, no he tenido en estas justas ningún paladín. Pero esta tarde quisiera escoger uno. El más audaz, el más sacrificado. Porque sólo será mi caballero quien consienta en combatir totalmente desnudo, bajo una de mis camisas, contra un adversario con armadura de hierro.

Un susurro de excitación recorre el campo como la onda de una pedrada en una poza. Antes de que se extinga la sorpresa, un joven guerrero avanza por la hierba hasta el estrado real.

—Mi Reina, soy el caballero de Saldebreuil. Me sentiré muy honrado de poder cumplir vuestro deseo.

El público estalla de júbilo: aplausos, vítores, atrevidos requiebros lanzados a gritos por las muchachas villanas, pues Saldebreuil es sin duda buen mozo. Ermengarda baja al campo y le entrega la camisa al caballero. Éste se retira para cambiarse, porque viste armadura. El tiempo transcurre lentamente en medio de un gran alboroto, hasta que, por fin, los heraldos dan el toque de justas. Un silencio expectante paraliza el campo mientras entran en la hierba los contendientes. Primero aparece Saldebreuil, sin yelmo, el pelo al viento, pálido y hermoso en su blanca camisa, que deja al descubierto su pecho musculoso y sus desnudas piernas. Aguanto la respiración, ansiosa y al mismo tiempo temerosa de ver cuál es su oponente. ¡Virgen Santísima! Es Conon de Béthune, uno de los campeones del Torneo. Ni siquiera protegido con hierro de la cabeza a los pies sería fácil vencerle. Una especie de gemido se extiende por la muchedumbre, a medida que van reconociendo al contrincante.

Los caballeros se colocan en sus marcas reteniendo a duras penas a sus fieros bridones, que ventean la lucha. El árbitro de justas sale al centro del campo, anuncia con voz estentórea el nombre de los guerreros junto a todos sus títulos y luego se retira. Silencio. La emoción me aprieta las entrañas. Los heraldos dan los tres toques de trompeta y, al tercero, los caballos se lanzan al galope. No me atrevo a parpadear, para no perder ni un instante del duelo. Un golpeteo de cascos, relinchos nerviosos, un rugido de furor que parece animal pero que ha salido de la garganta de alguno de los contendientes. Las dos lanzas chocan en los dos escudos con golpe tan formidable que ambas se quiebran. Saldebreuil casi ha sido desensillado por el impacto, pero consigue recuperar el equilibrio y da la vuelta al fondo del campo para regresar a su lugar. Todos aplaudimos hasta que las manos nos escuecen. Corren los escuderos trayendo lanzas de repuesto, los guerreros se preparan, las trompetas vuelven a tocar. De nuevo la velocidad de la carrera, el vértigo y la furia. El estruendo del choque y el estallido de un grito general en todo el campo: la lanza de Conon ha resbalado por la adarga de su oponente y ha golpeado el hombro de Saldebreuil, que cae del caballo. La punta ciega de la lanza, una corona de hierro rematada por pequeñas bolas, parece haber desgarrado la carne del caballero: la blanca camisa se empapa rápidamente de una sangre muy roja. Conon se acerca al caído con el caballo al paso, para aceptar su rendición. ¡Pero Saldebreuil no se rinde! Se ha puesto trabajosamente en pie y desenvaina la espada. Conon está indeciso: es evidente que le disgusta combatir en esas condiciones. Todos aguantamos el aliento. Todos queremos que se rinda. Al menos, yo lo quiero. Los dos caballeros intercambian algunas palabras, pero desde donde yo estoy no consigo entenderles. Al fin, Conon baja del bridón y saca también su espada. Saldebreuil le espera con el arma en la mano, pero sin escudo. Debe de tener el hombro roto o dislocado, pues su brazo herido cuelga sin movimiento junto al cuerpo en una rara posición descoyuntada, de ahí que no pueda utilizar la adarga. La sangre le chorrea camisa abajo y empieza a gotear sobre la hierba. Me inclino hacia delante y miro a Leonor: veo su perfil allá a lo lejos, impávido y sereno. Pero yo estoy atenazada por la angustia. Empiezan a batirse. Carente de escudo como está, Saldebreuil no puede hacer otra cosa que intentar parar los golpes con su espada. Conon ataca con fiereza, y el caballero de la camisa detiene el primer golpe, el segundo, el tercero. El cuarto le golpea de refilón la cabeza desnuda, abriéndole una brecha sobre la frente. Se derrumba. Conon envaina el arma. ¡Pero Saldebreuil está tratando de levantarse! Se apoya en la empuñadura y al fin, tras penosos esfuerzos, se pone en pie. Separa mucho sus piernas ensangrentadas, para intentar mantener el equilibrio. También tiene el pelo pegoteado por la sangre, que brota de la herida de su cabeza y le embadurna el rostro. Conon hace un gesto de desesperación y desenvaina otra vez. ¡Por Dios, que acabe ya! Alabado sea el Señor: antes de que hayan podido reanudar la liza, Saldebreuil ha vuelto a caer al suelo. Se ha desmayado. Los heraldos tocan el final del duelo y el árbitro de justas proclama vencedor a Béthune, mientras los sirvientes y los médicos se llevan el cuerpo inconsciente de Saldebreuil.

El campo de justas es un hervidero. El torneo prosigue, pero nadie presta la menor atención a los desdichados contendientes, que, quizá desmoralizados por la falta de ambiente, tampoco consiguen realizar grandes encuentros. ¡Pero si ni siquiera la Reina está presente! Se ha marchado del palco en cuanto retiraron a su paladín. Una tras otra, cuatro parejas de guerreros entrechocan sus lanzas, sin conseguir un solo momento memorable. De no ser por el sobrecogedor combate de Saldebreuil, hoy habría sido la peor jornada de toda la semana. Cuando el árbitro de justas proclama el final del Gran Torneo, en el campo apenas quedamos la mitad de los espectadores.

Bajamos de las gradas y vamos a reunirnos con Dhuoda, que nos espera para regresar al palacio de Leonor, donde se va a celebrar el gran banquete de cierre.

—Hay que reconocer que la Reina tiene buen gusto —me comenta la Dama Blanca con una sonrisa maliciosa.

—¿Qué queréis decir, Duquesa?

—Sólo digo que Saldebreuil es muy bello.

—Pero, mi Señora, ella ofreció el reto a todos los caballeros presentes, y fue Saldebreuil quien aceptó. Pura casualidad.

—Qué ingenuo eres, mi Leo. ¿Tú crees que Leonor iba a correr el riesgo de que vistiera su camisa Tribaldo de

Champaña, por ejemplo, que es un gran campeón, sin duda, pero tuerto, marcado por las viruelas y con un aliento podrido de pantano?

—Pero... la Reina está casada —insisto, aunque mis propias palabras me suenan ridículas.

—Ah, sí, el gran Enrique II... El Rey está en Inglaterra, muy ocupado con sus asuntos de gobierno... y con otras menudencias. Hace mucho que Enrique, que es once años más joven que Leonor, ya no ama a la Reina. Dicen que se ha enamorado de Rosamunda, la hija de un caballero normando, y que siente por ella tan celosa pasión que ha creado un laberinto en el castillo de Woodstock y ha encerrado a su amada dentro de él, en una alcoba de la que sólo el monarca tiene llave. Como ves, la idea del abuelo de Puño de Hierro es bastante común entre ciertos varones...

Cuando llegamos al palacio, ya están todos sentados a la mesa en la gran sala. Todos, menos Leonor. En su ausencia no pueden empezar a servirse las viandas, de manera que entretenemos la espera bebiendo hipocrás y escuchando a los músicos. La estancia es muy amplia y está llena de gente; y la gente parece estar llena de palabras, de rumores que transmitirse, de confidencias que susurrarse, de comentarios malévolos cuchicheados entre risas. Hay un estruendo enorme que ahoga casi por completo el gemido de las cítaras; entre el vino, el ruido y las emociones, siento que me estalla la cabeza.

Y, de pronto, el silencio.

A mi alrededor, todo el mundo está mirando hacia un mismo punto. Sigo el camino de sus ojos y la veo. Es la Reina. Acaba de entrar en la gran sala y nos contempla con un extraño gesto, tal vez altivo, o quizá desafiante. Lleva uno de sus hermosos trajes, uno que conozco bien, de lino verde y seda con adornos de perlas. Pero por encima trae puesta su camisa, la camisa con la que ha combatido Saldebreuil, con el fino hilo endurecido por las grandes manchas oscuras de la sangre ya seca. Avanza lentamente hasta su sitial, y el silencio es tan completo que me parece poder escuchar mi propia respiración.

—Que sirvan la comida —dice con voz nítida.

Y luego se sienta, mientras media sonrisa le ilumina la cara.

El borboteo de las conversaciones recomienza, como una corriente de agua momentáneamente retenida por un obstáculo, y largas filas de lacayos empiezan a sacar bandejas de plata con gorrinos enteros adornados con manzanas, perdices servidas en nidos confeccionados con harina, anguilas en mares de gelatina. Todo el mundo devora, menos la Reina. Y menos yo, que no hago sino mirarla. Antes me he equivocado: no es altivez lo que su rostro refleja, sino un gozo salvaje. Una avidez indómita y feroz que alguna vez he entrevisto en Dhuoda. Después de todo, la Dama Blanca y la reina Leonor se parecen bastante.

Dolor y deshonra. Hoy arruiné mi vida.

Nuestro viaje de regreso de Poitiers fue nefasto desde el mismo principio. Tras despedirnos de fray Angélico, que marchaba a París, completamos una primera y tediosa jornada de camino y paramos a hacer noche en el pueblo de Dunn. Las sirvientas de Dhuoda ya habían adecentado el mejor cuarto de la posada y montado un lecho mullido y limpio para su Señora con linos traídos del castillo, cuando la Duquesa, muy agitada, nos dio la orden de proseguir el viaje. Nadie dijo nada, aunque tuvimos que salir con tanta premura que dejamos atrás media impedimenta. Parecíamos un pequeño ejército huyendo de la batalla tras una derrota. Hombres y animales estábamos desfallecidos, y aún llevábamos peor el peso de la fatiga porque habíamos creído poder descansar. Para más quebranto, comenzó a llover. Al poco de abandonar Dunn, el capitán de la guardia se acercó a sir Wolf, a Nyneve y a mí, que cabalgábamos juntos.

—Caballeros, os ruego que permanezcáis próximos a la Duquesa y que extreméis la vigilancia... Hemos sido informados de que se estaba preparando una emboscada en Dunn para raptar a la Señora.

—¿Para raptarla?

—Sí, mi Leo —dijo Dhuoda, aproximándose a nosotros a lomos de su cansado palafrén.

Siempre viaja a caballo, detesta las galeras.

—¿Otra vez vuestro hermano?

—No... Se trata al parecer de Roger du Bois, un joven y turbulento caballero, hermano segundón del barón de Alois. Carece de patrimonio, porque en sus tierras impera la ley de la primogenitura, y pretende raptarme y desposarme a la fuerza, para quedarse con mis posesiones.

—¿Eso puede hacerse?

—Mi ignorante Leo, eso se hace todo el tiempo. También intentaron raptar a Leonor de Aquitania en dos o tres ocasiones, después de que se divorciara del Rey de Francia y antes de desposar al inglés. Creo que hemos burlado a Roger, pero puede que encontremos por el camino a algún otro miserable caballero con el mismo afán. En Poitiers me han visto muchos, nuestro viaje de regreso es conocido y soy una pieza codiciada. Por eso, entre otras cosas, aborrezco salir del castillo. Afortunadamente soy prudente, y soborno a un buen número de villanos a lo largo de todo el trayecto, para que me mantengan informada de lo que vean y oigan... Fue el mozo de establos de la posada de Dunn quien nos avisó de la trampa preparada por Du Bois.

Era una noche lóbrega, porque los nubarrones tapaban la luna. Cabalgamos sin parar hasta el amanecer, imaginando enemigos en todas las sombras. Calados y extenuados, por la mañana dormitamos malamente a la vera del camino, haciendo turnos de guardia; y así proseguimos jornada tras jornada, durmiendo a la intemperie y avanzando a paso de marcha. No volvimos a tener ningún contratiempo, pero cuando llegamos, hace unas horas, a las proximidades del castillo de Dhuoda, todos nos encontrábamos demasiado exasperados y agotados. Y entonces sucedió lo peor.

El primer aviso fue una piedra, arrojada con tanta puntería que se estrelló en la frente de uno de los soldados y le derribó descalabrado.

—¡Nos atacan! ¡Formación de defensa! —gritó el capitán.

Todos nos agrupamos en torno a la Duquesa, levantando nuestros escudos y sacando las espadas. Pero pasaba el tiempo y no ocurría nada. Estábamos en un camino que discurre entre árboles, muy cerca del castillo. No se veía a nadie, aunque sin duda la espesura podía servir de buen escondrijo. Al cabo, desesperados por nuestra propia inmovilidad, rompimos la formación. Todo siguió en calma, de modo que recogimos al soldado herido y proseguimos nuestra marcha. Pero al poco, cuando salimos del bosque y vimos ya, muy próxima, la fortaleza de Dhuoda, nos topamos con ellos. Estaban colocados a ambos lados de la vereda, desde la linde de la floresta hasta el mismo puente levadizo. Sobre todo eran hombres, pero también había mujeres y niños. Desarrapados, paupérrimos, descalzos, con las miradas duras, los puños apretados. Eran los siervos de Dhuoda. Empezamos a pasar a través de ellos; nadie decía nada, pero el silencio era tan intenso y tan pesado que parecía que iba a celebrarse una ejecución. De pronto, un hombre joven se cruzó en nuestro camino y se detuvo delante de la Dama Blanca. Era bajo y robusto, de rostro renegrido y velludo como un jabalí, con una pelambre muy rizada y sucia.

—Mi Señora, nos morimos de hambre —dijo con voz un poco temblorosa—. No podemos pagaros la nueva exacción. Apenas tenemos para alimentar a nuestros hijos.

—Trabajad más y con mayor diligencia y tendréis suficiente —contestó Dhuoda con enojo—. Y aparta de mi paso.

—¡Las nieves tardías helaron la cosecha! No tenemos nada, y vuestros hombres han venido a nuestras casas y nos han arrebatado también esa pequeña nada —dijo el hombre en tono más firme.

—¡Apártate, villano! —rugió Dhuoda, azuzando el caballo.

—Cuando Adán araba, cuando Eva hilaba, ¿dónde estaban los duques? —gritó alguien entre la plebe.

Y eso fue una especie de señal. El joven robusto intentó sujetar las riendas del palafrén de la Duquesa con sus estropeadas zarpas de labriego y empezaron a llovernos piedras de todas partes. De pronto me vi con la espada en la mano, rodeada de campesinos que intentaban agarrarse a mis piernas y desmontarme. Y que Dios me perdone, pero les odié. Odié su violencia, su ira, su suciedad y su pobreza. Odié sus pretensiones, su falta de respeto, su rudeza y la molestia que nos causaban. Les odié porque me odiaban y me defendí, y no sólo me defendí, sino que ataqué y herí y tajé. Ciega de furor y embebida en la lucha, no paré hasta que súbitamente me encontré rodeada de soldados de Dhuoda: habían salido del castillo para rescatarnos. Me detuve a mirar alrededor como quien despierta de un sueño, con el aliento entrecortado y la espada teñida de sangre. Los soldados perseguían a los siervos, que huían en desbandada ladera abajo, dejando atrás a sus heridos y a sus muertos. Y entonces los vi por vez primera. Vi a niños llorando junto a cuerpos caídos de mujeres, vi a viejos renqueantes intentando escapar inútilmente de los hombres de hierro, vi a campesinos ensangrentados pidiendo clemencia.

—Qué he hecho... —musité con una voz que no reconocí como mía.

A mi lado estaba Nyneve, lívida y desencajada.

—Te dije que teníamos que marcharnos...

Entramos en el castillo en pos de Dhuoda, que se encontraba enloquecida por la furia. Daba grandes voces, dictaba órdenes contradictorias, reclamaba venganza.

—¡Que me traigan al cabecilla!

Se lo trajeron atado y a empellones. Tenía un ojo morado y unos cuantos cortes, pero no parecía herido de consideración. Ese cuello fuerte, ese rostro quemado por el sol eran como los de mi Jacques. La boca se me llenó de una saliva espesa y reprimí una arcada: ahora me daba cuenta de que llevaba demasiado tiempo sin recordar a Jacques. Yo le había abandonado y le había traicionado con mi olvido porque prefería este bello mundo de los nobles. Pero este bello mundo es un pozo de sangre.

—¡Has intentado matarme! —gritó la Dama Blanca.

—Sólo quería detener vuestro caballo, Duquesa. Sólo quería explicaros nuestra situación.

—¡Mientes, bellaco! ¡Has intentado matarme! ¡A tu Señora! ¡Y has azuzado a los siervos contra mí! ¡Pagarás con tu vida!

El joven alzó la cabeza y la miró:

—Vivir así es peor que la muerte..., mi Señora.

Y no lo dijo con odio, sino con tristeza.

—¡Ponedle en la rueda, para que nos diga los nombres de sus compinches! ¡Y después colgadle! —rugió Dhuoda.

Los hombres se llevaron a rastras al detenido y yo sentí que se me moría parte del corazón. Esperé hasta estar a solas con Dhuoda y me arrojé a sus pies:

—Por favor, Duquesa... Perdonad a ese joven, perdonad a los siervos... Ya han tenido muchas bajas. Ya les habéis castigado de modo suficiente.

—¡No digas tonterías! ¡Tú no entiendes nada, Leo! Es necesario darles un escarmiento ejemplar o volverán a rebelarse... Contra mí, o contra otro... Los siervos son perezosos, estúpidos e indóciles. Son como animales, y es necesario usar con ellos el látigo, como con un burro empecinado. ¿Y qué haces ahí tirada? ¡Levántate! ¡Me exaspera que te arrojes al suelo por un puñado de bribones!

—Mi Señora, os lo ruego, perdonadles... Nunca os volveré a pedir ninguna otra cosa, y si me concedéis este favor seré vuestra más leal servidora durante toda mi vida.

—¡No insistas, Leo, y no me irrites! Ha sido un viaje muy largo y muy desagradable y estoy cansada. ¡No hay nada más que hablar! ¡Y levántate de una vez!

Me puse en pie lentamente.

—Sí hay algo más que hablar, Duquesa... Yo he sido sierva, vos lo sabéis, porque os lo he contado. Y puede que no sepa casi nada del mundo, pero sé de la vida campesina. Sé de sus angustias y sus dificultades, sé de la dura y a menudo injusta mano del amo.

Los ojos de Dhuoda relampaguearon:

—No digas una sola palabra más, Leo. Tú tienes que estar conmigo, no con ellos. Tú tienes que defenderme, y ellos son mis enemigos.

—Hoy te he defendido. He herido y cortado y quizá matado. Y ¿sabes algo, Dhuoda?..., siento que yo soy la derrotada y que ellos me han vencido. Te pido una vez más clemencia para ellos. Por favor.

La voz me salía ronca y había dejado de usar el tratamiento de cortesía. A veces me sucedía, con Dhuoda, en aquellas ocasiones en las que la Duquesa se encontraba especialmente afable, cuando casi la veía como una amiga. Pero ahora la sentía tan lejana y ajena como la luna.

Dhuoda me observó en silencio unos instantes con el ceño fruncido.

—Sobre esto no cabe ninguna discusión. Mi decisión es definitiva —dijo al fin tensamente.

Los ojos se me nublaron.

—Está bien. Entonces mi decisión también es definitiva. Tengo que marcharme, Dhuoda. Me iré del castillo en cuanto amanezca.

La Duquesa apretó los puños como si fuera a pegarme.

—¡No! No te irás. Te lo prohíbo.

—Sí, me iré. Salvo que quieras aplicarme la rueda y ahorcarme a mí también. Al fin y al cabo, no soy más que una sierva.

Dhuoda me miró con una expresión feroz y desorbitada que yo atribuí a la cólera. Pensé que su respuesta iba a ser terrible. Pensé que, en efecto, tal vez me mandara al tormento, como al campesino. Algo parecido al pavor me paralizaba por dentro y encogía mis vísceras en un nudo apretado y doloroso. Pero al mismo tiempo sabía que el castigo de Dhuoda no podía ser peor que lo que ya me había sucedido. Sabía que lo había perdido todo y que merecía lo que me ocurriera. Entonces, para mi sorpresa, la Dama Blanca exhaló un extraño y largo sonido, algo que empezó como un bramido y terminó pareciéndose a un lamento, y, moviéndose con gran agitación, abandonó la estancia casi corriendo. Allí quedé yo, turbada, confundida, con las piernas temblando y el alma derrotada. El nudo de mi vientre no se deshizo con su ausencia ni se ha deshecho ahora: aquí está todavía, a la altura de mi cintura, partiéndome el cuerpo en dos. De modo que ahora sé que ese encogimiento de las entrañas no era un producto del miedo, sino del dolor. Me recuerdo tajando fácilmente carnes sin proteger por una armadura y el nudo se aprieta un poco más. Hace algunos días me emocioné hasta las lágrimas cuando Saldebreuil ofreció su cuerpo desnudo al duro acero, y su gesto me pareció el más noble y más puro. Pero ahora he causado estragos carniceros en cuerpos igualmente indefensos, sólo que cubiertos con sucias camisas campesinas, en vez del refinado hilo de la Reina; y ni siquiera me he detenido a pensar en su entereza, en su desesperación y su coraje. Ni siquiera les he visto como personas.

Cuando Dhuoda me dejó sola, estuve un largo rato sin saber qué hacer, pues la confusión cegaba mi entendimiento. Pensé en abandonar el castillo de inmediato, pero luego recordé que mi caballo estaba extenuado y que aún no sabía cómo encontrar la salida. Esa idea sacudió mi estupor y me puso en movimiento; abandoné la estancia, que era el salón ducal en el que la Dama Blanca despacha sus asuntos, dispuesta a hallar la puerta como fuera. En cuanto pisé el corredor advertí que algo había cambiado. En el entretanto había anochecido y el castillo se encontraba casi a oscuras, apenas iluminado por unos cuantos hachones que los pajes estaban prendiendo a toda prisa, retrasados en su labor por el desorden que los acontecimientos habían provocado. Pese a la fantasmagoría de las sombras, el castillo de Dhuoda empezó a parecerme mucho más pequeño de lo que recordaba. El gran patio de armas se me antojó de pronto un modesto cuadrado enlosetado, la sala de banquetes y sus colosales chimeneas adquirieron las dimensiones de una estancia burguesa, los pasillos dejaron de ser interminables. Al principio pensé que mi paso por el espléndido palacio de Poitiers había empobrecido, por comparación, mi percepción de la morada de Dhuoda. Pero luego llegué al jardín de los naranjos y descubrí, por vez primera, que ese huerto recoleto era también el patio del pozo y del ciprés: me había pasado año y medio en la ciudadela creyendo que eran dos lugares diferentes. A partir de ese momento algo se recolocó dentro de mi cabeza, y en mi memoria se iluminó un mapa simplísimo, la planta del castillo despojada de innumerables estancias inexistentes, de recovecos ciegos y pasillos imposibles; y, súbitamente, comprendí que conocía el lugar a la perfección y que no podría perderme nunca más. Y, en efecto, caminé con decisión, salvando escaleras y doblando esquinas, y enseguida llegué al patio de entrada, a los establos, las garitas de guardia y el portón con su puente levadizo; y después regresé con la misma seguridad y destreza a nuestra alcoba, donde encontré a Nyneve preparando los bártulos, pues, sin habernos dicho nada, ya sabía que nos marchábamos.

Aquí estamos ahora. Nyneve dormita, enteramente vestida, sobre el lecho. Feliz ella que puede descansar. Yo no consigo cerrar los ojos y, a juzgar por cómo me siento, se diría que no seré capaz de dormir nunca más. Acodada en una de las troneras, miro la luna, menguante y luminosa; y sobre todo aguzo el oído, por si oigo lamentos. Sé que en estos instantes están aplicándole el tormento al joven siervo e imaginar su sufrimiento me inunda la cabeza de agonía y de sangre. Pero los muros del castillo son gruesos, y la mazmorra atroz, que no conozco y cuya existencia ni siquiera sospechaba, debe de encontrarse en el subsuelo. No se escucha nada, salvo el pasajero ulular de un búho. Qué incongruente resulta sentir tanto dolor en una noche tan hermosa y tan plácida.

Nyneve y yo hemos acordado partir al amanecer. Yo hubiera preferido escapar ahora mismo como un ladrón avergonzado, pero mi amiga me ha convencido de la conveniencia de dar algún reposo a los jumentos y de marchar de día.

—Las puertas del castillo ahora están cerradas y probablemente tendríamos problemas para salir. Y es posible que los campesinos intenten vengarse —ha añadido Nyneve.

Está en lo cierto. Y, además, también me lo merezco: la noche en blanco, la proximidad con el suplicio que no he sabido evitar.

Súbitamente, la puerta del cuarto se abre de par en par y la hoja golpea con violencia contra el muro. En el umbral está Dhuoda. Una presencia amedrentadora, tan quieta y callada entre las sombras.

—Voy a ver los caballos —dice Nyneve, que se ha despertado con el ruido—. Con vuestra venia, mi Señora.

Y sale de la estancia esquivando el rígido cuerpo de la Dama Blanca.

—Duquesa... —digo, la boca seca, los labios pegados.

Dhuoda entra en la alcoba con pasos lentos y envarados, como si le doliera caminar. Ahora que la luz de las lámparas la ilumina, advierto que sus ojos están enrojecidos, sus párpados hinchados. Tiene aspecto de haber llorado mucho y una expresión extraviada, como de loca. Llega a mi lado y se detiene.

—Entonces, ¿de verdad vas a irte? —pregunta con voz ronca.

—Sí. En cuanto despunte el día.

—¿No puedo hacer nada para que cambies de opinión?

—Sí podéis, mi Señora... Mandad que detengan el suplicio del campesino y perdonadle a él y a los demás —digo, esperanzada.

La Duquesa se tambalea ligeramente.

—Eso no es discutible. Además, ya están muertos, él y sus compinches. Pero aunque vivieran todavía, jamás renunciaría a mis derechos —contesta con dureza.

El nudo de mi estómago se aprieta un poco más.

—Entonces ya no tenemos nada que decirnos, Duquesa.

El rostro de Dhuoda comienza a temblar y luego se contrae en una mueca penosa. Reprime un sollozo.

—Pero ¿cómo es posible que no me entiendas, mi Leo? Mi pequeña Leo, mi dulce guerrera, yo creía que nos comprendíamos bien, que eras feliz conmigo... Yo creía que me querías...

Está llorando y en su voz se transparenta el sufrimiento. Su pena me impresiona. Me compadezco de Dhuoda. Y también de mí misma. Pero es como si ya no me quedaran sentimientos que poder ofrecerle.

—Habéis sido muy generosa conmigo, mi Señora. Os lo agradezco y siempre recordaré mi deuda con vos. Pero debo irme. En estos momentos no sé si os quiero o no. Ni siquiera puedo pensar en vos. Sólo pienso en lo mucho que me desprecio.

Dhuoda gime y alarga las manos hacia mí, como si ansiara tocarme, pero a medio camino detiene el movimiento y las deja caer. Sus manos, observo ahora, están ensangrentadas y llenas de pequeños pero profundos cortes, heridas recientes que aún no han coagulado.

—Está bien —dice la Dama Blanca.

Las lágrimas ruedan por sus mejillas como gotas de lluvia, pero ha recuperado la compostura y la firmeza en el tono.

—Voy a hacerte un último regalo, Leo. Voy a nombrarte caballero. Velarás las armas esta noche, y al amanecer, antes de tu partida, te otorgaré las espuelas y un título. Estarás más protegida de ese modo.

—No deseo ningún regalo más, Dhuoda. No pienso aceptarlo.

—¡Me lo debes! —ruge la Dama Blanca, con su altivez y su dominio habituales—. Me lo debes porque has aceptado ya demasiados presentes de mí. No tienes el menor derecho, ¿entiendes?, el más mínimo derecho a rechazar mi generosidad y a humillarme.

Tiene razón. Le debo demasiado. Callo, confundida.

—Ahora vendrán los servidores para prepararte el baño purificador y traer las vestiduras rituales, con las que deberás velar en la capilla... ¿Has encontrado ya la puerta del castillo?

—Sí, Duquesa. Ahora es muy fácil.

Dhuoda hace un pequeño gesto desdeñoso.

—Ya te dije que sólo era necesario querer irse.

Da media vuelta brusca y se aleja. Pero antes de cruzar el umbral se detiene un momento y me mira por encima del hombro.

—Serás el señor de Zarco..., en honor al color azul de tus inolvidables ojos.

Y desaparece, tragada por las sombras del corredor. En el suelo de piedra, allí donde hace un instante estuvo ella, hay una pequeña constelación de gotas de sangre.

He tomado el baño purificador y he vestido después la túnica blanca, la clámide bermeja, las botas marrones, el cinturón ritual. Me he ajustado las espuelas doradas y he velado la espada, la daga y la maza en la capilla durante toda la noche. Que el Señor me ayude en este tiempo de dolor y desconcierto. Que la Virgen mitigue mi vergüenza.

Cuando vienen a buscarme, el primer aliento del día, débil y plomizo, empieza a iluminar los vidrios de las estrechas ventanas. Cuelgo del cinto el puñal y la maza y llevo en la mano la espada, enfundada en su vaina. Abandono la iglesia en pos del paje y nada más cruzar las puertas me estremezco: los muros del castillo están entelados con colgaduras negras. Pared tras pared, la ciudadela entera ha sido recubierta con lienzos de duelo. Reina un silencio sobrecogedor y la servidumbre con la que me cruzo baja la cabeza con expresión contrita. Dadas las especiales circunstancias de esta ceremonia, no se celebrará el banquete habitual con el que el nuevo caballero debe agasajar a sus conocidos, y tampoco entregaré los ricos presentes que se espera que el neófito reparta a manos llenas. La ceremonia de investidura siempre es una fiesta, pero ahora, mientras atravieso el castillo enlutado y fúnebre a la pobre luz de la amanecida, más me parece dirigirme a mi ejecución que a mi ennoblecimiento.

Para mi sorpresa, pasamos sin detenernos por delante del salón ducal, que es donde yo pensaba que se llevaría a cabo el nombramiento. Atravesamos unos cuantos corredores y al fin desembocamos en el patio de entrada. Unas pocas personas nos están esperando: Nyneve, con los caballos dispuestos y la impedimenta ya cargada; sir Wolf, media docena de soldados, el capitán de la guardia... y Dhuoda. Su aspecto me impresiona: la Dama Blanca viste de negro de la cabeza a los pies y está tan pálida que se diría que carece de color: su rostro es un jirón del mismo aire gris e incierto que nos rodea. Lleva el pelo suelto, largo y despeinado, sobre los hombros. Una cabellera tan oscura como su ropa de duelo. Me detengo ante ella y le entrego mi espada.

—Arrodíllate —ordena con voz fría y distante.

Obedezco. Sé que tengo que inclinar mi cabeza hacia el suelo. Veo los delicados pies de la Duquesa, también enlutados, asomando por debajo del ruedo de la falda. Escucho el rasgueo de la hoja de acero al salir de su vaina y por un momento pienso que Dhuoda va a decapitarme. Cierro los ojos.

—Por el poder que me confieren mi dignidad y mi nobleza, yo, Dhuoda, duquesa de Beauville, te ordeno caballero y te nombro, además, señor de Zarco. Que los presentes sirvan de testigos de la legitimidad de la ceremonia.

Siento sobre mi nuca el leve espaldarazo, asestado por Dhuoda, como es preceptivo, con la mano derecha. Me estremezco.

—Ahora tu juramento —dice.

Abro los ojos y la miro. Su cara es una máscara carente de emociones. Extiendo el brazo derecho y toco la empuñadura del arma, que Dhuoda aún sujeta.

—Por la cruz de esta espada, que representa la Sagrada Cruz de Nuestro Señor Jesucristo, juro fidelidad eterna y vasallaje a vos, mi señora Dhuoda, duquesa de Beauville. Que Dios guíe mi mano a vuestro servicio —digo, repitiendo las palabras que me enseñaron anoche.

—Sé bien lo que valen tus promesas —susurra Dhuoda con tono envenenado y sardónico—. Puedes levantarte.

—Duquesa...

—¡Levántate, te digo!

La negra Dama Blanca envaina la espada y me la da para que me la ciña. Luego me entrega unos pergaminos enrollados y lacrados.

—Esto es la carta de ennoblecimiento y los demás documentos acreditativos de tus posesiones. Te he regalado un remoto fragmento de mis tierras. Un peñascal reseco sin siervos ni edificaciones. Enhorabuena: ahora eres el amo de las piedras... Una propiedad que va con tu talante. La ceremonia ha terminado. Podéis marcharos, señor de Zarco.

Recojo torpemente los legajos y repito:

—Duquesa...

La tersura de su borroso rostro se descompone. Sus labios tiemblan.

—Ssshhh... Silencio —me interrumpe con voz estrangulada—. Ya no quedan palabras que decir, ni lágrimas que llorar, ni sentimientos que sentir. Me quitas lo mejor que yo soy.

Alarga su pobre mano, lacerada por los múltiples cortes que la sangre seca ha ennegrecido, y me acaricia la mejilla levemente.

—Laedar nimé sasine... Laedar nimé —susurra con ternura en ese idioma extraño que sólo ella conoce.

Luego se yergue, se endurece, cierra la expresión en un gesto sombrío y pavoroso:

—Eres el ladrón de la dulzura. Recuerda bien lo que te digo: a partir de hoy solamente habrá desolación y muerte.

Y abandona el patio como un viento furioso.

Todo el mundo calla. Nyneve y yo montamos en nuestros bridones mientras las poleas del puente levadizo comienzan a rodar y el gimiente estruendo de las cadenas retumba en el silencio. Al fin, tras un tiempo que se me antoja eterno, el puente desciende y la puerta queda expedita. Saludo con una inclinación de cabeza a sir Wolf y salgo del castillo, con Nyneve a la zaga. Descendemos por la ladera con lentitud y sin mirar atrás, cabalgando cansinamente al paso; puede que nuestros caballos se encuentren aún fatigados por el regreso de Poitiers, pero yo siento que se trata de otro tipo de agotamiento, del desfallecimiento de todas las cosas, como si el mundo hubiera envejecido de repente.

Al aproximarnos a la linde del bosquecillo encontramos los cuerpos: están colgados de los primeros árboles, bien visibles, sin duda a modo de advertencia. Son cuatro, todos hombres, con las manos atadas a la espalda y los rostros amoratados y deformados por una mueca horrible. Reconozco al joven del pelo rizado: sus piernas descoyuntadas por la rueda cuelgan extrañamente blandas y torcidas. Cuando nos acercamos, los cuervos que ya les están picoteando alzan el vuelo, felices y locuaces como los invitados a un banquete. Al banquete de mi investidura. Amamos a la Duquesa sangrienta, están diciendo; adoramos a la Duquesa decapitadora y ahorcadora. Antes de internarme en la floresta percibo con toda claridad la mirada de Dhuoda sobre mi nuca. Es una mirada poderosa, un aguijón de fuego que me incita a volverme para contemplarla. Pero aprieto las riendas de mi caballo, hundo la cabeza entre los hombros y me resisto. La veo con los ojos de mi mente, la imagino en lo alto de la almena, el negro pelo al viento, toda ella oscura y aleteante como un pájaro de mal agüero. La Reina de los Cuervos. Entramos en el bosque y la presión de los ojos de la Duquesa desaparece.

Ahora estamos solas. Tengo diecisiete años y acabo de ser nombrada caballero. Pero soy mujer y nací sierva. Lo único auténtico y legítimo es mi título: todo lo demás es impostura.

Soy un Mercader de Sangre. Pertenezco al grupo de guerreros más despreciados y degradados de la Cristiandad. Aquellos a los que todos aborrecen.

Hay caballeros *faydits,* como mi Maestro: hombres de hierro que han caído en desgracia, que han roto las leyes del vasallaje y a los que sus señores feudales o sus reyes han arrebatado título y posesiones, condenándoles a vagar por los caminos en rebeldía. Hay caballeros jóvenes y belicosos, segundones airados que se buscan la vida en los torneos, que intentan casar bien o, en su defecto, raptar y desposar a la fuerza a una dama rica, que conspiran para asesinar a sus hermanos y arrebatarles el título, que a menudo acaban convertidos en bandoleros. Hay caballeros bajos de sangre turbia y orígenes inciertos, tan pobres que a veces tienen que empeñar armas y caballo; suelen ganarse la vida asolando pueblos, robando a los viajeros, asaltando a campesinos y mercaderes. Todos ellos, *faydits,* segundones y bachilleres, violan mujeres, destripan comerciantes y decapitan ancianos. Si extreman su violencia, son perseguidos por la ley e incluso, en ocasiones, ajusticiados, pero aun así mantienen intacto su orgullo de guerreros y se consideran caballeros hasta el último eslabón de sus armaduras.

Sin embargo, yo soy un Mercader de Sangre y estoy más allá de las normas, más allá de las lindes admisibles. Los pequeños pueblos arrasados por los caballeros bajos, los comerciantes temerosos de ser atracados en sus viajes, los campesinos hastiados de la persecución de los hombres de hierro nos contratan a menudo, a mí y a otros mercenarios como yo, para que combatamos en su defensa. El nombre por el que se nos conoce es infamante y somos la mayor abominación dentro de la caballería, pues no se concibe que un guerrero se deje comprar por los plebeyos para luchar contra otros caballeros. Incluso el segundón que acabara de robar y degollar a una indefensa familia campesina escupiría en mi rostro con soberbio desprecio.

    Sé que ejerzo mi oficio con coraje suicida. Despierto cada día pensando que es el último, tan despreocupada por mi propia suerte que ni siquiera me sorprende no sucumbir. Un raro desapego me separa de todo. Hiberno en el hielo de mis sentimientos como un oso, porque la acidia es una inundación de pena fría. Así, con las emociones congeladas, no duele recordar el rostro de las víctimas, la sangre de esos pobres campesinos a los que atravesé. Al albur de las demandas de protección, hemos recorrido distancias tan largas que hubiéramos debido llegar al horizonte. Hemos estado en París y en Ruán. Hemos visto el gélido y ventoso mar de la Bretaña y el azulado y tibio mar del Sur. Vivimos en el camino, como los leprosos, los juglares, los mendigos. Nos hemos convertido en vagabundas, aunque yo le saque brillo a mi armadura. Y así se acumulan los días y los rostros, así pasan los paisajes y las estaciones, y todo viene a ser la misma soledad, el mismo cansancio.

Hierve mi cuerpo con la fiebre. Y mis piernas pesan como troncos caídos. Mi costado palpita, ahí donde he recibido la estocada. Inclinada sobre mí, Nyneve limpia y cuida mi herida, como limpió y curó las anteriores. Le dejo hacer, lejana y ausente. No me interesa el estado de mi cuerpo. No me interesa vivir. Lo que más aprecio de la calentura es el oscuro torpor en el que te sumerge. Es algo semejante a no existir.

—¡Oh, calla ya, me tienes harta! —gruñe súbitamente Nyneve junto a mí.

¿Cómo? ¿Acaso la fiebre me ha hecho hablar en voz alta? ¿Por qué me grita?

—¿He dicho algo?

Malhumorada, Nyneve recoge los vendajes sucios de la cura y se pone en pie.

—No es cierto que desees morir —masculla—. Luchas como un león en todos los combates. Mejor dicho, luchas como una alimaña, sin desdeñar ningún truco para vencer. Y, cuando resultas herida, te aferras a la vida y a la salud como la sanguijuela se prende a la yugular. Tú no sabes lo que es querer morir de verdad. Yo sí lo sé. Lo he visto. Pero tú sigues siendo una campesina: tienes esa tenacidad, esa resistencia. Eres como la mala hierba, o como el cornezuelo que asola la cebada. No reniegues de ello: ciertamente es un don.

Intento enderezarme y responderle, pero el costado duele. Dios, sí, cómo duele. Me dejo caer de nuevo sobre la manta, sin aliento. Por encima de mi cabeza, los álamos se agitan y frotan sus hojas. No sé dónde está Nyneve. Ha salido de mi vista, después de aporrearme con sus palabras. Porque me siento así, como si me hubiera golpeado..., y probablemente con razón. Sí, lo que ha dicho escuece y, sin embargo, es cierto. ¿Cómo no lo he visto antes? Siempre lucho hasta el fin de mis fuerzas para salvarme. No es lo que uno esperaría de quien desea morir.

Los ojos me arden, resecos por la fiebre. El cielo es demasiado azul, demasiado brillante. Tuerzo la cabeza y observo el suelo, la tierra parduzca que hay más allá del jergón de helechos sobre el que me encuentro. Algo sucede con mi vista: de pronto distingo cada brizna de hierba, cada hormiga de acorazado abdomen, cada grano de arena espejeando al sol. Las hierbas tiemblan en su esfuerzo por crecer, las hormigas consagran sus minúsculas vidas a transportar un pedazo de hoja, los granos de arena guardan la memoria de la roca que un día fueron. Dicen los que saben que la Tierra es redonda; Gautier de Metz, en su enciclopedia *Imagen del Mundo,* un libro que leí en el castillo de Dhuoda, cuenta que el hombre puede dar la vuelta al mundo del mismo modo que una mosca da la vuelta a una manzana; y también explica que las estrellas están tan increíblemente lejos de nosotros que una piedra arrojada desde ellas tardaría cien años en llegar hasta aquí. Tumbada sobre la dura tierra, percibo la redondez del mundo bajo mis espaldas. Lagartos y moscas, mirlos y ranas, víboras y saltamontes me rodean, tan agitados y llenos de necesidades como yo, igualmente aferrados a la arrugada piel de la gran bola aérea. Siento que estoy saliendo de mi desesperación, como el bebé sale de entre las sangrientas membranas de la placenta. El cuerpo me duele y estoy viva.

Llevo tanto tiempo siendo un Mercader de Sangre que apenas recuerdo que existen otras maneras de vivir. He perdido dos dedos de la mano izquierda, el meñique y el anular, rebanados por el hacha de un energúmeno, y tengo el cuerpo roturado por las cicatrices de las heridas que Nyneve ha cosido con milagroso acierto. Sin ella, lo sé, hubiera sucumbido varias veces. Sin embargo, hace tiempo que ya no me tajan, al menos gravemente. Al principio peleaba como un animal acorralado, pero ahora hace bastante que procuro idear mil añagazas para no tener que llegar a combatir. Hay muchas maneras de proteger a un viajero y las mejores armas están en la cabeza. La previsión y la precaución hacen milagros: cambiar los itinerarios, estudiar el recorrido con anterioridad, evitar los lugares propicios a emboscadas, difundir el rumor de un trayecto falso, hacer que tu presencia sea muy visible y llevar siempre un bridón fuerte y brioso, armas de calidad y una buena cota de malla resplandeciente, para dar la impresión de potencia guerrera. Como los perros antes de una pelea, intento infundir miedo en la distancia: encrespo mucho el lomo, abro las fauces. Y es una medida que funciona. Por otra parte, la huida a tiempo del defendido y el defensor tampoco es un recurso desdeñable: a fin de cuentas, un Mercader de Sangre no tiene ningún honor que preservar. Nyneve supone una ayuda fundamental: su pericia como arquera es prodigiosa.

Tengo veintitrés años, o quizá veinticuatro: en los primeros tiempos de mi desesperación perdí la cuenta y los días no eran más que un aturdimiento en la memoria. Sigo siendo doncella. Al principio, en lo más profundo de la acidia, ni siquiera podía pensar en la carne. Después, cuando fui recuperando la vida y el cuerpo con cada cicatriz y cada herida, no conseguí encontrar la manera de comportarme como una mujer, siendo como soy un caballero. Entre las anchas caderas de Nyneve, en cambio, hay una madriguera siempre acogedora: ella no tiene dificultades con su disfraz. Pero yo no acabo de saber dónde empiezan y dónde terminan mis ropajes fingidos.

Un día, escoltando junto a otro mercenario a un grupo de mercaderes a través de una zona boscosa, nos salieron al paso cuatro hombres de hierro. A pesar de la inferioridad numérica, la escaramuza se solventó enseguida. Nyneve, que viajaba embozada en una capa como si fuera un comerciante más, sacó el arco que llevaba oculto y atinó a hincar una flecha en el cuello de un atacante. Lo inesperado de nuestra defensa desbarató a los caballeros, que salieron huyendo sin apenas haber cruzado espadas con nosotros. Cuando íbamos a reemprender el viaje, uno de los mercaderes se me acercó con gesto preocupado:

—Señor, os han herido.

Al principio no entendí. Luego seguí la línea de sus ojos y miré hacia abajo: y vi que la silla y las gualdrapas de mi caballo estaban teñidas de rojo. Pero no era una herida: era mi flor de sangre, un menstruo inesperado.

—No os preocupéis —improvisé—. Ni siquiera me han rozado. Es sólo una lesión reciente, que ha debido de reabrirse con la refriega. Pero está casi curada y no hay por qué alarmarse.

Y proseguimos nuestro camino, mientras yo maldecía mi cuerpo de mujer. Este pobre cuerpo prisionero, que pugna por salir y derramarse.

Estamos nuevamente en guerra, como de costumbre. A veces son guerras grandes, a veces pequeñas. La de ahora es de mediana dimensión. En ocasiones, hay guerras subsumidas en conflictos mayores. O varias a la vez en distintos sitios. Cuando arrecian las guerras el negocio flaquea, porque los caballeros se dedican a matarse entre ellos, en vez de asolar a los plebeyos. De manera que últimamente nuestra bolsa anda magra. Aun así, hemos decidido alojarnos esta noche en una posada. Estamos fatigadas y, además, queremos enterarnos de las últimas noticias. Y ya se sabe que no hay como pernoctar en una posada para ponerse al día sobre el estado de las cosas. Así fue como conocimos, hace ya algún tiempo, las desventuras de Leonor de Aquitania. Que han sido el origen de esta nueva confrontación bélica que ahora padecemos. Dicen que, por ambición política, o por despecho ante el desamor de su marido, o por ambas razones e incluso alguna más, Leonor conspiró contra su esposo, el rey Enrique, y que intrigó hasta que tres de sus hijos, entre ellos Ricardo, el preferido, acudieron a la corte del Rey de Francia para combatir contra su padre. Y el monarca inglés, naturalmente, contestó con las armas, comenzando la contienda en la que estamos. Por añadidura, Enrique encerró a Leonor en la fortaleza de Chinon. De esto hace ya algunos años y allí sigue presa, cuentan que en condiciones de extrema dureza. Asimismo han caído en desgracia Chrétien, Chapelain y los demás integrantes de aquella corte maravillosa de artistas, músicos y poetas. De ese mundo de brillo hoy sólo queda polvo.

También hemos tenido noticias de Dhuoda. La Dama Blanca se ha transmutado en la Dama Negra, un nombre que se ha hecho tristemente famoso en todo el Reino. Combatir se ha convertido en su pasión y dicen que está acabando con su patrimonio, como antes hizo Puño de Hierro, para pagar los elevados costes de su belicosidad. Ha hecho de su castillo una fortaleza inexpugnable y mantiene un ejército mercenario de piqueros suizos, los soldados más caros y eficientes del mundo. La Duquesa Capitana, como también se la conoce, lleva años luchando contra su hermanastro, el conde de Brisseur. Es una guerra feroz, dentro de la guerra general. Cuentan que Dhuoda dirige las batallas ella misma, subida a un enorme bridón de color rojo fuego. Pienso con desasosiego en que la enseñé a combatir; y en sus pobres siervos, que deben de estar soportando asfixiantes tributos para sufragar ese constante entrechocar de espadas.

La posada en la que nos hemos detenido se encuentra en un cruce de caminos importante. El lugar está lleno, pero por fortuna hemos conseguido un lecho. Después de instalar a los caballos en el establo y adquirir forraje para ellos, vamos a la sala común para comer. Es una estancia enorme, oscura y mal aireada. Está repleta de gente y huele a cerveza agria, a sudor, a verduras fermentadas y sebo rancio. Las posadas son unos lugares desagradables, guaridas de ladrones, nidos de piojos, cunas de enfermedades. Si no te roba el mismo posadero, intentará desvalijarte algún truhán, y sin duda saldrás llena de ronchas por la mañana. Pero brindan fuego y calor en el frío, techo en la lluvia, carne recién asada y espumosa cerveza, un jergón seco y más o menos blando para los huesos entumecidos. Y sobre todo ofrecen, ya está dicho, el rumor del mundo. Como siempre, buscamos un lugar discreto en un rincón y nos instalamos en el extremo libre de una de las largas mesas.

—Os digo que es un prodigio digno de verse —está diciendo, o más bien farfullando oscuramente, un mercader añoso tan enjuto como una paja—. Está a tres jornadas de aquí hacia el Sureste.

Al mercader le faltan todos los dientes, de ahí su penosa manera de hablar. Mientras los demás comensales devoran grandes platos de carne, él sólo come pan desmigado en vino. Con esfuerzo consigo desentrañar lo que está diciendo: cerca de aquí, en una cueva, han encontrado el cadáver momificado de un hombre de hierro. Debe de llevar mucho tiempo muerto, pero su carne ha permanecido incorrupta, lo cual es una de las mayores pruebas de santidad.

—Sí, la ausencia de podredumbre puede ser un signo milagroso, pero ¿no decís que también su caballo está incorrupto? Que yo sepa, Dios, en su Bondad Infinita, todavía no ha concedido la santidad a los jamelgos —argumenta con sorna un hombre joven y algo contrahecho que está sentado junto a mí.

El mercader desdentado se enfurece:

—¡Si hubierais estado allí, no os reiríais!... En la cueva se notaba la espiritualidad y el alma se elevaba a Dios...

Como ignoran el nombre del guerrero momificado, los lugareños han empezado a llamarlo San Caballero, y al parecer han convertido la cueva en un lugar de culto.

—Está tan hermoso el Caballero... Con las manos cruzadas sobre el pecho, con un crucifijo entre los dedos, verdaderamente tan sereno como un santo... —farfulla el mercader, lanzando pizcas de pan y de saliva a su alrededor como si su boca fuera una catapulta.

—Sin embargo, mi querido amigo, incluso los espectáculos que conmueven y elevan el espíritu pueden ser astutas trampas del Maligno.

Quien así ha hablado es un religioso de aspecto cultivado y vestimentas costosas y limpias.

—Es Evervin de Steinfeld, el preboste del monasterio de Steinfeld..., un hombre poderoso —me susurra el joven vecino de mesa.

Yo no le contesto: tenemos la prudente costumbre de huir de toda intimidad con los extraños.

—Hace un par de años pude asistir, cerca de Colonia, a la ejecución de unos herejes —sigue diciendo Evervin—. La muerte, como es natural, era por fuego, pues sabéis bien que la herejía es una pestilencia del espíritu, y las pestilencias sólo se combaten con las llamas. Eran unos doscientos, hombres y mujeres, algunos muy jóvenes, a decir verdad casi unos niños. Llevaban largas vestiduras blancas y subieron a la hoguera sin dar la menor muestra de flaqueza, rezando el Padrenuestro con voz firme y sonora. Se dejaron atar a los postes como corderos y fueron tan valientes como los primeros mártires de la Cristiandad. Rezaron y cantaron mientras ardían, y uno de ellos, cuando sus ataduras se abrasaron y le dejaron los brazos libres, bendijo entre las llamas a la multitud. Debo confesar que quedé sobrecogido, impresionado. Eran esos herejes que llaman cátaros, o albigenses, o tejedores. Ellos a sí mismos se llaman Pobres de Cristo. Para mí fue tan turbador el espectáculo de su coraje y su aparente espiritualidad que, Dios me perdone, empecé a dudar. Por fortuna escribí al gran Bernardo de Claraval, contándole sobre la hoguera de Colonia y sobre mis congojas, y él me contestó con su sabiduría pastoral, disipando por completo mis inquietudes. Por supuesto que parecen heroicos: porque el Maligno ayuda a sus adeptos a soportar el fuego sin que les duela. Todo es una pura trampa demoníaca. De modo que ya veis, mi querido amigo, cuán fácil puede uno ser engañado por Satán.

Mi vecino de mesa, el joven algo chepudo, no hace más que mirarme. Lo percibo con el rabillo del ojo, pues finjo no prestarle atención. Pero él me observa atentamente. Demasiado atentamente. Puede que haya descubierto la superchería de mi masculinidad. Alguna vez ha sucedido: unas cuantas personas han tenido sospechas sobre mi identidad, aunque, por supuesto, nunca les permití comprobación alguna. Miro a mi alrededor: todos los clientes que abarrotan la estancia son varones. Es natural, porque las pocas mujeres que viajan y se alojan en las posadas no suelen acudir a la sala común, siempre tan bulliciosa y turbulenta al calor de la cerveza y del áspero vino. Hoy sólo hay una fémina en todo el comedor y es la criada del posadero, una chica alta y robusta capaz de llevar cinco jarras de cerveza en cada mano. Su rostro me ha llamado la atención, porque tiene media cara horriblemente quemada, con el ojo perdido y sepultado en un pliegue de piel deforme y escarlata. La otra media cara, en cambio, es fresca, delicada y muy bonita. De perfil, y según qué parte del rostro ofrezca, la posadera puede parecer un ángel o un demonio.

La gran chimenea tira mal y escupe vaharadas de humo. Los ojos se me llenan de lágrimas; con la excusa de enjugarlos, atisbo discretamente a mi vecino. Debe de tener más o menos mi edad. Es delgado, menudo, con el pecho hundido y los hombros demasiado cargados y desiguales. Lleva unos larguísimos cabellos, oscuros y lacios, recogidos en una coleta sobre su espalda. Desde luego no es un hombre de acción: en primer lugar por su curvado espinazo, pero, además, porque ningún guerrero, ningún soldado llevaría una coleta así, pues podría servirle de asidero al enemigo en un combate. Tiene la piel muy blanca, una barbita breve bien recortada y un rostro pequeño y desagradablemente apretado, también un poco desequilibrado, como su pobre espalda. Una mirada negra y profunda resbala por debajo de sus largas pestañas. Sus ojos son muy hermosos, pero quizá taimados.

—¿Puedo preguntaros hacia dónde os dirigís, caballero? —me dice el joven, que parece haberse dado cuenta de mi interés.

Hago un gesto vago.

—Mi escudero y yo viajamos hacia el Norte.

—Lástima. Yo voy al Sureste. Podríamos haber compartido camino, si mi presencia no os incomodaba demasiado...

Sonríe y en sus pálidas mejillas se dibujan dos hoyuelos encantadores. Vaya. Ahora que me fijo bien, su rostro no me parece ni tan crispado ni tan irregular. Y sus labios son gruesos y bonitos.

—Me llamo Gastón de Vaslo y me dedico al estudio —se presenta.

—Yo soy Leo, señor de Zarco. ¿Al estudio de qué?

—De la Gaya Ciencia. Soy filósofo.

Ignoro lo que es la Gaya Ciencia y me apetecería proseguir la charla con Gastón, pero veo la mirada de aviso que Nyneve me dedica y opto por callarme. Vuelvo a prestar atención a la conversación general que mantiene la mesa. Por lo que colijo, alguien le ha preguntado al preboste Evervin su opinión sobre Pedro Abelardo, cuya escandalosa historia recorrió las posadas hace algunos años. Abelardo es un teólogo famoso; fue profesor en París, en la Universidad de Notre-Dame. Fulberto, el canónigo de la catedral, le contrató para que diera clases privadas a Eloísa, su sobrina, una doncella de viva inteligencia. Abelardo tenía treinta y seis años cuando se conocieron; Eloísa, dieciocho. Heridos fatalmente por el dardo del amor, se fugaron a las tierras que Abelardo tiene en la Bretaña. Dicen que se casaron y tuvieron un hijo, Astrolabio. Pero Fulberto, para vengarse, contrató a unos matones, que entraron de noche en casa de la pareja, inmovilizaron por la fuerza al teólogo y lo castraron. Abelardo no murió de las horribles heridas, pero su tristeza fue tan honda e incurable que decidió meterse monje, aceptando la mutilación como justo castigo a sus pecados. También Eloísa entró en un convento y así están ahora, separados sus cuerpos para siempre. Abelardo, que continúa dando clases, se ha labrado una reputación de verdadero sabio. A Evervin de Steinfeld, sin embargo, no parece gustarle demasiado:

—He aquí otro buen ejemplo de cuán cautivador puede ser el Mal. No os negaré que Pedro Abelardo posee una mente poderosa y que es un formidable polemista, pero utiliza esos dones del Señor para hacer daño...

Mi vecino, el joven Gastón, acaba de arrimar bruscamente su pierna a la mía. El sobresalto me hace perder el hilo de las palabras del preboste. Me deslizo un poco sobre el banco para perder el contacto, pero él también se mueve y vuelvo a tener su muslo pegado a mi muslo... aunque entre ambos se sitúe mi cota de malla. Qué loco. Me pregunto si sabe lo que hace. Me pregunto si está viendo en mí al varón que represento o a la mujer que soy. Sé que hay hombres a los que gusto como hombre; en estos años he topado con algunos, y me ha costado quitármelos de encima.

—Y así, ha caído en gravísimos errores teológicos que no voy a entrar a enumerar porque vosotros, mis queridos amigos, no sabéis ni tenéis por qué saber de esta materia —sigue explicando Evervin—. Pero baste con deciros que Bernardo de Claraval ha acusado a Abelardo ante el Concilio de Sens, y ha conseguido que se le condene. Y si el gran Bernardo ha actuado así, será por algo.

Gastón de Vaslo acaba de levantarse de la banca para coger una hogaza de pan de la mesa de enfrente. Le miro con estupor: su espalda está derecha, sus hombros se alinean rectos y armoniosos, su cuerpo es delgado pero ágil. ¡Qué sorpresa! El retorcimiento que mostraba debía de ser cosa de su postura, porque no es un hombre en absoluto contrahecho. Incluso puede decirse que es hermoso. Regresa el joven a su sitio y descubre mi mirada fija y atónita. Sonríe y se vuelve a sentar. Cerca de mí. Muy cerca.

—¿Y de Eloísa qué opináis? —pregunta Nyneve a Evervin con gesto inocente—. Dicen que es una mujer de una cultura y una inteligencia extraordinarias... Sabe teología, filosofía, griego, hebreo, latín... Y ahora es la abadesa de su convento.

—Desconfiad de las mujeres machorras, señor —contesta el preboste—. Todos esos conocimientos y esos talentos viriles no son sino perversiones de la naturaleza femenina. Esto, como norma general. En cuanto a Eloísa, su caso es más grave, pues ha tenido un maestro peligroso. Dicen que la tal Eloísa sostiene argumentos que se avienen mal con el decoro inherente a una dama... Se le ha oído decir cosas como *Amorem conjugio, libertatem vinculo praeferebam*»... «Prefiero el amor al matrimonio y la libertad a la esclavitud.» Como veis, se trata de un pensamiento vergonzoso.

—Sin duda Su Eminencia sabe que se trata de una cita de Cicerón, el sabio clásico... —dice Nyneve.

—Clásico o no clásico, peca contra el pudor y la decencia —gruñe el preboste.

Es una frase digna de la antigua corte de Leonor y del libro que estaba escribiendo Chapelain. Pero la Reina está encerrada en un sórdido castillo, la flor del Fino Amor se ha marchitado y ya nadie juega los juegos de las damas. Mi vecino de mesa también parece preferir el amor al matrimonio. Está tan pegado a mí que siento el calor de su aliento sobre mi oreja. Su osadía me asombra: a fin de cuentas, soy un hombre de hierro y estoy armado. A estas alturas todos nos encontramos ya un poco bebidos y podría responderle violentamente. De hecho, siento algo parecido a la violencia dentro de mí. Un deseo de abofetearle. De apretarle entre mis brazos. De dejarme apretar. Pero me inquieta no saber qué es lo que está viendo cuando me mira... Creo que me desea, pero ignoro qué es lo que desea.

A mi lado, Nyneve hace un ruido extraño, algo así como un resoplido. La miro y me alarmo: está toda en tensión, desencajada. Contempla fijamente algo en la distancia y yo sigo la línea de sus ojos. Observa a un grupo de hombres que acaba de entrar en la posada. Un puñado de bribones. He aprendido a reconocer a los rufianes a primera vista de tanto vivir en los caminos. Siento que mis músculos se tensan, que me pongo en guardia.

—¿Qué sucede? —susurro.

Nyneve baja la cabeza y la esconde entre los hombros. Se diría que tiene miedo. Pero no puede ser, porque en todos los años que llevamos juntas jamás la he visto asustada.

—No pasa nada, pero vámonos.

Llama a la camarera de la cara quemada:

—¡Muchacha! Enséñanos dónde está nuestro lecho...

Los bribones se han sentado lejos de nosotras. Son cuatro o cinco, pero uno de ellos se ha quedado de pie y nos está contemplando. Es alto, fuerte, un poco barrigudo pero sin duda un tipo duro. En el cinto, el oscuro relumbre de varios puñales. Hay algo repugnante y peligroso en su retadora postura de matón, en su cara feroz de rasgos demasiado grandes.

—Vámonos, Leo —repite mi amiga.

Sí, seguramente será mejor que nos retiremos. Me pongo de pie con cierta torpeza ebria y le echo una rápida ojeada a Gastón. Que, a su vez, me está mirando. Casi agradezco la irrupción de los bribones, e incluso el inquietante sobresalto de Nyneve, porque eso me permite, o, mejor, me obliga a huir. Huir, sí, hurtar el cuerpo, esconder la necesidad de la carne, no ponerse en riesgo. ¿Para qué complicarse la vida? Pero tengo la boca seca, la espalda agarrotada, las manos sudorosas... Y no creo que sea por los rufianes. Cuánta desazón puede llegar a producir el roce del muslo de un varón.

—Éste es el cuarto, mi Señor...

La voz de la muchacha me saca del torbellino de mis pensamientos. Hemos subido al piso superior de la posada y la chica ha abierto la puerta de una pequeña estancia en la que hay tres lechos. En uno roncan ya dos personas desconocidas para mí; en el otro distingo la cara emaciada del viejo mercader que comía sopas de pan, y el tercero está libre y es el nuestro. Por fortuna somos dos: sería mucho más incómodo y arriesgado tener que compartir la cama con cualquier extraño. La camarera nos abandona, tras dejarnos el cabo de una vela de sebo. Me quito la sobreveste, la armadura y la almilla guateada y me quedo en camisa. Nyneve ya está acostada. Me meto en la cama. El jergón es de paja y los cobertores están tejidos con linaza áspera y rasposa: pero el lecho resulta cálido y mullido para un pobre esqueleto acostumbrado a dormir sobre la dura y siempre húmeda tierra. Apago la vela de un soplido e intento adaptarme a la fetidez del ambiente y al clamor de los ronquidos de los compañeros de cuarto, que parecen heraldos locos tocando desordenadamente sus trompetas.

—Nyneve, ¿duermes? —susurro.

—Sí.

—¿Qué ha pasado? ¿Quién era ese tipo malencarado y grande?

—No ha pasado nada y no era nadie.

—Pero tú le conoces...

—Sí. Por eso te digo que no es nadie. Déjame dormir.

Callo, rumiando las respuestas de Nyneve, su extraña reticencia a hablar, su tensión palpable. Yo también me siento desasosegada. Por la inquietud de mi amiga, y por ese raro joven tan buen mozo a quien yo creí ver feo y contrahecho.

—Nyneve..., ¿qué es eso de la Gaya Ciencia?

—Son los alquimistas... Ya te he hablado de ellos. Pretenciosos y estúpidos. Pero ahora déjame, que estoy cansada.

Yo también quisiera dormir, pero no puedo. Siento toda la piel erizada, como un gato en mitad de una tormenta. La puerta del cuarto chirría al abrirse y en el quicio aparece el llamado Gastón. Encogido sobre sí mismo y nuevamente con apariencia de jorobado. Lleva una vela encendida en la mano y se acerca con cuidado a cada uno de los lechos, buscando un lugar libre en el que acostarse. Cuando se aproxima a nosotras, aprieto los párpados y finjo respirar pesadamente desde el hondón del sueño; pero en cuanto se aleja, vuelvo a vigilarle a través de las pestañas. Ha descubierto ya su cama, que es la misma del mercader desdentado, y ha empezado a desvestirse. De pronto, se estira, se yergue, endereza las espaldas y parece que crece. Sale del disfraz de su fealdad como una mariposa de su capullo. Ha vuelvo a transmutarse. Veo la gracia con que mueve ahora su cuerpo ágil y flexible, su cuerpo ligero de gato sigiloso. Se ha quitado la camisa y solamente lleva puestas las ajustadas calzas. La luz de la vela, que ha dejado en el suelo, distribuye extrañas y temblorosas sombras sobre su piel. Su piel atirantada sobre los suaves músculos, su piel pálida encendida por el fuego de la pequeña llama. Al final de su espalda, justo por encima del calzón, me parece atisbar dos o tres rizos oscuros. Gastón empuja al viejo mercader para que se mueva y le haga sitio, se mete en el lecho y apaga su bujía. La oscuridad nos traga. Siento ganas de gritar. Aprieto entre mis dedos la espada, que está guardada dentro de su vaina. Siempre duermo aferrada a mi espada: tomé esta costumbre hace años, para evitar que me la robaran y para tener el arma a mano en caso de necesidad. Ahora, no sé por qué, recuerdo a Tristán e Isolda. Cuando Tristán e Isolda se enamoraron fatalmente, huyeron al bosque. Agotados, se acostaron el uno en brazos del otro pero sin desvestirse, y pusieron en medio de los dos la espada desnuda del joven, pues no querían profanar con su amor carnal el respeto que le debían al rey Marc, esposo de Isolda y señor de Tristán. El Rey, que les perseguía, les encontró mientras estaban dormidos. Conmovido al verles tan bellos y tan puros, les perdonó la vida y, en vez de cortarles la cabeza, como pensaba hacer, se marchó sin despertarlos. Pero antes cambió la espada de Tristán por la suya, para que supieran que el Rey había estado allí. Y para que los enamorados comprendieran que debían sus vidas al monarca y que, de algún modo, los dos eran hijos de su punzante acero. Pienso en todo esto ahora, en la oscuridad, abrazada una noche más a mi viejo mandoble. Pienso en Tristán, en los amores imposibles, en cuerpos hermosos e intocables separados para siempre por afilados hierros.

Me despierto de golpe, sobresaltada, con la sensación de estar a punto de perder el equilibrio. Abro los ojos y compruebo que Gastón no está. De nuestros compañeros de cuarto sólo queda el mercader sin dientes, que trastea entre sus bártulos apenas cubierto por una sucia camisa. Sus piernas enclenques están deformadas por oscuros manojos de anudadas venas.

—No es normal, en esta época del año... Tal parecería un castigo de Dios —farfulla el viejo para sí con gesto preocupado.

Advierto ahora que por el ventanuco se cuela una luz extraña, débil y pastosa, más parecida a la del atardecer que a la de la mañana. Salto del lecho rascándome las ronchas, presintiendo que algo no va bien. Miro por la ventana y no veo nada. Me froto los ojos y vuelvo a mirar. Es como estar ciego.

—Hay una niebla terrible —dice Nyneve, entrando en el cuarto ya vestida—. Creo que nunca había visto algo parecido.

Recogemos nuestras cosas, pagamos la cuenta a la muchacha de la cicatriz y salimos en busca de los caballos. El mundo se acaba en la misma puerta de la posada. Ni siquiera somos capaces de ver el establo, de modo que tenemos que avanzar pegadas a la tapia para poder encontrarlo. Nyneve ya ha dejado preparados a los animales; a los dos bridones, el tordo Alado y mi hermoso alazán Fuego, y al palafrén castaño de paseo, Alegre. Al entrar en la cuadra, advertimos que los caballos están muy inquietos; incluso Alegre, siempre tan manso, tironea del ronzal con nerviosismo.

—Buenos días, mi Señor...

Doy un respingo. En la puerta del establo ha aparecido el bandido de anoche, salido de la niebla como de la nada: su corpachón robusto se recorta contra la blancura vaporosa del exterior. Sonríe torcidamente enseñando unos dientes grandes y amarillos semejantes a los de las cabras. Miro a Nyneve, que se ha quedado rígida, y doy un paso hacia atrás, para que las sombras del altillo caigan sobre mi rostro.

—Mi Señor, no sé si sabes quién es tu escudero... A lo mejor te interesa saber lo que yo sé, y a lo mejor hasta dispones de alguna moneda con la que premiar mis confidencias...

No digo nada. El rufián, que sigue parado en el umbral, achina los ojos e intenta escrutar mi expresión en la penumbra.

—Escucha, mi Señor... Ni siquiera es un hombre... Es una mujer, una maldita furcia... Y ándate con cuidado, porque, además, es una ladrona. La última vez que la vi le estaban rebanando la oreja por haberle robado la bolsa a un comerciante.

Pienso con rapidez. Puedo sacar la espada y hacerle tragar sus sucias palabras. Pero Nyneve no contesta, no se mueve. Nyneve ha escogido el silencio. En mis años de Mercader de Sangre he aprendido a conocer bien el peso y el valor de la violencia. Las incalculables consecuencias de cada mínimo gesto. Intento anticipar las intenciones del bellaco, como antaño intentaba adivinar los movimientos de Dhuoda en el ajedrez. Los compinches con los que andaba anoche deben de rondar por aquí cerca: estoy segura de que este fornido canalla no está solo. Y de que su ambición no se saciará con unas pocas monedas. Escojo no hacer nada, salvo si se me obliga. No muevo un solo músculo: sé que una quietud impenetrable desorienta al adversario y a veces incluso atemoriza. Respiramos y callamos, convertidos los tres en estatuas de sal. Al cabo, el hombre se rinde:

—Está bien... No hace falta que me pagues nada... Te regalo la información. Aunque me parece que ya la conocías. Y puedes quedarte con la furcia... Yo me aburrí de ella hace ya mucho tiempo, y, además, tengo por aquí zorras mejores.

Escupe en el suelo, despectivo, y desaparece en la espesa bruma. Miro a mi amiga, que frunce el ceño y evita mi mirada. Me siento cohibida. Sí, Nyneve ha escogido el silencio, y es un silencio embarazoso.

—Vámonos. Salgamos ya a caballo, por si acaso —le digo.

Montamos todavía dentro de la cuadra. Tendremos que agacharnos al pasar por la puerta, pero nuestros bridones nos conceden ventaja frente a unos posibles asaltantes a pie. Antes de partir, me calo el yelmo y descuelgo del cinto el hacha de guerra. Abandonamos el establo al paso e inmediatamente quedamos sumergidas en el aire gris e impenetrable. La tensión me endurece las espaldas: es un día muy malo para tener un encontronazo con rufianes. Aunque piensa con calma, Leola: en realidad estáis en las mismas circunstancias, tú no ves pero ellos tampoco. Respiro hondo. El miedo siempre es el peor enemigo, como decía mi Maestro.

Nos ponemos en camino desalentadas y mudas. Nyneve avanza taciturna, claramente abstraída en sus pensamientos. Yo continúo inquieta y en estado de alerta durante largo rato, hasta que el monótono paso de las horas me convence de que ya no tenemos que recelar una emboscada. Ahora que he dejado de temer por nuestra seguridad, me preocupa más el estado de ánimo de mi amiga. Todavía estoy intentando comprender lo que ha pasado. No sólo las palabras del rufián, sino la actitud de Nyneve. Llevamos diez años juntas y, en realidad, no sé quién es ni de dónde viene, más allá de sus imprecisos relatos sobre el rey Arturo. Pero en este tiempo he aprendido a respetarla y a admirarla. He aprendido a quererla. Si ella dice que es una bruja de conocimiento, no hay nada más que hablar. Eso es lo que es. Confío en ella. Y, además, es verdad que conoce infinidad de cosas.

La niebla es un manto frío pegado a nuestros hombros, una venda humedecida que nos ciega. Vamos muy despacio, titubeando mucho, temiendo salirnos del sendero. Los caballos piafan y cabecean y de cuando en cuando se sobresaltan, al igual que nosotras, por la aparición repentina de un arbusto, que emerge borrosamente de la nada. El aire huele a lana mojada y el silencio es espectral. Cuando pasamos lo suficientemente cerca de un árbol como para atisbar su forma entre el celaje gris, distinguimos a los pájaros posados en las ramas, quietos y empapados, con las cabecitas tristemente hundidas entre las plumas, como si estuvieran esperando el fin del mundo.

—Verdaderamente parece el día del Juicio Final —dice Nyneve, malhumorada—. Y tus oraciones no mejoran ni la niebla ni mi ánimo.

Llevo un buen rato rezando Padrenuestros en voz alta, porque la ausencia de ruidos y la vaciedad del mundo me tienen encogido el corazón. Pero hago un esfuerzo y me callo, para no aumentar la irritación de mi amiga. Los cascos de nuestros animales resuenan extrañamente apagados, como si llevaran las patas envueltas en trapos. La humedad ha ido colándose entre los eslabones de mi armadura y estoy empapada y tengo frío. La niebla marea y debilita el alma. El purgatorio debe de ser un lugar parecido.

—Me extraña que no haya levantado en todo el día... Es una niebla rara. Incluso podría ser una niebla mágica, si no fuera porque ya no quedan brujos capaces de hacer esto —gruñe Nyneve.

Me alivia comprobar que mi amiga va recuperando la normalidad y la palabra.

—Eh, Nyneve, hablando de brujos, ¿por qué crees que Myrddin se inventó lo de Viviana? Toda esa historia tan complicada de la gruta y del encierro... ¿Por qué te odiaba tanto para dejarte tan mal en su relato?

—Es fácil de entender. ¿Por qué crees que un viejo rijoso puede idear algo así? Esa historia tan conmovedora del anciano hechicero que pierde la cabeza por una muchachita, a quien enseña todos sus saberes mágicos, incluso los terribles conjuros perdurables, y que construye una lujosa cueva llena de tesoros para vivir con ella... Justamente la cueva donde la traidora le sepulta... ¿Por qué crees que se le ocurrió?

—No sé. ¿Por qué?

—Los cuentos son como los sueños. Nos hablan de nuestras vidas con imágenes oscuras que mezclan vislumbres del mundo real, como cuando te contemplas en el espejo de un lago y en la superficie del agua ves reflejada tu cara, pero también puedes ver, al mismo tiempo, el pez que ha subido a boquear. Ni Myrddin construyó la cueva ni yo le encerré dentro de una montaña. Pero hay algo de verdad en todo ello, porque él sí que quería atraparme en su cariño. Quería enterrar mi juventud en ese oscuro subterráneo de su amor de viejo. Por eso me marché. Con él me asfixiaba.

Cabalgamos un buen trecho sin añadir palabra sintiendo el opresivo aliento de la niebla.

—Te voy a contar una historia. Un hecho curioso —dice Nyneve.

Estiro las orejas.

—Hace mucho tiempo, allá por la Bretaña, conocí a un caballero cuya mujer murió de parto mientras daba a luz a una niña. El caballero amaba a su mujer y quedó deshecho. Ni siquiera quiso conocer a la pequeña, que creció sana y fuerte criada por un ama. La niña tendría tres o cuatro años cuando un día fue vista por casualidad por un afamado mago que pasaba por allí camino de la corte. El mago detuvo su caballo, desmontó y estudió a la pequeña. «Es el caso más claro de potencia mágica que jamás he visto», dictaminó. Y llamó a sus amigos y a otros magos, a sabios y eruditos de todo el país. Y todos llegaban, observaban a la niña y decían: «Es el caso más claro de poderes sobrenaturales que hemos visto. Será una gran bruja blanca, su vida será célebre y hará grandes prodigios». Llegó a tanto la fama de la pequeña que el padre se decidió al fin a conocerla. Y cuando vio a su hija, pensó: «Es cierto, tiene poderes». Y se dijo que tal vez la muerte de su mujer hubiera servido para algo, y que algún día toda aquella potencia florecería.

Nyneve calla. Los cascos de los caballos golpean sordamente la tierra reblandecida por la bruma.

—¿Y qué sucedió con la niña? —le pregunto, impaciente.

Mi amiga frunce el ceño:

—Ah. Sucedió algo muy inesperado.

Nuevo silencio.

—¿Qué? —insisto.

—Nada —dice Nyneve—. Eso es lo sorprendente. Que no pasó absolutamente nada.

Miro a mi amiga, a la espera de más explicaciones. Pero Nyneve parece haber dado por terminada la conversación e incluso aprieta un poco el paso y se adelanta. Durante un buen rato avanzo contemplando sus anchas espaldas. En la grisura del mundo sólo existe ella. De pronto, se detiene y señala hacia el suelo:

—Fíjate, Leo..., eso que hay ahí es estiércol reciente y por aquí la vereda parece más hollada. Ya no debe de quedar mucho para el atardecer y, si no nos hemos equivocado de camino, debemos de estar cerca del pueblo de Borne. Busquemos un lugar donde pasar la noche. Estoy muerta de hambre y tengo mojado hasta el esqueleto.

Es cierto, debemos de estar llegando a un pueblo. Se oyen voces lejanas y, entre las veladuras cada vez más oscuras de la niebla, se transparenta una sombra grande y el parpadeo confuso de una luz.

—Allí hay una casa...

En efecto, es una casa. Mejor aún, es una posada. No..., ¡es la posada del cruce! La misma en la que hemos pasado la noche. ¡Hemos estado dando vueltas todo el día para regresar al mismo lugar! Desmontamos, atónitas, y nos asomamos al interior: la misma estancia ruidosa y repleta de gente, el mismo fuego humeante. La muchacha de la cara quemada pasa muy atareada junto a nosotras llevando una gran fuente de comida. La llamamos; sí, todavía le queda un lecho que ofrecernos. Mientras nos habla, miro a la posadera con inquietud: ese ojo lacerado, esa brillante y tensa cicatriz, ¿no se encontraban ayer en el otro lado de la cara de la mujer? La quemadura que le deforma el rostro, ¿no ha cambiado de lugar? Me mareo, siento vértigos, el corazón echa a correr dentro de mi pecho, tengo que apoyar una mano en el muro.

—¿Qué te sucede? —pregunta Nyneve.

—La..., es una locura pero... La cicatriz de la posadera, ¿no la tenía en el otro lado?

Nyneve frunce el ceño.

—No sé... No lo recuerdo. No te pongas nerviosa. Es la niebla, que se mete en la cabeza y hace ver cosas raras.

Dejamos a los caballos en el establo y regresamos a cenar. Y volvemos a instalarnos en el mismo rincón de ayer. Miro a mi alrededor; a lo lejos, en otra mesa, veo a Evervin, el preboste de Steinfeld. Y junto a mí, en el lugar que ocupaba Gastón, hay otro viejo mercader, casi tan desdentado como el de anoche, que rumia bolitas de pan mojadas en la salsa del asado. Es como si el Demonio nos hubiera robado un día entero.

—Veo que habéis decidido quedaros hasta que la niebla se levante —dice una voz.

Es Gastón. Está de pie junto a mí. Estirado, alto y recto. Gastón el buen mozo y no el chepudo. Me aprieto contra Nyneve para dejarle sitio.

—A decir verdad, nos hemos perdido. Hemos caminado durante todo el día y al atardecer nos hemos descubierto otra vez aquí.

—¡Qué extraño! Es lo mismo que me ha sucedido a mí. Creí que yo era el único imbécil.

Sonríe y la estancia se ilumina. Hasta la quemadura de la posadera parece recolocarse en su lugar. Pero un pequeño pensamiento se hinca en mi cabeza y me incomoda. Oteo toda la sala, escrutando el rostro de cada uno de los comensales, para ver si también se encuentra por aquí el rufián de la sonrisa caprina. Y compruebo que no. Cruzo una mirada de alivio con Nyneve. Algo parecido a la alegría se me sube a los labios y al corazón. Y bendigo la niebla que nos ha hecho confundir nuestro camino.

—De manera que sois un estudioso de la filosofía hermética —dice mi amiga.

—¿Acaso vos también sois un iniciado? —responde Gastón con una punzante mirada de interés.

—Desde luego que no... Detesto toda esa palabrería sin sentido.

Gastón sonríe displicente:

—Mi querido señor... Tiene sentido, y mucho, para los filósofos. Tiene el sentido más hondo y absoluto, pues trata del espíritu universal, que está en todas las cosas. Pues ya se sabe que Uno es el Todo, y de éste, el Todo, y si no contiene el Todo, el Todo no es Nada.

—Exacto, a esa palabrería me refería —dice Nyneve—. Cuando los sabios necesitan protegerse con palabras que nadie más que ellos entienden, no aspiran a la sabiduría, sino al poder, y a un poder que utilizan contra los demás mortales. Ya te dije, Leo, que la pérdida del sentido de las palabras era el comienzo de todos los males. Los alquimistas, con vuestros juegos secretos, estáis haciéndole un flaco favor a la verdad.

—Pero ¿de qué verdad me habláis, señor? La verdad más profunda está oculta en la esencia de las cosas y sólo puede ser indagada ocultamente. La verdad sube de la Tierra al Cielo y desde el Cielo vuelve a bajar a la Tierra. Y todos los elementos se unen en uno que está dividido en dos.

—Por los clavos de Cristo, no seáis tan tedioso.

—Pero ¿qué es eso de la Gaya Ciencia y de la alquimia? Me temo que yo lo ignoro todo... —intervengo apresuradamente.

—Hay un antiguo libro egipcio que fue traducido al griego, y del griego al latín, que se llama la *Tabla de la Esmeralda,* porque dicen que el original estaba grabado sobre la esmeralda que cayó de la frente de Lucifer el día de su gran derrota —explica Nyneve—. Este libro fue escrito por Hermes Trimegisto y está lleno de frases confusas semejantes a las que dice nuestro amigo... Los seguidores de Hermes piensan que todas las cosas pueden ser reducidas a una misma sustancia, a un espíritu universal, que es el principio mismo de la vida; y la *Tabla de la Esmeralda* explica cómo puede obtenerse esa quintaesencia, que ellos llaman piedra filosofal, y que, supuestamente, te da la vida eterna. Para conseguir extraer esa gota sustancial de las cosas, los alquimistas se dedican a unos manejos harto complicados, con crisoles y fuego, con retortas y hervores. Todo muy fastidioso. Y, que yo sepa, nadie ha encontrado jamás la dichosa piedra.

Gastón ha estado removiéndose inquieto sobre el banco durante todo el discurso de Nyneve. Ahora interviene, enarcando con altivez sus cejas picudas:

—Ciertamente sabéis muy poco. Y lo poco que sabéis, lo contáis sin la menor prudencia, pues sin duda conocéis que todos estos pormenores no deben divulgarse.

—Ah, sí, claro... El famoso secreto de los herméticos... Por cierto, se me había olvidado decirte, Leo, que la piedra filosofal transmuta el plomo en oro, y que ése es el gran logro que todos persiguen, aún con más ahínco que la sabiduría o la vida eterna.

Gastón está furioso:

—Seguid así, señor, reíros de lo que no sabéis, ésa es la actitud de los ignorantes. Pero debo deciros que grandes y afamados hombres son hermanos herméticos, como Francisco de Asís, el monje fundador de la orden mendicante, de quien habréis sin duda oído contar que entiende el lenguaje de los pájaros... Lo cual quiere decir que es alquimista, porque la Gaya Ciencia también es conocida como la Lengua de los Pájaros. Y, en cuanto al oro, tomad, mi señor Leo, aceptad este humilde regalo de vuestro amigo...

Gastón saca una pequeña bolsa de cuero de su cinto y extrae media docena de discos metálicos, de forma y tamaño semejante a monedas. La mitad son de plomo; los otros son exactamente iguales, pero de oro. Aparta una de las piezas doradas y me la da.

—Es una moneda filosófica. La he creado yo mismo, a partir de un fragmento de plomo como éstos. Podéis quedárosla, en prueba de mi afecto. Y ahora debo retirarme; me temo que esta tediosa conversación me ha fatigado demasiado.

Y, en efecto, se pone en pie y se va. Con la moneda de oro aún apretada dentro del puño, me vuelvo hacia mi amiga:

—Nyneve...

Me contengo y no añado más. Aunque podría. Nyneve alza la palma de las manos en un gesto apaciguador:

—De acuerdo, quizá me he excedido...

Me levanto y abandono la sala. Qué impertinente es Nyneve a veces. ¿Por qué ha tenido que discutir con el alquimista? En cuanto a él, qué susceptibilidad tan extremada. ¿Qué necesidad tenía de marcharse? El malhumor y la decepción han llenado mi cuerpo de un inquieto hormigueo. Quisiera correr, gritar, luchar, sacar toda esta tensión fuera de mí. Salgo de la posada y la noche está blanquecina y sucia, embebida de niebla. Escucho tronar el pequeño arroyo que corre a las espaldas de la posada. Agarro uno de los hachones de la puerta y me dirijo hacia allí, a tientas, dando resbalones en la hierba mojada, dejándome guiar por el canto del agua. Al fin llego al riachuelo: aparece entre la bruma y se pierde en ella, y ni siquiera puede verse la otra orilla. Hace bastante frío, pero decido bañarme: creo que el agua helada serenará mi fiebre. Coloco la antorcha entre unas piedras, me desnudo con premura y entro en la corriente. El agua sólo cubre un palmo por encima del tobillo, y está tan gélida que los pies duelen. Me agacho y, usando el cuenco de mis manos, salpico todo mi cuerpo. Casi grito. No lo soporto más: salgo a toda prisa y me dirijo a mis ropas. Estoy recogiendo las calzas cuando siento una presencia a mi espalda. Una mirada. Se me erizan los vellos de la nuca. Todavía desnuda, cojo la espada y me vuelvo. Mis ojos se estrellan en el ciego velo de la niebla. No veo nada. El miedo me hace jadear. De pronto, entre la bruma, me parece distinguir el impreciso contorno de un rostro. El rostro de Gastón. Doy un paso hacia delante y la cara se difumina: es una rama. Me quedo quieta y en alerta durante algún tiempo, pero no advierto nada raro. Vuelvo a vestirme. Ahora el cuerpo me hormiguea con un calor gozoso, como si estuviera despertando tras un sueño de siglos. Si de verdad era Gastón, el alquimista al menos ha conseguido una transmutación: ha trocado un hombre de hierro en una doncella.

Mi corazón está tan oscuro y aterido como el día. Hemos vuelto a amanecer bajo la niebla y no he conseguido ver más al alquimista. Ayer nos alojaron en una alcoba distinta, mucho más grande, con cuatro lechos repletos de durmientes, y ninguno de ellos era Gastón. A media noche llegó un viajero tardío con quien tuvimos que compartir el jergón; no paró de dar vueltas y de toser. He dormido muy mal. Además, estoy irritada con Nyneve y apenas nos hablamos. Estamos terminando de preparar los caballos con las manos entumecidas por la humedad y el frío. Tiro de las cinchas y los dedos me duelen. También me duele el esqueleto todo, porque este relente interminable se te mete en el meollo de los huesos. Tengo miedo de que la bruma no levante jamás. De que las cosas se hayan borrado para siempre.

Un momento, ¡un momento! Mi cuerpo se tensa y un sudor helado me inunda la nuca: creo que acabo de ver al matón de los dientes de cabra, al bellaco que insultó a Nyneve ayer por la mañana. Acabamos de salir del establo y, por un instante, me ha parecido reconocer al bribón, borrosamente, entre los plomizos velos de la neblina. Si era él, estaba apostado junto a la puerta del establo, como si estuviera espiándonos. Pero ahora no hay nadie.

—¿Qué haces? —me pregunta Nyneve, ya a lomos de Alado, extrañada de verme husmear por los alrededores de la cuadra.

—Nada. Esta maldita niebla, que te hace ver visiones.

Monto en Fuego y emprendemos el viaje. Prefiero no decirle nada, porque lo más probable es que me haya equivocado: el hombre no estaba anoche en la posada, o al menos no lo vimos, ni a él ni a sus secuaces. Pero un remusguillo de inquietud me retuerce las tripas. Ese perfil maligno entre la bruma. Esa actitud de alimaña al acecho. De pronto se me ocurre que quizá fuera él, y no Gastón, quien me vigilaba a hurtadillas mientras me bañaba en el río. Es un pensamiento repugnante. Pero no, no puede ser, no hay ningún rufián: son todo figuraciones mías. Este mundo sin luz, sin forma y sin color me está volviendo loca.

Avanzamos aún más despacio que ayer. Nyneve desciende de cuando en cuando del caballo, para verificar nuestros pasos. Le dejo hacer con una desgana tal que, si lo pienso bien, casi me asusta. Pero no lo pienso bien; a decir verdad, apenas pienso. La niebla me entumece el cuerpo y me vacía la cabeza. El tiempo transcurre sin sentir dentro de este embrutecimiento ciego y mudo. Hace algunos años, en un paso de montaña, tuvimos que dormir una noche al raso bajo una nevada. El frío se nos metió en los huesos y nos heló la sangre; y cuando la escarcha me llegó al corazón, supe que iba a morir y no me importó. Ese mismo desinterés es el que siento ahora: ese pecado de abulia contra el don de la vida. Aquella noche, en las montañas, nos salvó Nyneve. Había muerto congelado uno de los caballos, el viejo bridón que obtuve en el torneo, y Nyneve le abrió el vientre y nos metimos dentro, calentándonos con sus vísceras y su pobre sangre. Pero ahora ni siquiera puedo recordar el vivo color rojo de aquella caverna salvadora: mi memoria está impregnada por el gris de la bruma.

Cabalgamos sin parar, aunque parece que no nos movemos. Tal vez nos hayamos metido en el mundo de las ánimas, sin haberlo advertido. Que la Virgen nos ampare: de tanto andar por los caminos, tal vez hayamos cruzado, sin saberlo, las puertas invisibles y malditas que conducen al territorio de los muertos. Puede que estemos condenadas a vagar para siempre jamás por esta desolación sin forma y sin color.

—Si quieres que te diga la verdad, Leo, creo que estoy empezando a hartarme de esta vida vagabunda —dice Nyneve, como si me hubiera leído el pensamiento.

¿Y ahora qué sucede? De pronto, los caballos se han detenido y se niegan a avanzar, por más que arrimemos los talones a sus flancos.

—Mejor desmontamos —dice Nyneve—. Quizá nos estén intentando avisar de algún peligro. Sé de más de un pobre desgraciado que se ha despeñado en plena niebla.

Sin embargo, no parece que delante de nosotras se abra ningún abismo. De todas formas continuamos a pie, llevando a los animales de las bridas. Estamos atravesando lo que debe de ser una especie de bosque: a ambos lados de la vereda, robles y nogales se pierden en la niebla como un ejército fantasma. Los caballos cabecean y hacen girar sus grandes ojos asustados. Fuego me golpea el hombro con su hocico: ¿por qué seguimos avanzando en esta negra noche blanca?, me pregunta. Yo tampoco lo sé. Le acaricio la testuz y la tiene empapada. Es un agua insidiosa que se mete dentro de las venas.

Un siseo veloz junto a mi cara. Un pájaro plateado que me roza. Un golpe seco en la madera del árbol más cercano. Miro el tronco y lo veo: un cuchillo recién hincado y todavía vibrante.

—Nos atacan —susurro a Nyneve mientras desenvaino la espada.

Mi amiga también saca su puñal, aunque no es demasiado ducha combatiendo cuerpo a cuerpo. Pero sus certeras flechas no sirven de nada con esta bruma. Nos quedamos quietas, esforzándonos en descubrir al enemigo. No llevo puesto ni el almófar ni el yelmo, y lo lamento. Miro con ahínco la muralla gris que nos rodea, y los ojos me duelen de intentar traspasar las veladuras. Oigo roces. Chasquidos. Un pisar cauteloso alrededor. Ahora veo algo..., una sombra a mi derecha que vuelve a ser engullida por la bruma. ¡Y ahora me parece atisbar un fugaz movimiento por la izquierda! Doy vueltas sobre mí misma con la espada en la mano. No poder ver me angustia.

—¡Cuidado! —grita Nyneve.

Pero, antes de escuchar su voz, yo ya había presentido que el ataque llegaba: quizá oí un rumor, o advertí el movimiento del aire a mis espaldas. Percibo que algo roza mi cuello, pero doy un salto hacia un lado y al mismo tiempo me giro; y al volver a poner los pies en el suelo me inclino hacia delante e impulso el mandoble con toda la inercia de mi peso. Lo hago a ciegas, lo hago sin pensar, lo hago con todo lo que sé como guerrero en la mejor estocada de mi vida. La hoja encuentra un cuerpo y se hunde en él. El hierro atraviesa a mi atacante. Veo su rostro muy cerca del mío, sus ojos desorbitados, un borbotón de sangre que le sube a la boca. Luego se desploma, arrancándome la espada de las manos. Recupero mi arma de un tirón y vuelvo a ponerme en guardia. Se oyen silbidos, palabras ininteligibles, pasos apresurados que se alejan. Permanecemos en estado de alerta durante un buen rato, pero parece que la confrontación ha terminado. Me acerco cautelosamente al cuerpo caído: es el rufián de los dientes caprinos y está muerto. En mis muchos años de combates he tajado y he herido, y he debido de arrebatar alguna vida. Pero este malhechor se ha dado tanta prisa en fallecer que se ha convertido en mi primer muerto inmediato e indudable. Mío y sólo mío, con su boca abierta para exhalar un grito que no llegó a salir y sus ojos vidriosos.

Intento limpiar la sangre de la espada contra el tronco de un árbol, con puñados de tierra, con manojos de hojas.

—Creo que yo también estoy harta de todo esto —resoplo.

Nyneve se ha acercado a observar el cadáver. Se estremece al reconocerlo y suspira hondo:

—Cálmate, Leo... Bien muerto está, te lo aseguro. Y ven, déjame ver, tienes sangre en el cuello.

¿Sangre? ¿De quién? Los dedos de Nyneve recorren mi piel.

—No es más que un rasguño, pero podría haberte degollado... No sé cómo has conseguido librarte, a decir verdad. Has estado muy bien. Increíblemente atinada y rápida.

Ahora veo que en la mano del muerto brilla un largo cuchillo. Y aún hay otros más, cuidadosamente dispuestos en el cinto. Siento un escalofrío.

—No soporto esta niebla por más tiempo, Nyneve.

Un redoblar de cascos me hace ponerme en guardia nuevamente. Miro alrededor, casi con pánico. De pronto, un caballo blanco se transparenta por un instante, poderoso y veloz, entre las brumas. No lleva silla ni correaje alguno y la niebla se enreda en sus crines flotantes. Aparece y desaparece en la grisura como un latido de luz y de belleza.

—¿Qué era eso? —pregunto, sin aliento.

—Un caballo.

—Pero tenía... Me ha parecido verle como una especie de cuerno en la testuz...

—¿De veras? —Nyneve me mira con interés—. Yo sólo he visto un vulgar caballo. Pero si tú has creído ver un unicornio, por algo será... Es el símbolo de la pureza.

¿De la pureza? ¿Justamente cuando acabo de matar a mi muerto? No es que no se haya ganado su fin ese bribón, pero aun así siento que su sangre me ha manchado. Y ni siquiera vamos a darle cristiana sepultura, porque cavar una tumba sin las herramientas adecuadas nos llevaría demasiado tiempo, y no resulta sensato quedarse por aquí al albur de una nueva emboscada... De manera que lo dejamos donde ha caído, cubierto con unas cuantas ramas pero expuesto a las inclemencias del tiempo y a las alimañas. Si de verdad era un unicornio lo que he visto, debía de estar huyendo de mí.

Hemos retomado el camino y avanzamos sin hablar y arrastrando los pies, llevando a los caballos de las bridas. Andamos durante mucho tiempo a través de este mundo envuelto en un sudario. Siento el cuerpo fatigado, la cabeza vacía. Siento el deseo de no ser quien soy.

—Creo que hemos regresado a la posada —dice Nyneve.

Es verdad. Aquí estamos de nuevo: el cruce de caminos, la gran mole sólida de la casa de piedra y argamasa emergiendo espectralmente de la niebla. Debería inquietarme, pero un pequeño y loco regocijo se enciende dentro de mí, una pequeña luz dentro de esta tierra de perpetuas sombras. Tengo la intuición de que voy a volver a ver al alquimista, y ésa es una esperanza suficiente.

Vamos directamente al establo a dejar los caballos, que resoplan aliviados. El mozo de la cuadra no está: hoy hemos regresado más temprano que ayer. Desensillamos a los animales y les ponemos paja en el pesebre. Dentro del establo, en un cabo de esparto, hay tendida ropa a secar, a resguardo de la húmeda bruma. Son vestimentas de mujer.

—¿Necesitáis ayuda?

Es la sirvienta de la cara quemada, que acaba de aparecer en la puerta del cobertizo. De nuevo me parece advertir que su cicatriz tiene una forma extraña, que ha habido un corrimiento de costurones y pellejos, una variación en el contorno de la vieja herida, pero estoy tan excitada que no me detengo a pensar en ello.

—¿Son tuyas estas ropas? —le pregunto.

Nyneve me mira.

—Sí, mi Señor. ¿Os molestan? Las retiro ahora mismo. Están casi secas.

—No, no es eso. ¿Cómo te llamas?

La muchacha clava en mí la mirada recelosa de su ojo sano.

—Tonea, Señor. Pero todo el mundo me conoce por la Ardida —dice al fin.

—Tonea, quiero comprarte este vestido.

—No, necesitaremos dos —interviene Nyneve—. ¿Tienes ropas mejores? Trae tus vestimentas de fiesta y yo me quedo con éste. Te pagaremos bien.

La Ardida frunce ligeramente el ceño, pero en su expresión, que sólo trasluce cálculo e interés monetario, no hay sorpresa ninguna: cuántas cosas ha debido de ver ese único ojo.

—Tengo una bonita blusa blanca, una jaqueta y una falda de lino. Ahora os las traigo.

La posadera se va y yo me vuelvo hacia Nyneve: a pesar de todos los años que llevamos juntas me sigue asombrando.

—Si apareces vestida de mujer y yo sigo siendo el mismo escudero, cualquiera que nos haya visto en los días anteriores puede reconocernos. Será mejor evitar ese riesgo —explica mi amiga.

—Pero ¿cómo has sabido que...?

—Por favor, mi Leo... Ya sé que te has prendado del guapo charlatán. Pero lo más probable es que él no esté.

—No es un charlatán. Ya viste la moneda de oro.
Nyneve se ríe.
—Sí, claro, el oro filosófico. ¿Llevas ahí la moneda? ¿Por qué no la miras?

Busco la pieza en mi faltriquera. La saco... y es de plomo. No puede ser: la niebla ha debido de devorar también su brillo y su color. La escudriño de cerca. Sigo sin ver el oro.

—Mi querida Leo, el oro filosófico es uno de los trucos más viejos que existen..., ¡incluso el bribón de Myrddin lo hacía mejor! El aspecto dorado sólo dura un tiempo. Un breve tiempo. Lo mismo que el atractivo de la belleza.

—¿De qué hablas?

—De tu debilidad por los hombres hermosos, mi Leo... —ríe mi amiga.

Su atrevimiento me encrespa. Desde luego, a ella le dan lo mismo feos que hermosos: sus piernas se abren con igual ligereza. El regreso de la Ardida me impide decir nada. La muchacha trae una brazada de ropa y acepta con satisfacción el generoso pago que le damos.

—Si ahora vais a ser mujeres, mi Señor..., mi Señora, tendré que buscaros un acomodo distinto para pasar la noche. Eso también os costará más.

Depositamos más monedas en su mano ávida.

—Ya me las ingeniaré —dice la Ardida, y abandona el establo canturreando.

Nyneve y yo nos escondemos en el fondo de la cuadra y nos cambiamos de ropa. El áspero vestido de labor que se pone mi amiga le queda muy largo: ha de doblar las mangas y remeterse la saya en la cintura. En cuanto a mí, tengo la suerte de que la muchacha sea tan alta como yo, cosa poco habitual, pero, aunque he quitado las vendas que oprimen y esconden mis pechos, ella tiene unos senos mucho más abundantes que los míos. La blusa es bastante fina y bonita y el traje, de color verde oscuro, lleva cordones de cuero que ajustan el corpiño; apretándolos mucho, disimulo la holgura del escote. Nos lavamos en el abrevadero, peinamos nuestros cabellos hacia atrás y ocultamos la cortedad de nuestras melenas con unos bonetes que la sirvienta también nos ha traído. Lo peor es el color de nuestros rostros, curtidos por las ventiscas y los soles de los caminos. Nos empolvamos la cara con un poco de la harina fina que llevamos entre nuestras provisiones, para intentar aclararnos la tez. Con sus fuertes hombros y toda la ropa remetida en la cintura, Nyneve ofrece un aspecto bastante rollizo, pero, por lo demás, parece verdaderamente una mujer. Pero qué digo: es una mujer, cómo no va a parecerlo.

—Estás guapa —dice mi amiga—. Pero acuérdate de quitarte las espuelas.

Creo que me estoy ruborizando. Intento recordar las clases de Dhuoda: estirar la espalda, arquear el cuello, movimientos suaves, pasos cortos. La saya, con toda su tela sobrante, se me mete entre las piernas y me incomoda al andar. Hacemos un atado con nuestras ropas, la armadura y las armas y lo escondemos todo debajo del pesebre de nuestros caballos. Si alguien intenta acercarse, tendrá que arrostrar las coces de Fuego, que no permite proximidades con los extraños.

—Quedémonos con los puñales. Por si acaso —dice Nyneve.

Nuestros cintos viriles tienen poco que ver con las escarcelas femeninas, pero los disimulamos entre los pliegues de la ropa. Siento una alegría irrefrenable, un aturdimiento semejante a la embriaguez del vino. Nyneve suspira:

—Está bien. Vamos allá.

Cruzamos la espesa niebla en dirección a la posada y entramos en la gran sala, que ya está bastante llena. Todo el mundo calla al vernos aparecer. Es raro ser mujer, y aún más raro observar sus efectos. Atravesamos la estancia y nos sentamos en el rincón más apartado, lejos de la chimenea. Al poco rato las conversaciones vuelven a enhebrarse, pero seguimos siendo el centro de atención. Tonea viene y nos sirve la cena: simula a la perfección no conocernos. Veo a lo lejos al preboste Evervin y a otros comensales de los días anteriores, pero Gastón no está. La ansiedad me impide probar bocado. Hoy se percibe un ambiente extraño: hay mucho más ruido, risotadas, grandes voces, una especie de tensión en el ambiente. Se lo comento a Nyneve.

—Es por nosotras, Leo. Los hombres son así.

¿Por nosotras? No lo entiendo. La Ardida viene y va con grandes jarras de cerveza y de vino. Todo el mundo semeja estar sediento: se diría que están bebiendo mucho más que en las otras noches. Y sucede otra cosa extraordinaria: cada vez que dirijo la vista hacia algún lugar, mis ojos chocan con los de algún hombre que me observa intensamente. Me incomodan esas miradas fijas que parecen querer decirme algo; bajo los ojos y ya casi no me atrevo a levantarlos.

—Tu Gastón no vendrá, pero terminaremos teniendo algún problema... —dice Nyneve.

No le contesto porque el alquimista acaba de entrar. La sangre se me agolpa en las orejas y me enciende la cara de rubor. Gastón echa una mirada por la sala y me descubre... pero deja resbalar sus ojos por encima de mí, como si no le interesara en absoluto, y se sienta en otra mesa. Pero cómo: ¿todos los varones de la posada están contemplándome y él no me presta ninguna atención? La humillación me deja sin palabras.

—Tranquila, no es más que una estrategia por su parte —dice Nyneve—. Míralo, ahora está brindando.

Es verdad: desde el otro lado de la estancia, Gastón ha levantado su jarra de cerveza y me saluda con una pequeña sonrisa. Con una sonrisa deliciosa.

Súbitamente, ya no puedo verle. Entre el alquimista y yo se ha interpuesto un hombre. Es uno de los que antes me miraba con más insistencia: lleva un peto de cuero despellejado y tiene aspecto de soldado de fortuna, un rudo hombre de armas sucio y muy borracho.

—Quítate de en medio —le ordeno, con mi altivo y fulminante tono de señor de Zarco.

Pero ahora no soy un caballero sino una doncella, y el tipo suelta una risotada que a medio camino se transforma en regüeldo. Se deja caer pesadamente en el banco, junto a mí.

—Antes dame un beso... —farfulla.

Y, alargando sus manazas, agarra mis hombros y me busca la boca. La sorpresa me paraliza: estoy acostumbrada al miedo y al respeto que impone la armadura. Pero cuando sus babosos labios rozan los míos recupero los reflejos: saco el puñal del cinto y le hinco ligeramente la punta bajo el mentón. El tipo chilla y se queda muy quieto. Una gota de sangre resbala por la hoja.

—Suéltame ahora mismo o te meto este hierro hasta los sesos.

El hombre deja caer los brazos. Me pongo de pie manteniendo el cuchillo apretado bajo la barbilla del soldado y paso torpemente por encima del banco, maldiciendo el barullo de faldas que obstaculiza mis piernas. Echo una ojeada alrededor: todo el mundo está paralizado y en silencio, disfrutando del espectáculo. Nyneve se ha levantado y está junto a mí, también con el puñal en la mano. Tonea y el posadero se acercan a toda prisa.

—No pasa nada. A mi amigo el soldado le voy a servir una cerveza gratis. Y las señoras ya tienen su aposento preparado. Ardida, acompáñalas —dice el posadero.

Bajo el puñal y libero al hombre, que me mira con expresión beoda y aturdida. Tonea nos empuja y salimos de la estancia sin detenernos; intento buscar con los ojos a Gastón, pero no lo encuentro. Hemos abandonado la posada y nos dirigimos hacia el establo entre la niebla. La Ardida parece enfadada; camina a grandes pasos, bamboleando los dos fanales con bujías que cuelgan de sus manos.

—Os he dispuesto un lecho en el pajar. No había otra cosa. Pero estaréis solas y calientes —gruñe.

Subimos por una escala al altillo de la cuadra. Sobre las tablas se ve una especie de jergón informe y abultado. No parece una cama muy confortable, pero al menos, en efecto, no hace frío: el vaho de los animales que están bajo nosotras sube a través de las tablas mal encajadas. La muchacha nos da una de las velas y se apresta a marcharse. Pero antes se vuelve y nos mira. Un temblor de crispación recorre su pobre rostro lacerado:

—Es triste ser mujer —dice, con una amargura tal que sobrecoge.

Y desaparece ligera y silenciosa.

Nyneve se acuesta, pero yo estoy demasiado nerviosa para dormir. Bajo nuevamente del altillo y salgo a la noche blanca y ciega. Días de niebla, noches de frustración e insomnio. La humedad va mojando mis mejillas, helándome las manos, empapando mi escote desnudo de mujer. Tanta ropa nueva para qué. Para acabar peleando con un borracho. Por un instante se me pasa por la mente la imagen del rufián de los dientes de cabra. Su grito silencioso de muerto veloz. Sacudo la cabeza para alejar su figura angustiosa. Escucho, amortiguado por la bruma, el triste tañido de unas campanas. También sonaron ayer: son del monasterio de monjas cercano, y doblan para alejar la niebla de la comarca. Pero un momento. Un momento. Entre tañido y tañido, me parece oír un rechinar de arenisca, un rozar de telas... Alguien está aquí. Alguien se me acerca por la espalda.

—¡Eh, cuidado!

Mi cuchillo apunta a su garganta. Y el corazón martillea sangre en mis oídos. Es Gastón.

—Te me has echado encima como un gato rabioso... —dice el alquimista.

—Pensé que era otra vez ese borracho. No deberías acercarte a nadie por la espalda tan sigilosamente.

—No venía con sigilo... Es la bruma, que se come los ruidos... Y el sonido de las campanas esas...

Le miro en silencio. Me gusta mirarle. Posee un rostro fino y pálido lleno de sombras. Aterciopeladas sombras bajo sus pestañas. Misteriosas sombras en las comisuras de sus labios. Mi mano izquierda sigue apoyada sobre el pecho del alquimista. Y en mi mano derecha aún está el puñal.

—¿No podrías guardar esa hoja?

—Sí, claro...

Envaino el cuchillo con gesto forzado. Hierros que separan los cuerpos hermosos.

—Estas monjas son bastante inútiles... Por mucho que voltean sus campanas, no consiguen que la niebla se retire... Los benedictinos de Charleroi, sin embargo, son capaces de acabar con una tormenta de rayos y truenos con sólo un par de tañidos... —comenta Gastón.

Dicho lo cual, coloca sus manos sobre mis pechos. Y yo me rindo.

Volvemos hacia el Sureste, porque Gastón va camino de Albi, donde quiere proseguir sus estudios herméticos con Megeristo, que al parecer es un afamado maestro alquimista. He convencido a Nyneve de que lo acompañemos, pues, a fin de cuentas, ¿qué guía nuestros pasos, sino el azar? Y la Providencia Divina, naturalmente, cuyo designio siempre es tan difícil de desentrañar.

La Providencia ha hecho que la niebla haya desaparecido por completo. Hace un hermoso, fresco y soleado día de otoño, y el mundo está tan lleno de luz que se diría que la noche no existe. Gastón marcha a mi lado a lomos de Alegre, nuestro palafrén, pues él no posee ninguna cabalgadura. A decir verdad, apenas posee nada, aparte de su inteligencia y su hermosura: es casi tan pobre como un fraile mendicante. Pero le miro y mi cuerpo se convierte en agua, como la escarcha que el sol funde en las mañanas. Mis emociones y mis deseos son líquidos. Soy una lágrima de gozo.

Nyneve y yo vamos vestidas de hombre. Es más seguro, me siento más cómoda y, además, quiero buscar alguna encomienda que cumplir, pues desearía ayudar a Gastón con algo de dinero, para que pueda pagar a su maestro. Nyneve tuerce el gesto; sigue sin gustarle mi alquimista. Pero le soporta, porque me quiere. Supongo que, después de tantos años estando las dos solas, se siente un poco extraña ahora que somos tres.

Hace varios días que salimos de la posada. Vamos a buena marcha; sin querer, me descubro azuzando a mi bridón, como si con ello pudiera aguijonear las espaldas del tiempo. Ansío que el sol corra, que llegue la noche, que la jornada acabe; entonces empieza para mí la verdadera vida, en los calientes brazos de Gastón. Apenas duermo, pero me siento más despierta y descansada que nunca. Es un prodigio.

—Eh, ¿qué sucede? —exclama Nyneve.

Mis ensoñaciones me han distraído hasta el punto de perder la noción del entorno. Ahora, alertada por el grito de mi amiga, miro hacia delante y veo que en el campo, no lejos de nosotros, hay una decena de hombres de hierro a caballo, en formación de combate y con las espadas desnudas, que se lanzan al galope hacia nosotros. Se me erizan los vellos de la espalda. Tiro de las riendas de Fuego, descuelgo mi escudo y desenvaino; pero son tantos que nuestra única posibilidad está en la huida. Damos, pues, media vuelta, pero, para nuestro espanto, descubrimos que detrás de nosotros hay otro grupo semejante de guerreros a la carga. Estamos perdidos. Espoleo al bridón y salimos a toda velocidad hacia uno de los laterales, intentando escapar de los dos contingentes. A mis espaldas escucho sus voces, los alaridos de guerra con los que se alientan y enardecen... y ahora oigo el estruendo de los escudos al chocar, el chirrido de los espadones golpeando el hierro. ¿Cómo es posible? Miro por encima de mi hombro: los dos grupos de caballeros están combatiendo entre sí. De manera que no tenían nada que ver con nosotros: simplemente nos encontrábamos en medio de su guerra.

Desde el camino, contemplamos cómo se pelean. Gritan estentóreamente y hacen mucho ruido, pero no parece una batalla muy feroz. Tiene algo de ritualizado, algo de pasos contados, casi como una danza. Al cabo, la mitad de los guerreros vuelven grupas y huyen. Los otros les persiguen.

—Vamos a ver adónde van...

Galopamos tras ellos a prudente distancia. Al poco tiempo llegamos a un pequeño castillo en el que el primer grupo de caballeros se introduce presuroso, mientras desde las almenas los arqueros comienzan a disparar a los perseguidores. Ahora son los guerreros atacantes quienes escapan, levantando los escudos sobre sus cabezas para protegerse de las flechas. Les vemos desaparecer en lontananza, mientras los castellanos terminan de alzar el puente levadizo para clausurar la puerta.

—La guerra siempre me abre el apetito —dice Gastón—. Vayamos al pueblo y almorcemos algo.

Se refiere a una localidad que asoma más adelante, colgada en las faldas de una colina. Retomamos el camino y arribamos al lugar poco después. Es una villa bastante grande, pero pobre y descuidada. Hay un par de posadas que, pese a su aspecto destartalado, están llenas a rebosar, hasta el punto de que nos cuesta encontrar un lugar donde sentarnos. Mientras comemos, le preguntamos a la posadera por los caballeros belicosos.

—Son el conde de Guînes y el señor de Ardres... —contesta la greñuda mujer con un suspiro—. Son los dos nobles de la comarca y habitan en castillos vecinos y muy próximos. Pero sus linajes están enemistados desde tiempo inmemorial por alguna rencilla de la que nadie se acuerda. El caso es que están en guerra desde siempre. El abuelo de mi abuelo ya nació con la guerra de los Señores, de manera que deben de llevar por lo menos un siglo peleando. Todos los días salen a combatir, en verano y en invierno, con el sol achicharrante y con los hielos, y se persiguen los unos a los otros hasta las puertas de sus castillos. Sólo se quedan en casa los días de lluvia: es la tregua del agua. La guerra constante arruina los campos, empobrece la ciudad y dificulta los negocios. Todos en la comarca rezamos por que llueva, pero el Señor no nos escucha demasiado: ésta es una tierra árida y seca. Somos un pueblo desgraciado.

—Sin embargo, vuestra posada está llena, y también la de vuestro competidor...

A la mujeruca se le ilumina el semblante:

—Eso es un milagro... El milagro de San Caballero. Pero supongo que vos venís también a ver al Santo...

San Caballero... De manera que éste es el lugar donde apareció el hombre de hierro momificado del que hablaba el mercader.

—No, no venimos a eso... Pero nos gustaría verlo.

—Es un prodigio, la respuesta de Dios a nuestras plegarias. Ojalá este portento nos traiga el fin de la guerra. Está en una cueva en las afueras, saliendo por el sendero del río, pasado el molino. No tiene pérdida.

Acabado el almuerzo, y antes de marcharnos, decidimos visitar al guerrero momificado. Seguimos las instrucciones de la mujer y encontramos con facilidad la senda junto al río, muy transitada por un hilo de gentes que vienen y van. Al cabo de cierto tiempo hay que abandonar la vereda y dirigirse hacia unas rocas por un camino recién abierto por la huella de numerosos pies. Al fin vemos la cueva, medio oculta por matorrales en una pared de piedra. En la boca, varios buleros venden sus mercancías. Desmontamos y entramos mezclados con la gente. Es una caverna bastante amplia, con el suelo arenoso. Un buen refugio. Está llena de velas encendidas; se escuchan cantos, rezos, exclamaciones de asombro. Vamos avanzando paso a paso a través de la muchedumbre que abarrota la gruta, hasta que al cabo llegamos a primera línea, junto al Santo, y lo vemos. Extendido encima de un repecho de roca natural que hace las veces de lecho, está el cadáver perfectamente momificado de un guerrero. La nariz afilada y cerúlea, los cabellos ralos y blanquecinos, las manos sarmentosas cruzadas sobre el pecho. Parpadeo atónita: es el señor de Ballaine, el viejo caballero que me auxilió en mis primeros días de soledad, el que me enseñó a engrasar la armadura. No me cabe ninguna duda: reconozco su perfil y la cota que viste. Reconozco a Sombra, su viejo bridón, también yerto a su lado.

—¡Pierre! —exclama Nyneve junto a mí—. ¿Has visto quién es, Leo?

—¿Y quién diantres es? —pregunta Gastón con voz irritada.

¿Por qué está molesto? A veces mi bello y dulce alquimista me sorprende con unos desabrimientos repentinos que no atino a entender. Tal vez le incomode que las dos conozcamos a San Caballero, que poseamos una información de la que él carece.

—Es el señor de Ballaine, un viejo guerrero a quien Leo y yo tuvimos el gusto de tratar, hace mucho tiempo, en diferentes épocas de nuestras vidas. Mira, todavía se le nota el golpe de la frente que yo le curé.

Es verdad. Su cabeza aún muestra la vieja herida, ese hueso hundido que tanto me impresionó cuando le conocí. Sin duda es el señor de Ballaine, aunque mi mente se resiste a creerlo. ¿Cuánto tiempo llevará muerto? Probablemente varios años. El frío seco de la cueva ha debido de proteger su carne de la corrupción. Observo que Sombra no está atado: seguramente el animal falleció antes que el caballero. Pobre señor de Ballaine; después de todo no alcanzó a morir en combate, como deseaba. Imagino sus últimos momentos en la cueva, a oscuras, completamente solo, sin poder valerse. Agonizando de debilidad y de vejez. Pero su rostro está en calma, su postura es serena, casi magnífica. Junto a nosotros, los fieles caen de hinojos y rezan con fervor. Hay lágrimas en los ojos de las buenas gentes y en la cueva se respira una emoción sagrada.

—Vaya con el viejo Pierre..., ésta es su mejor victoria —musita Nyneve.

Mi amiga tiene razón. El señor de Ballaine estaría satisfecho, si se viera. En realidad ha logrado mucho más de lo que se proponía; él quería vivir su fin con dignidad y ha conseguido convertirse en un santo. En San Caballero. Sus hijos se morirían de envidia, si lo supieran. Seguro que intentarían recuperarle, porque un santo en la familia sirve de mucho.

—Mi Señor... Psssss, psssss... Eh, mi Señor...

Miro a mi alrededor, buscando el origen del penetrante susurro. Junto a mi codo, doblada la cerviz con servilismo untuoso, asoma la cabeza de un clérigo de edad indefinida. La frente huidiza, la nariz prominente, bigotes incoloros, ralos y tiesos, una completa ausencia de barbilla. Nunca antes había visto semejante apariencia de rata en un humano.

—¿Es a mí?

—Sí, mi Señor. Con perdón, Señor. Sois extranjero en la comarca, ¿no es así?

—En efecto.

—Entonces estoy seguro de que mi amo querrá veros. Y vos no lo sabéis aún, pero también querréis ver a mi amo. O sea, es decir: mi amo os propondrá algo muy provechoso para vos, os lo aseguro.

—No entiendo de qué me hablas.

—Sólo os ruego, os suplico que me acompañéis a ver a mi amo, mi Señor. Pero tenéis que ser muy discreto.

—¿Y quién es tu amo?

—El muy grande y magnánimo señor de Ardres.

El gran y magnánimo señor de Ardres es un viejo mezquino de aspecto sucio e insignificante, y su castillo es un lugar desapacible y lóbrego.

—Los señores feudales son así, mi Leo... Tú hasta ahora has conocido la nobleza occitana, que es mucho más agradable. Pero por desgracia ésa es la excepción dentro de la norma... —dice Nyneve.

Malacostumbrada a la refinada compañía de las damas, al confortable castillo de Dhuoda, al espléndido palacio de Leonor, esta oscura morada y sus rudas rutinas me resultan entristecedoras y agobiantes. No hay jardines interiores, ni suficientes hachones encendidos en las horas oscuras. Los muros no están recubiertos con tapices, sino con despojos de animales, cabezas, cuernos, rabos y pezuñas, o bien con panoplias de armas, porque las dos grandes pasiones de los varones de este lugar parecen ser la guerra y la caza. En cuanto a la primera, ya está dicho que combaten todos y cada uno de los días contra los partidarios del conde de Guînes; pero esas escaramuzas no parecen bastarles para saciar sus ansias de sangre y de violencia, porque, además, salen de cacería seis días a la semana. Y lo más curioso es que las partidas cinegéticas de uno y otro noble se respetan mutuamente cuando se encuentran en campo abierto, como si hubieran acordado una tregua.

El clérigo de sotana raída, hocico roedor y espinazo prominente se llama Mórbidus. Nos trajo al castillo al trote, esto es, nosotros al trote corto de nuestras cabalgaduras y él corriendo a toda velocidad un poco por delante, insospechadamente ágil y resistente sobre sus cortas piernas, más rata que nunca en su veloz desplazamiento por el campo. Además, impidió que intercambiáramos una sola palabra con los soldados y los caballeros de su amo.

—¡Hay prisa, mis Señores! ¡Para luego las presentaciones! —decía, corto de aliento pero pomposo, mientras nos hacía desmontar y nos guiaba por el oscuro y rústico edificio hasta lo que hoy sé que es la sala principal, una pequeña estancia húmeda y sombría donde se encontraba el señor de Ardres, todo revestido con su armadura y derrumbado en un sillón junto a la chimenea. Recuerdo que pensé que se encontraba demasiado cerca del fuego y que el metal de su cota de malla debía de estar casi abrasando. Luego he sabido que el viejo Ardres lleva dentro de sí un frío eterno, el aliento helado del cercano sepulcro, y que nunca le parece estar lo suficientemente próximo al hogar.

Después de cerrar las puertas de la sala con misterioso sigilo, Mórbidus nos presentó a su amo y le explicó que éramos forasteros y que nos había encontrado en la cueva milagrosa de San Caballero.

—¿Acabáis de llegar por primera vez a la región? —preguntó el viejo con voz débil y chirriante.

—Sí, Señor.

—¿Y no os conoce nadie por aquí?

—No, Señor.

Mi respuesta pareció animarle, aunque su aspecto siguió siendo mustio y ceniciento. El señor de Ardres ofrece una pobre estampa. Su vetusta armadura proviene sin duda de una era juvenil más musculosa, porque ahora baila holgadamente alrededor de su cuerpo esquelético. La malla de hierro está rota y herrumbrosa, y casi tan sucia como las desparejas barbas del guerrero, que suelen mostrar costras secas de alguna materia indiscernible, grumos de viejas sopas o veladuras de mocos. A veces, cuando le veo tan maltrecho y descuidado, pienso en el señor de Ballaine, que, en el momento en que le conocí, debía de tener la misma edad, si no más. Pero qué enorme diferencia media entre ellos. Ahora aprecio mejor, y admiro aún más, la impecable batalla de San Caballero contra las úlceras del tiempo.

El caso es que, una vez verificado nuestro anonimato en el lugar, el señor de Ardres me ofreció un trabajo. Por primera vez recibía una propuesta de un caballero, yo, un mísero y apestado Mercader de Sangre, lo que demuestra el ínfimo nivel del viejo Ardres y sobre todo su gran necesidad. Este anciano es un hombre triste que vive en la amargura del fin de su linaje, pues él es el último de su estirpe: sus dos hijos fallecieron de mozos y sin descendencia, con las espadas en la mano, en el transcurso de esta guerra eterna contra el conde de Guînes. Ahora se encuentra enfermo y lleva cierto tiempo sin poder salir personalmente a batallar, cosa que el Conde, su enemigo, tomó como señal inequívoca de su cercana victoria. Guînes estaba convencido de que iba a acabar con la casa de Ardres y con la guerra eterna. Y ahí es donde yo entro. El señor de Ardres me propuso que me hiciera pasar por su sobrino, llegado desde París para ponerme al frente del combate. Y que saliera cada día al campo de batalla dirigiendo al pequeño puñado de sus caballeros, para lo cual era menester que ellos también creyeran en mi falsa identidad, porque nunca se dejarían capitanear por un Mercader de Sangre como yo.

—Es sólo por un tiempo —farfulló Ardres—. Hasta que yo recobre la salud.

Nunca la recobrará, lo sé, pero, aun así, acepté la encomienda. No me gusta el señor de Ardres, ni vivir en este triste lugar, ni participar en esta guerra insensata. Pero el viejo guerrero paga bien, y ofreció facilitarle a Gastón un cuarto privado y los materiales necesarios para proseguir sus investigaciones herméticas. Cuando terminamos de acordar las condiciones, Mórbidus sacó unas tablillas de cera y se puso a tomar notas. Es el escribano del castillo, la única persona que sabe leer y escribir en toda la fortaleza, y está redactando la historia de la Casa de Ardres.

«Enterado de la pasajera dolencia de su pariente, el señor de Zarco, hijo de Emengunda, la muy querida hermana del señor de Ardres, corrió en ayuda de su amado tío. Y llegó al castillo en compañía de su escudero y de su sirviente, y ofreció su invicta y joven espada en apoyo de la causa del glorioso guerrero», garrapateó Mórbidus ese primer día.

—¡Pero todo eso es mentira! —se indignó Gastón, mortificado por haber sido descrito como sirviente.

—¿Y qué más da, mi querido amigo? Cuando yo lo escribo, lo hago real.

Aquí estamos, en fin, saliendo a luchar cada jornada, menos los domingos y las fiestas de guardar, así como los escasos días en los que llueve o graniza. No es un trabajo demasiado difícil; los combates no suelen ser excesivamente sañudos ni violentos, aunque, como es natural, de cuando en cuando los filos cortan carne y salta la sangre. Como en toda guerra añeja y rutinaria, los enfrentamientos están sujetos a cierta jerarquía y protocolo. Y así, por lo general a mí me toca cruzar el acero con el conde de Guînes, un hombre de apariencia aún más ruda que el señor de Ardres, pese a su mayor alcurnia, y con un rostro mutilado de expresión terrible: carece por completo de nariz, rebanada hace ya tiempo en algún combate. Los primeros días, Nyneve se negó a acompañarme y se quedaba en el castillo intentando convencer al anciano Señor para que le dejara curarle. Pero Ardres nunca consintió que le tocara y, por otra parte, sospecho que mi amiga ha debido de discutir con Gastón, porque al poco tiempo empezó a salir conmigo a la guerra diaria, combatiendo desganadamente y procurando no herir ni ser herida, cosa que, a decir verdad, es más o menos lo que todos hacemos. Pese a lo cual, cada tarde, cuando regresamos a la mísera fortaleza, Mórbidus llena pliegos y pliegos de pergamino con un hinchado relato de aventuras caballerescas y clamorosas victorias de su amo.

 El señor de Ardres siempre viste armadura, incluso para sentarse a la mesa; lleva constantemente sobre el hombro, encapuchado, a su halcón preferido, y en su castillo jamás resuena la música. Su mesa está compuesta de toscos y monótonos platos, de descomunales y correosos asados de carne que el noble come, o más bien picotea, pues cada vez ingiere menos, con torpes modales de plebeyo, chorreándose de grasa y compartiendo sus alimentos con los feroces perros de guerra que se tumban a sus pies. Lo cierto es que el viejo está tan enfermo que últimamente incluso ha dejado de practicar con el sarraceno disecado que tiene en el patio de armas a modo de estafermo, cosa que antes era uno de sus pasatiempos favoritos. Hay días en los que los dolores le impiden levantarse y entonces pasa la jornada sentado entre almohadones en el lecho, aunque, eso sí, ataviado con su armadura entera, un raro hombre de hierro entre cojines. Está intentando ordenar sus cosas en este mundo para poder presentarse ante Dios con la conciencia limpia, pero sus métodos son un tanto feroces. Cuando llegamos, en el patio de armas del castillo todavía se mecía el cuerpo ahorcado de una joven campesina. Al parecer el señor de Ardres había mandado pregonar en toda la comarca que dotaría con doscientos reales a cada una de las siervas de su feudo a las que él hubiera desvirgado. Se presentaron numerosas mujeres y todas cobraron la cantidad acordada, pero entre ellas llegó una muchacha que quiso hacerse pasar por desvirgada, aunque no lo era. Descubierta su superchería, la pobre desgraciada fue ajusticiada sin más miramientos.

El anciano guerrero también ha ordenado que todos sus siervos ayunen durante tres días, como penitencia por los pecados de su amo; y ha mandado llamar a los monjes de un monasterio cercano, pues dice querer tomar los hábitos antes de morir para asegurarse la salvación. Los monjes llevan en el castillo dos semanas comiendo y bebiendo como príncipes, y todos los días exhortan al caballero para que entre en la Orden y les pague la dote o herencia prometida; pero el viejo señor de Ardres pospone una y otra vez la decisión, aferrándose a pequeños indicios de salud, a imaginarias mejorías, al mero y loco deseo de vivir que nubla las entendederas de los humanos, porque en realidad todos nos las arreglamos para vivir como si no estuviéramos condenados a muerte. Y así, el anciano dice:

—Hoy me duelen menos las piernas.

O bien:

—Hoy parece que tengo más apetito.

O quizá:

—Hoy he dormido un poco mejor.

Y eso basta para que siga vistiendo empeñosamente su anticuada armadura cada mañana.

Pero lo que más me sorprende, e incluso me conmueve, a mi pesar, es que el señor de Ardres parece estar creyéndose que yo soy verdaderamente su sobrino. A veces, cuando regreso de la guerra y entro a dar el parte a la sala, donde el anciano me aguarda casi metido dentro de la chimenea, o a la alcoba, si ese día no se ha levantado de la cama, el caballero me dice cosas absurdas, blandas frases de viejo emocionado: «Hijo, no dudo de tu victoria, por algo corre la poderosa sangre de los Ardres por tus venas». O me pide que le cuente cosas sobre su hermana, a quien dejó de ver hace cuarenta años. Y yo finjo e invento, pues no tengo corazón para decirle que se le está yendo la cabeza.

Este castillo lóbrego, esta guerra ridícula, este viejo caballero agonizante y loco están amargándome la vida. Sí.

No sé qué me sucede, pero he discutido con Gastón unas cuantas veces.

Y también discuto con Nyneve, sobre todo a causa de la bebida.

Supongo que estoy bebiendo demasiado. Sí.

Ahora mismo me encuentro un poco ebria. Qué otra cosa puedo hacer, sino emborracharme. Corre la cerveza como el agua en las tardes oscuras de esta fortaleza polvorienta y ventosa. La bebida me acuna cuando me siento inquieta. Vuelo en las suaves ondas de la embriaguez y los pensamientos se deshacen dentro de mi cabeza como migas de pan en un vaso de vino. Amo a Gastón y a veces le siento conmovedoramente tierno y mío. Pero otras veces le envenena una extraña furia y se convierte en alguien a quien no conozco. Su carácter es tan cambiante como su aspecto físico, pues posee una extraña capacidad para encorvar y retorcer su hermoso cuerpo flexible hasta parecer un jorobado. Puede que la culpa de su desabrimiento sea mía. Puede que yo no esté a la altura de lo que él precisa. Sé que sus trabajos herméticos no le están yendo demasiado bien. Sé que se siente atrapado en esta fortaleza lastimosa. Como yo. Como Nyneve. Este lugar entristece. De todos mis trabajos como Mercader de Sangre, éste es el más desatinado, el más miserable. Deberíamos irnos mañana mismo, pero he dado mi palabra y aún no me han pagado. Y, además, la bebida me ayuda a emborronar el paso del tiempo. La bebida. Sí. Alzo la pesada copa de metal y doy un trago; la cerveza me llena la boca con su espesor amargo. Nyneve me mira reprobadoramente. Sé bien lo que piensa. Dice que así me estoy matando de modo más seguro que si saliera todos los días a combatir cubierta tan sólo con una camisa. Yo protesto, me enfado, le digo que deje de meterse en mi vida y que exagera. Pero sé que por las noches hay más oscuridad dentro de mis ojos que en el firmamento, y que nunca recuerdo con precisión cómo he llegado al lecho. Por las mañanas, un cinto de dolor oprime mis sienes. Con ese malestar acudo a la guerra cada día y reparto mandobles desmayados. No creo ser el único: ahora sospecho que casi todos los guerreros beben tanto como yo y llegan a la batalla con resaca, de ahí la desgana en el combate. Y en este disparate se nos va la vida.

Por eso hay que beber, como bebo ahora. Sí. Otro buche de cerveza, para engordar el olvido, ¡sí! Además, no creo que la situación se prolongue mucho. El viejo Ardres lleva unos cuantos días en los que ya ni siquiera me recibe para que le cuente cómo ha ido la incursión bélica. Ahora mismo, como viene siendo habitual desde el empeoramiento de su salud, nos encontramos todos en la antesala de su alcoba de enfermo, arrimados al pobre fuego de la chimenea, que apenas calienta. Nyneve y yo estamos acuclilladas en el suelo, cerca de las llamas; los monjes se sientan en pequeños taburetes; los caballeros de Ardres pasean nerviosamente por la estancia y nos miran con suspicacia e inquina, porque creo que aspiran a repartirse el feudo y temen encontrar un rival en mí. Llueve copiosamente, de modo que hoy no hay guerra.

Estoy pensando en irme a ver a Gastón, que está encerrado en su laboratorio estudiando sus cocimientos misteriosos, cuando la puerta de la alcoba se abre y aparece un criado tan anciano como Ardres llorando desconsoladamente. Entre hipos, informa:

—Mi amo desea hablar con los hermanos benedictinos. Y también quiere veros a vos, mi Señor.

Me ha señalado a mí. Dejo la copa de cerveza en el suelo y se me despeja de modo repentino la incipiente embriaguez que me rondaba. Entramos al cuarto seguidos por los caballeros, quienes, aunque no han sido convocados, irrumpen también en la habitación con pesados taconeos y retumbar metálico. El señor de Ardres yace entre cojines pero aún obcecadamente vestido de guerrero, un capullo de hierro sin apenas carne en su interior. Tiene el rostro amarillo y el perfil ya afilado.

—Ha llegado el momento —musita—. Debo entrar en la Orden.

El rostro se le encoge en un puchero débil y sin lágrimas.

—Debo decir adiós a mi armadura, a mi recia espada, a mis alanos fieros, a mi fiel bridón, a Relámpago y Zarpas, mis amados halcones, a todo cuanto hace que la vida sea hermosa. Se acabó para mí la dulce embriaguez de la guerra. Vestidme con los hábitos, os lo ruego.

—Mi Señor, y en cuanto a la dote que vuestra magnanimidad prometió entregarnos... —dice uno de los monjes.

—¡Sí, sí! —se irrita el caballero con un resto de su antigua soberbia—. Mi criado os dará las monedas...

En efecto, el viejo servidor se acerca al benedictino y le entrega dos pesadas bolsas de cuero. El religioso suspira y se santigua.

—Alabado sea Dios.

Los monjes han traído un hábito limpio y nuevo, pulcramente doblado, y se disponen a despojar al anciano de sus vestiduras metálicas.

—Y tú, mi amado sobrino, continúa por mí esta batalla heroica, rebánale las narices al hijo de Guînes, como yo rebané las de su padre, y haz triunfar una vez más el glorioso pabellón de Ardres. Cómo te envidio, hijo... Tanta vida y tantos hermosos combates por delante... —me dice el enfermo, lagrimeando.

—Sí, Señor... —contesto, segura de que ya no rige.

Pero quizá me equivoco respecto a su cordura, porque se vuelve hacia Mórbidus y le ordena:

—En cuanto a ti, escribe, escribe que he vencido a ese bellaco de Guînes...

—Sí, mi Señor, quedaos tranquilo. Pondré que le sacasteis las tripas en el campo de batalla con vuestras propias manos... —contesta el clérigo.

Los monjes están terminando de vestir al guerrero con los hábitos. La habitación huele a cera, a sudor rancio, a orines y enfermedad. Embutido en su austero sayal, el viejo noble parece haber encogido aún más. Su cuerpo consumido no rellena las ropas y sus manos son dos garras descarnadas. Que se crispan súbitamente, aferrando la manta con convulsos dedos. Nyneve y yo nos acercamos y le escrutamos: su respiración se ha hecho afanosa, sus ojos parecen desenfocados y no estoy muy segura de que nos pueda ver.

—Señor... Señor...

Ardres, con la mirada perdida, ha empezado a farfullar algo. Me aproximo más al lecho para intentar escuchar lo que dice. Pero habla muy bajo y lo que musita carece de sentido para mí.

—... Sin hijos... La desgracia de morir sin descendencia..., por eso ordena secuestrar a la Dama...

—¿Qué decís, Señor?

—Y así nació el Rey Transparente...

Se me hiela la sangre en las venas. En su delirio, el infeliz anciano está contando la historia prohibida.

—¡Callad! ¡No digáis nada más!
—Pero fue un gran rey, digan lo que digan...
No me escucha. No puedo detenerle. Sigue bisbiseando las palabras letales. Nyneve me agarra del brazo y tira de mí:
—Vámonos...
Los monjes cuentan su dinero, los caballeros discuten sobre el feudo, los criados hablan entre sí, probablemente inquietos sobre su futuro: nadie presta atención al moribundo. Nos abrimos paso a través del alborotado gentío hacia la puerta y ya estamos a punto de alcanzar la salida cuando escuchamos un crujido profundo y espantoso. El pesado dosel de la cama del noble se ha partido y se ha desplomado estrepitosamente sobre el lecho, entre un remolino de sucias colgaduras y un coro de gritos. Las maderas labradas han aplastado el cuerpecillo del enfermo con la misma facilidad con que una bota de hierro aplasta un caracol, y en su derrumbe han golpeado y derribado a las dos o tres personas más próximas al lecho. Reina la confusión y una nube de polvo oscurece el aire. El señor de Ardres, ese viejo demonio de la guerra, ha tenido la misma muerte que un insecto, y con él desaparece su linaje feroz. Pero aún quedan, por desgracia, demasiados caballeros feroces sobre la Tierra.

Mi trabajo de Mercader de Sangre me resulta cada día más insoportable. Además estoy envejeciendo: advierto que mi vigor físico disminuye y que aumenta mi miedo, dos consecuencias de la edad. Detesté mi encomienda en el castillo de Ardres; y luego acepté proteger a unos campesinos que han incumplido su palabra y no me han pagado todo lo que habíamos acordado. Gastón está iracundo; contaba con esa remuneración como si fuera suya y quiso convencerme para que amenazara y maltratara a los villanos hasta que me dieran lo que me debían.

—No soy ningún bachiller bravucón —contesté con desdén.

—No, claro que no. No eres más que una maldita mujer, eso es lo malo. Y, aunque los villanos desconozcan tu secreto, sí que son capaces de percibir que pueden hacer contigo lo que quieran. No es ya por el dinero en sí por lo que me irrito; es por la falta de respeto que te muestran y porque no sabes hacerte valer.

Gastón es un personaje singular. Sabe mucho, pero cree saberlo todo.

—Ésa es la mayor prueba de su ignorancia —gruñe Nyneve, que ya no se habla con él.

Incluso se atreve a decirme cómo debo desempeñar mi oficio de guerrero, él, que jamás ha tenido una espada en la mano. Y yo se lo permito, porque es verdad que no sé hacerme valer. Al menos, frente a él. Debo admitir que le admiro. Admiro sus oscuros conocimientos, y la pasión con la que se aplica en sus estudios herméticos. La fuerza y la pureza de su ambición me sobrecogen. Mientras Nyneve y yo andamos por el mundo con pisadas inciertas y pies blandos, rehaciendo una y otra vez nuestros pasos sin una finalidad determinada, él arde de furia y voluntad, avanzando siempre hacia su destino. Quiere ser el mayor alquimista de la Tierra toda, quiere ser maestro de maestros, quiere hallar la piedra filosofal.

—Sé que puedo conseguirlo. Y lo conseguiré.

Y yo le creo, porque nunca he conocido a nadie tan fuerte. De modo que disculpo sus rarezas, sus malas palabras, su falta de atención y de cuidado, porque sé que está llamado a hacer grandes cosas y yo deseo ayudarle en lo que pueda. Y de cuando en cuando, por las noches, cuando me abre con sus cálidas manos, y se mete en mí, y sólo somos uno, me derrama también un afecto escondido, un cariño secreto que, por lo escueto y parco, aún aprecio más, pues sé que en esos momentos me desea y necesita tanto como desea y necesita su pasión alquimista. Me comparte con el amor a Hermes y yo sé bien que es un amor inmenso.

Avanzamos siempre hacia el Sureste y ya estamos cerca de Albi, el corazón del territorio cátaro, pues los vizcondes de Trencavel, señores de la comarca, han protegido a esa secta desde hace muchos años: de ahí que también se les llame albigenses. He tenido noticia de los cátaros desde mi infancia, porque nací en una zona dentro de su influencia, pero nunca les he tratado. Siento curiosidad y también inquietud por conocerles mejor: no me parecen demoníacos como la Iglesia sostiene, pero a fin de cuentas son herejes. Nyneve asegura que son personas admirables. Yo preferiría que no fuera así, porque si de verdad acabo por admirarles, me encontraré fuera de la Iglesia. Y fuera de la Iglesia reinan las tinieblas.

Desde que entramos, hace varias semanas, en los vastos territorios del conde de Tolosa, que también es partidario de los albigenses, he podido ver a los Buenos Hombres y las Buenas Mujeres, como los religiosos herejes se llaman a sí mismos. Los he visto en Marmande, en Agen, en Moissac. Los estoy viendo ahora en Montauban, que es la ciudad en la que nos encontramos. En vez de habitar en poderosos monasterios, alejados de todos, ellos viven en los burgos, mezclados con el pueblo. Trabajan para mantenerse, pues rechazan recibir el diezmo eclesial. Sus casas están abiertas a todo el mundo y proporcionan cobijo y cura a los enfermos, comida a los necesitados, ayuda a los ancianos. Las cátaras son especialmente activas en sus servicios a la comunidad. Eso es algo que me atrae de los albigenses, que Dios me perdone: el papel tan relevante que tienen las mujeres. Eso, y que todos los rezos están hechos en lenguaje común. Incluso han traducido las Sagradas Escrituras a las palabras del pueblo, en vez de utilizar ese latín que el vulgo es incapaz de comprender.

—Son los individuos más razonables y pacíficos que conozco —dice Nyneve—. Consideran que todas las personas somos iguales, los duques y los siervos, los moros y los cristianos y los judíos; para ellos todos somos almas puras y buenas, ángeles caídos a los que Cristo salvará. No creen en el infierno, porque su Dios es todo amor y no puede haber creado algo tan horrible. De hecho, piensan que el infierno es un invento de la Iglesia para aterrorizar a los fieles y mantenerlos atrapados bajo su dominio. Son gente muy dulce.

Yo no sé si será la influencia dulcificadora de los cátaros o el moderno talante de la nobleza de la zona, pero en los burgos y castros del condado de Tolosa se respira un ambiente abierto y refinado que me recuerda a la corte de Leonor. La cual, alabado sea Dios, ha sido liberada de su encierro. Su marido el Rey ha muerto, y Ricardo Corazón de León ocupa el trono de Inglaterra. Su primera medida como monarca fue sacar a su madre de prisión, y dicen que ahora la Reina recorre la Bretaña insular ayudando a su hijo y otorgando cartas de libertad a todos los pueblos por los que pasa. Nos enteramos de estas novedades anoche, durante la cena en la posada, y fue el origen de una discusión entre Gastón y Nyneve.

—Es una hermosa noticia —dijo mi amiga, radiante.

—¿De veras? ¿Tú crees que esa frívola Reina y la libertad de un puñado de plebeyos embrutecidos van a mejorar en algo la esencia de los humanos? —contestó Gastón, el Gastón desabrido y sombrío, con evidentes deseos de pelea.

—Pues no sé si la esencia, pero cuando menos mejorará su existencia. Sí, creo que es un pequeño paso en el camino de la sensatez.

—No hay nada más insensato que un burgués, que un plebeyo, que un ignorante campesino... O que una Reina loca que juega con trovadores. El mundo está lleno de individuos que no valen nada, que no sirven para nada, cuyas vidas no son sino un deambular sin sentido: comer, dormir, defecar... Que vivan o mueran resulta irrelevante, y tampoco importa si son siervos o están manumitidos, porque en realidad nunca han sido ni serán libres... La única vida verdadera es la del pensamiento puro, la de la búsqueda de la sustancia primordial, de la quintaesencia que contiene lo creado. Porque lo que está abajo equivale a lo que está arriba, y lo que está arriba equivale a lo que está abajo, en lo que concierne a la realización de los milagros de una obra única.

Puede que tenga razón, esto es, quizá tenga razón en aquello que entiendo de lo que dice, más allá de todo ese palabrerío incomprensible y hermético con el que a menudo me abruma. Pero hay algo que me asusta de su actitud: ese desdén, esa frialdad para todo lo que no sea su magna empresa. Claro que tal vez tenga que ser así; tal vez los grandes hombres necesiten concentrarse en sus grandes obras para poder sacarlas adelante. Tal vez necesiten ser tan ardientes e implacables como el rayo, que ilumina el mundo pero reduce a cenizas cuanto le rodea. No en vano a los alquimistas se les llama *philosophi per ignem,* filósofos por fuego... Tras conocer íntimamente a uno, sé bien que su cercanía abrasa.

Hemos dejado a Gastón en un pequeño cuartucho que tenemos alquilado en la posada, con sus atanores y sus crisoles, intentando obtener el *liquor silicum,* que, si no he entendido mal, se consigue fundiendo cantos puros de cuarzo con no sé qué otra cosa, hasta lograr un cristal transparente que debe derretirse con el aire, convirtiéndose en un líquido claro que tampoco sé bien para qué sirve: soy demasiado ignorante para un conocimiento tan profundo y complejo. Mientras él se afana en sus manejos herméticos, Nyneve y yo hemos venido a escuchar la prédica del afamado Doctor Angelical. Llevamos varios días en Montauban justamente esperando la llegada de este religioso, que se ha convertido en los últimos años en un personaje formidable. Dicen que por su boca habla el mismo Dios y que su verbo inflama el corazón. Este Doctor Angelical organiza enormes giras por la Francia entera, y acuden a escucharle numerosas personas. Nunca le hemos visto, aunque hemos oído hablar de él múltiples veces; por eso, cuando llegamos a Montauban y vimos que se anunciaba su visita, decidimos quedarnos a conocerle.

—¿Te das cuenta, Leo? El Doctor Angelical es un fustigador del catarismo, pero puede venir sin ningún problema a soltar sus truenos teológicos a esta ciudad, que es mayoritariamente albigense, porque los Pobres de Cristo aceptan a todo el mundo... Mientras que ellos son perseguidos, torturados y silenciados por medio de la hoguera. Es una diferencia, ¿no te parece?

Sí, es una diferencia, pero no quiero escuchar las palabras de Nyneve, que van llenando de zozobrantes dudas mi alma cristiana. No se lo he confesado a mi amiga, pero deseo oír al Doctor Angelical para que me serene, para que me convenza. Para que el milagro de su santo verbo refuerce mi debilitada fe de pecadora.

Estamos en las afueras de la ciudad, en la gran explanada de la picota, que es donde se va a celebrar el acto porque es el único lugar lo suficientemente amplio para acoger a la multitud de fieles que siempre convoca el predicador. Hace ya varios días que llegó la avanzadilla del Doctor Angelical, una pequeña tropa de religiosos que construyeron el elevado entarimado del escenario, las vallas para contener a la muchedumbre, unas cuantas gradas para los notables y una treintena o más de confesionarios alrededor de la plaza. Ayer se instalaron los consabidos buleros y numerosos fieles se dispusieron a dormir en la explanada para asegurarse buenos sitios, de manera que hoy, cuando hemos llegado, el lugar ya estaba abarrotado y hemos tenido que colocarnos en una esquina, cerca de los confesionarios. Aun así, el escenario se ve a la perfección: es alto y está bien hecho. Una gran cruz de madera y dos pendones de seda amarilla y blanca, los colores del Santo Padre, adornan bellamente el fondo del entarimado. De pronto siento un pequeño empujón a la altura de mi cadera, como si un niño intentara abrirse paso entre el gentío. Oigo una vocecita clara y fina:

—¿Y ahora qué ves, madre?
—Nada nuevo, Violante. Cabezas y cabezas y cabezas. Y al fondo, el escenario con la cruz y los estandartes, como te he descrito.

Acaba de instalarse a nuestro lado una pareja singular. La madre es una dama de aspecto noble y digno que viste un sobrio traje negro de buen paño; tiene el pelo completamente blanco recogido en un sencillo rodete, la frente estrecha y alta, unos ojos grises y brillantes como perlas oscuras bajo unas cejas casi invisibles de tan claras, la nariz fina y arqueada como el pico de un ave. La hija es una desdichada criatura con un rostro de ángel y un cuerpo de endriago. Su cabeza posee una dimensión normal y se diría que corresponde a una muchacha de quince o dieciséis años, pero del cuello para abajo apenas abulta lo que un niño de cinco. De un tórax picudo y diminuto emergen unos brazos quebradizos, rematados por unas manitas transparentes. Viste un bonito traje de seda azul con bordados de flores y, como sus ojos quedan muy por debajo de las espaldas de la gente, la pobre no ve nada. Pero una viva sonrisa ilumina su bonito rostro y parece feliz. Eso es lo que más me extraña: su alegría insospechada, y también que se encuentren solas, sin la ayuda ni la compañía de servidumbre alguna, siendo como evidentemente son de elevada alcurnia.

—Ah, cariño, creo que ya viene... Y no viene solo. ¡Son muchísimos! ¿Les oyes cantar? Una procesión impresionante... Es decir, una procesión pensada para impresionar...

El comentario de la dama me resulta curioso, sobre todo porque creo que tiene razón. El Doctor Angelical está haciendo su entrada en el escenario. Viene en el centro de dos largas filas de monjes, todos altos, todos fuertes, todos jóvenes, como escogidos, efectivamente, para impresionar. Llegan cantando y se mueven en perfecta formación: más parecen guerreros que hombres de fe. Acaban de entonar su salmo sobre el escenario y ahora, como en una danza bien ensayada, cada una de las filas se dirige ordenadamente a uno de los lados del entarimado y se queda allí de pie. Al abrirse las hileras de monjes, en el centro del tablado ha aparecido el Doctor Angelical. También viste el hábito benedictino. También es alto y fuerte. También... Me remuevo inquieta. Estamos muy lejos y apenas distingo sus rasgos: el cabello negro, la cabeza redonda, la apretada barba. Y, sin embargo...

El Doctor Angelical empieza a hablar; y entonces, al escuchar la cadencia de sus palabras, el tono vibrante de su verbo, tengo que reconocer que mi primera impresión es cierta: el Doctor Angelical es fray Angélico. En realidad no era tan difícil de intuir, ¿por qué no lo pensé antes? Nyneve me clava un codo en las costillas:

—¿Has visto quién es?

Asiento silenciosamente con un movimiento de cabeza. No sé bien por qué me siento tan sobrecogida por el descubrimiento: tal vez porque me recuerda un tiempo pasado que aún duele por ahí dentro, o porque me pone en contacto con una Leola de la que me avergüenzo. Hago un esfuerzo por tranquilizarme y me concentro en escuchar el sermón. Las palabras de fray Angélico caen en mis oídos como plomo derretido. Palabras sedosas, azucaradas, cantarinas, que se alternan sabiamente con palabras hirvientes y afiladas, tan retumbantes como las trompetas del Apocalipsis. Sí, fray Angélico ha aprendido a predicar en estos años, pero toda su sabiduría de orador no puede disfrazar el chirrido discordante que emerge de su prédica, el regusto a falsedad, el filo amenazador. Habla el Doctor Angelical del pecado, de nuestra miseria esencial, de nuestra incapacidad para entender los designios divinos. Habla de la resignación cristiana, del pecado nefando del orgullo y de la virtud de la humildad; de la facilidad con la que el vulgo, siempre tan ignorante, cae en las garras del Maligno. Habla de los cátaros demoníacos, de las horrorosas llamas del infierno y las purificadoras llamas de las piras. Y cuanto más dice, más me espanta lo que dice, más aborrezco la dureza y estrechez de su pensamiento, más me asombra haberle admirado algún día y haberle creído inteligente. A nuestro alrededor muchos lloran, rezan, se postran de rodillas. No así la dama y su hija, que se mantienen serias y serenas.

El Doctor Angelical ha terminado su sermón. Ahora está pidiendo que se celebre una ceremonia de purificación que simbolice el compromiso de los creyentes con la fe. Quiere que los fieles traigan aquellos objetos pecaminosos que ponen en riesgo la salvación de sus almas; las ropas suntuosas, los afeites de mujer, los engaños de los que Satán se vale para perdernos. La explanada entera entra en un paroxismo de agitación; aquellos que son de Montauban corren a sus casas a traer sus endemoniadas posesiones, y los que son de fuera se acercan a los monjes, que recorren la plaza recolectando objetos, para entregarles lo que pueden. En poco tiempo, ante el escenario, en el espacio protegido por las vallas, los religiosos han montado una enorme pira con ramas y leños embreados; y están arrojando sobre ella sombreros de mujer, zapatos de cordobán, justillos de seda, libros, almohadones de plumas. Ya están prendiendo los maderos, ya surgen las llamas y chisporrotea y restalla el fuego al subir por la pira, y aún sigue llegando gente y alimentando la hoguera con sus prendas. Un olor apestoso se extiende por la plaza y me trae a la memoria otra quema semejante, la que ordenó Dhuoda en Beauville con las vestimentas demasiado lujosas. La muchedumbre, o al menos buena parte de la muchedumbre, parece entusiasmada. Los religiosos se dirigen a los confesionarios y se forman grandes colas delante de cada uno de ellos. La explanada se va vaciando. Miro el escenario, a través de la cortina de llamas humeantes: el Doctor Angelical ha desaparecido.

En este momento, una mujer joven se acerca a la dama de negro y, para mi sorpresa, se inclina tres veces ante ella y dice:

—Buena Cristiana, la bendición de Dios y la vuestra. Y rogad a Dios por mí para que me conduzca a un buen fin.

Lo he contemplado otras veces y lo reconozco: ¡es el *melhorier*! La salutación ritual con que los cátaros se dirigen a sus religiosos. La dama, en efecto, está bendiciendo a la joven, de manera que no sólo es una creyente de la secta albigense, sino que es una Buena Mujer, una Perfecta, el equivalente a la monja o más bien al sacerdote de nuestra Iglesia.

—¡Vosotras! ¡Vosotras! ¡Os hemos visto! ¡Demonios inmundos! ¿Qué hacéis aquí, espíritus del mal? ¡Vosotras también tenéis que ir a la pira!

Dos jóvenes rudos de aspecto campesino han identificado también el *melhorier* y se acercan con aire amenazador a las mujeres. Pongo mi mano sobre la empuñadura de la espada y doy un paso hacia delante, interponiéndome en su camino. Los hombres se detienen, titubeantes. Fruncen el ceño con frustración e ira.

—Os creéis protegidas por el vizconde de Trencavel y por todos estos caballeros satánicos a los que Dios confunda... Pero va a duraros poco el santuario... El Sumo Pontífice ha declarado la Guerra Santa contra vosotros. Ha convocado una cruzada contra los cátaros y el ejército cristiano ya se está formando. ¿Oléis la hoguera? Esto es sólo el principio. Acabaréis todos achicharrados —gritan llenos de odio mientras se marchan.

—Gracias por vuestra gentileza, Señor —me dice la dama.

Las palabras de los campesinos me han dejado espantada. Me vuelvo hacia la mujer, que está aparentemente tranquila aunque muy pálida.

—Eso que han dicho... Lo del Papa y la cruzada, lo del ejército cristiano..., ¿es verdad?

La dama sonríe tristemente:

—Me temo que sí, mi Señor. Hace días que lo sabemos. Y hace mucho tiempo que nos lo esperábamos.

Llevamos dos años viviendo en Albi, mientras alrededor el mundo gime y arde. A la cabeza de sus tropas, los dos Raimundos, el conde de Tolosa y el joven vizconde de Trencavel, combaten por sus tierras, sus costumbres y su libertad contra los feroces ejércitos del Papa, pero las ciudades cátaras van cayendo en manos de los cruzados y las piras humean por doquier. Los hombres de hierro asedian, tajan, matan, arrasan los sembrados, sacrifican rebaños y talan bosques enteros para alimentar sus atroces hogueras. En Béziers, en Minerve, en Lavaur, centenares de Perfectos y Perfectas han sido quemados vivos. Una marea de odio y de violencia ha anegado el alma de los hombres. Espanta encontrar tanto rencor en caballeros cristianos que se amparan en el símbolo de la cruz para combatir a otros cristianos. La maldad recorre la Tierra como un viento de fuego.

La Duquesa Negra se ha unido a los cruzados y, junto con fray Angélico, se ha transformado en experta de la represión y del terror: dicen que Dhuoda ha encendido con su propia mano más de una pira y que parece disfrutar del sufrimiento. No es de extrañar que tanto ella como su primo se hayan convertido en íntimos colaboradores del adalid de las tropas vaticanas, Simón de Montfort, un guerrero tan extremadamente brutal que la sola mención de su nombre produce espanto. Todavía se cuenta, con despavoridos susurros, lo que hizo Montfort tras la caída de Bram: obligó a marchar hasta Cabaret a una procesión de cien prisioneros a los que había rebanado nariz y labios y reventado los ojos con espinas de acacia; y, con perverso y burlón refinamiento, les puso como guía a un pobre desgraciado al que había dejado un ojo sano.

Tanta ferocidad desconsuela, pero también afina las ideas. No me he convertido al catarismo, pero ahora sé que tampoco pertenezco a la misma fe de los cruzados. El ensangrentado Dios del Sumo Pontífice no puede ser mi Dios, y su crueldad me ha hecho escoger bando y apreciar la valía de este mundo occitano. Este sentimiento mío debe de ser compartido por muchas otras personas, pues Albi vibra de fuerza y energía tanto como tiembla de temor y congoja. El viento trae el tufo requemado del Apocalipsis, pero al mismo tiempo alienta nuestros deseos de vivir y la determinación de defender nuestras costumbres. No quiero que triunfen los sombríos señores feudales como el viejo Ardres. O, aún peor, los crueles verdugos como Montfort.

—No pueden vencer ellos. El terror gana batallas pero pierde las guerras, porque en el corazón de los humanos hay un irreprimible anhelo de libertad —dice Nyneve.

Me gustaría creer que tiene razón.

Hemos alquilado en Albi una modesta casa con un patio, apenas una barraca de adobe adosada al lienzo interior de la muralla. Por fuera parece un cobertizo, pero por dentro es el palacio más maravilloso que imaginarse pueda. Nyneve ha encalado las paredes y después, utilizando unas artes que yo desconocía, ha pintado fabulosos trampantojos sobre los blancos muros. Y así, inmensos salones se abren en las paredes, con artesonados y tapices y columnatas de mármol; con ventanales luminosos y exuberantes jardines en los que hay lagos y fuentes cristalinas, árboles temblorosos bajo la siempre quieta luz del sol, pájaros de pecho colorado, ciervos saltarines y dragones felices con el lomo erizado de un tornasol de escamas. Al fondo del vergel de tinturas verdosas, encaramado a una colina como un gavilán sobre una roca, se ve un castillo muy hermoso, con sus torretas circulares y sus alegres estandartes, todo resplandeciente en el perpetuo y dorado atardecer.

—Es Avalon —explica Nyneve—. El parque, el castillo. ¿No percibes su fuerza? La mera contemplación de esta pintura produce calma y gozo.

Debe de tener razón, porque los trampantojos de Nyneve me endulzan el ánimo. Cuando los miro, es tan grande la sensación de autenticidad que incluso me parece percibir el aliento fresco y perfumado de la floresta que entra por los ventanales del palacio.

—Ya sabes que lo que imaginamos también forma parte de la realidad —dice mi amiga.

Sentada en el pequeño banco que hemos puesto en el patio, veo pasar las horas. Oigo voces de niños que juegan en la calle y los pasos de los centinelas sobre el adarve. Oigo el siseo del tiempo, que se escurre con lentitud a través de la tibieza del atardecer. En una esquina del patio hay una higuera, que embalsama el aire con su olor a verano. Estoy esperando a Gastón, que no ha venido a dormir. Ayer discutimos y nos enfadamos; se fue y aún no ha regresado.

—Ojalá no aparezca nunca más —dice Nyneve.

Tanto ella como yo hemos vuelto a vestirnos de mujeres. Me he acostumbrado al pesado susurro de la tela, al flotar de las sayas, a llevar los pechos sin fajar, a no sentir miedo de que alguien me descubra. Retomé los modos de hembra por influencia de Gastón, para poder gustarle. Y también para no tener que participar en la guerra. Mi situación como caballero armado es complicada; el juramento feudal me obliga a ser leal a Dhuoda, pero me repugnaría luchar junto a los cruzados. De manera que prefiero hacerme pasar por la hermana del señor de Zarco y compartir la causa occitana, con la que colaboro económicamente. Pero en nuestro retorno a lo femenino hay algo más: el hecho de que hoy, en el burgo de Albi, no es malo ser mujer, y las sayas no te impiden hacer lo que deseas.

Y lo que yo ahora deseo es aprender, alcanzar cierta sabiduría, elevar mi alma. Por lo pronto, he dejado de beber. Y desde que llegamos a la ciudad estoy asistiendo a la escuela de Sigerio de Brabante, uno de los más aventajados discípulos del castrado Abelardo. Estudio retórica, gramática, teología y lógica. Estudio al gran filósofo árabe Averroes, nacido en la Córdoba mora, y su doctrina de la doble verdad, que asegura la existencia de verdades científicas que son contrarias a las verdades religiosas. Estudio las matemáticas y la astronomía del judío Maimónides, también cordobés. Y estudio, sobre todo, al inmenso Aristóteles, el padre de casi todos los saberes.

—El deber del filósofo es explicar la enseñanza de Aristóteles, no corregir o esconder su pensamiento, aun cuando sea contrario a la verdad teológica —sostiene Sigerio, muy dentro del talante averroísta.

Ni que decir tiene que tanto Abelardo como Averroes y Maimónides han sido perseguidos por sus ideas. Un cristiano, un árabe y un judío que hablan de la tolerancia, del respeto a todos los dioses y de la fuerza de la razón. Nyneve está en lo cierto: el mundo está librando un largo y hondo combate que va más allá del ruido y el daño de las armas. Es el combate de las palabras sabias y sinceras contra el gran silencio de la represión, contra el crepitar de las hogueras que todo lo acallan. Las hogueras cristianas, pero también las hogueras moras: tanto Averroes como Maimónides han tenido que escapar de la violenta intransigencia sarracena. En cambio, Albi es una isla de libertad donde caben todas las ideas, y donde bulle tal amor por el conocimiento que los maestros proliferan. Yo misma me gano la vida dando clases a niños y adolescentes plebeyos, hijos de burgueses modestos que no pueden costearse un mejor tutor: les enseño a leer y a escribir con la escritura mercantesca, así como rudimentos de cuentas y gramática y los retazos de cultura general que he ido adquiriendo por medio de los libros. Me gusta este trabajo; disfruto dibujando mi versión del mundo en las cabezas de los niños, ese terreno aún virgen en el que puedo arar, como antaño araba los campos duros y mondos, para sembrar mi modesta cosecha de palabras. Creo que sería feliz aquí, en mi palacio de sueños y pintura, en mi pequeña labor de campesina de mentes, si no fuera por el fragor cada vez más cercano de la guerra. Y por Gastón.

Me esfuerzo en entender a Gastón, pero no lo consigo. Como impregnado por sus estudios herméticos, cada día está más encerrado en sí mismo, más oculto y ajeno. Al principio, en la explosión de fuego de la pasión amorosa, creí poder rozar su sustancia más íntima, ese blando tejido de caracol que ahora ha vuelto a esconder bajo su concha. Creí poder atraerlo a mi mundo, endulzar su amargor, poner mis palabras en su boca muda. Pero ahora cada día le noto más lejos, y ni siquiera los cuerpos sirven ya de puente. Cuando me entrego a él, cuando me toma, algo que en los últimos meses sucede rara vez, siento que en verdad no está conmigo, que tan sólo percibe mi envoltura carnal. ¿Acaso el amor es siempre así? Ignorante como soy en estas lides, sólo dispongo de la experiencia de mi Jacques, y con él éramos uno. Pero Gastón nunca ha sido mío. Tal vez el amor sea de este modo, como una estrella errante que ilumina fugazmente el firmamento para desaparecer después en la negrura. O quizá sea mi culpa; quizá sea cosa de mi mano incompleta, de mis dedos cercenados por la espada; de mi cuerpo cosido a costurones, viriles cicatrices de guerrero que deforman mis hechuras de mujer. Puede que yo sea un engendro, ni caballero ni dama; puede que, bajo mis nuevas ropas femeninas, yo también sea un eunuco, como Abelardo.

—No te angusties, mi Leo: el problema es Gastón. Cada día está más airado, más furioso. Cree que el mundo le debe algo y eso llena su alma de rencor —dice Nyneve.

Mi amiga siempre ha detestado al alquimista, de modo que su opinión no es del todo fiable. Pero es cierto que la amargura de Gastón se ha incrementado. Él pensaba que Megeristo, el gran maestro hermético, iba a escogerle como su aprendiz. Pero Megeristo ha preferido a otros y Gastón, loco de rabia y celos, sostiene que su problema es la falta de medios, que no puede costearse la enseñanza ni los artefactos necesarios y las sustancias básicas que su labor exige. Tal vez tenga razón; yo le intento ayudar en lo que puedo, pero la alquimia es una ciencia cara. Su ambición, esa pasión pura que yo tanto admiraba, se está volviendo contra él y le está abrasando. Si la alquimia es una vía de perfeccionamiento espiritual, como él me decía, no cabe duda de que Gastón está perdiendo su camino, pues cada vez me parece más imperfecto.

Un ligero rumor me sobresalta, sacándome de mis pensamientos. Vuelvo la cabeza y alcanzo a ver un bulto oscuro en la puerta del patio. Alguien pequeño y embozado que, al advertir mi mirada, retrocede unos pasos, protegiéndose bajo las sombras del dintel.

—¿Quién eres? —le pregunto.

No contesta. Me pongo en pie, acuciada por un vago malestar, y avanzo hacia el intruso. La figura tapada se encoge sobre sí misma.

—Responde, ¿quién eres y qué buscas?

Tras un breve silencio, del bulto sale una vocecita temblorosa, una voz de niña o de muchacha.

—Perdonadme, Señora... La maestra Nyneve me dijo que viniera.

Debe de ser una enferma. Nyneve se gana la vida como curandera. Sus conocimientos médicos son extraordinarios y sus artes sanatorias muy requeridas, pero de todo ello extrae magras ganancias, porque casi nunca cobra a sus pacientes. E intuyo que esta muchacha, tan pobremente vestida, no va a ser una excepción.

—Nyneve está dentro. Ahora la llamo. Pasa, no te quedes ahí.

La chica no se mueve. Escudriño su figura entre las sombras: está cubierta con un sayo informe que es más bien un harapo y lleva la cabeza y la cara cubiertas. Un aspecto extraño que me incomoda.

—Pasa, te digo.

La pequeña embozada avanza tímidamente. Suena un tintineo y entonces lo comprendo. El espanto hace que las palabras afloren en mi boca con un grito:

—¡Eres una leprosa!

El bulto de trapos se acurruca temerosamente junto a la pared. Ahora veo las campanillas cosidas a sus ropas para señalar su condición, e incluso la carraca que lleva colgada de una soga al cuello, y que está obligada a hacer sonar para que las gentes adviertan su presencia.

—La maestra Nyneve me dijo que viniera —balbucea.

—¡No deberías estar aquí! ¡No te acerques! ¡Márchate!

—¡Cálmate, Leola! Está aquí porque yo se lo he dicho.

Nyneve ha salido al patio, sin duda alertada por las voces, y me mira furiosa:

—Después de todo, nunca dejarás de ser una campesina ignorante. ¡No te pongas así! Ni siquiera los verdaderos leprosos son tan pestilentes y tan peligrosos como crees, pero es que, además, esta pobre muchacha no es una auténtica leprosa, sino que padece un prurito de la piel, una humedad escamosa que no mata y cuya única gravedad es la fealdad de su aspecto y el hecho de que se confunde con la lepra. Ven aquí, pequeña, no tengas miedo.

En dos zancadas, Nyneve se ha acercado al tembloroso bulto de harapos y, de un tirón, le ha arrancado el embozo. Es una muchacha muy joven, con el negro y sucio pelo cortado a trasquilones. Su piel está enrojecida y deformada, llena de costras y de excrecencias duras semejantes a los hongos que se agarran a los árboles, con grietas en torno a la nariz y el nacimiento del cabello. En medio de todo ese destrozo, dos pequeños ojos aterrados brillan llenos de lágrimas. Me estremezco de asco.

—¿Ves? La piel engrosa, se endurece y se parte —explica Nyneve con satisfacción—. Un perfecto caso de humedad escamosa. Muy aparatoso pero benigno, y bastante fácil de curar. Bastará con untarla durante cierto tiempo con la savia roja del drago...

Justo en este momento veo entrar a Gastón. Ni antes ni después, es una pena. En cuanto aparece sé lo que va a pasar.

—¿Qué hace aquí ese monstruo? ¡Lárgate, leprosa, si no quieres que llame a los alguaciles! —brama el alquimista.

Y, levantando el banquito del patio por una pata, lo arroja sobre la muchacha, atinando de refilón sobre su hombro.

—¡Maldito seas! —grita Nyneve.

Pero ya es tarde: la chica ha salido corriendo, encogida sobre sí misma como un perro apaleado. El tintineo de sus campanillas resuena cada vez más lejos por la calle.

—Eres un miserable —dice mi amiga con la voz ahogada por la furia.

Y luego se marcha, supongo que en busca de la enferma. Gastón y yo nos quedamos solos. No sé qué decirle. Había preparado mil palabras para cuando volviera. Si volvía. Pero ahora tengo los labios apretados y la boca seca.

—En realidad no era una leprosa —murmuro.

—No me digas.

No sé por qué le estoy hablando de esto, cuando yo quería hablarle de nosotros. Pero me ha conmovido esa falsa leprosa, esa pobre chica que, como yo, no es lo que aparenta.

—Te estoy contando la verdad. Lo que tiene es otra enfermedad, algo que no es grave. Me lo ha explicado Nyneve.

—Sí, claro. La sabia Nyneve.

—Pues sí, la sabia Nyneve, que es más sabia que tú. Porque con sus conocimientos ayuda y cura a la gente. Mientras que tú, ¿tú qué haces con toda tu elevada filosofía del fuego? Mírate, no eres nadie.

El rostro de Gastón se oscurece pavorosamente y yo me quedo aterrada de lo que he dicho. ¿De dónde me ha salido tanta violencia?

—Yo hago aquello que los espíritus pobres e ignorantes como tú jamás podréis comprender —susurra Gastón estranguladamente—. Y lo hago solo y contra todos. Lo hago a pesar de todos. Lo hago a pesar de ti. Eres mi cárcel.

Dicho lo cual, da media vuelta y vuelve a marcharse de estampida. Estoy sola en el patio y anochece. Levanto el banquito del suelo y me siento otra vez. El olor de la higuera es demasiado dulce para un tiempo tan cargado de amenazas.

El cuerpo me pesa. Estoy vestida una vez más de caballero y siento mi armadura como una jaula. No entiendo cómo pude permanecer durante tantos años incrustada en este caparazón de duro hierro. Los eslabones tiran de mí hacia la tierra y mis músculos ya no son lo que eran. Debo de estar envejeciendo, y también me he ablandado con mi quieta vida de mujer, con la fácil vida ciudadana. Ahora incluso me desagrada el olor del metal, este leve tufo frío y ácido. Sin embargo, tanto Nyneve como yo hemos decidido que sería más seguro retomar nuestros atuendos de guerreros durante el viaje. Estamos en Lombers, al Sur de Albi. Hemos venido a asistir a una confrontación teológica entre los cátaros y los enviados del Pontífice. Los albigenses, que siguen creyendo en la fuerza de la palabra y la razón pese a la creciente tempestad de fuego y sangre, llevan años organizando debates libres entre ellos y los papistas. En Carcasona, en Montreal, en Servian, en Fanjeaux y Pamiers, los adalides de uno y otro bando han entrecruzado sus ideas, pero eso no ha logrado embotar el filo de las armas.

—No importa, Leo: hay que seguir hablando, hay que seguir explicando —dice Nyneve—. No hay que perder la esperanza en el triunfo de la palabra. Este debate en Lombers puede ser crucial. Es el primero que se hace desde que estalló la guerra.

Nyneve se esfuerza en mantener la confianza y, por vez primera, yo siento que evalúo la realidad mejor que ella.

Sí, debo de estar envejeciendo, porque no creo que estos enfrentamientos verbales logren detener ni un solo mandoble. Pobres cátaros: tienen tanta fe en su capacidad de convicción que resultan conmovedores. Cuentan que, cuando uno de sus predicadores más célebres, Pierre Authié, fue apresado por la Iglesia y llevado a la hoguera, el Buen Cristiano declaró, ya atado a la pira, que, si se le dejaba predicar una vez más a la muchedumbre que asistía a su suplicio, la convertiría al catarismo. Pero no le dejaron: las llamas devoraron el cuerpo y las palabras de Authié, sepultándole en un silencio crepitante.

Pero ahora estamos aquí, en Lombers, dispuestos a escuchar. Para mi sorpresa, Gastón ha venido con nosotras. Me extraña, pues dice despreciar a unos y a otros. Pero tal vez tema no volver a verme si nos separamos. Me gustaría creer que le mueve el afecto, pero también sé que depende de mí para vivir. Ya digo, estoy mayor, y tal vez ser mayor consista en empezar a saber aquellas cosas que preferirías ignorar.

Los nobles occitanos controlan la ciudad y han negociado una tregua parcial para permitir la celebración del debate. El encuentro teológico está teniendo lugar dentro de la iglesia, que está tan atestada de gente que, cuando hemos logrado abrirnos paso para entrar, la confrontación ya había comenzado. Junto al altar hay colocados tres sillones. Dos de ellos están ocupados por los prelados del Papa, Raoul de Fontfroide y Pierre de Castelnau. En el lado opuesto se encuentra un anciano canónigo cátaro, Guillaume de Nevers. Es un pequeño viejo sonrosado y calvo, con unas grandes cejas blancas tan hirsutas y prominentes que parecen dos enredados tejadillos que le sombrean la cara. Viste un sayal humilde, liso y negro, que contrasta con los soberbios atavíos de los prelados, dos varones de unos cincuenta años, morenos, enjutos y atildados, extrañamente semejantes en su físico, salvo en la nariz rota de uno de ellos.

—Pero ¿cómo osáis llamaros cristianos, si abomináis de la cruz, de las iglesias, de las estatuas de los santos? Vuestro aborrecimiento por lo más sagrado indica inequívocamente que estáis poseídos por el Maligno. Ante la imagen de la cruz, Belcebú se retuerce de dolor —trompetea, con grandes ademanes histriónicos, el religioso de la nariz partida.

De Nevers suspira:

—Querido hermano, volvéis a mezclar y tergiversar las cosas, acaso porque os falta información. Os repito que no abominamos de las iglesias. Simplemente creemos que nada de lo visible es sagrado. Nuestro corazón es la única iglesia de Dios: y es la más hermosa. No necesitamos construir costosos edificios, que para nada sirven salvo para enterrar en ellos cuantiosas cantidades de dinero que podrían utilizarse para paliar las necesidades perentorias de los feligreses. La verdadera Iglesia de Cristo sólo puede ser pobre y pura, ajena a todo poder terrenal. ¿Acaso creéis que Dios necesita nuestro oro, nuestras piedras preciosas y nuestra plata? ¿Dios, el Ser Supremo, la Suprema Inteligencia, la Suprema Bondad? Todo eso es barbarie. Lo mismo que el culto a las imágenes. ¿Por qué postrarse ante una estatua o ante una cruz? ¿Olvidáis que las ha tallado un hombre en un trozo de madera? Perdonadme, hermano, pero todo eso es pura superstición. Y, además, ¿no consideráis extraño y enfermizo adorar un instrumento de tortura como la cruz? Sobre todo cuando Dios es todo generosidad y todo Amor.

El anciano cátaro habla con una voz sonora y poderosa que parece provenir de un cuerpo más joven. Los prelados del Papa se remueven con nerviosismo en sus asientos y aparentan estar mucho más incómodos que su contrincante. Uno de ellos eleva la voz e interrumpe el discurso del albigense.

—¡No mencionéis el nombre de Dios en vano! Vuestro herético Dios no es el mío. Vos adoráis tanto a Dios como al Diablo.

—Eso es un nuevo error de entendimiento.

—¡Atreveos a negarlo! Rechazáis a Jehová y consideráis que Lucifer es una deidad tan poderosa como el Creador.

—Acumuláis los temas, y así, naturalmente, se os embarullan, como la bordadora poco aplicada que quiere coser a la vez con una sola aguja y varias hebras, y termina enredando y anudando todas las sedas... Es verdad que nosotros sólo admitimos el carácter sagrado de los Evangelios. El Antiguo Testamento, debo deciros, y basta con estudiar los libros atentamente para comprobarlo, no es más que un conjunto heterogéneo de autores y textos distintos y a menudo contradictorios, una acumulación de leyendas reunidas a lo largo de los siglos. Pura superstición, de nuevo. Y Jehová, o Yahvé, es un dios imperfecto construido en este mundo imperfecto, un dios tan violento y vengativo que es la antítesis de toda idea racional de la divinidad. Dios, os repito, es sólo y puro Amor. Y, puesto que es Amor, no puede ser el origen del Mal. El Mal ha sido creado por Lucifer, al cual desde luego no adoramos. Ya lo dice claramente San Juan en su Evangelio: «Sabemos que somos de Dios, mientras el mundo todo está bajo el Maligno». Todos los humanos somos en esencia buenos, mis queridos hermanos. Incluso vos, Fontfroide, o vos, Castelnau. Somos ángeles caídos en este mundo dominado por Belcebú y atrapados en la prisión de la carne. Nuestras almas son todas puras e iguales, tanto las de los sarracenos como las de los judíos, las de los cruzados que encienden las hogueras y las de las víctimas que se abrasan en las piras; y todos nos salvaremos por la gracia de Cristo. Por eso no hay guerra santa ni violencia justa.

—Pero..., pero ¿cómo es posible decir tantas herejías en tan poco tiempo? —salta de nuevo el de la nariz rota, que parece tener menor compostura que su compañero—. ¿Cómo vamos a ser todos almas puras? ¿Dónde dejáis el pecado original, la tentación de Eva? ¿Y cómo va a ser posible que nos salvemos todos? Ya lo dicen los Padres de la Iglesia: *Salvaturum paucitas, damnandorum multitudo...*

—Que quiere decir «pocos se salvarán, muchos se condenarán» —interviene el afable anciano—. Hablad en lengua popular, os lo ruego. Vuestros latines son un instrumento de poder que alejan, desconciertan y oprimen a los fieles. Pues bien, los Padres de la Iglesia se equivocan en este punto. Os repito: nos salvaremos todos en la magnanimidad infinita de Dios. La Iglesia usa la amenaza del castigo eterno como quien usa el látigo para amedrentar a sus esclavos.

—*Extra ecclesiam nulla salus!* —grita el prelado, enfurecido, como quien lanza un exorcismo contra el Diablo.

—Cuánta insistencia con el latín... ¿No os sería más fácil decir «fuera de la Iglesia no hay salvación», que es lo mismo pero lo entendemos todos? Por otra parte, ¿de qué Iglesia me habláis? Porque hay una Iglesia que huye y perdona y otra Iglesia que esquilma y que mata...

La luz del sol entra por los rosetones emplomados de la nueva catedral de Lombers y dibuja ardientes geometrías de colores en el aire. Hace mucho calor y la muchedumbre exhala el olor agrio y rancio de la ropa sudada y la peste fermentada de sus pies aprisionados por el calzado. De cuando en cuando se escuchan los gritos o los llantos de algún niño y murmullos de repulsa o aquiescencia que rubrican las palabras de los contendientes. Fuera de eso, la atención y el silencio son totales. Miro a mi alrededor:

artesanos, campesinos, mercaderes. Todo Lombers está aquí. Observo sus ceños fruncidos por el esfuerzo de entender lo que se está diciendo. Saben que las palabras pesan y que su destino depende de este debate tanto como del chirrido del acero. A la izquierda del altar, detrás del sitial de De Nevers, alguien agita una mano.

—Mira... ¿No la reconoces? —me susurra Nyneve.

La pequeña figura vuelve a saludar: se diría que se dirige a nosotros. El rostro angelical, el brazo diminuto. Es la hija de la Perfecta de Montauban, aquella enana de pechito picudo a la que defendimos al final de la prédica de fray Angélico. Debe de estar de pie sobre uno de los asientos del coro, por eso su cabeza queda casi a la altura de las de los demás. A su lado, ahora lo advierto, se encuentra su madre, la religiosa cátara, pálida y elegante en sus ropajes negros.

—Hermano Guillaume, poseéis la facilidad verbal de los endemoniados —está diciendo el otro enviado del Papa con voz sosegada—. Y con ella disfrazáis vuestras terribles herejías. Pero lo cierto es que ni siquiera creéis en la Sagrada Eucaristía.

—Y, para mayor abominación, en vuestros ritos satánicos celebráis una pantomima eucarística para burlaros del Santo Sacramento... —tercia el otro prelado.

—Lo que no podemos creer es que el pan y el vino se transmuten verdaderamente en el cuerpo y la sangre de Jesucristo. Por Dios, hermanos, eso es pura magia para ignorantes... Y no, no nos burlamos en absoluto del sacramento; lo que hacemos es celebrar la repartición del Pan de la Palabra Divina, como memento de aquella Última Cena. Ahora bien, nuestro pan es simple pan, una humilde mezcla de agua y harina amasada por hombres; y cuando lo llamamos Pan de la Palabra Divina, sólo estamos usando una metáfora. Pero quizá no conozcáis lo que es una metáfora...

El religioso de la nariz rota se ha puesto en pie con tan brusca violencia que su pesado sillón se tambalea. Demudado por la ira, estira su largo brazo y señala con un índice tembloroso al canónigo:

—¡Y vos no conocéis la cólera de Dios! Os veré subir a la hoguera, Guillaume; y eso no será nada comparado con los eternos tormentos del infierno. Claro que vos tampoco creéis en la existencia del infierno...

El albigense permanece en silencio durante unos instantes. Luego vuelve a hablar con una voz tranquila pero rota, una voz cansada que, por vez primera, parece pertenecer verdaderamente a su cuerpo de anciano:

—En eso os equivocáis, Castelnau... El infierno existe, y es este mundo.

Acabado el debate, los enviados del Papa se han marchado a toda prisa de Lombers. Me inquieta su urgencia: puede que simplemente les desagrade permanecer en territorio hereje, pero también puede que sepan algo que nosotros desconocemos. La guerra está muy cerca: el sanguinario Simón de Montfort acampa con sus tropas a medio día de distancia de la ciudad. El aire está cargado de amenazas y Lombers se prepara para el asedio. También nosotros debemos regresar con prontitud a Albi, antes de que el camino quede cortado. Pero primero hemos venido a la posada para almorzar algo. La temperatura sigue siendo buena a pesar de las fechas otoñales y el posadero ha sacado sus mesas a la calle. La plaza está llena de gente: los asistentes al debate beben sidra o cerveza y comentan la situación en apretados corros, los niños juegan, los perros rebuscan entre las basuras, los burros rebuznan junto al pilón del agua. Podría ser un día de fiesta, pero la pesadumbre oprime los corazones.

—Buenas tardes, mi querido señor de Zarco... Me alegro de volveros a encontrar. ¿Os acordáis de nosotras? Soy la señora de Lumière... y mi hija Violante.

La matriarca cátara ha venido a saludarnos. Su voz grave y sonora vibra como el bronce de una campana. Violante sonríe graciosamente y hace una pequeña reverencia cortés. Viste una primorosa túnica de brocado verde con las mangas acuchilladas en seda carmesí, todo de tamaño diminuto.

—Mi Señora... Mi joven Dama... ¿Queréis acompañarnos y tomar algo?

—Tal vez un poco de agua y algo de pan y queso... Debemos reponer fuerzas antes de regresar a casa.

Ahora recuerdo que, el día de fray Angélico, la matriarca nos contó que residía en Rabastens, al Oeste de Lombers. Y no vivía con otras Buenas Mujeres, como los cátaros suelen hacer, sino en una gran mansión en la que había habilitado un hospital para la comunidad. Dama noble y madre de caballeros, la señora de Lumière había recibido el *consolament,* el único sacramento que administran los albigenses, tras quedar viuda del barón de Rampert. Su hijo mayor heredó el título y ella se retiró junto con Violante a una de las propiedades familiares, para vivir la austera y laboriosa vida de los Perfectos.

—Esto es algo bastante común. Muchas damas nobles occitanas se convierten en matriarcas cátaras al enviudar —explica Nyneve.

Hemos pedido queso, pan blanco y apio, y la señora de Lumière come con un saludable y enérgico apetito que no parece adecuarse con su enjuto cuerpo, mientras su hija hace pelotitas con los alimentos y apenas mordisquea unos pocos pedazos.

—Violante, por favor..., recuerda que tenemos el enorme privilegio de no pasar hambre...

—Sí, madre... —contesta la enana con dócil aquiescencia.

Y se endereza sobre el banco, en el que está puesta de rodillas para poder alcanzar el plato, y durante cierto tiempo simula comer con propiedad.

—¿Qué os ha parecido el debate? —pregunta la matriarca.

—Interesante. Muy revelador. En realidad creí que iba a ser una discusión teológica, algo mucho más alambicado y más oscuro, pero ha sido una explicación del catarismo apta hasta para los más ignorantes, como yo.

—Mi querido caballero, no seáis innecesariamente modesto, la humildad excesiva también peca de orgullo... Pero sí, es cierto que el tono del debate ha sido muy asequible... gracias a la sabiduría de De Nevers. De eso se trataba: de intentar contrarrestar las mentiras y manipulaciones de la Iglesia, la ceremonia de confusión de los papistas, para explicar a las gentes sencillas lo que en verdad somos. Pues es a ellos a quienes debemos convencer.

—Desde luego, dudo que los enviados del Papa puedan ser convencidos de nada. No escuchan. Son unos locos de la fe, como suele decir el señor Nyne...

La Perfecta frunce el ceño con expresión de pesadumbre:

—Tal vez estéis en lo cierto... Aunque quisiera creer que no. Quisiera creer que las palabras aún pueden detener este dislate.

—Pero ¿qué otra cosa tenemos sino las palabras, Leo? —salta Nyneve con un extraño apasionamiento—. ¿Qué otra cosa sino la razón? Es nuestra única arma. Cuanto más difícil sea la situación, cuanto más desesperada y más confusa, más debemos esforzarnos en pensar. Que los dioses nos iluminen para ser capaces de razonar con claridad, porque dentro de nuestras cabezas tiene que estar la solución para todo esto. Piensa, Leo, piensa...

También Nyneve está envejeciendo. Ignoro su edad: ella dice que es varias veces centenaria, pero supongo que ése es uno de sus juegos de palabras. Cuando nos conocimos aparentaba la treintena, de manera que ahora debería rondar los cuarenta y cinco. No los representa: durante muchos años, el tiempo pareció deslizarse sobre sus hombros sin herirla. Últimamente, sin embargo, algo semejante a la edad o quizá al cansancio se está remansando en pequeños rincones de su rostro: en las tensas comisuras de su boca, en sus ojos apagados y hundidos, en su cabello rojo fuego cada vez más entreverado por la plata. Pero, sobre todo, noto en ella una crispación de ánimo, una ofuscación que antes no tenía o que yo no le veía. Mi pobre Nyneve, mi Maestra, empieza a mostrarme sus debilidades.

Mientras mi cabeza vaga por sí sola en estos razonamientos, escucho la conversación que mantienen la señora de Lumière y Nyneve sobre Simón de Montfort y la actual situación bélica. Sentado en un extremo, Gastón calla y tuerce la boca en su gesto habitual de desagrado, para demostrar que detesta nuestra compañía y que está perdiendo el tiempo con nosotras, en vez de estar embebido en su búsqueda hermética de lo excelso. A mi lado, Violante arroja con disimulo bolitas de pan y queso al suelo, para alimentar a los gorriones de cuerpecillo esponjoso y pechito tan picudo como el de ella. Brincan los pequeños pájaros a nuestros pies, cada vez más audaces, cada vez más cerca, y de cuando en cuando ladean la cabeza y nos miran con un ojo redondo y muy brillante, valorando nuestras intenciones: ¿vas a hacerme daño? ¿Esto es de verdad comida o es una trampa? ¿Piensas utilizar tu fuerza bestial contra mi fragilidad y mi menudencia?

Qué tarde tan hermosa. Una tarde de sol tibio y brisa fresca. Nubes blancas y mullidas como vellones de lana corren ligeras por el cielo azul brillante. Recortado contra ese fondo veloz, el campanario de la iglesia parece vibrar. Durante un instante vertiginoso tengo la sensación de que es la pesada torre de piedra la que se está moviendo sobre el cielo ancho y quieto. Parpadeo y aparto la vista, mareada por la repentina inestabilidad del mundo. Unos niños juegan a arrojarle un palo a un perro y el animal corre a recogerlo una y otra vez, sin cansarse de la diversión repetitiva. Una anciana llena un cántaro en la fuente, parejas de jóvenes se susurran amores, un juglar andrajoso canta una romanza y pide monedas, una matrona rechoncha ayuda a caminar a su marido cojo. Todos ellos nacieron de mujer entre sangre y humores pegajosos, todos ellos fueron niños y luego adolescentes llenos de deseos, de miedos y esperanzas. Sé quiénes son porque reconozco en ellos mi propia vida. Algo sucede con mis ojos: al igual que antes creía que la torre galopaba por el cielo, ahora me parece que sobre la plaza ha caído una extraña inmovilidad, como si mi mirada se hubiera salido del tiempo. Es un momento de extraordinaria calma, un instante de vida plena y detenida. Otras veces he percibido esa misma sensación, justo antes del comienzo de un combate. Justo antes de arrojarte sobre tu enemigo y sumergirte en una velocidad que ya no puede parar hasta la muerte o la sangre, el mundo alcanza su máxima quietud. Es el ojo del huracán, la paz absoluta antes de la vorágine. Y ahora me siento así, instalada en la fugaz eternidad de esta tarde tan bella, a la espera de que la fuerza bestial de los cruzados de Simón de Montfort aplaste nuestra fragilidad y nuestra menudencia.

Los feligreses empiezan a abandonar el lugar y la plaza va quedándose vacía. Nosotros también nos ponemos en pie: debemos marcharnos. Mientras yo pago al posadero, Nyneve y Gastón van al establo en busca de los caballos. Cuando nos quedamos solas, la matriarca se acerca a mí y pone su blanca mano sobre mi brazo:

—Quería pediros un favor, mi Señor —susurra discretamente—. Es algo delicado, y me apena tener que abusar de vuestra generosidad, pues ya os debo demasiado... Pero las circunstancias son tan graves y hay tan poca gente en la que confiar que no puedo por menos que preguntároslo. Sin embargo, sabed que sois completamente libre de aceptar o no. Si no queréis hacerlo, lo entenderé perfectamente.

Sus palabras me inquietan.

—Hablad sin miedo, Señora.

La Perfecta carraspea con nerviosismo. Violante me mira fijamente con sus grandes ojos del color de la miel.

—Habréis de saber, mi Señor, que, pese a su juventud y su pequeñez física, mi hija es toda una mujer. Y una mujer muy valiente y con grandes recursos. Con ardides que no voy a revelaros, y amparada en su aparente insignificancia, Violante ha conseguido infiltrarse en medios próximos a Simón de Montfort. Digamos, para entendernos, que ha espiado los próximos movimientos de los cruzados. Disponemos de información de relevancia para la guerra, información que debe llegar cuanto antes a manos de mi primo, el vizconde de Trencavel. Podríamos intentar llevársela nosotras mismas, pero sospechamos que Violante ha sido descubierta, y las dos somos demasiado conocidas por nuestros enemigos y tememos ser interceptadas. Puesto que vos os dirigís a Albi, quería pediros que llevarais dicha información al Vizconde. Como veis, me he puesto en vuestras manos al contaros todo esto. Apenas os he tratado, pero confío en vos, y creo que el Señor Buen Dios no me dejará equivocarme. Meditad la respuesta: es una encomienda que os compromete y, como digo, entenderé que la rechacéis.

Siento un retemblor en la boca del estómago.

—No os habéis equivocado al confiar, Señora. Haré lo que me pedís con mucho gusto.

La Perfecta cierra los ojos un instante con expresión de alivio:

—Alabado sea Dios. Tomad, en esta carta viene todo. Cuando lleguéis a Albi, decidle a mi primo que vais de mi parte. El documento está autentificado con mi sello. Y que Dios os proteja y os bendiga.

Rápida y sigilosa, la señora de Lumière me entrega un pergamino doblado y lacrado. No sé dónde esconderlo, porque Nyneve se ha llevado las alforjas. Tras un instante de duda, introduzco la carta por el cuello de mi cota de armas. El pergamino resbala por mi cuerpo y queda detenido en un costado, entre la almilla y la armadura, sujeto por el cinto, que impide que caiga al suelo. Por el momento lo dejaré ahí, ya buscaré un lugar mejor donde guardarlo.

—Que Dios os bendiga —vuelve a repetir la matriarca.

Por una esquina de la plaza aparece una compañía de soldados: quizá vayan a relevar a la guardia de la muralla. Una bandada de ánades cruza el cielo en formación de flecha, agujereando la placidez de la tarde con sus graznidos. Soldados y aves desfilan ordenada y disciplinadamente, los unos para quedarse a esperar lo inevitable, las otras para escapar del ya próximo invierno. Adiós, plazas bulliciosas, días embalsamados de tibieza, niños ignorantes del peligro. Quién tuviera la libertad de los pájaros para huir del frío y del hierro que se acercan.

—¡No puedo creer que hayas aceptado llevar esa carta!

Gastón está furioso. Aunque conozco bien su ira, creo que jamás le había visto tan indignado. Sus ojos son puñales de odio enfebrecido con los que querría acuchillarme. El veterano guerrero que aún soy percibe su peligro y su violencia y me hace ponerme en guardia. Siento que mi cuerpo se tensa y se prepara para el combate. Acerco mi mano a la espada y me siento ridícula: no es posible que Gastón quiera atacarme... Sé que podría con él en una pelea, o creo que aún le puedo, aunque estoy desentrenada. Pero la cuestión no es ésa: lo inquietante es siquiera pensar que podría agredirme. Bajo el brazo e intento relajarme y dialogar con él:

—¿Por qué te pones así? La señora de Lumière me lo pidió y no encontré razones para negarme. Tampoco es una encomienda tan difícil...

—¿Ah, no? ¡Has escogido bando! ¡Al aceptar la carta, te estás convirtiendo en una emisaria de Trencavel, en una espía! ¡Te has puesto en riesgo y, lo que es peor, me has puesto en riesgo a mí sin siquiera preguntarme si deseo asumirlo! ¡Has comprometido mi libertad dentro de esta guerra absurda y sin sentido! ¡Has amenazado mi vida y mi trabajo, que es mucho más importante, más definitivo y perdurable que este combate ciego entre ignorantes! ¡Y, por si fuera poco, has escogido mal, porque acabarán venciendo los papistas!

—¡Eso está por ver! Y, en cualquier caso, yo desde luego estoy en contra de las carnicerías de los cruzados. Estoy en contra de Simón de Montfort. Sí, he escogido bando, y me siento orgullosa de ello. No sé cómo puedes decir que son lo mismo.

—¿Acaso no son todos unos fanáticos? Esos cátaros que tanto aprecias y que se dejan quemar vivos con tal de no renegar de su idea de Dios, esos Perfectos que entran en la pira cantando, ¿no son también unos iluminados? La única opción sensata es estar de parte de los vencedores: es la única manera de sobrevivir. Y yo he de sobrevivir. Me debo a mis estudios, a mi trabajo. Estoy muy cerca de conseguir lo que busco. Y ese logro no tiene parangón con ningún otro afán de los humanos. Destruye la carta ahora mismo, Leola. Destrúyela o, mejor, vamos al cercano campamento de los cruzados y se la entregamos a Montfort.

—¿Y eso no es escoger bando?

—Eso es cuidar de uno mismo. Eso es ser prudente y procurarse un salvoconducto y una vida mejor.

—Nunca. No haré eso nunca. Voy a llevar el documento a Albi.

—Te lo digo por última vez, Leola. Entrégame esa carta. O destrúyela. O vamos al campamento de Montfort. Haz lo que te digo o atente a las consecuencias.

—Atrévete a quitármela, Gastón.

Los ojos del alquimista relampaguean. Me detesta. Y me da miedo.

—¿Es tu última palabra?

—Llevaré el pergamino a Albi y se lo daré a Trencavel, contigo o sin ti.

—Entonces será sin mí.

Gastón hunde los talones en los flancos de Alegre y, dando media vuelta, se marcha al galope desandando el camino que hemos hecho. Observo su espalda mientras se aleja: sé que no le voy a volver a ver. Éste es el final.

—Se lleva a Alegre. Nos ha robado el caballo —gruño, con un nudo en la garganta.

—Sí, eso parece —suspira Nyneve—. Pobre animal, en manos de ese inútil. Cuando se le acabe el dinero, terminará comiéndoselo.

—Me alegro —sigo diciendo con mi voz apretada.

—¿De que se lo coma?

—De que se vaya.

—Oh, no creo que sea tan fácil... Ahora que lo pienso, me parece que pronto le veremos por Albi. No va a abandonar todos sus alambiques y sus retortas... Todavía no nos hemos librado de Gastón.

Qué confusión. Noto un inmenso alivio y, al mismo tiempo, una pena profunda, una sensación de ausencia, de mutilación, como si me hubieran cortado otro par de dedos. El nudo de la garganta se me sube a los ojos convertido en una humedad que arde y escuece, pero no sé si estoy llorando de tristeza o de alegría.

—Sigamos. Pronto oscurecerá y aún nos queda mucho camino.

Como hemos salido de Lombers con el sol ya muy bajo, habíamos decidido llegar hasta la posada de las Tres Colinas, a pocas leguas de la ciudad, para pasar la noche. Mi estúpida decisión de contarles a Nyneve y Gastón el asunto de la carta nos ha detenido un buen rato a las afueras de Lombers en esta discusión amarga y sin sentido, y ahora tendremos que avivar el paso.

—No importa. Los bridones están descansados y creo que podremos llegar a la posada poco después de vísperas.

Nos ponemos al trote largo y me dejo mecer por el conocido movimiento de mi caballo. El golpeteo de los cascos sobre el duro suelo adormece mi espíritu. La espada tintinea rítmicamente contra la armadura y siento el calor de Fuego entre mis piernas, su musculosa fuerza, su potencia tranquila. Hay un placer en volver a correr por los caminos revestida de hombre. Libre e intocable. Bien protegida de la necesidad y la necedad airada de los Gastones por mi capullo de hierro.

Le veo en cuanto salgo de la posada. Está sentado en una piedra, al borde del camino, arrebujado en su capa para protegerse de la humedad de la mañana. Sin duda nos está esperando, pues sabía que pensábamos hacer noche aquí.

—Te dije que no nos íbamos a librar tan fácilmente de él —masculla Nyneve con disgusto.

Siento una especie de sofoco, opresión, nerviosismo. El corazón ha echado a correr dentro de mi pecho. Creo que lamento que haya regresado. Creo que prefiero mi vida sin él. Me acerco lentamente hacia Gastón y él se pone en pie. No sé qué decirle. No sé qué quiero hacer.

—Hola, Leo.

Guardo silencio. Gastón tirita de frío. O quizá de tensión. Se le ve muy pálido y sus hermosos ojos aterciopelados están sombreados por oscuras ojeras. Siento una punzada de conmiseración, un húmedo eco de toda la ternura que antaño le tuve. En mi mano hormiguea el deseo de tocarle, aunque no sé si ansío golpearle o acariciarle.

—Lo he pensado mejor. Estoy dispuesto a regresar con vosotras... a pesar de la carta.

Se expresa con rígida dificultad, como si las palabras se negaran a salir de su boca. Es tan orgulloso. Sé lo que le está costando admitir su error. Aun así, sigo guardando dentro de mí demasiado rencor. No estoy dispuesta a facilitarle las cosas.

—Pues no sé si nosotras queremos que regreses.

Gastón cierra los ojos un instante y suspira.

—Está bien. Lo siento. Te pido disculpas.

Tiene la voz ronca, casi rota, y los temblores le sacuden visiblemente. Me conmuevo a mi pesar.

—Está bien. Puedes venir... pero tenemos que hablar.

En un impulso repentino y absurdo, estiro el brazo e intento acariciar su cara. Gastón se sacude y rehúye mi contacto con brusquedad, como si mi mano le quemara.

—Sí. Ya hablaremos —murmura con aspereza.

Su hosquedad me irrita nuevamente. Esta historia está acabada. Cuando lleguemos a Albi, debemos aclarar las cosas y separarnos.

Nyneve se acerca trayendo los caballos de las riendas:

—¿Y bien?

—Vámonos —digo de malhumor.

Gastón se dirige a Alegre, que está atado a un arbusto. El palafrén se encuentra totalmente cubierto de sudor. Babas blancas resecas se le pegan a los belfos como encajes.

—Pero ¿qué has estado haciendo? El caballo está agotado. ¿Has galopado durante toda la noche?

El alquimista se encoge de hombros y esquiva mi mirada:

—Lo siento. Estaba muy lejos cuando decidí volver. Y temía no poder alcanzaros.

—¡Maldita sea, Gastón! Pobre animal. Vamos a tener que ir al paso...

Alegre me mira con ojos suplicantes, como si quisiera decirme algo. Tengo hambre, tengo sed, estoy cansado.

—¿Ha comido?

—Sí... Bueno, no. Qué más da, vámonos. Haremos una jornada corta.

—¿Cómo que qué más da? Vamos a llevar el caballo al establo, Nyneve...

—¡Es tarde! Tenemos que irnos —se irrita Gastón.

—¿A qué vienen ahora estas prisas?
—Debemos alejarnos de aquí. Los cruzados no tardarán en atacar. Cuanto antes nos marchemos, más seguros estaremos. Sobre todo con la carta.
—Tú te lo has buscado, Gastón. La culpa es tuya.

Le arrebato las riendas del palafrén y regresamos a la cuadra. Busco al mozo de establos y le pago una carga de heno. Desensillamos a Alegre, le secamos y frotamos, le damos agua, le dejamos comer. Gastón se pasea ansioso y furibundo de una esquina a otra del lugar. Ensillamos de nuevo al palafrén y nos ponemos en marcha. Entre una cosa y otra, ha pasado con creces la hora tercia y el sol asoma ya sobre los árboles.

Cabalgamos en silencio, callados y enfadados. Gastón está inquieto. Mira constantemente alrededor y se remueve con incomodidad sobre la silla. Es un cobarde. Toco la faltriquera que he colgado de mi cinto: dentro está la carta. No sé por qué se preocupa tanto: en mi vida he hecho cosas mucho más peligrosas que ésta. Pero yo, claro está, soy un guerrero.

—Espera, Leola. Podemos acortar si cruzamos ese bosquecillo.
—¿Quieres que abandonemos el camino?
—Esta madrugada, cuando venía a buscaros, me perdí en la oscuridad y me pasé de la posada. Entonces descubrí que hay un sendero que atraviesa el bosque y va a caer sobre el próximo pueblo. Nos ahorrará por lo menos un par de leguas. Mirad, sale de ahí.

En efecto, a la derecha se ve claramente el comienzo de una vereda.

—No creo que debamos ir por ahí —dice Nyneve—. No sé, no me gusta.

Miro el sendero, que se dirige campo a través hacia los árboles. Por lo que recuerdo de cuando vinimos, el camino hace aquí una amplia curva hacia Poniente. Gastón debe de tener razón, nos ahorrará un buen trecho. Y Alegre está agotado.

—Está bien, ¿por qué no? Venga, Nyneve. Los caballos lo agradecerán.

Cogemos la senda, que es estrecha pero nítida. Avanzamos en fila de a uno, con Gastón delante y Nyneve en último lugar, porque no cabemos a la par. Entramos en la espesura; es un bonito bosque de fresnos, arces y robles. El sol se cuela entre las ramas e ilumina las hojas que el otoño ha pintado de amarillo. Huele a tierra, a madera, a musgo fresco. Qué sitio tan hermoso. Siento que se me levanta el ánimo y me alegro de haber tomado esta ruta.

Súbitamente, algo pesado y duro me golpea la espalda. Pierdo el equilibrio, intento aferrarme a mi bridón. Ante mis ojos, salido de no sé dónde, un individuo armado trata de sujetar las riendas del caballo. Fuego se alza de manos. El peso que embaraza mi espalda tira de mí y me impide enderezarme. El suelo se acerca a mi cara vertiginosamente. La tierra me golpea. Me he caído y no puedo moverme. Sobre mí hay un hombre, dos hombres, tres. Me inmovilizan en el suelo; uno de los soldados, pues eso son nuestros atacantes, me quita el cinto con las armas. Y con el documento, pienso angustiadamente. Me levantan de un tirón. Están retorciendo mis brazos a la espalda de tal modo que temo que me partan una muñeca. Miro alrededor: Gastón y Nyneve también han sido desmontados y apresados.

—Atadlos —ordena un guerrero con armadura.

Lleva el yelmo puesto y en su sobreveste blanca está pintada la cruz. Son las tropas del Papa. Me estremezco. Sujetan mis manos y mis brazos a la espalda con apretadas ligaduras de esparto que se hincan en mi carne y me hacen subir de nuevo en el bridón. Ahora veo que otro grupo de soldados se acerca con los caballos de los asaltantes: sin duda los dejaron en un sitio apartado para no delatar su presencia. Son por lo menos una veintena de hombres y entre ellos hay tres caballeros cruzados. Todos, incluso los soldados, llevan cabalgaduras: deben de tener prisa. Y, en efecto, partimos al galope, quién sabe hacia dónde. En cualquier caso, hacia el Este.

Voy rodeada de enemigos y el hombre que está a mi derecha lleva las riendas de Fuego. Intento pensar desesperadamente en un modo de escapar, pero no consigo encontrar la manera de hacerlo. Las ligaduras duelen como quemaduras en mis muñecas y mi mejilla derecha escuece y late: sin duda me la golpeé al caer al suelo. Ha sido una emboscada. Nos debían de estar esperando y se arrojaron sobre nosotros desde los árboles. Pero ¿cómo sabían que íbamos a pasar por allí? La cabeza me da vueltas y una piedra de angustia me oprime el pecho de tal modo que casi no puedo respirar. Miro hacia delante, allí donde Gastón cabalga, también maniatado, entre los soldados. No puede ser. No me puedo creer que haya sido Gastón. Tiene que haber sido una maldita casualidad. Los cruzados nos deben de haber visto desde el bosquecillo al tomar el sendero... Tal vez hayan apresado a la señora de Lumière, tal vez supieran de nuestra encomienda y nos estuvieran buscando... No, desde luego que no, es imposible que el pobre Gastón tenga la culpa.

Galopamos sin que nadie diga una palabra durante casi media jornada. A nuestro paso, aldeanos y viandantes corren a esconderse: la visión de los cruzados produce espanto. Al cabo, encontramos un retén de soldados papistas y, un poco más allá, vemos un campamento militar, las tiendas de lona blanca, las enseñas flameantes con la cruz roja y el aún más aterrador blasón amarillo y negro con un puño dorado: la divisa del cruel carnicero de la Iglesia. Estamos en el acuartelamiento de Simón de Montfort. La boca se me seca y un agudo ataque de pánico me nubla la vista. Pienso en el macabro desfile hacia Cabaret. Las narices y los labios rebanados. Los ojos perforados con feroces espinas. Un calor húmedo se extiende por mi entrepierna. Me he orinado. Recuerdo aquella única otra vez que también me oriné, hace ya tantos años, cuando tuve que enfrentarme a Guy, el gigante inocente, aquel niño eterno a quien yo tomaba por un pavoroso guerrero. También yo era a la sazón casi una niña. Ha pasado tanto tiempo desde entonces. Y han sucedido tantas cosas. Inspiro profundamente varias veces, intentando calmarme. Tengo que estar a la altura de mi Maestro. Tengo que estar a la altura de lo mejor que siempre he soñado para mí misma. Si otros han soportado el sufrimiento, yo también lo soportaré. No me queda más remedio. Piensa, Leola: las cosas ocurren en el tiempo, duran un instante y luego se acaban. Todo termina, incluso el dolor y la tortura. Es cuestión de aguantar durante un rato... y luego llegará la muerte dulce y compasiva. Que mi Maestro no se avergüence de mí, si puede verme desde algún lugar del cielo o de la memoria. Tengo que comportarme como un auténtico guerrero.

Nos hemos detenido delante de una de las tiendas. Me desmontan de un empujón y caigo de rodillas sobre el suelo.

—Mi Señor, aquí están los espías —dice el cruzado que viene con nosotros y que parece comandar el grupo.

Alzo la cara y miro a la persona a la que el caballero se dirige. Es un hombre de hierro de mediana altura, corpulento y cargado de hombros. Su rostro muestra un desagradable desequilibrio entre una mandíbula colosal, apenas recubierta por una barba rala del color de la paja, y una pequeña frente estrecha y huidiza. Los ojos hundidos, muy negros y brillantes, serían hermosos si no mostraran una mirada tan dura y tan ávida. En el pecho de su sobreveste, el puño bordado en hilo de oro.

—Bien. Muy bien.

El cruzado le da a Simón de Montfort mi cinto con la espada, el cuchillo y la faltriquera. El Vizconde desengancha la bolsa y tira al suelo lo demás. Saca el pergamino, rompe los sellos con gesto impaciente y comienza a leerlo. Pobre señora de Lumière. Pobre Violante. Pobres todos nosotros. He fallado, y en este instante eso me angustia todavía más que la certidumbre del horror que me espera.

Montfort sonríe. Una boca inmensa en su inmensa quijada. Dientes poderosos y afilados hechos para triturar y desgarrar.

—De manera que la señora de Lumière se había enterado del movimiento de nuestras tropas y de nuestro plan de ataque... Qué pena que mi amigo Trencavel no pueda disponer de esta información. Muy interesante. Ya investigaremos de dónde salió la filtración. En cuanto a vosotros...

Montfort se detiene y se nos queda mirando con ojos maliciosos. Se divierte. Le alegra nuestro miedo. El Señor de la Muerte se alimenta de espanto. Pienso, por un instante, en lo que sucederá cuando descubra que soy una mujer. Siento que vuelve a crecer el pavor dentro de mí. Trago saliva e intento controlarme. El infierno es este mundo, como decía el viejo De Nevers. El Vizconde saca su daga del cinto y se acerca a nosotros lentamente. Narices cortadas, ojos reventados: mi carne se estremece de un dolor presentido. Virgen Santísima, quiera Dios que lo aguante, quiera Dios que sea rápido. Montfort da una vuelta en torno a nosotros tres como un lobo hambriento. La hoja del puñal brilla en su mano. Y de pronto... ¿qué hace? ¿Está acuchillando a Gastón? No... ¡No! Ha cortado sus ataduras. A mi lado, el alquimista se frota las muñecas.

—Que paguen a este perro su dinero y que se marche —ordena el Vizconde.

Un cruzado le arroja una bolsa de cuero que Gastón no atina a atrapar. La bolsa cae al suelo, tintineante, y el alquimista la recoge. Le miro con ojos desorbitados. Hiel en mi boca, hielo en mis entrañas.

—¡Miserable! —ruge Nyneve.

—Cómo..., cómo has podido... —balbuceo.

Pálido y tembloroso, Gastón rehúye mi mirada. El Vizconde suelta una carcajada.

—¡Pero por qué! —grito.

—¿Por qué? ¡Tú te lo ganaste! ¡Te dije que no lo hicieras! ¡Te lo advertí! ¡No nos iba nada en esta guerra! ¡Y yo tengo una misión! ¡Me debo a mi trabajo, que es mucho más importante que nada! ¡Más importante que tú, maldita sea! ¡Y gracias a este dinero podré completarlo! —aúlla Gastón, fuera de sí, el rostro escarlata, las venas de su cuello hinchadas y vibrantes.

Nyneve le escupe. El lapo cae en el labio inferior del alquimista, en esa hermosa boca que tantas veces besé. Venenosa boca de serpiente. Gastón se seca con el dorso de la mano y, sin mirarnos, se sube a mi buen Alegre y sale al galope. Montfort aplaude, agitado por la risa.

—Estupendo espectáculo. Mejor que el de muchos bufones, os lo aseguro... Verdaderamente creo que podríais resultar muy entretenidos. Mucho. Se me ocurren varias diversiones, a cual más exquisita, para jugar un poco con vosotros... Pero, por desgracia, he prometido a un buen amigo que os entregaría a él. Parece estar muy interesado en vosotros, no sé por qué...

De la tienda sale un hombre alto envuelto en hábitos flotantes. Es fray Angélico.

—No es por mí, mi Señor —dice el fraile haciendo una pequeña reverencia—. Es por mi Señora, la Duquesa. Ella es quien desea hacer justicia...

—Está bien, está bien. No podemos defraudar a la Duquesa, que es tan buena aliada, tan gentil defensora de los colores de la Iglesia. Sacad cuanto antes a estos herejes de mi vista —dice Montfort, repentinamente serio y malhumorado.

Y, dando media vuelta, desaparece dentro de la tienda.

—Fray Angélico... —digo.

Pero el religioso pasa junto a mí sin siquiera mirarme.

—Ya habéis oído al Vizconde. Vámonos —ordena a los soldados.

Vuelven a subirnos a los caballos y en pocos instantes queda organizada una nueva partida de una docena de hombres. Salimos del campamento con fray Angélico al frente y, en el cruce de caminos, enfilamos en dirección al Noroeste. Creo que vamos hacia el castillo de Dhuoda. Tanto tiempo sin volver por allí. Tantos años sin verla. La angustia, la vergüenza y la confusión oprimen mi pecho, pero en el fondo de ese revoltijo de sucias emociones brilla una pequeña y punzante esperanza. Nos hemos salvado de Montfort. Hemos escapado del gran carnicero. La esperanza arde y crece, calentándome el ánimo. Todavía estoy viva y entera y, lo que es más, deseo vivir. Tengo que salir de todo esto para poder matar al alquimista.

Apenas puedo reconocer el castillo de Dhuoda cuando vuelvo a verlo, pesadamente plantado sobre su colina. Antes era una fortaleza a la vez sólida y liviana, algo tan resistente, hermoso y aéreo como los nidos de las águilas sobre las rocas. Pero ahora han sido añadidos gruesos bastiones, torretas defensivas, murallas de refuerzo. Robusto, informe y feo, el castillo se aferra al suelo como una vieja muela de caballo a la quijada. Su sola visión produce una sensación brutal y opresiva, magnificada por la negra nube que truena sordamente sobre la fortaleza. Alrededor, el cielo se ve despejado; pero en el castillo de Dhuoda llueve y el mundo es un lugar húmedo y sombrío. A mi lado, el joven soldado que nos ha alimentado y se ha ocupado de nuestras necesidades durante el viaje se estremece y se santigua:

—Ya sé que la Dama Negra es una de las grandes aliadas del Padre Santo, pero esto tiene que ser cosa del Maligno... —murmura asustado.

Le miro inquisitivamente. No quiero preguntarle de manera directa porque temo comprometerle si le hablo: es un buen muchacho y ha intentado suavizar las duras condiciones de nuestro cautiverio. Pero le miro, y él me mira a su vez, quizá contento de poder explayarse con un hereje que no va a escandalizarse por lo que él diga:

—Siempre llueve sobre el castillo de la Duquesa. Da igual el tiempo que haga en otras partes, ahí encima siempre hay una tormenta... Eso no es normal... Que Dios nos proteja —susurra, volviendo a persignarse y separándose después bruscamente de mi lado, como avergonzado de sus confidencias con el enemigo.

En efecto, ahora estamos entrando ya bajo la línea de la lluvia. Que es caudalosa y está helada. El agua se me cuela por el cuello, gotea de mis cejas, empapa las ligaduras de mis entumecidos brazos. Las rozaduras de mis muñecas escuecen al mojarse. Atravesamos el puente levadizo, cuyos gruesos tablones parecen medio podridos y están recubiertos de verdín. Han construido una nueva puerta ante el portón antiguo, y entre ambos queda una especie de vestíbulo que en realidad es una trampa militar: al pasar miro hacia arriba y veo un enrejado, a través del cual pueden echar aceite hirviendo sobre los atacantes. El patio de armas, en el que fui nombrada caballero hace tantos años, sigue más o menos igual, aunque bajo la oscuridad de la nube y el inclemente azote de la lluvia parece más inhóspito y pequeño. Las almenas del cuerpo principal del castillo están llenas de picas, y las picas de cabezas ensartadas: se ve que la Reina de los Cuervos ha decidido seguir alimentando a sus alados siervos. Creí que nunca regresaría a este lugar. Ahora que estoy aquí, me siento atribulada por la incertidumbre de lo que pueda pasarnos, pero también, debo reconocerlo, excitada ante la idea de volver a ver a Dhuoda. ¿Qué habrá sido de ella? Me pregunto si seguirá siendo igual de hermosa. Y si, pese a todo, me seguirá queriendo.

El castillo está lleno de mercenarios: vivaquean dentro de la fortaleza como si se encontraran en campo abierto. Los magníficos suelos de piedra, antaño pulidos y adornados con alfombras, están ahora recubiertos por una sucia capa de paja podrida. Los hombres de hierro acampan desordenadamente, reunidos según sus procedencias: veo a los bretones de salvaje aspecto, con sus formidables arcos largos; y veo a los lanceros suizos, agrupados por comarcas bajo sus enseñas, el toro de Uri, la gamuza de los Grisones, engrasando sus invencibles alabardas, esa mezcla letal de pica y hacha. Han encendido fuegos de leña sobre el suelo y el humo se acumula en las estancias haciendo el ambiente casi irrespirable. En el otrora refinado salón de banquetes, los caballos mordisquean grandes brazadas de heno. Huele a cuadra, a excrementos, a sudor, a hollín. No queda ningún paje en el castillo de Dhuoda, ningún mueble fino, ningún hachón encendido: la única iluminación proviene de las hogueras. A su luz temblorosa, constato que los muros siguen recubiertos con lo que parecen ser los restos de los lutos del día de mi investidura, sucios jirones desgarrados y descoloridos. Hay un ambiente rudo y peligroso, un latido de violencia sorda, la tensa vigilia de los hombres de hierro que saben que quizá no alcancen a terminar con vida el día siguiente. Veo todo esto con el corazón encogido mientras atravesamos las estancias a toda prisa, escoltadas por cuatro soldados y en pos de las atléticas zancadas de fray Angélico. Al cabo nos detenemos frente a unas puertas dobles: si la memoria no me engaña, es el salón ducal. El religioso golpea la hoja de madera con el puño.

—Entrad.

El salón es el único cuarto aún reconocible del antiguo castillo. Aquí también han desaparecido los tapices y las ricas alfombras, pero el suelo está limpio de paja y el aire es respirable, porque el fuego crepita dentro de la gran chimenea, librando el lugar de humo. El sillón ducal sigue situado sobre los escalones de piedra, en la parte Norte de la estancia; a la izquierda, junto al muro, veo una cama dispuesta, un pequeño catre de campaña: se diría que Dhuoda ha trasladado su alcoba a este lugar. Unas cuantas bujías en un candelabro iluminan el centro de la habitación. Al fondo, entre las sombras, una figura oscura vuelta de espaldas. El pulso se me acelera y la sangre me zumba en los oídos: sin duda es la Duquesa.

—¿Y bien? —pregunta la figura con una voz extrañamente ronca que, sin embargo, todavía reconozco.

—Aquí están, Dhuoda. Como me pediste —contesta el fraile.

La Duquesa no dice nada, pero en el silencio me parece escuchar un hondo suspiro. Al fin se vuelve hacia nosotros. Con lentitud. Ahora está de frente. Casi no la distingo, pero su rostro brilla fantasmagóricamente blanco en la penumbra.

—Que se acerquen a la luz —ordena.

Los soldados nos empujan hacia el candelabro. Desde el fondo del cuarto, Dhuoda avanza hacia nosotros paso a paso, emergiendo de las sombras como el ahogado emerge de las negras aguas de un pantano. Y su visión resulta tan terrorífica que tengo que hacer un verdadero esfuerzo para que mi expresión no lo denote. Viste de la manera más extraordinaria que pensarse pueda: lleva unas amplias faldas de brocado de seda, tan negras y brillantes como el azabache, pero tan inusitadamente cortas que, por abajo, asoman sus piernas, envueltas en malla de hierro y protegidas por sólidas grebas metálicas de guerrero. En cuanto al cuerpo, lo lleva revestido, hasta la cintura, en una apretada armadura de una condición que jamás he visto: no está confeccionada con eslabones, sino con placas grandes y duras de metal, articuladas ingeniosamente en los hombros de tal modo que puede mover los brazos con comodidad, si bien entre chirridos. Bajo el hombro derecho lleva adosado a la coraza un agudo punzón, un temible estilete, quizá encargado de buscarle el corazón al enemigo en el curso de los combates cuerpo a cuerpo. Colgando del cuello, un espléndido e inadecuado collar de perlas blancas. Toda su armadura es negra como la pez, pulida y espejeante. También su cabello sigue siendo muy negro, una melena despeinada e hinchada que le sale de la mitad del cráneo, pues ahora se depila demasiado el nacimiento del pelo. Aunque quizá lo que suceda es que lo esté perdiendo, tal vez se esté quedando calva, ahora que me fijo su cabello posee una textura horrible, sin duda se lo tiñe, ese negro reseco y pegajoso no es normal. Mi bella Dhuoda, ¿qué ha pasado contigo? Han transcurrido más de tres lustros y ahora debe de tener unos cuarenta y cinco años, pero aun así se ha estropeado demasiado. Parece una vieja, o quizás un viejo: esta turbadora mezcla de sayas de seda, collares de perlas y armaduras feroces le otorga una inquietante imprecisión sexual, un lugar indefinido entre el varón y la hembra. Pero lo peor es su rostro. Su pobre rostro, recubierto de un cuarteado emplasto de yeso y plomo con el que se afana inútilmente en blanquearlo. Los ojos, dementes y enrojecidos, están repintados con los tiznones del kohol bereber y, cuando habla, la boca se abre como una herida rosada en medio de la pálida y grisácea máscara de sus afeites.

Contemplo toda esta devastación mientras Dhuoda, a su vez, me contempla a mí. Me escruta en silencio durante largo rato, con una mirada en la que no soy capaz de reconocer ningún sentimiento. Levanta mis manos, que ahora llevamos Nyneve y yo atadas por delante del cuerpo para poder manejarnos mejor durante el viaje, y observa con atención mis dedos mutilados. Sus ojos relampaguean. ¿Lamenta mis heridas? ¿O acaso las celebra? Súbitamente tengo la sensación de que la Duquesa está buscando síntomas de mi deterioro. Quiere comprobar si el tiempo ha sido tan cruel conmigo como con ella. Quiere verme y no reconocerme, no desearme. Pero no lo consigue. Lo veo, lo noto. Siento la caricia de sus dedos cálidos y secos sobre mis dedos. Y en sus ojos arde la misma Dhuoda de siempre. Toda esa fragilidad y esa dureza.

—Duquesa... —susurro, conmovida a mi pesar.

La Dama Negra deja caer mis manos violentamente. Reprimo un gesto de dolor: tengo las muñecas desolladas, los brazos agarrotados.

—No te he dado permiso para hablar, hereje.

—Sólo quería agradeceros que nos hayáis sacado del campamento de Simón de Montfort. Es un nuevo favor que os debo.

La Duquesa ríe desganadamente. Sus dientes están ennegrecidos y deteriorados, sin duda a causa del envenenamiento producido por los afeites de plomo y de mercurio.

—Tú no me debes ningún favor. No te conozco, hereje. No sé quién eres. Y mañana te quemaré en la pira.

—Si eso es así, ¿por qué vino fray Angélico a buscarnos de vuestra parte? Duquesa, yo sí sé quién sois vos. Y os recuerdo muy bien.

Dhuoda cierra los ojos y su rostro-máscara se crispa. Pequeñas grietas recorren la capa de ungüento.

—Tú recuerdas a la Dama Blanca. Y esa mujer no existe. Yo soy la Dama Negra y carezco de memoria. Te mandé traer para probarme. Te mandé traer para medirme. Y estoy satisfecha, porque he comprobado que el odio es más fuerte que el amor. Mi odio me hace pura, perfecta y poderosa. Y cuando te vea morir mañana, extirparé el último residuo de mi necesitada y deleznable humanidad, como quien cauteriza una pústula con un hierro al rojo. Mañana desaparecerá tu pobre carne y con ella las ruinas del recuerdo que te tengo. Y será como si nunca hubieras nacido.

—No te creo, Dhuoda. Uno no puede evitar ser lo que ya ha sido. La Dama Blanca sigue ahí, atrapada bajo esa sucia pasta con la que te deformas y te escondes. Sé que hay en ti algo bueno, pese a todo. Recuerdo tu generosidad. Y la dulzura de las tardes felices.

La Duquesa sonríe sarcásticamente:

—Mi pequeña Leo..., ya no tan pequeña, porque el tiempo también ha pasado por ti. Ya no eres esa muchachita luminosa que yo conocí... Ahora eres ya todo un caballero, aunque debo reconocer que todavía mantienes tu atractivo. Pero sigues siendo una sierva ignorante. ¿De verdad crees que guardo en mi interior el más mínimo vestigio de lo que tú llamas bondad? Que no es más que fragilidad, impotencia y herida. No tienes ni idea de lo que es el odio. Es una dura y exuberante zarza que lo llena todo, que asfixia cualquier pequeña duda emocional, que te salva de tus míseras necesidades. En mi odio me basto y soy feliz. Mi corazón es de un hierro tan templado y tan negro como el de esta coraza, e igual de impenetrable. Tus palabras me dan risa. Son para mí como el canto de un grillo, inocentes e incomprensibles. No te servirá de nada apelar aduladoramente a mi supuesta generosidad. No te he sacado de las manos de Montfort para salvarte, sino para recuperar lo que siempre fue mío... Porque debo reconocer que antes he mentido... He dicho que la Duquesa Negra carece de memoria, y no es cierto. Hay dos personas cuyo recuerdo hiere y obsesiona a la Duquesa de tal modo que le impide dormir en las noches oscuras... Una es Pierre, mi hermanastro, principio y fin de todo, pues solamente existo para matarle. Y la otra eres tú. Yo te creé y te regalé una vida; pero tu existencia me molesta, es como el zumbido de un moscardón que recuerda el calor de los veranos perdidos. Y yo he decidido vivir en el invierno, en la lluvia perpetua y el poderoso frío. De manera que, tal como te di la vida, ahora se me antoja arrebatártela. Es mi prerrogativa y mi derecho.

Debería sentir miedo, pero siento furia:

—¿Para eso me has traído, entonces? ¿Para que me humille? ¿Quieres verme rogar por tu perdón? Me asusta el dolor y no quiero morir, pero no rogaré.

—Cálmate, Leo. No caigas en su trampa —dice Nyneve a mi lado.

Pero yo no hago caso:

—Hace muchos años ya supliqué por la vida de otro, y ni siquiera entonces pudiste ser clemente. Porque para ser clemente hace falta ser fuerte de verdad. No es el odio, son el miedo y la debilidad los que te han convertido en el monstruo que eres. Me das pena, Dhuoda.

Sus ojos se encienden con un fuego colérico. Me mira en silencio y luego da un brusco tirón de mis manos trabadas. Me muerdo los labios ahogando un gemido.

—Pobre Leo, ¿tus ataduras te hacen daño? —dice suavemente—. Te propongo un juego... Siempre nos gustó jugar, ¿recuerdas? Aquí tienes las velas de este candelabro... Si eres capaz de quemar tus ligaduras con la llama, desataré también a Nyne y os regalaré una confortable última noche. Una buena comida, buenos lechos, incluso un agradable baño de agua caliente. ¿Te atreves a jugar, señor de Zarco?

Pienso rápidamente. La cuerda es de esparto y podría arder con facilidad, pero está muy mojada por la lluvia. Aun así, ansío liberarme de esta soga cruel que se clava en mis carnes, y, además, siempre puede haber más posibilidades de defensa si no estamos atadas. Pero ¿cumplirá Dhuoda su promesa?

—¿Te atreves, o no?

La burla en su voz, el reto en sus ojos. Aunque se trate de un engaño, tengo que hacerlo. Tengo que borrar esa sonrisa irónica. Tomo aire profundamente y estiro los brazos. Mejor aguantar en lo más caliente de la llama. Mejor no dudar y perseverar, será más breve. Coloco mis muñecas sobre el cirio. El dolor es tan agudo, tan sorprendente, que no lo puedo soportar y retiro las manos. Dhuoda ríe. Vuelvo a tomar aire, contengo la respiración y pongo una vez más las muñecas sobre la llama. Los ojos se me llenan de lágrimas. Debo hacer acopio de toda mi voluntad para no retirar los brazos. La soga humea y luego chisporrotea. Huele a carne quemada. No puedo más. Quiero gritar. La cuerda empieza a arder. Doy un tirón y se rompe. Rizos de llameante esparto caen al suelo. Aparto las manos de la vela. Duele tanto que estoy a punto de desmayarme. Pero estoy libre.

La Duquesa me mira largamente con sus ojos pintarrajeados y su fúnebre rostro del color de la ceniza. No sé qué piensa. No sé qué siente. De pronto, alarga su mano derecha y coloca la palma sobre la vela. De nuevo el nauseabundo olor, el crepitar horrible. Dhuoda permanece impasible: ni un gesto en su cara, ni un temblor en sus dedos extendidos. Los instantes pasan y ella sigue abrasándose la mano, mientras me contempla con una mirada tan fija que ni siquiera parece parpadear. Es un espectáculo insoportable.

—Duquesa..., por favor. ¿Acaso queréis emular a Puño de Hierro? —le digo con la voz estrangulada.

—No te inquietes, Leo..., ella disfruta con esto. Está loca —gruñe Nyneve.

Lentamente, como si saliera de un sueño, Dhuoda retira la mano de la llama y cierra los dedos sobre la herida con delicadeza, como si guardara en su palma una costosa joya.

—¿Visitaste alguna vez el pedazo de tierra que te concedí? —pregunta la Duquesa con voz suave.

—No.

—Lástima. Hubieras encontrado a muchas criaturas como tú, víboras rastreras que laceran la mano de quien les alimenta. Desata a Nyne, primo —ordena la Dama Negra a fray Angélico—. Alójalas separadas y bien vigiladas, pero en aposentos confortables. Y cuida de que estén bien atendidas. Mañana al amanecer las quemaremos. Recuerda, mi pequeña Leo, el dolor que produce la modesta llama de una simple vela… e imagina lo que será la mordedura de una violenta hoguera. Que este pensamiento entretenga tu noche, y que lo disfrutes. Porque mañana yo misma arrimaré la tea a vuestras piras.

Una cruel ironía del destino ha hecho que el lugar de mi encierro sea nuestra antigua habitación en lo alto de la torre circular. También hasta aquí han llegado los destrozos de este tiempo desatinado; los muros están tapados con sus consabidas y mustias colgaduras negras y una espesa capa de polvo y suciedad recubre todo, como si la estancia hubiera permanecido cerrada durante todos estos años. Pero los muebles siguen intactos, los fanales mantienen sus bujías y el gran lecho de plumas, aunque puerco y mohoso, continúa en medio de la sala. Alguien ha entrado a encender la chimenea: el rastro de sus pies está marcado sobre las losas polvorientas. Los leños crepitan y chisporrotean, irradiando una agradable tibieza. Rudos soldados, evidentemente malhumorados por tener que hacer labores ancilares, han traído una tina de cobre y agua caliente. También me han servido una comida abundante, tosca y pesada como almuerzo de mercenario. Incluso me han proporcionado grasa de cordero purificada para cubrir mis quemaduras. Tras el baño, vuelvo a vestir mi armadura de caballero. Una idea atroz atraviesa mi cabeza como un relámpago: no debería entrar en la hoguera recubierta de hierro, porque eso sólo puede alargar y aumentar el sufrimiento. Me esfuerzo en rechazar este pensamiento tan lúgubre: no debo rendirme, no puedo darme por vencida, tengo que concentrar todas mis energías en buscar un modo de escapar. Sin embargo, no es fácil. No sé dónde está Nyneve, carezco de armas, la puerta está guardada desde el exterior por una pareja de grisones y el tiempo se me acaba. La luna cruza con pasos veloces el pequeño horizonte de la ventana: la veo asomar de cuando en cuando tras las abigarradas nubes de la eterna tormenta. Sigue lloviendo de manera monótona e inclemente. Recuerdo ahora aquella otra noche en vela que pasé en este mismo cuarto, contemplando esta misma porción del firmamento. Otra víspera de muerte y de suplicio. De una agonía que no pude evitar. Y aún recuerdo antes, cuando esta alcoba era un lugar alegre y confortable, un paraíso de refinamiento, el comienzo del mundo para mí. Sí, Dhuoda tiene parte de razón: para bien y para mal, soy lo que soy también gracias a ella. O por culpa de ella. No consigo reconocerme en aquella Leola primeriza: admiré y amé a Dhuoda. A este monstruo. Y al terrible y fanático fray Angélico. Pero estoy perdiendo el tiempo. Mi único y último tiempo. Tengo que encontrar cómo salir de aquí, pero mi mente parece incapaz de albergar un solo pensamiento bien enhebrado. La angustia ha dejado mi cabeza ciega y sorda. Vuelvo a imaginar el cruel aliento de las llamas. El metal de mi armadura recalentado al rojo. Tengo que quitármela. Pero no, no puedo pensar en eso; el miedo debilita, como decía mi Maestro. Concéntrate, Leola: eres un guerrero y debes luchar.

—Y bien, Leo..., de nuevo tú y yo a solas...

Sumida en la zozobra de mis reflexiones, no he oído entrar a fray Angélico. Pero me vuelvo y aquí está, con los brazos cruzados sobre el pecho, apoyado en la puerta cerrada, sonriendo ladinamente. ¿Cuánto tiempo llevará ahí? El estómago se me encoge. El fraile me asquea y me da miedo. Durante las dos jornadas que tardamos en llegar hasta el castillo, fray Angélico no se dirigió en ningún momento a nosotras ni dio señales de reconocernos. Pero ahora su sonrisa dice lo contrario. Su sonrisa dice demasiadas cosas, y ninguna me gusta.

—Supongo que tú no opinarás lo mismo, pero yo me alegro de que estés aquí..., me alegro de volver a verte —dice.

Guardo silencio. El fraile se desgaja de la puerta y se acerca a mí. Los años han marcado sus rasgos más profundamente, como si hubieran grabado los surcos de su cara con cincel, pero esa nitidez y esa dureza no empeoran su apostura, antes al contrario: parece más hecho, más rotundo. Sigue manteniendo una forma física admirable, sigue siendo un hombre grande, musculoso y ágil, y esa constitución atlética, tan ajena a la vida sedentaria eclesiástica, me hace pensar en las necesidades y las exigencias de su cuerpo. Siempre fue un varón tremendamente carnal atrapado en la contradicción de su intolerancia religiosa. También él me está escudriñando atentamente, como Dhuoda. Agarra mi barbilla entre sus dedos y levanta mi cara hacia la luz.

—Mi joven caballero... Tiene razón mi prima, aún eres hermosa. Al principio me engañaste, pero enseguida empecé a sospechar que eras mujer. La pequeña Leo..., qué pena me da tu alma equivocada. Erraste el camino desde muy temprano. Vestirse de hombre ya es una abominación ante los ojos de Cristo. Sólo por eso te podrían haber quemado ciento y una veces. Y, luego, mi desdichada amiga, agravaste de modo repugnante tu pecado escogiendo el partido de los herejes. ¿Cómo hiciste algo tan horrible? Y tan estúpido, porque seréis aplastados irremisiblemente... Acabo de leer la copia del informe que Arnaud Amaury, el abad de Citeaux, ha enviado al Papa: «La venganza de Dios ha hecho maravillas: hemos matado a todos», dice Arnaud. La guerra os va muy mal, porque no se puede tener a Dios como enemigo. Mi loca y necia Leola... Y, sin embargo, te he visto crecer. Y parecías tan puro, tan inocente...

Fray Angélico me agarra por los hombros y me atrae hacia su pecho poderoso. Intento resistirme, pero es demasiado fuerte: me encuentro entre sus brazos, apretada contra él, mi cara enterrada en su tórax elástico y mullido, tan cálido a través de la lana de su hábito. Siento por un momento el deseo de dejarme llevar, de arropar mi aterimiento en su pecho protector, de sentirme aliviada y confortada por su abrazo titánico. Pero recuerdo quién es y lo que hace; recuerdo que sus manos están tintas de sangre. De modo que mi cuerpo permanece rígido y mi mente alerta.

—Mi joven caballero..., que Dios me perdone, pero siempre me ha atraído tu escondida feminidad en sus ropajes viriles... Esa pequeña mujer envuelta en duros hierros... como ahora.

Las manos de fray Angélico han empezado a acariciarme. Me mantiene aferrada contra él pero sus largos dedos se enredan en mis cabellos, descienden por mi cuello, me rozan la mejilla. Su voz enronquece y se hace más afanosa. Susurra en mi oído, calentando mi oreja.

—Eres mi tentación... Mi atractivo demonio... Y mi carne es débil y pecadora. Pero Dios, en su magnanimidad, sabrá perdonarme, porque dentro de unas horas morirás y no habrá posibilidad alguna de volver a caer en este vicio. Y con tu muerte, y con mi dolor al verte morir, pagaremos por nuestro acto de impureza...

—Suéltame. ¡Suéltame, te digo! —grito, debatiéndome inútilmente en el cepo de sus brazos.

—Ssshhh, espera, espera... Déjame que te goce... y que te haga gozar. ¿No quieres sentir tu cuerpo por última vez, antes de ir al suplicio? No temas..., esto no empeorará tu deuda con Dios, te lo aseguro. No hay nada peor que la herejía... y yo te absolveré después del pecado de la carne, si lo precisas... Déjame que te toque... y que te posea. Sé buena conmigo, y convenceré a Dhuoda para que te estrangule antes de encender la pira... Voy a entrar en ti, mi doncella de hierro... No finjas resistirte, sé que tú también lo quieres, mi demonio... Sé que también te gusto y me deseas... Te voy a poseer y a cambio te romperán el cuello y te librarás del tormento de las llamas...

La urgencia de su afán le ha vuelto medio loco. Su aliento quema mi piel, sus duras y ansiosas manos me hacen daño. En la refriega hemos ido retrocediendo hasta la pared: ahora me tiene aplastada contra el muro. Su robusto muslo está hincado entre mis piernas y su peso de hombre grande me inmoviliza. Agarra mi cara con una mano y la levanta: veo el relumbre febril de los ojos oscuros, la avidez de los labios que se acercan. Su lengua abre mi boca como un ariete, su lengua mojada y musculosa que choca con la mía, que se retuerce ahí dentro. Siento una angustia indecible, un ahogo de náusea, el horror ante ese cuerpo hermoso y aborrecible que antaño deseé y que hoy me violenta. Y entonces sucede. Lo hago sin pararme a pensarlo, lo hago antes de ser consciente de lo que estoy haciendo, es una respuesta defensiva animal, un movimiento de bestezuela acorralada. Clavo mis dientes en su lengua. Muerdo con toda mi alma, con todas mis fuerzas, con toda la desesperación de mis quijadas. Muerdo rápida y feroz hasta que mis dientes entrechocan y mi boca se llena de un líquido caliente. Un rugido inhumano y gorgoteante estalla en mis oídos: es fray Angélico, que se separa de mí demudado y aullando. Me lanza un formidable manotazo; lo esquivo y tan sólo me alcanza de refilón, pero es suficiente para tirarme al suelo. Gateo frenéticamente huyendo del religioso; escupo y veo caer sobre las losas el pedazo de lengua, el buche de sangre. Fray Angélico se agarra la boca con las manos y da tumbos chillando por el cuarto, medio cegado por el dolor. Busco alrededor con angustia y urgencia: a mi lado está todavía el pesado plato de hierro en el que me sirvieron la carne del almuerzo. Cojo el plato y golpeo la cabeza del fraile con toda la potencia de la que soy capaz. El hombre se vuelve y me mira muy quieto, los ojos desorbitados, las barbas llenas de cuajarones de sangre. Golpeo de nuevo. Fray Angélico se derrumba. Se me doblan las rodillas y me siento en el suelo, sin aliento, abrazada aún a la escudilla metálica.

Piensa, Leola. Piensa.

De pronto se me ocurre que los guardias de la puerta tienen que haber escuchado los gritos, las voces, el barullo de nuestro enfrentamiento. Deben de estar preguntándose qué ocurre y sin duda irrumpirán en el cuarto de un momento a otro. Me levanto de un salto y corro a agazaparme junto al umbral, con el plato en la mano, dispuesta a estrellar mi arma improvisada en el rostro del primero que entre. El corazón redobla en mi pecho locamente y pone un tronar de sangre en mis oídos. Transcurren pesados los instantes sin que nada suceda; pasa de hecho tanto tiempo que, de repente, caigo en la cuenta del dolor de mis brazos, demasiado agarrotados por la tensión. Bajo un poco el plato, sin entender qué ocurre. Aguzo la oreja y sólo oigo silencio. En el exterior no parece haber nadie. Pero eso es imposible. No me atrevo a abrir, porque eso me colocaría en total desventaja. Y, sin embargo, ¿qué otra cosa puedo hacer? No puedo permanecer encerrada aquí junto al descalabrado y mutilado fray Angélico hasta que vengan a buscarme para la pira.

Aguanto la respiración. Me parece haber oído algo al otro lado de la hoja de madera. Un susurro blando, un tintineo. Vuelvo a levantar la escudilla. Una pobre defensa contra gente armada. La puerta se entreabre ligeramente y se detiene, como si alguien dudara si entrar o no. Tengo la boca seca y el cuerpo dolorido. Un pequeño empujón, un chirrido de los goznes. Nueva parada. Qué violenta quietud, qué angustia insoportable. Al fin, todo se precipita. La hoja se abre y un soldado entra. Me abalanzo sobre él, pensando oscuramente que, como lleva casco, debo golpear sobre su rostro desnudo.

—¡Soy yo, Leola!

¡Nyneve! Intento detener mi acometida, pero el impulso me arroja sobre ella y ambas caemos al suelo, con gran ruido de hierros que entrechocan.

—¡Calla! —susurra Nyneve inútilmente, reclamando silencio después de la algarabía del metal.

Sin aliento, quietas y entrelazadas sobre las losas, escuchamos el aire. No se oye ningún ruido. Nos ponemos en pie con cuidadoso sigilo.

—¿Qué ha pasado? —cuchichea Nyneve, mirando el cuerpo ensangrentado de fray Angélico.

—¿Qué haces aquí? —respondo con voz queda.

Nyneve cierra la puerta.

—Me he escapado. Sonsaqué a uno de los guardias dónde estabas y...

—¿Cómo te has escapado?

—Hice un hechizo y... Oh, bueno, les soplé a mis carceleros unos polvos de dormidera que llevaba en el cinto... Tardarán varias horas en despertar. Pero ya no me quedaban más polvos y temía no poder librarme de tus centinelas.

—¿Qué has hecho con ellos?

—No había nadie. ¿Qué hacías tú aquí metida, con la puerta abierta y sin guardar? ¿Por qué no te has ido?

Debió de ser fray Angélico. Debió de ordenar a los grisones que se marcharan, temeroso de que fueran testigos de su impudicia.

—Ya te contaré. Ahora vámonos.

—Ponte esto que te he traído. Pasaremos más inadvertidas.

Ahora me doy cuenta de que Nyneve va vestida como un piquero suizo, con un peto de cuero reforzado de placas de hierro y un casco con nariguera. Y ha traído otro uniforme semejante para mí.

—Se los quité a los guardias a los que dormí... Date prisa.

Me despojo con dolor de mi vieja y buena cota de malla, tan ligera y resistente. Lamento abandonarla: es como dejar una parte de mí. Pero sé que Nyneve tiene razón. Me meto dentro de la coraza de cuero, que es demasiado ancha y huele a macho cabrío, a sudor rancio. También el casco me queda grande: la nariguera llega hasta la boca.

—Tienes un aspecto extraño, pero servirá —dice Nyneve.

Me ciño el cinto con la maza y el largo puñal de los piqueros, y salimos cautelosamente del cuarto, cerrando la puerta a nuestras espaldas. La escalerilla de caracol está oscura y vacía.

—¿No estarán mis guardianes esperando al pie de la escalera?

—Cuando yo he llegado no había nadie... Casi todo el mundo duerme, salvo los centinelas. Caminemos con naturalidad y sin esconder la mirada... Este castillo es un caos, como suele suceder cuando las fuerzas están compuestas por mercenarios de distintas banderas. Cada cual hace lo que quiere y no parece haber una gran fluidez en las comunicaciones. Creo que muchos de los soldados ignoran que hay dos prisioneros que mañana van a ser ajusticiados.

—¿Cómo vamos a salir del castillo? El portón debe de estar cerrado y el puente levadizo levantado.

—Sí..., eso es lo más difícil. Ya pensaremos algo.

Bajamos por las estrechas escaleras de la torre, tanteando nuestro camino entre las sombras, y salimos al amplio corredor en torno al patio de armas. El lugar está lleno de soldados; la mayoría, en efecto, duermen. Algunos conversan o juegan a las cartas en el amortiguado resplandor de las hogueras medio apagadas.

—Con calma, ya te he dicho. Naturalidad —sisea Nyneve.

Echamos a caminar entre los grupos con paso lento y gesto tranquilo, justo por mitad del corredor, sin evitar la luz de los declinantes fuegos. Por fortuna, el lugar está en penumbra y nadie parece prestarnos atención.

—Nyneve, no quiero irme sin Fuego. Vamos a buscar a los bridones.

—Es arriesgado, Leo..., pero quizá tengas razón. Quizá lo más osado sea lo menos evidente... y desde luego nos vendría bien un par de caballos.

Nos dirigimos hacia el gran salón, que, según vimos ayer, ha sido convertido en cuadra. Para nuestro asombro, no hay nadie guardando la puerta del lugar, nadie tampoco en el interior, cuidando de los jumentos. Muy seguros deben de sentirse dentro de la fortaleza, para que exista un relajo semejante. O quizá sólo sea una consecuencia más del desorden que reina en el castillo, que parece más un campamento de bandidos que el cuartel de un ejército. En el antiguo salón de banquetes hay una atmósfera espesa, un aire tibio que parece adherirse al rostro y ensuciar las narices con su punzante olor a cuero sudado y excrementos. Un par de hachones encendidos reparten más sombras que luz en la vasta estancia.

—Hay muchos animales y está muy oscuro... Nos costará encontrarlos, si es que están. Cojamos los dos primeros, no podemos perder tiempo —dice Nyneve.

—¡No! Espera...

Silbo quedamente mi llamada a Fuego: si está, me reconocerá. Y, en efecto, inmediatamente escucho un relincho y un golpear de cascos al fondo de la sala.

—¡Acabarán oyéndonos! —protesta mi amiga.

Corro hacia el lugar: aquí está Fuego, atado por tres cuerdas, un poco apartado de los demás caballos y con alguna señal de latigazos: sin duda se resistió a sus captores, como siempre hace con la gente extraña. Me abrazo a su recio cuello rojo, mientras el bridón cabecea de gusto y me babea.

—Calla, Fuego..., tranquilo, calla...

—Aquí está Alado —susurra Nyneve—. Vamos a ensillarlos.

Les ponemos las primeras gualdrapas y las primeras sillas que encontramos. Equipos modestos de estribos muy largos. Cabezales, bocados. Los animales se dejan hacer mansamente. Parecen contagiados de nuestro sigilo, como si entendieran lo que sucede. Los tomamos de las bridas y salimos con ellos por la puerta. Comenzamos a desandar nuestro camino por el castillo, con toda la lentitud y la naturalidad de que somos capaces. Ahora, con los caballos detrás y el ruido escandaloso de sus cascos, sin duda estamos llamando más la atención: los rostros se levantan desde las hogueras y alguno de los durmientes se remueve a nuestro paso, lanzando un juramento porque le hemos despertado. Pero siguen sin detenernos y sin decirnos nada. De pronto, un soldado viejo y curtido con la cara cruzada por una enorme cicatriz nos sale al paso. Nos mira con gesto agresivo y dice algo incomprensible en su dialecto de las montañas. Pongo mi mano sobre el puñal, pensando que es el fin: estamos rodeados de hombres de hierro. Pero, para mi pasmo, escucho que, a mi lado, Nyneve contesta en la misma lengua indescriptible y con el mismo tono de desprecio y violencia. El viejo suelta un bufido, da media vuelta y se marcha. Nosotras seguimos nuestro camino. Estoy temblando.

—No sabía que hablaras la lengua de los suizos...

—Todavía ignoras muchas cosas de mí, aunque no lo creas.

—¿Qué quería?

—Bah. Era un loco, o estaba borracho. Me ha preguntado que dónde estaba mi amigo Lotar, porque quería matarlo.

—¿Y tú qué has dicho?

—Que los grisones no tenemos amigos y que no sabía dónde estaba Lotar, pero que si quería pelea podía empezar con nosotros.

—Dios mío...

—No te quejes, Leola, ha funcionado...

Cruzamos el patio de armas bajo el monótono repiqueteo de la lluvia constante. El camino se me está haciendo interminable y tengo que contenerme para no correr. Sobre nuestras cabezas, las cargadas nubes empiezan a adquirir un tono grisáceo amoratado: el amanecer anuncia su llegada. Nos guarecemos bajo los grandes arcos que comunican el patio de armas con el patio de la entrada. Desde allí, arrimadas al muro y escondidas entre las sombras, atisbamos el panorama. Estamos llegando al perímetro exterior de las murallas y hay muchos hombres de guardia. Las puertas están cerradas, el puente levadizo levantado y un guerrero a caballo, apostado estoicamente bajo la lluvia junto a la puerta, está claramente al mando de la guarnición. Aquí no hay ni rastro de la somnolencia y el relajo del interior del castillo: todos los soldados parecen encontrarse atentos y vigilantes. Serán muy difíciles de engañar.

—¿Y ahora qué hacemos? —murmura Nyneve, pensativa.

Podemos esperar a que se haga de día, a ver si abren la puerta... y entonces intentar atravesar el puente al galope, antes de que nos maten los alabarderos o los arqueros. Pero las posibilidades de conseguir tal cosa son remotas, y, además, cada instante que pasamos en el castillo aumenta el riesgo de que nos descubran. Los guardias dormidos pueden despertarse, mis centinelas pueden regresar, fray Angélico puede volver en sí, si es que no le he roto la cabeza... Debí golpearle otro par de veces, antes de salir de la habitación. Sin contar con que, al amanecer, irán a buscarnos para ajusticiarnos.

—¿Has dispuesto la leña como te dije?

—Sí, señor. Bien colocada y atada en manojos para que no se desbarate, pero dejando pasar aire entre las ramas.

Las palabras han sonado justo junto a mi oído. Vuelvo la cabeza y descubro que estoy al lado de la tronera de uno de los estrechos cuartos de guardia. Miro por la abertura y, a la luz de una vela colocada en una hornacina, veo a un hombre mayor con ropas modestas. Tiene una cara redonda y bondadosa, nimbada por un halo de pelos blancos. Está sentado en un pequeño banco y mantiene entre las piernas un balde de madera medio lleno de un líquido espeso que remueve con un palo. A su lado, un muchacho se mantiene de pie con aire respetuoso. Su cabello y sus ropas están empapados y goteantes.

—Lo malo de este sitio es la maldita lluvia, que no cesa —se queja el viejo—. Luego la madera está tan mojada que no hay quien la prenda, y se organizan unas humaredas espantosas. Y las humaredas, te lo digo siempre, son muy malas. No sólo deslucen el espectáculo porque no hay manera de ver nada, sino que, además, pueden asfixiar a los herejes antes de que las llamas lleguen a tocarles.

—Sí, señor.

Me estremezco al reconocer de lo que están hablando. Nyneve, que también les ha oído, señala hacia un rincón del patio: ahí están nuestras piras. Dos grandes montones de leña rematados por las estacas en las que piensan atarnos. Que la Virgen Santísima nos ayude. Fuego cabecea, inquieto, y le rasco los belfos para que no haga ruido.

—Pero esta mezcla de brea y resina hace milagros, ya lo verás. ¡Que no se te olviden las proporciones! La próxima vez lo haces tú, para aprender. Untaremos los leños con este engrudo y verás cómo arden, así sea debajo del Diluvio. Aunque me parece que tendremos que volver a calentarlo, se está espesando demasiado... Seguramente la Señora querrá meter ella misma la primera tea, pero después ya sabes lo que tienes que hacer para encender tu pira...

—Sí, señor. Tengo que prender todo alrededor... y verificar de dónde viene el viento, para compensar con más fuegos la parte donde no sopla y conseguir que las llamas se eleven de forma regular.

—Eso es. Tranquilo, te saldrá muy bien.

—Señor... Se me ha ocurrido que tal vez podríamos untar también la ropa de los herejes con la brea... para estar más seguros, por la lluvia...

—Muy bien, hijo mío. Muy atinado —dice el viejo, sonriendo con afectuosa satisfacción—. Serás un buen verdugo.

Nyneve me da con el codo, reclamando mi atención:

—¡Están abriendo el portón y bajando el puente! —susurra.

—Es que ya ha amanecido. Esperarán público para la ejecución. Por Dios, tenemos que hacer algo...

—Sí... Ahora o nunca. Monta a caballo y sígueme.

Salimos al trote de debajo de los arcos y nos dirigimos, haciendo ostentosas señas, hacia el caballero que está al mando.

—¡Mi Señor! —dice Nyneve con fingida voz de fatiga y urgencia—. ¡Hay que volver a subir el puente y cerrar las puertas! ¡Los herejes han escapado!

—¿Escapado? ¿Cómo?

—¡Mi Señor fray Angélico me envía a deciros que clausuréis el castillo y reforcéis la guardia, y que luego acudáis a verle a sus aposentos para recibir instrucciones! ¡Se están organizando batidas para buscarlos en el interior de la fortaleza!

—¡Levantad el puente! —grita el caballero.

—¡Un momento, mi Señor! ¡También nos ha ordenado que salgamos a vigilar el perímetro, por si los herejes consiguen descolgarse de algún modo desde las murallas! ¡Os ruego que nos deis un par de hombres de refuerzo!

—¡A ver, tú y tú! —dice el guerrero, haciendo caracolear su caballo con nerviosismo y señalando a dos de los soldados más próximos.

Los hombres se apresuran a ponerse a nuestro lado.

—¡Marchaos de una vez, para que pueda cerrar! —gruñe el caballero.

—¡Sí, mi Señor!

Salimos galopando a toda velocidad por el mohoso puente, seguidos por los piqueros, que corren cuanto sus piernas les permiten. Ni siquiera nos volvemos cuando escuchamos el pesado batir de los portones y el rechinar de las cadenas del puente al levantarse. Y tampoco miramos para atrás cuando los piqueros, desconcertados y abandonados a su suerte extramuros, hartos de correr inútilmente detrás de nosotras, empiezan a llamarnos y a gritar a nuestras espaldas. Al pie de la loma escuchamos el silbido de las primeras flechas: pero nos hallamos demasiado lejos y no nos alcanzan. Cuando estamos entrando ya en el bosquecillo oímos el estridente toque de alarma de las trompetas. Y nosotras continuamos galopando, continuamos volando hacia el nuevo día a lomos de nuestros rápidos bridones.

Llevamos huyendo desde el amanecer, sin comer y sin beber, y ya ha vuelto a caer sobre nosotras el oscuro aliento de la noche. Los caballos están a punto de reventar: cojean y apenas pueden mantener un trote desparejo. Siento dolor ante el dolor que mi pobre Fuego está soportando, pero lo cierto es que no podemos detenernos. Llevamos detrás varios batallones de mercenarios; han estado a punto de atraparnos un par de veces, y sin duda andan peinando la región para encontrarnos. No podemos seguir así. Hay que hallar un lugar donde esconderse.

—¿La cueva de San Caballero? —aventuro.

—¿Tú estás loca? Se encuentra demasiado lejos y, además, está llena de fieles... O sea, de fanáticos, que enseguida delatarán la presencia de un par de supuestos herejes. No... Tengo una idea. No sé si saldrá bien... pero es nuestra única oportunidad.

Estamos regresando sobre nuestros pasos por una vega primorosamente cultivada. Vamos campo a través, para intentar huir de los caminos transitados. Al fondo de un viñedo veo levantarse una gran masa oscura, recortada contra el cielo estrellado. Si no me he orientado mal, creo que es la abadía de Fausse-Fontevrault.

—¿Estás pensando en ir a la abadía? —me inquieto.

—Exactamente. Es una carta un poco desesperada, ya lo sé, pero no tenemos muchas opciones.

—Pero son papistas..., nos entregarán...

—No lo tengo tan claro... Es un lugar muy especial. Por lo pronto, fue fundada por un ermitaño bretón, Robert d'Arbrissel, a quien conocí bien. Era un hombre singular que decidió crear aquí un monasterio mixto, a imagen de los monasterios celtas como Kildare.

—¿Cómo un monasterio mixto? ¿Quieres decir que hay hombres y mujeres?

—Exactamente. En alas separadas, pero sí, hay monjes y monjas. Y no es el único monasterio doble que existe, aunque sí el más importante. Además, está regido por una mujer. Si no ha muerto, la abadesa de Fausse-Fontevrault debe de seguir siendo Matilde de Anjou. Una antigua dama noble, muy amiga de la reina Leonor. Como ves, es un lugar muy poco ortodoxo... Siguen manteniéndose dentro de la obediencia al Santo Padre, pero, con la ayuda y protección de la Reina, siempre se las arreglaron para preservar cierta independencia... Veremos ahora hacia qué lugar caen sus lealtades...

Hemos llegado ya a la entrada de la abadía, que es un monasterio fortificado, de gruesos muros reforzados, minúsculas ventanas y portón recubierto con placas de hierro. Junto al dintel, una pequeña hornacina con una imagen de la Virgen, una lamparilla de aceite encendida y una campanita colgando de una cadena. Desmontamos y tocamos la campana: su sonido resulta estruendoso en el silencio de la noche y del dormido monasterio. En el fondo de la hornacina hay una leyenda escrita con elaboradas letras de vivos colores: «Dios bendiga esta casa». El fresco está recién hecho, o repintado. Es un trabajo delicado que ha debido de llevar mucho tiempo. Ese lento y sencillo tiempo de los monjes, esa vida quieta y protegida por la que ahora siento, de repente, una punzada de envidia. Estoy cansada, muy cansada. Tan cansada como mi pobre Fuego. Y nadie contesta a nuestra llamada. Volvemos a hacer sonar la campana: terminaremos despertando a toda la vega, y tal vez atrayendo a nuestros perseguidores hasta aquí.

—La paz del Señor sea con vosotros, hermanos soldados. ¿Qué os trae a estas horas por aquí?

Una voz de hombre sale inopinadamente de las sombras. Buscamos a nuestro alrededor y al fin advertimos que, sobre la puerta, se ha abierto un ventanuco, y por él asoma el rostro flaco y barbudo de un monje.

—Que Dios os bendiga, gracias por responder a nuestra llamada. Necesitamos hablar con Matilde de Anjou... —dice Nyneve.

—Nuestra Madre Abadesa duerme. Yo soy el hermano portero. Decidme a mí lo que deseáis.

—Hermano, perdonad, pero verdaderamente necesitamos hablar con la Madre Abadesa.

—Regresad entonces cuando se levante, con el toque de laudes... Bastará con que esperéis unas pocas horas, el amanecer llegará pronto.

—Puede que el amanecer no llegue nunca para nosotros. Hermano, no somos soldados. Conocí hace muchos años a vuestro fundador, Robert d'Arbrissel, y conocemos a la reina Leonor. Nos urge hablar con Matilde de Anjou. Os aseguro que es una cuestión de vida o muerte.

El monje parece reflexionar durante unos instantes y después cierra el ventanuco sin añadir palabra. Miro a Nyneve con desolación. Me siento estúpida aquí parada, frente a la puerta cerrada de la abadía, en mitad de la oscuridad, perdiendo un tiempo que no tengo sin siquiera saber si el hermano portero piensa regresar. En cualquier momento pueden aparecer nuestros perseguidores. Escucho atentamente el eco de la noche, por distinguir algún ruido de cascos. Pero sólo oigo el ulular de un búho, el crujido de madera de una contraventana mecida por el viento, el tembloroso roce de las ramas de un árbol. Alado relincha: parece un gemido casi humano.

Un cerrojo restalla al descorrerse y una pequeña puerta, cuyos perfiles no habíamos advertido, se abre en el portón. La luz de un fanal cae sobre nuestros ojos, deslumbrándonos. Un par de figuras oscuras salen al exterior entre un rumor de hábitos.

—Soy la Madre Abadesa. ¿A qué viene tanta urgencia?

Es una mujer alta y robusta de opulento pecho, apenas disimulado por el informe y austero sayal. Ha debido de vestirse a toda prisa, porque no lleva toca. Su cabeza, sólo cubierta por la cofia, es redonda y masiva. La boca grande, la nariz carnosa y un aspecto autoritario, colérico y seco. Ni siquiera está dispuesta a escucharnos. Nos hemos equivocado.

—Perdonad nuestra insistencia y nuestro atrevimiento, Madre, pero sois nuestra última esperanza. Él es el señor de Zarco y yo soy Nyne, su escudero... No, no es verdad. Somos mujeres, ataviadas de hombres por circunstancias de la vida. Ella es Leola, yo me llamo Nyneve. Esta mañana nos hemos escapado del castillo de la Dama Negra, donde íbamos a ser quemadas en la pira. Los soldados de la Duquesa y de fray Angélico nos persiguen. No hemos comido ni bebido en todo el día, y nuestros caballos ya no pueden más. Si no nos dais cobijo, nos atraparán y acabaremos en la hoguera. Os juro por Dios que no somos cátaras, pero nos consideran herejes porque...

—¡Callad! —la interrumpe la abadesa con gesto imperioso—. No digáis nada más. No quiero saber nada.

Suspira con irritación y luego prosigue:

—Vivimos tiempos malos y confusos. Tristes tiempos de inclementes hogueras y hombres sanguinarios. Dios, en su infinita bondad, no puede querer que su Palabra se imponga por medio del hierro, del fuego y la tortura. Venís a la abadía buscando santuario y, como cristiana que soy, no puedo negároslo. Os esconderé, y que Dios nos ayude. Pero no me contéis nada más sobre vuestra situación. Prefiero ignorarlo todo, porque yo no soy el juez de vuestras almas. Sólo soy un instrumento del Señor para intentar paliar tanto dolor inútil... Hermano Roger, lleva estos caballos al establo..., o mejor desensíllalos y dales de comer y de beber, pero mánchalos de barro y úncelos a la noria, para que pase desapercibida su planta de bridones...

Acaricio el cuello de Fuego, para que se tranquilice y se deje conducir por el hermano portero. El monje agarra a los caballos de las bridas y se dirige hacia la parte trasera del monasterio.

—Y vosotras seguidme. ¿Sabéis si vuestros perseguidores están cerca?

—No estoy segura, Madre. Nos venían pisando los talones. Pero tal vez los hayamos despistado. Y puede que no se atrevan a venir aquí...

—Oh, sí. Ya lo creo que se atreverán. Ya ha sucedido en otras ocasiones —contesta la abadesa.

Tras hacernos pasar al interior, ha cerrado la pequeña puerta con un pesado y ruidoso manojo de llaves. Ahora la seguimos por un largo pasillo, sólo iluminado por el bailoteante fanal que Matilde de Anjou lleva en la mano. La abadesa camina como un soldado, a toda prisa, dando rígidas zancadas con sus largas piernas. Desembocamos en un gran rectángulo de oscuridad que parece ser un claustro. Los pies de la abadesa repiquetean sobre las losas y a nuestro paso empiezan a emerger de sus celdas las caras pálidas y asustadas de otras monjas, sin duda alertadas por los campanillazos y el barullo.

—¡No pasa nada, hermanas! ¡Regresen a la cama! O, si no, pónganse a rezar por todos nosotros. Siempre vendrá bien. Tú no, hermana Clotilde. Ya que estás de pie, hazme el favor de traer agua y algo de comer al refectorio para nuestros huéspedes.

—Sí, Madre.

Entramos en el refectorio, una enorme sala desnuda y heladora, con dos largas mesas, bancos corridos y una rústica alacena de madera oscura arrimada al muro. Una monja joven que ha entrado con nosotras enciende un par de velas. Las tinieblas se repliegan al extremo más lejano del vasto aposento.

—Sentaos —ordena la abadesa.

Obedecemos al instante: sus palabras poseen un peso y una autoridad ineludibles. Ella, en cambio, permanece de pie, con los brazos cruzados, paseándose impacientemente de un lado al otro de la estancia. No nos atrevemos a decir nada y la monjita que ha encendido las velas también calla, parada junto a la puerta con la mirada baja. Al rato regresa la hermana Clotilde con una jarra de agua, un trozo de queso, dos rebanadas de pan negro y un cuenco de castañas asadas. Nyneve y yo bebemos con avidez de la jarra y nos abalanzamos sobre la comida. Ahora me doy cuenta de que estoy agotada de hambre y de fatiga. La abadesa, mientras tanto, continúa con sus paseos rápidos y furiosos.

Estamos terminando las castañas cuando oímos el repicar de la campana. Al mismo tiempo entra a todo correr en el refectorio una monja con el semblante lívido:

—¡Madre! ¡Soldados!

La campana sigue tintineando violentamente y empiezan a escucharse unos golpes sordos.

—Entretenedlos. Ahora voy. Tú, guarda todo eso en la alacena —dice la abadesa a la joven religiosa—. Y vosotras venid conmigo.

Echamos a correr detrás de ella. El claustro está lleno de monjas y monjes expectantes e inquietos.

—¡Volved a vuestras celdas! No habéis visto nada, estabais durmiendo. Por aquí...

Cruzamos una pequeña sala y la abadesa franquea una puerta de doble hoja labrada. Estamos en la iglesia del monasterio, una iglesia de planta rectangular y mediano tamaño. El altar, de piedra, está iluminado por cuatro lamparillas. El resto es penumbra, con oscuras sombras remansadas en las esquinas.

—Ocultaos aquí..., una a cada lado...

Matilde de Anjou nos coloca detrás de las hojas de la puerta, que se abren hacia dentro.

—No hagáis ningún ruido, oigáis lo que oigáis —nos ordena.

—Pero ¿vais a dejar la puerta así, abierta de par en par? —me inquieto.

—El mejor escondite es no estar escondido. ¡Silencio! —dice la abadesa.

Y desaparece a toda prisa. Oigo sus pasos alejarse y luego desciende sobre nosotras un silencio tenso y opresivo. No puedo ver a Nyneve, pero la imagino igual de agitada, igual de asustada que yo. Qué sensación de indefensión. Tengo la espalda pegada a la fría pared y la hoja de la puerta se cierne sobre mí, pesada y asfixiante. Me siento como si estuviera dentro de mi tumba. Tuerzo la cabeza y miro el lateral izquierdo de la iglesia, lo poco que me deja ver la estrecha abertura entre la puerta y el muro. Ahora que mis ojos se van acostumbrando a la oscuridad, alcanzo a distinguir la mitad de un pequeño retablo. La mitad de una imagen tallada, rígida y policromada, que debe de ser la figura de una Virgen. Sí, ya sé que los albigenses dicen que esto no es más que barbarie y politeísmo, sé que esa estatua sólo es un trozo de madera tallada por un hombre, como decía De Nevers, pero, por favor, Virgen Santísima, Virgen Misericordiosa, ayúdanos en este momento de necesidad.

Voces y pasos. Doy un respingo y mi puñal choca contra el muro, produciendo un agudo ruido metálico. Contengo un gemido y muevo con cuidado el cinto, colocándolo de modo que no vuelva a suceder: tengo que ser más cautelosa. Los pasos son cada vez más audibles, más cercanos, muchos pies de hierro marchando al unísono. Están dentro. Los soldados han entrado en la abadía. Voces, borrosas conversaciones de las que sólo se puede distinguir el tono airado, puertas que se abren y se cierran. Les oigo ir y venir durante mucho tiempo, hasta que, de pronto, comprendo con un escalofrío que están muy cerca. Alguien atraviesa la antesala. Recios pasos de hombre, el claro repicar de unos pies de mujer, voces cargadas de contenida ira. Aguanto la respiración y me estiro, aplastándome contra la pared, intentando abultar lo menos posible. Borrarme, incrustarme en el lienzo de piedra, desaparecer.

—Os dije que sólo era la iglesia. ¿Y ahora qué pensáis hacer, Señor? ¿Completar vuestra hazaña con un acto sacrílego? —restalla la dura voz de la abadesa.

—Sólo cumplo órdenes, Matilde de Anjou. Y vos deberíais ser la primera en entenderlas y en ayudarnos. Soy un cruzado del ejército del Santo Padre —responde una enojada voz de varón.

—Pues si sois un caballero cristiano, como decís, un cruzado de Cristo, no osaréis profanar la Casa de Dios entrando en ella con todas vuestras armas y revestido con vuestra cota de acero y vuestro odio. Os he abierto el monasterio. Habéis inspeccionado todo cuanto habéis querido. Habéis turbado la paz y el retiro de este lugar y despertado y asustado a mis pobres hijos. Si ahora mancilláis la pureza de esta iglesia os denunciaré al Santo Padre, a quien decís servir. Veremos quién goza de su amparo. Y no volváis a llamarme Matilde de Anjou. Soy la Madre Abadesa —dice la monja con helada altivez.

Están en el mismo umbral. A través del estrecho hueco de los goznes puedo atisbar el bulto del cuerpo del guerrero. Un hombre alto de sobreveste blanca. El caballero permanece callado e indeciso. Da un paso hacia delante: he dejado de verle. La nuca se me cubre de un sudor helado. Debe de estar justo entre las puertas; si avanza un poco más, quizá nos descubra. Escucho un bufido, casi un exabrupto.

—Está bien. Ya nos vamos. Avisadnos si veis a alguien sospechoso por los alrededores..., Madre Abadesa —gruñe el caballero, dando media vuelta y alejándose.

Los pasos de la monja le siguen, más lentamente. Dejo escapar el aire que retenían mis pulmones. Me siento mareada y tengo que apoyar las manos sobre el muro para mantenerme en pie. Durante cierto tiempo sólo me concentro en respirar. Respirar y calmarme. Respirar y celebrar el maravilloso privilegio de estar viva. Vuelvo a escuchar pasos. Alguien mueve la puerta. Es Matilde de Anjou.

—Ya podéis salir. Se han ido. El Señor ha querido que nos salváramos. Demos gracias a Dios.

Su rostro severo y orgulloso está retorcido en una especie de emocionada mueca. Ahora que me fijo, creo que se trata de una sonrisa.

Estoy en la espléndida biblioteca del monasterio, donde he pasado la mayor parte del tiempo durante las dos semanas que llevamos en la abadía. Me gusta el olor de este lugar: el ligero tufo polvoriento del pergamino, el penetrante aroma a cuero de las cubiertas. La altiva Matilde de Anjou, viuda de un príncipe inglés, decidió asilarnos durante algunos días, hasta que las cosas se calmaran y pudiéramos salir del monasterio y alcanzar los territorios controlados por el conde de Tolosa. Hoy ha venido a decirnos que ya es hora de irse. Esta noche, aprovechando la luna casi llena, nos marcharemos. La abadesa nos ha salvado la vida y su generosidad es indiscutible. Sin embargo, su sequedad y antipatía no han disminuido un ápice en todos los días que llevamos aquí. Tengo la sensación de que la irritamos; o tal vez se trate tan sólo de su forma de ser, de su talante altanero. A veces pienso que la abadesa sólo nos acogió para demostrar su propio poder, para humillar a los hombres de hierro por la rudeza de su atrevimiento. Pero no, seguramente estoy siendo injusta con ella y, sobre todo, desagradecida. Matilde de Anjou es sin duda una mujer de fuertes principios, aunque Dios no le haya concedido el don de la afabilidad. En cualquier caso, me alegro de poder irme.

Y me alegro a pesar de que estas semanas han sido muy provechosas. Esta biblioteca es un tesoro, y, además, aquí he podido conocer y tratar someramente a un par de mujeres fascinantes. Una de ellas, la menuda Herrade, está ahora aquí, sentada frente a mí, sumida en sus librotes. Pese a su edad, más que madura, posee una energía agotadora. Pero cuando lee, cuando piensa o cuando estudia, parece volcar toda esa energía para dentro, y se concentra con tal abismamiento que puedes romper un cántaro a su lado sin que pestañee. La contemplo con curiosidad, sin que ella se dé cuenta de mi mirada: un cuerpecillo enjuto, una barbilla extrañamente picuda, pequeños ojos negros penetrantes. Arrima mucho la cara al pergamino, porque no ve bien. Herrade de Landsberg, priora del monasterio de Santa Odile, en Alsacia, es una persona muy distinta a Matilde de Anjou. En su lejano convento, con sus monjas, lleva años entregada a la inmensa tarea de confeccionar un libro de todas las palabras y todas las cosas, una enciclopedia escrita en latín y titulada *Hortus Deliciarum*, que, si no me equivoco, quiere decir «Jardín de Delicias». Mi latín sigue siendo muy malo, aunque en los últimos años me he esforzado en estudiarlo; pero me ha bastado para poder hablar con Herrade, que me ha contado algunas de las cosas de las que trata su libro formidable. Que son todos los temas que pensarse puedan: astronomía, agrimensura, agricultura, botánica..., en realidad, en su descripción del temario sólo hemos llegado hasta la letra B. Esta mujercita laboriosa ha venido hasta aquí, tan lejos de su convento, para consultar unos libros que necesitaba para su enciclopedia. Su pasión por el conocimiento es contagiosa: de repente yo también he tenido la extravagante idea de hacer algún día una enciclopedia, pero escrita en lenguaje popular. Si lo pienso bien, lo descabellado de mi ambición me resulta risible: una pobre sierva, una campesina, intentando escribir el libro de todas las palabras... Y aun así, ¿quién sabe? La vida es tan extraña y me ha conducido ya a situaciones tan inesperadas y sorprendentes... Algún día, quizá.

—Me han dicho que os marcháis esta noche, Leola...

Una voz rompe mis pensamientos: es Eloísa, que acaba de entrar en la biblioteca. La famosa Eloísa, la otra notable mujer a quien he tenido el privilegio de encontrar aquí. También ella está de paso, pues pertenece al convento de Argenteuil. Se aloja en Fausse-Fontevrault como una simple etapa en su camino: oficialmente está buscando un lugar para hacer una nueva fundación de su convento, demasiado repleto de novicias atraídas por su celebridad. Sin embargo, tengo la sensación de que la fundación es sólo una excusa: es una mujer abrasada de inquietud y la vida conventual debe de ser una cárcel para ella. Qué extraños son los hilos de la Providencia... Eloísa es cultísima, refinada, brillante, una mujer verdaderamente sabia, pero se diría que carece de la sabiduría esencial, la de vivir. Mientras Herrade ha hecho una morada confortable de sus intereses intelectuales, Eloísa parece perseguida por sus conocimientos. Tal vez sea simplemente una cuestión del lugar que uno ocupa; esto es, de saber y aceptar cuál es tu sitio en el mundo. Herrade es una roca firme, Eloísa un alma errante. Y yo me reconozco en su insatisfacción, en su intranquilidad. Por eso envidio la obra de la priora de Santa Odile... Pobre de mí; quizá en mi deseo de hacer una enciclopedia no hay sino el anhelo de construir un nido de palabras en el que guarecerme y asentarme.

—Sí, Madre. En efecto, nos vamos.

—Me alegro por vosotras, pero yo lo lamento. Te echaré de menos.

En estos días hemos desarrollado cierta intimidad. Lo digo con orgullo; y con prudencia. Creo que Eloísa aprecia en mí su misma condición indeterminada e inestable, y que le satisface tener un interlocutor que proviene de la vida exterior, del ancho mundo. Durante estos días hemos hablado de todo, de lo divino y de lo humano; pero nunca me atreví a preguntarle por Abelardo, ni ella lo mencionó. Es como un gran silencio que media entre nosotras.

—¿Te importaría acompañarme a dar un paseo por el claustro? No quisiera molestar a la madre priora... —dice Eloísa señalando con la barbilla a la pequeña monja alsaciana.

Sé que Herrade no nos prestaría la menor atención ni aunque le vociferáramos al oído: además de su capacidad de concentración, tengo la sospecha de que está un poco sorda. Pero yo también deseo salir a despejarme un poco.

—Cómo no, Madre. Es un honor para mí. Con mucho gusto.

Aparte del apresurado cruce ocasional de alguna hermana, el claustro está vacío. Hace un frío cortante y los rincones del jardincillo interior que no han sido tocados por el pálido sol están cubiertos de escarcha. Caminamos en silencio por el corredor a paso vivo, para entrar en calor. Nuestro aliento nos envuelve en pequeñas brumas de vapor. Sólo se oye el ligero piar de algunos pájaros, el roce de nuestros pies sobre las losas. Qué limpia sencillez, qué paz tan absoluta. De repente se me encoge el ánimo, me angustio, me entristezco. De repente pienso que no quiero marcharme. Quizá me estoy equivocando en todo lo que soy y lo que hago. Quizá debería hacerme monja.

—Te envidio, Leola —dice Eloísa abruptamente, como si hubiera escuchado mis pensamientos—. Yo también desearía poder irme. No, no es eso: desearía tener tu edad y tu libertad... Poder reescribir mi vida con renglones distintos.

Su voz suena acongojada. La contemplo a hurtadillas mientras paseamos: por lo que sé, debe de tener unos sesenta años, pero es una de esas personas de edad incalculable, uno de esos seres que parecen haber nacido siendo ya ancianos. Sus rasgos son regulares y, según dicen, en su juventud fue muy hermosa. Pero nada de aquel esplendor se trasluce ahora en su cara marchita y arrugada, en su gesto mortecino y melancólico.

—¿Y no podríais abandonar el convento, si de verdad lo deseáis?

—¿Para ir adónde, para hacer qué? No, Leola, no puedo escapar de mí misma. La mayor prisión es tu pasado.

No sé qué contestar, de modo que seguimos caminando en silencio durante cierto rato.

—¿Sabes que Abelardo ha muerto? —dice al fin.

Lo sé, pero me sorprende que lo mencione.

—Algo he oído. Pero fue hace ya tiempo, ¿no?

Eloísa suspira.

—Sí... Unos cuantos años. Nunca volvimos a vernos. Y apenas respondió a mis copiosas cartas. Mis largas, apasionadas, exquisitas cartas...

Eloísa ríe brevemente, sin alegría alguna.

—Lo mejor que soy son esas cartas, Leola. Empleaba días enteros en escribirlas. Supongo que Abelardo las habrá destruido. En fin, qué importa una pequeña destrucción más dentro de la total devastación...

¿De qué devastación me habla? En este mundo anegado por la sangre de inocentes, ahogado por el terror, abrasado por las hogueras de los verdugos, ¿la única devastación que le preocupa es la de su pequeña alma lacerada? ¿Cómo puede rendirse tan fácilmente una mujer tan bien dotada?

—Todas las mañanas, en el toque de laudes, y todas las noches, en el toque de vísperas, me reúno con mis monjas en la capilla para alabar a Dios. Creí que el Señor me daría la paz; y que las paredes protectoras del convento serían como el vendaje que restaña una profunda herida. Pero no puedo, Leola. No me puedo creer mi canto de alabanza; no puedo ser paciente y resignada. Por mis venas corre un veneno amargo en vez de sangre. La ponzoña del aborrecimiento de la vida. He intentado ser una buena monja, una buena cristiana; pero Abelardo es para mí más importante que Dios. Sé que con esto me condeno. Y lo más terrible es que me da lo mismo.

Así es que esto es el amor. El absoluto amor que cantaban con finura los trovadores y que ensalzaban las damas en la corte de la reina Leonor. Pero si esto es el verdadero amor, es lo más parecido que he visto a una posesión demoníaca. Tanta paz en este claustro, y tanta amargura y desesperación en el alma obsesionada de Eloísa. No quiero volver a saber nada de los hombres. De los alquimistas traidores que te venden por una bolsa de oro, de los amantes tan absorbentes y tan intensos que pueden atraparte y deshacerte, como le ha sucedido a la sabia Eloísa. Los hombres son criaturas muy peligrosas. Yo quiero ser la dueña de mi mundo, como Herrade lo es de su vasto refugio enciclopédico, y no pienso volver a enamorarme.

En la abadía de Fausse-Fontevrault hice un inquietante descubrimiento. Era temprano en la mañana y me encontraba sola en la biblioteca, porque los monjes habían ido a la iglesia a celebrar el oficio de tercia. El día estaba despejado y el sol entraba oblicuo y generoso por los ventanales, proporcionando una luz perfecta para leer. Y, sin embargo, quizá por eso mismo, por la dulzura y el esplendor del día, o porque estaba intentando descifrar el difícil latín de un libro de Cicerón, no conseguía concentrarme. Dejé vagar la vista por la estancia y mis ojos cayeron sobre un arcón de madera reforzada con metal que estaba arrimado a la pared, entre las dos ventanas. Me había llamado la atención desde el primer momento, por su aspecto sólido y armado, por su exquisita manufactura y por los grandes candados que clausuraban su tapa. Pero ese día, para mi sorpresa, los candados colgaban de las argollas de hierro como bocas abiertas. Me puse en pie y me acerqué al arcón: en efecto, los pasadores no estaban cerrados. Permanecí allí un buen rato, contemplando la caja fuerte y aguantando el imperioso hormigueo de mi curiosidad. Me moría de ganas de darle una ojeada al contenido, y al mismo tiempo sentía que hacer tal cosa era una traición a la hospitalidad con que nos habían acogido. Al cabo, como todo delincuente, pensé que si me apresuraba nadie se daría cuenta de mi atrevimiento, y que si no se daban cuenta era como si el delito no hubiera existido. ¿A quién podría hacer daño sólo por mirar? Estiré la mano y saqué los candados de sus argollas, cuidando de no hacer ruido. Y después levanté la pesada tapa del arcón.

Dentro había tres libros lujosamente encuadernados en piel, con los títulos estofados en oro y cierres de filigrana de plata. Me arrodillé junto al baúl y cogí el primero entre mis manos: era la *Tabla de la Esmeralda* de Hermes Trimegisto, la famosa obra esotérica que Gastón reverenciaba como un texto sagrado. Lo volví a dejar en el arcón con cierta repugnancia: el recuerdo de Gastón sigue siendo una herida abierta en mi memoria. Miré el segundo volumen con algún recelo: estaba encuadernado en cuero negro y tenía el aspecto de ser muy antiguo. Su título era raro y para mí desconocido, así como el nombre del autor: *Necronomicon,* de Abdul Alhazred. Volví a depositarlo en el arcón y levanté el tercero, y cuando vi la cubierta el corazón se me detuvo entre dos latidos: era la *Historia del Rey Transparente,* como decían unas grandes letras doradas sobre un fondo de color sangre.

—¿Qué estás haciendo, Leola?

De rodillas ante el arcón y aún aferrada al libro, volví la cabeza sobresaltada. Matilde de Anjou estaba a mi lado, enorme y rotunda, aún más enorme vista desde abajo y desde la congoja de mi indudable falta.

—Lo siento..., los candados estaban... Sé que no tengo excusa... —balbucí, sintiendo cómo la vergüenza me ardía en las mejillas.

Dejé apresuradamente la obra en su lugar y me levanté abochornada, a la espera del estallido de ira de la abadesa. Pero Matilde de Anjou se limitó a empujarme con brusquedad para que me retirara a un lado. Metió en el arcón otro volumen que llevaba entre las manos y cuyo título no alcancé a ver, y luego bajó la tapa, colocó los candados y los cerró con su gran manojo de macizas llaves. Después se irguió en toda su estatura, seria y pensativa.

—¿Has estado leyendo los libros?

—No, Madre. Sólo he visto los títulos.

Matilde de Anjou suspiró.

—Está bien. Es decir, no, está muy mal. Has traicionado mi confianza.

—Lo sé, Madre. El arcón estaba abierto y no he podido resistir la curiosidad. He hecho mal y os pido perdón.

—La curiosidad es el atributo de los sabios..., es el hambre de la inteligencia. Pero si la curiosidad no se domestica con una estricta disciplina, puede convertirse en mera necedad y en imprudencia. Eres una mujer cultivada, Leola. Deberías saber que hay libros peligrosos.

—¿Los hay?

—Tal vez me haya expresado mal. Puede que lo peligroso no sean los libros, sino lo que los humanos hacemos con ellos. La *Tabla de la Esmeralda,* por ejemplo... Encandilados y ofuscados por los tesoros que el libro promete, muchos alquimistas han errado el camino y han terminado convertidos en lo contrario de lo que ansiaban ser.

—Lo sé, Madre..., lo sé.

Debí de decirlo con tal convicción que, por un momento, Matilde de Anjou perdió su compostura hierática y me miró inquisitivamente. Su momentáneo interés la humanizó, hasta el punto de que me atreví a seguir hablando:

—Os pido nuevamente perdón por mi comportamiento y os aseguro que no volverá a ocurrir, pero... Uno de los libros me ha llamado mucho la atención y me gustaría poder saber algo más sobre él... Es el titulado *Historia del Rey Transparente...*

La abadesa agitó enérgicamente su mano en el aire, ante su cara, como apartando un humo inexistente.

—No te busques complicaciones innecesarias, Leola. Bastantes problemas tienes ya. Además, hay libros malos, como éste, que no se merecen que los recordemos. El olvido es su mejor castigo y nuestra mayor defensa.

Pensé en los anales mentirosos que Mórbidus redactaba en el castillo de Ardres y no pude por menos que darle la razón a la abadesa. Pero aun así insistí.

—Sí, Madre, pero...

—Escúchame bien: como buena cristiana que soy, creo en el libre albedrío..., es decir, creo en la libertad última del ser humano para escoger entre el bien y el mal y labrar su sino. Sin embargo, hay pueblos que creen en la fatalidad, que piensan que la vida de los hombres está escrita con tinta indeleble en grandes libros. Éste es uno de esos textos. Una historia antigua. Un libro del destino. Yo, ya te lo he dicho, no creo en esas cosas... Pero ya soy vieja, y en mi vieja vida he podido ver sucesos muy extraños. He visto, por ejemplo, cómo los hombres son capaces de precipitarse hacia aquello que más temen, como polillas atraídas por la llama. Y he visto cómo el mero hecho de creer en el destino provoca justamente que ese destino se cumpla. La *Historia del Rey Transparente* es un texto poderoso que produce efectos porque ha sido creído por demasiadas personas durante demasiado tiempo. Al leer el libro puedes tener la debilidad de pensar que lo que lees ocurrirá de modo irremediable, y con ello, sin darte cuenta, lo estás convirtiendo en realidad. Cuando lo cierto es que, más allá de la muerte, no hay nada irremediable, salvo la propia cobardía. Los hombres suelen llamar destino a aquello que les sucede cuando pierden las fuerzas para luchar.

Esperanza: pequeña luz que se enciende en la oscuridad del miedo y la derrota, haciéndonos creer que hay una salida. Semilla que lanza al aire la sedienta planta en su último estertor, antes de sucumbir a la sequía. Resplandor azulado que anuncia el nuevo día en la interminable noche de tormenta. Deseo de vivir aunque la muerte exista.

He empezado a coleccionar palabras para la enciclopedia que quizá algún día escribiré. Lo cual es, en sí mismo, un perfecto ejemplo de esperanza. Estamos viviendo en Samatan, una ciudad que aún permanece bajo la autoridad del conde de Tolosa. Nos hemos instalado en una humilde casa campesina de suelo de tierra que Nyneve ha vuelto a decorar, en su interior, con el fabuloso trampantojo de sus palacios pintados. Escalinatas de mármol y espesas cortinas de brocado de seda adornan las paredes, y a través de los fingidos ventanales veo el castillo de Avalon, que ahora parece estar más cerca: es posible distinguir sus pendones flameantes y el plácido río que lame los cimientos de la torre del homenaje. Yo he vuelto a dar clases a los muchachos y Nyneve ha retomado sus mejunjes curanderos: investiga nuevos remedios, visita y cura enfermos con celo ejemplar y está todo el día fuera de casa, a lomos de su bridón, para repartir alivio y consuelo. Llevamos una vida simple y tranquila, una vida que casi podría ser feliz si no fuera por el angustioso ruido de la guerra. Los cruzados tomaron Carcasona en el mes de agosto y mataron al joven vizconde de Trencavel. Simón de Montfort, el carnicero, ha sido nombrado nuevo Vizconde por derecho de conquista. El mundo es cada día más pequeño, el mundo habitable, el mundo respirable, este mundo frágil en el que todavía se puede escribir sobre la esperanza. Fray Angélico tenía razón: la guerra nos va mal. Tenía razón, pero no tiene lengua: al menos he conseguido acabar con el Doctor Angelical y con su verbo venenoso y enardecido.

Oigo gritar a los niños en la plazuela cercana. Samatan está llena de bandadas de niños turbulentos. Sus padres han muerto, o han sido reclutados en el ejército del conde de Tolosa, o tal vez acaban de llegar a la ciudad huyendo del avance de los cruzados y ni siquiera tienen un lugar donde guarecerse. Solos y desquiciados, los niños lo llenan todo con el alboroto de sus travesuras. Tienen miedo y lo disimulan haciendo barrabasadas. Son como lobeznos arrojados fuera del cubil. Hace algunos días, unos cuantos entraron en casa en nuestra ausencia y revolvieron todo. Ahora ponemos un cerrojo cuando nos vamos. La destrucción es el signo de los tiempos.

El griterío aumenta. No sé qué están haciendo, pero empieza a inquietarme. Enrollo el pergamino en el que estoy escribiendo mi libro de palabras y lo guardo con cuidado en el arcón. Decido ir a la fuente a beber agua. Y de paso a mirar lo que sucede. La hora nona se acerca y el sol empieza a descender por la curva del cielo. Tengo la sensación de que hay menos pájaros que antes. Sabios y libres, han debido de emigrar a tierras más calmas para evitar el chirriante estruendo de las batallas, el tufo de la sangre y de las piras.

Salgo de casa, atravieso el callejón y desemboco en la pequeña plaza. Ya los veo: debe de haber una docena, los mayores de unos diez años, los menores con no más de cinco. Revolotean en torno a una mujer joven, a la cual acosan y persiguen. La mujer parece ser ciega: lleva una sucia venda cubriéndole los ojos. Con fino y cruel instinto, los niños han comprendido que la joven es aún más débil que ellos, y se divierten haciéndola objeto de sus burlas. La empujan, la pellizcan, le arrojan puñados de barro, corretean a su alrededor con excitados chillidos evitando ser atrapados por sus anhelantes manos. Es una empresa fácil: la víctima es torpe, está asustada, tropieza con los muros, manotea en el aire inútilmente. Me acerco al tumulto y agarro de la oreja al primer chico que me pasa cerca. El niño lanza un berrido y los demás moscardones se detienen.

—¡Ya está bien! ¿No tenéis otra cosa que hacer más que atormentar a esta pobre mujer?

Los chavales me miran en silencio, expectantes. Suelto la oreja de mi presa y toda la banda sale de estampida. Oigo sus risotadas mientras se alejan.

—Gracias, Señora.

Estoy vestida de varón. Desde que Gastón me traicionó, no he querido volver a sentir la fragilidad de mi cuerpo de hembra, a pesar de las complicaciones que la guerra supone para un caballero: he tenido que invocar mi conflicto de lealtad con Dhuoda para no sumarme a las tropas del conde de Tolosa, y debo pagar un fuerte tributo por la ausencia de mi espada. Estoy vestida de varón, pues, pero la ciega ha sabido escuchar mi voz de mujer. Y, sin embargo, llevo muchos años educando mi tono, para que suene grave, y nadie parece dudar de mi condición cuando me mira. Tal vez sólo veamos aquello que esperamos ver. La ciega, en cualquier caso, no ha dudado.

—No ha sido nada. ¿Estás bien?

Ahora que la observo de cerca advierto que es muy joven. Una muchacha. Tiene el cabello largo, sucio y enredado, las ropas desgarradas y manchadas. Pero su vestido es de buen paño, está calzada y sus manos carecen de callos. Podría ser la hija de un artesano o de algún pequeño comerciante.

—Sí, Señora. Estoy bien. Ya me voy.

Tiembla de congoja y mantiene la cabeza baja.

—¿Adónde vas a ir? ¿Cómo te llamas?

—Alina.

—Acompáñame a casa, Alina. Vivo aquí al lado. Te daré de comer.

—Gracias, Señora, pero debo marcharme. No puedo ir con vos, aunque, si me trajerais un poco de pan, os estaría muy agradecida.

—¿Qué te ha pasado en los ojos? ¿Por qué los llevas cubiertos?

He alargado la mano y le he rozado la cara, y ese simple gesto desencadena una reacción inusitada: para mi sorpresa, la muchacha da un respingo y un salto hacia atrás, como si mis dedos la quemaran. Se sujeta la venda con ambas manos y su gesto se descompone:

—¡No me toquéis! ¡Apartaos de mí! ¡Dejadme en paz!

—Alina, ¿qué sucede?

La chica retrocede atropelladamente hasta pegar la espalda al muro.

—No toquéis mi venda... Corréis peligro... —murmura con voz ronca.

Súbitamente inquieta, escudriño sus manos, su cuello, su cara. La piel está sucia, pero por debajo de los tiznones parece sana e intacta, carente de manchas o de llagas y sin esa textura cérea de los contaminados. Aun así, le pregunto:

—¿Acaso eres leprosa?

—No, no...

La voz se le rompe en un sollozo sin lágrimas:

—No soy leprosa, aunque sería mejor serlo. Por lo menos podría permanecer entre los míos...

—No entiendo: ¿qué te ocurre?

La muchacha gime:

—Señora, si de verdad queréis ayudarme, dadme algo para calmar el hambre y dejadme en paz. Tened misericordia de mí. Os lo pido por Dios y por la Santísima Virgen.

Su desconsuelo y su temor son tan evidentes que no me queda más remedio que aceptar su ruego y su secreto. Iré a casa y le traeré algo de pan, cecina, unas cebollas. He aquí una mujer desesperada. Una ciega sin luz en los ojos ni en el corazón. Y, sin embargo, me ha pedido comida. Hasta el más desgraciado quiere seguir viviendo.

A veces, en medio del gentío, en el mercado, en la silueta de una solitaria espalda que se aleja, o en el eco de una voz que resuena a mi lado, me parece reconocer a Gastón. Entonces se me agita la respiración, estiro el cuello, las manos me sudan, el corazón se me desboca; echo a correr por la plaza, por el callejón, por la explanada, me acerco a la figura familiar, me planto ante su cara, le palmeo en el hombro o le agarro del brazo, ansiosa de vengarme. Pero nunca es él.

—Estás obsesionada —dice Nyneve—. Ha pasado ya un año y todavía sigues viéndole por todas partes. Tienes que acabar con eso, Leola..., acabar con eso dentro de ti. No puedes permitir que ese miserable te siga haciendo daño en la distancia.

Debe de tener razón, pero deseo tanto su muerte que no sé cómo matarle en mi recuerdo. Por eso sigo buscándole cada día en todos los hombres, con una perseverancia y un ahínco que nunca empleé en buscar a mi pobre Jacques.

Todas las tardes le llevo algo de comer a la ciega Alina, como quien alimenta a un perro callejero. Y, al igual que el perro apaleado, la muchacha va dejando que me acerque poco a poco, sin perder por completo su desconfianza. Por lo pronto, se ha quedado en la vecindad, al abrigo de las ruinas de un gallinero, a las espaldas de nuestra casa. Aquí está ahora, cubierta de mugre, con las uñas rotas, devorando lo que le he traído. A veces pienso que la cabeza no le rige bien.

Le he dicho que soy un hombre, le he dicho que soy el señor de Zarco, y Alina parece haber aceptado mi palabra y me ha pedido perdón por haber confundido mi condición. Lleva varias semanas instalada aquí y los vecinos ya se han acostumbrado a su presencia. Ni siquiera los niños la molestan: se ha convertido en algo tan poco visible como un canto incrustado en un muro de piedras. Es una más de la legión de mendigas que hay en la ciudad. En verdad no sé por qué ella me conmueve más que las otras; tal vez por su juventud, por su relativo misterio, por la magnitud de su desesperación. El suyo ha de ser un dolor muy reciente, para mostrarlo con tanta desnudez.

Compruebo, sin embargo, que Alina aún produce cierta curiosidad en los extraños. Esa mujer mayor que ahora nos observa desde la esquina del callejón lleva ya un buen rato mirándonos. No la conozco; no debe de ser de por aquí. ¿Acaso no ha visto nunca a una vagabunda? Su descaro empieza a irritarme: no nos quita el ojo de encima. Le devuelvo la mirada, retadora, para ver si se avergüenza y nos deja en paz. Pero no: ahí viene. Sí, la mujer se acerca. Justo en derechura hacia nosotras.

—Buen día nos dé Dios.

—Buen día —contesto con recelo.

Es una mujer de origen social inclasificable: demasiado bien vestida para ser campesina, demasiado pobre para ser burguesa. También su edad resulta confusa: posee una pálida cara arrugada y marchita, pero un cuerpo ágil y todavía prieto. Sin embargo, la expresión resulta simpática y su actitud es modesta y amable. Mira rápidamente a ambos lados de la calle, como para comprobar que estamos solas, y se inclina un poco hacia mí, que estoy acuclillada en el suelo.

—Perdonadme si me equivoco, mi Señor, pero... ¿no sois vos esa persona llamada Leola?

Mi sobresalto es tan grande que me pongo en pie de un brinco. Miro a la mujer con inquietud y prevención: ¿cómo sabe quién soy? Y más cuando voy vestida de hombre.

—Te confundes... —le digo.

—No, no..., perdóname, Leola, pero creo que eres tú... No podemos perder tiempo, ahora que te he encontrado. Hemos recorrido medio mundo buscándote.

—¿Quién eres, qué quieres?

—Vengo de parte de Jacques..., de Jacques el de la casa de la higuera, cerca de Mende...

¡Mi Jacques! Las piernas se me doblan, temblorosas e infirmes.

—Pero... ¿cómo...? —balbuceo.

—¡El buen Jacques lleva años intentando encontrarte! Desde que os perdisteis tras aquella batalla. Pero ahora la guerra vuelve a incendiar la tierra entera, y Jacques ha sido herido gravemente... Justo ahora, que te hemos hallado. Está muy mal, está agonizando, ¡tal vez incluso ya haya muerto! No podemos perder tiempo. Ven conmigo y te lo iré contando todo por el camino... Lo he dejado a la entrada de Samatan, al abrigo del viejo molino, porque ya no podía seguir más. Debemos apresurarnos.

La culpa y la vergüenza. Mientras yo iba hilvanando egoístamente mi equivocada vida, él no me ha olvidado. Él me ha estado buscando. Y ahora se está muriendo.

—Pero ¿qué tiene, qué ha pasado?

—Los cruzados intentaron reclutarle. Escapó, y una saeta le ha atravesado el pecho. Ha perdido demasiada sangre. Por la Santísima Virgen, no nos entretengamos...

Tengo que avisar a Nyneve: tal vez ella consiga curarle. Pero Nyneve no está en casa.

—Cojamos el caballo. Iremos más deprisa, y, además, nos puede servir para traer a Jacques...

—No sé si podremos moverle... pero vamos —contesta la mujer.

Miro a Alina: está a medio levantar del suelo, con todo el cuerpo tenso, el cuello estirado hacia nosotras, su afilada cara hendiendo el aire, como intentando vernos a través de su olfato.

—Alina, tienes que hacerme un favor... Hazlo por mí... Vete a mi casa, ya sabes cuál es, y espera a que llegue una mujer... Nyneve. Dile que Jacques, mi Jacques, está malherido en el viejo molino. Que venga a buscarnos. ¿Te acordarás? Es muy importante...

La ciega tienta ansiosamente el aire hasta que encuentra mi mano y se aferra a ella. Qué extraño: siempre evita ser tocada.

—No vayas. Leo, no vayas —dice con voz ronca.

Es la primera vez que me llama por mi nombre.

—Tengo que ir.

—¡No vayas! —grita con angustia.

Doy un tirón y me suelto. ¿Y ahora qué le pasa? Está loca. O no: teme que no regrese y me necesita. Pobre alma perdida, se ha acostumbrado a mi ayuda y mi tutela.

—No te preocupes, Alina..., volveré. Vámonos.

Corro hacia el cobertizo de los caballos, seguida por la mujer.

—¿Cómo me habéis encontrado? —pregunto, mientras ensillo a Fuego.

—Cuando conocí a Jacques, él ya sabía que vestías como hombre y que te hacías llamar señor de Zarco. Pero aun así ha sido muy difícil.

—¿Y tú quién eres?

—Soy Mirábola. Molinera del pueblo de Fresne. Jacques apareció un día por allí, hace ya tiempo, y le di trabajo, porque soy viuda y mujer desgraciada y necesitaba la ayuda de unos brazos fuertes. Él me contó que te buscaba y, cuando reunió suficiente dinero y se dispuso a seguir su camino, decidí ir con él para intentar encontrar a mi hijo, a quien perdí con las levas de la guerra. Mi hijo también se llama Jacques, y la perseverancia que tu Jacques mostraba en encontrarte avivó mi esperanza en recuperarlo.

Monto en el bridón y le alargo el brazo a la molinera, para ayudarla a subir a la grupa.

—Muéstrame el camino.

—Ya te digo que le he dejado en las ruinas del viejo molino. Salgamos de la ciudad por la puerta de la Bendita Ofrenda.

Mi Jacques desangrándose. Su generoso pecho atravesado por una flecha. Su corazón fiel latiendo quizá sus últimos latidos. Me mareo, me cuesta respirar, un sudor frío baja por mi espalda: siento que es mi olvido lo que le está matando. ¿Cómo he podido hacerlo? ¿Cómo he podido vivir dejándolo atrás? Y aún ahora, a pesar de mi culpa y mi congoja, me parece estar atrapada dentro de un mal sueño.

¿Quién es ese Jacques que me está buscando? No sé si le conozco. Hace casi veinte años que no nos vemos.

—¿Cómo es?

—¿Qué quieres decir?

—Cómo está, qué aspecto tiene...

—Es fuerte, es ágil, es bueno. Y no te olvida. Debería bastarte.

La voz de la mujer viene desde atrás, un susurro de reproche que se vierte en mi oreja y que me hace daño. Hemos llegado a la muralla, celosamente defendida por los soldados. Los cruzados están cerca y las puertas de la ciudad permanecen bajo estrecha vigilancia. Desde hace algún tiempo, todos los que entran o salen han de identificarse y justificar sus movimientos.

—¿Adónde vais, Señor?

Por fortuna, los guardias nos conocen: las artes sanatorias de Nyneve han hecho de ella una celebridad, y a fin de cuentas yo soy un caballero. Aunque sea un caballero un tanto extraño que prefiere los libros a la espada.

—Vamos al viejo molino a recoger a un hombre herido. Es un viejo amigo y se encuentra muy grave.

—Está bien. Pero regresad antes del atardecer, o no podréis entrar.

Por supuesto: faltan aún varias horas para el ocaso. En la puerta, sin embargo, se agolpan ya varias familias campesinas que vienen a pasar la noche intramuros, para protegerse de la ferocidad de los papistas. La ciudad se llena todas las noches de esta agitada marea de hombres y mujeres despavoridos, de ancianos temblorosos y excitados niños que duermen unos encima de otros, para darse calor, junto al lienzo interior de las murallas. Nos abrimos paso entre ellos y seguimos al trote por la vereda del río.

—¿Cómo te las has arreglado para entrar en la ciudad?

—Pregunté por ti. Por el señor de Zarco. Y conté la verdad. Fue fácil. ¿Qué daño puede causar una pobre vieja como yo? Aun así, me palparon las ropas, para ver si llevaba algo.

Un pequeño pensamiento indefinido anda dando vueltas por el interior de mi cabeza, chocando contra las paredes de mi mente como un pájaro ciego. Es una vaga idea que no acabo de atrapar, un sentimiento de inquietud que no acierto a entender.

Súbitamente, tiro de las riendas de Fuego y contengo su poderosa zancada.

—¿Habías estado antes en la ciudad?

—No. ¿Por qué nos detenemos?

—Sin embargo, pareces conocer bien el lugar... La puerta de la Bendita Ofrenda... Sabías el nombre. Y has dicho el viejo molino...

—¿Y qué hay de raro en eso?

—¿Por qué el viejo molino y no un viejo molino? ¿Cómo sabes que no hay otro?

—Ya te he dicho que he tenido que explicárselo todo a los guardias... Les pregunté el nombre de la puerta, para saber volver, y ellos fueron quienes hablaron de un solo molino. No te entiendo, Leola... ¿Qué te ocurre? Apresuremos el paso o llegaremos tarde.

De nuevo la vergüenza, la confusión. Es eso: estoy demasiado desconcertada por lo que está ocurriendo. No acierto a pensar bien. No vayas, me decía la ciega. Ese grito loco que aún resuena en mis oídos ha llenado mi pecho de desasosiego. Pero es una pobre demente, una mendiga desquiciada. Arrimo los talones a los flancos de mi bridón, que piafa y mete los riñones, retomando su carrera. Conozco bien el camino: falta muy poco para llegar a las ruinas.

De pronto, el tiempo se detiene. En un vertiginoso instante lo veo todo. Y lo comprendo todo. Veo a los tres hombres armados y amenazantes que han salido repentinamente a la vereda, cortándome el paso. Tiro de las riendas mientras miro hacia atrás, sólo para comprobar lo que ya sé: también a mis espaldas han aparecido otros tres tipos. No llevan armadura, quizá para pasar inadvertidos. Pero en sus manos brillan las espadas desnudas, con el sombrío fulgor del hiriente acero. Los brazos de la falsa molinera se aprietan como un cepo en torno a mi cuerpo: también esto lo sabía antes de que pasara. Ya he vivido todo esto. Doy un tirón repentino y me inclino sobre el cuello de Fuego: la mujer pierde la estabilidad y cae al suelo. Estoy libre, pero antes de que pueda incorporarme los asaltantes se abalanzan sobre mí y uno de ellos taja con su espada el pecho de mi alazán. Fuego se alza de manos y yo también me caigo. Me levanto de un salto mientras mi bridón, enloquecido, patea y pisotea a su agresor. Sus cascos redoblan sobre la tierra, la sangre salpica, crujen los huesos del individuo con restallido horrible cuando se parten. Durante unos instantes, hombres y caballo formamos un confuso remolino; al fin, Fuego pasa por encima del cuerpo roto de su víctima y sale huyendo al galope. Desenvaino el puñal, la única arma que llevo, una pobre defensa frente a cinco hombres con espada. Nunca había tenido que luchar en un combate tan desigual. A mis espaldas, las impenetrables zarzas de la ribera, y ante mí los asaltantes, que se empiezan a desplegar en un medio arco. Aquí no sirven las enseñanzas de mi Maestro: no puedo ser un guerrero, sino un gato rabioso. Como un gato, no espero a que me ataquen: me concentro en volar, en ser veloz, en perder el peso y el bulto de mi cuerpo, me hago pequeña y dura y me abalanzo sobre el tipo de mi izquierda, que, sorprendido, intenta detenerme con un mandoble. Pero me agacho y siento que la espada corta el aire por encima de mi cabeza, mientras yo hundo mi puñal en su bajo vientre hasta que la punta choca con un hueso. El hombre berrea y se desploma, llevándose mi acero hincado entre sus carnes. Yo aprovecho la pequeña abertura que ha dejado y echo a correr por la vereda hacia la ciudad, soy un gato, soy rápida, mis pies apenas tocan el polvoriento suelo. Siento un latido de fuego sobre mi hombro izquierdo. Me han herido. Doy un salto lateral que despierta en mi espalda un dolor lacerante y me vuelvo para encarar a mi enemigo. Que está muy cerca de mí y levanta de nuevo el espadón, mientras los demás hombres se aproximan corriendo. Veo el brillo de sus ojos, huelo su sudor y su violencia. Así que éstas son las últimas sensaciones que percibe un guerrero: el centelleo movedizo de las espadas, el tufo del hierro y de la sangre. Estoy muerta. Pero no: mis enemigos colocan la punta de sus mandobles en mi cuello y se contienen. Quieren cogerme viva.

—¡Date preso!

De pronto, uno de los tipos se desploma. No entiendo lo que pasa. O sí: le han partido la cabeza con una piedra. Sus compinches le contemplan, desconcertados, y luego buscan con la mirada al agresor. Está parado en mitad del camino, grande y quieto. Un hombrón sólido y carnoso con una honda en su mano derecha y, en la otra, una maza de hierro. Mis asaltantes rugen de rabia y, olvidados de mí, se precipitan hacia él. Yo me inclino y recojo la espada del hombre abatido por la piedra. Tengo que morderme los labios para no gemir del agudo dolor que cualquier movimiento me produce. Quiero acercarme al combate, ayudar al extraño, pero advierto que no puedo dar un solo paso. Apenas consigo mantenerme en pie: me siento próxima al desmayo. Entre brumas, contemplo la confrontación, que es sorprendente y rápida. Con una precisión y una facilidad inusitadas, el gigantón hace un molinete con la larga maza y arranca las espadas de las manos de los dos primeros agresores. A continuación, dando una vuelta sobre sí mismo, golpea con la maza la espalda de uno de los hombres desarmados y lo arroja de bruces al suelo. Los otros dos asaltantes se detienen y nos miran. Yo intento enderezarme y mantener erguido el pesado mandoble con el último resto de mis fuerzas, para dar la sensación de que puedo ser aún un enemigo a batir. Las nubes detienen su correr por el cielo, los pájaros dejan de piar y todos permanecemos petrificados. Al cabo, los dos hombres rompen su quietud y salen huyendo. En el campo están los cuerpos de los otros cuatro, malheridos o muertos. De la falsa molinera no queda rastro: ha debido de escapar hace un buen rato. Clavo la punta de la espada en el suelo y me apoyo en la cruz para no derrumbarme. Mi brazo izquierdo está tinto de sangre. El gigantón se acerca.

—¿Por qué me has ayudado? —pregunto sin aliento.

Se encoge de hombros:

—Eran muchos.

Caigo de rodillas. Veo todo borroso. Un zumbido me llena los oídos.

—Mejor vámonos de aquí. Puede que vuelvan con refuerzos —me parece entenderle allá a lo lejos.

—Samatan..., la ciudad..., soy el señor de Zarco..., en Samatan —balbuceo.

Siento que unos enormes brazos me sujetan y me levantan en el aire. Siento que soy niña y que me acunan. Y luego llegan la noche y el silencio.

Una nueva cicatriz deforma y afea mi maltratado cuerpo. Nyneve ha vuelto a remendarme, rescatándome del mundo sombrío de los medio muertos. También ha recosido y curado a Fuego, que regresó a la ciudad chorreando sangre. En las lentas y vacías horas de mi convalecencia he podido reflexionar sobre el ataque: sin duda ha sido una trampa preparada por la Dama Negra y fray Angélico. Sólo Dhuoda podía saber de mi Jacques, de la casa de la higuera, de Mende: en los días felices de nuestra intimidad le conté todo.

—Recuerda que te lo advertí mientras estábamos viviendo en el castillo de la Duquesa... Te advertí que no debías confiar en ella de ese modo —gruñe Nyneve.

Está sentada junto a mí, picando la raíz de una planta medicinal. En los últimos tiempos ha ensanchado y engordado un poco. Al contrario que yo, ella siempre viste ahora de mujer. Envuelta por el amplio y abultado ruedo de sus sayas, que forman una especie de nido en torno a ella, Nyneve parece una matrona preparando el puchero del almuerzo.

—Tú también confías en ese tal León, y apenas le conocemos —digo de malhumor.

—Eso es distinto. Es decir, él es distinto.

León es el hombretón que me ayudó. Que me salvó la vida. Tengo mucho, demasiado que agradecerle, pero ya no me fío de los hombres. No entiendo por qué se arriesgó por mí; tanta generosidad me llena de suspicacia.

Es extranjero, lombardo; además, es herrero, y dice Nyneve que es un buen artesano. Se ha quedado por aquí, cosa que tampoco me complace. Ha encontrado trabajo en la fragua de Doinel y Nyneve le ha subarrendado el antiguo cuarto de los aperos, que jamás usábamos. Yo apenas le he visto: su habitación posee una entrada propia y sólo vino una vez a visitarme, cuando salí de peligro. Tiene el pelo castaño, espeso y muy corto; un cráneo muy redondo, una cabeza demasiado menuda para su cuerpo masivo. El rostro carnoso, con unos mofletes duros y abundantes; la nariz recta y recia, y una boquita pequeña y apretada, bien dibujada, como de damisela, chocante en su cara de gran bruto. Las cejas son gruesas, la frente enfurruñada y un repliegue de carne cae sobre sus duros ojos grises, tapándolos en parte. Incluso en calma parece un hombre peligroso. Da la impresión de que va a embestirte, y su manera de llevar la cabeza, un poco inclinada hacia delante entre los hombros macizos, no hace sino aumentar esa sensación. Se le ve incómodo dentro de sí mismo. Incómodo e impaciente, como si necesitara ocupar más espacio del que en realidad ocupa. Cuando habla, apenas mueve los labios. Aunque, a decir verdad, casi no habla: sólo te clava su mirada agobiante y su expresión feroz. Me pone nerviosa y no me gusta. Pero le debo la vida. Es inquietante.

—¿Sabes qué? Me he enterado de que León es un antigafe... —dice Nyneve—. El tipo cuenta muy poco de sí mismo, pero ya voy pudiendo sonsacarle algo... Por lo visto es un don que posee, o que él cree que posee... No lo hace como oficio y no cobra por ello: sólo usa su don para ayudar... Es una noticia interesante, porque los italianos son los antigafes más famosos del mundo. León lleva consigo una pequeña jaula cubierta con un paño... La guarda en su cuarto muy celosamente. Y algo se mueve y gañe dentro de la jaula..., algo vivo y oculto. Es un hombre extraño, pero me gusta. Bien, el caso es que he pensado en Alina..., tal vez pueda hacer algo por ella. Tal vez consigamos que se destape los ojos.

Frunzo el ceño al escuchar el nombre de la falsa ciega. Durante mi convalecencia, pedí a Nyneve que se encargara de ella y le llevara comida, y mi amiga ha conseguido ganarse la confianza de la mendiga como yo no conseguí jamás. Lo cual no deja de mortificarme. Lo cierto es que la muchacha le contó su historia. Es la hija mayor de un zapatero que, viudo, volvió a casarse con otra mujer. La madrastra era joven, guapa y amable, y empezó a tener hijos, niños sanos y hermosos a los que Alina, que aún no era ciega, se encargaba de cuidar tras el destete; y todos, al pasar a manos de la adolescente, enfermaban y morían de consunción, se iban apagando lánguidamente como las hogueras en el amanecer. Tras la muerte del segundo niño, los vecinos empezaron a hablar de un aojamiento; y luego falleció el tercero con los mismos síntomas, y la madre, enloquecida, acusó a Alina. Tras ese enfrentamiento, también la madrastra enfermó y murió rápidamente. Alina, horrorizada, se convenció de que ella era la causante, que ella les embrujaba sin quererlo. Se cubrió los ojos con un paño y escapó de casa, dispuesta a penar por el mal hecho. Y así la encontré yo. Nyneve había intentado convencerla de que se destapara el rostro, pero la muchacha seguía con su venda.

—No sé, Nyneve... Creo que no me gustaría que Alina se quitara el lienzo. ¿Y si tiene razón? ¿Y si su mirada resulta fatal?

Nyneve mueve la cabeza reprobadoramente:

—Pero, Leola, ¿cómo puedes creer en esas cosas a estas alturas? El mal de ojo no existe.

De pronto me viene a la cabeza la imagen punzante de mi hermana pequeña... Ese rostro indefenso surgiendo de entre los velos del pasado, esa pobre carita consumida por la fascinación mortal, por la maldición de los que envidiaban su hermosura. Y se reaviva en mí toda la credulidad de mi antigua vida campesina.

—Pues no sé, Nyneve, pero yo he visto casos... Y lo que tampoco entiendo es que tú no creas en ello. ¿No eres una bruja? Pues las brujas hacen eso. Las brujas aojan —contesto, algo irritada.

—Te lo he explicado mil veces... Soy una bruja de conocimiento. Eso es lo que le pedí a Myrddin. Porque el conocimiento es más perdurable que los famosos conjuros perdurables. No confundas el misterio del mundo, sus fuerzas inexplicables y la inmensidad de todo lo que no sabemos, que es lo que sustenta la verdadera magia, con los trucos de baratillo de los hechiceros de feria. El mal de ojo no existe... siempre que tú creas que no existe. Pero como Alina sí cree, y está atrapada en su miedo y su fe, pienso que el herrero, que es otro crédulo, puede hacerle mucho bien. Déjales que se ayuden y se entiendan.

Le oigo salir de su cuarto, como cada tarde en torno a esta hora. Va a verse con ella, lo sé. Espero unos instantes para permitir que se adelante y luego le sigo sigilosamente. Doy la vuelta a la casa y me quedo escondida tras la última esquina. Desde aquí les veo: Alina sucia y asustadiza, agazapada entre las ruinas como un animalejo montaraz, León calmoso y grande, sentado en el suelo junto a ella. Desde que Nyneve le habló del problema de la muchacha, el herrero va todos los días a charlar un rato con la falsa ciega. Parece que la conversación se le da bien. Increíble, porque él conmigo no habla. Gastón intentaba resultar secreto y hermético, aunque sólo se quedó en embustero y traidor. En cambio León es un verdadero enigma, pese a no cultivar aires de misterio. Es más, incluso me da la sensación de que procura pasar desapercibido, como si tuviera algo que ocultar. Quiere ser invisible, cosa difícil con su envergadura.

Ahí están, charlando amigablemente. Desde aquí no los oigo: hablan muy bajo. León alarga su ancha mano, grande como un pan, y la coloca suavemente sobre la tiznada mejilla de la chica. El rostro entero de Alina cabe dentro de la palma del herrero. La muchacha se abandona ahí, se refugia en la mano del hombre como un pájaro que regresa a su nido; y León la acoge sin reservas. Lo veo. Es un gesto tan sencillo y tan hondo que me escuece un poco el corazón. Yo nunca me he confiado a un hombre con tanto abandono. O quizá nunca nadie me ha ofrecido su consuelo de ese modo. A fin de cuentas, soy un caballero. Y los caballeros no se despojan jamás de sus corazas de hierro.

No importa, que hablen, me da lo mismo. Es natural que una aojadora y un antigafe se compenetren bien. Los dos son igual de extraños, igual de ariscos. Que les aproveche su compañía: yo regreso a casa. Estoy todavía convaleciente y sigo llevando el brazo izquierdo en cabestrillo. Me exaspera la inactividad, la fácil fatiga de mis músculos aún debilitados. Me siento prisionera en mi cuerpo, en mi casa, en mi vida, en esta ciudad cercada por la guerra, en este mundo violento e implacable.

Estoy a punto de entrar en nuestra morada cuando advierto que la pequeña puerta de madera que conduce al cuarto de León se ha quedado entornada. Me detengo en el umbral, llena de dudas. Pero también aguijoneada por la curiosidad. ¿Y si aprovecho la oportunidad y me asomo un momento? Sólo voy a mirar. No tocaré nada. Y él seguirá todavía un rato con Alina y no va a enterarse. Empujo la hoja, que gime como un ánima en pena. En el pequeño cuarto se remansan las sombras: sólo dispone de un ventanuco alto y el sol ya está próximo al ocaso. Tardo cierto tiempo en acostumbrar mis ojos a la penumbra, pero al cabo empiezo a distinguir el modesto paisaje de la estancia. El suelo, de tierra apisonada, está pulcramente cubierto con paja limpia. En el rincón de la derecha está el jergón, tapado con una manta de rizada piel de oveja. También hay unos cestos de mimbre que contienen ropas, útiles, pequeñas herramientas. Y un par de taburetes de madera. Huele mucho a hollín, porque no hay chimenea. Cerca del ventanuco, sobre el suelo, un pequeño hogar construido con piedras redondeadas todavía contiene las cenizas del último fuego. Un par de calderos de hierro, cucharones, un vaso, en fin, los habituales útiles de cocina. Todo limpio y bien dispuesto. Hay otro taburete colocado dentro de un gran barreño lleno de agua; ahí encima es donde guarda la hogaza de pan y un puñado de viandas, sin duda para preservarlas de la glotonería de los ratones. De pronto, un ruido blando y muy próximo me sobresalta... A mis pies hay un bulto irregular cubierto con un paño. Un bulto del que emergen susurros y roces de algo vivo. Debe de ser la jaula a la que se refería Nyneve: me agacho y, en efecto, por debajo del lienzo puedo ver la base de los barrotes... con algo oscuro y peludo, o tal vez plumoso... o incluso escamoso... que se mueve ahí dentro.

—¡Quieto! No se os ocurra tocar eso...

La grave y pastosa voz del herrero retumba en mis oídos y detiene mi mano en el aire, esa mano culpable que, casi por sí sola, iba ya a levantar el lienzo de la jaula. Me incorporo abochornada, con el rostro encendido de vergüenza. León me contempla desde el umbral con el carnoso ceño apelotonado, más embestidor que nunca en su apariencia.

—¿Qué estáis haciendo aquí?

Su voz es tan dura como el acero que los hombres martillean en la fragua de Doinel. Intento desesperadamente encontrar una excusa:

—Escuché un ruido, la puerta estaba abierta... Oh, no sé. Lo lamento, León. Creo que me venció la curiosidad. No volverá a suceder.

El herrero abre y cierra sus grandes puños con nervioso gesto: no sé si es que siente deseos de golpearme. Pero cuando vuelve a hablar, su tono se ha suavizado.

—Necesito aislamiento. Y soledad. Puede resultar extraño, pero es así. Se lo dije a Nyneve, y ella lo entendió y lo acordamos de ese modo. Pero quizá vos no lo sabíais. No he hablado con vos. Ahora os lo digo: no debéis entrar nunca jamás aquí. Jurádmelo por vuestro honor de caballero.

—Te lo juro.

León suspira. Su rotundo pecho resuena como un fuelle.

—Está bien. Ya que estáis aquí, ahora no os vayáis... Alina va a dejar que le quite la venda. Quizá podáis ayudarme.

Ahora veo a la mendiga, en efecto, medio oculta detrás del corpachón del herrero. Un puñado de harapos temblorosos.

—Cerrad la puerta, por favor. Necesitamos que haya poca luz, o sus desacostumbrados ojos quedarán heridos para siempre. Con el ventanuco bastará.

Hago lo que me dice y regreso desganadamente, en la penumbra, hacia la silueta del hombretón, una sombra más densa dentro de la sombra. León ha sentado a la chica en el suelo y se ha sentado enfrente. Palmea la paja señalándome un lugar junto a ellos y les imito, aunque no me hace muy feliz estar aquí cuando la muchacha destape sus ojos. Abrazada a sí misma, Alina se mece de atrás adelante y lloriquea:

—No quiero, no quiero... Voy a hacerte daño...

—Escucha, Alina..., escúchame bien. No puedes ver, de modo que concentra todos tus sentidos en escucharme...

La voz del herrero es oscura y serena, un resonar de bronce.

—Hace muchos siglos, en el desierto de Libia, vivía un cenobita llamado Simón el Hierático, un santo varón capaz de infligirse las mayores mortificaciones. En una ocasión prometió mantenerse de pie, en medio de la arena interminable, durante siete días con sus siete noches, sin mover un solo músculo. Cuando el sol del octavo día casi asomaba y Simón estaba a punto de culminar su penitencia, una cobra de los desiertos, venenosa y mortal, se le acercó reptando por el suelo y comenzó a dar vueltas a su alrededor. La serpiente alzó junto a él su terrible cabeza triangular, silbó como un demonio, se balanceó enseñando los letales colmillos y al cabo le trepó piernas arriba hasta enroscársele en el cuello. Y el santo Simón no hizo nada por evitarlo. Seguía sin romper su promesa y sin moverse.

Tampoco se mueve Alina: ha parado de mecerse, absorbida por las palabras del herrero. Yo también estoy cautivada, a mi pesar, por su relato. Y sorprendida por su verbo fácil y seductor, por su capacidad narrativa, inesperada en un hombre por lo general tan silencioso y parco. Sus palabras llenan la habitación y sus ojos parecen encendidos de un raro fulgor gris, similar al de esas amenazantes nubes de tormenta que, de repente, se iluminan por dentro, como si el sol ardiera en su interior.

—Entonces la cobra apretó su frío abrazo en torno al cuello de Simón, irguió su cabeza en forma de flecha, sacó los colmillos y mordió al santo en la boca, atravesándole los labios. Y el cenobita soportó el fuego de la herida y del veneno sin siquiera estremecerse. En ese justo momento amaneció y la luz del día bañó a la serpiente; y la cobra cayó al suelo y se transformó en una criatura alada y resplandeciente. Era el arcángel San Gabriel. Y el Arcángel dijo: «Simón, mucho nos complacen tu modestia, tu valor y tu perseverancia. En premio a tus virtudes vamos a hacerte un regalo muy valioso: el Hueso Esponja. Este pequeño hueso que aquí ves viene del espinazo de la Cobra Negra, la peor de todas. Y tiene la maravillosa propiedad de que, aplicado sobre la herida producida por la mordedura de una serpiente, absorbe toda la ponzoña y la saca del cuerpo, salvando la vida de la víctima. Porque suele suceder que lo que nos daña también puede curarnos. Guarda este útil conocimiento del Hueso Esponja para ti y para todos los que vendrán después de ti; y así, los eremitas que habitarán durante siglos en este desierto honrarán tu memoria y te bendecirán». Y es verdad. Desde entonces, los cenobitas del desierto de Libia se han salvado de las mordeduras de las cobras gracias a los huesos del espinazo de otras cobras. Yo anduve por allí y me lo contaron.

León calla un momento. Mientras hablaba, ha estado gesticulando lenta y ampliamente. Cuando extendió la mano delante de él, imitando el ademán del ángel, casi me pareció ver brillar en su palma, en la penumbra, la pequeña vértebra del reptil.

—Yo soy eso, Alina. Soy como el espinazo de la Cobra Negra. Soy un Hueso Esponja del aojo. Es un don que no busqué y que no pedí. Me vino de nacimiento y lo descubrí por casualidad. No sólo soy inmune a la fascinación maligna, sino que, además, soy capaz de absorber todo el mal. Lo chupo y lo extraigo, lo extirpo por completo, lo deshago. Desaparece para siempre sin hacerme daño. Es muy fácil. Sólo tienes que quitarte la venda y mirarme a los ojos.

Alina tiembla. León le coge las manos, que son como gorriones asustados.

—Leo, ¿me haríais el favor de sacar vuestro puñal y ponerlo en el suelo, entre nosotros?

La petición del herrero me sorprende.

—Sí, claro.

Desenvaino el cuchillo y lo deposito sobre la tierra.

—No dejéis de mirarlo, por favor. No apartéis los ojos del puñal.

Hago lo que me dice y concentro toda mi atención en el arma. En realidad, me alivia poder salvaguardar mis ojos de la mirada de Alina. La hoja metálica reluce débilmente en la penumbra con un brillo lechoso. De pronto, se me antoja que el cuchillo se mueve. No es posible. Pero sí, la hoja está vibrando... ¡Y ahora ha dado un brinco! El puñal gira por sí solo sobre el suelo hasta señalar con su punta a la muchacha. Alucinada, alzo la vista y miro al herrero: acaba de quitarle la venda a la chica y ahora hunde sus ojos en los ojos de ella. Me estremezco y vuelvo a concentrarme en el puñal. Que está vibrando nuevamente y comienza a rotar sobre sí mismo. Muy poco a poco. Gira la punta del puñal describiendo un arco sobre el suelo. Desde la jaula tapada, en el silencio, nos llega un vago rebullir, un sordo jadeo. Creo que la sangre se me ha helado en las venas. El cuchillo ha cubierto media circunferencia y ahora apunta hacia León. La hoja se detiene.

—Se acabó, Alina. Estás curada. Todo ha terminado —dice el hombre con una voz muy suave.

—¿Estás seguro? —gimotea la chica.

—Leo, por favor, decidle qué habéis visto.

—Bueno, yo no sé si... Que la Virgen me ampare, pero me parece que el cuchillo primero te apuntaba a ti y luego se ha movido solo por el suelo hasta apuntar a León...

—Eso es..., el hierro señalaba la corriente de la fascinación maligna. Pasó de ti a mí y ya se ha ido. Puedes mirar sin miedo a todo el mundo..., por ejemplo, a Leo. ¿No os dará miedo que os mire, verdad, señor de Zarco?

Niego vigorosamente con la cabeza. Con mucho más vigor que tranquilidad. Pero qué remedio: habrá que fiarse de León. Alina me contempla a hurtadillas. Sin su venda no es más que una pobre muchacha como tantas, de la misma manera que mi cuchillo ahora sólo parece un vulgar cuchillo. El rostro de la mendiga se arruga en un puchero infantil y comienza a llorar:

—Yo no quería... No quería hacerles ningún daño, de verdad. Yo..., yo pensaba que mi padre ya no me amaba. Pero no les deseé la muerte, lo prometo...

—Ssshhh... —murmura el herrero—. Ya pasó todo.

León coge un paño, lo moja en el agua del barreño y comienza a limpiar la mugrienta cara de la chica. Lo hace con increíble delicadeza, pese a la dimensión de sus macizas manos. Bajo el polvo y los churretes va surgiendo un rostro blanco y delicado. Unos ojos hermosos. Es guapa, la mendiga. Y muy joven. Recupero mi cuchillo y lo guardo en el cinto.

—León, antes has dicho, o el ángel de tu historia ha dicho, que lo que nos daña también puede curarnos. Tú has curado a Alina. Me pregunto cuál es tu manera de hacer daño.

El herrero frunce el entrecejo. La luz de sus ojos grises se ha apagado. El hombre se levanta y abre la puerta. Por el hueco se cuela una mortecina claridad, el último soplo del crepúsculo. Oigo el repiqueteo de los cascos de Alado: Nyneve regresa.

—¿Podríais dar cobijo a Alina en vuestra casa durante al menos un par de días? Le llevará algún tiempo acostumbrarse a la luz... —dice León.

Se ha quedado de pie junto a la entrada, esperando con impaciencia a que nos vayamos.

—Por supuesto —contesto.

De debajo de la tapada jaula se escapa un sonido leve y ondulante. Un gemido solitario, como el de ese viento que probablemente silba, bajo la amoratada luz del atardecer, en los desolados desiertos de la lejana Libia.

—Te dije que funcionaría —comenta Nyneve con satisfacción—. Alina está curada.

No sólo está curada, sino que sigue viviendo con nosotras. Se ha quedado de ayudante o aprendiza de Nyneve; le trae hierbas del campo para sus medicinas, le ayuda a picar raíces y macerar hojas, a preparar cataplasmas y a dar friegas de aceite de eucalipto en el pecho de los que han enfermado por el mal del frío. Cuando nos mudamos de ciudad, Alina también vino. Hemos abandonado Samatan, como muchas otras personas, empujadas por el avance de los cruzados. La guerra produce estos movimientos masivos, este desesperado andar y desandar de los caminos, familias enteras acarreando sus pobres pertenencias a la espalda, los niños más grandes llevando en brazos a sus hermanos pequeños con paso tambaleante, los viejos inválidos atados al lomo de la vaca, si por suerte la tienen, o arrastrados agónicamente entre dos adultos. Y siempre el agotamiento, el hambre, la desesperanza, el miedo del enemigo que se acerca, la nostalgia de todo lo perdido, el polvo que recubre los doloridos pies.

También el herrero se vino con nosotras. En las veredas colmadas de fugitivos, el fornido León acarreó en sus brazos ancianos enfermos, niños debilitados, mujeres embarazadas. Es un hombre extraño: parece incapaz de resistirse a la llamada de socorro de alguien indefenso. En realidad yo misma salvé la vida gracias a eso. Es como uno de los penitentes que han hecho una promesa a Nuestro

Señor. O como uno de los impecables Caballeros de la Mesa Redonda. Sólo que León es un plebeyo, no un guerrero; y que esos caballeros excelentes son tan escasos que resultan más difíciles de hallar que la piedra filosofal que buscaba Gastón. Me pregunto por qué nos ha acompañado, por qué sigue con nosotras.

—Nyneve, ¿por qué crees que León sigue con nosotras?

Mi amiga está volviendo a pintar su hermoso trampantojo en las paredes de la nueva casa. Vivimos en el pueblo de Sarin, por vez primera en el tercer piso de un edificio de cuatro alturas. Hemos tenido que dejar los caballos, bajo pago, en un establo cercano. El herrero ocupa un cuarto para él solo: un despilfarro de espacio y de dinero, pero él insiste en mantener esa extraña y hosca soledad. De vez en cuando, al igual que sucedía en Samatan, León se encierra en su aposento y no sale en todo un día y toda una noche. A veces, en esas ocasiones, se escuchan allá dentro gemidos y golpes. Pero aunque llamemos a la puerta, nunca nos abre. Pienso en la rara criatura que esconde en esa jaula. Y pienso en todo lo que no sé de este hombre rudo y taciturno. El herrero está buscando una fragua en la que trabajar, pero aún no la ha encontrado. Yo tampoco he conseguido todavía alumnos para mis clases, de modo que empleo el tiempo en juntar palabras para mi enciclopedia. La única que ya ha empezado a ser solicitada es Nyneve la Sanadora, porque la enfermedad ablanda la bolsa de las gentes.

—Pues no lo sé... Porque somos encantadoras. En cualquier caso, me alegro. Es un hombre bueno y fuerte. Me siento mejor cuando él está por aquí.

El castillo de Avalon ha vuelto a acercarse un poco más en el nuevo dibujo. Ahora es posible ver la forma de las ventanas, e incluso intuir la fina hendidura de las troneras. Las almenas muestran con claridad su remate de cola de alondra, y encima de la puerta principal se distingue, aunque sin detalle, el bajorrelieve abigarrado de un escudo de piedra.

—¡Venid, venid! Hay que hacer algo... León... está discutiendo con un noble...

Alina ha irrumpido en la estancia sin aliento, despeinada, sofocada, con los ojos desorbitados y la frente brillante de sudor. Hermosa, muy hermosa. Por eso se ha venido con nosotras el herrero. Por eso nos ha seguido. No a nosotras. A ella. Siento un extraño pellizco en el estómago. Un sabor a sal en la boca. Pero debe de estar sucediendo algo malo, y esta tonta y aturullada Alina no sabe explicarse.

—Cálmate, ¿qué pasa? —dice Nyneve.

—Están ahí abajo, en la posada... Y el noble lo lleva atado del cuello con una cadena como si fuera un perro...

—¿El noble lleva atado a León? —me asombro.

—¡Noooo! A un hombre muy raro... Es muy feo y no habla y tiene la cara y el cuerpo manchados, medio negros... Y el noble y los suyos se reían de él, del hombre manchado, así es que León se enfadó con ellos.

Ya empiezo a entender: de nuevo la presencia de un ser indefenso ante quien el herrero retoma su obstinado papel de paladín.

—Vayamos a ver qué ocurre —dice Nyneve.

Agarro la espada al vuelo, por si acaso, y descendemos corriendo por la estrecha y empinada escalera. Enfrente de nuestra casa, ante la posada, se está acumulando un creciente gentío: los vecinos corren hacia el barullo, atraídos por la noticia de que algo insólito sucede. Nosotras también nos acercamos y bregamos a codazos y empujones hasta llegar a la primera fila de los mirones. Y descubro a un antiguo conocido. A un tipo desnarigado y feo, vestido con sucios brocados, boina de terciopelo y pluma de faisán. Es el desagradable conde de Guînes, contra quien crucé mi acero múltiples veces cuando me hacía pasar por el sobrino del señor de Ardres. ¿Qué hará por aquí, tan lejos de su tierra? Ríe el Conde, mostrando una boca muy mermada de dientes:

—Es mío, es mi juguete, me lo regalaron hace tiempo. Es una especie de animal salvaje, un pobre bruto... Es completamente sordo, no sabe hablar y, además, es un infiel. No vale gran cosa, pero no puedes comprármelo, por mucho que insistas, por la sencilla razón de que no está en venta.

Guînes está hablando, ahora lo veo, de un hombrecillo de pobres ropas y enredado pelo negro que está acurrucado junto a él. Lleva el cuello ceñido por un ancho collar de cuero con remaches de hierro, semejante a los collares de los alanos, los formidables perros de guerra. Una cadena une el collar con la mano del Conde, que da tironcitos de cuando en cuando sin que el hombre haga nada, salvo permanecer en cuclillas quieto y ensimismado, como ausente o ignorante de todo. Es un personaje muy extraño: su frente y su nariz son blancas, pero el resto visible de su piel parece pintado con unas raras marcas de tinta de color negro azulado: las mejillas, la barbilla, el cuello, los brazos y las manos, las pantorrillas y los descalzos pies. Frente al Conde, plantado en toda su carnosa solidez, León bufa y aprieta los puños, impaciente y angustiado. Veo con claridad que el herrero no sabe bien cómo salvar a la nueva víctima que la Providencia le ha puesto en el camino.

—Pero me gusta divertirme, y últimamente me aburro demasiado —dice el Conde—. Observo que eres un hombre muy robusto, de manera que te propongo un trato... Juguémonos la propiedad de este animal doméstico echando un pulso... ¿Qué opinas, grandullón?

El rostro del herrero se ilumina.

—Me parece muy bien.

León es un inocente. No sé qué trama Guînes, pero las cosas no pueden ser tan sencillas.

—Estupendo... Claro que tú eres muy fuerte, y te sería fácil ganarme, porque, además, yo ya soy un hombre mayor... Pero también soy Conde, y por lo tanto no necesito combatir por mí mismo... Mis hombres pueden hacerlo por mí. Éstas son las condiciones: tendrás que vencer los brazos de todos los hombres que vienen conmigo, uno detrás de otro... Y, si no he contado mal, son doce. ¿Estás de acuerdo?

—De acuerdo —dice el herrero.

Un rumor de satisfacción y gozo anticipado recorre la concurrencia. No hay cosa que más guste a la muchedumbre que los retos. Con hábil sentido negociante, el posadero y sus ayudantes empiezan a organizar el espacio de la confrontación. Retiran las mesas del exterior, ordenan el círculo de mirones en un amplio ruedo y colocan en medio una de las largas bancas de madera, sobre la cual tendrán que medirse el pulso los contendientes.

—¿Alguno quiere pedir algo de beber? —vocea el posadero—. Tengo una cerveza fuerte y sabrosa como lengua de mujer joven, y tan barata como trasero de vieja...

—¿Estás seguro de lo que vas a hacer, León? No me fío de ese hombre... —dice Nyneve.

Pero el herrero se encoge de hombros con ese gesto tan suyo, una especie de aceptación fatídica, la asunción de lo inevitable del destino.

—A sus puestos, señores... —dice el Conde.

Los acompañantes de Guînes tienen un aspecto aguerrido y algunos son considerablemente fornidos. Hay una decena de soldados, probablemente mercenarios, y un par de caballeros con armadura, sin duda vasallos del Conde. El más joven de los caballeros insiste en competir el primero. León y él se instalan a horcajadas sobre el banco, el uno cara al otro, y apoyan sus codos en el asiento ante ellos.

—¡Un momento! —chilla Guînes—. Como te tengo aprecio, grandullón, voy a hacer algo por ti... Voy a darte un acicate más, una razón más para evitar perder... Poned unas puntas, ya sabéis cómo...

Sí, parece que los soldados del Conde lo saben, lo que demuestra que ésta debe de ser una diversión habitual en el castillo de Guînes. Alguien trae un balde de madera lleno de arena. Y en la arena clavan, con el culo enterrado y el afilado hierro apuntando hacia arriba, un puñado de flechas. Colocan el cubo en el suelo, junto al brazo de León. Si el herrero es vencido y su brazo doblado, las erizadas flechas se clavarán en su carne.

—¿Quieres seguir? —se burla el Conde.

—Quiero seguir —gruñe León.

Algunos de los vecinos aplauden y yo sudo de miedo. El hombrecillo de la piel manchada permanece abstraído y ajeno al tumulto y la expectación, sin duda ignorante de que se está dirimiendo su futuro.

—Que el posadero haga de juez y árbitro... Para que veáis que no quiero aprovecharme de mi condición —alardea el Conde, con una risotada que suena como un relincho.

El posadero, en efecto, se acerca anadeando a los contendientes. Tiene una pierna más corta que la otra y camina con un fuerte vaivén. Verifica que las manos están bien agarradas, que los brazos mantienen la vertical, que las posiciones son correctas.

—A la tercera señal, comenzáis —dice el cojo.

Y se pone a golpear una jarra de latón con un cucharón. Uno, dos, tres tañidos. El corro de curiosos deja escapar un grito, como un solo animal con muchas cabezas: el enfrentamiento no ha durado ni un parpadeo. Antes de que el caballero hubiera podido siquiera pensar en empujar, León ya le había tumbado el brazo sobre la banca. El joven guerrero se levanta furioso y abochornado, agarrándose la dolorida muñeca. Su lugar es ocupado por un soldado cuarentón de grandes manos y uñas renegridas, que ofrece más resistencia. Aun así, el herrero también le vence sin excesiva dificultad. Va ganando León cada uno de sus pulsos, pero a partir del séptimo o el octavo se le nota el cansancio y los enfrentamientos empiezan a ser cada vez más reñidos. Su fuerte brazo tiembla en el aire, retrocede levemente, se acerca a las afiladas puntas de las flechas para después volver a enderezarse y a recuperar el terreno perdido. Las peleas duran cada vez más, multiplicando la fatiga y alargando la angustia. Sin duda los contendientes más fuertes se han reservado para el final, para cogerle ya agotado... ¡Bien! Otro más que ha caído. El público vitorea. Los ha vencido a todos..., esto es, a todos menos al último, al caballero de más edad, un hombre casi tan alto y tan fuerte como León. Veo el rostro congestionado del herrero; se levanta un instante, da unos pasos, se frota la muñeca y sacude el brazo para intentar relajarlo: pero me parece que apenas puede mover los agarrotados dedos. Vuelve a sentarse a horcajadas en el banco y acopla su mano a la de su enemigo. Se miran. Toman aire. Suenan los tres golpes en el latón. En el completo silencio se pueden escuchar los resoplidos de esfuerzo de los contendientes. Vibran los brazos en el aire con tensión inhumana. Se amoratan los rostros de los dos hombres, y sus cuellos se hinchan con un bajorrelieve de abultadas venas. Las manos enroscadas como serpientes se mueven levemente hacia la izquierda..., hacia el triunfo de León. Pero no, que Dios nos proteja, ahora el caballero se recupera, las manos deshacen su camino, regresan a la vertical y siguen avanzando hacia el otro lado, siguen cayendo, lenta pero imparablemente, hacia las flechas. Trepidación de brazos. Rostros deformados por el denuedo y el dolor. El doble puño bifronte sigue descendiendo hacia la derrota del herrero. ¡No lo puedo soportar! Tapo mis ojos. Un anhelante suspiro de la concurrencia me hace volver a mirar entre los dedos: los dardos han empezado a arañar el antebrazo de León. Veo la sangre que gotea, las puntas de acero rasgando la carne. En cualquier momento sobrevendrá el derrumbe; impulsado por el poderoso empuje de su enemigo, el brazo rendido quedará ensartado por las flechas. Pero León no cede. Parece imposible, pero el herrero aguanta aún en esa posición dificilísima. Es más: está subiendo... Sí, eleva su puño poco a poco, ha conseguido liberarse de la mordedura del acero... Y sigue un poco más arriba, y todavía un poco más, en un lentísimo y sofocante avance hacia la verticalidad, mientras el caballero brama en su esfuerzo por no perder la ventaja, por rematar el lance y doblar el pulso de su oponente. De pronto, un crujido escalofriante, un alarido agónico, un aullido de asombro de la muchedumbre. El brazo del caballero se ha partido en dos, un poco más arriba de la muñeca. El guerrero, lívido, se pone en pie, comienza a vomitar y se desploma. Los soldados de Guînes acuden a socorrerle. Nyneve y yo nos acercamos a León, que también está pálido como un espíritu, con grandes ojeras amoratadas bajo sus ojos y un gesto de dolor crispando su boca. Se agarra el brazo con amoroso cuidado, como quien sostiene a un niño pequeño.

—¿Estás bien?

—Creo que sí.

La gente ríe y habla a voz en grito, pagan y cobran sus apuestas, corean el nombre del herrero: sin duda la mayoría estaba de parte del plebeyo León y contra el desnarigado conde de Guînes. El Conde, por cierto. Me acerco a él, abriéndome paso entre el gentío.

—Señor, habéis perdido.

El noble me mira con enfadado y venenoso desdén.

—Te conozco. Eres aquel Mercader de Sangre que intentó hacerse pasar por el sobrino del señor de Ardres, que en el infierno esté... ¿Ahora eres amigo de los forzudos de feria? Una buena carrera de caballero, vive Dios...

—Señor, habéis perdido y os jugabais la libertad de este hombre.

Guînes suelta la cadena y propina un puntapié al hombrecito acuclillado a sus pies:

—Aquí lo tienes... Todo para vosotros. Se sentirá bien, siendo un animal entre animales. ¡Vámonos! Tenemos un largo viaje por delante...

El sordo ni siquiera se ha quejado de la patada. Mira expectante a su antiguo amo y hace ademán de seguirle cuando éste se da la vuelta para marcharse. Recojo la cadena del suelo y le sujeto, para evitar que se vaya; el hombre gira la cabeza y me descubre. Advierto que en un instante lo ha entendido todo, que me ve al otro lado de la traílla, que asume que yo soy su nuevo amo. Se acuclilla a mis pies. Siento un vahído de angustia.

—No, no. Levántate. Eres libre.

Me mira sin comprender. Ojos asustados y la misma expresión anhelante de los perros.

—Ven, amigo.

El vozarrón del herrero resuena a mi lado. Con la mano izquierda, porque parece tener inútil el otro brazo, León le quita el collar de cuero al hombre y luego, agarrándole por debajo de la axila, le pone en pie con suavidad.

—No tengas miedo.

No creo que el sordo pueda entenderle, pero mira a León con una cara distinta. Le mira con una especie de confianza.

Regresamos todos a casa, León llevando al tipo cogido de los hombros con la misma dulzura con que llevaría a una delicada damisela. Ya arriba, Nyneve consigue que el herrero le deje examinar su contraído brazo. Se lo frota con aceites esenciales y después se lo venda. Alina, mientras tanto, se ha puesto a preparar comida para todos. Yo no hago nada. Y el hombrecillo tampoco hace nada. Yo estoy sentada en un escabel, ahogada de confusas emociones, sintiéndome presa de un extraño cansancio, deseando dormir un sueño tan largo como la misma muerte. El hombre se encuentra de pie, arrimado contra el muro, tan quieto como uno de esos insectos que se pegan a las ramas para intentar pasar inadvertidos.

—A ver, amigo. Déjame que te examine. No tengas miedo. ¿Entiendes lo que digo?

Una vez terminada la cura de León, Nyneve se dirige al hombre manchado. El sordo contempla sus labios con extrema atención y sacude la cabeza. Sí, entiende.

—Eres libre. León ha jugado por ti y ha ganado. ¿Comprendes?

El hombre vuelve a asentir. Nyneve le examina por encima: los dientes, los ojos, los brazos y las piernas, las extrañas manchas. Le entreabre la harapienta camisa. El pecho también está pintado. Garabatos de tinta sobre una carne escuálida y lampiña. Ahora que me fijo, el hombrecillo parece tener muy poco vello.

—Yo soy Nyneve, ¿tú cómo te llamas?

El sordo se vuelve buscando algo. Se aproxima a los pigmentos de las pinturas de mi amiga, mete un dedo en un tarro de color verde y escribe torpemente sobre la pared, con penoso y titubeante trazo, una confusa palabra de siete letras.

—Fe..., no, Fi... li... ppo. ¿Te llamas Filippo? —dice Nyneve.

Sí.

—¿De dónde eres?

El sordo encoge los hombros y agita las manos en un gesto de desesperación.

—¿No sabes de dónde eres?

Más gesticulación exasperada.

—No sabes escribir. Sólo sabes escribir tu nombre...

Sí.

Nyneve suspira.

—Bueno, Filippo... Pues eres libre. Puedes marcharte cuando quieras.

El hombrecito baja la cabeza. Su manchado rostro tiembla y se arruga. Se oye una especie de gemido. Creo que está llorando.

—No te preocupes, ¡no te preocupes! Nadie te va a echar. Puedes quedarte con nosotros el tiempo que quieras —dice León, levantándole la cara para que pueda leer de su boca.

Filippo asiente y junta las manos en un gesto de gratitud. Esas manos cubiertas de extrañas formas entintadas, de signos diminutos, de dibujos semejantes a las letras de los sarracenos o a la escritura de esas lenguas antiguas que a veces he visto en los pergaminos de las bibliotecas. También Nyneve está analizando con atención los raros tatuajes.

—Leo, por favor, tráeme mis ojos de vidrio, creo que sabes dónde están... —me pide.

Los ojos de vidrio son un extraordinario invento de mi amiga. Que se está haciendo mayor y ha perdido vista. A veces, para leer en sus polvorientos libros de recetas médicas, o para confeccionar un remedio o hacer cualquier trabajo delicado, se pone por delante de sus ojos otros ojos mecánicos, dos pedazos de vidrio abombado sujetos a una especie de corona de hierro que ha forjado León bajo sus instrucciones. A través del cristal, todo lo que se mira se ve enorme. Voy a buscar el artefacto a la alacena y se lo traigo a Nyneve, que se lo coloca en la cabeza.

—Ajajá..., lo que yo pensaba —dice con voz satisfecha, escrutando la piel de Filippo—. Es un texto en griego. Ya sabéis, es una de las lenguas antiguas. Y se diría que tiene escrito todo el cuerpo...

En efecto, las letras empiezan en línea recta en la parte alta de las mejillas, por debajo de los ojos, y siguen, por lo que se ve, desde ahí para abajo.

—¿Quién te hizo este tatuaje?

El hombre dibuja círculos en el aire con las manos y pone los ojos en blanco.

—Tengo el griego bastante abandonado, pero creo que puedo traducirlo —dice Nyneve—. Hazme el favor, quítate la ropa.

El hombrecillo obedece sin dar muestras de duda o de sorpresa, con docilidad de esclavo viejo. Se saca el desgarrado jubón, la camisa y las sucias calzas y se queda en una mansa desnudez. En efecto, no tiene un solo pelo. Impresiona ver toda su piel grabada, línea tras línea de apretados y nítidos signos, tanto por delante como por la espalda.

—Vaya. Qué sorpresa. Es un ángel —murmura Nyneve.

—¿Cómo?

—Es un eunuco. Está castrado, ¿no lo ves? Aunque Filippo es un nombre griego y significa «el que ama los caballos», nuestro amigo probablemente venga de Bizancio, donde esta amputación es habitual. Allí los llaman ángeles. Pobre hombre. Claro que la ausencia de vello permite que se vean mejor las escrituras.

Es verdad. Cierto pudor me había impedido escudriñar con detenimiento sus partes viriles, pero ahora observo bien su pobre sexo empequeñecido y mutilado. Nyneve frunce el ceño debajo de sus cristales agrandadores y se queda un buen rato estudiando el cuerpo del hombre sordo. Al cabo, sonríe.

—Me parece que ya tengo la traducción del primer párrafo... Y, además, sé lo que es. Escuchad: «El guerrero, lleno de furia, vestía la armadura forjada por Hefesto. Se puso en las piernas las grebas ajustadas con hebillas de plata; protegió su pecho con la coraza, colgó del hombro la espada de bronce guarnecida con clavos argénteos y embrazó el pesado escudo, cuyo resplandor era semejante al resplandor de la luna. Cubrió su cabeza con el macizo yelmo que brillaba como un astro, y sobre él ondeaban las doradas y espesas crines de caballo que Hefesto colocara en la cimera. Sacó de su estuche la poderosa lanza que sólo él podía manejar, y alzándola y rugiendo como un león la agitó amenazante en el aire sobre su cabeza. Mientras tanto, los aurigas se apresuraban a uncir los caballos a los carros, sujetándolos con hermosas correas de cuero brillante; colocaron los bocados entre sus mandíbulas y tendieron las riendas hacia atrás, atándolas a la caja. El auriga Automedonte saltó al carro con el magnífico látigo, y Aquiles, cuya armadura refulgía como el Sol, subió tras él y jaleó a los corceles con horribles gritos: "¡Janto y Balio! Cuidad de traer sano y salvo al campamento de los dánaos al que hoy os guía y no le dejéis muerto en la pelea, como a Patroclo". Janto, al que la diosa Hera dotó de voz, bajó la cabeza, haciendo que sus ondeantes crines rozaran el suelo, y respondió: "Aquiles, hoy te salvaremos, pero has de saber que ya está muy cerca el día de tu muerte"»... Sólo he leído hasta la tetilla izquierda. ¿Qué os parece?

—Es un personaje que da miedo, pero me gustaría seguir oyendo lo que le sucede. Y ese bridón que le habla... No me extraña nada. Yo también tengo en ocasiones la sensación de que Fuego me dice cosas... —contesto.

—Es la historia del gran Aquiles, un guerrero terrible e iracundo. Parece un relato actual, ¿no es verdad? Y, sin embargo, está escrito hace muchísimos años. Tantos años y tan incontables, que no sólo se han muerto todos los hombres que vivieron en aquella época, y los hijos de los hijos de esos hombres, sino también todos sus dioses. Y los dioses, os lo aseguro, son difíciles y muy lentos de matar.

Hoy he soñado con aquel campo de batalla lleno de cadáveres en el que robé mi primera armadura. En mi sueño, caminaba por el campo bajo el resplandor helado de la luna, y los muertos me miraban con sus cuencas vacías y rogaban: «No me robes a mí, Leola. No me quites mi cota de hierro o moriré de frío». Entonces aparecía un enorme jabalí de colmillos amarillentos y ojos tristes que me decía: «Tú y yo somos los únicos seres vivos que quedamos sobre la Tierra. Y ni siquiera pertenecemos a la misma clase de animales». Ahí me desperté, y durante unos instantes, en el duermevela, sentí la soledad más absoluta, una soledad tan vertiginosa e inacabable que dolía como una herida real en la mitad del pecho. Pero luego escuché los ronquidos de Nyneve, dormitando a mi lado; y recordé que en el otro cuarto, en la cocina, estaban Alina y Filippo; y que un poco más allá, junto al oscuro hueco de las escaleras, debía de estar durmiendo León.

Y es que ahora somos muchos. Nos hemos convertido en una tropilla de individuos raros, como esas compañías de saltimbanquis que van ganándose la vida por los pueblos y que llevan a una mujer con tres pechos, a un gigante forzudo o a un niño lobo con todo el cuerpecillo cubierto de pelo. Nyneve dice que es bruja y que vivió en la corte del rey Arturo, y tal vez sea cierto. Yo digo que soy un caballero, y es mentira. Alina decía que era ciega, sin acabar de serlo. Filippo no dice nada: carece de palabras pero, al mismo tiempo, las tiene todas escritas en su cuerpo.

Y luego está León, que es el más extraño y misterioso. Al menos para mí: porque entre ellos parecen llevarse todos bastante bien. Conmigo, sin embargo, León sigue sin intimar, y todavía utiliza el distante tratamiento de cortesía.

Vivimos todos juntos y eso es bueno, porque el hombre no está hecho para vivir solo. Ésta debe de ser la razón por la que la gente habita en las ciudades y en casas como ésta, que, en realidad, resultan sumamente desagradables. Las estancias son pequeñísimas y están mal iluminadas y mal aireadas, los techos son bajos, las puertas tan diminutas que León tiene que agacharse y retorcerse para pasar. Además, los suelos crujen como si fueran a caerse, se escuchan los gritos y las pisadas de los vecinos y abundan los olores nauseabundos, mezclados con el tufo de los guisos más groseros. Pero, aun así, hay algo excitante en estar viviendo tres pisos por encima de la calle, en asomarse a la ventana y ver los tejados de la ciudad, en saber que estás rodeada de gente por todas partes. Somos hormigas afanosas y éste es nuestro hormiguero.

Un hormiguero esperanzado. Por primera vez en muchos años de guerra, parece que la suerte cae de nuestro lado. Los cruzados han puesto cerco a Tolosa y han fracasado; Simón de Montfort, el carnicero, ha muerto ante las murallas de la ciudad. Los territorios ocupados por las fuerzas del Papa se han levantado en armas en una heroica y masiva revuelta popular y los invasores han sido expulsados. El nuevo vizconde de Trencavel, hijo del Trencavel anterior, ha entrado victorioso en Carcasona. Puede que el fin del conflicto esté cercano; puede que la cordura acabe venciendo a la intransigencia. Nyneve está feliz.

Desde que Filippo se encarga de cocinar, cosa que hace maravillosamente bien, solemos comer juntos por la tarde. Hoy Nyneve ha traído higos, tan dulces como una fruta del Paraíso. Recuerdo la higuera de Jacques, un sabroso tesoro de mi lejana infancia. Y también la vieja higuera de nuestro patio, en Albi..., en aquella casa y aquella otra vida que aún compartía con Gastón. Pero prefiero no pensar en estas cosas. Prefiero cerrar la memoria y abrir la boca. Aquí estamos todos, callados y golosos, chupando la espesa pulpa rosada y translúcida. Los higos siempre me huelen a verano y, en efecto, el calor aprieta. Sudan mis pobres pechos, aplastados por la venda con que los disimulo. Y por la ventana entra una algarabía de pájaros, un gañido escandaloso de gatos en celo, un bullicio animal celebrando el estío. Junto a mí, León lame la blanda carne de su fruto; los labios le brillan con el almíbar del higo, esos labios firmes y bien dibujados, esa boca pequeña incrustada en sus mejillas abundantes. Y la lengua musculosa y acuciante, que arranca grumos de la carne melosa. Más arriba, los ojos, hundidos bajo el pesado pliegue de las cejas, ardiendo como inquietantes fuegos fatuos. Y el remate de su pelo, tupido y enhiesto cual crin de caballo. Incluso en reposo, como ahora, mientras mordisquea su pegajoso higo, el herrero desprende una sensación de vigor precariamente contenido, es una fuerza natural, brutal y fiera. El calor de la tarde entra abrasador por mi garganta, baja por mis pechos sudorosos, se extiende como un incendio en mis entrañas. Me pongo en pie:

—Ahora vuelvo...

Salgo corriendo de casa. Quiero llegar al mercado antes de que lo cierren, y el sol ya está bajo. Troto por las calles y los callejones, atravieso los soportales de la Plaza Mayor y al fin desemboco en la Plaza del Mercado. Ya están recogiendo algunos puestos. Voy al fondo, junto al abrevadero, donde me parece que he visto lo que busco: llevo ya varios días pensando en hacer esto. Sí, estaba en lo cierto, aquí hay unos cuantos vendedores con el material que me interesa. Picoteo de aquí y allá, agobiada de urgencias, sin negociar el precio, pagando mucho más de lo que debo. Hago un hato con todo lo adquirido y regreso a casa. Los demás siguen aún junto al hogar, conversando y jugando a las adivinanzas, pero yo paso junto a ellos y me encierro en la alcoba que comparto con Nyneve. Abro el hato mientras les escucho hablar y reír, y saco y extiendo mis modestos tesoros. ¿Quién me mandó a mí deshacerme de toda mi ropa de mujer cuando decidí volver a vestir de hombre? Obcecada por mi despecho tras la traición de Gastón, lo tiré todo. Ahora no he encontrado nada que de verdad me plazca: una camisa fina de interior, una blusa blanca demasiado basta, una saya a listas azules y amarillas que seguramente va a venirme grande. El justillo, de lino crudo, no está mal. Y también he adquirido un gracioso bonete azul y plata. Empiezo a desnudarme; libero mis pechos de su venda de cuero y me los miro: son pequeños y aniñados. Pero mi cuerpo, escrito por las cicatrices como el cuerpo de Filippo está escrito por sus tatuajes griegos, no tiene nada de intacto y juvenil. Suspiro y me visto con las ropas de mujer. Me parece que, después de todo, no me quedan tan mal. Mojo y peino mi corto cabello hacia arriba y hacia atrás, colocando el bonete en la coronilla. ¡Ah! Las arracadas... de filigrana de plata. También las he comprado en el mercado, junto con un pomo de rubor. Tengo que empujar los aros con decisión, porque los agujeros de mis orejas están casi cerrados. Abro el pomo cosmético: polvo de ladrillo mezclado con grasa de cordero purificada. Unto un poco en mis labios, y también en mis mejillas, para darles color. Contemplo el resultado en el espejo: quedaría bastante bien, si no fuera por el tono tan moreno de mi cutis. Podría empolvarme con un poco de harina, pero está en la alacena de la otra habitación. Bueno, da lo mismo. Esto es todo lo que puedo dar de mí. En realidad, ni siquiera sé por qué lo estoy haciendo. ¡Maldita sea! Se me olvidó comprar escarpines... Por fortuna, la falda es tan larga que tapa por completo mis botas viriles. En fin, vamos allá.

Agarro el picaporte, respiro hondo y abro la puerta. Y escucho que Alina está diciendo:

—Yo me sé una historia muy curiosa que me contó mi madrastra..., es la historia del Rey Transparente...

Veo cómo Nyneve salta sobre la muchacha, tapándole la boca con la mano:

—¡No digas nada más!

En su urgencia, Nyneve ha tropezado con la jarra del agua, que ha caído al suelo y se ha hecho pedazos. León se pone en pie de un brinco, sobresaltado por la brusquedad del movimiento de mi amiga y por el estallido de la vasija de barro. Filippo, medroso y rápido como un animalillo, se mete debajo de la mesa.

—No digas nada —repite Nyneve, más calmada—. Voy a soltarte, pero no cuentes ni una sola palabra más sobre esa historia... Ni siquiera vuelvas a mencionar su nombre. ¿Lo has entendido?

Alina, asustada, asiente con la cabeza.

—¿Qué sucede? —pregunta el herrero con su vozarrón.

Nyneve libera a la muchacha y saca a Filippo de debajo del tablero:

—Es un relato que trae consigo las más funestas consecuencias. No me preguntéis por qué, porque no termino de explicármelo. Pero cada vez que se menciona, algo terrible sucede a quien lo narra. Creedme, es así... ¿Y a ti te contó la historia tu madrastra?

—Sí... —contesta la amedrentada Alina.

—Bueno, entonces no es de extrañar que muriera...

En este preciso instante reparan en mí: hasta ahora no habían advertido mi presencia, absorbidos como estaban por los acontecimientos. Pero ahora Nyneve se me queda contemplando con sorpresa, y los demás siguen su mirada y también me descubren. Yo continúo de pie junto a la puerta. Me observan en silencio durante un rato. Cruzo mis ojos con los ojos grises de León. Tranquilos, indescifrables.

—En realidad soy una mujer. Me llamo Leola —digo roncamente. Se lo digo a él, pues es a él a quien me dirijo.

—Ya veo —contesta el herrero, imperturbable.

La tarde está cayendo rápidamente y las primeras sombras de la noche se amontonan en las esquinas de la habitación. León bosteza y se estira. Sus anchos puños chocan con las vigas del techo. Es joven, el herrero. Por lo menos seis o siete años más joven que yo.

—Es hora de retirarse —dice a todos y a nadie—. Buenas noches.

Pasa levemente su mano por el encrespado pelo del sordo, como para despedirse o para comunicarle que se marcha, y después coge una bujía y la enciende con el rescoldo del hogar. La llama ilumina su rotundo rostro desde abajo. ¿Qué palabra usa el cuento griego tatuado sobre el cuerpo de Filippo? Una estrella..., un astro. Sí: el rostro del herrero resplandece como un astro... Y así, nimbado de esa hermosa luz y de ese brillo, el poderoso León se va a su cuarto.

Fuego ha muerto.

Un cólico ha acabado con él en un par de días. Mi orgulloso bridón, mi fiero y fiel amigo. Estaba empezando a envejecer, pero todavía hubiera podido vivir bastantes años. A veces pienso que le consumía la inactividad de nuestra existencia ciudadana. Que echaba de menos el vértigo febril del campo de batalla. Era un caballo de guerra inigualable. Muerto mi hermoso Fuego, nunca volveré a tener un bridón. Mi vida de guerrero se ha acabado. Llevo casi medio año vistiendo de nuevo ropas de mujer; ya no soy un caballero y, por consiguiente, el destino, con cruel coherencia, me ha privado también de mi caballo. Siento un dolor seco, un desgarro de amputación. Algo ha terminado para siempre. Con Fuego se ha marchado mi juventud.

Llueve y hace frío. Triunfa el invierno sobre la Tierra y en el interior de los corazones. Estoy sentada junto al hogar, en nuestra oscura casa, intentando calentarme con el fuego. Por el ventanuco entra una luz grisácea y pobre, aunque aún no hemos llegado a la hora sexta. Pero las nubes, hinchadas y muy bajas, imitan la sombría tristeza del crepúsculo. Me miro las manos, que reposan inertes sobre las sayas de lana. Mis sayas de mujer, mis manos de muchacho. Con las palmas encallecidas y los dos dedos rebanados por el hacha. Manos grandes, acostumbradas a agarrar fuerte y a luchar. Manos que han palmeado cuellos de caballos. De mi llorado Fuego. Pero que no saben acariciar niños.

—Hola.

Es León. Acaba de entrar. Viene empapado por la lluvia. Se quita la manta que lleva por encima; es de lana de oveja negra, impermeable. Sacude el tejido con energía y las gotas de agua llegan hasta mí. Me estremezco: están frías. A pesar de su aire desmañado y de la dimensión de sus puños, el herrero sí sabe acariciar. Le he visto rozar a la bella Alina con gesto dulcísimo.

—Leola...

—Qué.

León está junto a mí, grandón y titubeante. Hace girar entre sus dedos un pequeño atado envuelto en cuero flexible.

—¿Qué quieres? —repito, mirándole a los ojos.

Tiene mala cara. Está pálido y su aspecto es tenso y fatigado.

—No, nada. Lo siento. Lo de Fuego. Ten, es para ti —dice abruptamente, dejando caer el paquete en mi regazo.

Es pesado, sorprendentemente pesado para su tamaño. Y también es duro. Cojo el bulto, desato las correas, abro el envoltorio.

Es un caballo.

Los ojos se me llenan de lágrimas. Ahora que soy mujer, ¿puedo permitirme llorar? ¿O tendré que pagar por ello un precio demasiado elevado? Contengo esta humedad, esta blandura, esta fragilidad. La garganta me duele y los ojos me escuecen, pero no se desbordan.

Es un hermoso caballo de hierro forjado. Un caballito inocente recortado en chapa, con el cuello arqueado, la grupa poderosa, las patas articuladas y asidas con clavos. Un vástago metálico le sujeta por la tripa a una peana. Es un trabajo primoroso.

—¿Lo has hecho tú? —pregunto estúpidamente, luchando contra la ronquera de mis emociones.

—Sí. Claro.

Carraspeo, tomo aire, intento serenarme.

—Es precioso. Muchas gracias.

Con el rabillo del ojo veo que la mano del herrero se alza en el aire, como si fuera a tocarme. Pero a medio camino la deja caer. El hombre da media vuelta, dispuesto a irse.

—¡León!

Se detiene y me mira con expresión sombría.

—Es..., es un trabajo tan delicado. Muy hermoso... León, a ti te gusta lo hermoso, ¿verdad?

Pero ¿qué le estoy diciendo? El herrero parece inquieto, tal vez desconcertado. Y yo no sé parar, no sé qué digo.

—Eres un buen artesano... Quiero decir que eres un artista... Por fuerza te tienen que gustar las cosas bellas. Las mujeres bellas como Alina..., cuerpos jóvenes, sin marcas...

León me mira con ojos desorbitados y se pasa la mano por la cara.

—Tengo que irme —dice bruscamente, dándome la espalda.

¿Qué he hecho? Estoy loca, soy necia, le he asustado, le he decepcionado con mis insensateces. Me levanto de un salto y salgo detrás de él.

—¡Espera, por favor!

Pero el herrero aprieta el paso, corre, huye de mí.

—León, por favor, lo siento, estaba diciendo tonterías...

Le alcanzo en la escalera, le agarro del brazo.

—¡Déjame en paz! ¡Suéltame! ¡Vete! —ruge el herrero con una violencia inusitada que me hiela la sangre.

Y me empuja, este energúmeno me empuja con toda su fuerza de coloso, me da un empellón que me tira de bruces, que casi me hace rodar escaleras abajo. Aún en el suelo, le veo entrar atropelladamente en su cuarto y entornar la puerta detrás de él. Escucho su berrear colérico, el retumbar de un golpe pesado, extraños y amedrentadores ruidos. No entiendo qué sucede. Me levanto y me acerco cautelosamente a la puerta entreabierta. Los incomprensibles ruidos continúan. Necesito saber qué está pasando y, al mismo tiempo, el misterio me aterra. Estiro la mano y rozo la hoja de madera. Siento miedo. Y una curiosidad punzante. Aguanto la respiración y empujo la puerta poco a poco. Y poco a poco voy viendo el horrible espectáculo. León está en el suelo con los ojos en blanco, el rostro amoratado, el cuerpo sacudido por convulsiones terribles. Sus piernas y brazos se retuercen, su espalda se arquea de manera penosa, de su boca espantosamente deformada sale una espuma amarillenta. Me recuerda a aquella mujer que quiso asesinar a Dhuoda y que murió al ponerse la capa emponzoñada. ¿Acaso se ha envenenado León? Pero no, él quería esconderse, él me ha empujado, él sabía lo que iba a suceder... y esto explica los golpes y los ruidos de las otras veces... Esos ojos en blanco, esas babas repugnantes, esa expresión perversa y demoníaca... Está poseído por el Diablo, ¡es un juguete en manos de Satanás! Me persigno, caigo de rodillas, Dios Todopoderoso, sálvanos del Maligno...

—¿Qué sucede? —dice Nyneve, apareciendo en la puerta.

—¡Está endemoniado, está endemoniado, el herrero está endemoniado!

—¡León!

Mi amiga se arroja sobre el cuerpo del herrero, intentando sujetar sus agitados miembros.

—¡Tráeme unas ramas, Leola! ¡Pequeñas!

—Está endemoniado... —repito, sin demasiada convicción.

—¡Idiota! Haz lo que te digo, ¡corre!

Corro. Traigo un puñado de ramas de la otra habitación.

—¡Ayúdame! Hay que sacarle la lengua, para que no se la trague y no se ahogue... Y ahora le metemos esta rama entre los dientes... Así... ¡Procura cogerle las piernas! Que no se golpee... Yo intentaré protegerle el cuerpo y la cabeza...

Peleamos con él durante un rato: es un esfuerzo sobrehumano, porque León es un hombre muy vigoroso y su extraño ataque parece haber multiplicado su energía. Sudamos, jadeamos y recibimos algún que otro manotazo y rodillazo. Por fortuna, las convulsiones remiten pronto. Ahora el cuerpo de León está exangüe e inmóvil sobre el suelo.

—¿Está muerto? —susurro.

—No... —resopla Nyneve—. No, sólo está exhausto. Como yo...

—¿Qué... qué le ha sucedido?

Nyneve me mira frunciendo el ceño:

—¿Qué era esa tontería que decías? El Diablo no tiene nada que ver con esto... Es una enfermedad del cuerpo. Una enfermedad muy extraña y muy antigua... Julio César, aquel caudillo de los romanos, también la tenía... Lo llaman el Gran Mal. Y no conozco para ello ninguna cura. No se puede hacer nada, salvo ayudarles para que no se dañen mientras sufren el ataque.

Pobre León. Un Gran Mal para su cuerpo grande.

—Y ahora, ¿qué hacemos? —pregunto.

—Nada. Dejémosle descansar.

Nyneve saca con cuidado la rama de la boca de León. Luego se levanta, coge la manta de borrego del camastro y la echa por encima del cuerpo inerte.

—Vámonos.

—No... Yo me quedo aquí un rato... por si nos necesita.

Nyneve se marcha y yo contemplo el pálido y desencajado rostro del herrero. Está tan indefenso y se le ve tan frágil, así, desmayado, con la huella del reciente sufrimiento marcada aún en la cara. De modo que era eso. Está enfermo. Me levanto, mojo el ruedo de mi falda con el agua del cántaro y limpio con cuidado las comisuras de su boca, manchadas de una telaraña de babas secas. Le lavo de la misma manera que él lavó el rostro de Alina, cuando le quitó la venda. Como quien lava a un niño. Siento que las lágrimas vuelven a asomarse al borde de mis párpados y esta vez no me contengo: él está inconsciente, yo estoy sola, nadie puede verme, nadie va a enterarse de esta debilidad. Lloro y las lágrimas, al caer, cosquillean sobre mis mejillas. Lloro y descubro que llorar es placentero.

Abro los ojos y, de primeras, no sé dónde estoy. Tumbada en el suelo. ¿Y qué hago durmiendo sobre un suelo de ásperos tablones, dónde me encuentro? Tengo sobre mí una piel de oveja, peluda y caliente. Saco el brazo por encima de la piel y asomo la cabeza. Y veo a León. Que me está mirando.

Ya me acuerdo de todo.

Me incorporo. El herrero sonríe. Un pequeño gesto cauteloso. Sé que me quedé al lado de León para cuidar sus sueños, después del ataque. Pero en algún momento debí de dormirme y los papeles se mudaron: el herrero despertó y se convirtió en el cuidador de su cuidadora. Incluso me cubrió con la misma piel con la que le habíamos cubierto. Miro hacia la ventana: a juzgar por la luz, debe de ser bastante temprano. Hemos pasado juntos toda la noche. León está sentado en el suelo, con la espalda apoyada en la pared. Sus ojos grises reflejan el resplandor nublado del ventanuco y brillan como lajas de pizarra bajo la luna llena.

—¿Estás bien? —musito.

—Sí... Viste lo que me pasó...

No es una pregunta, sino una constatación. Aun así, respondo:

—Sí.

—¿Y qué crees que me pasó?

Bajo la cabeza, avergonzada. Y dispuesta a callar.

—Nyneve dice que es una dolencia muy antigua... Que también la padecía Julio César. Se llama el Gran Mal.

El herrero suspira aliviado:

—Bendito sea Dios... Entonces, no creéis que esté poseído por el Demonio...

Enrojezco:

—No, claro que no.

—¿No os asusto? ¿No vais a denunciarme? ¿No me obligaréis a marcharme?

—¡No, no! Por supuesto que no, León...

El herrero se tapa la cara con las manos durante unos instantes:

—Dios es misericordioso... —musita al fin.

—¿Te lo han hecho muchas veces? ¿Denunciarte? ¿Echarte de donde estabas?

León se frota las manazas, como si no supiera muy bien qué hacer con ellas.

—Verás, Leola..., siempre he sido así. He tenido estos ataques desde que me recuerdo como persona. Mis padres me enseñaron a ocultarlos; y luego mis padres murieron y yo seguí mi vida, disimulando y escondiéndome. Sin embargo, no siempre puedes encubrir los temblores. Tenía diecisiete años cuando padecí un ataque en plena calle, y por desgracia coincidió con el paso del obispo. Dijeron que estaba endemoniado; un vecino que quería quedarse con la fragua que heredé de mi padre se prestó a servir de testigo, declarando contra mí fabulosas mentiras. Todo esto sucedió en Piacenza, lugar en el que nací, en una época en la que los obispos y la Comuna de la ciudad competían por adueñarse del poder. Yo quedé en manos de la Iglesia y fui arrojado a la picota... La picota de Piacenza es una estrecha jaula aérea, unos cuantos barrotes de hierro clavados en la fachada de la torre de la catedral... Está colgada allá arriba, en el exterior, en lo alto de la torre... Sin piso y sin techo, aparte del enrejado metálico. Me dejaron allí, a pan y agua, durante todo un año... A la intemperie, en la lluvia y el granizo, en el sol achicharrante, en la despiadada soledad del vértigo, del viento y de los cuervos. En la indefensión de mi enfermedad. Nadie aguanta en esa picota mucho tiempo: todos mueren a las pocas semanas. Pero pasaban los meses y yo seguía vivo... Al cabo, el podestá de la Comuna consiguió que me bajaran y me dejaran libre... En cuanto me recuperé lo suficiente como para poder andar, me marché de la Lombardía para siempre... Llegué hasta aquí atraído por la fama de tolerancia de los nobles occitanos, y es cierto que este mundo provenzal es más culto y más abierto. Pero, aun así, siempre escondo mi mal. Sé que asusto a los demás y temo dar miedo.

He escuchado todo su relato sin moverme, sin apartar los ojos de su cara, casi sin respirar, agudamente consciente del privilegio de estar oyendo sus revelaciones. Confía en mí. El reservado y siempre oculto León confía en mí y me está franqueando su intimidad. Me siento orgullosa y emocionada. Me siento tan cerca de él como jamás lo he estado de ningún otro hombre. Oh, sí: mi Jacques y yo estuvimos muy cerca, pero era otra cosa. En realidad con él no era una cuestión de cercanía, sino de mismidad. Éramos como hermanos, éramos un solo cuerpo dividido en dos. El herrero, en cambio, es alguien distinto. Muy distinto a mí. Pero, por encima de esa enorme diferencia que nos separa, creo que le entiendo. Le adivino. Cae mi alma hacia él, como caen del árbol las manzanas maduras. Siento un extraño sofoco, una languidez que me ablanda los huesos.

—León... —farfullo.

Quiero decirle que lamento su historia, que me parece terrible, que yo nunca le tendré miedo, que, si me deja, le cuidaré cuando tenga un ataque. Pero temo que mis palabras le molesten, que le parezcan conmiserativas, que se rompa el delicado vínculo de afecto que nos une, que se enfríe esta cálida complicidad recién establecida; así es que sólo repito una vez más su nombre, ese vocablo que me acaricia la lengua y que da vueltas en mi boca como un dulce:

—León...

Él no dice nada. Me mira oscuramente bajo su denso ceño, me mira como si quisiera tocarme con los ojos. Pero ¿tocarme para qué? ¿Para atraerme hacia él o para apartarme? Su mirada duele, su mirada arde sobre mi piel y va dejando un rastro de quemaduras.

—Siempre supe que eras una mujer —dice en voz muy baja, en voz muy ronca—. Desde que te traje en brazos, cuando te hirieron.

—Y ¿por qué... por qué no dijiste nada, por qué me dejaste seguir con el engaño?

—Todos tenemos cosas que ocultar... Y, como puedes imaginar, yo sé respetar esos secretos.

Estamos los dos sentados en el suelo, el uno enfrente del otro. Demasiado lejos. Aunque me estire hacia delante, si no me levanto y cambio de posición, no puedo rozarle. Y quisiera hacerlo. ¡Necesito tocarle! Todo mi cuerpo tiende hacia él, toda mi piel me empuja, como si yo fuera uno de esos hierros temblorosos atraídos por las emanaciones de la piedra imán. Pero no me muevo. Me quedo totalmente quieta, entregada, una mosca atrapada en una tela de araña.

León, sin levantarse, se impulsa con los brazos y se desplaza sobre el suelo, salvando la pequeña distancia que nos separa. Ahora está muy cerca. Noto el calor de su aliento, el rico olor a potro de su cuerpo. Sus manos se posan en mis hombros y sé que va a besarme: el pecho me estalla de ansiedad y del más gozoso deseo de aniquilación. Siento que me deshago, lloran mis entrañas lágrimas viscosas, quiero que me devore y que me rompa, quiero dejar de ser yo y meterme debajo de su piel.

Entonces caen sus labios sobre mí y me abren, las lenguas entrechocan, las salivas se mezclan, las ropas se desgarran y los cuerpos se embisten con una necesidad desesperada. Nos frotamos y apretamos hasta alcanzar los pliegues más recónditos, aún más cerca, aún más dentro, hasta llegar a tocarnos el corazón. Me tumba sobre el suelo, separa mis piernas con sus piernas, me cubre por entero, llena hasta mi último resquicio con la enardecida entrega de su carne, somos una sola criatura con dos cabezas y yo siento que me muero y soy feliz.

Pero sigo viva. Abro los ojos, maravillada de encontrarme entre los brazos de León. Ahora, después de la cegadora explosión de los sentidos, puedo empezar a apreciar los detalles de su cuerpo. Este pecho denso, amplio, mullido, este cuello rotundo clavado entre los hombros. No sé si es verdaderamente bello, pero hoy me parece tan hermoso que casi me duele contemplarlo. Me miro a mí misma: los senos pequeños, la complexión delgada y huesuda, las cicatrices de distintos tonos, dependiendo de los años transcurridos desde la herida: rosada en el hombro, tostada en la cadera, anaranjada en el tórax. Retorcidas cuerdas de carne que me afean. ¿Cómo puedo gustarle? Me estremezco y tiro de la piel de borrego para taparnos. No quiero que me vea.

—¿Tienes frío? —susurra León junto a mi oreja.

Y me aprieta contra él mientras me acaricia con ternura. Olemos intensamente a mar, a brezo, a monte mojado por la lluvia. Nuestros cuerpos duelen, manchan, resbalan en la dulce humedad del sudor compartido. Aquí estamos, bajo el cobijo de la manta de piel, en una intimidad de animales distintos refugiados en la misma madriguera. Es un milagro.

Hace tres semanas que llueve sin parar. Es el llanto de los cielos por el fin del mundo. Todo se estropea, todo se derrumba, todo acaba. Ricardo Corazón de León ha muerto. Fue herido en el hombro con una flecha mientras sitiaba el castillo de un conde francés. El noble y valiente Ricardo, el guerrero impecable, ha sido abatido a traición por un tiro de ballesta. La herida se emponzoñó y la podredumbre acabó invadiendo su cuerpo. Mandó llamar a su madre, que acudió a toda prisa. A los cuarenta y un años y sin hijos, el gran Ricardo falleció en los brazos de Leonor. La corona de Inglaterra ha pasado a su hermano Juan Sin Tierra, un individuo enloquecido, cruel y sanguinario. Dicen que la Reina, enferma de dolor, quiere recluirse en la abadía de Fausse-Fontevrault.

Ahora mismo, desde la ventana de nuestra casa, estoy viendo el repugnante espectáculo de los flagelantes. Que es otro de los síntomas de la época en que vivimos, otro de los signos de nuestro pequeño Apocalipsis. Ahí abajo están, cubriendo la calle: un tropel de enfebrecidos fanáticos. Son unos doscientos, todos varones. Se enrolan por treinta y tres días, en alusión a los años de Cristo. Durante ese tiempo no pueden bañarse, ni afeitarse, ni cambiarse de ropa, ni dormir en un lecho, ni yacer con mujer. Tres veces al día se ponen en círculo, se desnudan hasta la cintura y se azotan salvajemente las espaldas con látigos de cuero rematados en puntas de hierro. Como ahora. Escucho el sonido seco de los zurriagazos, los gemidos involuntarios que algunos emiten, los alaridos de sus invocaciones mientras se flagelan:

—¡Sálvanos, Señor!

Si una mujer o un cura atraviesan el círculo, la ceremonia del dolor tiene que volver a recomenzar. Los flagelantes van recorriendo los pueblos con sus modos feroces, y entran en las iglesias, saquean altares, interrumpen misas; dicen que incluso han lapidado a unos cuantos clérigos que intentaron oponerse a su avance depredador. Dan asco y dan miedo: desde aquí arriba veo sus espaldas sanguinolentas y la ciega furia con la que se golpean. Espero que se marchen pronto de la ciudad.

La guerra marcha mal. Muy mal. A decir verdad, la hemos perdido. El joven Trencavel ha huido y se ha exiliado en la corte del Rey de Navarra, que sigue apoyando a los cátaros y las formas de vida provenzales. Y el también joven conde de Tolosa, Raimundo VII, se ha sometido al Rey de Francia. Ha tenido que humillarse públicamente en la nueva catedral de Notre-Dame, en París. Tumbado en el frío suelo ante el altar, ha sido obligado a pedir perdón a la Iglesia y ha recibido unos cuantos azotes penitenciales. Ya no queda nadie que nos defienda. Las ciudades se van entregando sin lucha a los ejércitos cruzados, a medida que éstos avanzan. Acabamos de saber que el enemigo ya está cerca de aquí, de modo que nosotros tendremos que volver a marcharnos. Buscaremos algún escondite donde cobijarnos... Un lugar perdido al que no llegue el largo brazo de la represión eclesial, si es que tal sitio existe.

—¡Perdónanos, Señor!

Los flagelantes prosiguen con su rítmico golpear y su griterío. Me producen náuseas. Son la avanzadilla del oscuro mundo que nos espera. Un mundo quizá mucho más tenebroso de lo que jamás hemos llegado a imaginar, ni aun en la peor de nuestras pesadillas. Hoy Nyneve regresó a casa tan temblorosa y pálida que por un momento creí que había enfermado con las fiebres. Pero no. Venía descompuesta por las últimas noticias:

—El Papa ha creado el Santo Tribunal de la Inquisición... Ahora que ya ha vencido militarmente a sus enemigos, el Sumo Pontífice quiere acabar con ellos también civil y socialmente, persiguiéndolos y arrancándolos de sus hogares, quemándolos de uno en uno... —dijo con amargura.

—Pero ¿qué es eso de la Inquisición?

—Es un proceso judicial, como los que se aplican contra los criminales, pero especial, porque sólo persigue a los que piensan distinto... El procedimiento se llama *Inquisitio heretice pravitatis,* es decir, «Encuesta contra la perversidad hereje»... Una vez que el ejército ha pasado y los pueblos se han rendido, llega otra tropa de escribas y notarios, dirigida por unos cuantos frailes inquisidores y reforzada por soldados. Esta tropa se instala en la localidad y obliga a todo el pueblo a confesarse. Luego esas confesiones son utilizadas como declaraciones judiciales para procesar a los supuestos herejes. Todos los cristianos están obligados a denunciar a los varones mayores de catorce años y a las mujeres mayores de doce. Los inquisidores ya han limpiado decenas de localidades de este modo y han quemado a centenares de personas.

Pienso ahora en la diminuta Violante y en su madre, la matriarca cátara, y siento un pellizco de angustia: ¿qué habrá sido de ellas? ¿Habrán caído en manos de los verdugos?

—¿Sabes quiénes llevan el Tribunal de la Inquisición? Los dominicos. El Papa ha confiado esta persecución feroz a los frailes de la Orden del Hermano Domingo... Y son tan crueles y tan implacables que el pueblo ha empezado a llamarles los *Domini canes,* los perros del Señor —añadió mi amiga.

Y luego, para mi sorpresa y mi total congoja, mi querida Nyneve se puso a llorar. Caían las lágrimas libremente por sus mejillas, y sus anchos hombros de matrona se agitaban sacudidos por los sollozos. No he sabido qué hacer. No estoy acostumbrada a su debilidad y, sobre todo, no estoy acostumbrada a su derrota.

Lloran los cielos su lluvia incesante, llora Nyneve sus sollozos de duelo, lloran las víctimas sus lágrimas finales, evaporadas por el ardiente aliento de la pira, pero yo, me avergüenza decirlo, tengo el ánimo colmado de alegría. Vivo disociada entre el horror del mundo y mi Avalon secreto, el Edén de los brazos de León, del amor de León, de su ternura, de lo que me cuenta y lo que creo adivinarle, de lo que le digo y lo que él me intuye; de sus palabras, que son tan atractivas como su sexo, y de su cuerpo, que es tan elocuente como sus palabras. Nunca he querido a nadie como le quiero a él y no comprendo cómo he podido vivir sin él hasta ahora.

Amor: sueño que se sueña con los ojos abiertos. Dios en las entrañas (y que Dios me perdone). Vivir desterrado de ti, instalado en la cabeza, en la respiración, en la piel de otro; y que ese lugar sea el Paraíso.

Hace dos días León me confesó el secreto de esa cosa que lleva escondida en una jaula. De esa criatura enigmática que rasguña y se agita en la oscuridad:

—Es un basilisco. Por eso no debes quitar nunca el lienzo que lo cubre.

—¿Un basilisco? No sé muy bien cómo es..., pero pensaba que era un animal inventado, inexistente...

—Oh, no, ya lo creo que existe. Es el producto de un huevo de gallina empollado por una serpiente. Tiene el tamaño de un gato, pero su aspecto está a medio camino del gallo y del lagarto. Y tiene un terrible poder: su mirada mata a los humanos. También marchita árboles y fulmina a los pájaros en pleno vuelo.

—Suena espantoso.

—Lo es, pero sobre todo para el pobre basilisco, que es una criatura amable de quien todos huyen y a quien todos persiguen... Por eso él y yo nos hemos hecho amigos... Ya sabes que a mí no me afecta el aojo, de modo que el basilisco no me hace daño. E incluso creo que, de su trato conmigo, va perdiendo poco a poco sus poderes letales... En cualquier caso, consintió que le metiera en una jaula y que le cubriera con un lienzo, para poder seguir junto a mí. Cuando estamos solos le saco de su encierro y se pasea un poco por la estancia, pero aun así su vida es bastante triste. Sin embargo, él ha escogido esto. Prefiere la amistad a la libertad e incluso a la luz y la visión.

Pobre bicho, rebullendo allá dentro, en su tapada jaula. Esta mañana oí cómo la criatura gañía y se agitaba, inquieta, en el interior de su encierro. Me acerqué y coloqué la mano sobre el paño que le cubre; y después me puse a cantar bajito una de las nanas que cantaba mi madre. El animal se tranquilizó y dejó de moverse. Espero haberle consolado un poco. Yo también soy como ese basilisco: estoy ciega y sorda a todo cuanto sucede. Sé que el mundo se derrumba y que en el aire vibra el acabose, pero estoy con León. Y eso me basta.

Tras la derrota, sólo cabe huir o esconderse. O caer en manos del enemigo y sucumbir. A muchos les sucede. Muchos cátaros suben al patíbulo cantando, aunque sea con voces temblorosas, y fallecen dando fe del mundo que se extingue con ellos. Otros han huido a Italia o a los reinos de Aragón y de Navarra, donde todavía se les protege. También se dice que unos cuantos han sido acogidos, secretamente, en las fortalezas de los templarios. Y, además, los bosques y los montes están llenos de *faydits,* de caballeros fuera de la ley, que ahora son, en su inmensa mayoría, nobles occitanos derrotados por las fuerzas conjuntas del Papa y del Rey de Francia. Se ocultan en las zonas agrestes, como bandoleros, y atacan a los soldados del Rey con bien escogidas emboscadas, para luego retirarse velozmente. Apenas dañan a las aplastantes fuerzas de los vencedores, pero al menos les inquietan, les molestan, les impiden relajarse en su poder.

Huyendo de los *Domini canes,* nosotros hemos llegado a Montségur, un pequeño nido de águilas posado en la cima de los Pirineos. Es un castro de montaña, un pueblo fortificado dependiente del condado de Tolosa. Pertenece a Raimond, señor de Pereille. Cuentan que su madre, Fornèira de Pereille, fue una matriarca albigense, y Raimond, en cualquier caso, ha acogido en su castro a la cúpula de la Iglesia hereje, a los obispos de Tolosa, de Agenais y de Razès, junto a un nutrido número de Buenos Hombres y Buenas Mujeres. Por ahora no nos molesta nadie: se diría que los vencedores se han olvidado de Montségur, quizá porque estamos muy lejos y muy arriba, en un enclave inaccesible y difícilmente atacable, y también en un lugar apartado de toda influencia. Arrinconados en este extremo del mundo, los obispos cátaros resultan tan poco peligrosos como si estuvieran encerrados en una mazmorra.

Madurez: atisbo de entendimiento del mundo y de uno mismo, intuición del equilibrio de las cosas. Acercamiento entre la razón y el corazón. Conocimiento de los propios deseos y los propios miedos.

—¿Qué estás haciendo, Leola? —pregunta Violante, irrumpiendo en casa de modo repentino.

Oculto con la amplia manga de mi vestido el pergamino en el que estoy escribiendo.

—Preparo mis clases y estudio un poco —miento.

Observo que he vuelto a manchar la manga con la tinta: una fastidiosa torpeza a la que estoy acostumbrada. Todas mis ropas están entintadas. Al igual que antes era una mujer disfrazada de guerrero, ahora soy un escribano disfrazado de dama. La diminuta y bella Violante sonríe como pidiendo perdón por su intrusión. Se la ve acalorada y acezante: ha debido de venir por las cuestas de Montségur a toda la velocidad que le permiten sus pequeñas y combadas piernas, que la obligan a caminar con penoso contoneo. Cuando llegamos a Montségur hallamos aquí a la señora de Lumière, la matriarca cátara, y a su hija, la enana Violante. Fue un reencuentro emocionante, aunque tuve que confesarles mi fracaso y la pérdida del documento que me habían confiado, y aunque al principio les resultó chocante enterarse de mi verdadera condición femenina. Las dos mujeres, sin embargo, se mostraron conmigo tan dulces como siempre. Fueron ellas quienes respondieron por nosotros, para que pudiéramos quedarnos en el castro, y quienes nos proporcionaron el alojamiento, una planta baja en una torre que Nyneve ya ha vuelto a decorar con sus pinturas palaciegas.

—¿Está León?

Se me escapa una sonrisa sin querer. Violante y León congeniaron extrañamente desde el primer momento en que se vieron, y la enana ha tomado la costumbre de pasearse por todo Montségur sentada sobre los sólidos hombros del herrero. Es formidable verla allá arriba, cómodamente encaramada a las anchas espaldas, dominándolo todo con una cara de placer indescriptible. A cambio, Violante da suaves masajes con sus manos chiquitas en las sienes y la nuca de León, y yo no sé si será gracias a esto, pero se diría que las crisis del Gran Mal se han espaciado.

—Debe de estar en la forja —respondo.

—Ah, bien..., precisamente venía a buscaros por si queríais ver a los artistas... Ha llegado a Montségur una tropilla de juglares y saltimbanquis... Están actuando en la plaza, cerca de la forja. ¿Me acompañas a verlos?

En estos años últimos, tan azarosos y llenos de pesares, se han multiplicado, paradójicamente, los festejos públicos. Es como si la gente, ante el barrunto del dolor y la amenaza del fin, quisiera aprovechar sus últimas horas y aliviarse con el juego y la fiesta. Nunca he visto tantos titiriteros, tantos músicos ambulantes, tantos narradores de fábulas, tantos mimos. Nunca he escuchado tantas risas y tantos cantos.

—Sí, vamos, ¿por qué no?

Enrollo mi pergamino y lo guardo en el arcón, mientras un cosquilleo de alegría me recorre el cuerpo. León y yo llevamos un par de años juntos, pero aún se me seca la boca de excitación cuando sé que en breve voy a verle. La excusa de los saltimbanquis es perfecta para adelantar mi encuentro con el herrero. Para ir a buscarle por sorpresa a la forja, horas antes de que regrese a casa. Trenzo mi cabello, que he dejado crecer, y lo sujeto a la cabeza con unas hermosas agujas de perlas que me ha regalado León. Me pellizco las mejillas, para darles color, y pinto mis labios con carmín.

—Ya estoy.

Atravesamos Montségur al lento y esforzado paso de la enana. En el punzante frescor del aire montañés se huele ya la cercana primavera. El cielo es un lienzo de seda azul intenso, brillante y sin nubes, tendido sobre la fría blancura de las cumbres nevadas. Nunca había vivido en un lugar como este castro, a la vez tan sencillo y tan refinado, en el que se diría que, salvo León, todo el mundo sabe leer y escribir. Aquí están asilados unos doscientos Perfectos y Perfectas, casi la mitad de la población; y su abundante presencia crea una atmósfera de amabilidad, cordura y tolerancia. Fuera de la corte de Leonor, nunca he visto a la mujer tan bien tratada como aquí; y las crisis del herrero no escandalizan a nadie ni son consideradas posesiones malignas, sino simplemente lo que son: una enfermedad.

—Venimos a buscarte, León. Para ver a los volatineros.

Está moviendo el fuelle de la fragua, desnudo de cintura para arriba, sudoroso, macizo, con sus duros músculos tensándose bajo la piel mojada, tan hermoso como un diablo o como un ángel. Soy mujer y él es mi hombre. Me inunda el deseo, el amor y el orgullo. Aunque León sea analfabeto.

Mi hombre me abraza. Huele a hierro recalentado, a hollín, a madera y cuero. Se seca el cuerpo con su propia camisa, antes de ponérsela. Se inclina hacia Violante:

—Hola, mi pequeña.

—Hola, grandullón.

Agarra a la enana de los brazos y la ayuda a subir, trepando por su cuerpo, hasta instalarla a horcajadas sobre sus hombros.

—¿Dónde está el espectáculo?

—En la plaza —dirige la muchacha desde lo alto del cuello, extendiendo en el aire su diminuto índice.

Cuando llegamos, sin embargo, la actuación parece haber terminado. Los vecinos se marchan y media docena de individuos están recogiendo sus bártulos: las mantas de colores para hacer las acrobacias, las mazas de los malabarismos, los instrumentos de música. En una esquina, sentado sobre el suelo, quieto, pétreo y monumental como un pedazo de roca caído de la montaña, hay un individuo monstruosamente grande. Tan grande que parece abultar el doble que León. Me acerco con lentitud, movida por la curiosidad, mientras el herrero y Violante hablan con los artistas. Doy la vuelta a la interminable espalda del tipo, que sigue sin moverse, y me encaro con él a prudente distancia. El hombre tiene la cabezota inclinada, la barbilla hundida en el pecho, los hombros caídos hacia delante. Debe de ser bastante mayor: está casi calvo y los pocos pelos que le quedan son canosos. En este preciso momento, el gigantón levanta la cabeza y se me queda mirando. Esos ojillos cándidos y pequeños, demasiado pegados a la nariz. Esa cara de niño aberrantemente envejecido.

—Leola... —dice el monstruo con vocecita débil.

—Guy... —jadeo yo.

Nos hemos reconocido al mismo tiempo. Es Guy, el inocente, el Caballero Oscuro. El hijo de Roland, mi antiguo Maestro de armas. El gigantón arruga pavorosamente su cara y comienza a berrear como un crío pequeño. Uno de los saltimbanquis viene hacia nosotros:

—¿Qué le has hecho? —me increpa el hombre con gesto de impaciencia—. Es un pobre idiota, pero no es malo. Hay que tratarle como si fuera un niño. Basta ya, Guy, ¡deja de gimotear!

El hombre, que es menudo y fibroso, se pone de puntillas y le da una bofetada a Guy en la mejilla. Un sopapo ligero que en realidad no puede haberle hecho mucho daño. Aun así, me encrespo.

—¡No le pegues!

El hombre me mira, extrañado e irritado:

—Pero ¿qué dices? Aquí no pintas nada. Además, tú tienes la culpa. No sé qué le has hecho para ponerle así. Venga, chico, cálmate...

Tras la cachetada, Guy ha disminuido el volumen de sus chillidos, pero sigue haciendo pucheros. Grandes y pesadas lágrimas bajan rodando por sus ajados mofletes.

—Leola... —balbucea.

—Le conozco —digo, conteniendo mi rabia—. Es el hijo de..., de un antiguo amigo. Quiero..., quiero hacerme cargo de él.

Mientras digo esto, lanzo una rápida ojeada a León, que se acerca cabalgado por Violante. El herrero no dice ni hace nada, pero sé que me apoya. Qué bueno es saber que, si me quedo con Guy, León no va a sentirse incomodado. Hasta ese punto le conozco, hasta ese punto confío en él.

El saltimbanqui se rasca la cabeza:

—¿Te lo quieres quedar? ¿Quieres llevártelo? ¿Para siempre?

—Eso es.

Guy sorbe sus mocos estruendosamente y vuelve a balbucear:

—Leola...

—Pues, no sé... —dice el hombre—. La verdad es que es un número muy bueno... La gente paga por ver al gigantón. No hay otro hombre más grande en toda la Cristiandad, te lo aseguro... Y, además, llevo manteniéndolo muchísimos años. Y come como un buey... He gastado una fortuna en él.

Miro de nuevo a León. Me quito las agujas del pelo y las trenzas caen sobre mi espalda.

—Te doy estas perlas a cambio. Son buenas y costosas. Cuatro grandes perlas. Y, además, Guy ya está muy viejo, mírale...

El hombre coge las agujas y las examina con ojo suspicaz. Luego contempla al gigantón, que sigue gimoteando:

—A ver, chico, ¿tú quieres irte con esta mujer?

Guy arrecia en sus lloros y asiente frenéticamente con la cabeza:

—Síííííííí...

El titiritero se encoge de hombros:

—Bueno, muy bien, pues trato hecho... Quédatelo... —gruñe con una brusquedad que me parece en cierto modo fingida—. Total, ya te he dicho que come lo mismo que una fiera y acabará arruinándome. Llévatelo antes de que me arrepienta.

Agarro la áspera y deforme manaza de Guy y tiro suavemente de él, para que se levante:

—Venga, Guy. Vas a vivir con nosotros. Nos vamos a casa.

El inocente se pone en pie con dificultad, como si tuviera las piernas agarrotadas. Ha echado tripa y renquea al caminar, igual que un viejo. Pero ya ha dejado de llorar. Sigue aferrado a mi mano: yo troto a su lado y casi cuelgo de él. Murmura algo, pero no le entiendo.

—¿Qué dices?

—Guy está contento... —repite débilmente.

—Y yo también lo estoy, querido. Yo también.

Durante unas pocas semanas hemos vivido un sueño. La hermosa virtud de la esperanza puede también ser, paradójicamente, la madre de la más punzante pesadumbre, cuando esa esperanza te llena la cabeza de ilusiones que luego, al incumplirse, se transmutan en hiel y sufrimiento. Debería añadir esta reflexión a la definición de la palabra en mi enciclopedia.

Durante unas pocas semanas hemos vivido un sueño del que, por desgracia, ya hemos despertado. Un día, Nyneve llegó a casa sin aliento y nimbada de luz, con el rojo pelo alborotado, toda ella palpitante y encendida:

—Ha habido una revuelta... El conde de Tolosa se ha unido al Rey de Inglaterra... Están combatiendo a los cruzados.

La hija mayor del señor de Montségur, Philippa, está casada con un guerrero, el caballero Pierre Roger de Mirepoix. Siguiendo órdenes del conde de Tolosa, y mientras éste consumaba su alianza con Inglaterra, Pierre Roger y sus *faydits* se dirigieron a Avignonet, donde se encontraba a la sazón el Tribunal de la Inquisición itinerante, y mataron a dos inquisidores y destruyeron los archivos que guardaban los documentos procesales contra los herejes. Al conocer la nueva, toda la región se levantó en armas contra el Papa, el Rey de Francia y la Inquisición. La guerra se reabría y los vencidos enseñaban los dientes, y durante algún tiempo nos pareció que todavía podríamos salvarnos.

Pero el espejismo ha durado muy poco. Los ejércitos rebeldes han sido aplastados con rápida eficiencia. Me lo confirmó pocos días después una Nyneve envejecida y mortecina, acongojado el gesto y eclipsado su brillo:

—No sólo hemos sufrido una derrota total; además, consideran que Montségur es la cabeza de la hidra, puesto que de aquí salió la partida de *faydits* que acabó con los inquisidores. Han formado un gran ejército cruzado, dirigido por el senescal real de Carcasona, y vienen hacia aquí para borrarnos del mundo.

Podríamos intentar huir de nuevo, pero ¿hacia dónde? Ya no quedan refugios en la Tierra. El señor de Pereille está dispuesto a resistir. Tiene confianza en la posición inexpugnable de su castro, en el valor de sus caballeros. Y piensa que si consigue entretener a los cruzados y aguantar lo suficiente, el conde de Tolosa podrá recuperarse y venir en su ayuda. El señor de Pereille no se rinde: quiere seguir luchando por sus ideas, y yo quiero creerle, puesto que no hay nada mejor en lo que creer. Por eso nos hemos quedado aquí. Somos unas quinientas personas, doscientas de las cuales son Buenos Cristianos. Sin contarnos a Nyneve y a mí, sólo hay quince caballeros y cincuenta escuderos. Apenas sesenta y cinco guerreros contra un ejército compuesto, al parecer, por varios miles de hombres. Pero luego están, a nuestro favor, las laderas escarpadas, las cumbres nevadas, las ventiscas, el frío, la vecindad de las plumosas águilas, el terreno imposible que nos circunda. Y nuestro feroz deseo de vivir.

Todos los días nos subimos a las atalayas y nos asomamos al vasto paisaje montañoso, para ver si llegan. Son tan hermosos y serenos los cerros azulados, las enormes rocas que dora el sol poniente, estas masas de piedra que Dios creó en el principio de los tiempos y que seguirán aquí aunque los cruzados arrasen Montségur. Todos los días nos subimos a las atalayas para ver si llegan, y la paz de las montañas es tan absoluta y abrumadora que resulta difícil imaginar la inminente invasión de los guerreros, el rechinar de los hierros afilados, el paroxismo de la violencia bélica.

Mientras tanto, existimos. Y qué bella es la vida cuando está amenazada. Leo, escribo, hago el amor con León, converso con Nyneve, me río con las bromas de Filippo y Alina, que juegan con Guy como si fueran niños. Somos un clan, somos una horda. Somos una familia. Juntos somos más fuertes, o por lo menos nos sentimos más fuertes, y eso basta. Ahora entiendo a Nyneve cuando decidió sumar su destino al mío: a medida que envejeces se va haciendo más dura la soledad. Vas necesitando cada vez más ser necesitada por los otros. Ahora Guy depende de mí, y eso me conmueve. Cuido del gigante inocente de la misma manera que cuidaría de un hijo. En realidad es mi niño, un niño monstruoso, el único bebé que podría parir la monstruosa doncella revestida de hierro que yo he sido. Le hemos preguntado sobre su padre, pero cada vez que tocamos el tema se echa a llorar: desazona imaginar cuál puede haber sido el destino de mi Maestro. Sólo nos falta él. Ojalá estuviera Roland entre nosotros. Sobre todo por Nyneve. Porque hace mucho que mi amiga parece haber abandonado su gusto por los hombres. Ella, que antaño fue un trueno, lleva demasiado tiempo en la sequía.

Con Guy, con Filippo y Alina, con la leve y pizpireta Violante trepada a los hombros de León, con Nyneve, suelo pasear por los alrededores de Montségur, disfrutando del paisaje, todavía todo nuestro, y recolectando plantas medicinales, pequeños y raros vegetales que se aferran a las rocas en lugares inverosímiles y que son capaces de sobrevivir en el rigor escarchado de estas alturas. Son como nosotros, como los habitantes de Montségur, estas pequeñas plantas obstinadas y duras. No he conocido días más hermosos que éstos: es la culminación de mi existencia. Esto es ciertamente la plenitud. El esplendor de la flor, toda abierta, radiante y temblorosa, justo un instante antes de marchitarse.

También colaboramos en el acopio de víveres, en la reparación de las defensas y en la puesta a punto de las armas. Nyneve y yo nos hemos presentado al señor de Pereille; le hemos hablado de nuestro pasado; le he explicado que soy, que he sido, Mercader de Sangre y señor de Zarco; le hemos ofrecido nuestros brazos y nuestras espadas. Como es natural, dada su escasez de recursos, las ha aceptado con alegría y sin aspavientos. Asimismo, hemos ayudado a seleccionar a los mozos más capaces y decididos de entre los plebeyos, y les hemos armado como hemos podido. León ha martilleado muchos hierros al rojo y les ha extraído su filo más mortífero. Y hemos fabricado innumerables flechas. Los arcos son esenciales para defender una plaza sitiada.

Hace un par de días llegó a Montségur un buhonero. Venía con noticias que pensaba que podrían interesarnos y por las que esperaba recibir una recompensa y, en efecto, Pereille le pagó bien. Nos dijo que el ejército del senescal estaba como mucho a una semana de distancia; y él fue quien nos informó de que eran varios miles de soldados. Yo luego le ofrecí una cerveza; nos sentamos delante de nuestra casa, en los poyos de piedra de la calle, y charlamos un rato; me habló de lo que le ha sucedido a la Dama Negra, y de las piras que llenan de columnas de humo el horizonte, y de lo mucho que el mundo está cambiando. En un momento determinado, su sobrino, un joven esmirriado y con antiguas marcas de viruela, empezó a contar la historia del Rey Transparente. Y yo no le hice callar. No sé qué me pasó; tal vez fuera el deseo de terminar de una vez, de saber qué ocurría en esa historia. Quizá preferí enfrentarme directamente a la desgracia, en lugar de seguir esperándola agónicamente. El caso es que el tipo comenzó a narrar, y yo aguanté la respiración y escuché atentamente:

—La historia del Rey Transparente sucedió hace muchos, muchos años, en un reino ni grande ni pequeño, ni rico ni pobre, ni del todo feliz ni completamente desgraciado. El monarca del lugar estaba envejeciendo y no conseguía tener hijos. Había repudiado a diez esposas porque ninguna le paría un descendiente y empezaba a estar desesperado. Entonces decidió secuestrar a Margot, la Dama de la Noche, que era el hada más poderosa de su Reino, y obligarla a cumplir sus deseos. Para ello ideó un ingenioso truco...

Éstas fueron las últimas palabras que le oí. Una piedra llegó volando de la nada y se estrelló en la mitad de su frente, derribándole por tierra; y detrás de la piedra apareció a todo correr uno de los mozos a quienes estamos entrenando, consternado y pidiendo perdón por su mala puntería con la honda. El joven alfeñique no parecía estar gravemente herido; recuperó pronto la conciencia, pero se le veía desorientado. El buhonero lo montó en una mula y se lo llevó, junto con las demás palabras no dichas de la historia maldita. Luego pensé que habíamos salido todos bastante bien librados, como si la desgracia nos estuviera guardando para un dolor mayor.

Melancolía: aguda conciencia del latir de la vida en su carrera veloz hacia la muerte, turbadora emoción ante la belleza que se nos acaba. Si el buhonero está en lo cierto, apenas nos deben de quedar cuatro días hasta la llegada de los cruzados. Contemplo ahora las montañas impasibles desde el punto más alto del adarve. Qué absoluta quietud, qué aire tan transparente. Vuelan los buitres en lo alto, con sus grandes alas doradas, vibrantes y extendidas. Me pregunto si ellos podrán ver, desde allá arriba, el oscuro y refulgente avance del ejército. Me pregunto si se relamerán anticipando la sangre. Pero mientras tanto, mientras llega el final y el miedo y el sufrimiento, este hermoso mundo roza lo perfecto.

Cuentan que, envejecida y consumida por la amargura y el odio, y temiendo fallecer antes de haber podido cumplir su juramento de venganza, la Dama Negra retó a su hermano Pierre a un combate singular que pusiera fin a su larga historia de aborrecimiento mutuo. Y cuentan que el Barón, bastante mayor que Dhuoda e instalado ya en los primeros años de su ancianidad, aceptó sin embargo el reto, exasperado por la feroz persecución de la Duquesa y preocupado por pacificar y ordenar el feudo antes de transmitírselo a su primogénito. Además, Pierre había sido un notable guerrero y aún se mantenía, o creía mantenerse, en buena forma. Sus espías le habían informado de la decadencia mental y física de su hermana, y de todos modos nunca creyó que una mujer pudiera ser un contrincante peligroso.

Las negociaciones para la celebración del combate se prolongaron durante cerca de dos meses. Tenían que designar padrinos y jueces, escoger un terreno neutral, acordar armas, fecha, normas de lucha e incluso el número de guerreros y soldados que conformarían la comitiva de cada contendiente. Después de mucho discutir, los delegados de la Duquesa y el Barón convinieron que el encuentro sería en Beauville, antigua ciudad del feudo de Puño de Hierro pero ahora villa libre, justamente el lugar en el que Pierre intentó asesinar a su hermana, muchos años antes, por medio de una capa emponzoñada. Se enviaron emisarios a Beauville, se acordó un sustancioso pago a la ciudad por los inconvenientes y se fijó la fecha. Y luego sólo hubo que esperar a que llegara el día, mientras se bruñían los escudos, se engrasaban las cotas, se ajustaban los yelmos y se afilaban los odios y las armas.

El combate debía comenzar al despuntar el sol; era una lucha a muerte, por supuesto, y se celebraba en la intimidad. Los regidores de Beauville habían levantado un cercado de madera en la Plaza Nueva para evitar miradas indiscretas. Dhuoda y Pierre llegaron a la ciudad la tarde anterior, pero se las arreglaron para no verse. En la madrugada del día señalado, cuando el último soplo de la noche todavía inundaba el aire de negrura, los dos hermanos y sus acompañantes se dirigieron a la plaza. Cuentan que el silencio era opresivo, cuentan que sólo se escuchaba el restallar de la tierra escarchada bajo sus duros pasos. Llegaron al rectángulo de madera, donde ya les estaba esperando la corporación municipal. Dentro del vallado sólo pasaron los combatientes y sus padrinos, junto con el juez de la liza y los regidores de Beauville, que actuaban como notarios del enfrentamiento. Dhuoda y Pierre se situaron en sus posiciones, en el centro del cercado, y esperaron, porque la noche aún no había rendido su oscuridad al asedio del sol. La agitada luz de un par de hachones ponía reflejos de fuego sobre las armaduras, sobre el negro metal de la extraña coraza de la Duquesa, sobre el bruñido acero del Barón. Eran dos guerreros muy poco comunes, empezando por las lúgubres faldas de Dhuoda, que pendían por encima de sus calzas metálicas, y siguiendo por la escasa estatura de ambos, pues Pierre siempre había sido un hombre bajo y ahora la edad le había ido encorvando y menguando. Pero sus espadones desnudos tenían la medida justa de la muerte y eran tan grandes y temibles como el mandoble del caballero más fiero.

De pronto, un alboroto estalló en el aire helado: era el griterío de los pájaros, su frenética alabanza cotidiana al renacer del día. Cuentan que los hermanos se estremecieron, golpeados por la tensión y la inminencia del combate. Las sombras se retiraban rápidamente, como agua vertida que la tierra absorbe, y la luz se iba fortaleciendo por momentos. Unos instantes después, un resplandor rosado iluminó las casas de la plaza, cuyos pisos superiores asomaban por encima del cercado. Los padrinos apagaron los hachones. Y el juez ordenó que la justa empezara.

Se embistieron como carneros ciegos, tajando, amagando, golpeando, hendiendo. Eran buenos guerreros o lo habían sido, y durante largo rato pelearon con potencia y bravura, llenando el aire de un estruendo de golpes, de chasquidos de hierro y roncos bramidos de coraje y esfuerzo. A ratos la suerte parecía acompañar a Pierre, a ratos la victoria coqueteaba con Dhuoda, pero ni uno ni otra conseguían rematar sus rabiosos ataques. El tiempo pasaba, el sol avanzaba por el gélido cielo y los combatientes se cansaban. Empezó a costarles levantar la pesada espada y sus movimientos se fueron haciendo cada vez más lentos, cada vez más torpes. Sin embargo, siguieron peleando. Cuentan que al empezar la tarde estaban ya tan agotados y tan debilitados por las heridas que no podían ocultar lo que eran: un caballero anciano y una mujer madura y enferma. Tropezaban, caían de rodillas con tintineo de lata, se ponían de pie con agónico esfuerzo apoyándose en la cruz de sus espadas. La sangre rezumaba de sus muchos cortes, formando un sucio barrillo bajo sus pies, y angustiaba escuchar el sonido acezante de sus respiraciones. Por encima del vallado, desde las ventanas de las casas de la plaza, racimos de vecinos atisbaban el enfrentamiento. Tal vez Brodel, el rebelde regidor Brodel, siga ocupando un puesto de responsabilidad en Beauville;

tal vez fue él quien convenció a los demás para que el combate se celebrara en la ciudad. Tal vez quiso ofrecer a sus convecinos ese espectáculo ejemplar por lo absurdo y patético, dos viejos nobles envenenados de odio y matándose mutuamente poco a poco, sin elegancia ni épica, con toscos y extenuados mandobles.

Llegó un momento en el que ambos contendientes estaban tan exhaustos y respiraban con tantas dificultades que parecían a punto de colapsarse. Se detuvieron, una vez más, clavando la punta de sus espadas en la arena y apoyándose, tambaleantes, en las empuñaduras. Se contemplaron en silencio durante largo rato; y después, al unísono, arrojaron las armas al suelo y se aproximaron con andares lentos y precarios.

Cuentan que ambos combatientes, Dhuoda y el Barón, vestían armaduras hechas a la manera bretona, con el ristre afilado hasta convertirlo en un temible punzón, un aguijón de alacrán que les salía del pecho, por encima de la tetilla derecha. Y cuentan que, cuando arrojaron las espadas al suelo y se acercaron renqueando, Pierre se inclinó un poco, para que la altura de su ristre coincidiera con el busto de la Duquesa. Entonces se tomaron de los brazos y se estrecharon fraternalmente, quizá como nunca lo habían hecho. Y apretaron y apretaron, cada vez más juntos, cada vez más cerca, mientras los duros pinchos agujereaban las corazas, y traspasaban los coseletes de cuero, y rasgaban las camisas y después las carnes blandas y marchitas, los dos hermanos aferrados con desesperada ansia el uno al otro, los dos empujando, los dos resoplando, los dos partiéndose mutuamente el corazón en el definitivo abrazo de la muerte.

Ya están aquí. Primero llegaron los conejos y las liebres de patas ligeras, los zorros silenciosos, las bulliciosas aves, las torpes perdices de pesado cuerpo, todas las criaturas salvajes que huían del asolador avance de las tropas. Después vimos el polvo, como una nube baja de color parduzco pegada a la línea del horizonte. Luego oímos el ruido, un creciente rumor de mar o de tormenta, un sordo retumbar que acabó convirtiéndose en fragor. Y al cabo, cuando nuestros ojos ya lloraban y ardían de tanto contemplar el paisaje con ansiosa fijeza, el ejército enemigo apareció, como una lengua oscura, por encima del lomo de los montes, y se desparramó frente a nosotros, y eran en verdad millares, una masa negra y pavorosa iluminada por las manchas carmesíes de los estandartes y el chisporroteo de las armas al sol. Tomaron las alturas y se detuvieron, y comenzaron a redoblar tambores, a tocar las trompetas, a golpear los escudos con el puño de sus innumerables espadas, a gritar con toda la fuerza de sus pulmones, para amedrentarnos con el ruido. Y el estruendo resultaba ensordecedor. Pero cuando callaron de repente, y entre ellos y nosotros sólo quedó el tenue y afilado silbido del viento, el silencio fue mucho más amenazador y más angustioso.

Ahora es de noche, pero pronto amanecerá y suponemos que los cruzados atacarán con las primeras luces. Frente a nosotros, agujereando la oscuridad, brillan los centenares de hogueras del campamento enemigo. He acostado a Guy y le he cantado una nana hasta que se ha dormido, aunque he tenido que prometerle que le daré una espada. Y lo haré, cuando los cruzados rompan nuestras defensas: a fin de cuentas el gigante inocente es un hombre muy fuerte y sabe luchar. Aparte de los niños, nadie duerme hoy en Montségur. Revisamos los parapetos y las provisiones, repasamos los planes defensivos. Los Perfectos rezan. Los guerreros nos preparamos. Después de haber pasado tantos años eludiendo el combate y sin comprometerme de manera directa en la larga guerra entre los cruzados y los occitanos, al fin entro en la liza. Dhuoda ha muerto, liberándome de mi juramento de fidelidad feudal. Y, además, quiero luchar con mis compañeros de Montségur, porque ahora no me cabe la menor duda de que mi sitio es éste. Como Aquiles, el héroe cuya historia cuenta la piel pintarrajeada de Filippo, me preparo lentamente para la batalla. En el sitiado castro no dispongo de una armadura completa, y tampoco sé si deseo vestirme nuevamente de hombre. De manera que, sobre mis ropas de mujer, me coloco un viejo peto de cuero, reforzado con grandes placas de acero. Me ciño el cinto con la espada y luego recojo el pico de las faldas y lo engancho por debajo del cinturón, para acortar la longitud y el vuelo y permitir mejor los movimientos. Embrazo el escudo y me dirijo a la zona de la atalaya que me han asignado. Dejo a mi lado, a mano, una larga pica, que puede serme muy útil si los enemigos llegan con escalas, y, sobre todo, el fuerte arco y una abundante reserva de saetas. Cubro mi cabeza con el pesado yelmo, en el que, a diferencia del yelmo del guerrero griego, no ondean las crines de ningún caballo. Así ataviada, a medio camino entre las sayas y los hierros, debo de parecerme un poco a la vieja Dhuoda. A mi izquierda se encuentra Nyneve, también con un arco, y a mi derecha León, armado con una maza, una pica y su honda. Entre sus pies, un montón de pedruscos. Acurrucada junto a nosotros está Violante, que se niega a separarse de su adorado León y que nos subirá más piedras y más flechas si las necesitamos. Filippo se ha quedado cuidando de Guy, mientras que Alina servirá de mensajera entre los defensores de la muralla. Doy la mano a Nyneve y luego a León, que estruja mis dedos con su palma callosa. Me alegra y consuela estar junto a ellos. Los guerreros nos hemos ido distribuyendo por grupos de familia y amistad a lo largo del perímetro de Montségur, porque de todos es sabido que combatir codo con codo con los seres que aprecias refuerza el valor de los soldados.

—Es como la Cohorte Sagrada tebana..., ya sabes, aquella cohorte militar del mundo antiguo... —dice Nyneve—. La que estaba formada por ciento cincuenta parejas de amantes. Como luchaban espalda contra espalda resultaban invencibles, porque no sólo combatían por sus propias vidas, sino también para salvaguardar la vida del amado.

Sí, recuerdo bien la Cohorte Sagrada. Y también recuerdo que, después de muchos años de victorias, perdieron una batalla. La primera y la última, porque fueron exterminados. Pero será mejor callar sobre ese punto. A veces no es bueno saber demasiado.

Hace tanto tiempo que no combato que no sé si estoy preparada para ello. No sé si estoy dispuesta a matar y a morir, dos hechos atroces que en realidad repugnan a la conciencia humana. Pero la experiencia me ha enseñado que, cuando la lucha comienza, todas estas consideraciones desaparecen, sepultadas bajo el repentino paroxismo de violencia. Sabré pelearme y venderé cara mi vida. Antes de subir a la atalaya, he comido y bebido, pues no sé cuándo podré volver a hacerlo, y he dado de comer y de beber a Alado, nuestro viejo bridón. Pero, al contrario que Janto, el caballo de Aquiles, Alado no me ha dicho si el día de mi muerte está cercano.

Crujen horriblemente los humildes techos al hundirse, restallan las reventadas vigas, gritan de pánico y dolor los numerosos heridos, mientras las grandes piedras atraviesan el cielo, ensombreciendo el sol como colosales pájaros de muerte. No hay nada que hacer frente al peligro aéreo, no hay modo de defenderse de la lluvia de rocas que vomitan sin cesar las catapultas. Hambrientos y ateridos, asistimos inermes a la destrucción de Montségur.

Al principio fue fácil rechazar al ejército enemigo. Pese a la enormidad de sus fuerzas, la aspereza del terreno les obligaba a atacar en menguadas columnas que los arqueros desbarataban cómodamente. Buenos estrategas, el señor de Pereille y su yerno, el fogoso Roger, instalaron un puesto avanzado en un ángulo de la montaña, una especie de nido de águila que, defendido por tan sólo diez hombres, conseguía crear un estrecho e inexpugnable paso por el que los enemigos tenían que deslizarse de uno en uno. En los primeros ataques frontales, los cruzados perdieron decenas de hombres y nosotros no sufrimos ninguna baja. Pronto aprendieron la lección y cambiaron de táctica: decidieron agotarnos por el mero asedio. De cuando en cuando amagaban un asalto al castro, nada verdaderamente serio, porque se retiraban antes de sufrir demasiados daños. Yo creo que lo hacían para mantenernos en tensión, para rompernos los nervios.

El sitio de Montségur comenzó a principios del verano y nosotros resistimos bien durante todo el estío, devorando nuestras provisiones y rezando para que empezara pronto el crudo invierno. Vino el otoño con sus lluvias y luego llegaron la escarcha, el granizo y la nieve. Los montes se pintaron de un blanco cegador y el aliento se nos empezó a congelar ante las narices, destellando en el aire como una pequeña nube de diminutos cristales. Pero los enemigos no se fueron. Ahí siguen, agazapados entre la nieve, como lobos hambrientos vigilando su presa. En los campamentos debía y aún debe de hacer mucho frío, pero en Montségur no estamos mucho mejor, sobre todo después de que se nos acabara la leña. Durante un tiempo seguimos alimentando las chimeneas con muebles, y luego con boñiga seca del ganado que guardábamos dentro del castro. Pero pronto empezamos a comernos las vacas, porque también se terminó el forraje para mantenerlas. Llevamos semanas con las lumbres apagadas y los mocos congelados como carámbanos. Y llevamos meses con la comida racionada. De guardia en las atalayas, la ventisca nos hiere el cuerpo con cuchillo de hielo.

Hace cosa de un mes, un ataque sorpresa hizo caer el puesto avanzado, el nido de águila en el pico de la montaña: los defensores lucharon con admirable bravura, pero fueron aniquilados. Expedito el paso, los cruzados accedieron a la explanada cercana y empezaron a montar sus catapultas. Desde hace varios días, esas máquinas infernales nos están destrozando.

—Y pensar que la catapulta fue inventada en Siracusa por el griego Arquímedes para luchar contra los romanos... —dice Nyneve.

—Me repugna que un gran sabio como él inventara este método cruel y cobarde para matar indiscriminadamente y en la distancia —digo, indignada, contemplando con lágrimas en los ojos los estragos producidos por los proyectiles, el cuerpo ensangrentado y exánime de un niño que ahora mismo están sacando de entre las ruinas de una casa, el dolor lacerante de su madre.

—Tienes razón —suspira Nyneve—. Y lo peor es que probablemente Arquímedes pensaba que estaba actuando bien. Quizá creyera que, con sus ingenios bélicos, conseguía tiempo y dinero para poder desarrollar sus otras ideas..., su Gran Obra, como decía Gastón. También nuestro alquimista estaba dispuesto a hacer cualquier cosa con tal de sacar adelante su trabajo..., con la diferencia de que el griego era un genio y Gastón, un cretino. Pero la vanidad y la ambición pueden igualar a sabios y necios. Por otra parte, también es posible que a Arquímedes le pareciera bien matar indiscriminadamente y en la distancia a los soldados romanos, que eran los enemigos de su patria. ¿Quién le iba a decir que su maldito artefacto estaría aplastando niños mil quinientos años después? Dios mío, Leola..., qué difícil, qué lento y qué costoso es el progreso del mundo...

Hay algo en el tono con el que Nyneve ha pronunciado las últimas palabras que me hace volver la cara a contemplarla: una vibración desesperada, un desaliento inhabitual en mi amiga, siempre tan combativa, siempre tan resistente y tan vital. Está sentada a mi lado, en el suelo, con la espalda apoyada contra el parapeto. La roja cabellera sucia y revuelta, entreverada de polvorientas canas. El cuerpo ensanchado y como rendido a su propio peso, con los hombros caídos hacia delante. Pálida y macilenta, bajo sus ojos han aparecido unas bolsas violáceas. Lleva puestos sus vidrios de ver y en sus manos, vendadas con trapos viejos para combatir el frío, tiene un libro sacado de la biblioteca de Pereille. Desde que empezó el asedio, Nyneve se ha sumergido en la lectura de un buen puñado de obras latinas antiguas que ha encontrado en casa del señor de Montségur. Va a todas partes con los pesados volúmenes, incluso se los trae a la muralla cuando le toca guardia. Dice que hay que aprender de los autores clásicos, que hay que leer y releer la historia, para saber que los humanos han atravesado por muchos otros momentos angustiosos, pero que la vida continúa, que las ideas retornan, que siempre hay esperanza. ¿Cree de verdad Nyneve en todo esto? Porque yo ahora la encuentro demasiado triste. La encuentro derrotada.

—¿No vas a ir a ver cómo está ese niño al que acaban de sacar de entre los escombros? —le digo para aguijonearla, porque su pasividad me inquieta.

—¿No has advertido lo descoyuntado de su cuerpo? Tiene roto el espinazo. Sé que está muerto —contesta lúgubremente.

Al menos las catapultas parecen haberse detenido por el momento. El aire está lleno del polvo de los derrumbes. Se oyen llantos y gritos. Hay muchos heridos, muchos enfermos, demasiados muertos. Nos encontramos debilitados y agotados, embrutecidos por tantos meses de ansiedad y privaciones. Nyneve, ayudada eficazmente por la señora de Lumière, por Alina y Violante y algunas otras jóvenes cátaras, se dedica a cuidar y curar los cuerpos lesionados. Pero las almas aterrorizadas y ateridas ¿quién puede curarlas? No podremos aguantar mucho más tiempo. Los meses pasan, la primavera se acerca, llevamos casi un año de asedio y el conde de Tolosa no ha venido ni vendrá en nuestro auxilio. Estamos solos. Y estamos acabados.

—No te dejaré. No me marcharé sin ti —llora Violante, ocultando su rostro entre las negras faldas de su madre.

—Mi pequeña... —musita la señora de Lumière, mientras se inclina para abrazar a la enana—. Por favor, no me lo hagas más difícil... Sé que podría irme con vosotros, pero... soy vieja, os entorpecería, y, además, no quiero huir, no quiero ocultar mis creencias, porque para mí sería lo mismo que renegar de ellas. Prefiero morir por mi fe y dar testimonio en el martirio. Sé que dentro de muchos siglos se hablará de nosotros. Se hablará de la caída de Montségur. Y de los Buenos Hombres y las Buenas Mujeres que supieron vivir y morir cristianamente. No me asusta la pira, querida mía. Es la puerta que me conducirá al seno de Dios. A su Eterno Amor y su Belleza Eterna. Sólo será un tránsito muy breve y luego podré alcanzar un gozo infinito. Pero tú debes marcharte, porque no estás preparada para la hoguera. Y eso sí que me resultaría insoportable. Me rompería el corazón verte sufrir.

Diminuta como es, apretada entre los brazos de la señora de Lumière y hundida en las crujientes sedas del oscuro traje materno, Violante parece una niña pequeña. Pero en realidad es una mujer adulta y capaz. La enana se seca las lágrimas con sus puñitos deformes y su delicado rostro adquiere una expresión de sombría determinación.

—Está bien, madre. Haré como dices.

Todos nos enjugamos los ojos al unísono porque todos lloramos abiertamente. Incluso León, siempre tan rudo y tan contenido en apariencia, tiene las carnosas mejillas humedecidas.

Aunque sólo somos unas cuantas docenas de guerreros, hemos logrado defender la plaza durante diez meses contra todo un ejército. Pero ahora, derrotados y deshechos, verdaderamente al final de nuestras fuerzas, hemos decidido rendirnos. El joven Pierre Roger ha ido a negociar las condiciones con el senescal de Carcasona. Los cruzados dejarán con vida a todos los que abjuren del catarismo. Aquellos que persistan en su herejía serán conducidos de inmediato a la hoguera y quemados vivos. El castro de Montségur será completamente derruido hasta que no quede piedra sobre piedra. Todas las posesiones del señor de Pereille y de los demás caballeros implicados pasarán a ser propiedad del Rey de Francia.

Son unas estipulaciones muy duras, pero al menos Roger ha conseguido, no me imagino cómo, un pequeño aplazamiento de la condena: quince días de tregua antes de que se ejecute la rendición, con todo su acompañamiento de horror y de violencia. También ha logrado provisiones para estas dos semanas, de modo que durante medio mes hemos vivido en el más hermoso y conmovedor de los paraísos terrenales, en esa dolorosa plenitud de los últimos días antes de la llegada del fin de las cosas. Durante este tiempo, los padres han mimado a sus hijos y los hijos han honrado a sus padres; los amigos se han acompañado y consolado; los amantes se han amado tiernamente.

Los Buenos Hombres y las Buenas Mujeres han destacado por su alegría y su serenidad. No les asusta terminar en el atroz abrazo de las llamas. Hace dos días, es decir, tres jornadas antes de acabarse la tregua, una veintena de personas pidieron recibir el *consolament,* el único sacramento albigense, de manos de los obispos cátaros de Tolosa y de Razès. Se convirtieron de este modo en religiosos de la secta y se condenaron al martirio, del que podrían haberse salvado. La mayoría de los nuevos Buenos Cristianos son guerreros; algunos están acompañados de sus mujeres. Corba, la anciana dama de Montségur, esposa del señor de Pereille, recibió también el *consolament*, así como su hija Esclarmonde, joven y muy enferma por la dureza y las fatigas del asedio.

Asistí junto con los demás a la administración del sacramento. Es una ceremonia sencilla, una simple imposición de manos; pero, dadas las circunstancias, fue un gesto de enorme trascendencia. Ahí estaban esos caballeros, esos escuderos, esas damas, entregándose a la muerte y al suplicio sólo sostenidos por la coherencia de su voluntad y su fe. Hacía una fría y transparente mañana de marzo y a nuestro alrededor el castro ofrecía el desolado paisaje de sus ruinas. En el aire flotaba una vaga promesa de primavera, pero los guijarros del suelo estaban escarchados y las sombras eran densas y azules. Todos los habitantes de Montségur, todos los que no estaban demasiado heridos o demasiado enfermos, nos habíamos congregado en la estrecha plaza, bien para recibir el *consolament*, bien para asistir a la imposición. En el conmovedor silencio de la ceremonia recordé el refinado mundo de la reina Leonor y cómo me emocionaban aquellos maravillosos paladines del Gran Torneo de Poitiers, aquellos guerreros cortesanos en quienes yo veía la máxima representación de la nobleza. Pero la verdadera nobleza, ahora lo sé, es esto. Es caminar toda tu vida con pasos atinados, con pasos que te salen del corazón; es que tus actos estén de acuerdo con tus ideas, aunque el precio sea alto. Y no imponer esas ideas a nadie, y ser modesto y compasivo en tu grandeza. Mi viejo amigo San Caballero tenía razón: tus últimos días sobre la Tierra son el momento de la gran verdad. Un final decoroso confiere dignidad y sentido a una existencia entera.

Yo no tengo la fe de los Perfectos y, aunque sus pensamientos me parecen hermosos y sensatos, ni siquiera sé si creo verdaderamente en el Dios de los cátaros. Por eso no me siento impelida a inmolarme con ellos, un sacrificio que por otra parte nadie me pide. Sin embargo, sí me han pedido algo: que escolte y ponga a salvo a una decena de Buenos Cristianos a los que los albigenses quieren evitar la muerte.

—Que seamos gente de paz no quiere decir que debamos dejarnos exterminar como corderos —nos explicó Bertrand Marty, el obispo de Tolosa, cuando nos mandó llamar—. Hemos escogido a diez Perfectos y Perfectas de entre los más jóvenes de la comunidad, los más fuertes y los más sanos, para que salgan de Montségur y puedan seguir transmitiendo la palabra de Dios, además de dar testimonio de lo que aquí ha ocurrido... Queríamos pediros que les ayudarais a escapar. Que les ayudarais a llegar con bien al Reino de Navarra o tal vez a Cremona, lugares donde los nuestros siguen encontrando cobijo y apoyo.

Nyneve, León y yo aceptamos el encargo inmediatamente. ¿Cómo no hacerlo, si eso supone salvar de las llamas a un puñado de jóvenes? Y a Violante, que también vendría con nosotros. Alina y Filippo podrían quedarse para la rendición; al no ser guerreros o albigenses, sin duda les dejarían con vida. Pero ni la muchacha ni el eunuco consienten en separarse de nosotros. En cuanto a Guy, soy yo quien no quiere dejarle solo y atrás: también nos lo llevaremos. De manera que seremos nosotros seis, más Violante y los diez Perfectos.

Cuando Pierre Roger negoció la tregua, también tenía en mente esta posible huida. Necesitábamos ganar tiempo para intentar encontrar un túnel que, según una antigua leyenda, conectaba el castro de Montségur con la base del farallón de roca sobre el que está construido. El señor de Pereille había oído decir en su familia que la entrada del túnel se encontraba en uno de los pozos de Montségur, de manera que comenzamos a explorarlos. La intrépida y menuda Violante se hizo atar por debajo de los brazos con una larga soga, y León la bajó a pulso por los oscuros pozos. En uno de ellos, en el más estrecho y más limoso, pocos palmos por encima del agua negra y quieta, Violante halló una piedra plana y horizontal incrustada en el muro, y sobre ella una abertura suficiente como para permitir el paso de una persona. Se construyó un trinquete sobre el brocal y un arnés de cuero sujeto por cadenas con el que subir y bajar a las personas hasta el agujero. Como los lugares angostos me desasosiegan, decidimos que la exploración la hicieran León, Nyneve y Violante, y a esa labor han estado dedicando los últimos días. Al parecer el pasadizo comunica con un laberinto de grutas naturales; la enana, atada a una larguísima soga para no extraviarse, fue probando caminos hasta atinar con el verdadero. Anteayer consiguió salir a la superficie; la boca del túnel, cuentan, asoma al pie de la roca, a las espaldas de Montségur, y está perfectamente escondida por matojos. Un fácil salto de la altura de un hombre separa la salida de una estrecha plataforma que se asoma al abismo más vertiginoso; pero por ambos lados de la plataforma hay pequeños senderos desdibujados que recorren la ladera. Tras encontrar el camino, clavaron la soga a la pared del pasadizo para marcar la ruta de manera inequívoca, y luego León ha abierto con su maza aquellos lugares del túnel que le parecieron demasiado estrechos no sólo para su propia envergadura, sino, sobre todo, para el corpachón de Guy. Han terminado el trabajo justo a tiempo, porque mañana expira la tregua. Dentro de unas horas, en cuanto anochezca, nos escaparemos.

De manera que ahora es el tiempo de las despedidas. Y de las lágrimas. Lo tenemos todo preparado, pero de cuando en cuando el ánimo flaquea.

—Recemos, hija mía. Recemos, mis amigos. El amor de Dios y el Padrenuestro nos darán fuerzas y nos regocijarán... —dice la señora de Lumière, atrozmente tranquila.

Comenzamos todos a rezar, pero yo, que Dios me perdone, necesito otro amor, otro milagro. Me muevo cautelosamente a través del grupo de personas hasta situarme a las espaldas de León, que no se ha dado cuenta de mi proximidad y sigue ensimismado en sus oraciones. Estiro el brazo y meto mi mano mutilada dentro de su cálida manaza, como un ratón herido que busca la protección de la madriguera. León da un pequeño respingo, pero no me mira. Sin embargo, cierra sus dedos en torno a los míos. Qué bien se está ahí dentro... Me arrimo al herrero. Pego mis piernas a su pierna, mi pecho a su costado. Apoyo mi cabeza en la parte trasera de su hombro. Mi nariz está a la altura de su axila. Carne mullida y olorosa, aroma a bosque y humo. León sigue sin volverse, pero advierto que echa su cuerpo hacia atrás, apretándolo contra el mío.

—Vámonos —le susurro en la oreja.

Salimos discretamente del círculo de fieles y echamos a andar sin soltarnos de la mano y sin saber muy bien hacia dónde ir. Nuestra casa, en el piso bajo de la torre Sur, se mantiene intacta, porque sus muros son demasiado sólidos como para ser derribados por las catapultas. Pero, al ser uno de los pocos lugares que aún quedan enteros en el castro, la torre está siendo usada como cobijo para los que se han quedado sin hogar. Ahora compartimos vivienda con un puñado de personas, y sin duda buena parte de ellas estarán allí en estos momentos.

De manera que caminamos de la mano y sin hablar por entre las rotas callejas de Montségur, intuyendo el vértigo de la próxima huida. Hinchadas nubes de atormentadas formas cubren el cielo y parecen pesar sobre nuestras cabezas como si fueran de piedra. Está atardeciendo rápidamente y hay una luz húmeda y gris, una lúgubre luz que ensucia cuanto toca. Sin decirnos nada, acompasamos nuestros pasos y nos dirigimos al sector Noroeste de Montségur, el más castigado por las catapultas. Aquí las casuchas están todas destripadas y con las techumbres hundidas, y el castro es un abigarramiento de escombros y ruinas. No se ve ni un alma entre tanto destrozo. Pasamos por encima de un montón de cascotes que antaño debieron de constituir una morada y nos guarecemos en una esquina de argamasa que, aunque sin techado, aún permanece en pie. Pienso en adecentar un poco el suelo, en retirar las piedras para poder tumbarnos, pero no tengo tiempo para hacerlo: León me toma entre sus brazos y me sienta en el muro medio derrumbado. Alza mis piernas felizmente cubiertas por las fáciles sayas y las coloca en torno a su cintura, y luego mete su abrasadora lengua entre mis dientes. Arde todo él, arde como si tuviera fiebre, y su calor seco y delicioso me protege del viento y la intemperie. Recostada contra el precario muro de una ruina, bajo las nubes negras, a horcajadas sobre las caderas de mi amante, noto cómo me busca, cómo me atraviesa y me hace suya. Y yo me dejo quemar en esta hoguera. Yo también me hago cenizas y subo al Cielo.

Hemos decidido que en primer lugar irán León y Violante, ya que conocen el camino, junto con Filippo, Alina y cinco Perfectos. Luego iré yo con Guy, los otros cinco jóvenes albigenses y Nyneve cerrando el cortejo. Nos atamos al arnés y vamos siendo bajados al pozo de uno en uno en el orden acordado. Como en el pasadizo no hay lugar para congregarse, tenemos que ir avanzando por el túnel a medida que entramos. Chirrían las poleas, tintinean las cadenas del arnés, chisporrotean los hachones avivados por las ráfagas de viento. Nadie dice nada. Cuando Nyneve haya entrado, los guerreros desmontarán el trinquete, desharán el arnés y borrarán todo vestigio de nuestra fuga. No habrá manera de volver hacia atrás, por consiguiente. No tendremos más remedio que salir por la abertura que hay al pie de la roca.

Ha llegado mi turno.

—Ya sabes, Guy, ahora me toca a mí, y luego vas tú y yo te espero abajo... Estará muy oscuro, pero no tengas miedo. Esto es como un juego... ¿Te portarás bien? —exhorto por última vez a mi gigante.

Guy, muy serio y responsable, sacude afirmativamente su cabezota.

—De acuerdo. Vamos allá.

De pie sobre el brocal, atada a las correas, doy un pequeño pero angustioso paso hacia la negra boca. Llevo un fanal con una bujía encendida y, a su bailoteante resplandor, voy viendo las paredes del pozo mientras me bajan: muros húmedos y viscosos, largas barbas verdosas, olor a sepulcro. Es un descenso estrecho y opresivo. Estancado entre estos muros curvos y macizos, el aire resulta casi irrespirable. Debajo de mis pies empiezo a atisbar ya el siniestro reflejo de las aguas profundas. Siento que me asfixio, que me atenaza el pánico: ¿y si no me detienen a tiempo, y si caigo en el agua, y si me ahogo en esta tumba líquida? Estoy a punto de empezar a gritar y patalear cuando advierto que el chirrido de la cadena se ha detenido. Giro sobre mí misma, colgando en el vacío, y veo abrirse a mi derecha la boca del túnel. Me doy impulso en la pared y pongo un pie sobre la laja de piedra horizontal. Ya estoy en suelo firme... La entrada es bastante amplia, auque Guy tendrá sin duda que agacharse. Me suelto rápidamente del arnés y doy un par de tirones para avisar. El cátaro que iba delante de mí hace una señal con la mano y se interna en el pasadizo. Estaba esperándome para comprobar que todo va bien. Yo aguardo la bajada de Guy mientras intento calmar mi desbocado corazón. Al poco escucho un gruñir furioso, un patear de toro al ser estabulado. Me asomo al pozo:

—¡Guy! Ánimo... Ya falta poco... Estoy aquí.

Aparece ante mí atado como un fardo y con una acongojada cara de enfado. Me echo a reír: deben de ser los nervios los que me provocan esta hilaridad fuera de sitio, pero mi risa actúa como un bálsamo con Guy, que también sonríe y se tranquiliza.

—Te dije que era como un juego...

Le ayudo a desprenderse del arnés y a entrar en el corredor, que ocupa entero con su enorme cuerpo. Aguardamos unos momentos más, hasta que la siguiente Buena Cristiana es descendida, y entonces echo a caminar por el pasadizo, agarrada a la soga que hay prendida a la pared para no perderme. Detrás de mí, muy cerca, Guy resopla y refunfuña.

El camino baja y baja, en empinada cuesta, por una senda a veces de roca viva, a veces arenosa, que discurre entre grutas y cavernas naturales. El pasadizo es, en general, bastante amplio, mucho menos agobiante de lo que imaginaba, y en un par de ocasiones salimos a cuevas tan grandes que los sonidos reverberan y la luz de las velas limita con una negrura interminable; como en estos tramos las paredes se pierden, la soga va clavada al suelo. También tenemos que atravesar estrechos pasos, escollos que León ensanchó con esforzado acierto, porque Guy apenas consigue salvarlos tal y como están. Llevamos un buen rato bajando, pero ahora el suelo parece empezar a nivelarse. Según contó Violante, esto quiere decir que debemos de estar cerca de la salida.

—¡Ssshhh! No hables alto... Y apaga esa candela.

Es León, que ha aparecido de repente entre las sombras. Apago la llama, como él me dice. Van llegando detrás de nosotros los demás, y a todos se les pide que extingan sus velas. Mis ojos empiezan a acostumbrarse a la oscuridad, o más bien a la penumbra, porque advierto que aún queda una bujía encendida en un rincón. A su débil resplandor compruebo que nos encontramos agrupados en lo que parece ser una gruta natural de mediano tamaño. Ahora llega Nyneve. Sí, estamos todos.

—Éste es el final del pasadizo —susurra León—. Mirad esa pared de enfrente..., ese talud de arena que asciende hacia aquel agujero..., ¿lo veis? Ese hueco es la salida al exterior. Está tapado por un espeso matorral de retama... Pero de noche alguien podría ver desde fuera el resplandor de las velas.

Ahora observo que el hueco al que se refiere León destella muy débilmente en la penumbra, con una especie de halo difuminado y frío. Es la luz de la luna, sin lugar a dudas. Está casi llena, aunque por fortuna hay pasajeras nubes que apagan su fulgor.

—Ahora viene la parte más difícil —dice León—. Saldremos de uno en uno, en el orden que hemos acordado, todo lo deprisa que podamos... Enseguida, ya sabéis, os encontraréis en la pequeña plataforma de tierra... Cuidado con avanzar de frente, caeríais al precipicio. Recordad: hacia la derecha está el sendero que va por media ladera y sube hacia la cresta del monte que hay detrás de Montségur... Según nos han dicho, es una ascensión difícil y muy peligrosa, prácticamente imposible en mitad de la noche. Hacia la izquierda está el sendero que desciende ladera abajo hacia el valle. Iremos por ahí. Pero mucho cuidado, no os equivoquéis, porque por la izquierda también se llega a la explanada donde está acampado el enemigo... Tenéis que tomar el sendero inmediatamente, nada más salir de aquí. Corred todo lo que podáis... No esperéis a nadie... Y no hagáis ruido.

—Espera —le digo—. Creo que sería mejor que todos echáramos antes un vistazo por el agujero de uno en uno, para tener una idea de la situación.

Menos León, Nyneve y Violante, que ya lo conocen, y Guy, en cuyo sigilo no confío, los demás subimos de modo sucesivo por el talud de arena y reptamos cautelosamente, con la barriga en el suelo, a través del agujero, hasta asomar la cara entre las ramas del matorral. Cuando me toca el turno siento el frío de la noche en las mejillas y mi vista se pierde en el profundo azul del valle frente a mí. Quisiera poder ser un gavilán para escapar volando sobre el abismo. La salida está en una pared casi vertical. Habrá que dar un salto o dejarse deslizar hasta el suelo. Un poco más allá, a la izquierda, algo que podría ser un sendero reluce con una blancura distinta entre las sombras. Por lo demás, no se ve nada, no se escucha nada. Regreso a la cueva.

—¿Ya estamos todos? —pregunta León al cabo. Nadie contesta.

—Está bien —digo en un susurro—. Vámonos. Que Dios nos acompañe.

Tengo la boca seca y un zumbido de sangre en los oídos. Esto es peor que un combate a muerte. Apagamos la bujía que nos quedaba y nos acercamos a tientas hacia la boca de la cueva. También a tientas, palpamos a los demás y nos ordenamos de acuerdo con el plan previsto. Veo el sólido cuerpo de León interponerse en el pálido fulgor de la entrada. Una sombra, un siseo de ropas y de ramas y luego nada. Ya ha salido. Luego, el pequeño bulto de Violante. Filippo. Alina. Una joven Perfecta. Vamos atravesando el agujero deprisa y fácilmente y ya me toca a mí. Asomo de nuevo la cabeza al gran vacío azul, pero ahora hay que seguir. Retiro las cimbreantes matas con cuidado y me dejo resbalar por la pared de roca hasta llegar al suelo. Los cuarzos me arañan la palma de las manos. El cátaro que me ha precedido está desapareciendo a todo correr por el sendero... y ahí, a la entrada del camino, descubro a León agazapado, esperando a que salgamos todos. Él, que dijo que no había que esperar a nadie. A su lado, casi oculta por el corpachón del herrero, veo a Violante. En vez de ir hacia ellos, me vuelvo para ayudar a Guy. Que ya está en el agujero.

—¡No puedo! —gime sonoramente.

—Ssshhh, calla...

Dios mío, se ha encajado. Mi pobre gigante, asustado y patoso, se ha quedado trabado en la salida. Empieza a manotear y gimotear.

—No hagas ruido —le susurro angustiada—. Ahora te libero...

Pero él se retuerce como un cerdo en manos del matarife. León se levanta y corre hacia nosotros.

—¡Alto! ¿Quién anda ahí? ¡Ayuda, por aquí! —grita alguien muy cerca, entre las sombras.

Las tripas se me aprietan. Nos han descubierto.

De un empellón, León vuelve a meter a Guy dentro de la cueva, y luego me alza y empuja a mí también por el agujero:

—Quedaos aquí y no os mováis.

Su mirada choca con la mía, se aferra a la mía. Veo destellar sus ojos en la penumbra, esos ojos grises y punzantes, insoportablemente intensos. Se escucha un tumulto de pasos y de voces, un entrechocar de armas y armaduras. Y León ya no está. Atisbo sus espaldas mientras se aleja: al pasar, alza a Violante de un manotón, la arroja como un fardo sobre sus hombros y desaparece a toda velocidad sendero abajo. E inmediatamente tengo que echarme hacia atrás, ahogar una exclamación, extender las retamas por delante de mí: la pequeña plataforma se ha llenado de soldados que llevan antorchas crepitantes. Sus cabezas están casi a la altura de la boca de la cueva. Gritan, dan órdenes confusas y unos cuantos se lanzan por el camino en persecución de León y los demás.

Muy lentamente, procurando no hacer el menor ruido, voy descendiendo por el terraplén hacia el interior de la cueva, donde mis compañeros me esperan espantados.

—Pero ¿de dónde han salido? —oigo decir a los cruzados.

—Explorad todo esto —ordena alguien.

Nyneve acaricia suavemente a Guy, que, por fortuna, permanece quieto y callado. Yo saco mi espada de su funda también muy despacio, para evitar el ruido; tendrán que pagar un alto precio de sangre para atraparnos, porque la entrada al pasadizo es tan angosta que sólo podrán franquearla de uno en uno. No hablamos, no nos movemos, apenas respiramos, agrupados en el interior de la cueva, mientras el tiempo va pasando y escuchamos el ruido de los pesados pies en el exterior, el golpe del metal contra las rocas, los gruñidos y resoplidos de los soldados. Es una espera agónica e interminable; no sé cuánto llevamos así, pero tengo todo el cuerpo agarrotado.

—No hemos encontrado nada, mi Señor... Han debido de descender por el risco desde Montségur.

—Tendrían que ser cabras para haber hecho eso.

—El Gran Macho Cabrío Satanás puede haber socorrido a sus servidores.

—Bien dices, Bertrand... Con los herejes nunca se sabe. Que Dios nos proteja de sus malas artes. Aun así, dejad vigilancia.

—Sí, mi Señor.

No nos han descubierto. Bendito sea Dios. Mis músculos están rígidos y helados y el cuerpo me duele como si me hubieran manteado. Me dejo caer al suelo con sumo cuidado para no hacer ruido; los demás siguen mi ejemplo y también se sientan. Vamos a dejar pasar un poco de tiempo, vamos a serenarnos y a permitir que el enemigo se tranquilice y se descuide, vamos a pensar qué podemos hacer. Hago señas a los demás: esperemos un poco. Ahora que me doy cuenta, advierto que veo mejor el rostro de los otros..., sus manos..., sus cuerpos..., los perfiles de la cueva. ¡Está amaneciendo! Una luz triste y lechosa penetra por el agujero y resbala por encima de las cosas. Sí, está amaneciendo... Probablemente tendremos que esperar aquí hasta que caiga de nuevo la noche. ¿Qué habrá sido de León y de los demás? Gritaría de preocupación y pena, pero debo controlarme y dar ejemplo. Aprieto las mandíbulas y mis muelas chirrían de tal modo que temo que los centinelas puedan oírme.

La luz se ha fortalecido lo suficiente como para permitirme ver el techo de la cueva, tiznado por una gruesa capa de hollín. La gruta ha debido de estar habitada en algún momento. Muchas hogueras han tenido que arder aquí dentro para manchar la piedra de ese modo. Vuelvo a sentir que me falta la respiración, que el corazón se me sale del cuerpo. Este techo me pesa, este techo me aplasta. Esta cueva es un sepulcro, es una tumba. La montaña nos ha devorado y ahora estamos todos atrapados dentro de sus entrañas minerales.

Un tenue gañido me sobresalta. Nos contemplamos los unos a los otros, intentando dilucidar quién ha sido. Vuelve a repetirse la queja ligerísima. Miro hacia la boca de la gruta, que es el lugar de donde proviene el ruido. A un lado, en la rampa de arena, hay un bulto oscuro, ahora claramente visible en la sucia penumbra. Asciendo con sigilo por el terraplén hasta llegar a él: por todos los santos, es el basilisco. O debe de serlo. Al menos es su jaula, cubierta por el paño habitual. León debió de arrojarla dentro de la cueva cuando me empujó para salvarme. Cubierto por su trapo, el basilisco gorjea suavemente. Me enternezco: sé bien lo que León aprecia a este pequeño monstruo. Rasco por encima de la jaula con mi dedo y el bicho enmudece.

Un estruendoso trompeteo rasga el aire y reverbera entre las montañas. Siento un escalofrío: es la señal de la rendición. El comienzo del fin. Las tropas cruzadas se disponen a entrar en Montségur. Estoy junto a la boca de la cueva y me arrastro un poco más por el talud hasta asomarme: en la plataforma sólo hay dos soldados. Les veo mirar hacia la explanada con curiosidad y desasosiego:

—Después de haber aguantado todo el invierno y el maldito asedio, no me gustaría perderme el espectáculo... —dice uno—. Subamos hasta aquel alto, aquí no hacemos nada...

Y se marchan. ¡Se marchan! Es nuestro momento. Lo haremos ahora, a plena luz del día.

—¡Vámonos! —bisbiseo.

Salgo la primera y ayudo luego a Guy. Tiene que extender los brazos por delante y pasar a continuación la cabeza y los hombros. Cae boca abajo, pero no se atasca. Todos los demás, o, mejor dicho, todas las demás, porque son cinco cátaras, abandonan la gruta sin problemas.

—Tomemos el sendero que va ladera arriba —susurro—. A la luz del día, el otro es visible desde el campamento cruzado...

—Yo me he criado en Montségur y conozco las montañas..., puedo guiaros —dice tímidamente una de las muchachas.

—¡De acuerdo! Ve delante.

Subimos por la trocha de la derecha, que es áspera y dura y se desmiga en cantos sueltos bajo nuestros pies, amenazando una caída vertiginosa al abismo. Desde luego, jamás hubiéramos podido hacerlo a oscuras. Subimos y subimos, sin aliento, con el corazón reventando en el pecho, desollándonos las rodillas, los tobillos y las manos, trepando a cuatro patas en las zonas peores, intentando ayudar al pobre y torpe Guy, que está a punto de despeñarse un par de veces. Me desato el cinto y sujeto con él la jaula del basilisco a mi espalda. Porque, por supuesto, lo he traído conmigo. Cómo no iba a hacerlo. León no me lo habría perdonado.

La ruta es tan pina que en poco tiempo estamos muy arriba. Hemos cruzado por la cuerda entre las dos montañas y luego subido al risco que hay detrás de Montségur. Al doblar un recodo, el sendero nos coloca sorpresivamente encima del castro. Nos detenemos a mirar mientras los pulmones nos estallan. Desde aquí se abarca todo; los legos ya se han entregado y han salido, porque a la izquierda de la explanada se ve un puñado de gente prisionera. ¿Les liberarán de verdad, como prometieron? Pienso con melancolía en el pobre Alado, nuestro viejo tordo. Ojalá lo traten bien y caiga en buenas manos. Un contingente de soldados está entrando en estos momentos en el castigado castro a paso de marcha.

—Ahí están... —musita Nyneve.

Sí, ahí están. Que la Santísima Virgen ayude a nuestros amigos. Los cátaros están esperándoles de pie en la plaza de Montségur. Quietos, desarmados y aparentemente tranquilos. Desde aquí arriba se les ve apiñados como corderos. Los conté, antes de salir del castro. Si no ha habido añadidos o deserciones, son doscientas veinticinco personas. Hombres y mujeres, ancianos y jóvenes. Los cruzados desembocan ahora en la plaza y los ven. Se detienen, desconcertados quizá por la silenciosa y serena presencia de los albigenses.

—Hace mil seiscientos años, cuando los bárbaros galos avanzaron triunfantes sobre Roma, los aterrorizados romanos evacuaron de la ciudad a las mujeres, los viejos y los niños, y luego se fortificaron en el Capitolio —dice Nyneve—. Pero los ancianos del Senado se negaron a huir. Sacaron sus sillas de marfil a la plaza y se sentaron allí, en el duro silencio de la ciudad abandonada, con sus bastones de mando en la mano, a la espera de la llegada de los bárbaros.

—¿Y qué pasó? —pregunto con la garganta apretada.

—Que los galos llegaron y los mataron a todos.

El efímero instante de duda ha terminado. Los cruzados se abalanzan sobre sus víctimas y las sacan del castro a empellones. Veo que los cátaros intentan ayudar a caminar a sus heridos y que se dirigen con docilidad hacia el exterior, desordenados en su manso avance por el nerviosismo de sus captores, que les empujan y arrean contradictoriamente. ¿Hacia dónde les llevan? Quiero irme, debo irme, no deseo seguir mirando. Pero las jóvenes Perfectas que nos acompañan han caído de rodillas y rezan sosegadamente el Padrenuestro. Detrás de Montségur, ahora me doy cuenta, hay una gran empalizada que antes no estaba. Han debido de levantarla esta madrugada. Hacia allí los dirigen. Alrededor de la empalizada y dentro del vallado, que Dios nos asista, grandes haces de leña. Ya están llegando allí los albigenses, pastoreados con rudeza por los soldados. Veo cómo los van metiendo a toda prisa en el cercado. Desde aquí no puedo distinguirlos, aunque esa personita que no puede caminar y que es medio arrastrada, medio llevada en brazos, debe de ser la pobre Esclarmonde, la hija enferma del señor de Pereille: reconozco su vestido amarillo. Escucha, se oyen cantos. El viento nos trae, entrecortadas, las voces musicales de las víctimas. Retazos de sus últimos rezos. Cuatro verdugos con teas en las manos están prendiendo la leña en los cuatro puntos cardinales de la empalizada. La hoguera arde con llamaradas feroces: deben de haber puesto mucha brea. El viento sigue transportando hasta nosotros fragmentos de los salmos, pero también las primeras bocanadas de picante humo. Muy pronto, el cercado entero se convierte en una pavorosa bola de fuego. ¡Y aún puedo oír las voces de los mártires! Una humareda espesa empieza a cubrir todo. Y el tufo nauseabundo, el olor indescriptible de la pira. El ejército cruzado se retira en desorden y desciende a toda prisa por la ladera, hasta situarse a una buena distancia de la hoguera: el calor y el humo deben de ser insoportables. Miro a las muchachas que nos acompañan: ya no rezan, al menos no en voz alta. De rodillas aún, observan las llamas en silencio. Pálidas pero dueñas de una calma terrible. Una bocanada de aire caliente y apestoso nos golpea la cara. Trae un olor dañino, un olor abominable y pegajoso que se te mete en las narices y en la boca, que te colma de náuseas la garganta. Pienso en la señora de Lumière, en Esclarmonde, en Corba. Pienso en los jóvenes guerreros que combatieron con tanta bravura durante tantos meses, y que eligieron con impecable coraje esta muerte atroz. Les conozco bien a todos, fueron mis amigos. Son los últimos de una larga historia de lucha y resistencia, las víctimas finales de esta inacabable guerra de los cruzados. Aparte del pavoroso silbido de la inmensa hoguera, ya no se escucha nada. Extinguidos los cánticos, reina un silencio total, el pesado silencio de la represión. «Allí murió la hermosa juventud», decía Robert Wace en su *Relato de Brut,* llorando la carnicería de la batalla final del rey Arturo, que acabó con las vidas del Rey y de los Caballeros de la Mesa Redonda. Los ojos se me llenan de lágrimas.

—¿Cuántas veces más tendrá que morir la hermosa juventud? —digo con una rabia seca que se me agarra a la garganta y casi me asfixia.

Nyneve me mira:

—También puedes contemplarlo desde el otro lado —contesta, los ojos enrojecidos, la expresión serena—. También puedes preguntarte cuántas veces más seguirá naciendo.

He perdido a León, al igual que antaño perdí a mi Jacques. Habíamos establecido un punto de encuentro en el manantial de Frontine, a una jornada de distancia de Montségur, por si nos desperdigábamos en la huida. Pero ni siquiera pudimos llegar al lugar de la cita, porque la zona estaba tomada por las fuerzas del senescal. Escapamos del castro sin haber elegido el derrotero: no sabíamos si dirigirnos hacia el Reino de Navarra o hacia la Lombardía, la comarca natal de León. Al herrero no le complacía demasiado regresar a su tierra, pero habíamos decidido amoldarnos al itinerario que, una vez fuera de Montségur, se nos mostrara más libre de enemigos, más fácil y expedito. Ignoro qué habrá sucedido con León y los suyos, y ni siquiera sé si siguen vivos. Ruego a Dios que así sea. En lo que respecta a nuestro grupo, hemos encontrado impracticable la ruta hacia Navarra y, con enormes riesgos y penosos esfuerzos, hemos ido avanzando hacia el Nordeste, más o menos en dirección a Cremona, escogiendo las zonas más despobladas, caminando por las noches, ocultándonos en los bosques durante el día. Nuestra situación es muy difícil; tras la caída de Montségur, el Papa y el Rey parecen decididos a someter la región definitivamente. Los cruzados peinan los caminos, ponen controles, detienen e interrogan, mientras el Tribunal de la Inquisición va de pueblo en pueblo, arrancando confesiones, sojuzgando voluntades y atormentando cuerpos. El gran silencio de la represión va acompañado de los susurros de las delaciones. Las malas palabras matan y nadie se encuentra a salvo de los *Domini canes.*

Hostigados por los cruzados y los inquisidores, durante algunos días nos subimos a los altos de la Montaña Negra y vivimos escondidos entre las rocas, sorbiendo huevos de pájaros y masticando bayas. Pero sabíamos que no podríamos continuar así por mucho tiempo. Entonces Wilmelinda, una de las Perfectas, nos propuso un plan:

—Mi familia posee una torre fortificada en una zona montañosa próxima al monte Lozère, no muy lejos de aquí. Es un lugar agreste y apartado. Podríamos refugiarnos allí y permanecer escondidos unos cuantos meses, hasta que las cosas se calmen y nos sea más fácil continuar el viaje.

No sé si hacemos bien, no sé si hubiéramos debido seguir huyendo, mientras aún podemos; temo que, en mi decisión, haya influido demasiado el deseo de no marcharme sin saber qué ha sucedido con León. Y la esperanza de volver a encontrarlo, si no me alejo. Sea como fuere, hemos aceptado la idea de Wilmelinda y ahora nos dirigimos hacia allá. Lo más sorprendente es que nuestro itinerario nos obliga a pasar por tierras conocidas. Sin quererlo, y sin siquiera desearlo, he vuelto a mi hogar.

—¿Te acuerdas, Leola? Ése es el bosque de Golian, donde nos conocimos —dice Nyneve.

¿El bosque de Golian? No me lo puedo creer. Hace veinticinco años que no vengo por aquí. Mi vida peregrina y mis pies andariegos me han llevado por todos los confines, pero desde que huí del terruño donde nací no había vuelto a pisar estos viejos caminos. El destino es a menudo cruelmente simétrico: heme aquí de regreso, convertida de nuevo en fugitiva, con el fuego y la guerra a mis espaldas y el corazón partido por la pérdida insoportable del amado.

—Pero ¿dónde está el bosque, Nyneve? ¿Estás segura de que era por aquí?

—Sí..., seguro —contesta mi amiga, algo desconcertada—. Mira el perfil del horizonte... Y la roca aquella, que es como una gran nariz.

Avanzamos por las suaves lomas, pero, después de una primera línea de viejos y frondosos arces, ya no se ven más árboles. Donde antes se extendía una densa floresta, ahora hay campos y más campos ondulantes, algunos de labor, la mayoría de pasto. Pequeñas veredas recorren ordenadamente este territorio antaño salvaje, y un buen número de ovejas de abultadas lanas rumian en los prados. Nyneve lo contempla todo boquiabierta:

—No puede ser... Ya no queda nada del Golian... ¡Pero mira! Aquel grupo de rocas deben de ser el viejo manantial...

Corremos hacia allí. Desprovistas de la vegetación que las protegía y que convertía el lugar en un bello y umbroso rincón de la espesura, las rocas del manantial me parecen mucho más bajas y pequeñas de lo que yo recordaba. Están blanqueadas por el sol y recubiertas de polvo; incrustado en la piedra, un caño metálico roñoso deja caer el agua sobre un pilón de madera que sin duda sirve de abrevadero para los animales. Y la pequeña poza y el riachuelo que antes formaba el manantial ya no existen. En lugar de la poza hay un lodazal pisoteado por pezuñas, y el agua sobrante del pilón está canalizada con acequias, a la manera de los sarracenos. Nyneve se deja caer sobre una piedra, desalentada. No termino de entender por qué le conmueve tanto la pérdida del bosque, después de tantas otras cosas como hemos perdido, pero voy hacia ella intentando encontrar algunas palabras de consuelo. Sin embargo, antes de llegar junto a Nyneve me detengo de golpe: por detrás de las rocas del antiguo manantial, ahora domesticado en fuente, acaba de aparecer una vieja monja. Lo cual es un peligro: la monja puede extrañarse de nuestra presencia, puede sospechar que somos fugitivos, puede interrogarnos. Aunque las Buenas Mujeres han consentido en ponerse ropas de colores, en vez de las vestimentas negras habituales de los religiosos albigenses, ninguna de ellas está dispuesta a renegar de su fe. Si alguien les pregunta, dirán que son cátaras. El pulso se me acelera, y más cuando veo que la mujer se dirige en derechura hacia nosotros:

—¿No me reconoces, vieja chocha? —ríe la monja mientras mira a Nyneve.

Mi amiga la escudriña estupefacta:

—Pero... Eres tú. ¡Eres tú! ¡Eres la Vieja de la Fuente!

—Eso es —dice la religiosa, haciendo una pequeña cabriola sobre el suelo enfangado.

Lo absurdo de su comportamiento enciende ciertos ecos en mi memoria. Contemplo la redonda barriga de la monja, su nariz bulbosa y, sobre todo, sus ojos inquietantes y disparejos, el uno de color marrón y el otro azul. La Vieja de la Fuente, sí..., la antigua bruja que, supuestamente, había encantado a Nyneve, colgándola del árbol donde la encontré.

—Os he visto llegar y me he escondido... porque en estos tiempos nunca se sabe. Pero te he reconocido enseguida, Nyneve. Estás bastante mayor y mucho más fea, pero todavía se ve que tú eres tú —sigue diciendo la monja, con una sonrisa llena de amarillentos y retorcidos dientes.

—Pero ¿qué ha sucedido aquí? ¿Qué han hecho con tu manantial?

—Es cosa de los frailes..., de los benedictinos. Tienen un monasterio por aquí cerca. Un monasterio inmenso, con un poder casi tan grande como el del Rey de Francia... Y se están quedando con todos los pueblos y las tierras de los alrededores. Talan los árboles, para que paste su ganado. Y también para que desaparezca el mundo antiguo. Sabes bien que los antiguos dioses y sus seguidores nos habíamos refugiado en los bosques salvajes y recónditos... Pero ahora los cristianos están destruyendo la floresta y acabando con el misterio, y de ese modo nos están echando definitivamente. Como es natural, también han cegado y canalizado los manantiales, que siempre fueron lugares sagrados en el viejo orden. A mí me han quitado mi casa, ya lo ves. Sigo viniendo por aquí todos los días, pero debo confesarte que he perdido todos mis poderes...

La Vieja de la Fuente ha dicho todo esto con rostro apesadumbrado y hondo sentimiento, pero ahora, de repente, vuelve a dar una cabriola y golpea con los nudillos a Nyneve en todo lo alto de la cabeza.

—Claro que, incluso sin poderes, siempre puedo atizarte un buen capón —dice entre risotadas.

—¡Estás loca, Vieja! Sigues igual de insoportable —gruñe mi amiga, echándose para atrás y frotándose la coronilla—. Y, además, ¿qué haces vestida de monja?

—Ah, eso... Es que me he metido en un convento, cerca de aquí. Es más seguro. Ya sabes, si no puedes vencer a tu enemigo, únete a él.

—Es un pensamiento repugnante —dice Nyneve.

—Es posible... Pero es mucho más provechoso para la salud, te lo aseguro. En fin, veo que tú también sigues igual... De acuerdo, tú por tu camino y yo por el mío. Espero que tengas suerte y que no te quemen junto con tus amigas cátaras, porque se ve que son herejes desde veinte leguas de distancia... Yo, mientras tanto, me conformaré con seguir siendo una bruja repugnante... pero viva.

Dicho lo cual, la Vieja de la Fuente nos hace una reverencia burlesca y se despide. La vemos alejarse, dando pequeños saltos y locos respingos, por el manso vacío que el bosque ha dejado.

Aunque llevo la espada y la daga al cinto, ocultas bajo la capa, voy ataviada de mujer. Vestir de caballero pero ir sin caballo y acompañado de media docena de mujeres y un gigante imbécil habría resultado raro y llamativo en estos momentos tan turbulentos. Así podemos decir que somos viudas, madres o huérfanas de guerreros muertos en la batalla; y que, pobres féminas desamparadas y solas, vamos a reunirnos con nuestros familiares varones más cercanos, para ponernos bajo su protección. Por los caminos se ven muchos grupos de mujeres semejantes; tras la carnicería de la guerra, llega el tiempo de las hembras que lloran.

Hace horas que hemos entrado en las tierras del señor de Abuny. Mi antiguo amo. Aunque quizá ya no le pertenezcan. Voy buscando con mis pies el rastro que dejé en los antiguos senderos y con mis ojos el paisaje que conformó mi anterior vida, y no los encuentro. Memoria: juego de la imaginación, cuento de juglar, ensueño de un pasado que vivió otra persona a quien crees conocer, pero que ya no existe. Los montes parecen distintos, el río es menos caudaloso, hay un puente nuevo. Todo es más pequeño, más pobre, más feo que la imagen que guardo en mi cabeza. Hemos pasado junto al castillo de Abuny, que aún muestra las renegridas huellas del antiguo incendio y que, ahora lo veo, no es más que una deslucida y triste mansión fortificada. Y nos hemos acercado hasta mi antigua casa. Me ha costado encontrar el lugar, porque no queda nada. Espigas de centeno crecen en el rincón del mundo en que nací; y, sin embargo, allí me acunó mi madre entre sus brazos, y allí murieron después mi hermana y ella. Allí crecí junto a mi pobre padre y a mi hermano, a quienes no he vuelto a ver, de quienes no sé nada. Cómo siento ahora, súbitamente, el dolor irremediable de su ausencia. Tanta vida acumulada en ese pedazo de tierra, pero hoy no es más que un monótono sembrado, semejante en todo a cualquier otro.

Estamos detenidos en un recodo del camino, simulando descansar. Pero, en realidad, observo la modesta choza de techo de paja que acabamos de dejar atrás.

—Bueno, qué, ¿piensas ir? —pregunta Nyneve con cierta impaciencia.

—Pobre Leola, deja que se tome su tiempo para pensarlo —interviene Wilmelinda—. Es una decisión difícil...

En la parte de atrás han añadido una nueva habitación de adobe, una tosca joroba pegada a la cabaña. A un lado, un corral hecho de tablas. Un niño pequeño juega sentado en el suelo, ante la puerta abierta.

—Venga, ve... —me azuza Nyneve.

—Está bien.

Camino por el sendero hacia la cabaña. Voy despacio, como paseando. Como haciendo tiempo mientras mis amigas reponen sus fuerzas. Cuando llego lo suficientemente cerca el olor me golpea: humo de leña, potaje recalentado, rancio sebo quemado, el tufo poderoso del puerco que hoza en su pocilga. El antiguo olor del mundo antiguo. El niño levanta la cara y me mira. Está medio desnudo, descalzo, muy sucio.

—Hola, pequeño. ¿Cómo te llamas?

No me contesta. Debe de tener unos dos años. Con sólo tres más, comenzará a trabajar para ayudar en casa. Pero por ahora está jugando con algo que no alcanzo a ver..., sí, con un palo y un escarabajo.

—Buen día nos dé Dios...

Doy un respingo. En la puerta de la choza ha aparecido un hombre.

—Buen día...

La voz me tiembla. Y también las manos. Me las agarro con fuerza, para que no se note. El tipo es algo más bajo que yo y está bastante calvo. Su cráneo, requemado por el sol, está moteado de manchas. Tiene la espalda cargada y la cabeza encogida entre los hombros, lo que le da un aspecto de perpetua humillación. Parece un anciano, pero yo sé que no lo es.

—¿Puedo ayudaros en algo, mi Señora?

Y ese tono modesto y servil. Me estremezco. Le miro a los ojos y él me devuelve la mirada con cierta extrañeza. Ya no hay en él ese chisporroteo vital que había antaño, la alegría animal. Pero sigue siendo una mirada sencilla y honesta. Este Jacques ya no es mi Jacques, pero estoy segura de que es un buen hombre.

—En realidad, sí. ¿Podrías decirme de quién son estas tierras?

—De Su Majestad el Rey de Francia, mi Señora...

Lo ha dicho ahuecando un poco la voz, hinchando el pecho. Al pobre Jacques le enorgullece patéticamente ser siervo del Rey. Tal vez le parezca que supone un progreso desde su servidumbre con el señor de Abuny.

—¿De veras? ¿Del Rey directamente?

—Bueno, Su Majestad no ha venido nunca por aquí. De cuando en cuando viene su administrador, el barón de Raspail, y se aloja en el castillo del Rey Transparente...

Me quedo estupefacta:

—¿Cómo has dicho? ¿En dónde?

—En el castillo del Rey Transparente. ¿Venís del Sur? Entonces seguramente habréis pasado por él... Es esa fortaleza cuadrada con...

—Sí, sí, lo he visto, pero... ese nombre tan raro, ¿de dónde sale?

—No sé, mi Señora. Antes, hace tiempo, era el castillo del señor de Abuny, el antiguo amo de estas tierras. Pero Abuny perdió la guerra y lo perdió todo, incluso la vida. Después empezaron a llamar así a la fortaleza. Ignoro por qué, mi Señora.

Su actitud hacia mí es tan deferente que me siento turbada. O, más bien, entristecida. ¿Y si le dijera la verdad? ¿Y si me diera a conocer? Pero la distancia que nos separa es demasiado grande... De repente, me horroriza que me vea transmutada en una dama. La sombra ominosa del Rey Transparente nos cubre con sus alas. Es un mal agüero y me estremezco.

—Y, dime, ¿sabes qué fue de un buen hombre que vivía allí, en el hondón, al otro lado de la colina? Ayudó a mi padre en un momento de necesidad, hace muchos años, y desearía poder agradecérselo... Se llamaba Pierre. He pasado por allí, pero hoy sólo hay un campo de cebada...

—Oh, sí... Era muy buena gente. Nuestro antiguo amo, el señor de Abuny, nos llevó a la guerra, pero el Señor nos protegió y pudimos volver todos con vida, aunque el hijo de Pierre, Antoine, perdió un ojo. Luego, hace ya bastantes años, Pierre enfermó y murió, y Antoine se marchó un buen día y no regresó. Entonces el barón de Raspail mandó derruir la cabaña y sembrar para el Rey. Es uno de los campos que yo atiendo.

Mi padre muerto. Lo suponía, pero la certidumbre escuece. Algo me aprieta el pecho. Suelto un suspiro. Me gustaría poder decir que el rostro de mi Jacques se ha ensombrecido, que muestra un atisbo de emoción al recordar a la antigua Leola, pero lo cierto es que ni siquiera me ha nombrado y que habla con toda tranquilidad, sin alterar el gesto, porque para él este pasado perdido es una realidad próxima y constante, algo tan habitual como la aparición del sol por las mañanas. Ay, Jacques, mi Jacques... Aquí sigues, viviendo en la misma casa en la que te conocí. ¿No te moviste de tu pequeño rincón del mundo, siervo atado a la tierra? Si hubiera venido a buscarte aquí, te habría encontrado... Lo cierto es que fui yo quien huyó, yo quien se escapó. Quien se perdió. Las manos de Jacques están sucias y agrietadas, las uñas partidas, el cuello lleno de costras. El niño se pone en pie y, con paso incierto, se agarra pedigüeño a sus piernas. Jacques se inclina y le coge en brazos. Advierto que, al agacharse, mantiene la cerviz rígida, la posición forzada. Se mueve mal y tiene la espalda anquilosada.

—Es mi nieto —dice.

Su nieto. Dios bendito.

—¿Cómo se llama?

Jacques frunce el ceño:

—Todavía no tiene nombre... —contesta con expresión turbada.

No, claro que no: por si se muere. Mueren tantos niños en el campo, mueren tantos hijos de siervos, cuando son pequeños. Se me había olvidado la dureza extrema de esta vida.

—Es muy guapo —digo, azorada, mientras le acaricio.

—Gracias, mi Señora. Sí que lo es... —contesta Jacques.

Y estrecha al pequeño entre sus brazos con ternura.

Ay, mi Jacques, mi Jacques. Respiro hondo y alzo la cabeza. Soy una dama y tengo que comportarme como una dama.

—Está bien. Gracias por la información... y toma, para tu guapo nieto.

He rebuscado en mi magra faltriquera y le doy un par de sueldos. Los ojos de Jacques se iluminan:

—¡Gracias, mi Señora! Que Dios os bendiga...

Me despido con una leve inclinación de cabeza: tengo la garganta tan apretada que no podría articular palabra. Jacques sigue dándome las gracias y haciendo agarrotadas reverencias con su nieto en brazos. Que no es un niño guapo, sino cabezón, famélico, mugriento. Huyo de Jacques y de su gratitud, huyo de su servidumbre y su inocencia, y casi corro hacia donde mis acompañantes me están esperando, los pies ligeros y asustados, feliz de volver a escaparme, feliz de irme otra vez y, al mismo tiempo, con el corazón pesado como un plomo, cargado de una extraña sensación de culpa y de vergüenza.

Desde que terminó sus pinturas murales habituales, los bellos trampantojos que iluminan la austeridad de las paredes de la torre con un mundo de magnificencia y fantasía, Nyneve está sumida en un mutismo y una pasividad tan poco comunes en ella que me siento bastante preocupada. Es verdad que, para no llamar la atención, procuramos salir poco de la fortaleza y de las tierras que la circundan. De cuando en cuando nos acercamos a la posada para recabar las últimas nuevas, pero, aparte de eso, apenas pisamos el pueblo más cercano, que dista algunas leguas de nosotros. De manera que, por primera vez en muchos años, Nyneve no ejerce sus funciones médicas de sabia sanadora, salvo para nuestra pequeña comunidad. Aun así, hay infinidad de cosas que hacer: recoger leña para el próximo invierno, fabricar velas, cuidar de los pocos animales del establo, trabajar en la huerta. Ella colabora en todo, pero con aire ausente; y, en cuanto puede, se sienta en una banqueta frente a sus pinturas y se pasa las horas mustia y quieta, con la mirada perdida en el hermoso castillo de Avalon, que ahora está en primer término y en mitad del paisaje, con sus airosas torretas redondas, sus estandartes de brillantes colores flameando al viento, dibujado tan grande y con tanto detalle que incluso se ven las ventanas labradas y las damas que se asoman a esas ventanas, lindos personajes de recamados trajes y rostros diminutos.

Desearía poder sacar a mi amiga de su ensimismamiento y de su acidia, pero no sé cómo hacerlo. Yo también siento, en ocasiones, la tentación de la tristura, sobre todo cuando me pongo a pensar en León. Me desespera no saber qué ha sido de él, y me tortura imaginar que los cruzados le hayan atrapado. Que le hayan quemado vivo con los otros Perfectos. Incluso es posible que le cogieran cuando intentó escapar y que le arrojaran a la pira colosal de Montségur. Quizá le estaba viendo arder, le estaba viendo morir, sin yo saberlo, cuando contemplaba aquella hoguera atroz. Me mareo, me asfixio, la boca se me llena de la espesa saliva de la náusea. No, no puede ser. Tengo que sacarme esta pesadilla de la cabeza. Sé que León está vivo. No sé por qué lo sé, pero es así. Tengo que aferrarme a esa esperanza.

La torre perteneciente al feudo de Wilmelinda es una pequeña pero sólida fortificación almenada situada al pie de un monte. Cuando llegamos, un feudatario con su mujer e hijos guardaba la torre para la familia. Reconocieron a Wilmelinda y nos agasajaron y acogieron. Pero una mañana, pocos días después, nos levantamos y descubrimos que estábamos solos: el caballero y los suyos se habían marchado, sin duda temerosos de ser atrapados junto a las Buenas Mujeres.

—Corremos el peligro de que nos delaten —me preocupé.

—No creo —dijo Wilmelinda—. El caballero está atado a mi familia por el juramento de lealtad. Y, además, le conozco, es un buen hombre.

Como desde entonces han transcurrido varias semanas y no ha pasado nada, supongo que Wilmelinda está en lo cierto. Loado sea Dios.

Y loado sea también por esta tarde tan tibia y tan hermosa. Estamos a principios de verano y aquí, en la montaña, el aire es luminoso y huele a miel. Qué plácido, qué sereno parece el mundo aquí y ahora. Con las sayas arremangadas y sujetas al cinto, trabajo en nuestro huerto. Heme aquí, tantos años después, doblando de nuevo el espinazo sobre la tierra, arrancando malas hierbas, plantando cebollas y rizadas matas de guisantes, sintiendo cómo el sudor resbala por mis sienes y cae sobre los bancales. Mis conocimientos campesinos nos han venido muy bien y, para mi sorpresa, siento un extraño placer, una calma balsámica, al destripar terrones con mis manos y fatigar mi cuerpo en estas labores que antaño detestaba.

—¿Sigues escribiendo tu libro de palabras?

La pregunta de Nyneve me sorprende. Me enderezo y la miro. Mi amiga, que también está trabajando en el huerto, descansa apoyada en la azada.

—Sí. ¿Por qué?

—Porque quería regalarte una palabra. La mejor de todas.

—¿Ah, sí? ¿Cuál es?

—Compasión. Que, como sabes, es la capacidad de meterse en el pellejo del prójimo y de sentir con el otro lo que él siente.

—Sí, me gusta. Pero ¿por qué dices que es la mejor?

—Porque es la única de las grandes palabras por la que no se hiere, no se tortura, no se apresa y no se mata... Antes al contrario, evita todo esto. Hay otras palabras muy bellas: amor, libertad, honor, justicia... Pero todas ellas, absolutamente todas, pueden ser manipuladas, pueden ser utilizadas como arma arrojadiza y causar víctimas. Por amor a su Dios encienden los cruzados las piras, y por aberrante amor matan los amantes celosos a sus amadas. Los nobles maltratan y abusan bárbaramente de sus siervos en nombre de su supuesto honor; la libertad de unos puede suponer prisión y muerte para otros y, en cuanto a la justicia, todos creen tenerla de su parte, incluso los tiranos más atroces. Sólo la compasión impide estos excesos;

es una idea que no puede imponerse a sangre y fuego sobre los otros, porque te obliga a hacer justamente lo contrario, te obliga a acercarte a los demás, a sentirlos y entenderlos. La compasión es el núcleo de lo mejor que somos... Acuérdate de esta palabra, mi Leola. Y, cuando te acuerdes, piensa también un poco en mí.

Hoy es el primer día de verdadero calor y el sol del mediodía calcina la tierra. Cantan las cigarras su monótono canto y un cielo blanquecino y sofocante pende abrumador sobre nuestras cabezas. Compasión: capacidad para sentir el sufrimiento del otro, el miedo del otro, la necesidad del otro. Entendimiento profundo del dolor de los demás que sólo se consigue tras haber entendido el dolor propio.

Por eso León es como es.

Chirría la pluma sobre el pergamino, como una cigarra más, en el silencio de la temprana tarde. A mi lado, el basilisco se rebulle agitado en el interior de su velada jaula. Siento pena de él. Siento, justamente, una gran compasión. Todos los días le doy de comer y de beber, pasando las viandas por debajo del paño. Y todos los días llevo varias veces la jaula al exterior y la tumbo con cuidado sobre la tierra, para que la criatura pueda hacer sus necesidades a través de los barrotes sin tener que destaparle. Pero León le sacaba de la jaula todos los días, y ahora vive en un constante encierro, en la soledad de su penumbra eterna.

Gruñe el basilisco, o más bien gime. Hoy se encuentra especialmente nervioso. Debe de ser este calor. Estiro la mano y toco la jaula. La criatura se aquieta. Pobre bicho. Meto un dedo por debajo del lienzo, entre los barrotes. Algo cálido y suave se frota contra mí. Y una lengua rasposa lame mi piel. ¿Qué puede pasar si le dejo libre? ¿De verdad va a fulminarme con la mirada? León decía que ya le había extraído gran parte de su malignidad... Y, además, yo no sé si creo de verdad en la capacidad mortífera de los basiliscos.

El pequeño cerrojo de la jaula se abre con un sonido rechinante y leve. Dios mío, ¿qué he hecho? Mis dedos han actuado antes que mi cabeza. Retiro la mano y me quedo contemplando el bulto tapado de la jaula. Estamos muy quietos, el basilisco y yo. Ni un movimiento, ni un ruido. De pronto, un roce, un chasquido, un susurro. El paño se hincha y se mueve, empujado por la puerta de la jaula al abrirse. Y enseguida aparece un nuevo bulto, una protuberancia redondeada. Que debe de ser la cabeza del monstruo. Pero ¿qué he hecho? ¿Y si, después de todo, fuera cierto que el aojo mata, y si el basilisco es verdaderamente un ser maligno y me fulmina? El bulto va moviéndose por debajo del paño hacia su borde... Va a salir. Va a aparecer. El monstruo sacará a la luz su horrible cabeza y me aniquilará con la mirada.

Es blanco y rojo y marrón y negro. Tiene unos colores extrañísimos pero, por lo demás, a mí me parece que es igual que un gato. Clava en mí sus penetrantes ojos amarillos y yo me estremezco, porque los reconozco. Son como los de aquel enorme jabalí que encontré en mi primera noche a la intemperie, unos ojos salvajes e indomables, una mirada sabia y montaraz que araña como las púas de los espinos y que trae un aroma a lluvia y a brezo. No temas, no voy a hacerte daño, me dicen estos ojos candentes: somos criaturas similares, seres anormales y perseguidos. Brinca de repente el basilisco o lo que sea, saliendo de su jaula y cruzando la estancia en un suspiro. En cuatro saltos se ha plantado sobre el poyete de la ventana abierta. Se detiene un instante, gira la cabeza y me mira de nuevo. León está vivo y me voy con él, pienso que me dice, gracias por soltarme. Y desaparece en el vasto mundo, una mancha fugaz iluminada por la cegadora luz del sol, una brillante vibración de color rojo y marrón y blanco y negro.

El invierno se acerca con veloces pies helados y la Tierra entera se prepara para la llegada de los días oscuros. Las ardillas hacen acopio de provisiones, las marmotas se entierran a dormir, los árboles sueltan las hojas y se disfrazan de leña seca y muerta, a la espera del renacimiento de la primavera. Nosotros también tomamos nuestras medidas. Cosemos vestimentas abrigadas, cortamos leña, ahumamos carne, hacemos salazones y compotas. Ahora mismo me encuentro en la cocina, al amor de la lumbre, fabricando velas en compañía de tres cátaras. Las religiosas rezan y yo pienso en silencio, mientras mis dedos calientan y derriten el sebo de carnero, cuelan la grasa para purificarla y sumergen una y otra vez la mecha, un tallo de carrizo o de junquillo, en el sebo licuado, añadiendo capa tras capa a medida que se va endureciendo. Pese al tufo y el pringue de la grasa y a las abundantes quemaduras que suele ocasionar esta labor, me gusta esta calma, el chisporroteo del fuego, trabajar con las manos mientras dejo que mi cabeza vague de puntillas por los pensamientos. En los últimos meses han ido llegando a la torre, de manera desperdigada, seis Buenas Cristianas más, alguna de ellas de edad ya avanzada. Estamos felices de acogerlas con nosotros, pero si ellas han podido tener noticia de la existencia de nuestro refugio, entonces el enemigo también acabará por enterarse. Tenemos que salir de aquí, aunque ahora que somos más resulta difícil. Ahora bien, no voy a dejar abandonadas a su suerte a estas pobres mujeres. Ya lo he hecho demasiadas veces; ya me he marchado de muchas ciudades, en el transcurso de esta guerra, sin implicarme de verdad en el conflicto. Ahora han confiado a las Buenas Cristianas a mi cuidado, y las sacaré de aquí o moriré con ellas. Según nuestras informaciones, los caminos siguen estando en manos de los cruzados. Sin embargo, es necesario que nos vayamos. Pasaremos aquí el invierno, pero partiremos hacia Cremona en cuanto despunte la primavera.

—No sé si llegaremos... Las cosas están cada vez peor —dice Wilmelinda.

Tiene razón. La maquinaria de la represión va arrasando la Tierra. Después de doblegarnos en la guerra con la fuerza de la espada, llegó la Inquisición y su limpieza social; y ahora el siniestro mundo de los vencedores está siendo consolidado con leyes feroces. Y así, se han disuelto por decreto todas las asociaciones, ligas y coaliciones existentes, y se ha prohibido la creación de nuevas. Han empezado a perseguir a los judíos, y de ahora en adelante se les obligará a llevar un círculo amarillo cosido a sus ropas. Se están taponando todos los subterráneos, para acabar con los lugares clandestinos de reunión y también para extinguir los viejos cultos a la Tierra. Después de todo, la Vieja de la Fuente tenía razón. Pero lo más increíble y desfachatado es que las sediciones de los vasallos contra los señores serán consideradas, a partir de ahora, un sacrilegio... Al Poder Eclesiástico y el Poder Terrenal les ha ido tan bien luchando juntos en la cruzada contra la nobleza provenzal, que han decidido aliarse sin tapujos... De ahora en adelante, serán reos de excomunión no sólo aquellos que cometan delitos religiosos, sino también aquellos que atenten contra las tierras y las propiedades del Rey y de la Iglesia.

Y no sólo eso: han quedado fuera de la Ley, por supuesto, las traducciones que los albigenses hicieron de los

Libros Sagrados a las lenguas populares, y por añadidura han prohibido la circulación de los Evangelios enteros, incluso en latín: su contenido es juzgado tan peligroso que sólo los clérigos pueden abordarlo. Es el silencio, el gran silencio de la palabra humillada y encadenada, es el clamoroso silencio que siempre se produce cuando la única voz autorizada es la de quien detenta todo el poder. Están construyendo un mundo sofocante. A decir verdad, no me extraña que Nyneve ande alicaída. Aunque ayer se encerró en la alcoba que usa como laboratorio y se dedicó a sus raíces, sus hervores y sus experimentos, cosa que llevaba mucho tiempo sin hacer. Que yo sepa, ahí sigue metida: no sé si es que anoche no se acostó, o si se ha levantado con el alba, pero esta repentina actividad debe de ser un buen síntoma.

—Ah... Hola, Leola, ¿estás aquí?

—¡Nyneve! Justamente estaba pensando en ti ahora...

Mi amiga ha aparecido en el umbral de la cocina. Está muy pálida y unas profundas sombras azuladas rubrican sus ojos. Parece cansada, pero su expresión es, por otra parte, extrañamente serena.

—Yo también. Te estaba buscando. ¿Podrías venir conmigo un momento? Quisiera hablarte de algo.

Dejo el pequeño cazo donde derrito el sebo sobre el poyo de piedra del hogar, me limpio las grasientas manos con un paño y salgo detrás de Nyneve. Fuera de la cocina y de su alegre fuego, la torre está helada. Un viento afilado se cuela por el hueco circular de la escalera. Siento un escalofrío mientras sigo a Nyneve, que camina a buen paso delante de mí. Subimos unos cuantos escalones desgastados y llegamos a su laboratorio. Dentro, el aire es algo más tibio y huele a moho, y a algo picante pero no del todo desagradable que no acierto a identificar. Nyneve cierra la puerta detrás de nosotras.

—Tengo una cosa que decirte...
No sé por qué, su tranquilidad me inquieta.
—¿Qué sucede?
—No ha sucedido nada... todavía. ¿Te he hablado alguna vez del Elixir Ambarino? Probablemente no... Es uno de los saberes más ocultos. He pasado toda la tarde de ayer, y toda la noche, y toda la mañana, confeccionando el elixir según una fórmula antiquísima que no puede escribirse y que debe guardarse sólo en la memoria. Y he conseguido llenar todo este pomo.

Levanta una pieza de terciopelo oscuro que hay sobre la mesa y deja al descubierto una pequeña botella panzuda de vidrio opalino y translúcido. Desde dentro del lechoso recipiente lanza destellos un líquido anaranjado que parece fuego.

—Qué color y qué brillo tan extraordinarios... —me admiro—. ¿Y para qué sirve esta pócima?

Nyneve sonríe:

—Es la salvación. Es el camino que lleva a Avalon.

Y señala con la mano hacia el castillo dibujado en la pared, porque es aquí, en la estancia en la que ha instalado su laboratorio, donde Nyneve pintó los trampantojos.

—¿Qué quieres decir? No entiendo...

Mi amiga suspira.

—Sí, mi Leola, sí. Hay una manera de llegar a Avalon.

—Sigo sin comprender.

—Es fácil. Basta con beber un trago, un pequeño trago de este brebaje, y caerás sumida en un sueño... Un sueño tan profundo que semeja la muerte. Pero en realidad lo que queda de ti aquí es sólo un espejismo, una mera representación de ti misma, una cáscara vacía o aún menos que eso, un simple reflejo de lo que tú eres. Porque tu espíritu y tu verdadero ser atraviesan el éter hasta Avalon, hasta ese otro mundo latente y mágico donde la vida es justa y es hermosa.

Frunzo el ceño, intentando entender lo que me está diciendo. Y, al mismo tiempo, temerosa de entenderlo.

—Pero entonces... desapareces de este mundo, ¿no es así? Desapareces para siempre...

—Siempre es una palabra demasiado grande, mi querida Leola... Todo acaba volviendo, y tú, que naciste campesina, deberías saberlo. Deberías saber que la tierra endurecida y abrasada por el frío vuelve a romperse todas las primaveras por el empuje de las pequeñas hierbas.

Siento un espasmo de pena tan desordenado y tan agudo que casi roza el pánico:

—¿Por qué me cuentas todo esto...? ¿Por qué has fabricado la poción...? Piensas irte, ¿no es así?

Nyneve se frota la cara con expresión fatigada. Luego me mira:

—Sólo quiero librarme de la era invernal que se nos avecina. Quiero huir de las noches ventosas y las mentes sin luz. Estoy demasiado cansada y soy demasiado mayor; carezco del aliento suficiente para seguir luchando. Prefiero refugiarme en Avalon hasta que terminen estos años de plomo y las cosas mejoren... porque mejorarán, lo sé, de esto estoy segura. Ven aquí, mira por la tronera... Mira esas ramas secas y quebradizas, esos árboles que parecen muertos para siempre, estrangulados por el frío aliento del otoño. Y, sin embargo, dentro de unos meses la vida empezará a hinchar otra vez esas cortezas tiesas, y los enrojecidos botones de las hojas nuevas empujarán la madera hasta hacerla estallar. Así sucederá también entre los hombres, puedes estar segura; es inevitable, es la ley de la vida.

—No te vayas... Por favor, no te vayas...

—Vente conmigo... Hay bebedizo suficiente para todos nosotros. Para ti, para Guy, para las Perfectas.

No puedo hacerlo. No estoy preparada. No quiero marcharme sin León. Muevo la cabeza negativamente. La barbilla me tiembla.

—¿De verdad que no quieres? No insistiré... La decisión debe ser tuya. Pero no te preocupes, mi Leola..., en realidad no me voy muy lejos. El mundo de Avalon está aquí, muy cerca, incluso dentro de nosotros. ¿No has sentido alguna vez un escalofrío en una tórrida tarde de verano, como si alguien soplara suavemente sobre tu cuello sudoroso? Es el aliento de los otros, de los habitantes de Avalon. ¿Y no has tenido en algún momento la sensación de que algo se movía en el rabillo de tus ojos, como si hubiera una presencia que luego, al volver la cabeza, no has podido encontrar? Es el paso juguetón y fugaz de los otros, de los bienaventurados de Avalon. Escucha atentamente dentro de tu cabeza, escucha en el silencio de tus oídos, allí dentro, muy dentro: oirás un zumbido. Es el latir del otro mundo, es el murmullo paralelo de las conversaciones de Avalon, de todas las palabras libres que allí se pronuncian.

Las lágrimas caen por mis mejillas.

—No te vayas, Nyneve.

—No llores, Leola... La Cábala, que es un saber profundo y antiguo, dice que el mundo es una isla de infelicidad en un mar de gozo. Sólo estoy escapando de esta isla de infelicidad en la que ahora mismo estamos atrapados... Pero el gozo existe y es mucho más fuerte y más abundante. Regresaremos y seremos millones.

Le acaricio la mano. Está fría y un poco rígida. He visto muchos muertos en mi vida, y en verdad Nyneve parece estar muerta. Salvo, quizá, por el color de su piel, pálido pero luminoso. O por la expresión, tan limpia y tan serena. Tiene puesto su traje de gruesa lana azul. Eligió vestir ropas de mujer para marcharse. Se levantó muy temprano esta mañana, se despidió de Guy y de las Buenas Mujeres y luego ella y yo dimos una vuelta por los alrededores de la torre. Lo miraba todo: los ateridos gorriones en sus ramas, las hierbas quemadas por la escarcha, las nubes fugitivas en el cielo sombrío. Regresamos a su laboratorio y me abrazó:

—Te estaré esperando —dijo—. Ya sabes que aquí queda elixir suficiente para todos.

Destapó el pomo. Por la estancia se esparció un extraño olor a violetas y a fuego de encina. Se llevó la panzuda botella a la boca, dando un pequeño trago.

—Con un sorbo basta.

Volvió a cerrar el frasco y me lo dio. Echó su capa sobre el suelo, frente a la chimenea encendida, y se sentó sobre ella. Se abrazó las piernas y apoyó el mentón sobre las rodillas.

—Se está bien aquí —dijo, soñadoramente, contemplando el fuego—. Os echaré de menos. Gracias por estar a mi lado. Antes y ahora.

Enseguida pareció adormilarse. Se inclinó hacia atrás, tumbándose sobre el suelo cuan larga era:

—Es un viaje muy dulce... —murmuró.

Fue lo último que dijo. Después se durmió, o se murió, o se fue. He permanecido junto a ella durante horas. Sin llorar. Escuchando el zumbido del interior de mis oídos. Ahora, a la caída de la tarde, para no llamar la atención, las Buenas Mujeres, Guy y yo hemos salido para arrojar el cuerpo, o la cáscara vacía de Nyneve, al río que pasa por detrás de la torre, al pie de la colina. Mi pequeño gigante ha acarreado con facilidad a mi amiga. O al espejismo de mi amiga. Un espejismo que pesa, sin embargo. Y que empieza a ponerse rígido. Ahora estamos en la ribera y Nyneve yace sobre el suelo, a mis pies. Cae la tarde con la abrupta rapidez de los primeros días del invierno y el aire está tan gris como el agua del río. Por aquí la corriente es rápida y profunda; unas cuantas rocas, junto a la orilla contraria, crean pequeños remolinos espumosos. La vida: un relámpago de luz en la eternidad de las tinieblas. Niños ciegos jugando a perseguirse alrededor de un pozo. Aprieto por última vez la mano yerta de Nyneve y luego envuelvo el cuerpo en la capa. Ayudada por las Buenas Cristianas, arrojo el bulto, la cáscara vacía, la apariencia de mi amiga, a la corriente tumultuosa. Al caer, salpica. El agua está helada. El cuerpo da unos cuantos tumbos, se hunde, vuelve a emerger, desaparece flotando cauce abajo. Rugen las aguas bravas, truena el río al estrellarse contra las rocas de la orilla opuesta. Hace tanto ruido que me impide escuchar el alegre bisbiseo de las palabras de Nyneve en Avalon.

Una hilacha de claridad entra por la tronera de la torre. El tiempo se me acaba: está amaneciendo. La pluma chirría sobre el pergamino y casi he terminado el pocillo de tinta. Me arrebujo en la manta de pelo de cabra: el fuego se ha apagado y hace frío, aunque el antiguo laboratorio de Nyneve, que es el lugar en el que me encuentro, esté orientado hacia el Sur y sea uno de los cuartos más abrigados de la fortaleza. Estiro la mano y rozo con la punta de los dedos el airoso caballito de hierro que me hizo León. Aparte de mis armas y de mi libro de todas las palabras, fue lo único que me llevé de Montségur. Las patas del animal se mueven y tintinean con un ruido ligero como de vidrios rotos. Mi amado León: estoy tan aliviada de saberte vivo. Hace una semana llegó hasta nuestra torre un *faydit*. Venía disfrazado de monje y, de primeras, nos dio un buen susto. Pero cuando aparecieron las Perfectas, el hombre las saludó con el *melhorier* cátaro. Le acogimos en nuestra fortaleza y pasó con nosotros un par de días; bajo los hábitos llevaba una espada resplandeciente, una armadura entera. Era un caballero vasallo del antiguo vizconde de Trencavel; venía buscando a su mujer y sus hijas, a quienes había perdido durante la guerra y la represión de la posguerra. Había oído hablar de nuestro refugio, y se acercó para ver si aquí encontraba a su familia. Para eso y para advertirnos:

—Vuestra existencia es demasiado notoria... Me topé con un contingente de cruzados como a tres o cuatro jornadas de aquí. Están limpiando la zona, y me temo que vendrán hasta este baluarte... Debéis iros cuanto antes.

Lo intentamos, Dios sabe bien que lo intentamos; pero una de las Buenas Mujeres estaba enferma y tuvimos que esperar a que se repusiera. Cuando quisimos partir, resonaban ya los atabales de guerra; casi nos dimos de bruces con los cruzados, que habían establecido un amplio cordón en torno a la torre, de modo que tuvimos que regresar a todo correr a la fortaleza. Y aquí estamos ahora, como ratones atrapados en la ratonera. En el final de todo.

Antes de marcharse, sin embargo, el *faydit* me hizo el mejor regalo de mi vida. En su empeño por encontrar a los suyos, el hombre había estado recabando información por todas partes y tenía más o menos localizadas diversas comunidades de vencidos, pequeños nidos clandestinos de *faydits* o de cátaros, como el nuestro.

—Sé que unos cuantos han buscado asilo en el Reino de Navarra... —explicó—. Tengo noticias de un grupo de occitanos y Perfectos que llegaron al valle de Baztán... Les conducía un tipo grande y fuerte que llevaba a una enana sentada sobre los hombros. Era una comitiva un tanto extraña: me han dicho que entre ellos también iba un hombrecillo feo como un demonio con todo el cuerpo dibujado con tinta. Pero eran bastante numerosos, y quizá mi familia esté con ellos... Si no las encuentro antes, iré hasta Navarra, hasta el Baztán. Allí han acogido bien a los cátaros, a quienes conocen con el nombre de agotes.

De manera que León se ha salvado. Él, y también Violante, y Filippo, y espero que Alina y los demás. Me sentí muy feliz al saber que está vivo y en lugar seguro, pero esa alegría fue enseguida devorada por el desasosiego, por la necesidad que mis manos tienen de tocarle y mis labios de besarle. Qué extraños somos los seres humanos: en cuanto logramos aquello que tanto ansiábamos, aquello por lo que hubiéramos dado nuestra vida entera, ese objetivo deja de sernos suficiente y pasamos a anhelar otra cosa más. Ahora yo moriría por poder volver a abrazar a León. Y sé que es imposible.

La débil luz del día se va colando por el estrecho tajo de la tronera como un reguero de agua sucia que va inundando el aposento poco a poco. La mayor parte de las velas se han consumido y apenas quedan tres o cuatro mechas aún encendidas haciendo bailar sus sombras en las paredes. Tengo miedo de la oscuridad, pero tengo más miedo de la luz. Porque con ella volverán los cruzados. Durante toda la noche, los cantos y los rezos de las Buenas Mujeres me han acompañado desde la estancia contigua. Les he ofrecido el Elixir Ambarino, pero han decidido no tomarlo. Quieren dar testimonio de su fe y prefieren el martirio. Ellas creen en su Dios; yo, que el Señor me perdone, prefiero creer en la dulce Avalon. En una isla de gozo en un mar de tormentas.

No he dormido en toda la noche, pero estoy más despierta, más alerta que nunca. La premura del tiempo que se acaba llena de intensidad estos instantes, hasta el punto de que me siento mareada, como borracha, embriagada por la aguda conciencia de estar viva. Tengo cuarenta años; soy mayor que mi madre cuando murió, mayor que mi abuela, mayor que la mayoría de los hombres y mujeres de este mundo que ya han regresado al polvo del que salieron. ¿Por qué cuesta tanto morir, si no cuesta nacer? He visto cosas maravillosas. He hecho cosas maravillosas. Los días se han deshecho entre mis manos como copos de nieve. Qué poco dura el sueño de la vida. En la clarividencia de esta madrugada, me parece sentir el agitado y amontonado aliento de todos los que vinieron antes y a los que nadie recuerda. El estruendo de los antiguos imperios al derrumbarse no resulta hoy mayor que el crujido de este pergamino sobre el que estoy escribiendo.

Acabo de darle el elixir a Guy. Dado su tamaño sobrehumano, le he hecho tomar tres sorbos. Estaba durmiendo y le he despertado. Canoso y calvo, con el rostro abotargado y estragado por la edad, mostraba sin embargo, en la somnolencia del duermevela, una inocencia puramente infantil. Este viejo es un niño, era mi niño. Es lo más cercano a un hijo que he tenido, como yo debo de haber sido lo más cercano a una hija que ha tenido Nyneve. Le desperté y le llevé mi caballo de hierro.

—Te lo dejo un rato para que juegues, pero tienes que tomarte esta medicina.

Se tragó el elixir sin rechistar. Siempre fue muy bueno. Medio dormido aún, empezó a jugar con el caballo, que le encantaba. No preguntó por qué le levantaba tan de noche, por qué tenía que beberse la pócima, por qué me quedaba junto a él. Nunca preguntaba nada, mi manso grandullón. Al poco, se recostó en el lecho y cerró los ojos. El caballito cayó al suelo y resonó como una campana sobre la fría piedra. Un redoble de despedida.

Me parece que oigo algo. Un rumor opresivo de cascos y de pasos, un vaivén de voces, el pesado chirrido de las máquinas de guerra. Ya están aquí. Los vellos se me erizan y un anillo de plomo me cierra el estómago. Un tumulto de ideas se aprieta vertiginosa y desordenadamente en mi cabeza: no tendré tiempo para despedirme de Wilmelinda y las demás Perfectas, hoy no será necesario sacar agua del pozo, no veré florecer las lilas que planté con tanto cuidado en la linde del huerto, no conoceré jamás la historia completa del Rey Transparente..., aunque tal vez me la cuenten en Avalon. Lamento sobre todo no haber sido capaz de terminar mi libro de todas las palabras. Pero aún puedo añadir una más. La última:

Felicidad.

No me puedo creer que vengamos a este mundo para ser desdichados.

Soy mujer y escribo. Soy plebeya y sé leer. Nací sierva y soy libre. ¿No es hermoso todo lo que la vida me ha dado? Me siento en paz dentro de mis ropas de mujer y de mi pellejo recosido por cicatrices. Esto es lo que soy, y no está mal. Miro a través de la estrecha abertura de la tronera y veo las ramas del árbol pelado que Nyneve me mostró antes de marcharse. Pero ahora su corteza reseca y rugosa como piel de lagarto se hincha y aprieta con el tenaz empuje de las hojas nuevas. ¡Dios mío! Un puño de hierro golpea en el portón. Ásperas palabras nos conminan a rendirnos. Rechinan los hombres metálicos a nuestros pies, preparando el ariete. Súbitamente, una algarabía ensordecedora: los pájaros cantando al sol que se eleva. Pronto se marcharán las aves, huirán de las proximidades de la torre en cuanto comience la violencia y retumbe la puerta bajo los golpes. Pero no importa, volverán. Esto es sólo el invierno de nuestra historia.

Cantan las Buenas Mujeres sus salmos consoladores y yo me dispongo a tomar el elixir. Vuelvo a olfatear, al destaparlo, su aroma a flor y fuego. Brilla como una joya y sabe a leche dulce. Tal vez sepa así la leche materna. Contemplo el fabuloso castillo de Avalon dibujado por mi amiga en la pared. Estés donde estés, palacio de la felicidad, hacia allá voy. Pero un momento... ¡Un momento! Me parece que hay algo diferente en la pintura, algo que antes no estaba... Me inclino sobre el trampantojo, arrimo el último cabo encendido de la última vela... Sí, ahí está, claramente visible, inconfundible, asomada a la ventana principal del castillo mágico, destacándose entre las demás bellas damas de la corte, sonriendo y agitando una mano, como si saludara o me llamara. Ahí está Nyneve, una Nyneve joven y delgada de cabellera llameante. Un grato sopor cierra mis ojos; me parece sentir sobre los párpados los ligeros besos con los que León me ayudaba a dormir en las noches inquietas. Me marcho a la Isla de las Manzanas, me voy con Nyneve, y con Morgana le Fay, la bella y sabia bruja. Con Arturo, el buen Rey, que allí se repone eternamente de sus heridas; con la Hermosa Juventud, rescatada de la derrota y de la muerte. Pero no nos iremos muy lejos. Estaremos en las sombras que se deshacen cuando las miras de frente; en la inesperada brisa fría que, en verano, acaricia tu espalda sudorosa; en el poderoso zumbido de la vida que se escucha dentro del silencio de nuestras cabezas, en lo más profundo de lo que somos. Y regresaremos, y seremos millones.

Apéndice

HISTORIA DEL REY TRANSPARENTE

Según está recogida en el llamado Manuscrito de Fausse-Fontevrault (circa 1080), donado en 1770 por el rey Luis XV de Francia a la Biblioteca Joanina de la Universidad de Coimbra, Portugal, donde se conserva.

En los tiempos antiguos existió un reino ni grande ni pequeño, ni rico ni pobre, ni del todo feliz ni completamente desgraciado. El monarca del lugar gobernaba en ocasiones casi bien y en ocasiones un poco mal, como lo había hecho su padre, y el padre de su padre, y el padre del padre de su padre, y todos sus antepasados uno antes del otro hasta que se perdían en las sombras de la memoria, pues la estirpe del Rey era larga y el Reino pacífico y estable, y todos los monarcas habían muerto plácidamente de ancianos y en la cama. Sin embargo, nuestro Rey estaba envejeciendo y no conseguía tener descendientes. Había repudiado a diez esposas consecutivas porque ninguna le paría un heredero, y empezaba a desesperar, pues temía que con él se truncara tan extenso linaje. Una noche de insomnio se le ocurrió una idea: apresar a Margot, la Dama de la Noche, el hada más poderosa de su Reino, y obligarla a cumplir sus deseos. Para ello envió a Margot un emisario con ricos presentes y una invitación a la gran fiesta que daría en palacio con motivo del repudio de su décima esposa y de los esponsales con la undécima. El hada, que era alegre y coqueta, aceptó al punto, y la noche de la gran celebración llegó a palacio en una carroza tirada por ciervos con la cornamenta pintada de oro, y ataviada con un traje deslumbrante confeccionado con luciérnagas vivas.

Cuentan que la fiesta fue la más grande y más lujosa de todas cuantas constan en los anales. Bebidas embriagadoras y viandas exquisitas se sucedían en las enormes mesas, y hubo músicos y saltimbanquis, juglares y magos, tigres de los hielos tan blancos como la leche y bayaderas de Oriente de color ambarino. Margot gozaba del festejo mientras el Rey, a su lado, le llenaba todo el tiempo la copa de hidromiel. Y el tiempo transcurría tan lentamente que, por las ventanas, la noche seguía siendo muy negra y muy profunda. Hasta que, en un momento determinado, el Rey hizo una seña y los lacayos dejaron caer las telas pintadas con las que habían cegado todas las aberturas del palacio, fingiendo paisajes nocturnos, cielos oscuros y estrellados. Y por los ventanales repentinamente descubiertos entró a raudales el sol del mediodía, pues ésa era en verdad la hora, por más que todos los cortesanos se hubieran confabulado con el monarca para fingir que el tiempo no pasaba.

Cuando los rayos del sol cayeron sobre Margot, el hada profirió un grito lastimero y se convirtió en una gallina vieja y fea. Porque la Dama de la Noche no puede soportar la luz diurna. El Rey saltó sobre el ave y la metió dentro de una jaula. Y le dijo: «Dama de la Noche, estás en mis manos. O me proporcionas un hijo varón, o seguirás poniendo huevos hasta el fin de tus días». La gallina, furiosa, sólo contestó con grandes improperios. Entonces el Rey mandó colocar la jaula en mitad del patio, bajo el sol. Porque, por cada día de sol que recibía la Dama de la Noche, habría de vivir como gallina durante tres jornadas más. A las pocas horas, después de haber picoteado y devorado furiosamente todas las luciérnagas de su traje, que habían muerto de golpe bajo la luz, Margot se rindió: «Te daré un heredero», prometió. Y el Rey le dijo: «Dama de la Noche, antes de que te libere tienes que jurar por la redonda Luna que no te vengarás de mí ni de mi hijo ni de mi

Reino, y que no nos lanzarás ninguna maldición». Y Margot juró, y, como la Luna era para ella lo más sagrado, ya no podía desdecirse.

Pocos días después el hada recuperó su figura humana y sus poderes y cumplió su promesa. Nueve meses más tarde nació un niño a quien pusieron por nombre Helios, porque de algún modo era hijo del Sol. Estaban celebrando la fiesta del bautizo cuando, al anochecer, apareció en la corte el hada Margot. «Traigo un presente para el Príncipe Heredero», proclamó. «Juraste no vengarte ni maldecirnos», le recordó el Rey, amedrentado. «Y cumpliré mi juramento —contestó ella—: Voy a regalarle un don verdadero, el mejor don de todos: el de la palabra». Diciendo esto, la Dama de la Noche se acercó a la cuna de sábanas de seda y puso una mano sobre la cabeza del infante: «Que, digas lo que digas, lo digas mejor que nadie, y que todo lo que digas te lo crean...», clamó el hada. Y luego, sonriendo con malevolencia, añadió: «A ver si eres capaz de estar a la altura de mi regalo».

El Príncipe Heredero creció sano y feliz, y desde muy pequeño dio muestras de una elocuencia prodigiosa. Como su padre, y como el padre de su padre, y como el padre del padre de su padre, tenía un carácter ni del todo bueno ni del todo malo. De hecho en su talante natural primaba lo bondadoso, pero cierta tendencia a la vanidad, a la codicia y a la pereza enturbiaba su alma. Muy pronto advirtió que, cuando mentía, lo hacía tan bien que todo el mundo le creía. Incluso si le atrapaban en mitad de alguna travesura infantil, con sus floridas palabras siempre lograba convencer de su inocencia a los tutores y escapar del castigo. Durante algunos años, este descubrimiento fue para él una especie de tesoro oculto, un poder secreto que sólo utilizaba en circunstancias especiales. Pero, con el tiempo, sus reservas y cuidados se fueron desvaneciendo, porque era muy cómodo mentir y resultaba muy útil convencer a los demás para que actuaran conforme a él le convenía. Y, así, la dejadez fue torciendo poco a poco su carácter y el príncipe Helios se hizo un adolescente desobediente, y luego un jovenzuelo mujeriego y vividor. Pero todos buscaban su compañía, prendidos del fulgor de sus palabras; todos estaban convencidos de su sabiduría, todos opinaban justamente aquello que el Príncipe quería que opinasen.

Pocas cosas envejecen tanto como la adulación, de modo que para cuando Helios cumplió los veinte años, ya se sentía cansado de ser el Príncipe Heredero. Enfatuado a fuerza de contemplarse en el admirativo espejo de los otros, estaba convencido de que él merecía ser Rey mucho más que el Rey. Habló con su Señor Padre e intentó persuadirle para que abdicara; pero, por vez primera y para su sorpresa, no logró su objetivo. Contrariado, el Príncipe rumió la afrenta durante largos días y al cabo terminó diciéndose a sí mismo que el Rey daba muestras de haber perdido el juicio. Una vez alcanzada esta conclusión, ideó un astuto plan contra el monarca. Noble a noble, caballero a caballero y prelado a prelado, fue convenciendo al Reino entero de que a su Señor Padre le flaqueaba la cordura. Y, si el Rey había caído en la sinrazón, ¿no era necesario para el bien común que él, el Príncipe, se sacrificara, pues sacrificio era alzarse contra su amado Padre? Tanto repitió su elocuente alegato de responsabilidad patriótica y de dolor filial, que acabó creyéndoselo él mismo. Porque el mentiroso que consigue copiosas alabanzas y pingües beneficios con sus mentiras prefiere creer que no está mintiendo y que todo lo que ha obtenido es merecido. Y así fue como el príncipe Helios se convirtió en Rey en lugar del Viejo Rey, el cual fue encerrado en una torre lóbrega y sin ventanas hasta el fin de sus días, atendido por carceleros mudos y sordos para que nadie pudiera indagar sobre el verdadero estado de su razón.

Muy contento se puso el nuevo Rey tras ocupar el trono, y la felicidad potenció en él cierta bonhomía. «Me gustaría ser un gran monarca y que mi nombre fuera recordado con veneración durante siglos», se dijo majestuosamente. Y pensó en mentir menos. Pero ya no sabía distinguir muy bien entre lo cierto y lo incierto. Por añadidura, y aunque había convencido a la mayoría con sus razones, algunos de los más fieles vasallos de su Señor Padre seguían sin creerle loco. De modo que el Rey tuvo que volver a mentir ciento y una veces, tuvo que difamar a los guerreros díscolos y desterrarlos o encarcelarlos o cortarles la cabeza, tuvo que adueñarse de sus propiedades. Y con cada falso testimonio, con cada abuso cometido y cada patrimonio arrebatado, el Rey iba creyendo más y más en el hilo multicolor de sus mendacidades, y le parecía que sus oponentes tenían verdaderamente muy mala fe y que sus víctimas eran en realidad seres indignos. Y así, el monarca, que cuando era todavía joven dominaba con tamaña perfección el arte de la palabra que, aun cuando mentía, lo hacía hermosamente, empezó a expresarse de modo ampuloso, zafio y hueco, y a usar grandes palabras muy vacías, y a alardear de empeño justiciero y de pureza. Y cuantas más iniquidades cometía, más chillaba, y más obviedades empleaba en sus razonamientos.

Como la voz del poder es siempre persuasiva, el Reino entero comenzó a utilizar los mismos modos falsos y vacíos. Todos deambulaban por las calles gritándose grandísimas palabras los unos a los otros y clamando estentóreamente por la Justicia, el Bien, la Moral, el Reino, mientras eran injustos, malvados e indecentes. Nadie se resignaba ya a ser en parte bueno y en parte malo, como siempre habían sido los pacíficos súbditos de aquel lugar, sino que, enardecidos por la grandilocuencia de sus propias mentiras, todos querían hacerse pasar por puros y perfectos. De manera que empezaron muy pronto las rencillas, primero entre los partidarios del Rey y los defensores del antiguo Rey, luego entre los partidarios de que el Rey se quedara todo el botín y los que querían repartirse las ganancias, luego entre los partidarios del Rey para ver quién era más partidario, luego entre los nobles añejos y los nobles recientes, luego entre los que llevaban barba y los lampiños, los altos y los bajos, los zurdos y los diestros. Los gritos dieron paso al temible susurro del hierro al desnudarse, y una vez desenvainadas las espadas el metal siempre tiene necesidad de saciar su hambre. Cualquier cosa era causa de gresca y el Reino empezó a hundirse en un remolino de guerras fratricidas. Llegó un momento en que en aquella tierra torturada sólo se podían escuchar las palabras sucias, las palabras mentirosas, las sucias mentiras que asesinan. Los pueblos ardían, las cosechas se perdían, los niños morían. De cuando en cuando aparecía alguien que se atrevía a decir alguna palabra verdadera, pero inmediatamente le rebanaban el pescuezo. Con el tiempo, todos aquellos que aún tenían algo auténtico que decir habían sido ejecutados o acallados por el miedo. No había más palabras que las mentiras del Rey y los improperios de sus secuaces, y, por debajo del estruendo, triunfaba el silencio de los camposantos.

Y entonces, cuando las cosas ya estaban tan mal que parecía imposible que pudieran ir peor, los objetos empezaron a borrarse. Un día desapareció de golpe el árbol más añoso del Camino Real, otro día se volatilizó un lienzo de la muralla, una mañana se borró la escalera de piedra del campanario y para poder subir tuvieron que colgar escalas de cuerda. Era como si la falta de veracidad y solidez de las palabras hubiera contagiado a la materia. Había escudillas que desaparecían con su contenido de guisantes cuando el comensal iba a hundir la cuchara en el guiso, borceguíes que se desvanecían dejando los pies desnudos, espadas que se borraban en el aire justo cuando el guerrero se disponía a descargar un mandoble mortal. Grande fue el susto de las gentes ante estos prodigios, pero aún se asustaron mucho más cuando advirtieron que el Rey empezaba a transparentarse. Poco a poco, día tras día, el monarca parecía ir perdiendo su sustancia y afinando la masa de su ser, de tal modo que, sin adelgazar propiamente en sus carnes, sin embargo se hacía más ligero, se difuminaba, se iba clareando de través como una urdimbre demasiado raída por el uso, o como el humo que la brisa disuelve.

Al principio, el Rey no advirtió las mudanzas que acontecían en su cuerpo, que en los comienzos eran sobre todo visibles con cierta perspectiva y a contraluz; y, como hacía tiempo que se había instaurado entre sus súbditos la costumbre de mentir, nadie osó decirle lo que sucedía. Cuando el monarca descubrió su estado, el proceso se encontraba ya tan avanzado que una mañana de deslumbrante sol, en el jardín de palacio, un mirlo aturullado se estrelló volando contra el pecho real, creyendo que el paso estaba expedito.

Aterrorizado, el Rey corrió a visitar a la Dama de la Noche, que le recibió burlona y divertida. «Hada Margot, tenéis que socorrerme. Cuando me contemplo en el espejo, veo a través de mis mejillas el tapiz que cubre el muro a mis espaldas. Si sigo así, desapareceré muy pronto», gimió el monarca. «Yo no he sido la causante de tu estado actual, Rey; te lo aclaro por si vienes a mí con esa sospecha —contestó la Dama—: El único responsable de tu ruina y de la de tu Reino eres tú mismo, y a decir verdad, yo ignoro cómo ayudarte. Te aconsejo que vayas a consultar con el Dragón; es la criatura más sabia del mundo y tal vez conozca algún remedio para tu mal. Y date prisa, porque sin duda morirás muy pronto».

Aún más empavorecido tras las palabras del hada, el Rey ensilló sus mejores caballos y galopó sin pausa a través de su Reino medio borrado, hasta que llegó al confín rocoso donde habitaba el antiquísimo Dragón, el ser vivo más viejo de la Tierra. Y llegó a la guarida de la criatura, que era una caverna monumental erizada de largas lágrimas de piedra, y desmontó de su bridón y entró a pie, amedrentado y titubeante. Y a los pocos pasos se topó en efecto con el monstruo, que era tan grande como una catedral tumbada de medio lado. El Dragón dormitaba, produciendo con sus resoplidos un estruendo semejante a un derrumbe de rocas. Era de color verdoso negruzco, y las enormes y endurecidas escamas que erizaban su piel guardaban en sus repliegues una suciedad milenaria, lodo petrificado del Diluvio. Bajo los belfos babosos, unas puntiagudas barbas blancas. Exhalaba un olor fortísimo, una peste punzante, como a orina de cabra y a hierro frío.

«Mi Señor Dragón —llamó el Rey con vocecilla temblorosa—. Perdonadme la molestia, mi Señor...». Tuvo que repetir el llamado varias veces hasta que al fin la criatura se estremeció ligeramente y abrió un ojo, sólo uno, sin alzar la cabezota ni mover nada más de su corpachón. El ojo, amarillo y rasgado como el de un gato pero de tamaño descomunal, vagó adormilado por la cueva, buscando el origen del ruido. «Aquí, mi Señor Dragón..., soy yo, el rey Helios...», dijo el monarca, agitando los brazos y colocándose contra el fondo liso de una gran roca, para que su figura transparente resaltara más. «Ya te veo —dijo el Dragón con su vozarrón de vendaval—: Aunque eres poca cosa». «Por eso me he atrevido a molestaros, sabio Dragón. Sólo vos podéis conocer el remedio a mi mal. Mi Reino y yo estamos desapareciendo, y si no me ayudáis, moriremos muy pronto», imploró el monarca. El monstruo alzó con esfuerzo y cansancio su enorme testuz y abrió el otro ojo.

Contempló con gesto pensativo y cierta curiosidad lo que quedaba del Rey y al cabo dijo: «Qué incomprensibles criaturas sois los humanos. No entiendo por qué os espanta tanto morir hoy, por qué hacéis lo posible y lo imposible por seguir viviendo un día más, cuando todos vosotros desapareceréis mañana irremisiblemente, en un tiempo tan breve que es inapreciable. ¿Qué importa morir antes o después, si sois mortales? Claro que tampoco entiendo cómo podéis levantaros todas las mañanas, y comer, y moveros, y luchar, y vivir, como si no estuvierais todos condenados». Dicho lo cual, el Dragón, fatigado, dejó caer la cabeza y volvió a quedarse instantáneamente dormido. Sus resoplidos retumbaron de nuevo en la caverna.

«¡Señor Dragón! ¡Señor Dragón! ¡Tened misericordia, no me dejéis así...!», suplicó el Rey; y, tras mucho insistir, consiguió despertar otra vez a la criatura. «Así que sigues todavía ahí, brizna de humano —masculló el Dragón—: Empiezas a fastidiarme con tus gritos. Además, tú solo te has labrado tu desgracia, y no veo por qué tengo que ayudarte... Aun así, haré algo por ti. Voy a plantearte una adivinanza cuya respuesta correcta te revelará el destino que te espera. Quién sabe, puede que, si conoces tu futuro, consigas cambiarlo. ¿Estás dispuesto a jugar?». El Rey pensó que tenía poco que ganar, pero tampoco nada que perder, y asintió agitando vigorosamente su cabeza translúcida. Entonces el Dragón entrecerró los ojos y declaró: «Éste es el acertijo: cuando tú me nombras, ya no estoy». El monarca se quedó perplejo. Dio vueltas al enigma en la cabeza durante un buen rato como quien hace rodar un hueso de aceituna dentro de la boca, y casi iba ya a declararse vencido cuando, de pronto, la solución se iluminó dentro de su mente. Se estremeció, asustado de lo que había entrevisto. Y luego aclaró la temblorosa voz, miró al Dragón y dijo: «La respuesta es

FIN DE LA HISTORIA DEL REY TRANSPARENTE

Unas consideraciones finales

Historia del Rey Transparente nació de mi pasión por el mundo medieval. No es que decidiera hacer una novela histórica sobre el siglo XII y luego me documentara sobre ello, sino que la novela surgió espontáneamente de una inmersión previa en el tema, de mi afición como lectora por esa época de nuestro pasado. En realidad, si hubiera que encuadrar este libro en un género narrativo, creo que caería más bien dentro de las aventuras y lo fantástico.

Estoy convencida de que lo que hoy llamamos Renacimiento no es más que los restos del naufragio del verdadero renacimiento social y cultural del medioevo, que sucedió en el siglo XII y principios del XIII. Durante algo más de un centenar de años, el mundo pareció volverse maravillosamente loco, con una explosión de modernidad y libertad. Es la época de los trovadores, del refinamiento provenzal, de las Cortes de Amor, de la preponderancia de las damas. La mujer adquirió una importancia inusitada; se repartieron infinidad de cartas de emancipación a los burgos, dando lugar así a las primeras ciudades modernas; la lectura y la escritura salieron de los monasterios y comenzaron a ser habituales entre la nobleza y los burgueses; las modernas nociones de libertad, felicidad e individualismo despuntaron tímidamente en el corazón de los humanos. Fue un siglo trepidante y lleno de cambios: se *crearon* o fijaron los conceptos del purgatorio y del culto a la Virgen María, hubo una explosión demográfica y una roturación masiva de bosques (una *civilización* de lo salvaje), incluso aparecieron aquellas obras que, como los bellos textos de Chrétien de Troyes, hoy son consideradas como las primeras novelas, aunque estén escritas en octosílabos. Esta explosión de protodemocracia y modernidad tenía lugar dentro de un marco religioso, porque, por entonces, todo pasaba por Dios y el ateísmo era impensable. Y los cristianos que acompañaron esta revolución fueron los cátaros, cuya sensatez y civilidad me resultan admirables. Durante cerca de un siglo, en fin, el mundo, o al menos parte del mundo conocido, vivió este ensueño de progreso. Y luego venció la represión. Pero el poder siempre absorbe parte de lo que aplasta, y eso es lo que volvió a brotar en el Renacimiento: los residuos de aquel tiempo luminoso.

Esta novela pretende reflejar ese proceso, pero desde el interior de la conciencia de los humanos. Más que los datos históricos, he querido atrapar los mitos y los sueños, el olor y el sudor de aquellos tiempos. De modo que el libro es voluntariamente anacrónico, o, mejor dicho, ucrónico. En los veinticinco años que duran las peripecias de Leola se narran sucesos que abarcan siglo y pico. Por ejemplo, las dos cruzadas populares que se citan existieron de verdad y acabaron así de lamentablemente; pero la primera, la de Pedro de Amiens, tuvo lugar en 1095, y la de los Niños, en 1212, de manera que el maestro Roland no pudo ser testigo de ambas, como él dice. Sin embargo, creo que al acercar las cruzadas en el tiempo he reflejado una verdad mayor, que es el incesante tumulto errabundo que poblaba los caminos en aquella época.

A la ucronía se debe que convivan personajes que pertenecen a la época, pero no a la estricta coetaneidad. San Bernardo de Claraval nació en 1090 y murió en 1153; Eloísa, en 1097 y 1164, respectivamente; Leonor, en 1122 y 1204... De modo que es imposible que Leola hable con

Eloísa cuando lo hace, por ejemplo, teniendo en cuenta que para entonces la Leonor de nuestra novela debe de tener más de sesenta años. La cruzada contra los albigenses dura de verdad veinte años, desde 1209 a 1229; el Papa Gregorio IX crea la Santa Inquisición en 1231, y el heroico castro de Montségur cae, tras diez meses de asedio, el 16 de marzo de 1244. La fantástica historia de Saldebreuil, el paladín que luchó cubierto con la camisa de la Reina, se le atribuye verdaderamente a Leonor de Aquitania, pero mucho antes, en su juventud, cuando estaba casada con el rey francés, Luis VII, de quien cuentan que se puso verde del sofocón cuando la vio aparecer en el banquete cubierta con la prenda ensangrentada. El libro, en fin, está lleno de saltos temporales de este tipo.

También hay otra clase de licencias. Por ejemplo, se habla de *cruzados,* cuando es un término que apareció mucho tiempo después. Por entonces, durante el siglo XII, sólo se decía «tomar la Cruz», «ir a Jerusalén» o «peregrinación en armas». Pero creo que usar estas expresiones hubiera resultado confuso y arcaizante. Y este mismo criterio se aplica a otros términos, que están sacados de contexto para mayor claridad del contenido. Al parecer las cartas de Abelardo y Eloísa son falsas, aunque yo las dé por buenas en mi novela. La terrible y vertiginosa picota de Piacenza existe de verdad y todavía puede verse en la hermosa plaza del Duomo, pero es de una época muy posterior a mi relato y en la ciudad aseguran que tenía un carácter disuasorio y que nunca fue utilizada. Asimismo, la geografía del libro conforma un espacio totalmente imaginario, aunque en muchos casos use nombres de ciudades y lugares reales, que reinvento a mi antojo y mezclo con lugares inexistentes. Y así, aunque los datos del asedio de Montségur son esencialmente ciertos, he alterado el paisaje a mi conveniencia e inventado una montaña desde la que se puede otear el interior del castro. El ejemplo más extremo de distorsión es la abadía de Fontevrault; lo que cuento de su historia es todo verdadero, incluido el nombre de la abadesa; pero, por razones prácticas, me he permitido mover el edificio unos cuantos cientos de kilómetros, desde el antiguo condado de Anjou, en donde está, hasta las cercanías de Albi. De ahí que haya rebautizado la abadía, en mi novela, como Fausse-Fontevrault (Falsa-Fontevrault).

Lo más curioso es que, siendo el siglo XII el comienzo de toda nuestra modernidad, también es un mundo tan remoto y extraño como un planeta alienígena. Y así, muchos de los detalles más estrambóticos de la novela son rigurosamente auténticos, como, por ejemplo, la existencia de ese estrafalario paladín llamado Ulrico von Lichtenstein, quien, entre 1227 y 1240, llevó a cabo sus dos famosas giras por Europa, disfrazado de Arturo y luego de Venus, con trenzas postizas y un enredo de perlas sobre la coraza. También es cierto que el pobre Ricardo Corazón de León hizo varias penitencias públicas, confesando pecados contra natura. Y existieron de verdad unos señores de Ardres y unos condes de Guînes que se pasaron más de un siglo luchando todos los días unos contra otros, salvo las jornadas de lluvia y de granizo.

Durante años he leído con placer bastantes libros de historia medieval que sin duda han influido en esta novela. Pero, para terminar, no quisiera dejar de citar unos pocos que me han sido esenciales: *El hombre medieval,* de Jacques Le Goff y otros; *Leonor de Aquitania* y *El amor cortés o la pareja infernal,* ambos de Jean Markale; *Los cátaros,* de Anne Brenon; *Alquimia,* de Andrea Aromático; *Lo maravilloso y lo cotidiano en el Occidente medieval,* también de Jacques Le Goff; *Damas del siglo XII,* de Georges Duby, y los espléndidos *Un espejo lejano,* de Barbara Tuchman, y *Los hechos del rey Arturo y sus nobles caballeros,* de John Steinbeck.

Epílogo

Nuevas (y mágicas) historias sobre el Rey Transparente

Hace ya veinte años que se publicó *Historia del Rey Transparente*. Es una vida. Miro hoy hacia atrás y me parece mentira haber sido capaz de dar a luz esa novela, sin duda la más ambiciosa y difícil de todas las que he hecho. Fue un libro singular desde el principio. En realidad, yo estaba metida en otro trabajo, *El corazón del Tártaro*. Como su título sugiere (el Tártaro es el centro del infierno grecolatino), quería escribir una novela que celebrara la capacidad de supervivencia de los seres humanos, y con ese fin arrastré a mis protagonistas a un tenebroso abismo, con la intención de hacerlos salir victoriosos de ahí. Pero surgió un problema en apariencia irresoluble: por más que lo intentaba, no conseguía sacar a los personajes de esa infernal oscuridad. No lograba creérmelo. Desesperada, abandoné el proyecto. De hecho, pensé que se me había muerto.

Entonces me volví hacia una idea que había estallado unos meses antes en mi mente. Porque, como siempre digo, tú no escoges las historias que cuentas, sino que las historias te escogen a ti. Son como sueños que se sueñan con los ojos abiertos, y tienen la misma aparente autonomía que la actividad onírica nocturna. De modo que yo nunca decidí hacer una novela que transcurriera en el siglo XII. Lo que ocurrió fue que un día, salida de no se sabe dónde (en realidad sale del inconsciente), se me encendió en la cabeza la siguiente imagen: un campo pedregoso, reseco y calcinado por un sol inclemente. Un grupito impreciso de personas que se afanaban en arar ese campo feroz, pero sin animales.

La reja del arado estaba atada con correas al cuerpo de uno de ellos y los demás empujaban, una labor bestial y extenuante. Y, justo en el terreno contiguo, apenas separado por una zanja, cuatrocientos hombres de hierro se mataban los unos a los otros. Esas imágenes primeras fueron para mí candentes, de una potencia colosal; eran verdaderos sueños en la vigilia, delirios controlados de una viveza inesperada, como si yo estuviera contemplándolo todo desde la linde entre los dos campos y pudiera percibir el aplastante peso del sol, las blasfemias y gruñidos de los campesinos al esforzarse, los alaridos de furia y de dolor de los guerreros, el chirrido de los mandobles al rasgar las corazas, el olor del sudor y la sangre y las vísceras. Vi y sentí esa escena descomunal y me quedé atrapada. Y fue sólo entonces cuando supe que se trataba de una novela de época, porque los combatientes vestían armaduras medievales.

¿Y por qué surgió de pronto en mi imaginación este espejismo de guerreros blindados, de señores feudales y siervos de la gleba? Pues sin duda porque llevaba varios años leyendo libros de historia en torno a ese periodo, sobre todo de los grandes medievalistas franceses (Georges Duby, Jacques Le Goff, el interesante y discutido Jean Markale) pero también de otras plumas estupendas, como la de la historiadora norteamericana Barbara Tuchman, además de obras de escritores del siglo XII, como Chrétien de Troyes o María de Francia. Me había sumergido en esos textos por puro placer y fui encadenando unos con otros, como muchas veces hacemos los lectores cuando nos obsesionamos con un tema, y ese nutritivo hábitat mental hizo surgir la idea del libro.

Entonces, cuando la imagen impuso su emoción en mí y me capturó, comencé a tomar notas en diversos cuadernitos. Luego siempre las acabo pasando a un cuaderno mayor, y el de esta novela es gigantesco. Lo primero que tuve que hacer fue releer todas esas obras medievales que había devorado en los años anteriores, esta vez apuntando los datos que pudieran servirme. Y llevaba más de un año en ese afanoso trabajo cuando, de pronto, comprendí que una de las leyendas que había inventado para *Historia del Rey Transparente* podía solucionarme *El corazón del Tártaro.* De modo que aparqué el *Rey* (aunque no del todo: una parte de mi cabeza siguió pensando y anotando) y volví a la novela anterior. Cambié la profesión de la protagonista y la convertí en editora de textos medievales y así, con esa percha, pude introducir la leyenda (que terminó apareciendo en las dos obras), desbloquear la narración y acabar el libro.

Tras publicar *El corazón del Tártaro* regresé a plena máquina con *Historia del Rey Transparente,* que es la obra que, entre idas y venidas, me ha llevado más años de gestación (alrededor de siete). Era un texto complejo y con multitud de problemas. En primer lugar, debo decir que no me gustan las novelas de género histórico, si entendemos por ello esos libros que, sobre todo, intentan ilustrar dramáticamente un hecho del pasado. Para saber de historia yo prefiero leer a los historiadores, y creo que el sentido de escribir novelas no reside en recrear las batallitas del ayer, sino en buscar el sentido de la existencia. Aunque, eso sí, estaba obligada a ser fiel a la época. Quería que el mundo medieval se oliera, se sintiera, se palpara en la rugosidad de las ásperas telas, y eso me exigía un detallismo minucioso de la vida cotidiana. Otro reto era el lenguaje; no me gustan esos libros que intentan mimetizar lenguas antiguas y que, para mi gusto, terminan haciendo un pastiche viejuno y ortopédico. Yo deseaba crear una voz propia, mítica y atemporal, pero que no chirriara y que respetara los límites del siglo xii; quiero decir que, por ejemplo, no podía hablar de minutos, porque el tiempo tenía otra medida, otra contabilidad, o cometer pifias como mencionar patatas o tomates, originarios de América. También me propuse que el libro tuviera doble lectura, una realista y otra fantástica, y que el lector pudiera escoger. ¿Es de verdad Nyneve una hechicera, o es simplemente una ladrona? Bueno, a mí me parece que es ambas cosas.

Pero lo peor fue que, dentro de mi cabeza, yo escuchaba el libro en presente continuo. Vamos a ver, lo más difícil de conseguir en una novela es plasmar de manera dinámica y estructural el paso del tiempo, es decir, que cuando la leas percibas cómo transcurre ese tiempo. Pues bien, resulta que *Historia del Rey Transparente* es, sobre todo, una obra existencial que intenta reflejar la aventura de vivir, esto es, el camino de una vida entera. Es una novela que se basa en el transcurso de los minutos, días, años, y de repente tuve la maldita ocurrencia de escribirla en presente continuo, de modo que no podía decir «cayó un rayo», sino que tenía que plasmar la ceguera que ese rayo causaba en la protagonista, el aturdimiento antes de saber qué había sucedido. Aún peor: en la larga andadura de Leola tampoco podía recurrir a algo tan socorrido como decir «pasaron unos meses» para expresar justamente eso, un salto temporal. En fin, era una locura intentar mantener esa voz tan rara durante casi seiscientas páginas y sudé sangre para hacerlo, pero me parece que lo conseguí y me siento especialmente orgullosa de ello.

El final del libro causó algunos problemas. Bueno, no el final (el libro termina con las palabras de Leola), sino la leyenda del Rey Transparente que se adjunta después. En primer lugar, tengo que decir que esa leyenda no existe, que no se encuentra en la bella Biblioteca Joanina de Coimbra y que me la he inventado yo de cabo a rabo, porque, para mi sorpresa, más de uno la ha dado por cierta. Lo cual tiene que ver con la reacción que algunas personas han mostrado ante este texto: no se han atrevido a leerlo. Repito: han temido leerlo por si les ocurría algo malo. Entre ellas está la formidable escritora cubano-portorriqueña Mayra Montero, una de las novelistas contemporáneas que más admiro: «Ay, no, querida, yo no me voy a leer la historia por si acaso», me dijo, muy en serio. Me parece que la maravillosa credulidad de estos lectores es uno de los mayores regalos que le pueden hacer a un novelista. Y luego está ese final truncado, que causó bastantes dificultades a los libreros: muchos clientes regresaban a las librerías a pedir que les cambiaran el volumen, porque faltaban páginas. Pero no, no faltan; por supuesto que el texto acaba así; para mí es obvio que la historia del Rey Transparente no podía contarse del todo. En cuanto al enigma, la respuesta tiene que ver con el sentido de la novela y está incluida en la primera página del libro. De todas maneras, se trata de una adivinanza clásica y la solución es fácil de encontrar en internet.

Hace veinte años, cuando se publicó esta obra, el mundo era muy distinto. Por ejemplo, sacamos una edición especial que incluía un CD con la banda sonora del libro, algunas piezas musicales medievales y otras posteriores pero que yo asociaba con la novela. Fue un trabajo ímprobo y una pesadilla lograr los derechos. Hoy he rescatado parte de esa banda sonora y he confeccionado en un santiamén una lista abierta en Spotify, llamada *Historia del Rey Transparente,* a la que todo el mundo puede acceder. Asimismo, y aunque hoy nos parezca mentira, los algoritmos de búsqueda no estaban desarrollados y era muy difícil rastrear información en internet. Y esto está relacionado con el hecho más inexplicable, alucinante y turbador que me ha sucedido en toda mi vida.

La cosa fue así; yo estaba en mi despacho escribiendo el segundo capítulo de la novela. Me encontraba dentro del pellejo de Leola, me había colado subrepticiamente en el abandonado campo de batalla bajo la lívida luz de la luna, y había empezado a pelar a un guerrero muerto. Le saqué la desgarrada sobreveste, bordada de pequeños tréboles azules; luego le arranqué las manoplas, las espuelas, las botas de cuero, las brafoneras que protegían sus piernas. A continuación, le quité, con grandes dificultades, la larga cota de malla, y desaté la almilla acolchada que llevaba debajo. Entonces dirigí mi atención hacia la cabeza, hendida por un tajo espantoso, y comprendí que eso me impediría poder utilizar el yelmo y... Y... Maldición: ¿cómo demonios se llamaba esa pieza de malla que cubría el cuello y la cabeza y que se llevaba debajo del casco? ¿Esa especie de verdugo confeccionado con argollas metálicas?

Fue una catástrofe. Repito que en aquella época no había buscadores mágicos que te encontraran datos como éste, así que la ausencia de esa palabra me sacó de golpe de la noche de luna, del campo de cadáveres, de la novela. No podía seguir escribiendo sin saber cómo se llamaba esa maldita pieza. Me puse de pie y empecé a caminar de un lado a otro de la casa como un escuajo, intentando dar con la manera de conseguir el dato. Como antes he dicho, me gusta mucho la historia, y llevaba varios años suscrita a dos revistas mensuales especializadas, *La Aventura de la Historia* e *Historia 16,* en las cuales creía recordar que habían sacado algún reportaje sobre armaduras. Pero el problema es que soy muy caótica, las revistas no estaban ordenadas y ni siquiera guardadas todas en el mismo sitio sino metidas por aquí y por allá, y además dudaba que los reportajes, si es que al fin los localizaba, me sirvieran, porque las armaduras cambian con los siglos, la que a mí me interesaba del siglo XII no tiene nada que ver con la del siglo XIV, por ejemplo, así que iba a ser dificilísimo atinar con la pieza. Tendría que buscar a un especialista, a un medievalista que supiera de armamento y pedirle ayuda, pero ¿a quién? En estos agobios peripatéticos me pasé lo menos una hora, recorriendo frenética mi casa de una esquina a otra, y al final, desolada, y sabiendo que tendría que despedirme de la escritura de la novela hasta quién sabía cuándo, me dejé caer vestida sobre mi cama. Para entretenerme, para intentar pensar en otra cosa, agarré el último número de *La Aventura de la Historia*, que estaba sobre mi mesilla; acababa de llegar y aún no lo había visto. Y lo abrí al tuntún por la mitad y... justo ahí, en la parte de arriba de la página de la izquierda, había un dibujo que mostraba, pieza a pieza, cómo era la armadura de cabeza en el siglo XII. Almófar. El dichoso verdugo metálico se llama almófar.

Mi parte racional, que es grande, lleva años intentando explicarse esta coincidencia imposible. Pero, se mire como se mire, no hay forma de entenderla. Puede que horas antes, al sacar la revista del sobre, yo la hubiera ojeado y que, inconscientemente, supiera que había allí unos dibujos que tal vez me sirvieran, pero eso no justifica la increíble sincronía, que la publicación sacara justo ese mes, cuando yo lo necesitaba, ese dibujo exacto. ¡Y que el número hubiera llegado esa mañana! Más aún: la revista se abría sola justo por la página adecuada porque ahí venía un desplegable. Fue mágico, en fin. *Historia del Rey Transparente* está para mí llena de magia.

Mágica me parece también la nueva portada de esta edición, una guerrera auténtica, con su cota y su escudo, sacada de una miniatura del siglo XIII. Es ella, me digo; es ella y existió. Amo a Leola, con quien siento una complicidad y una intimidad especiales. Además, sin duda es un antecedente de Bruna Husky, la protagonista de mi tetralogía futurista y el personaje con quien más me identifico. Un milenio separa a ambas mujeres, del siglo XII al siglo XXII, pero en el fondo hablan de lo mismo. Todos los escritores escribimos siempre sobre lo mismo. Intentamos iluminar nuestras obsesiones. Yo tengo varias, pero las fundamentales son la muerte, el tiempo que nos deshace y el sentido de la vida, si es que tiene alguno. Siempre digo que en realidad escribo para perderle el miedo a morir. Una de las cosas más bonitas que jamás me han dicho de un libro mío fue sobre *Historia del Rey Transparente* en un chat del diario *El Mundo*. Un lector explicó que había disfrutado la obra, pero que lo que de verdad le había gustado era que, después de leerla, tenía menos miedo a morir. Justamente. A mí también me sucedió cuando acabé de escribirla. Es otra cosa más que debo a esta novela.

Rosa Montero
Enero de 2025

La cocina del libro

Las siguientes imágenes son una aproximación, un somero vistazo a las interioridades de *Historia del Rey Transparente*. Aquí, en estas páginas escritas con pluma estilográfica, nació la novela. Las primeras instantáneas son del cuaderno mayor, un grueso libro en blanco que recogió las anotaciones definitivas. También os dejo la foto de uno de los pequeños cuadernos previos, con su sol resplandeciente sobre fondo azul, y un puñado de las cartulinas finales, en las que hago todo tipo de cuadros y de síntesis, desde organigramas de los personajes hasta combinaciones de capítulos. Por último, ésta es la revista del misterio del almófar, o del milagro, con el desplegable que hace que se abra por la página indicada.

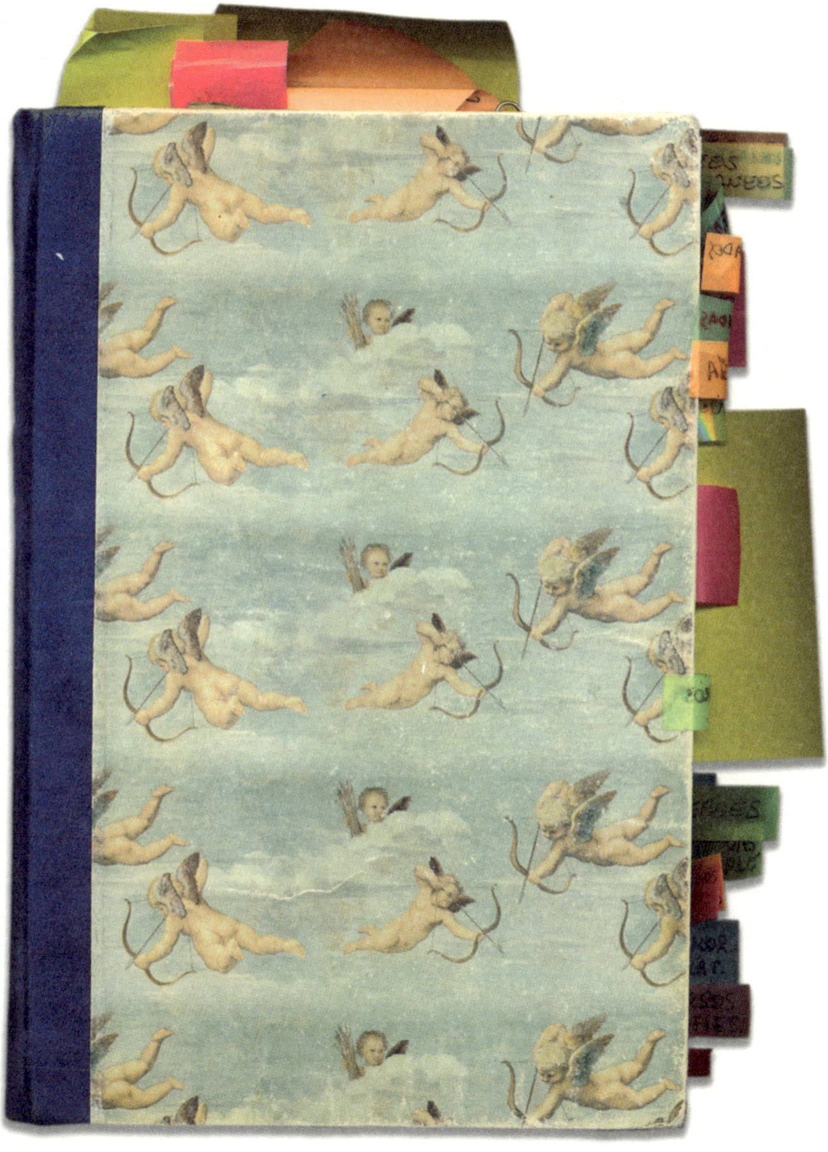

Tb. aparecen las armas
cortesas: espadas romas,
lanzas con una bola puesta,
o corona — de cuero el escudo,
de madera armas

Diálogos miraculorum de
Cesario de Heisterbach:
un caballero con enemigos,
a 1 torneo, capilla Virgen
se detiene a rezar, se le
pasa el tiempo, llega tarde,
al llegar ha vencido, pq
Virgen ha tomado armas
y divisa y peleado por
él (ella puede haber
oído esta historia de Rabié
de Cesario)

Los poetas y ¿? torneo
eran los heraldos

Otro caballero famoso: Ulrich von Lichtenstein, recorrió Europa dos viajes Venusfahrt y Arturfahrt en 1227 y 1240, vestido de Venus y luego de Arturo, desafiando a quien quisiera competir con él.

En el torneo, al ppio. extrema crueldad → armas/corteses de madera al final (S XIV)

Centrarían es específicas caballerescas, las reseñas (en la práctica, sólo se las daban a quienes ya venían de familia de caballeros)

INVESTIDURA CABALLERO

Ceremonias investideras: baño, vela de armas, regalos (sobre todo vestidos) y banquete que tenía q dar el caballero neófito, todo muy caro

hijas al cuidado de su tío
pequeño, Raimundo de Poitiers,
pocos años mayor q. Leonor:
estaban enamorados — pero
nada hicieron.
1137 → muere Guill. X en
Compostela
Testam: "Pongo a mis hijas
bajo la protecc. de mi Sr. Rey,
a quien doy en matrimonio
a Leonor, si mis barones lo
juzgare bien, legando a
esta hija querida Aquitania
y Poitou"

Rey de Fr., Luis el Gordo VI
tenía un hijo soltero, heredero
CAPETOS → se casaron
julio 1137, en Burdeos, cat.
de San Andrés) — Luis 16 años
Leonor 15, se vieron por 1ª
vez. — ella decía que
él "casa un monje".

① Novela
- Lanceros
  suizos: un
  país solo de
  mercenarios

- Ludovico el Moro,
  mercenarios x
  de Francia
         → los

* Novela
  medieval:
  ¿3 niveles
  de vestigios?
  ¿Se desvela
  el 1º y
  plato, luego
  de la
  madera,

[illegible handwritten notes with colored tabs labeled: JUEGOS, ... GUS, ..., COMIDA TURNEL, AVALON, ARTURO, HEROES, ..., AMOR PLAT., VERSOS SUFIES]

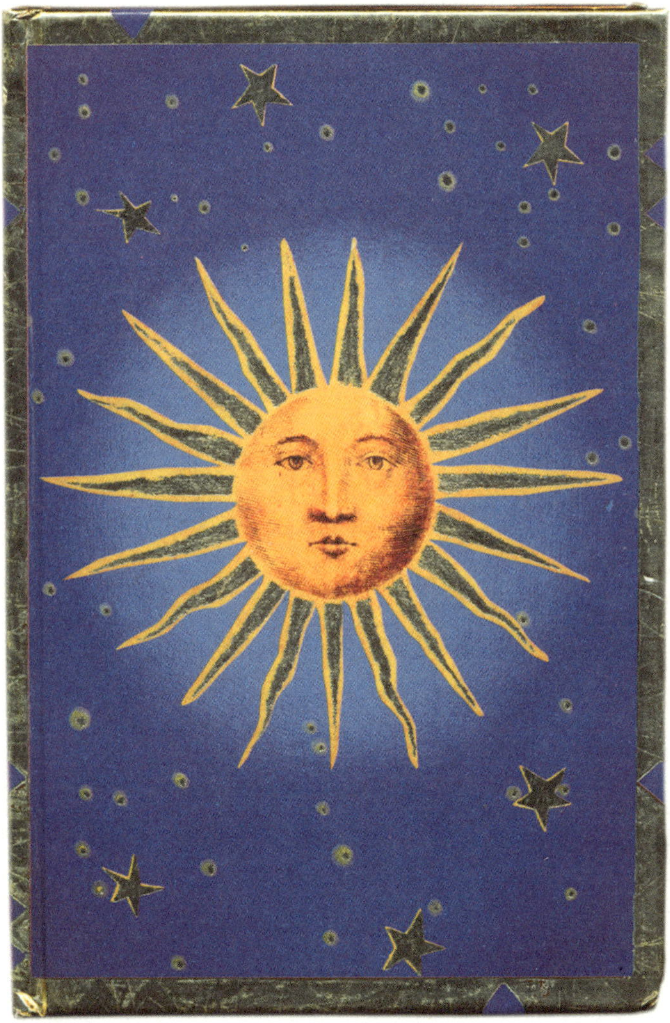

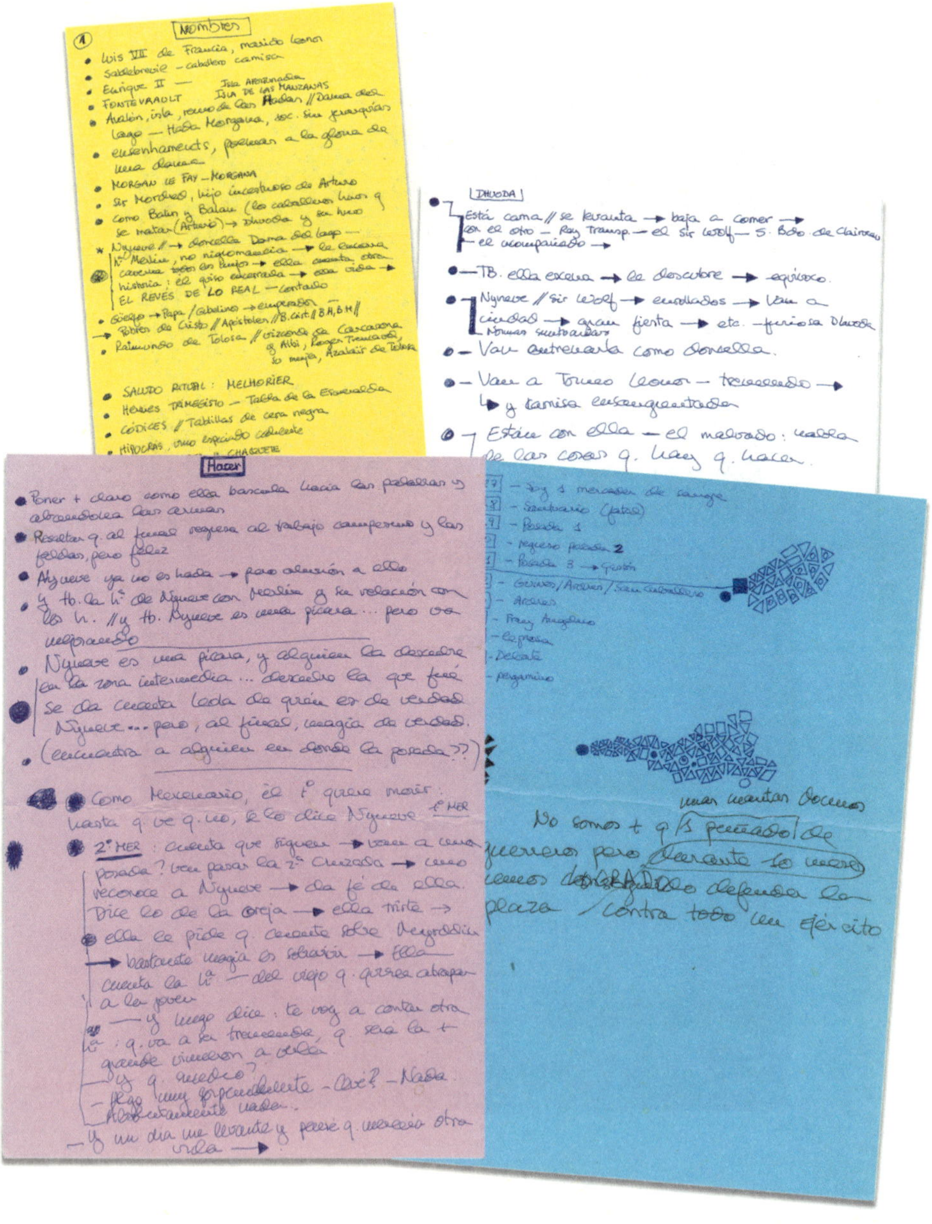

Nombres

1

- Luis VII de Francia, marido Leonor
- Sablebrevie – caballero camisa
- Enrique II — Isla afortunada
- FONTEVRAULT — ISLA DE LAS MANZANAS
- Avalón, isla, reino de las Hadas // Dama del lago — Hada Morgana, soc. sin jerarquías
- ensenhaments, poemas a la gloria de una dama
- MORGAN LE FAY – MORGANA
- Sir Mordred, hijo incestuoso de Arturo
- como Balin y Balan (los caballeros hnos q se matan (Arturo)) → Dhuoda y su hno
- * Nynave // → doncella Dama del lago — Nª Merlin, no nigromancia → la encierra en una caverna todos los tiempos → ella cuenta otra historia: él quiso encerrarla → esa vida → EL REVÉS DE LO REAL – contarlo
- Güelfo → Papa / Gibelino → emperador
- → Pobres de Cristo // Apóstoles // B. cist. // B.H, B.M //
- Raimundo de Tolosa // vizconde de Carcasona y Albi, Roger Trencavel, su mujer, Azalaïs de Tolosa
- SALUDO RITUAL: MELHORIER
- Hermes TRIMEGISTO – Tabla de la Esmeralda
- CÓDICES // Tablillas de cera negra
- HIPOCRAS, vino especiado caliente
- // CHAGUETE

DHUODA

- Está cama // se levanta → baja a comer → con el otro – Rey Transp. – el Sir Wolf – S. Bdo. de Clairvaux – el acompañado →
- — TB. ella escena → la descubre → equívoco.
- Nynave // Sir Wolf → embollados → van a ciudad → gran fiesta → etc. – furiosa Dhuoda – Normas suntuarias
- — Van entrenarla como doncella.
- — Van a Torneo Leonor – terminado → y camisa ensangrentada
- Están con ella – el malvado: habla de las cosas q. hay q. hacer.

Hacer

- Poner + claro como ella bascula hacia las palabras y abandona las armas
- Resaltar q. al final regresa al trabajo campesino y las faldas, pero feliz
- Nynave ya no es hada → para alusión a ella y tb. la hª de Nynave con Merlín y la relación con los h. // y tb. Nynave es una pícara... pero no mejorando
- Nynave es una pícara, y alguien la descubre en la zona intermedia... descubro la que fue. Se da cuenta toda la gran es de verdad Nynave... pero, al final, magia de verdad.
- (encuentra a alguien en donde la posada??)
- Como Mercenario, él + quiere morir: hasta q. ve q. no, se lo dice Nynave 1ª MER
- 2ª MER: cuenta que siguen → van a una posada? ven pasar la 2ª Cruzada → uno reconoce a Nynave → da fe de ella. Dice lo de la oreja → ella triste → ella le pide q. cuente sobre Aragón → bastante magia es sobrevivir → Ella cuenta la hª – del viejo q. quería atrapar a la joven – y luego dice: te voy a contar otra hª: q. va a la travesía, q. sea la + grande vinieron a ella – y q. sucedió? – Algo muy sorprendente – ¿Qué? – Nada – Absolutamente nada...
- – Y un día me levanté y pensé q. necesitaba otra vida →

17 – Soy 1 mercader de sangre
18 – Santuario (gatos)
19 – Posada 1
20 – regreso posada 2
21 – Posada 3 → Guión
22 – Guerreros / Arqueros / San Caballero
– Arqueros
– Fray Angélico
– La presa
– Descate
– pergamino

No somos + q. 1 puñado de guerreros pero durante 10 meses hemos defendido la plaza contra todo un ejército
unas cuantas docenas

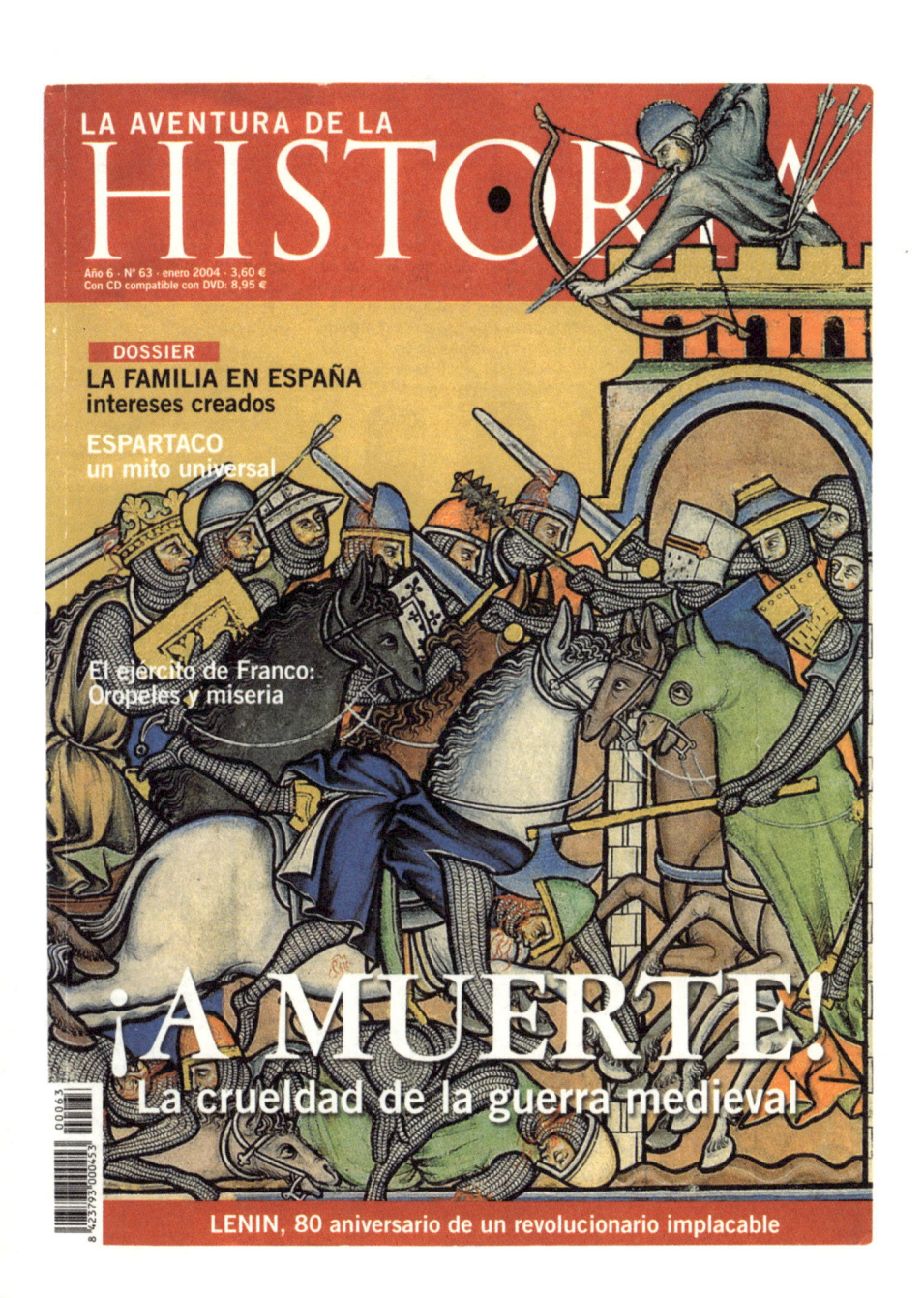

LA AVENTURA DE LA HISTORIA

Año 6 · Nº 63 · enero 2004 · 3,60 €
Con CD compatible con DVD: 8,95 €

DOSSIER
LA FAMILIA EN ESPAÑA
intereses creados

ESPARTACO
un mito universal

El ejército de Franco:
Oropeles y miseria

¡A MUERTE!
La crueldad de la guerra medieval

LENIN, 80 aniversario de un revolucionario implacable

EN EL MEDIEVO

Protección de la cabeza. Primero se colocaba una cofia de tela; sobre ella, a veces, un bacinete de cuero o metal liviano; encima, el almofar o cota de malla, que disponía de una pieza para tapar boca y nariz; encima, el casco de acero.

dieval, vista desde la particular óptica de un médico.

Aunque *La Aventura de la Historia* ha publicado numerosos trabajos especializados sobre armamento, es imprescindible hacer aquí un breve resumen de las armas, tanto ofensivas, como defensivas, usadas por los combatientes, porque las lesiones producidas estaban condicionadas tanto por el tipo de arma agresora como por las defensas que equipaban al guerrero.

La fiel espada

La espada es el arma mejor se identifica con el caballero medieval, cristiano o musulmán, al punto de que era enterrada con su dueño o, al menos, quedaba representada en su tumba.

Las espadas estaban provistas de anchas hojas de doble filo y contaba, a veces, con un canal central, por el que resbalaba la sangre hasta el codo del guerrero, como refiere el *Poema de Mio Cid*: *Por el codo ayuso la sangre destellando*.

Aunque no se considerase un elemento tan personal como la espada, la lanza –utilizada tanto por la caballería como por la infantería– sería un arma imprescindible para el guerrero y condicionaría el sistema táctico de cada época. La infantería la utilizaba con una mano o con las dos y, contra la caballería, apoyando la parte posterior o *regatón*, en tierra y manteniéndola oblicua hacia adelante. El caballero la llevaba en la mano o sobre el antebrazo, o en la axila (*lance couché*) a partir de la aparición de las armaduras rígidas e, incluso, la utilizó como estoque, colocándola a la altura del cuello y asestando el golpe de arriba abajo... Del empleo de la lanza se da cumplida información en el artículo anexo.

Otras armas usadas por los caballeros fueron las mazas y los látigos de guerra. Según la tradición, Sancho VII, rey de Navarra, fue un gran experto en su manejo, por cierto nada fácil, ya que era necesario contar, no sólo con una notable estatura, sino también con gran fuerza física. Las mazas terminaban en una serie de aristas de hierro que les daban un aspecto floreado.

Por último, las hachas y los martillos de guerra eran armas terribles en el cuerpo a cuerpo y muy idóneos en la guerra de sitio, ya que podían utilizarse, no sólo como armas ofensivas, sino también como picos para derribar puertas y muros.

Dentro de la balística, primero fue el arco, simple o compuesto, aunque, progresivamente, lo fue sustituyendo la ballesta. Existían tres tipos de ballestas, como queda reflejado en *La Gran Conquista de Ultramar*: "E hombres de pie que levaban picos e palancas e porras de hierro e con estos iban muchos arqueros con ballestas de torno, e dos pies, e de estribera".

Se han identificado varios tipos distintos de flechas, que obviamente, tenían diferentes aplicaciones. El arzobispo Jiménez de Rada, cronista de la batalla de Las Navas de Tolosa (1212), refiere: "...Y lo que es difícil de creer, aunque es cierto, es que en aquellos dos días no utilizamos, en ningún fuego, otra leña que las astas de las lanzas y flechas que habían traído consigo los agarenos; pese a todo, apenas si pudimos quemar la mitad en aquellos dos días, por más que no los echamos al fuego por razón de nuestras necesidades sino por quemarlas sin más". Los cuerpos de arqueros fueron muy numerosos en estas batallas y no economizaban munición.

Seguía utilizándose la honda, tanto con proyectiles de plomo como con pequeños cantos rodados. De su utilización por parte musulmana en Las Navas deja testimonio el Arzobispo de Toledo.

La primera arma defensiva es el es-

LITERATURA Y ARQUEOLOGÍA

La lucha, la utilización de las armas y los diversos tipos de heridas que causaban se conocen muy bien gracias a las distintas crónicas y poemas medievales. Por su riqueza en los detalles, merece especial mención el *Libro de Alejandro*, obra escrita entre 1230 y 1250 y estudiada por nuestro asesor Nicasio Salvador Miguel (*Mester de clerecía, marbete y caracterización de un género literario*). El autor fue un anónimo clérigo, seguramente testigo o actor de muchos encuentros de armas, porque hace gala de un preciso conocimiento de las tácticas, de la utilización de las armas y de sus efectos.

Otra fuente usada aquí ha sido el *Poema de Fernán González*, de mediados del siglo XIII, obra de de otro anónimo monje del Monasterio de Arlanza, que se enardeció narrando los hechos de los caballeros fundadores de Castilla.

Además de las fuentes documentales, contamos con el estudio realizado por Thordeman, en los cadáveres descubiertos en Wisby, donde se libró, en 1361, la famosa batalla de ese nombre, entre suecos y daneses. Los cadáveres se inhumaron en fosas comunes abiertas en tierra de turba, por lo que la conservación de los restos ha sido muy buena, permitiendo su estudio detallado.

LAS B.

En aquellos vertiginosos enfrentamientos se m... de trompetas y atabales, el silbido de las flech... y acuchillaban, **las acometidas de todos contra** *Cruzados*. David vence a los filisteos, siglo XII

34

ALLAS MEDIEVALES

los heridos, el relincho de los caballos, el sonido
, el pulular desenfrenado de los que se perseguían
heridos rematados en el suelo... (*Biblia de los*
y, ilustración de *Codices Illustres*, de Taschen).

Este libro se terminó
de imprimir en
Móstoles, Madrid,
en el mes de
marzo de 2025